U0327942

A la recherche
du temps perdu

追寻逝去的时光

第五卷　女囚

[法] 马塞尔·普鲁斯特 — 著
周克希 — 译

华东师范大学出版社
·上海·

La Prisonnière

目录

La Prisonnière 女囚

每天清早，我脸对着墙，还没转过身去看一眼窗帘顶上那条阳光的颜色深浅，就已经知道当天的天气如何了。街上初起的喧闹，有时越过潮湿凝重的空气传来，变得喑哑而岔了声，有时又如响箭在寥廓、料峭、澄净的清晨掠过空旷的林场，显得激越而嘹亮；正是这些声音，给我带来了天气的讯息。第一辆电车驶过，我就听得出车轮的隆隆声是滞涩在淅沥的细雨中了，还是行将驰向湛蓝的晴空。但也许还在我听到这些声音之前，已经有一种更敏捷、更强烈的，不断弥漫开来的东西，悄悄地从我的睡梦中掠过，或是给朦胧的睡意罩上一层忧郁的色彩，预兆冬雪的即将来临，或是让某个时隐时现的小精灵一首接一首唱起礼赞太阳光辉的颂歌，直到我开始在睡梦中绽出笑脸，闭紧眼睑准备承受耀眼的光亮，终于在一片热闹的音乐声中醒来。说起来，我在这段时期里简直是足不出户，只在这间卧室里感受着外界的生活。我知道布洛克曾经说过，他在傍晚来看我时，总听见有说话的声音；既然我母亲远在贡布雷，而他在我房间里又从没发现有旁人，所以他认定我是在自言自语。过了好久，等他知道阿尔贝蒂娜当时跟我住在一起，而且我把她藏起来，不让她见任何人以后，他就声称他总算明白了，我在那段时间里为什么从来不肯出门。他错了。但他又是情有可原的，因为每件事情，即便从情理上来说是势所必然的，我们也没法在一开始就把它的本来面目看得一清二楚；而有些人，往往爱抓住别人生活中某个确有其事的细节，就忙不迭地引出全然不是那么回事的结论，或者根据刚刚发现的一丁点儿事实，就立时作出风马牛不相及的解释。

此刻我在想着，我这位女友跟了我从巴尔贝克回来以后，就丢开了乘船旅行的念头，在巴黎和我住在同一幢房子里，她的房间跟我相隔不过二十步路，就在走廊尽头，在父亲的那间装饰着挂毯的书房里。每当夜深我俩分手的时候，她总要把舌头伸进我的嘴里，仿佛这就是我每天的食粮和营养品，世上有着那么些肉体，我们为之所受的痛苦，最终会使我们享受到一种精神上的愉悦，她的舌头就有这么一种近乎神圣的品质。作为比较，我马上联想起的并不是承蒙博罗迪诺队长允许让我在兵营度过的那个夜晚，他的好意所能治愈的毕竟只是一种短暂的苦恼，我想起的是父亲让妈妈来睡在我旁边的小床上的那个夜晚。每当生活又一次要将我们从看来无法逃避的痛苦中解脱出来的时候，它往往是在种种不同的，甚至完全相反的情况下这么做的，以致我们在看清它所赐予的恩宠的那会儿，不免感到其中似乎有一种渎圣的意味！

阿尔贝蒂娜从弗朗索瓦兹那儿听说，我把窗帘拉得紧紧的呆在黑黝黝的房间里，但是并没有睡觉，她就放心大胆地洗澡，不怎么怕在她那间盥洗室里弄出声音来了。这样一来，我也常常不再多等一会，就提前进我那间跟她毗连的舒适的浴室去洗澡。从前有过一位剧院经理，花费了好几十万法郎，用真的绿宝石星星点点地镶嵌在红角儿扮演皇后坐的宝座上。俄国人的芭蕾舞却教会了我们，只要灯光打得恰到好处，单凭光线的闪烁就能变幻出同样奢华夺目，然而更绚丽多姿的奇珍异宝来。这种相对来说已经是非物质的装饰虽则美妙，但是当早晨八点钟的阳光倾泻进来，使一个要睡到中午才起床的人所见到的日常的一切顿时熠熠生辉的时候，那景观却显得美妙得多。两间浴室的窗子，用的都不是光玻璃，而是一种老式的磨砂玻璃，为的是让人从外面瞧不见里面。阳光骤然照亮了蒙着薄纱似的玻璃，给它们抹上一层金黄色，沐浴在这舒适的阳光中的，仿佛不再是长久以来被雷同的生活节奏所湮没的我，而是一个更年轻的我，我陶醉在回忆之中，宛如置身于空旷的大自然，面对染成一片金黄的树丛，甚至耳边还依稀有一只鸟儿在鸣啭。这是因为我听见阿尔贝蒂娜在反复不停地哼着一支歌：

心中的忧伤本就疯疯癫癫，

谁听它倾诉，谁就更加疯癫。[1]

我太爱她了，对她的这种糟糕的音乐趣味，我只是挺快活地笑了笑。这支歌，去年夏天曾经叫蓬当夫人喜欢得不得了，但没过多久她就听说这是首愚蠢无聊的歌曲，从那以后她逢到有客人来的时候，就不叫阿尔贝蒂娜唱这支歌，而让她唱：

一支告别歌从骚乱的心间涌出，[2]

它也变成了“这个女孩让咱们听得耳朵起趼子的一首马斯内的老曲子”。

一片乌云掠过天际，掩蔽了阳光，我看着那遮羞的压花磨砂玻璃黯淡下去，融进一片灰暗之中。两间盥洗室的隔板很薄（阿尔贝蒂娜的那间完全一样，也是一间浴室，以前妈妈在时，因为怕有声音吵我，从来不使用，好在她在我们的套间的另一头还有一间），我俩在各自的盥洗室里洗澡时，可以彼此交谈，除了水声，不会有别的声音打断我们的谈话，这种亲昵的感觉，住旅馆时由于住所狭小而又贴得很近，常常可以体味到，但在巴黎就很难得了。

有些个早上，我就这么躺在床上，尽着性子做我的白日梦，因为我吩咐过，我没打铃谁也别进我的房间，而装在床上方的拉线开关又装得很不方便，总是要找好半天才能找到，往往我找着找着就不耐烦了，宁可一个人在床上躺着，这一来就几乎又要睡上一觉。这并不是说我对阿尔贝蒂娜住在这儿漠不关心。她跟那些女友们的分手，使

1. 法国通俗作曲家埃米尔·迪朗（1830—1903）的《风笛》中的叠句。
2. 法国作曲家朱尔·马斯内（1842—1912）的《秋日情思》中的一个乐句。

我的心得以免受新的痛苦，让它能在一种假寐中得到休憩，来愈合它的创伤。然而，她带给我的这种宁静，却并不是欢乐，而只是一种减轻痛苦的抚慰。这样说，并不意味着我没有从这宁静中重尝我曾因过于强烈的悲痛而与之绝缘的许多欢乐，但那决非阿尔贝蒂娜给我带来的，而且，我不再觉得她有什么漂亮可言，我对她已经感到厌烦了，我清楚地感觉到我并不爱她；那些欢乐，恰恰是阿尔贝蒂娜不在我身边时我才尝到的。所以，一早醒来，尤其是在天好的日子，我并不马上让人去把她叫来。我觉得前面说起过的那个在身体里面唱歌的小精灵，比她更让我高兴，我就先那么呆着，再躺上一会儿，听它独个儿对我唱那礼赞太阳的颂歌。我们每个人都是由一些小精灵组成的，其中最重要的并不就是那些最外露的。在我，等它们一个接一个地被病魔击倒以后，大概还会剩下两三个生命力特别顽强的精灵，其中少不了有那么个哲学家，他只有在两件艺术品，在两种感觉之间找出共同之处以后，才会感到快乐。不过，这最后的一位，我有时暗自在想，不知是否很像贡布雷的眼镜商放在橱窗里预报天气的那个小矮人儿，每逢晴天他就掀开风帽，碰上雨天就又戴上。这个小矮人儿，我是领教过他的自私的：天快下雨时我总会闷得透不过气来，这阵发作要等雨下来了才会缓解，而这个小矮人儿根本不管这些，当我渴盼已久的雨点终于落下来的时候，他就收起了那副快活的模样，怒气冲冲地把帽兜砰地盖上。反过来说，我相信在我弥留之际，当我身上所有其他的那些“我”都已经结束生命，我也只存最后一息的那会儿，倘若有一缕阳光从天际洒下，这个气压计小人儿也准会怡然自得地掀开风帽欢唱：“哦！终于放晴喽。”

我按铃唤弗朗索瓦兹。我打开了《费加罗报》。浏览一遍以后，知道报上没登我寄给报社的文章，或者说所谓的文章吧，那还是很久以前当我坐在佩斯皮耶大夫的马车里，凝望马丁镇的钟楼时写的，最近找出来以后，只是稍稍作些改动就寄出了。接下来，我读妈妈的来信。一个年轻姑娘单独和我住在一起，使她感到不可思议，大为反感。离开巴尔贝克的那天，正当她瞧着我神情沮丧，觉得让我独自一人呆在巴黎很放心不下的时候，她听说阿尔贝蒂娜也和我们一起，而且看着人家把阿尔贝蒂娜的箱子也装上小火车，这时她也许是挺高兴的，那几只又窄又长的黑箱子，就挨在我们自己的箱子（就是在巴尔贝克旅馆让我在它们旁边哭了一宵的那些箱子）的边上，我只觉得它们样子挺像棺材，但并不知道它们将给家里带来的是生命还是死亡。不过我当时甚至都没往这上头去想，因为在唯恐羁留巴尔贝克的担惊受怕过后，能在那么个阳光明媚的早晨携着阿尔贝蒂娜同行，在我已经是喜出望外了。但对这安排，如果说一开始妈妈并没有什么敌意（她对我这位女友说话的态度非常客气，就像一个儿子刚受了重伤的母亲在对尽心竭力照顾他的那位年轻情妇表示感激之情），那么当她看到这个安排全部兑现，这位姑娘在我们家愈待愈久，而且没有其他家庭成员在家的时候，她的态度就完全改变了。然而我得说，这种敌意，她从来没有在任何场合向我表示出来过，正像过去她已经不敢责备我的浮躁和疏懒一样，现在她顾虑重重——这一点也许我当时并没有完全看出来，或者说不愿意看出来，——生怕对这位我说过将来要做我妻子的姑娘说长道短，会给我的生活投下阴影，削弱我今后对妻子的恩爱之情，还说不定就此在我心里撒下内疚的种子，使我在母亲离开人世时，会因为自己娶了阿尔贝蒂娜让她感到过不快而追悔莫及。对一项她自知已无法让我改变的抉择，她宁愿做出赞成的姿态。可是，所有在那段日子里见过妈妈的人都对我说，她除了因为外婆去世而显得很悲伤以外，还总有一种终日忧心忡忡的神情。这种无法排遣的思虑，这种内心波澜的起伏，使妈妈感到太阳穴发胀发烫，她整天都把窗子开着，想让自己凉爽些。但她始终没能作出决断，她害怕会给我不好的“影响”，破坏她所认为的我的幸福。她甚至下不了决心不准我先让阿尔贝蒂娜暂时留在家里。妈妈不想显得比蓬当夫人更苛刻，这事儿先不先是这位夫人担着干系，可她倒是一点儿没觉得有什么不合适的，这真叫妈妈大为吃惊。但无论如何，她在动身去贡布雷那会儿，总觉着把我和阿尔贝蒂娜两人这么撂下，还真有些懊悔，因为我姑婆日夜都需要她照料，所以她在那儿可能要待上（事实上是确实待了）好几个月。可她到了贡布雷以后，却叨惠于勒格朗丹的高情雅意和一片至诚，简直没什么事要干的，那位先生不辞劳苦地把大小事儿都包揽下来，一星期一星期地推迟返回巴黎的行期，其实他跟我姑婆并不很熟，他这么做，只是因为首先她是他母亲的一位朋友，其次他觉得这位行将弃世的病人喜欢由他照料，离不开他。附庸风雅是一种大可诟病的心态，可是它不会蔓延，不致损伤整个心灵。我的想法跟妈妈正相反，对她去贡布雷我心里大为高兴，因为不然的话我就得担心（因为我不能对阿尔贝蒂娜明说，让她别露口风）妈妈早晚会发现阿尔贝蒂娜和凡特伊小姐交情很好。在母亲而言，这不仅是对一桩她要求我别先对阿尔贝蒂娜把话说死，而我自己也愈来愈觉着难以忍受的婚事，同时也是对阿尔贝蒂娜获准待在这个家里这件事本身的一个不可逾越的障碍。除了这个至关重要而妈妈却毫不知情的原因之外，妈妈的态度还受到两方面的影响，一方面，由于外婆很崇拜乔治·桑，主张美德在于心地高尚，而妈妈又以外婆为楷模，因而受了这种富有教益、豁达大度的思想观念的影响，另一方面我的一些有伤风化的所作所为也使她受到影响，在这双重影响之下，她现在对女性的言行举止是颇为宽容的，换了从前，或者即便是今天，但换了属于她在巴黎或贡布雷的中产阶级圈子里的女友，她是会显得很严厉的，可是现在有我在她面前极力称颂这些女性心地高尚，而她又那么爱我，所以有好些地方她也就原谅她们了。

不过，就算撇开合适不合适的问题不说，我相信阿尔贝蒂娜还是有很多地方使妈妈觉得难以忍受的。从贡布雷，从莱奥妮姑妈，从所有的亲戚那儿，妈妈保留了做事有板有眼、讲究条理的习惯，而在我这位女友的头脑里，是根本没有这种概念的。她进房间从来不知道关门，而要是房门开着，她也会毫无顾忌地直闯进去，就跟一条狗、一只猫没什么两样。她那有点不很知趣的妩媚，这会儿就使她在这家里简直不像一位年轻姑娘，而像一只养家的小猫小狗，就那么在房间里进进出出，冷不丁地出现在每个你没想要她来的地方，有时还走来跳上床跟我并排躺着——这在我倒是一种极好的休息，——就像为自己做了个窝儿，一动不动地呆着，全然不来惹我；换了是人的话，可就不会这样了。但后来，她终于还是向我的睡眠制度屈服了，非但不再贸然闯进我的房间，而且在我按铃之前再也不弄出声音来了。叫她不敢对这些规矩掉以轻心的，是弗朗索瓦兹。她是贡布雷那些忠心耿耿的女仆中的一个，她们知道自己主人的地位，她们所能做的最起码的事就是让他不折不扣地得到她们认定他该得到的一切。当一位生客告辞，想要给弗朗索瓦兹一些赏钱，让她跟帮厨的年青女仆去分的时候，往往还没等这位先生来得及把钱放进弗朗索瓦兹的手里，她已经在对那个跑来道谢的女仆发话了，说出的话既快当，又板实，不容对方不听，直到那女仆照她吩咐的那样，不是忸忸怩怩的，而是大大方方的道了谢才算完事，贡布雷的本堂神甫并不是一位天才，但他也清楚有哪些事是自己该做的。由于他的劝引，萨兹拉夫人的一位信新教的表兄弟的女儿改宗皈依了天主教，而且结下了一段在他看来完美无缺的姻缘。这桩婚事的对方是梅塞格利斯的一位贵族。年轻人的父母写了一封信，原意是想了解些情况，但口气相当倨傲，对女方原宗新教颇有微词。贡布雷本堂神甫写了封措词强硬的回信，结果那位梅泽格利兹贵族马上回了封口气迥然不同的信，谦恭卑顺之至地恳求能有跟年轻姑娘结合的殊荣。

弗朗索瓦兹毕竟没有本领做到让阿尔贝蒂娜对我的睡眠抱有敬意。但在她身上，真可以说浑身上下渗透了传统的乳汁。对于阿尔贝蒂娜全然出于无心地提出要进我房间或让我给她要件什么东西的诸如此类的要求，她不是三缄其口，就是断然回绝，阿尔贝蒂娜在惊愕之余，终于明白了自己是置身于一个奇怪的地方，这儿时行一套陌生的习俗，举手投足都得受一些不容她违抗的规矩的管束。她在巴尔贝克时对此已有预感，而到了巴黎，就干脆打消了抗拒的念头，每天早上耐心地等听见我的铃声以后才敢弄出响声。

再说，弗朗索瓦兹对阿尔贝蒂娜的训导，对这位老女仆本身也有好处，她从巴尔贝克回来后整日价不停地长吁短叹，现在渐渐地不听见了。当初临上火车那会儿，她忽然想起忘记跟旅馆的女主管告别了，那个照看各个楼面的长唇髭的女人，几乎都不认识弗朗索瓦兹，只是见面时对她颇为客气。但弗朗索瓦兹执意要下火车赶回去，到旅馆去对这位楼面主管说声再见，等第二天再动身。我出于理智，更出于骤然产生的对巴尔贝克的惧怕，没有同意她去实现这份心意，她却因此怏怏不乐，终日处于一种病态的、焦躁不安的恶劣情绪之中，即便事过境迁，情况依然不见好转，她把这种情绪一直带到了巴黎。因为，按照弗朗索瓦兹心目中的法典，正如她从圣安德烈教堂的浮雕画上看来的那样，盼着一个敌人早点死掉，甚至亲手去致他于死命，都是可以允许的，但倘若没有把自己该做的事做好，没有向人还礼，像个不折不扣的粗人那样，没有在动身前向一位楼面主管告别，那可就是大逆不道了。在整个旅途中，没有向那个女人道别的追忆，无时无刻不重现在弗朗索瓦兹的眼前，使她的双颊升上一片样子很吓人的鲜红颜色。一路上直到巴黎，她不吃一点东西，不喝一口水，这与其说是为了惩罚我们，或许不如说是因为那段回忆压在她的胃里，真的把“胃袋”弄得“沉甸甸”了（每个阶层有它的病理学）。

妈妈每天有一封信给我，每封信里必定有德·塞维涅夫人书简的摘句，这么做的原因是多方面的，其中也含有对外婆怀念的因素。妈妈在信上写道：“萨兹拉夫人请我们去吃了一顿她独擅胜场的早餐，要是你可怜的外婆还在，她又该摘引德·塞维涅夫人的话说，这早餐让我们不邀客人来家而得以排遣孤寂了。”我一开头回信时，傻乎乎地说了句：“从这些摘句，你的母亲一眼就看得出是你摘的。”这一下，三天以后我就读到了：“可怜的孩子，如果你是为了对我说声我的母亲，那么你找德·塞维涅夫人帮忙可是找错门了。她会像她回答德·格里尼昂夫人那样对你说：“‘她对您就那么不算回事吗？我还以为你们是一家子的呢。’”

这会儿，我听见了我的心上人在她的房间里进进出出的脚步声。我按了铃，因为已经是安德蕾带司机来接阿尔贝蒂娜出去的时间了，这个司机是莫雷尔的朋友，是从韦尔迪兰家借来的。我曾经对阿尔贝蒂娜说起过我俩结婚的颇为渺茫的可能性；可我从没对她很正式地谈过这事；她呢，出于矜持，每当我说到“我不知道，不过也许是有可能的”，她总是带着忧郁的微笑摇摇头，像是在说“不，不会的”，那意思也就是说：“我太可怜了。”于是，我在跟她说我俩的将来“什么都说不准”的同时，眼前就尽量让她开心些，日子过得舒坦些，也许我还下意识地想通过这样做来使她希望嫁给我。对这种奢靡的生活，她抱着一种取笑的态度。“安德蕾的母亲瞧我成了像她一样的阔太太，一位照她的说法‘有车有马有画儿’的夫人，一准要对我板起脸来了。怎么？我从没告诉过您她是这么说的？哦，她是个怪人！让我吃惊的，是她居然还把画儿抬到能跟轻车骏马相提并论的地位。”

下面我们就会看到，尽管阿尔贝蒂娜说话傻里傻气的习惯还没改掉，但确是已经有了令人惊异的长进。可这跟我全然不相干，对一个女人在智力上的优点，我一向看得很淡漠。也许，能让我感到有趣的，只有塞莱斯特那种另有一功的语言天才。比如说，当她瞧准阿尔贝蒂娜不在，抽空子跑来跟我攀谈的时候，我总禁不住要轻轻地笑一阵子，她称我是：“在床上休憩的天使！”我说：“瞧您说的，塞莱斯特，怎么是‘天使’呢？”“哦，要是您以为您跟那些在咱们这块卑微的土地上游荡的凡夫俗子有什么共同之处，那您就大错特错了！”“那怎么又是在床上‘休憩’呢？您明明瞧见我是在躺着睡觉。”“您可不是在躺着睡觉呵，难道您见过有谁是这样躺着睡觉的吗？您只是在这儿休憩一下。这会儿，您穿着这件白睡衣，再加上这么摆动脖子的姿势，看上去就像只白鸽儿。”

阿尔贝蒂娜，即使是在一些最琐屑不过的事情上，也跟不多几年以前在巴尔贝克的那个小姑娘判若两人了。在说到一桩她很反感的政治事件的时候，她居然也会说什么“这可真是太妙了”，我不知道是不是也就在这个时候，她学会了对一本她认为写得很糟的书这么说：“这本书还挺有趣的，不过话得说回来，写这本书的倒像是头猪。”

我的房间在我按铃以前禁止入内，这使她觉得挺逗的。由于她得了我们家寻章摘句的家传，她就从她在修道院演过，而我又告诉过她我很喜欢的那儿出悲剧中引经据典，一个劲儿地把我比作亚哈随鲁[1]：

> 未经召见擅自进见，
> 就是胆大妄为罪不容诛。
>
> 不论官爵，不问男女，
> 厄运概莫能逃，令人胆虚。
>
> 就连我……
> 亦为律条所囿，与其他女子无异，
> 为和他说话，若非静等驾幸，
> 至少亦得候他召见。

---

1. 法国剧作家拉辛的悲剧《以斯帖》中的人物，波斯国王。该剧取材于圣经故事，下面引用的是第一幕第三场中王后以斯帖的台词。

她的外貌也起了变化。那双细细长长的蓝眼睛——现在更细更长了——有点变了模样；颜色依旧没变，但看上去就像是一汪清水。以致当她闭上眼睛时，你会觉得就像是合上了一道帘幕，遮蔽了你凝望大海的视线。在我脑子里留下最深印象的，大概就是她脸上的这个部位——当然这只是指每晚跟她分手时而言。因为，比如说吧，等到了第二天早晨，那头波浪起伏的秀发又会使我同样地感到惊叹不已，就像我瞧见的是一件从没见过的东西似的。不过，在一位年轻姑娘笑吟吟的目光之上，又有什么东西还能比紫黑光亮的华冠也似的一头秀发更美的呢？笑容平添了几份情意，而浓密秀发的末梢上的那些澄莹的小发卷，却更接近可爱的肌体，仿佛这就是从那儿传来的乍起的涟漪，叫人看得心旌飘摇。

她一走进我的房间，就纵身跳到床上，有时候还会一本正经地向我解释我这人有哪些地方怎么怎么聪明，以一种真诚的激情向我起誓，她宁愿死去也不愿离开我：那些日子我都在刮好脸以后才叫她来的。她属于那种不会找出自己产生某种感觉的原因的女人。一张胡子刮得很干净的脸使她们引起的愉悦，会被解释成一个在她们眼里将为她们的未来奉献幸福的男子在道德品行上的优点，但这种幸福却又会随着胡子的生长而变得黯然失色，成为莫须有的东西。

我问她要去哪儿。“我想安德蕾要带我到比特-肖蒙公园去，我从没去过那儿。”当然，我没法从那么些其他的话中间判断出她这句话是不是在说谎。再说，我相信安德蕾会把阿尔贝蒂娜和她一起去过的地方都告诉我的。在巴尔贝克，我对阿尔贝蒂娜感到极其厌烦的那会儿，曾经半真半假地对安德蕾说过：“我的小安德蕾，要是我早些碰到您有多好！那样我就会爱上您的。可现在我的心已经给押在别的地方了。不过我们还是可以经常见见面，因为对另一个女人的爱情使我感到无限忧伤，只有您能帮助我，给我以安慰。”谁料这几句戏言，时隔三星期之后却当了真。安德蕾在巴尔贝克那会儿想必是以为我在说谎，我其实爱的是她，这会儿在巴黎，也许她也仍然是这么想的。因为对我们每个人来说，事情的真相到底如何，实在是变幻莫测，所以旁人是简直没法领会其中奥妙的。而由于我知道她会把她跟阿尔贝蒂娜一块儿做些什么，一五一十地都告诉我的，所以我就请她上这儿来，她也接受了邀请，几乎天天来找阿尔贝蒂娜。这样一来，我就可以放心地待在家里了。安德蕾曾是那伙姑娘中的一员，凭这一点，我就相信她是会从阿尔贝蒂娜身上得到所有我想知道的东西的。说实话，我现在可以真心诚意地对她说，唯有她能慰藉我的心灵，使它得到宁静。

另一方面，我之所以挑选安德蕾（她正好改变主意，不回巴尔贝克，留在巴黎了）跟阿尔贝蒂娜作伴，跟阿尔贝蒂娜告诉我的话也有关系，她告诉我说，在巴尔贝克那会儿，她的这位女友对我很有情意，可我一直以为安德蕾那时挺讨厌我，如果我当初知道是这么回事，也许我爱上的就是她了。"怎么，您对这事一点都不知道？"阿尔贝蒂娜对我说，"我们可是常拿这事开玩笑呢。再说，难道您从没注意到她说话想事都在学您的样子吗？每逢她刚从您那儿回来，事情就更是显而易见了。用不着她告诉我们她有没有跟您见过面。她这么一到，只要是刚从您那儿来的，那么从她脸上一眼就看得出来。我们几个人你瞧我我瞧你的，笑得个不亦乐乎。她就像个烧炭佬，浑身从头黑到脚，却要人家相信他不是烧炭的主儿。磨坊伙计不用告诉人家他是干什么的，别人一瞧他那一身面粉，还有肩上那扛包的印儿，就全明白了。安德蕾也是这样，她跟您一个模样地皱着眉头，过后又把长长的脖子这么一扭，还有好些我说不上来的名堂。要是我从您房间拿了一本书，哪怕我走到外面去看，人家也知道书是从您这儿拿的，因为这书上有股子熏药的怪味儿。还有些事，说起来都是琐屑不起眼的小事，可是骨子里还真是些挺够意思的事儿。每当有人说到您怎么怎么好，看样子对您挺看重的，安德蕾就会欢喜得出神。"

不过，我担心阿尔贝蒂娜会趁我不在跟前要些花样，所以还是劝她这天别去比特-肖蒙公园，换个别的地方，比如圣克鲁去玩玩。

当然这压根儿不是因为我还爱着阿尔贝蒂娜，这我自己也清楚。爱情，也许无非就是一阵激动过后，那些搅得你的心翻腾颠动的旋流的余波而已。阿尔贝蒂娜在巴尔贝克对我说起凡特伊小姐的那会儿，的确有过这样的旋流搅得我的心上下翻腾过，可是它们现在平息了。我不再爱阿尔贝蒂娜了，因为此刻在我心中，当我在巴尔贝克的火车上了解到阿尔贝蒂娜的少女时代，知道她或许还是蒙舒凡的常客时我所感到的那种痛楚，确实已经不复存在了。所有这一切，我已经翻来覆去地想够了，痛楚已经平复了。但是，阿尔贝蒂娜说起话来的某些样子，不时还会让我揣测——我也不知道为什么——在她那尚且如此短暂的人生历程上，她一定接受过许许多多恭维和求爱的表示，而且是满心欢喜地，也就是说是以一种狎昵风骚的姿态去接受的。因而她对什么事都爱说："是吗？真的吗？"当然，要是她就像奥黛特那样地说什么："瞧他吹的，是真的吗？"我是不会多生这份心的，因为这种话本身就够可笑的，让人听了只会觉得这个女人头脑简单，有点傻气。可是阿尔贝蒂娜说"是吗？"的那种探询的神气，一方面给人一种很奇怪的印象，觉得这是一位自己没法作出判断的女同胞在求助于你的证实，而她则像是不具备与你同等的能力似的，（人家对她说："咱们出来一个钟头了"或者"下雨了"，她也问："是吗？"）另一方面，遗憾的是这种无法对外界现象作出判断的能力上的缺陷，又不可能是她说"是吗？真的吗？"的真正原因。看来倒不如说，从她长成妙龄少女之日起，这些话就是用来应付诸如"您知道，我从没见过像您这样漂亮的人儿，""您知道我有多么爱您，我爱您都爱得要发疯了"之类的话的。这些"是吗？真的吗？"就是在卖弄风情地应承的同时，故作端庄地给那些话一个回答，而自从阿尔贝蒂娜和我在一起以后，它们对她只剩一个用处，就是用一个问句来回答一句无须回答的话，比如说："您睡了一个多钟头了。""是吗？"

我觉得我对阿尔贝蒂娜已经没有任何爱情可言，回忆往日的欢乐时我从不会去想起我俩在一起度过的那段时光，但对她每日的行止，我始终在暗中挂着心；当然，我逃离巴尔贝克，为的就是让她再也没法去跟这个那个的朋友会面，我一直对她的这帮子朋友提心吊胆的，生怕她跟她们混在一起会为了逗个乐儿，说不定还是为了拿我逗个乐儿，就干出些伤风败俗的事来，因此我当机立断决定离开那儿，意在一劳永逸地斩断所有这一切对她有害的联系。阿尔贝蒂娜有一种不同一般的惰性，一种把什么事情都忘在脑后、随遇而安的本领，以致那些联系一旦切断之后，纠缠我多时的恐惧症也就不治而愈了。但正像它所由缘起而又无以名状的邪气一样，这种恐惧也会以各种模样出现。在我的嫉妒还没有找到新的附体以前，我还能在痛苦已成过去之际，得到一段时间的安宁。可是，些许细微的诱因，就能引起一种慢性病的复发，同样，对激起这种嫉妒的人的邪恶而言，一点小小的机缘就能触发它（在一段贞洁的间歇过后）再度施威于不同的对象。我可以把阿尔贝蒂娜和她的同伙分开，从而驱走邪魔似的缠绕着我的幻觉；但是，即使我能够让她忘掉那伙人，切断她和她们的联系，她的寻欢作乐的欲望却是根深蒂固，而且也许正等待时机随时准备宣泄出来的。而巴黎和巴尔贝克同样地为这种宣泄提供着机会。

无论在哪个城市都是一样的，她根本无须去寻找，因为邪恶不仅存在于阿尔贝蒂娜身上，而且存在于别人身上，任何寻欢作乐的机会都是那些人所求之不得的。只消一个心领神会的眼神，就能把两个如饥似渴的人儿撮合在一起。对一个机灵的女人来说，先装出什么也没瞧见的样子，过五分钟再朝那个已经心领神会、兀自等在一条小马路上的人儿走去，三言两语就安排好一次幽会，这真是再容易不过的事了。有谁能看出半点破绽来呢？对于阿尔贝蒂娜，事情更加简单，她若想把那种暧昧关系保持下去，只用对我说她挺喜欢巴黎的某处近郊，很想再去一次就行了。所以，只要她回来得太晚，或是出去兜风的时间长得难以解释（尽管结果也许还是让她轻而易举地给解释了过去，而且其中决无半点与情欲有涉的理由），就足以让我旧病复发，这回它可是跟我想象中的一幕幕背景并非巴尔贝克的场景缠在了一起，而我则极力想把这些场景连同以前的印象一并抹去，仿佛排除一次转瞬即逝的诱因，就能消弭一场先天疾病的病因似的。我没有意识到，我之所以能这么做，靠的正是阿尔贝蒂娜多变的性格，正是她那种对不久前还是情之所钟的对象说忘就忘，甚至立时生出厌恨来的本领，我这样做，不时会使某个我不认识、但曾给她以乐趣的对象蒙受深切的痛苦，我更没有意识到，我把痛苦加在这一个个对象身上，其实也是枉然的，因为这些对象都将相继被抛弃、替补，在被她轻率抛弃的旧人横陈沿途的这条通道之侧，还有一条平行的小路展示在我面前，那是一条只容我偶而停步匆匆喘口气的无情的畏途；如果当时能仔细想一想，我该明白只有在阿尔贝蒂娜和我两人中有一个已经走到生命尽头的那个时刻，我的痛苦才会休止。还在我们刚回到巴黎的那会儿，我就对安德蕾和司机关于陪阿尔贝蒂娜外出兜风的报告不满意，当时我就感觉到，巴黎的近郊和巴尔贝克的近郊同样的使我不放心，有好几天，我亲自陪阿尔贝蒂娜出游，可是不管上哪儿，我照样摸不透她到底在干些什么，她照样尽可以背着我做小动作，我一个人监视她，困难更多，最后我干脆带她回了巴黎。说实话，离开巴尔贝克那会儿，我还以为就此带着阿尔贝蒂娜离开了蛾摩拉[1]呢；唉！蛾摩拉在这世上真是无所不在哟。我一半出于嫉妒，一半出于对这种兴趣（非常难得遇到的情形）的懵懂无知，无意间安排下了一场捉迷藏的游戏，而阿尔贝蒂娜在这中间始终没让我逮住过。

我会冷不丁地向她发问："喔！顺便问一句，阿尔贝蒂娜，不

1.《圣经·旧约》中因居民罪恶深重被神毁灭的古城。通常借指罪恶渊薮。

知是我瞎想还是您真对我说过，您认识吉尔贝特·斯万？”“是嘛，我说过她在课堂里老爱跟我说话，因为她有一套法国历史的笔记；她还挺客气的，把这些笔记借给我，我看完以后就带回教室去还她，我俩只在课堂上见面。”“您看她是不是属于那种我所不喜欢的姑娘？”“哦！完全不是，正好相反呐。”

不过，除了一味作这种类似审讯的聊天以外，我更经常地是把待在家里节省下来的这点精力，全部花在想象阿尔贝蒂娜出游的情景上，我用一种热切的口吻跟她谈到咱俩一起出游的计划，无从兑现的计划使这种热切显得那么无可指摘。我表示了去巴黎圣堂[1]重睹彩绘玻璃风采的强烈欲望，并为无法单独陪她成行深感遗憾，她瞧着我那种热切的模样，就温柔地对我说：“哦，我的小乖乖，既然您看来这么想去，那么就上点劲儿，和我们一块儿去呗。只要您愿意，我们等多久都行，等到您准备好为止。另外，要是您觉得单独和我在一起更有趣的话，我只消打发安德蕾回家，让她下回再来就是了。”然而这些邀我出游的话，却正增强了我的安全感，使我更安心地待在家里了。

我没想到，把看守阿尔贝蒂娜以平息我内心骚乱的任务，如此这般地托付给安德蕾和司机，让他俩去费神监视阿尔贝蒂娜之后，我却就此变得愈来愈迟钝，那种绞尽脑汁驰骋想象的冲动给遏制下去了，那些由揣度、阻止别人要做的事的意愿所激发的灵感也不复出现了。更危险的是，就我的个性而言，可能性所构成的世界总要比日常生活的现实世界更让我觉得容易明白些。这固然有助于去了解人的心灵，但也容易受人欺骗。我的嫉妒由想象而生，是一种精神上的自我折磨，而与可能性并不相干。然而，人们乃至整个民族（因而我也包括在内），在其生命史上都可能会有那么一天，感到自己身上需要有一个警长，一个明察秋毫的外交官，一个安全部门的首脑，这些人物

1. 位于巴黎市中心的古教堂，其中建造于十三世纪的彩绘大玻璃窗极为壮观。

从不根据可能性去作八面来风的臆测，而是进行准确的推理，暗自在算计着：“倘若德国如此这般宣称，那么它必是另有企图，那决非某种泛泛而谈的企图，而是极其明确的某事某事，而且可能已在付诸实施。”“如果此人已经逃跑，他一定不是逃往目的地a，b，d，而是逃往目的地c，必须在该地组织搜捕，具体方案如下……”。天哪，这方面的本领我生来就欠缺，现在我又习惯了让别人去代我操那份监视阿尔贝蒂娜的心，自己图个清静，所以干脆听任那点微弱的本能麻木、萎缩乃至消亡。至于我想待在家里的原因，我是很不愿意向阿尔贝蒂娜讲穿的。我告诉她说，医生嘱咐我卧床。这不是真话。即便是真话，当初这道医嘱也并没能阻止我陪阿尔贝蒂娜出游。我请她允许我不跟她和安德蕾一起出去，在此我只想说其中的一个原因，一个出于明智的考虑的原因。每次我和阿尔贝蒂娜出去，只要她稍稍离开我一会儿，我就会惴惴不安：我揣想她也许是在和什么人说话，或者是在拿眼风瞧什么人。要是她情绪不佳，我又会想，大概我把她的约会给搅了或是耽误了她的时间。真实，从来就只是一种把我们引向未知世界的诱饵，而我们在探索这未知世界的道路上，是没法走得很远的。最好的办法是尽量不去知道，尽量不去多想，不为嫉妒提供任何具体的细节。遗憾的是，即使与外界生活隔绝，内心世界也会滋生种种事端；即使我不陪阿尔贝蒂娜出去，独自在家遐想，纷沓的思绪中时而也会冒出一鳞半爪真实得不能再真实的东西，它们就像一块磁铁那样，把未知世界的某些蛛丝马迹牢牢地吸住，从此成了痛苦的渊薮。哪怕我们生活在密封舱里，意念的联想和回忆，仍然在起作用。

但这些内心的撞击并不一定是即刻产生的。阿尔贝蒂娜刚出门，孤独所具有的那种启人心智的效能，俄顷之间就使我恢复了生气；我也要在这刚开始的一天享受自己的乐趣。可要是当天的天气不仅不能唤起我对往昔的想象，而且也不能向我展示眼前的真实世界，展示这个对任何没有为一些不起眼（因而不足道）的情况所迫，非得待在家里不可的人来说都是一目了然的真实世界，那么光凭享受一番乐趣的一厢情愿的愿望——这种任性的、纯粹出于本能的愿望，——是还不足以给我带来这些乐趣的。有些个晴天，寒意袭人，街上的声音异常清晰地传到耳际，与我之间的沟通显得那么畅达，仿佛房子四周的墙壁都给拆了似的，每逢电车驶过，它那叮叮当当的铃声就宛如一把银刀在敲击玻璃的房子。更美妙的，是我在心里听到的那把潜在的小提琴奏出的令人陶醉的新的旋律。随着温度和外界光线的变化，琴弦变得时而紧张，时而放松。在我们体内，这潜在的乐器在日复一日单调划一的生活节奏中保持着沉默，让它奏出如歌旋律的正是差异和变化音乐的那个源泉：有些日子里，天气的变化会使我们即刻从一种音乐氛围转换到另一种氛围。我们会回忆起一支久已忘怀的曲调，歌的旋律会以数学般的精确浮现在记忆中，甚至都来不及去辨认这到底是哪支歌，便会信口唱了出来。唯有这些内在的变化（尽管它们也是受外界影响产生的），才会引起我对外部世界印象的改变。脑海中那扇久久关闭的交流沟通之门开启了。小城生活的片段，欢愉郊游的场景，都在意识中浮现出来了。随着琴弦的颤动，我全身都震颤了起来，我相信，为了能再有一次如此奇妙的体验，我会愿意付出业已逝去和行将到来的全部生命作为代价，——这些生命所留下的痕迹，早晚是要给习惯这块橡皮拂拭殆尽的。

虽然我没有陪阿尔贝蒂娜去作长途的郊游，但是我的心神却比她的行踪更加飘忽不定，我拒绝了用我的感官去领略这个美好的早晨，但我在自己的想象中欣赏着所有那些与之相似的早晨，那些已经有过和还会再有的早晨，更确切地说，我在欣赏的是某一个典型的早晨，所有跟它相似的早晨都只是它时断时续的再现，我一眼就能认出它们；因为清冽的风儿吹过，就会把当天的福音书掀到一页页合适的位置，稳稳当当地齐着我的视线，让我躺在床上就能清楚地看到它们。这个理想的早晨，以酷肖所有类似的早晨的永恒的真实，充实我的心灵，给我带来一种不因体质孱弱而兴味稍减的欢乐：幸福舒畅的感觉，往往并不是从健全的体魄，而是从不曾消耗的盈余精力中产生的，我们不必靠充实精力，只须靠缩减活动，就能同样地获得这种感觉。我在病床上积累的充盈精力，使我全身震颤，心头突突地跳个不停，犹如一部不能移动的机器兀自在原地运转。

弗朗索瓦兹来生火，往炉膛里扔了些小树枝引火。一个夏天下来已被遗忘的那股气味，氤氲在炉膛四周，生成一个魔幻般的氛围，我在其中依稀觉得自己正在看书，一会儿在贡布雷，一会儿又在冬西埃尔，我感到快活极了，尽管人还在巴黎的房间里，却仿佛正要动身沿梅泽格利兹的方向去散步，要不就是去找圣卢和他的那些在军营的朋友们。常常有这样的情况，我们回想积聚在记忆中的往事所感受到的乐趣，在有些人身上，例如在那些身受病痛折磨而又时刻怀着康复希望的人身上，会表现得格外强烈，难支的病体和怀抱的希望，一方面使他们不可能到大自然中去寻找跟回忆吻合的图景，另一方面又使他们有足够的自信，以为自己很快就能那么去做，因而面对这些回忆仍会显得充满渴念、无限神往，面前的这一切，在他们已不仅仅是回忆或图景。然而，即使它们对我来说永远只是些回忆而已，即使我在回想起它们时仅仅是看见一些图景而已，有时冷不丁的，由于一种感觉同一效应，它们会使我整个儿的变成那个当初见到它们的孩子或少年。不仅户外的天气起了变化，室内的气味有了异样，而且在我身上年龄倒了回去，人也变了模样。清冷的空气中透出的树枝气味，宛如一段逝去的岁月，一块从往昔的冬日飘来的见不到底的浮冰，闯进了我这间不时留有这种香味或那种亮光痕迹的屋子，这些痕迹犹如岁月流逝留下的印痕，甚至还在我怀着契阔已久的希望的喜悦辨认出它们以前，我就已经置身其间，整个儿沐浴在它们当中了。阳光照在我的床上，穿过我瘦弱躯体的透明遮挡，温暖着我，使我有如水晶玻璃似的变得通体灼热。这会儿，我就像一个连医生还禁止他吃的菜肴也照吃不误的饿慌了的恢复期病人，又想起了阿尔贝蒂娜，心想跟她结婚势必会弄糟我的生活，既然我得承受把自己奉献给别人这么一个对我来说过于沉重的负担，而且由于她无时无刻不在我眼前，我势必得过一种丧失自我的生活，再也没法享受到那种悠然独处的乐趣。问题还不止于此。即便我们所要求于生活的只是它能给予我们的种种愿望，其中也总有一些——那些不是由物，而是由人激起的愿望——会有它们独特的禀性。所以，倘若我从床上起来，撩开一会儿窗帘，那可并不仅仅是像音乐家打开一会儿琴盖那样，也不仅仅是为了证实一下阳台和街上的阳光是不是完全和我的回忆合得上辙，我那样做，也是想瞧一眼那个挎着筐衣裳的洗衣女工和穿着件蓝罩衫的面包铺女掌柜，或者是那个用弯弯的扁担挑着牛奶罐、穿着围裙翻出白帆布袖口的送奶女人，再不就是想瞧瞧那个跟在家庭女教师后面、满脸骄气的金发小姑娘，总之，我想瞧的是这样一幅图景，它跟其他图景在外表上看似微不足道的差别，已足以使它跟那些图景之间，用音乐的语言来说，有如两个不同的音符那样迥然相异，而我只要有哪一天见不到它，这一天就会因其无法为我追求幸福的愿望提供对象而显得苍白贫乏。不过，见到这些事先想象不到的女性，虽然给我带来了愈来愈多的欢愉，使这街道，这城市，这世界都变得更令我向往，更值得我去探索，但因此也使我急不可耐地渴望恢复健康，走到外面去，没有阿尔贝蒂娜在身边，做个自由自在的人。有多少次，当那个将把遐想留给我的陌生女人或是步行，或是把车子开得飞快地从屋前经过的时候，我总为自己的病体没法跟上目光而感到痛苦，我的目光追随着那个女人，犹如火枪的枪子儿从窗洞里射出去似的落在她身上，不让她的脸容从我的眼里消失，因为我在这张脸上期待着幸福——一个幽居如我的人从未尝到过的幸福——的赐予！

至于阿尔贝蒂娜，我对她的情况已经不感什么兴趣。她一天比一天变得难看。只有当我听说她怎么撩拨起别的男人的欲念的那会儿，我才重又感到痛苦，想把她从他们那儿夺回来，让她当着我的面给高高地吊在桅杆上。她能使我痛苦，但决不会使我快乐。正是这种痛苦，维系着我和她之间的这种乏味腻人的关系。一旦这种痛苦得以解脱，减轻痛苦的努力——它有如一种让人备受折磨的游戏，逼得我付出全部精力——也随之变得全无需要之后，我就觉得她对我已经变得毫无意义，而我对她想必亦是如此。使我感到沮丧的是这种状况还会持续下去，我有时甚至希望听到她干下了什么骇人听闻的丑事，能让我在病体康复之前跟她吵一场，然后好让我俩重归于好，让那根把两人拴在一起的链子换个样儿，变得柔软些。与此同时，我又利用许许多多个场合，许许多多次作乐的机会，在两人的交往中给她制造了一种幸福的幻象，而这种幸福我自问是无法真正给她的。我一旦身体恢复，就要去威尼斯；可是，倘若我娶了阿尔贝蒂娜，我怎么能成行呢？我对她百般猜疑，哪怕就在巴黎，当我决定要走动一下的时候，也总要带着她一块儿出去。即便我整个下午都待在家里，我的思绪还是一路跟随着她，我眼前会浮现出一幅蓝濛濛的幽远的场景，以我为中心绵延生成一片朦胧空廓、飘移不定的地带。“要是阿尔贝蒂娜，”我对自己说，“在哪回兜风的时候，想到我不再跟她提起结婚的事儿，下个狠心就此不回来，干脆上她姨妈家去，也不要我对她说声再会，那她就会省掉我不少事，免得我为两人的分手去那么担心了！”我的心，自从它的伤口愈合以后，开始跟我的这位女友分道扬镳了；我可以在想象中毫不费力地把她挪开，让她离得我远远的。没有了我，十有八九会有别人娶她的，而她，有了自由，也许就会去干出那种种叫我胆战心惊的荒唐冒险的事儿。可是，这会儿的天气这么好，我拿准她晚上就得回来，所以即使她可能干下傻事的念头在我脑子里冒了头，我还是能很洒脱地把它甩在一边，让它在头脑里的哪个旮旯里无声无息地呆着，就像那是某个想象中的人物干的坏事，跟我的现实生活毫不相干似的；我的脑子轻松自如地运转着，觉得自己具有一种既是生理上的、又是心理上的力量，它好似一种肌肉的活动，一种精神的亢奋，使我超越始终羁绊着我的忧心忡忡的状态，开始在自由自在的氛围中活动，而一旦进入这种氛围，就觉得不论是死命地去阻止阿尔贝蒂娜跟别人结婚，还是想方设法不让她跟别的女人相好，它们在我自己眼里，就跟在一个不认识她的陌生人眼里同样的显得有悖情理。

然而，嫉妒又属于那种诱发因素变化莫测、无从控制的间发症，这些诱发因素往往在这个病人身上是一个样儿，在另一个病人身上完全是另一个样儿。有的哮喘病人发病时，非得打开窗户，站在风口里呼吸从冈峦拂来的新鲜空气，病情才能缓解，而有的哮喘病人却得呆在城里，躲在烟雾缭绕的房间里才行。但既然生的同是嫉妒病，他们又会都有对某些事可以循例不究的脾气。有的人并不在乎受骗上当，只要别人把事情告诉他，让他知道真相就行，有的人却但愿别人能把事情瞒着他，其实这两种人同样可笑，因为，如果说后一种人由于别人对他隐瞒了真相而更称得上真正受了骗，那么前一种人要知道真相则无非是要让烦恼滋生、延续、周而复始。

而且，嫉妒的这两种不同的偏执表现，对隐情恳请告知也好，拒不与闻也好，常常都会走到偏执狂的地步。我们看到，有些受了情妇疏慢的嫉妒的男子，依然允许她委身于别的男人，只要事情得到过他的许可，而且就在近边，即使不在他眼皮底下，至少也是在他的屋顶底下进行。在那些上了些年岁，而情妇还很年轻的男人中间，这种情形是屡见不鲜的。这种男人感觉到自己已经难以讨得情妇的欢心，有时甚至已经无法满足她的要求，于是，与其让她欺骗自己，倒不如把一个能使她开心、却不会给她出坏主意的男人，引进家里的一间邻室。对另一些人，情况截然相反：在一个他所熟识的城市里，他决不允许情妇离开自己半步，完完全全把她当奴隶一般看待，但他又可以同意她跑开一个月，到一个他完全陌生的、无从想象她在那儿会怎样生活的国家去。我对阿尔贝蒂娜，就同时有着这两种以偏执求安宁的心态。如果她是在我的附近寻欢作乐，而且是由我怂恿她这么做的，我就能监视她的一举一动，不用担心会受她的骗，所以也就不会嫉妒；如果她去了一个我完全陌生的遥远的国度，叫我无从想象，不能也不想再去了解她是怎样行事的，那我或许也不会嫉妒。在这两种情形下，或是由于了如指掌，或是由于一无所知，都无从产生疑窦。

夕阳吐着余辉，回忆把我带进了一种久远而清新的氛围，我感受着这种氛围，犹如俄耳甫斯呼吸到人间不曾有过的、来自天堂的美妙气息那般的欣喜。可是暮色终于降临，将我沉浸在忧郁之中，我下意识地望望挂钟，看阿尔贝蒂娜还有多久才能回来，我发觉还来得及穿好衣服下楼去，就某些衣着打扮的问题，请教一下房东德·盖尔芒特夫人，因为我正打算买些东西给阿尔贝蒂娜。有时候，我在院子里碰到公爵夫人徒步出门去买东西，而且即便天气不好，她也总戴着女便帽，穿着皮大衣。我心里很清楚，在好些聪明人的眼里，这位太太根本算不了什么，既然现在已经没有公爵领地或亲王封邑，那么德·盖尔芒特公爵夫人这个名头也就全无意义了；可是我对公爵亲王也好，城堡封地也好，都有另一种不同的看法。这位不分晴雨都穿着皮大衣的太太，当年她作为公爵夫人、亲王夫人、女子爵所拥有过的那些城堡采地，在我眼里似乎仍在她手里，就如建筑物巨石门楣上镌刻着的那些人物擎着他们所建造的大教堂或者他们所保护的城市。不过这些城堡、森林，只有我心灵的眼睛才能看见它们擎在这位穿皮大衣、戴手套的太太，这位国王表妹的手上。我的肉眼，在天色阴沉的日子所能看见的仅仅是公爵夫人敢于用来武装自己的一把雨伞。“天有不测风云，还是带着保险些，要不万一我走得挺远，汽车讨的价钱又太贵，我可怎么办哪。”“太贵”呀，“我可付不起”呀，这些话都是公爵夫人整天挂在嘴上的，还有一句是：“我可太穷啦。”让人分不清她这么说，是因为她觉得作为一个有钱人，说说自己很穷挺有趣，还是因为她觉得作为一个（贵族尽管装得像一个乡下女人似的）不像那些有了几个钱就看不起穷人的暴发户似的视财如命，自有一种潇洒的意味。但也可能这只不过是她在某个生活阶段的一种习惯，她挺富有，但相对于支撑这个场面的开销来说又不够富有，总难免感到钱不够用，而她又不愿意让人觉得她想瞒着人家，于是就干脆自己放在嘴上说了。一个人用开玩笑的口吻说的事儿，往往正是使他感到心烦意乱的事儿，只是他不愿意显出烦恼的样子，而且暗地里也许还怀有一种侥幸心理，指望谈话的对方听出自己开玩笑的口吻，也就以为这事儿不能当真了。

不过在晚上的这个时候，我知道公爵夫人一般总是在家的，对此我感到挺高兴，因为这样我就可以更方便地向她详细请教阿尔贝蒂娜用得着的种种知识了。我下楼去的时候，几乎根本没去想一想这事儿说起来有多奇怪：这位让我在童年时代感到那么神秘的德·盖尔芒特夫人，这会儿我上她家里去仅仅是出于实用的目的，想派她个用场，就像是在打个电话似的，当年电话曾是个不可思议的东西，它的奇迹曾让我们感到神乎其神，惊叹不已，可是时至今日，逢到要约裁缝来或者招呼店家送冰淇淋来的时候，我们拿起电话就打，脑子里压根儿就没想着“电话”这回事。

阿尔贝蒂娜对各种各样的小玩意儿都有强烈的爱好。我也禁不住每天都要给她买点新鲜玩意儿。每当她眉飞色舞地对我说起她那双一眼就能看出某件衣物是否风雅的眼睛隔着窗户或是在院子里瞧见德·盖尔芒特夫人围在颈脖里、披在肩膀上或是拿在手里的长围巾、皮披肩或阳伞的时候，我心里很明白，这位小姐的口味生来难弄（跟埃尔斯蒂尔交谈，受了他的趣味的影响之后，越发变得考究了），别说一件只不过是看上去还过得去的东西，就算它确实很漂亮，在一般人眼里已经是很雅致的了，但只要实际上并非全然如此，它就决不会合她的口味；我悄悄地跑去请教公爵夫人，阿尔贝蒂娜喜欢的那件衣裳是在哪儿定做，怎么定做，照什么样子定做的，我要怎样才能一模一样地也弄到这么一件，还包括制作者的秘密，他的特色（阿尔贝蒂娜把这叫作“风度”，“派头”），确切的名称——名头响亮也至关重要——以及我得让人选用的料子的质地。

刚到巴尔贝克那会儿，我就告诉阿尔贝蒂娜说德·盖尔芒特公爵夫人跟我们在同一幢楼里，就住我们对面，她听见这个显赫的头衔和姓氏时的那副神气，说它是冷漠、敌对、蔑视都还嫌轻，那是一个生性高傲、感情炽烈的人在无力实现自己愿望时的一种情绪流露。尽管阿尔贝蒂娜的性格可能自有它了不起的地方，但它所包含的那些优点却只能在我们的爱好这个框框里面，在我们对自己不得不放弃的那些爱好（对阿尔贝蒂娜来说就是冒充高雅）的哀悼——这就是平时所说的反感——中间，去求得发展。阿尔贝蒂娜对社交圈子里的人的这种反感，仅仅是她性格中很小的一个部分，但它作为其中最具有革命精神的一个侧面，使我感到兴趣——那就是对贵族的一种饱含怨懑的眷恋——这恰好跟德·盖尔芒特夫人的贵族气质所表现出来的法兰西性格形成一个有趣的对照。对那种贵族气质，阿尔贝蒂娜因其无法企及，也许倒并不怎么放在心上，但她记得埃尔斯蒂尔曾对她说过公爵夫人是巴黎穿着最讲究的女人，所以在我这位女友身上，对一个公爵夫人所表现的具有共和色彩的蔑视让位给了对一位装束优雅的女人的强烈兴趣。她常常向我打听德·盖尔芒特夫人的情况，而且怂恿我上公爵夫人那儿去征询有关她的衣着打扮的意见。这些事其实我可以去向斯万夫人讨教，出于这一目的我也确实给她去过一封信，不过我觉得德·盖尔芒特夫人在穿着艺术上似乎更胜一筹。如果我在拿准她没出门，而且关照好等阿尔贝蒂娜一回家就通知我以后，我下楼去瞧见公爵夫人穿着一袭薄雾也似的灰色中国绉纱长裙，一派飘飘欲仙的样子，我就会觉得她之所以像这样子出现在我眼前，是出于一些很复杂的原因，而且是应该这样而不可能是别的样子的，我听凭自己浸润在这种恬适的氛围里，有如置身于某些雾气濛濛、笼罩在珠灰色调中的宁谧的下午；如果反过来，她穿的是一件缀满朵朵黄的、红的火苗的中国睡袍，那我就会出神地望着它，犹如望着一轮耀眼的落日；这些衣着，并非一种无所谓的、可以随便更换的装饰，而是一种确定的、带有诗意的现实，如同一天的天气，如同这一天中某个时刻特定的光线。

在德·盖尔芒特夫人的所有这些长裙和睡袍中间，最能反映一种明确倾向、具有一种特殊意义的，要算是福迪尼仿照威尼斯古图案制作的那些长裙。也不知是由于它们的这种历史渊源，还是由于它们中间的每一件都是独一无二的缘故；这些长裙被赋予了一种非常特殊的性质，使穿着这些长裙等你前去或是跟你接谈的这个女人，变得异乎寻常的重要起来，仿佛这装束是长时期深思熟虑的成果，仿佛这谈话是超脱于日常生活之上，有如小说中的场景似的。在巴尔扎克的小说中，我们见过其中的女主角在接待某位来客的日子特意穿上这件或那件装束。如今的服饰已经不像这般的具有个性了，但福迪尼的长裙算得上是个例外。写小说的人在描写这些长裙时，不会有任何含糊之处，因为这些长裙是确实存在的，它上面的最细微的图案，也像一件艺术品的真迹那样可以让你细细端详。面对两件决非大致上差不多，而是每件都有鲜明个性，甚至可以分别给它们取个名儿的长裙，究竟是穿这件，还是穿那件，这位夫人的确是得作一番选择的。

不过，说了长裙，我还得再说说这位夫人。我觉得这会儿的德·盖尔芒特夫人，甚至比当初我恋慕着她的时候更可爱了。因为我在她身上已无所期待（我去她那儿已不是出于看望她的目的），所以当我把脚搁在壁炉柴架上听她说话，仿佛在读一本用往昔的语体写作的书的时候，我几乎是像独自一人待在那儿似的无拘无束，心境平和而宁静。我的精神境界是超脱的，因而我能够细细地品味她的谈吐中那种法国式的典雅，其韵味的纯正，在今天的口头和书面语言中都已是不可复得了。我听着她娓娓而谈，犹如聆听一首风味纯正的可爱的法兰西民歌，甚至觉着依稀能在其中听出她对梅特林克的有所微词（不过，鉴于女人缺乏主见，易为文学界的时尚所左右，如今她或许已经受了姗姗来迟的褒誉的影响，对这位比利时剧作家赞赏不已了），正如我能觉着梅里美对波德莱尔，司汤达对巴尔扎克，保尔-路易·古里埃对维克多·雨果，梅拉克对马拉美都有过微词一样。我知道，这些嘲贬别人者就思想而言都比他们嘲贬的对象有更大的局限性，然而他们的语汇确是更纯正的。德·盖尔芒特夫人的语汇几乎跟圣卢的母亲不相上下，简直到了一种令人赞叹的境界。今天的那些爱说"实则"（而不说"其实"）、"更有甚者"（而不说"尤其"）、"大惊失色"（而不说"大吃一惊"）等等等等的作家们，我可不是从他们的苍白乏味的语汇中，而是从跟一个叫德·盖尔芒特夫人或者叫弗朗索瓦兹的女人的交谈中学到古风的语体和一个个词儿的真正读音的，我在五岁那年就从弗朗索瓦兹那儿知道，大家是不说塔尔纳，而说塔尔，不说贝阿尔纳，而说贝阿尔的。所以我在二十岁进社交圈子时，就用不着再让人教我不该像蓬当夫人那样说"德·贝阿尔纳夫人"了。

如果我说公爵夫人并没意识到自己身上的这种乡土味和半拉子的村妇气，或者她在表现这种味儿时没有某种矫情之处，那我就是在说诳话了。不过在她而言，这与其说是贵妇人学乡下人的样子故作天真，与其说是对藐视不相识的农妇的富婆嗤之以鼻的公爵夫人的骄傲，倒不如说是一位清楚自己的魅力所在，而且不愿让它给摩登的粉饰糟蹋掉的女人的颇带几分艺术家气质的审美趣味。有个例子跟这很相象，我们大家都知道在迪弗有个诺曼底人店主，就是那家"征服者威廉"的老板，他执意不肯让自己的小客栈沾上现代化宾馆的奢侈习气，虽说他已是百万富翁，他的说话、穿衣仍保持着诺曼底农民的做派，而且就像在乡下农舍一样，让顾客跑进厨房来看他亲自掌勺烹制一顿决不比最豪华的大饭店逊色，但价钱也贵得多的晚餐。

但凡古老的贵族世家，单有那点本乡本土的生命力是不够的，家族中还必须降生一位聪明恰到好处的成员，才能不至于鄙薄这种生命力，不至于让它湮没在世俗的粉饰下面。德·盖尔芒特夫人，可惜才情太高，巴黎味儿也太足，当我认识她时，她除了口音以外已经没有半点儿外省气了，但她至少在描述自己当年轻姑娘那会儿的生活时，找到了一种（在似乎过于俚俗的外省人的声腔和矫揉造作的文绉绉的谈吐之间）折衷的谈话方式，这种风格的语言，正是使乔治·桑的《小法岱特》以及夏多布里昂在《墓畔回忆录》中讲述的某些传说显得那么可爱的语言。我最喜欢的事就是听德·盖尔芒特夫人讲那些有农民和她一起出场的故事。古老的名字，悠远的习俗，使这些城堡映衬下的村落别有一种诱人的情趣。

她的那种发音方式，如果其中没有任何做作之处，没有任何创造一套语汇的意图，真称得上是一座用谈话作展品的法兰西历史博物馆。“我的叔祖菲特–雅姆”不会使人感到吃惊，因为我们知道菲兹–詹姆士[1]家族是会很愿意申明他们作为法兰西的名门望族，不想听到人家用英国腔来念他们的名字。不过有些人，他们原先一直以为得尽力按照语法拼读规则来念某些名字，后来却突然听见德·盖尔芒特夫人不是这么念的，于是又尽力照这种他们闻所未闻的念法来念那些名字，这些人驯顺到如此可怜的地步，倒是实在令人吃惊。比如说，公爵夫人有一位曾祖父当过德·尚博尔伯爵的侍从，为了跟后来当了奥尔良党人的丈夫开个玩笑，她总喜欢说“我们这些弗罗施多夫的旧族”。那些原先一直以为该念“弗罗斯多夫”的客人当即改换门庭，满嘴“弗罗施多夫”的说个不停。

1. 菲兹·詹姆士（Fitz–James，1670—1734），英国贵族、元帅；1710年被法国国王路易十四册封为法国公爵。“菲特–雅姆”是这个英国名字按法文读音习惯的念法。

有一回我问德·盖尔芒特夫人，她给介绍说是她侄儿，但我没听清他名字的那位风度翩翩的年轻人是谁，因为公爵夫人说这个名字时，尽管用她那低沉的喉音说得很响，但发音含混得很，我只听见“这位是……翁，罗贝尔……兄弟。他认定他的头盖骨跟远古时代的威尔士人是一模一样的。”后来我才明白她是说：“这位是小莱翁（莱翁亲王，其实是罗贝尔·德·圣卢的内弟）。”“诚然，他是不是真有这样的头盖骨，”她接着说，“这我可说不上来，不过他在穿着上的高雅情趣，可把那鬼地方给甩远了。我和罗昂一家在若斯兰[1]那会儿，有一天我们去做礼拜，碰到好些从布列塔尼各地来的农民。有个高大的乡下汉子，莱翁家的一个佃户，大惊小怪地瞅着罗贝尔内弟的那条浅色长裤。‘你这么瞧着我干吗？我敢打赌说，你还不知道我是谁呐。’莱翁对他说。然后，因为那乡下佬说他不知道，莱翁就接着说：‘听着，我就是你的亲王。’‘噢！’那乡下佬一边忙不迭地脱帽致歉，一边回答说，‘我把您当作英国佬了。’”如果我趁此机会，怂恿德·盖尔芒特夫人再讲讲罗昂家的事（她的家族跟他们家时有联姻的情况），她的叙述就会充满一种矜悯的伤感情调，而且，就像那位真正的诗人邦比耶也许会说的那样，“有股子在荆豆萁火上煎出来的荞麦薄饼的呛人味儿”。

关于那位迪洛侯爵（我们都知道这位侯爵晚年境况很凄凉，他失聪后常让人把他带到失明的H……夫人家去），公爵夫人跟我讲当他的境况还稍好些时，他怎么在盖尔芒特围猎之余随随便便地穿着便鞋跟英国国王一起喝午茶，并不觉着这位国王比自己就特别尊贵些，而且显而易见的是，他在这位国王面前半点儿也不感到拘束。她把这一切描绘得惟妙惟肖，甚至还让侯爵像自命不凡的佩里戈乡绅那样戴了顶带翎饰的火枪手便帽。

1. 若斯兰位于布列塔尼地区莫尔比昂省内的小镇，以建于十二至十四世纪的教堂、城堡著称。

而且，即使在判断某人的乡籍这类小事情上，德·盖尔芒特夫人也流露出很浓的乡土气息——这正是她的魅力所在——能够说出人家出身在某省某地，从小生长在巴黎的女人是无论如何也做不到这一点的，在她从一幅颇有圣西门[1]韵味的肖像画谈到外省风光时，也常会如数家珍地报出安茹、普瓦图、佩里戈这些地名。

咱们再回过来说德·盖尔芒特夫人的发音和语汇吧。所谓贵族气质，那正是在这方面表现出它们真正的保守性的。这里的保守二字，是在这个词儿的那种有点稚气，有点危险，那种对一切发展变化都深闭固拒，但同时又对艺术家颇有吸引力的全部涵义上来说的。我颇想知道从前人们是怎样拼写Jean这个名字的。收到德·维尔巴里西斯夫人的侄儿给我的一封信后，我就明白了这一点，他的签名是——因为他是在哥达[2]受的洗礼，又在那儿颇有名望——Jehan（约翰）·德·维尔巴里西斯，多了一个漂亮而累赘的、纹章学意义上的h，正如我们在祈祷书或彩绘玻璃上看到用朱红或靛青颜色画着的那个令人赞美的字母一样。

可惜我没法坐在那儿没完没了地听她说话，因为我得尽量赶在阿尔贝蒂娜之前回到家里。不过，我也只能一点一滴地从德·盖尔芒特夫人那儿获得我所需要的有关衣着的有用的指点，以便让人尽着年轻姑娘合适的范围，给阿尔贝蒂娜裁剪同样款式的衣装。

“比如说，夫人，上回您先在圣德费尔特府上吃晚饭，然后去德·盖尔芒特亲王夫人府邸的时候，穿一身红色的长裙，配一双红鞋子，那真是绝了，看上去就像是一朵嫣红嫣红的花儿，一颗火红透亮的宝石，那是叫什么料子来着？年轻姑娘也能穿吗？”

公爵夫人布满倦意的脸，顿时变得容光焕发了，这种表情正是以

---

1. 圣西门（1675—1755），法国贵族，撰有反映路易十四宫廷生活的《回忆录》二十一卷，其中对人物的刻画相当生动活泼。

2. 哥达，德国东部城市。刊载欧洲名流家谱的《哥达年鉴》即在该地编纂出版。

前斯万恭维德·洛姆亲王夫人时那位亲王夫人脸上有过的表情；她笑出了眼泪，用一种揶揄、探询、欣喜的眼神瞧着德·布雷奥代先生，那位每逢这种场合必到的先生，此刻从单片眼镜后面漾起一阵笑意，好像是对于在他看来全然由年轻人强自克制住的感官上的狂热所引起的这种理智上的昏乱表示宽容。公爵夫人的神气则像是在说："他这是怎么啦？他准是疯了。"随后，她转过脸来温存地对我说："我不知道我那天到底是像颗宝石，还是像朵花儿，不过我倒还记得，我是有件红裙子；是用适合那个季节穿的红色绸缎料子做的。年轻姑娘如果真要穿，也未尝不可，不过您告诉过我，您的那位姑娘晚上从不出门。可这长裙是晚礼服，平时白天出客是不能穿的。"

最奇怪的是，虽说那个夜晚并不是很久以前的事，可是德·盖尔芒特夫人除了她穿的裙子以外，已经把有一桩（我们下面就会看到）她原本该牢记心头的事情都给忘了。看来，对这些活动家（社交场上的人物都是些小而又小、不足道焉的活动家，但毕竟还是活动家）来说，他们的精神由于始终集中在一小时之后会发生什么事情之类的问题上，因而几乎无法再在记忆中存储多少内容了。比如说，常有这样的情况，当有人对德·诺布瓦先生提起他前不久预言要跟德国签订和约，结果却并无此事的这个茬儿时，他就会说出下面一大通话来，而其用意倒也并非转移目标或为自己开脱："您准是听错了，我根本不记得我说过这样的话，再说这话也不像是我说的，因为在这种谈话中，我总是出言非常谨慎的，对于那种往往只是出于一时冲动，最终通常会酿成暴力行为的所谓惊人之举，我是不可能去预言它会成功的。毫无疑问，在相当长久的未来，法德两国关系将会变得密切起来，这对两国都有好处，在这笔交易中间，我想法国也是不会吃亏的，可是这个看法我还从没说过，因为我觉得时机还不够成熟，如果您要问我对跟当年的老对头正儿八经地结盟作何看法，我的回答是那将是一步败着，我们会因此蒙受重大的损失。"德·诺布瓦先生说这番话的时候，他并没有在说谎，他只不过是太健忘了而已。再说，凡是没有经过深思熟虑的事情，凡是你通过模仿而得到，或者由于旁人的怂恿而接受的东西，忘记起来总是特别快的。它们会起变化，而我们的记忆也会随之改变。比起外交官来，那些政客就是有过之无不及了，他们对自己在某个场合所持的观点可以忘记得干干净净，在有些情况下，他们的出尔反尔，并非有什么野心勃勃的目的，而确实只是健忘所致。至于社交场上的人物，他们向来就记不住什么东西。

德·盖尔芒特夫人对我肯定说，她穿红裙子的那天晚上，她不记得德·肖斯比埃尔夫人也在场，一定是我弄错了。可是，天晓得从此以后，公爵，甚至公爵夫人的脑子里是不是整天尽想着肖斯比埃尔夫妇呢！事情是这样的。骑师俱乐部的主席去世后，德·盖尔芒特先生是资格最老的副主席。俱乐部里有一批人，他们本人没有多少身价，却以对不请他们吃饭的人投反对票为唯一的乐趣，这时他们结成一伙来反对德·盖尔芒特公爵了，公爵本人则自以为稳操胜券，而且又并不怎么把这个相对于他的社会地位来说几乎无足轻重的主席位置看在眼里，所以按兵不动。那伙人到处放风，说公爵夫人是德雷福斯派（德雷福斯案件早已结案了，不过即使过二十年以后人们还会提起它，何况当时才不过是两年以后），接待过罗斯切尔德，还说人们长期以来太让像德·盖尔芒特公爵这样有一半德国血统的半外国佬的权贵占便宜了。这伙人处于很有利的地位，因为俱乐部的其他成员也对这些对于显眼的脚色妒火中烧，对他们的巨大家产恨得牙痒痒的。肖斯比埃尔的家产不可谓不大，却没使人感到不快：他从不乱花一个子儿，夫妻俩住一套简朴的公寓，做妻子的穿黑呢衣服出门。肖斯比埃尔夫人酷爱音乐，常在家里举办一些小型音乐会，邀请的女歌手远比盖尔芒特府上要多。可是平时谁也想不到提起这些音乐会，因为参加的人连清凉饮料也喝不到一杯，而且做丈夫的也不到场，整个演出是在椅子街那个不起眼的角落里进行的。在歌剧院里，德·肖斯比埃尔夫人来去从不引人注目，和她在一起的人并非等闲之辈，他们的名字会使人想起查理十世近臣中那些最极端的保皇党人，但是他们都很谦逊，从不招摇。到了选举那天，出乎众人的意料之外，显赫不可一世的居然败了北，灰溜溜不起眼的却得了胜，第二副主席肖斯比埃尔当选骑师俱乐部主席，德·盖尔芒特公爵却名落孙山，也就是说，跌在了第一副主席的位置上没能爬上去。当然，当个俱乐部主席对于像盖尔芒特夫妇这样权势炙手可热的显贵来说，本来是算不了什么的。可是明明该是他的缺却没能顶上的这个主席位置，眼看着让一个叫肖斯比埃尔的家伙捞了去，这却让公爵感到难堪，要知道，这家伙的老婆，奥丽阿娜在两年前非但不屑于去跟她打招呼，而且对这个不知打哪儿冒出来的三等货色居然敢跟自己打招呼都觉得忿忿然的呢。他声称他根本不把这次失败放在眼里，并且认定这事的根子是在他和斯万的交往太深。骨子里，他余怒难消。有件事说起来挺奇怪的，以前从没人听德·盖尔芒特公爵说过“压根儿”这么个颇为俗气的字眼儿；可自从俱乐部选举过后，只要有人提起德雷福斯案件，即刻就有“压根儿”冒出来了：“德雷福斯事件，德雷福斯事件，说得倒轻巧，可这说法本身就措词不当；这又不是宗教事件，这压根儿是个政治案件。”如果说在这以后的五年当中没人再说起德雷福斯案件，那么你耳边可以不再听见“压根儿”这三个字，但倘使过了五年以后，德雷福斯这个名字又让人提起了，那么“压根儿”这三个字也会即刻冒出来。公爵简直无法容忍任何人提到这个案件，“就是它，”他说，“造成了那么多的不幸。”虽然实际上真正触动了他的无非就是他在俱乐部竞选主席败北的这桩事情。

结果在我刚才说到的那个下午，也就是我对德·盖尔芒特夫人说起她在她表姊家穿过红裙子的那次聚会上，德·布雷奥代先生颇有些不受欢迎，原因就是他脑子里不知有了一种什么秘而不宣的联想，还非想说出来不可，于是翕动母鸡屁股似的嘴唇开了腔：“说到德雷福斯案件……”（他干吗要说什么德雷福斯案件呢？刚才那会儿不是还在说红裙子吗，当然这个可怜的布雷奥代，他想的只是让大家逗个乐儿，说这话绝无恶意，然而单单是德雷福斯这个名字，就已经让德·盖尔芒特那两道朱庇特式的威严的眉毛蹙紧了）“……有人告诉我，咱们的朋友加蒂埃曾经说过一句绝妙的话，真是妙不可言，（我得提醒读者注意，这位加蒂埃是德·维尔弗朗什夫人的弟弟，跟同名的那位珠宝商并无丝毫关系！）不过这并没叫我吃惊，因为他本来就绝顶聪明。”“哦！”奥丽阿娜打断他的话说，“我可不欣赏他的聪明。我简直没法对您说，您那位加蒂埃叫我有多讨厌，我每回去拉特雷穆依尔府上总要碰见他，我真不明白夏尔·拉特雷穆依尔和他夫人干吗对这么个讨厌家伙会感到那么趣味无穷。”“我竞（亲）爱的公阙（爵）夫人，”布雷奥代回答说，他发c这个音有困难，“我觉得您对加蒂埃太严厉了。没错，他也许往拉特雷穆依尔府上是跑得太勤了些，可这毕竟是对雅（夏）尔的一种，怎么说呢，一种忠诚的表示吧，眼下这样的人也是不多见的了。言归正传吧，人家告诉我的话是这样的。加蒂埃似乎是说，如果左拉先生要想卷进一桩诉讼案而且让自己给判刑的话，那他无非是想获得一种他还不曾有过的体验——坐牢的体验。”“所以他在被逮着以前就溜了，”奥丽阿娜接着说，“这种话可站不住脚。何况，即使情况真是这样，我也认为这句话说得再蠢也没有了。可您居然觉得它绝顶聪明！”“天哪，我竞（亲）爱的奥丽阿娜，”布雷奥代看见公爵夫人表示异议，就开始退缩了，“这话可不是我说的，我只是怎么听到就怎么说哪，咱们别管它得了。可不是，就为这，加蒂埃先生还让那位出色的拉特雷穆依尔狠狠地给剋了一通呢，因为他有一百个理由不愿听到有人在他的客厅里谈论那些——怎么说好呢？——那些眼下正在风头上的案件吧，尤其是因为有阿尔封斯·罗斯切尔德夫人在场，他就更加不高兴了。加蒂埃挨拉特雷穆依尔这顿臭骂也是活该。”“当然罗，”公爵情绪极坏地说，“阿尔封斯·罗斯切尔德夫妇虽说小心翼翼，绝口不提这桩讨厌的事件，可是他们心底里，就跟所有的犹太人一样，都是德雷福斯派。这确实是一种ad hominem[1]（公爵有些乱用了ad hominem这个词儿）的论据，以前被忽略了没拿来用作犹太人不可信的一个证明。如果一个法国人偷了东西、杀了人，我想我不会因为那个人像我一样是法国人而认为他是无罪的。可是那些犹太人，哪怕他们心里知道得一清二楚，也从来不会承认他们的某个同胞是卖国贼，而且根本不去考虑他们中间一个人所犯的罪行，会产生多么严重的后果（公爵自然是想到了肖斯比埃尔和那该死的选举）……，嗳，奥丽阿娜，您不会认为就凭这还不足以断定犹太人都会庇护一个卖国贼吧。您也不会对我说就因为他们是犹太人所以不能这么断定吧。”“当然会喽，”奥丽阿娜回答说（她心里暗暗有些恼火，只想要对这个声若洪钟的朱庇特抬个杠、顶个嘴，从而把“理智”置于德雷福斯案件之上），“也许正因为他们是犹太人并且了解自己的同胞，所以他们知道一个犹太人不一定就是卖国贼，不一定就是反法分子，好像德吕蒙先生就是这么说的吧。当然，要是他是个基督徒，那些犹太人是不会对他感兴趣的，可是他们这么做了，因为他们很清楚，如果他不是犹太人，人家就不会这么轻易地把他当作天生的卖国贼，我的侄儿罗贝尔敢情就会这么说吧。”“女人懂什么政治呢，”公爵目不转睛地瞅着公爵夫人喊道，“这桩耸人听闻的罪行，并不单单是个犹太人的案子，而压根儿是起重大的民族事件，它会给法国带来最可怕的后果，凭这一点就该把那些犹太人统统驱逐出境，虽说我也承认，直到目前为止所采取的惩罚措施全都（以一种亟须匡正的卑鄙的方式）并非针对他们，而是针对站在他们对面的那些最卓越的人，那些跟他们给我们可怜的国

1. 拉丁文，从字面直译为“针对此人”，公爵即按此义理解，但它的实际含义是“仅从个人爱好或偏见出发”。

家所造成的不幸毫不相干的地位最显赫的人。”

我觉着再这么下去事情快要不对头了，所以赶忙又拾起裙子的话题。

“您还记得，夫人，”我说，“我有幸第一回见到您……”“他有幸有一回见到我，”她笑吟吟地瞧着德·布雷奥代先生说，这位先生的鼻尖变得玲珑了，脸上的微笑也由于对德·盖尔芒特夫人的礼貌而变得柔和了，但那刀子放在磨刀石上磨也似的嗓音，让人听到的只是些含糊的尖溜溜的声音。“……您穿一件黑色大花头的黄裙子。”“我的孩子，那也一样，也是晚礼服。”“还有您那顶矢车菊颜色的帽子，我觉得好看极了！不过这些都是旧话了。我想给我提到过的那位姑娘定做一件皮大衣，就像您昨天早上穿的那件一样。不知道我能不能再看一下您那件大衣？”“那可不行，阿尼巴尔马上就得走了。您来我家吧，我的贴身女仆会都让您看的。就是有一点，我的孩子，您想要的我都可以借给您，不过要是您找那些小裁缝去定做卡洛、杜塞、巴甘的款式，那就非得走样不可。”“我根本没想过去找小裁缝哪，我知道那非走样不可，不过我还是挺感兴趣想弄弄明白，究竟为什么会走样的呢？”“您也知道我向来不善于解释任何事情，我呀，笨嘴拙舌的，就像个乡下婆子。不过这里面有个手工和式样的问题；要说做皮大衣，我至少还可以写个便条给我做皮装的裁缝，别让他敲您竹杠。不过您知道，就这样您也还得花八九千法郎呢。”“您在另一个晚上穿的那件有股挺特别的味儿的睡袍，就是毛茸茸的有碎花点儿和金色条纹，像个蝴蝶翅膀的那件呢？”“哦！那件呀，是在福迪尼的店里做的。您的那位姑娘在家里穿那件挺合适的。我有好几件呢，回头我让您瞧瞧，要是您喜欢，我可以给您一两件。可是我很想让您看看我表妹塔列朗的那件。我得写信去向她借一下。”“您那些鞋子也漂亮极了，那也是在福迪尼店里做的吗？”“不是，我知道您说的是哪双鞋，您是说那双金面山羊皮的鞋子，那是当初孔絮洛·德·曼彻斯特陪我在伦敦采购时买到的。那可真是绝了。我总也不明白，这皮子是怎么染色的，看上去倒像这山羊长的就是金皮。在当中再配上那么一小粒钻石，简直就没治了。可怜的德·曼彻斯特公爵夫人已经死了，不过要是您愿意，我可以写信给德·沃韦克夫人或者马尔勃罗夫人，让她们设法去一模一样地觅一双。我在想，说不定我还有些这种山羊皮呢。您也许在这儿也可以定做。我今晚就去瞧瞧，找到了会让人通知您的。”

我因为想尽可能赶在阿尔贝蒂娜回家前离开公爵夫人，结果就常常在走出德·盖尔芒特夫人的府邸时，正巧在院子里碰上德·夏尔吕先生和莫雷尔，他俩是上男爵最爱光顾的絮比安裁缝铺去喝茶。我并没有天天都碰到他俩，不过他俩可是每天必去的。说起来，有件事颇值得注意，那就是一种习惯的持续程度往往是跟它的荒谬程度成正比的。惊人之举，一般只能偶而为之。然而，一个有怪癖的人非要拒欢乐于门外、非要去蒙受最大的不幸的荒谬生活，却是日复一日，从不间断的。倘若有谁出于好奇，连续观察上十年，那他就会发现这十年来，那个可怜虫在他本该享受一下生活乐趣的当口却闷头睡觉，而在什么事也干不了，上街去只能白白让人捅上一刀的时候，偏又出门上街去，这个可怜虫整年害着感冒，可一觉得热又非喝冰镇饮料不可。其实只消有那么一天，发一下兴，就能一劳永逸地改变这种状况。可是这种生活又偏有个德性，就是让你发不起这个兴。这种单调生活的另一个侧面就是堕落，因为任何表达意志的行为，都能使这种生活变得不至于那么令人难以忍受。当德·夏尔吕先生天天带着莫雷尔上絮比安的铺子去喝茶时，我们同时可以看到生活的这两个侧面。德·夏尔吕有一次发的脾气，就表明了这种日常习惯是怎么回事。那个专做背心的小裁缝的侄女，有一天对莫雷尔说：“这么着，明儿你们来，我请你们喝茶。”男爵颇为有理地认为，这话出自一个他几乎看作未来媳妇的女孩之口，实在太粗俗了；而由于男爵生来肝火旺，不发发脾气过不了瘾似的，所以他并不是简简单单地告诉莫雷尔让他教那姑娘要懂礼貌些，而是在回家的路上骂骂咧咧地嚷个不停。他用最蛮横无礼、最傲慢不逊的口气喊道：“我说嘛，会拨弄琴弦未见得就是‘触觉’好啊，这不，您整天摆弄小提琴，结果就阻碍了您嗅觉的正常发展，要不您怎么会居然对请客喝茶——我想那才不过是十五个生丁的事吧——这种俗不可耐的说法听之任之，让它的恶臭来玷污我高贵的鼻孔呢？当您拉完一曲小提琴独奏，难道您在我家里看见过有谁不是拼命对您拍手，或者意味深长地保持静默，而是对着您放个屁吗？他们之所以保持静默，是因为他们已经被您的琴声感动得如痴如醉，生怕会忍不住哭出声来（可不像您的未婚妻对着您一把眼泪一把鼻涕的那样）。”

要是一个职员让上司这么劈头盖脸地训斥了一顿，第二天他准得被解雇。可是莫雷尔的情况是不同的，对德·夏尔吕来说再没有比辞退莫雷尔更让他感到可怕的事了，他甚至担心自己方才已经说过头了，于是开始絮絮叨叨地说了一大通对年轻姑娘的恭维话，他自以为说得大方得体，却不料无意中又漏出不少唐突无礼之词。“她挺可爱的。既然您是个音乐家，我想她准是靠嗓子勾上您的，她在高音区的声音很美，听上去够得到您拉的升b音。她的低音我不大喜欢，那想必是跟她的脖子有关系，她的脖子长得很细，样子挺怪的，一波三折，像是就要到头了，却突地又冒出一截；不过尽管有这么些不足之处，她的侧影还是挺中我的意。既然她是裁缝，想必剪刀使得很好，您得让她剪一张她本人的侧影像给我。”

夏利对于人家称赞他未婚妻的可爱之处，一向不怎么放在心上，因而对男爵的这番恭维话就更当耳边风了。不过他回答德·夏尔吕先生说：“那当然，我的老弟，我会给她一块肥皂，让她别再这么说话的。”莫雷尔像这样对德·夏尔吕先生说“我的老弟”，可并不是因为这位出色的提琴师糊涂到不明白他的年龄刚够得到男爵的三分之一。他这么说，也跟絮比安说这话不同，在他，这么说无非是对某些交往抱一种天真的想法，认为在表示亲热（在他莫雷尔，是装出来的亲热，在别人则是真心实意的亲热）之前，必须先心照不宣地取消年龄上的差别。就这么着，那一阵子德·夏尔吕先生还收到过这样一封信："我亲爱的巴拉梅德，什么时候才能再见到你呢？你不在，我真闷死了，老是想着你，等等等等。你的皮埃尔。"德·夏尔吕先生绞尽脑汁也想不出这位居然用如此亲昵的口气给他写信的皮埃尔到底是谁，看来一定是跟他很熟稔的朋友，但虽说是熟朋友，这位皮埃尔又不过是粗通文墨而已。凡是能在哥达年鉴里占一席之地的亲王显贵的名字，一连几天在德·夏尔吕先生的脑子里打着转。终于，信封背面的一个地址让他豁然开了窍：原来此信的作者是德·夏尔吕先生有时去玩玩的一家俱乐部的听差。这个听差并不觉得用这种口气给德·夏尔吕先生写信有什么失礼之处，其实在他眼里，德·夏尔吕先生还确是个地位显赫的贵人哩。但他心想对一位曾不止一次地拥抱过他，并且通过这种拥抱——以他的天真，他是这么想的——来表达自己感情的先生，要是不以"你"相称，未免就显得生分了。其实，德·夏尔吕先生就打心眼里头喜欢这种忒熟的劲儿。有一次他甚至就为了能让这封信在德·福古贝先生面前露个脸，特地陪着这位先生兜了一上午风。可谁都知道，德·夏尔吕先生最讨厌跟德·福古贝先生一块儿出去了。因为那位戴单片眼镜的先生总爱评头品足地上下打量路上的年轻人，更叫人受不了的是，那位先生每当和德·夏尔吕先生在一起时，总爱肆无忌惮地使用一种让男爵讨厌之至的语言。他把所有男人的名字都加以女性化，而且，因为他天生是个蠢货，他还以为这种玩笑开得很聪明，拉开嗓门笑个不停。但他又是对自己的外交官职位看得很重的家伙，所以只要在街上看见有上流社会人士走过——见到公务员更其如此——就会即刻刹车，收敛起那种拙劣可笑的行径。"那个送电报的小个子女人，"他用臂肘碰碰阴沉着脸的男爵，"我认识她，可她却躲着我们，这个骚货！喔！那不是拉法耶特商场发货的老见吗，敢情他也在呀！老天爷，刚才走过的是商务部的次长哟。但愿他没瞧见我指手划脚的样子才好！要不他会去告诉大臣，大臣会把我列进退职人员名册去的，因为他自己也得退呢。”德·夏尔吕先生听得满肚子的火没处发。临末了，为了让这次叫他感到恼火的散步早点结束，他决定把那封信拿出来给这位大使先生看一遍，但他特别叮嘱对方别声张出去，因为照他的说法，夏利会为了表明自己的多情而吃醋的。“所以哪，”他用一种极其可笑的好好先生的口气说，“事情总得防患于未然才是。”

在回过头来说絮比安的裁缝铺以前，作者想先声明一下，如果这些离奇古怪的事情使读者感到了不快，那他真是万分遗憾。从一个方面（而这是问题的一个次要的侧面）来说，读者也许会感到，本卷中对贵族阶层世风日下的指摘相对于其他社会阶层而言显得多了。如果情况真是这样，那也不足为奇。那些最古老的望族，到头来也只能靠一只鼻结很大的红鼻子，靠一张歪里歪气的大下巴来显示某些让人赞叹的“血统”特征了。然而在这些代代相承、每况愈下的脸相容貌之间，还有两样看不见的东西，这就是秉性和趣味。

倘若有人说，所有这些都跟我们不相干，我们应该从近在身边的事实中找出它的诗意来，那么尽管他说得有理，他所表示的也毕竟是一种更为严重的反对意见了。诚然，从我们最熟悉的现实中抽象出来的艺术确实是存在的，而且它们的领域可能是最为广阔的。但是同样确实的是，一样强烈的兴趣——有时它就是美感——也可能来自某种气质导致的活动，它们跟我们所能感觉和相信的东西实在相去太远，以致我们根本无法理解它们，以致当我们看到它们展示在面前时只觉得那是一种无端凭空而来的场景。薛西斯，那位大流士[1]之子，命

1．大流士一世（约前558—前486），古波斯帝国国王，曾两次率军大规模入侵希腊，皆受挫。公元前480年，其子薛西斯率舰队经德摩比利入侵希腊亚提加半岛，旋即在萨拉米海战中大败。薛西斯亦译泽尔士一世，在历史上以刚愎暴虐著称。

令用笞鞭去抽打吞噬了他的船队的大海，难道还有比这更气势磅礴的诗篇吗？

莫雷尔准是已经利用他的魅力所赋予他的对那年轻姑娘的权威，把男爵的评语当作自己的意见告诉了她，因为“请客吃茶”就此从那家裁缝铺里消失得无影无踪，就好比一个天天都上你家来的熟人，为了这个那个缘故，或者是你跟他吵翻了，或者是你不想让人在家里瞧见他，只愿跟他在外面碰头了，总之，他就此从你的客厅里消失了。德·夏尔吕先生对此感到很满意，他从中看到的是自己具有足以左右莫雷尔的影响的一个证明，是那年轻姑娘拭去了那点白璧微瑕。总之，就跟所有像他这般的人一样，真心作为莫雷尔和他的准未婚妻的朋友，作为他俩结合的最热心的支持者，男爵虽说喜欢有那么点权柄，高兴时随便说些好歹还算是无伤大雅的过头话，但除此之外他对莫雷尔始终就像兄长那样保持着奥林匹亚神祇的威严。

莫雷尔对德·夏尔吕先生说过，他爱絮比安的侄女，想娶她为妻，男爵很高兴陪这位年轻朋友一起去拜访那家裁缝铺，他在其中扮演的是宽容而审慎的未来公公的角色。这真让他再开心不过了。

我个人的看法是，“请客喝茶”还是莫雷尔自己先说出来的，年轻的裁缝姑娘只是出于爱情的盲目，学用了心上人的一种说法而已，这种说法的粗俗实在是跟她平日谈吐的文雅格格不入的。她平素的谈吐温文尔雅，这就跟她有德·夏尔吕先生这么个靠山相得益彰，使得她的好些主顾对她优渥有加，邀请她去吃晚饭，把她引荐给她们的朋友，而姑娘总得先征得男爵的允许，才在他以为合适的场合去赴宴。“一个当裁缝的姑娘敢情也能踏进上流社会？”有人会说，“真是愈说愈离谱了！”但他怎么不想想，当初阿尔贝蒂娜半夜三更来看我，现在又跟我就这么住在一起，这些难道不更离谱吗。对一个别的姑娘，也许不妨说离谱云云，但对阿尔贝蒂娜，这两个字是根本用不上的，她从小没爹没妈的，生活放任无羁，以致在巴尔贝克那会儿，我起先还以为她是一个赛车手的情妇呢，她最近的亲戚就是蓬当夫人，这位太太在斯万夫人家里曾对外甥女的没有教养啧有烦言，可现在却闭上眼睛，巴不得能就此把她打发出去，攀上门阔亲家，她这当姨妈的多少也能得些好处。（在最上层的社交圈子里，那些出身高贵而钱囊羞涩的母亲们，给儿子物色到阔绰的亲家后，会接受小两口的孝敬，收受那位她并不喜欢但还是引荐给朋友们的儿媳妇所馈赠的皮衣、汽车和金钱。）

或许将来会有那么一天，当裁缝的姑娘们都能踏进上层社会，对此我是不会感到惊讶的。可惜絮比安的侄女只是一个孤立的例子，还不足以让我们预见那个前景，独燕不成春嘛。不过，虽说絮比安侄女的这些无伤大雅的举措已经使某些人感到有些悻悻然，莫雷尔却并非如此，因为从某种意义上说，他真是愚蠢得无以复加，他不仅认为这位远比他聪明一千倍的姑娘“傻里傻气的”（也许她就在爱他这一点上是有些傻），而且还把那些乐于接待她（而她并没因此就飘飘然）的体面人家的夫人们都看作是冒险家，是装扮成贵妇人的裁缝铺娘们。自然，盖尔芒特府上的不在此例，甚至凡是跟盖尔芒特府上有些交往的也都可以除外，他所指的是那些手面阔绰、举止文雅的布尔乔亚娘们，她们的脑筋真是自由新派得很，居然以为接待一个女裁缝并不会降低她们自己的身份，她们的脑筋又真是盲从因循得很，居然会因为厚待了一位德·夏尔吕男爵殿下每天都诚心诚意去看她的年轻姑娘而感到某种满足。

男爵想起这门亲事就满心欢喜，他觉得这样一来就没人会把莫雷尔从他身边夺走了；就像絮比安的侄女在她差不多还是个孩子的那会儿，犯过桩“过错”似的。德·夏尔吕先生虽说也在莫雷尔面前说些恭维她的话，但倘若有机会把这桩秘密在莫雷尔面前抖落出来，让他火冒三丈，弄得小两口反目，那在男爵真可说是何乐而不为了。其实，虽说德·夏尔吕先生用心歹毒，但他也跟许许多多的好人并无两样，他们通过恭维某个男人或女人来表明自己的慷慨大度，但对任何能给对方带来和睦安宁的肺腑之言，却是火烛小心，绝口不说的。尽管如此，男爵却从不说含沙射影的话；其中有两个原因。“要是我告诉他，”男爵暗自这么思忖，“他的未婚妻并不是洁白无瑕的，准会伤害他的自尊心，他就会怨恨我。再说，我怎么知道他没真的爱上她呢？要是我什么也不说，这蓬草秸的火很快就会烧完，我就能随着我的心意来控制这两口子的关系，我要他对自己的未婚妻爱到什么分寸，他就会爱到什么分寸。要是我对他说了他未婚妻以前犯下的过失，谁保得定我的夏利不会依然对她一往情深，反倒吃起我的醋来呢？这样一来，由于我自己的失着，我就把一段本来可以捏在手里的逢场作戏的调情，变成我难以驾驭的真正的爱情了。”就为这两个缘故，德·夏尔吕先生三缄其口，表面上看去审慎之极，不过从另一个角度来说，这也确是很值得称道的了，因为在他这种类型的人，能做到三缄其口已属非常难能可贵。

何况，那年轻姑娘也确实很可爱，无论从哪个方面她都满足了德·夏尔吕先生对女性所能具有的审美趣味，她就是给男爵一百张她的照片，他也不会嫌多的。德·夏尔吕先生不像莫雷尔那么笨，听说有那么些他凭自己的社交嗅觉一嗅就能嗅出颇有身份的夫人们邀请这姑娘去做客，他觉得挺高兴。但在这一点上，他也对莫雷尔保持缄默（以便保持绝对的控制权），而莫雷尔碰到这种事真是傻瓜一个，他仍然一个心眼地认定，除了“提琴界”和韦尔迪兰府上，就只有盖尔芒特府上和男爵说起过的那几个差不多算得上王族的府邸，所有其他的人都只是些“渣滓”和“群氓”。夏利这是一字不差地在搬用德·夏尔吕先生的用词。

让那么些大使和公爵夫人终年翘首以待却不肯赏光的德·夏尔吕先生，就为人家请德·克罗瓦亲王走在他头里，当场拂袖而去不肯跟亲王同桌进食的德·夏尔吕先生，居然把他回避这些名流贵妇的所有时间，全都花在一个裁缝的侄女那儿了！先不先，首要的原因是莫雷尔在那儿。大概只有饭店的侍者才会以为，一位腰缠万贯的富翁必定天天穿一身鲜亮的新衣服，而一位风流倜傥的先生自然会请六十位宾客一同入席，出进则必定以车代步。他们想错了。常见的情形是腰缠万贯的富翁一年到头穿着件磨损露线的旧上装，风流倜傥的先生在饭店里只跟店堂的伙计攀攀话，回到家里也就跟自己的跟班玩玩牌。就这样，他照样可以拒绝走在缪拉亲王后面入席。

德·夏尔吕先生喜欢两个年轻人的这桩婚事，其中还有个原因是这样一来絮比安的侄女就成了莫雷尔本人，因而同时也是男爵对他所拥有的权力和所具有的了解，在某种意义上的延伸。要说“欺骗”（就夫妻关系的意义而言）提琴师未来的妻子，德·夏尔吕先生从没往这上面想过，所以也不曾感到过良心的不安。可是，有了一对“年轻夫妇”要指导，感觉到自己成了莫雷尔的老婆（她将对男爵视若神明，从而证明亲爱的莫雷尔对她灌输过这种想法，她身上也因而会含有某些莫雷尔的东西）尊崇敬畏的、无所不能的保护神，却使德·夏尔吕先生的统治方式有了新的变化，从他的“小东西”莫雷尔身上派生出了另一个存在，一个配偶，这就是说又有另外一个新鲜好玩的小东西可以让他来宠爱了。这种统治，现在甚至可能是比以往任何时候都更强有力了。因为在莫雷尔只是一个人，或者说赤条条无所牵挂的那会儿，他还会在拿得准事情不至于没法收场的情况下顶撞顶撞男爵，但一旦结了婚，有了个家，有了房子，有了小两口的打算，他就不会再敢那么行事，德·夏尔吕先生就可以更方便、更牢靠地把他捏在手里。所有这些，再加上必要时，也就是说当他在哪个晚上觉得无聊时，还可以去撩拨那两口子吵上一架（男爵对干仗吵架是百看不厌的），都让德·夏尔吕先生感到美滋滋的。但比起想到小两口对他的依赖所感觉的得意来，这些也就算不得什么了。德·夏尔吕对莫雷尔的宠爱，每当他转到下面这个念头时，就会有一种妙不可言的新意：

"不光他属于我，他老婆也是属于我的；他俩的一举一动都得考虑到别让我生气，而我再怎么使性子耍脾气，他俩还是会百依百顺，所以这就成了一个我几乎已经忘怀但对我又是如此珍贵的事实的（至今我还不曾注意到的）标志，表明对全世界，对每个将要看见我给他俩保护、给他俩房子的人，还有对我自己来说，莫雷尔都是属于我的。"能有这么个在别人眼里也好，在他自己眼里也好都是明明白白的证据，德·夏尔吕先生没有比这更高兴的事了。因为，一个人对他所钟爱的对象的占有，是比对它的钟爱更强烈的一种快乐。通常，那些生怕这种占有为人所知的人，他们之所以那么讳莫如深，无非是害怕会失去那个弥足珍贵的对象罢了。而他们的乐趣，也由于这种三缄其口的审慎而变得逊色不少。

读者可能还记得，莫雷尔曾经告诉过男爵他打的如意算盘，他的主意是先把一个姑娘，特别是眼下的这位勾到手，为了能得手兴许还要许愿跟她结婚，但等占到了姑娘的便宜，就来个"金蝉脱壳"，逃之夭夭。可是这番话，德·夏尔吕先生在莫雷尔跑来告诉他怎样对絮比安的侄女求爱的当口，早已忘到九霄云外去了。何况，莫雷尔自己也不见得还记住。莫雷尔的秉性——就像他恬不知耻地承认过，或许还颇为精明地夸张过的那样——离他真正为这种秉性所左右的时候，这中间敢情还有段空隙呢。跟那姑娘接触多了以后，他觉得挺喜欢她，爱上了她，而因为他实在缺乏自知之明，所以他还以为大概自己一向就是这么爱她的。当然，起初打的那些主意，那个邪恶的计划，并没从此消遁匿迹，但是一重重的感情之网编织交迭，把它给严严实实地遮蔽在下面了，所以，如果这位提琴师声称那个邪念并非他行动的真实动机，那么谁也不能说他这话不诚恳。况且还有过一段为时很短的期间，他虽说连对自己都不肯明确地承认，但还是觉着这桩婚事看来是对他非常必要的。那段期间莫雷尔的手常要抽筋，他觉得自己已经面临放弃拉琴的可能选择。而他这人除音乐之外，简直疏懒得叫人不可思议，因此他感到必须有别人来照顾自己；而与其让德・夏尔吕先生，他宁可让絮比安的侄女来承担这个义务，因为他与她的结合将会给他带来更多的自由，而且还能提供在一大群各式各样的女人中间进行挑选的机会，从他可以让絮比安的侄女去帮他勾到手的常换常新的裁缝铺女学徒，到他可以撺弄她去跟她们苟合的那些漂亮的夫人。至于未来的妻子会不会乖谬悖理到拒绝接受他的这份美意，他可是想也不曾去想过。再说，既然抽筋已经止住，这些算计现在也就让位给纯真的爱情了。凭他的这把琴，再有德・夏尔吕先生给的那份薪水，也就够了，而一旦他莫雷尔和那姑娘结了婚，这位德・夏尔吕先生自然也就不能再得寸进尺了呗。这桩婚事刻不容缓——为爱情，也为自由。他去向絮比安请求娶他的侄女为妻，做叔叔的去征求侄女的意见。其实这纯属多余。那姑娘全身心都洋溢着对提琴师的爱，那披拂在肩头的秀发，那欢欣地顾盼的眼神，无不透露着同一个消息。至于莫雷尔，几乎每件使他感到愉快、感到有好处的东西，都会唤起他发自内心的激情，引出他发自内心的话头，有时甚至让他流下眼泪。所以，虽说他对絮比安的侄女一个劲地说的这些多愁善感的话（好些游手好闲惯了的纨绔子弟在追逐布尔乔亚阔佬的可爱女儿时，用的也是这种多愁善感的腔调），其热烈的程度正可以跟当初他在德・夏尔吕先生面前大言不惭地陈述勾引、占有姑娘的计划时的下流粗俗比美，但这些话毕竟还是真诚的——如果对他也用得上这两个字的话。只不过，对一个使他有好感的女人的这种合乎道德的热情，以及他和她之间的庄严的婚约，在莫雷尔身上都是有其对立面共存着的。一旦这个女人不再使他感到愉快，或者甚而至于，比方说，这种订婚的约束使他感到不痛快了，她就立刻会成为对莫雷尔而言的一种似乎理由很充分的厌恶的对象，在一阵神经质的心绪不宁过后，这种厌恶能使他在神经系统刚一健全就对自己证实说，即使纯粹从道德的角度来考虑问题，他也是不受任何约束的。

他在离开巴尔贝克前的那阵子，不知怎么搞的，把身边的钱全给丢了，可又不敢告诉德·夏尔吕先生，于是想找个人借点钱。他父亲曾经教过他（不过这位父亲也告诫过儿子千万别做“寄生虫”），碰到这种情况有个办法，就是写信给一位你想说你“有事跟他相商”的先生，请他“约个时间面谈”。这条锦囊妙计使莫雷尔非常着迷，我相信他即便是单单为了尝尝请人家约个时间“面谈”的有趣滋味，也会情愿把钱掉了的。但后来，他看到这条妙计并不如想象的那么灵验。他发现自己久疏笺候的那些先生们，收到他“有事相商”的去信以后并不是在五分钟内就作复的。如果莫雷尔等了一下午还没收到回信，他就尽想些诸如此类的理由，或者他找的这位先生还没回家啦，或者人家兴许还有些别的信得先写啦，要不就是出远门或者生病了，等等等等，反正是一个劲地往好里想。倘若侥幸收到封回信约他第二天上午见面，他到时候总有这几句开场白：“我是在想，怎么就不见您的回音呢，我寻思着别是出什么事了吧；得，这么看来您身体挺好呀？”等等等等。因此在巴尔贝克那会儿，他甚至都没跟我说他要“有事相商”，就要我把他介绍给一星期前在火车上让他那么讨厌的这个布洛克。布洛克挺爽快地借给他——或者不如说让尼西姆·贝尔纳先生借给他——五千法郎。从那以后，莫雷尔对布洛克赞不绝口。他热泪盈眶地问自己，怎样才能报答这么一位救命恩人。后来，我就每月代莫雷尔去向德·夏尔吕要一千法郎，要莫雷尔一拿到就马上还给布洛克，好让布洛克觉得他钱还得挺快的。第一个月，莫雷尔满脑子还是布洛克的好处，二话不说就把一千法郎还了；但过后他想必是觉得那剩下的四千法郎要是派派别的用场准会更惬意些，因为他开始说布洛克这也不好那也不是了。瞧见布洛克他就觉着不舒服，而布洛克呢，因为已经忘了借给莫雷尔的钱的确切数目，所以开口向他讨还三千五百而不是四千法郎，这下子提琴师就能净赚五百法郎了，可他竟然回答说，对于这么一笔无稽之谈的借款，他非但不会拿出一个子儿，而且那位债主还该额手称庆才是，因为他莫雷尔没去告他一状哩。说这话时，他的两眼发出炯炯的光芒。他先是说布洛克和尼西姆·贝尔纳先生没什么好怨他的，不一会又觉得不过瘾，就干脆说他没去怪罪他们是让他俩便宜了。原来，大概是这么回事，尼西姆·贝尔纳先生曾经公开说过蒂博拉琴不比莫雷尔差，于是莫雷尔认为自己得为这句有损他的职业荣誉的话向法庭起诉，后来，因为在法国，尤其是就反对犹太人而言，公理正义业已荡然无存（他向一个以色列人借五千法郎，正是他身上的反犹太人意识的自然流露呗），他凡要出门必得带好子弹上膛的手枪。

在莫雷尔对待裁缝侄女的态度上，柔肠百转的温情过后，随之而来的也是这种神经质的反应。诚然，德·夏尔吕先生也可能不自觉地对这种态度的变化起了某种影响，因为他经常把有些话挂在嘴上，说什么只要莫雷尔他俩一结婚，他就不去管他们，让他们靠自个儿的翅膀去飞啦，他这么说其实也是跟他俩逗着玩，根本是有口无心的。光凭这句话，当然还不足以把莫雷尔从那年轻姑娘身边拉开，不过，它一旦在莫雷尔的脑子里生了根，那么有朝一日它就会跟关于她的种种类似的想法搀和在一起，到头来足以成为造成关系破裂的一剂强力催化剂。

不过，我那会儿并不怎么经常碰见德·夏尔吕先生和莫雷尔。等我从公爵夫人那儿出来的时候，他们往往早就去了絮比安的铺子，这是因为跟公爵夫人谈话使我感到兴味盎然，不光忘却了等待阿尔贝蒂娜回家的那种焦急心情，而且把她回家的时间都给忘了。

在德·盖尔芒特夫人家待得很晚的这些日子里，有一天有个小小的插曲，这件事我当时完全没有放在心上，直到很久以后才意识到了它那令人痛苦的含意。这天下午，德·盖尔芒特夫人送给我一束从南方带来的山梅花，因为她知道我喜欢这种花。我从公爵夫人家出来，上楼回家，这时阿尔贝蒂娜已经先到家了；我在楼梯上碰到安德蕾，她像是因为闻到了我手里这束花的浓郁香味，感到很不自在似的。

“怎么，您这就要回去了？”我对她说。“是正想走呢，阿尔贝蒂娜要写信，就打发我走了。”“您没觉着她有什么地方不对劲吧？”“没有，我想她是给她姨妈写信。不过，她可是不爱闻太浓的香味的哪，她准不会喜欢您的这些山梅花。”“哟，我干了件蠢事！待会儿我让弗朗索瓦兹拿去搁在后扶梯间里。”“您以为阿尔贝蒂娜不会从您身上闻出山梅花的香味吗？除了晚香玉，这可就是最叫人头晕的香味了。再说，我知道弗朗索瓦兹好像是出去买东西了。”“我今天身边没带钥匙，这可怎么进去呢？”“噢，您按铃就是了，阿尔贝蒂娜会给您开门的。再说这会儿弗朗索瓦兹恐怕也该回来了。”

我跟安德蕾告别上楼。刚按了第一下门铃，阿尔贝蒂娜就跑来给我开门，但她很费了些周折，因为弗朗索瓦兹不在家，她不知道电灯的开关在哪儿。好不容易她总算让我进了屋，但山梅花的气味马上又把她吓跑了。我把花放在厨房里，这一来，我这位女友搁下信不写（我不知道为什么），刚好有时间跑进我的房间从那儿叫我，而且躺在了我的床上。就到这会儿，我仍然毫无察觉，还以为这一切都很自然，至多只是觉着有点儿尴尬，但那也算不得什么的[1]。

除了这个插曲而外，每次我从公爵夫人家回来而阿尔贝蒂娜已经先到家的时候，一切情况都很正常；因为阿尔贝蒂娜没法知道我是否要在晚饭后带她出去，所以我总看见她把自己的帽子、大衣和阳伞放在门厅里以备不时之需。我一进门就瞧见它们，顿时一种家庭的气氛扑面而来。我并不觉得这屋里供氧不足，反倒觉得这里充溢着幸福。我从忧郁中解脱了出来，瞧着这些无关紧要的小物体，我就感到阿尔贝蒂娜是属于我的，我朝着她奔去。

有些日子我不下楼到德·盖尔芒特夫人那儿去，为了排遣阿尔贝

---

1. 她险些儿让我当场看见她跟安德蕾在一起，好在她还有一点时间可以把灯都关掉跑到我房里，免得让我瞧见她床上凌乱的模样，而且装得正在写信似的。可是我是在后来才这么想的，所有这一切，我到今天还弄不明白到底是真是假。——原注

蒂娜回家前的这段时光，我就随手翻翻埃尔斯蒂尔的画册、贝戈特的书或者凡特伊的奏鸣曲谱。于是——由于看上去仅仅诉诸视觉和听觉的艺术作品，实际上要求我们在欣赏它们时必须把被唤醒的思维活动跟那两种感官感觉密切配合——我会不由自主地回忆起认识阿尔贝蒂娜以前她在我身上激起的美丽的梦，这些梦，被以后的日常生活磨去了它们的光彩。我把这些梦，犹如加进一口坩埚似的加进乐句和画面中去，用它们来润泽正在读着的书。自然，我觉得这本书变得更生动了。但阿尔贝蒂娜因此也获益不浅，她从容地往来于我们能够通往、能够将同一对象依次置放其间的那两个世界之间，摆脱了物质的重负，在思维的流动空间中遨游嬉戏。刹那间我陡然感到，我是能够体验对这位令人乏味的姑娘的炽烈感情的。这时候的她，似乎就是埃尔斯蒂尔或贝戈特的一首作品，想象和艺术使我对她看得更真切，使我对她产生了一种瞬息间的激情。

过了不一会儿，仆人来通报，说她刚回来；我吩咐过，当我不是独自一人，比如说当我跟布洛克在一起，并且硬要留他再待一会儿，免得让他碰上我那位女友的时候，谁也不许提到她的名字。因为我没告诉任何朋友她住在这儿，就连我在家里见过她这一点，都是讳莫如深的，我生怕我的哪个朋友会迷恋上她，会在外面等她，要不就是她会趁在过道或前厅碰到他的机会，对他做手势，定约会时间。随后，我听见阿尔贝蒂娜的裙子窸窸窣窣地响着，朝她的房间而去，她一则是出于谨慎，二则大概是出于跟以前在拉斯普利埃饭店吃饭时同样的考虑，所以知道我有朋友在场时从不上我的房间去，以免引起我的猜忌。但我突然间意识到，原因还不止于此。我在记忆中追寻着：我当初认识的是第一个阿尔贝蒂娜，后来骤然间她变成了另一个阿尔贝蒂娜，现在的这个阿尔贝蒂娜。这个变化，只能由我自己来承担责任。当我俩只是好朋友的那会儿，她对我起初是口没遮拦，想到随口就说，后来也是好多事都愿意告诉我的，但自从她认为我爱上了她，或者也没想到爱这个字眼，而只是猜到了我身上有一种什么事都得知道（知道了又感到痛苦不堪）、什么事都得刨根问底的叫人难以忍受的脾性以后，话匣子就关上了。从那时起她就样样事情瞒着我。只要她以为我有朋友在，其实那常常并不是女朋友，而是男朋友，她就会过我房门而不入；而在以前，当我说起哪个姑娘时，她的眼睛就会发亮："您一定得让她来呀，我挺想见见她。""可她，照您的说法是风度欠佳的呢。""对，那才更有趣嘛。"那时候，她或许还是会对我说实话的。即使她在小游乐场从安德蕾怀里挣出身子的那回，我想她也并不是因为有我在场，而是因为戈达尔在场，她大概以为这位大夫会张扬出去有损她的脸面。但就在那时候，她已经开始跟我保持一种距离了，从她嘴里听不见可心的悄悄话了，她的一举一动也变得矜持起来。在这以后，凡是有可能引起我感情波动的话或事，她都避免去说去做。关于她生活中那段我不了解的经历，她只让我留下一个清白无邪的印象，由于我的一无所知，就更加深了这种印象。而现在，转变已经完成，我不是单独呆着时，她就径直上自己房间去，这不仅仅是为了不打扰我，而且也是为了向我表明，她对谁跟我在一起根本不感兴趣。有一件事，她是再也不会做了，那就是无所保留地把实情都告诉我，除非将来有一天我也许对它无动于衷了，她才会再这么做，而且那时候她光为这点理由就会毫不犹豫地去做。从此以后，我就像个法官一样，只能靠她无意中漏出的片言只语而妄自定案了，这些片言只语，倘若不是我欲加之罪，其实也未必是不能自圆其说的。而阿尔贝蒂娜，也总觉着我又忌妒又好当法官。

我俩的婚约无异于一堂庭审，使她像罪人一般感到羞愧。现在，每当谈话涉及某人，不论是男是女，只要不是老人，她就会把话题岔开。我真该在她还没疑心我对她妒心有这么重的时候，就把想知道的事都盘问出来才是。真可惜错过了那机会。当时，咱们这位朋友不止肯对我说她怎么寻欢作乐，而且把她怎么瞒过别人的办法也都告诉了我。现在她不肯再像在巴尔贝克那会儿一样地对我无话不说了，当时她那么做，一半是出自无心，一半也是为了没能对我表现得更亲热些向我表示歉意，因为我那时已经使她感到有点厌倦了，她从我对她的殷勤态度中看出，她对我不必像对别人那样亲热，就能得到比别人更多的回报，——现在她不会再像当时那样对我说这种话了："我觉得让人看出你爱谁，是最蠢的了，我跟人家不一样：我喜欢谁，就做出根本不去注意他的样子。这一来就把旁人都蒙在了鼓里。"怎么！对我说过这话的，难道就是今天的这个阿尔贝蒂娜，这个自命坦率，自以为对一切都漠然处之的阿尔贝蒂娜吗！现在她是绝口不跟我提她的这一招了！只是在和我说话提到某个可能惹我生疑的人时，她会略施一下故伎："哎！我可不知道，这么个不起眼的脚色，我都没瞧过他。"有时候，打量有些事我可能会听说，就抢在头里先把话告诉我，不过光凭她那声气，不用等我真弄明白她在搪塞、辩解的这事实情究竟如何，我就已经觉出那全是谎话了。

我侧耳听着阿尔贝蒂娜的脚步声，颇为欣慰地暗自思忖她今晚上不会再出去了，想到这位从前我以为无缘相识的姑娘，如今说她每天回家，其实说的就是回我的家，我觉着真是妙不可言。她在巴尔贝克跑来睡在旅馆里的那晚上，我曾经匆匆领略过的那种神秘和肉感夹杂参半的乐趣，变得完整而稳定了，我这向来空落落的住所如今经常充盈着一种家庭生活乃至夫妻生活的甜美气氛，连走廊也变得熠熠生辉，我所有的感官，有时是确确实实地，有时，当我独自一人等她回来时，则是在想象中静静地尽情享受着这种甜美的气氛。听到阿尔贝蒂娜走进房间关门的声音，如果我还有客人，就赶紧打发他走，直到确信他已经下了楼才放心，有时我甚至宁可亲自陪他走下几级楼梯。

在过道里我迎面碰见阿尔贝蒂娜。"喔，趁我去换衣服的这会儿，我让安德蕾上您屋里去，她是特地上来跟您说声晚上好的。"说着，连我在巴尔贝克送她的那顶栗鼠皮帽上挂下来的灰色大面纱都没撩起，她就抽身回自己房里去了，仿佛她是寻思着安德蕾，这位我派去监视她的朋友，准要把一天的情况原原本本向我报告，把她俩怎么碰到一个熟人的前前后后的经过都告诉我，好让我对她们今儿一整天外出散步的行程中那些我因无从想象而存疑的片段有所了解。

安德蕾的缺点渐渐暴露出来，她不再像我刚认识她时那样可爱了。现在她身上有一股显而易见的酸涩的味儿，而且只要我说了句使阿尔贝蒂娜和我自己感到开心的话，这股涩味儿立时就会凝聚起来，犹如海面上的雾气凝聚成暴雨一般。即便如此，她对我的态度却越发来得亲热，越发显得多情——我随时可以举出佐证——而且比起任何一个没有这股涩味的朋友来都是有过之无不及的。但是，只消我稍有半点高兴的样子，而这种情绪又不是她引起的，她就会感到一种神经上的不舒服，就像是听见有人砰地一声把门关得很重似的。她可以允许我难受，只要那不是她的干系，但容不得我高兴；如果看见我病了，她会感到忧伤，会怜悯我，会照料我。但如果我有些许满意的表示，比如说当我刚放下一本书，带着心满意足的神气伸着懒腰说："嗨！这两个钟头的书看得可真带劲。真是本好书！"这句话要让我母亲、阿尔贝蒂娜或者圣卢听见，他们都会觉得高兴的，可安德蕾听了就会觉着反感，或者干脆说会觉着神经上的不舒服。我的称心如意会使她感到一种无法掩饰的愠恼。问题还有更严重的。有一天我提起在巴尔贝克跟安德蕾的那帮女友一起碰到过的那个年轻人，他对赛马、赌博、玩高尔夫球样样在行，而除此以外却一窍不通，安德蕾听着听着冷笑起来："您知道，他的老子偷过东西，差点儿给送上法庭判刑。他们现在牛皮愈吹愈凶了，可我倒想把事情全都张扬出去。我巴不得他们来告我诬告罪。我要出庭作证揭揭他的底！"她的眼睛炯炯发光。然而，我知道那人的父亲并没做过什么见不得人的事，安德蕾也跟别人一样清楚地知道这一点。可是她自以为受了做儿子的冷落，就想找个碴儿叫他难堪，让他出丑，于是编出了这通臆想中的出庭作证的鬼话，而且因为翻来复去说得次数多了，也许连她自己都弄不清是真是假了。

按说，照她现在这样子（且不说那种动辄记恨的疯劲儿），恶意的无端猜疑已经像一道冰冷扎手的箍儿箍住了她那热情可爱得多的本性，光凭这一层缘故，我就不会愿意去跟她见面的。但是关于我那位女友的种种消息，又只有她一人能向我提供，我实在心里放不下，不愿错过得悉这些消息的极其难得的机会。安德蕾走进屋来，随手把门带上；她俩今天遇见过一位女友；而阿尔贝蒂娜从没对我说起过这女人。“她们说了些什么？”“我不知道，因为我趁阿尔贝蒂娜有人陪着的空儿去买毛线了。”“买毛线？”“没错，是阿尔贝蒂娜叫我去买的。”“那就更不该去了，她说不定正是想支开您呢。”“可她是在碰到那位朋友以前叫我买的呀。”“噢！”我总算松了口气。不一会儿工夫，疑团又冒了上来：“可是谁知道她是不是事先就跟那个女人约好，而且想好这个借口到时候来支开安德蕾的呢？”再说，难道我能肯定先前的假设（安德蕾对我说的都是真话）就一定是对的吗？安德蕾没准也是跟阿尔贝蒂娜串通一气的呢。

爱情这东西，我在巴尔贝克那会儿常这么想，无非就是我们对某位一举一动都似乎会引起我们嫉妒的女士的感情。我总觉得，如果对方能把事情都对你和盘托出，讲个明白，也许是不费什么力就能把你的相思病给治好的。而受难的这一位，无论他怎样巧妙地想把心头的妒意瞒过别人，发难的那一位总会很快就一目了然，而且反过来玩得更巧妙。她故意把我们引向会遭遇不幸的歧路，这在她是轻而易举的，因为这一位本来就毫无提防，又怎么能从小小的一句话里听出其中包藏的弥天大谎来呢？我们根本听不出这句话跟别的话有什么不同：说的人悬着颗心，听的人却没在意。事过之后，当我们独自静思，回想起这句话的时候，会觉着这句话似乎跟事实不大对得上头。然而，到那时我们还记得清这句话到底是怎么说的吗？思绪转到这上头，而又牵涉到记忆的准确性的当口，脑子里往往会不由自主地冒出一种类似于记不清门有没有关好的疑窦，碰到有些神经过敏的场合，我们是会记不起有没有把门关好的，即便回头看过五十次了，照样还是这样。你甚至可以一而再、再而三地重复某个动作，却始终无法形成一个确切而洒脱的记忆。要说关门，至少我们还可以再去关第五十一次，可是那句叫人不放心的话，却已属于过去，听觉上存留的疑窦，并非我们自己所能消释的。于是，我们打起精神再去想她还说过些什么，结果又发觉那都是些无伤大雅的话；唯一的药方——可我们又不愿意服这帖药——就是什么都不去追究，打消弄个水落石出的念头。

嫉妒之情一旦被发现之后，作为其目标的那位女士就认为那是对她的不信任，因而她骗别人就是理所当然、顺理成章的事了。何况，当我们执意想知道一桩事情的时候，也是我们自己起的头去撒谎骗人的。安德蕾和埃梅答应过我什么都不说的，结果怎么样呢？布洛克，他自然没什么好答应的，因为他什么也不知道；而阿尔贝蒂娜，她只要跟这三位中间任何一位聊会儿天，照圣卢的说法就是取得一点“旁证”，就会发现我说的不过问她的行动以及根本不可能让人去监视她云云，全是些谎话。于是，在我惯常的关于阿尔贝蒂娜的那种无休无止的疑虑——这些疑虑过于飘忽不定，所以并不使我真的感到痛苦，它们之于嫉妒犹如忘却之于忧伤，当一个人开始忘却时，无形之中就觉得好过些了——之后接踵而至的，就是从安德蕾方才向我报告的某个片段中又冒出的那些新问题；跋涉于这片在我周围绵延伸展的广漠区域，我的所获只不过是把那不可知的东西推得更远些罢了，而对我们来说，当我力求要对那不可知的对象形成一个明确的概念时，我们会依稀感觉到那就是另一个人的真实生活。阿尔贝蒂娜一则出于谨慎，二则似乎是要让我有充裕的时间（她自己意识到这一点吗？）来了解情况，所以呆在自己房间里磨磨蹭蹭地换了好半天的衣服，我就趁这工夫继续询问安德蕾。

“我想阿尔贝蒂娜的姨夫和姨妈都挺喜欢我。”我冒冒失失地对安德蕾说了这么一句，忘了考虑她的性格。顿时只见她那凝脂似的脸蛋变了样，就像一瓶糖浆给搅过似的；满脸的阴云仿佛再也不会消散。嘴角也挂了下来。我初到巴尔贝克那年，她不顾自己的虚弱，也像那帮女友一样向我展示的那种神采飞扬的青春欢乐气息，现在（说实在的，安德蕾从那以后也长了好几岁）居然那么迅速地从她身上消失，变得荡然无存了。但我在安德蕾就要回家吃晚饭前无意间说的一句话，却又使它重现了光彩。“今天有人在我面前一个劲儿地夸您呢。”我对她说。顿时她的目光变得神采奕奕、充满欢乐了，从她的神情可以看出她确实很爱我。她避开我的目光，睁大两只霎时间变得异常明亮的眼睛，笑容可掬地望着一个什么地方。“是谁？”她带着率真而急切的表情问道。我告诉了她这人的名字，不管这人是谁，她都感到欣喜万分。

到该回家吃晚饭的时候了，她跟我分了手。阿尔贝蒂娜走进我的屋里；她已经换好衣服，穿了一件漂亮的睡袍，关于这种中国双绉长裙或日本睡袍，我曾向德·盖尔芒特夫人咨询过，其中某些进一步的细节还承斯万夫人来信指点过，信是这么开头的：“睽违多时，顷接见询tea-gown[1]来信，大有恍如隔世之感。”阿尔贝蒂娜脚上穿一双饰有钻石的黑鞋子，这双被火冒三丈的弗朗索瓦兹斥之为木拖鞋的便鞋，就是阿尔贝蒂娜隔着窗户瞧见德·盖尔芒特夫人晚上在家穿的那种，稍过些时候，阿尔贝蒂娜又穿上了高跟拖鞋，有几双是山羊皮烫金面的，另几双是栗鼠皮面的，瞧着这些鞋子，我觉得心里暖乎乎的，因为它们是一种标帜（别的鞋子就并非如此了），表明她是住在我的家里。有些东西，比如说那只挺漂亮的金戒指不是我给她买的。

---

1. 英文，宽松女袍。

我很欣赏那上面刻着的一头展开翅膀的鹰。“这是姨妈送我的，”她对我说，“不管怎么说，她有时候还是挺和气的。瞧着它我就觉得自己老了，因为这还是我二十岁那年她送的。”

对所有这些漂亮的衣饰，阿尔贝蒂娜有一种远远胜过公爵夫人的浓厚兴趣，因为正如你想要拥有某件东西时所遇到的阻碍（在我就是这病，它让我没法出远门，可又那么渴望去旅行）一样，贫穷——它比富裕更慷慨——会给予这些女人比她们无力买下的那件衣服更好的东西：那就是对这件衣服的向往，也即对它真切、详尽、深入的了解。阿尔贝蒂娜和我，她因为自己买不起这些衣服，我因为在定制这些衣服时想讨她喜欢，我俩就像两个渴望上德累斯顿或维也纳去亲眼看看博物馆里那些熟悉的名画的大学生。而那些置身于成堆的帽子和裙子中间的有钱的夫人们，她们就像事先并无任何兴趣的参观者，在博物馆转来转去只会使她们感到头晕目眩，又疲乏又无聊。对阿尔贝蒂娜和我来说，哪怕一顶帽子，一件貂皮大衣，一袭袖口有粉红翻边的浴衣，都会有某种分外重要的意义，某种非常吸引人的魅力，在阿尔贝蒂娜，是因为她一见这些东西，就一心一意想得到它们，而又由于这种向往会使人变得执拗和细心，所以她在想象中把它们置于一个更能显出衬里或腰带可爱之处的背景跟前的同时，早已对它们上上下下、里里外外全都了然于心——在我，则是因为曾经去德·盖尔芒特夫人家打听过这件衣裳为什么这么优雅，这么与众不同，这么卓然超群，而那位裁剪大师的独创性又体现在哪儿——这种意义和魅力，对于未吃先饱的公爵夫人来说是不存在的，即便对于我，倘若是在几年前我百无聊赖地陪着这位或那位风雅的女士出入于裁缝店的那会儿，情况也会跟公爵夫人一样的。

诚然，阿尔贝蒂娜渐渐成了一个风雅的女人。因为虽说我这么给她定制的每件衣服都是同类款式中最美的，而且都经过德·盖尔芒特夫人或斯万夫人的审定，但这样的衣服她也已经要多得穿不完了。不过这也没关系，既然她见一件爱一件，对它们没一件不喜欢的。当我们喜欢上了某个画家，而后又喜欢上了另一个画家，到头来我们就会对整个博物馆有一种好感，这种好感是由衷的，因为它是由连续不断的热情构成的，每次热情都有其具体的对象，但最后它们联结成了一个协调的整体。

但她并不是浅薄无聊的女人，独自一人时书看得很多，跟我在一起时也爱念书给我听。她变得非常聪明。她对我说（其实她没说对）：“每当我想到要不是您，我到现在还是个傻丫头的时候，我就感到后怕。您别说不字，是您让我看到了一个我连想都没想到过的世界，无论我将来会变成怎样的人，我知道我的一切都是您给的。”

我们知道，关于我对安德蕾的影响，她也说过类似的话。难道阿尔贝蒂娜和安德蕾，她俩都钟情于我吗？那么，她俩之间又是什么关系呢？为了把事情弄个明白，我得先让你俩不动，并且从对你俩永恒的期盼中超脱出来，因为你俩永远在这种期盼中变幻着形象；我得暂停对你们的爱恋，以便脱出身来看着你们，我得暂时不去理会你们那些没完没了的、行色总是那么仓皇的来访，哦，年轻的姑娘，哦，当我在令人眩晕的飞速旋转的光影中瞥见你们那变得几乎让我认不出来的倩影时，我的心是多么激动地怦怦直跳啊。倘若不是一种性感的诱惑在把我们引向你们，引向你们这些永远比我们的期望更美的、永远不会相同的金滴，我们也许根本不会领会到那些飞速旋转的光影，还会以为一切都是停滞不动的呢。一位年轻姑娘，我们每回看见她，总会发觉她跟上回见到时又大为变样了（我们保存在记忆中的印象，以及原先想要满足的欲望，在一见之下就都荡然无存了），以致我们平日所说的她性格稳定云云，都成了讲讲而已的汗漫之词。人家对我们说，某位漂亮的姑娘如何温柔、可爱，如何充满种种最细腻的感情。我们的想象接受了这些赞词，当我们第一次瞧见金黄色卷发中露出的那张玫瑰色的脸庞时，我们就在心里对自己说，这位让我们感到自渐形秽的玉洁冰清的少女，我们居然还想当她的情人，那岂不是痴心妄想。退一步说，即便跟她亲近了，我们又是怎样从一开始就对这颗高贵的心灵抱有无限的信任，和她一起编织过多少美妙的希望啊！可是没过几天，我们就为自己的轻信后悔了，因为这位玫瑰似的姑娘在第二次见面时，就像一个淫荡的厄里尼厄斯[1]那样满口脏话了。在延续几天的一个脉动过后，重又相继呈露在玫瑰色光线中的那些脸容，让你甚至都说不清，一种外界的movimentum[2]作用在这些姑娘身上，究竟有没有使她们改变模样；我在巴尔贝克的那帮姑娘，说不定也是这种情形呢。有人会在你面前吹嘘，一个处女是如何如何温柔，如何如何纯洁。可是说过以后他又觉着还是来点热辣辣的东西会让你更中意些，于是他就去劝她举止大胆泼辣些。至于她自己，心里是不是也想大胆些呢？也许并不，可是在令人眩晕的生活旋流中间，有成千上百个机会让她改变初衷。对于另一位魅力就在于冷峭（而我们指望要按自己的意思去改变这种态度）的姑娘，譬如说，对于巴尔贝克那位从吓得目瞪口呆的老先生们头上一掠而过的可怕的跳高女将，当我们回味着她那冷峻的风致，对她说着些充满深情的话时，不料兀地听见这位姑娘神情腼腆地告诉我们说，她生性怕羞，见到生人不知该怎么说话，所以挺害怕的，还说她跟我们见面以后，过了两星期才能从从容容地和我们谈话，等等等等，听到这么一番话，我们有多扫兴啊！铁块变成了棉团，我们已经无坚可摧了，既然她自个儿先就软成这副模样。事情是在她自己身上，但兴许也跟我们的做法不当有关，因为我们在恭维她的强项时尽说些软绵绵的话，说不定正让她觉着——尽管她并不一定怎么意识到——自己也得软款些才是。（这种改变使我们感到遗憾，但也不能完全说是弄巧成拙，因为面对这般软款的态度，

---

1. 希腊神话中复仇三女神的总称，她们眼中流血，头发由许多毒蛇盘结而成，一手执火炬，一手执由蝮蛇扭成的鞭子。
2. 拉丁文，动量。

我们说不定会为自己居然能把一个铁女人调教得柔情如许而分外欣喜呢。)

我并不是说不会有那么一天，到那时，即便对这些金光耀眼的少女，我们也能把她们的性格丁是丁卯是卯地说个明白，但这是因为那时候我们已经对她们不再钟情了，当见到她们出现在我们面前，跟我们的心所期待的形象很不相同的时候，我们的心不会再为这新的模样久久不能平静了。到那时，她们的模样将会固定下来，那是我们一种诉诸理性判断的漠然态度的结果。然而，理性的判断亦未必更明确，因为在理性判定一个姑娘身上有某种缺点，而另一个姑娘身上很幸运地没有这种缺点之后，它又会发现与这个缺点同在的却是一个弥足珍贵的优点。于是，从这种所谓理智的判断（它仅在我们对她们不再感兴趣时才会出现），只能看到年轻姑娘性格上一些恒定的特征；当我们的那些女友，以我们的期望所具有的令人眩晕的速度，每天、每星期变着模样出现在我们面前，而我们没法让它们在旋流中停下来，把它们分类、排序的时候，那些天天见着，但每回见着都让我们惊异的脸容固然并没有告诉我们多少信息，而理智的判断也并不见得让我们知道得更多些。对于我们的感情而言，关于这一点我们已经说得够多，无须再絮叨了，在很多情况下，爱情就不过是一位姑娘（对这位姑娘，我们要不是因为有着这么种感情，也许早就觉得不堪忍受了）的脸蛋加上我们自己怦然的心跳，而且这种心跳总是跟无穷无尽的等待，跟这位小姐对我们爽约做“黄牛”联系在一起的。这些话，并不仅仅对那些在善变的姑娘面前想象力丰富的小伙子才适用。咱们的故事到这会儿，看来（不过我是过后才看出来的）絮比安的侄女已经对莫雷尔和德·夏尔吕先生改变了看法。先前，我的司机为了撺掇她跟莫雷尔相好，在她面前大吹法螺，把提琴师说成个绝顶温柔体贴的人儿，这些话她听着正中下怀。与此同时，莫雷尔不停地向她诉苦，说德·夏尔吕先生待他就像个混世魔王，她听了就认定这位先生心眼很坏，根本没料到其中有层情爱的缘故。况且，她自然也不能不注意到，每回她和莫雷尔碰头，总有德·夏尔吕先生专横地插进一脚。而且她还听见社交圈子里的女客们谈论过男爵暴戾的坏脾气，这就更坐实了他的罪名。但是，近来她的看法完全改变了。她发现莫雷尔身上有着（不过她并不因此而不爱他）居心叵测的坏心眼，而且不讲信义，但又每每有一种柔情，一种真实的感情，抵偿了这些坏处，而德·夏尔吕先生则有着一副不容怀疑的博大善良的胸怀，和她没有见到的那副铁石心肠并存在他身上。于是，她对提琴师以及对自己的保护人的判断，就不见得比我对我毕竟天天见到的安德蕾以及对与我共同生活的阿尔贝蒂娜的判断更明确了。

有些晚上，阿尔贝蒂娜不想给我念书，便给我弹点琴或者和我玩几盘跳棋，要不就陪我聊天，无论哪种情形，都会因为我吻她而被打断。我们之间的关系非常单纯，因而也就使我感到非常恬适。正因为她的生活很无聊，她对我要求她做的事便分外热心而且百依百顺。在这个姑娘后面，正如在巴尔贝克从我屋里窗帘下面透进来的红彤彤的光影（其时乐师们吹奏正酣）后面，摇曳着大海蓝莹莹的波光。难道她（她在心里习惯了把我看作非常亲近的人，以致除了她姨妈以外，我也许就是她认为最不必分彼此的人了）不就是我在巴尔贝克初次遇见时那个戴着马球帽，眼睛含着执拗的笑意，倩影映衬在大海的背景上显得那么轻盈的陌生姑娘吗？往日的影像清晰地留存在记忆里，每当我们想起它们时，总会为它们跟我们所认识的人如此不同而感到诧异；我们开始懂得了，日复一日的生活竟能如此奇妙地重塑一个人的形象。阿尔贝蒂娜在巴黎，在我屋里的壁炉边上，会让我看得那么心旌飘摇，是因为海滩上的那群心高气傲、光采照人的姑娘在我心间激起的欲念还在那儿荡漾，正像拉谢尔在圣卢眼里，即使在他让她离开舞台以后，永远保留着舞台生涯的魅力一样，在远离我带着她匆匆而别的巴尔贝克、幽居在我家中的阿尔贝蒂娜身上，我依然可以看到她在海滨生活的那种既兴奋又激动，与人交往显得慌乱不安的模样，依然可以觉到她那种永无餍足的虚荣心和变动不居的欲念。如今她深居简出，有些个晚上我甚至都不让人去唤她离开自己的房间来我屋里，而当初的她，是人人追逐的对象，那回她骑着自行车疾驶而过，我跟在后面赶得上气不接下气的也没跟上她，就连开电梯的小伙子也没法帮我追上她，我心想这下子甭指望她能来了，可还是整夜都在等她。她在旅馆门前的那片灼热的海滩上走过，犹如一位大明星在这大自然的舞台上亮个相，甚至不用开口说一句话，就把这大自然的剧场中的常客们弄得神魂颠倒，就让其他的姑娘们显得相形见绌，凡她所到之处，总有妒羡的目光跟在后面；如今这位令人垂涎的明星，叫我给从舞台上弄了下来，关在家里，让那些徒然寻踪芳迹的家伙离得远远的，每天她不是在我的房间里，就是在她自己的房间里描画镂纸，我有时不免要寻思，这个阿尔贝蒂娜，真就是那个阿尔贝蒂娜吗？

现在想起来，阿尔贝蒂娜头一回待在巴尔贝克的那段日子里，她的生活环境跟我不大相同，但已渐渐在趋近（当我住在埃尔斯蒂尔家时），尔后，随着我和她先在巴尔贝克，后在巴黎，然后又在巴尔贝克的关系的日渐亲密，两人的生活环境就一致起来了。另外，我前后两次去巴尔贝克，印象中所留下的这些海滨小城的图景，虽然都是由同样的大海，同样的海滨别墅，同样的从别墅去海滩的姑娘们构成的，但这前后两幅图景之间，差别是何等的明显啊！第二次去巴尔贝克时，我对阿尔贝蒂娜周围的那些姑娘已经非常熟悉，她们的优缺点就像写在脸上似的让我看得一清二楚，而在当初，这些清新、神秘的陌生少女，每当她们笑着嚷着冲进那座瑞士山区木屋式样的别墅，在过道里把柽柳碰得簌簌作响的时候，我的心总会怦然而动，难道我第二次在那儿时，还能从这些姑娘身上，辨认出那些少女吗？她们那一双双圆圆的大眼睛不像以前那样明亮了，一则当然是因为她们不再是孩子了，二则也许是因为那些可爱的陌生少女，那些当年充满浪漫情调的演员（从那以后我就不曾中断过对她们情况的调查了解），对我已不复有任何神秘之处了。她们对我的任性已经很迁就，她们在我眼里就不过是些花儿似的少女，我为自己能从中采撷到最美的那朵玫瑰而颇有些感到骄傲。

在这两幕迥然不同的巴尔贝克场景中间，有着一段地点在巴黎、时间长达数年的间隔，其间点缀着阿尔贝蒂娜一次又一次的来访。我是在一生中的两个不同的时期（它们对我来说意味着一生中两个不同的阶段）见到阿尔贝蒂娜的，因而我感觉到，那些见不到她的日子，那段漫长的时间，实在是很美妙的，我面前的这位玫瑰似的人儿，在时间的透明背景上塑造着她那带着神秘影子的、立体感很强的形象。这种立体感，不仅是由阿尔贝蒂娜在我脑海里的一幅幅不同的影像，而且也是由她在智力和心灵上的众多优点以及性格上的某些缺点，迭合在一起而形成的，这些优缺点，是我事先不曾知道的，是阿尔贝蒂娜把它们作为一种胚芽，一种自我繁殖的幼苗，一种肉质丰厚的深暗色株体，加进一个先前几乎并不存在，如今却已深不可测的个性中去的。因为任何人物，即使是令我们梦萦魂绕，在我们眼中有如画中的人儿，有如本诺佐·戈佐里[1]画在深绿色背景上的人儿那样，对她们，我们一心以为只要自己待着不动，保持相同的距离，只要光线不变，她们就永远是这个样儿的，其实一旦她们和我们的关系起了变化，她们本身也就变了；从前仅仅是映在大海背景上的那个倩影，现在变得丰满、结实，形体也变大了。

跟我心目中的阿尔贝蒂娜联系在一起的，并不只是薄暮时分的大海，有时，那是在皎洁月光下梦幻般地流连在沙滩上的大海。可不是吗，有时候我起身到父亲的书房里去找本书，阿尔贝蒂娜便要我让她趁这会儿躺一下；她整个上午和下午都在外面游玩，实在是累了，虽

---

1. 戈佐里（1420—1497）：意大利文艺复兴早期的著名画家。

说我离开才一会儿工夫，但回屋一看，她已经睡着了，这时我也就不去叫醒她。她从头到脚舒展开来，躺在我的床上，那姿势真是浑然天成，任哪个画家都想象不出来的，我觉得她就像是一株绽着蓓蕾的修长的树苗，让谁给摆在了那儿；事情也确实如此：那种只有她不在时我才会有的幻想的能力，在她身边的这一瞬间，重新又回到了我的身上，仿佛她在这样睡着的时候，变成了一株植物。这样，她的睡眠在某种程度上使恋爱的可能性得到了实现；独自一人时，我可以想着她，但她不在眼前，我没有占有她；有她在场时，我跟她说着话儿，但真正的自我已所剩无几，失去了思想的能力。而她睡着的时候，我用不着说话，我知道她不再看着我，我也不需要再生活在自我的表层上了。

合上眼睛，意识朦胧之际，阿尔贝蒂娜一层又一层地蜕去了人类性格的外衣，这些性格，从我跟她认识之时起，便已使我感到失望。她身上只剩下了植物的、树木的无意识生命，这是一种跟我的生命大为不同的陌生的生命，但它却是更实在地属于我的。她的自我，不再像跟我聊天时那样，随时通过隐蔽的思想和眼神散逸出去。她把散逸出去的一切，都召回到了自身里面；她把自己隐藏、封闭、凝聚在肉体之中。当我端详、抚摸这肉体的时候，我觉得自己占有了在她醒着时从没得到过的整个儿的她。她的生命已经交付给我，正在向我呼出它轻盈的气息呢。

我倾听着这神秘而轻柔的声音，温馨如海上的和风，缥缈如月光的清辉——那就是她朦胧的睡意。只要这睡意还在持续，我就可以在心里尽情地想她，同时凝视着她，而当这睡意变得愈来愈深沉时，我就抚摸她，吻她。我此时感受到的，是一种纯洁的、超物质的、神秘的爱，一如我面对的是体现大自然的美的那些没有生命的造物。其实，当她睡得更熟一些以后，她就不再只是先前的那棵植物了，我在她睡意的边缘，怀着一种清新的快感陷入了沉想，这种快感我永远也不会厌倦，但愿能无穷无尽地享受下去；她的睡意，对我来说是一片风光旖旎的沃土。她的睡意在我身边留下了一些那么宁静悠远，那么肉感怡人的东西，就像巴尔贝克那些月光如水的夜晚，那时树枝几乎停止了摇曳，仰卧在沙滩上时时可以听见落潮碎成点点浪花的声音。

我回屋时，先是站在门口，生怕弄出半点响声，屏息静听均匀连绵从嘴唇间呼出的气息，它像海边的落潮，但更安谧，更柔和。聆听着这美妙的声息，我觉得眼前躺着的可爱的女囚，她整个儿人，整个儿生命，都凝聚在这声息中了。街上来往的车辆传来嘈杂的声响，但她的前额依然是这般舒展，这般纯净，她的呼吸依然是这般轻柔，轻柔到了仿佛只存一丝脉息。我看到自己并不会打扰她的睡眠，就小心翼翼地走进房间，先坐在床边的椅子上，再坐在床上。

我跟阿尔贝蒂娜一起聊天、玩牌，共度过不少美好的夜晚，但从没哪个夜晚，有像我瞧着她睡觉这般温馨可爱的。她在聊天、玩牌时纵有演员模仿不像的洒脱自然的神气，但她在睡梦中这种更为深沉的、更高层次上的洒脱自然的意味，却更令我神往。长长的秀发沿娇艳的脸庞垂下，洒在床上，不时有一绺头发直直地竖在那儿，使人想起埃尔斯蒂尔那些拉斐尔风格的油画，画面深处那些亭亭玉立在朦胧月光下的纤细苍白的小树。虽然阿尔贝蒂娜闭着嘴，但她的眼睑，从我的位置望去，仿佛并没有合拢，我几乎要疑心她是不是真睡着了。不过，下垂的眼睑已经给这张脸定下了一个和谐的基调，即使眼睛没合拢，也不致破坏这种和谐的完美。有些人的脸，只要稍稍把目光一收敛，就自有一种不同寻常的丰美和威仪。

我细细端详躺在我脚跟前的阿尔贝蒂娜。不时，她会突如其来地轻轻动弹一下，就像一阵不期而至的微风拂过林梢，一时间把树叶吹得簌簌颤动起来。她伸手掠了掠头发，然后，由于没能称自己的心意理好头发，又一次伸起手来，动作那么连贯而从容，我心想她这是要醒了。然而没有；她睡意正浓，又安静下来不动了。而且此后她一直没再动弹。她那只手搁在胸前，胳臂孩子气地垂在肋间，瞧着这模样，我差点儿笑出声来，这种一本正经的、天真无邪的可爱神气，是我们在年幼的孩子身上常能见到的。

我在一个阿尔贝蒂娜身上可以同时看到好几个阿尔贝蒂娜，所以此时仿佛觉得看到其他那些阿尔贝蒂娜也睡在我身旁。这眉毛弯弯的样子，我却似乎从没见过，只见这两条眉毛把半球形的眼睑围在中间，看上去像两只柔软的翠鸟窝。她的脸庞上，留下了种族和返祖性的印记，也留下了行为不检的痕迹。她每回把头移动一下位置，就变成了一个新的，往往颇使我意想不到的姑娘。我觉着自己占有的不是这么一个，而是许许多多个年轻姑娘。她的呼吸渐渐变得更深沉了，胸脯很有节奏地起伏着，交叉搁在胸前的双手和那串珍珠项链，也随着这同一节奏以不同的方式律动着，宛如在波涛涌动拍击下晃动着的小船和缆绳。这会儿，我知道她睡意正酣，我不会碰到此刻淹没在酣睡的海水下面的意识的暗礁上，于是放开胆子悄没声儿地爬上床去，挨着她躺下，一手搂住她的腰，吻她的脸和心口，然后又吻遍全身的每个地方，空着的那只手跟那串珍珠一样，随着熟睡的姑娘的呼吸一起一伏；我和着她那均匀的节奏轻轻地晃动：我的小舟颠簸在阿尔贝蒂娜的睡意上。

有时候，我也从中品味到一种不如这么清纯的乐趣。这在我真是举腿之劳，我把一条腿轻轻搁在她的腿上，就像听任一支船桨浮荡在水面上，不时感觉到从它传来轻微的晃动，宛如天际飞过一行恍如入睡的鸟儿，停停歇歇地拍打着翅膀。我选了这个角度来观察她，看到的这张脸是从未有人见过的，美极了。我想有件事还是不难理解的，就是同一个人写给你的信总是大致相仿的，它们勾勒出一个跟你认识的此人大不相同的形象，以致让你看到了此人的第二天性。但是，一个女人居然会——如同罗西达和多迪加[1]那样——和另一个女人（她的

1．当时暹罗一对著名的姐妹歌舞演员。

另一种美暗示着另一种个性）如此弥合无间地连结在一起，为了看清其中的这一位，你得从侧面去看，对另一位就得从正面去看，这可有多奇怪啊。阿尔贝蒂娜的呼吸声变得更重了，听上去使人觉得像是快乐达到高潮时气喘吁吁的声响，当我的呼吸也变得愈来愈短促时，我抱她吻她都没有弄醒她。我觉得，在这一时刻我终于更完全地占有了她，一如占有了沉默的大自然中一件无知无觉、任人摆布的东西。我并不在意她有时在睡梦中喊出声来的那些话，因为我根本不懂其中的意思，何况，就算那是在喊某个我不认识的人，那又怎么样呢，当她的手时而掠过一阵微颤，下意识地搐动时，不还是按在我的手上和脸颊上吗。我怀着一种超然、恬静的爱，兴味盎然地欣赏着她的睡眠，犹如久久流连在海边倾听汹涌澎湃的波涛声。

也许我们是得要让别人给自己吃那么些苦，才能在得到解脱之时，感受到有如大自然给予的那种怡然恬淡的宁静。此刻我无须像在交谈时那样去答话，在交谈中即便她说话时我可以不开口，但在听她说话的同时，我毕竟没法这么深入地看到她的内心里去。我继续不时地谛听、收受着那缕若有若无的微风似的呼吸声，一个全然生理学意义上的生命，从她那纯洁的气息中呈现在我面前，那是属于我的；就像当初在明亮的月光下一连几个钟头仰卧在海滩上一样，我要久久地待在她身旁看着她，听着她的声音。有时人家告诉我，海面起浪了，海湾的风预兆着大海的风暴，而我仍然依偎在大海身边，倾听着它隆隆作响的鼾声。

有时候阿尔贝蒂娜觉得很热，在快要入睡时脱下和服式的睡袍扔在扶手椅上。等到看她睡着了，我在心里盘算，她的信敢情都在这件睡袍的内袋里放着呢，因为她常把信放在那儿。一个信末的签名，一张约会的字条，就足以让我揭穿她的谎话或是消释我的疑团。我觉着阿尔贝蒂娜已经睡熟了，就从我待在上面悄悄地看了她这么半天的床脚跟溜下地来，满怀热切的好奇心，往前跨了一步，只觉得扶手椅上有一个生命正可怜兮兮地、全无半点反抗能力地听凭我去刺探它的秘密。我这么走开，或许也因为老是一动不动地瞧她睡觉，终究感到累乏了。于是，我轻轻地朝扶手椅走去，边走还边回头看她有没有醒来。走到椅子跟前，我立定了，久久地凝视着那件睡衣，仿佛这就是在久久地凝视着阿尔贝蒂娜。可是（也许我这是错了）我到底没有去碰它，没有去摸里面的口袋，更没有去看那些信。临末了，我知道自己是下不了决心了，就蹑手蹑脚地走回阿尔贝蒂娜跟前，重又端详起睡梦中的她来，——尽管她什么也不会告诉我，而那张扶手椅上的睡袍兴许倒是会告诉我好些事情的。

正像那些就为呼吸一下大海的新鲜空气，心甘情愿地每天花上百法郎在巴尔贝克旅馆租下一个房间的人一样，我觉得在阿尔贝蒂娜身上花费更多的钱是很自然的事情，既然我能在脸颊上，能在微微张开跟她的双唇相对、感觉得到她的生命流经我舌尖的嘴上，感受到她那温馨的气息。

看她睡觉所尝到的乐趣，如同感到她生命的律动一般甜美，然而它会被另一种乐趣打断、取代，那就是看她醒来的乐趣。那是在一种更深刻、更神秘的意义上的乐趣——意识到她和我住在同一屋檐下的乐趣。诚然，当她在下午走下马车，朝我的屋子走进来时，我已经感觉到了这种温馨和甜美。但当她在睡乡中登上梦的最后几级阶梯，终于在我房里醒来，一时弄不明白“我这是在哪儿？”而在环顾四周的摆设，瞅见柔和地照着她惺忪的睡眼的台灯以后，这才明白这是在我家里醒来，于是再自然不过地对自己说，哦，她是在自己家里呢，这时候的我会加倍地感受到这种温馨甜美的况味。在她睡意未消的这个最初的美妙时刻，我觉得自己重又更完全地占有了她，因为她外出归来时，不是回到她的房间，而是回到我的房间，而且当她醒来认出这个行将把她囿禁在内的房间时，眼睛里并无半点不安的神情，就像没睡过这一觉那样地安然自若。从她的缄默不语流露出来的睡意未消的迷茫神情，在她的眼睛里是全然不见流露的。

她终于能开口了，她称呼我“我的——”或“我亲爱的——”，后面是我的教名，我让叙述者取了个跟本书作者一样的名字，所以这称呼是“我的马塞尔”或“我亲爱的马塞尔”。从此以后，我不许家里别人也叫我“亲爱的”，阿尔贝蒂娜口里说出来的这几个可爱的字眼，是不该让旁人给玷污的。她微微撅起嘴说出这几个字以后，往往就势给我一个吻。她刚才那会儿睡着得有多快，这会儿醒得就有多快。

阿尔贝蒂娜体态的丰腴、个性的发展，都并不比时光流逝在我身上引起的变化，也不比我在灯光下瞧着坐在身旁的一位年轻姑娘，而这灯光跟姑娘当初沿着海滩漫步时照在她身上的阳光颇为不同的这个事实，更能成为我现在看她和起初在巴尔贝克那会儿看她的方式迥然不同的主要原因。这两个形象之间，哪怕相隔的年岁更久远些，也未必会产生如此完全的变化；这一变化，是在我得知阿尔贝蒂娜几乎由凡特伊小姐的女友一手带大的消息的霎那间，从根本上一下子完成的。如果说过去我常为从阿尔贝蒂娜眼里看出秘密而欣喜，那么现在只有当我从这双眼睛里，乃至从跟这双眼睛同样传情，这会儿还那么温柔，一转眼却会满是愠色的脸颊上，都能看出没有什么秘密的时候，才会感到高兴。我所寻觅的那个形象，那个使我感到恬适，使我愿意傍着她死去的形象，并不是有着一段陌生经历的那个阿尔贝蒂娜，而是一个尽可能让我感到熟悉的阿尔贝蒂娜（正因如此，这爱情势必只能跟不幸联系在一起了，因为它从本质上不满足神秘的这一条要求），一个并不是作为某个远处世界的表征，而是——确实也有过一些时候，情况好像就是这样——除了和我在一起、和我一模一样，再也不要任何东西的阿尔贝蒂娜，一个作为确确实实属于我的东西的体现，而不是未知世界的化身的阿尔贝蒂娜。

如果爱情就是这样在一个女人让你感到忧心如焚的时刻，在你担心能不能留住她别让她跑掉的心理状态下萌生的，这种爱情就会带上使它得以诞生的骚乱的印记，就会难以使我们回想起在这以前每当想到这个女人时我们心里所见到的影像。在海滨初次见到阿尔贝蒂娜时的印象，在我对她的爱情中或许也占了小小的一席之地；但说实在的，这些往日的印象在这样一种爱情中只能占一个微不足道的位置，不论是在我们卷进激情的漩涡或陷入痛苦的折磨的时候，还是在这爱情感到需要温情，需要向那些宁静温馨的回忆，那些可以让我们沉浸其中，不去过问我们所爱的这个女人的事情（哪怕那是些我们应该知道的可憎的事情）的回忆去寻求庇护的时候，它们都只占一个很小很小的位置；——即使我们保存着那些往昔的印象，这种爱情却是由一些不相干的内容构成的！

有时候，我在她进屋以前就把灯熄了。她在黑暗中，凭借一根火柴的微光，走过来挨着我躺下。我的眼睛，那双常常生怕看见她又变模样的眼睛，看不见她的身形，但我的双手和脸颊能感到她的存在。托这种盲目的爱情的福，她或许觉着自己承受的爱抚比平日温柔得多呢。

我脱下外衣躺在床上，阿尔贝蒂娜坐在床沿上，我俩继续刚才让接吻打断的下棋或聊天；而当我们处在唯一能使我们对另一个人的存在及其性格感兴趣的欲望的支配下的时候，我们自己的性格总会充分地表现出来（即使我们已经相继抛弃了好些曾经爱过的不同对象），所以有一次，我抱住阿尔贝蒂娜吻她，叫她“我的小姑娘”时，在镜子里瞧见自己脸上那种忧郁而激动的表情，就像我吻那早已被我忘怀的吉尔贝特，或者将来有一天吻另一个姑娘时——如果我早晚得把阿尔贝蒂娜也忘掉——的表情一模一样，它使我想到，我这是超然于个人的考虑之上（本能总是让我们把眼前的对象看作唯一真实的对象），在一种作为祭礼奉献给青春和女性美的、热诚而痛苦的虔敬的遣使下，履行我的职责。然而，在我想就此让阿尔贝蒂娜每晚都能留在我身边的私心中，给青春以“ex voto[1]”荣耀的愿望，以及关于巴尔贝克的回忆，都搀杂着一种对我来说很新鲜的感觉，一种即使不能说是我有生以来从未体验到的，也至少是我在爱情生活中不曾品尝过的感觉。那是一种心灵得到抚慰的感觉，自从母亲在贡布雷的床前俯身吻我送我入睡的那些遥远的夜晚以来，我从未再领略过如此美妙的感觉。在那会儿如果有人对我说，我并不是那么纯洁无邪，甚至说我会去剥夺别人的幸福，我准会十分惊讶。那时候的我，看来是太缺乏自知之明了，因为我这不让阿尔贝蒂娜离开我的乐趣，实在算不得怎样正大光明，那其实是把这位含苞欲放的少女从那个人人都能亲近的世界里拽出来，让她即便不能给我以许多欢乐，至少也不能去给别人。野心和成功，使我变得冷漠了。我甚至都失去了怨恨的感觉。然而在我，肉欲意义上的爱情，毕竟意味着品尝击败众多竞争对手的欢乐。对它我永远不会嫌多，它是一种无与伦比的镇静剂。

尽管在阿尔贝蒂娜回家以前我对她疑虑重重，百般揣度她在蒙舒凡的房间里的一举一动，但一等到她穿着浴衣跟我相对而坐，或者更经常地是我躺在床上，而她坐在我脚跟的床沿上，我就不由得会怀着信徒祈祷时的虔诚，把满脸疑团和盘托出，只指望她帮我卸下这些精神上的负担，消释这些刚在脑海里冒头的疑窦。她整个晚上淘气地蜷缩在我床上，像只胖乎乎的大猫似的跟我耍着玩；卖弄风情的眼神，给她添上了一种在有些小胖子的脸上常能见到的狡狯神气，粉红小巧的鼻子，似乎也显得更加玲珑了，而这鼻子的格局，又使整张脸显得顽皮而倔犟；她有时微微闭起眼睛，松弛地垂下双臂，听凭一绺长长的黑发搭拉在玫瑰色的粉腮上，那模样仿佛在对我说：“你爱怎么着就怎么着吧”；晚上临走前，她凑过脸来跟我吻别，这种庶几完全是家庭意味的温情，使我情不自禁地在她结实的颈脖两侧吻了又吻，这

---

1. 拉丁文，还愿的奉献物。

时我只觉得这颈脖晒得还不够黑，日光斑晒得还不够多，仿佛这些可靠的标记是跟阿尔贝蒂娜身上某种忠诚的美德维系在一起的。

“明天您跟我们一起出去吗，我的大坏蛋？”临分手时她问我。“你们上哪儿呀？”“那得看天气好坏，还得看您高兴呐。不过，您今天有没有写点东西出来哪，小乖乖？没有？哦，那还是别去的好。对啦，我问您句话，我进屋那会儿，您听见我的脚步声，马上就猜到是我了吗？”“那还用说。难道我还会弄错吗？哪怕有一千只小山鹬，难道我还会听不出我那只小家伙蹦跶的声音？我只想她允许我在她睡到床上以前给她脱下鞋子，这会使我感到不胜荣幸。这些雪白的花边把您衬托得有多可爱、多娇艳啊。”

我就是这么回答她的；在这些带有肉欲意味的话语之间，您或许又能嗅出些我母亲和外婆的气味。因为，我渐渐变得愈来愈像我所有的那些亲人，像我的父亲——不过他大概还是跟我很有些不同，因为旧事即便重现，也是变着样儿来的——那样对天气百般关心，而且跟莱奥妮姑妈也愈来愈像。要不然，我早该把阿尔贝蒂娜当作我出门的理由了，那不就是为着别让她单独一人，脱离我的控制么。我耽于种种乐趣，莱奥妮姑妈却信仰诚笃，从来不会享乐，整天只知道数念珠做祈祷，我一心想在文学上有所成就，老为这在折磨自己，莱奥妮姑妈却是家族中绝无仅有的一位，居然不明白看书并非打发时间和“消遣”，结果弄得复活节那一阵，星期天虽说不许干正经事儿以便专心致志做祷告，却是允许看书的，我和这样一位姑妈之间，从外表看真是风马牛不相及，我甚至会发誓说我跟她绝无半点共同之处。然而，虽说我每天都能找出个理由说哪儿不舒服，但我老这么呆在床上，却还是为了一个人的缘故，这人不是阿尔贝蒂娜，也不是一个我所爱的人，而是一个比我所爱的人更强悍的人，这人的专横使我甚至不敢流露充满妒意的猜疑，或者至少不敢亲自去证实这些猜疑有无根据，这人就是莱奥妮姑妈。我对天气的关心，比起父亲来可以说是有过之无不及，他只是看看晴雨表，我却自己成了活的晴雨表；我听莱奥妮姑妈的话乖乖地待着看天气如何，而且是待在房间里，甚至待在床上看，这难道还不算有过之无不及吗？现在我跟阿尔贝蒂娜说起话来，就像当年在贡布雷还是孩子的那会儿跟母亲说话，要不就是像外婆在跟我说话一样。我们每个人到了一定的年龄以后，我们曾经是过的那个孩童的灵魂，以及我们经由他们而来到世上的那些逝者的灵魂，都会把它们的财富和厄运一古脑儿地给予我们，要求和我们所体验到的新的感觉交汇在一起，让我们在这些感觉中抹去他们旧日的影像，为他们重铸一个全新的形象。于是，童年时代遥远的往事，乃至亲人们的陈年往事，都在我对阿尔贝蒂娜算不得纯洁的爱情中沁入了一种既是儿子对母亲的，又是母亲对儿子的温情的甘美。到了生命的某个时刻，我们就得准备迎接所有这些从遥远的地方团聚到我们身边的亲人了。

在阿尔贝蒂娜答应我为她脱鞋以前，我已经解开了她衬衣的扣子。她那两只耸得高高的小小的乳房，那种圆鼓鼓的样子，看上去不像身体的一个部分，倒像两只成熟的果子；腹部往下收去，遮住了那换在男人身上便很丑陋的部位（就像一根铁钩子插在走下壁龛的塑像身上似的），在与大腿交接的地方，形成有如落日收尽余晖时的地平线那般宁静，那般恬适，那般幽邃的一条曲线的两个弯瓣。她脱掉鞋子，在我身旁躺了下来。

喔，想想创世纪时那对身上还带着黏土的潮气，在混沌中懵懵懂懂地寻求结合的男女的模样吧，造物主用一团泥巴分成了他俩，夏娃在亚当身边醒来时，惊愕而顺从，正像他还是孤单单一人的那会儿，在创造他的上帝面前一样。阿尔贝蒂娜伸起两条胳臂枕在黑色的秀发下面，髋部鼓起，腿的线条有如天鹅的颈项一般柔软地弯下，延伸，重又回向曲线的起点。当她完全侧身而睡时，她的脸（正面是那么和蔼，那么秀美的脸）却有一种神态使我心里发怵，莱奥纳尔某些漫画里的那种鹰钩鼻，透着邪恶、贪婪和间谍的狡诈，在家里瞥见这张脸，令我恐怖，它这么侧过去仿佛是卸下了面罩。我赶紧双手捧住阿尔贝蒂娜的脸，把她转过来。

“您可得听话，答应我明天要是不出门，在家里得好好写。”阿尔贝蒂娜边说边穿衬衣。“行，不过您先别穿晨衣哪。”有时候，我就在她身边睡着了。房间变得冷起来，得添些柴火。我伸手往上在墙上摸，想找到拉铃的杆子，但没找到，摸来摸去都是些别的铜杆，看到阿尔贝蒂娜因为怕让弗朗索瓦兹瞧见我俩并排躺在床上，要紧从床上起身，我就对她说：“别忙，再睡会儿，我找不到铃。”

看上去，这是些温馨、欣悦、纯洁的时刻，但其中已经蕴含着灾难的可能性：这灾难将使我们的爱情生活充满危险，在最欢乐的时刻过后会有硫磺和熔浆的火山雨出其不意地袭来，随后，我们由于没有勇气从灾难中吸取教训，马上又在只能喷发出灾难的火山口边上重新安顿下来。我就像那些总以为自己的幸福会天长地久的人一样地掉以轻心。正因为这种温馨对于孕育痛苦而言是必需的——而且它以后还会不时来抚慰缓解这种痛苦，——所以男人在吹嘘一个女人对他有怎么怎么好的时候，他对别人，甚至对自己都可能是诚恳的，不过总的来说，他和情人的关系中间，始终潜伏着一股令人痛苦的焦虑不安的暗流，它以一种隐秘的方式流动着，不为旁人所知，或者至多通过一些问题和探询无意中稍有流露。然而，这种焦虑不安必定又以温馨甜蜜作为前奏；即使在这股暗流形成以后，为了让痛苦变得可以忍受，为了避免破裂，不时也需要有些温馨甜蜜的时刻点缀其间；把自己跟这个女人共同生活中不可与人言的痛苦隐藏起来，甚至把这种关系说成非常甜蜜地炫耀一番，这表明了一种真实的观点，一种带有普遍意义的因果关系，一种使痛苦的产物变得可以承受的模式。

阿尔贝蒂娜就在我家里，明天要不是跟我一起，就是在安德蕾的监护下出去，这在我已经毫无值得惊奇之处了。这种格局，为我的生活圈定了粗粗的轮廓线，除阿尔贝蒂娜之外谁也无法涉足其中，另外（在我尚不知晓的未来的生活图景上，犹如在建筑师为很久以后才能耸立起来的大厦画的蓝图上）远远的还有好些与之平行、幅度更宽的线条，在（有如一座孤寂冷僻的小屋的）我的心间描画了未来爱情生活多少有些刻板、单调的程式；而所有这一切，实际上都是在巴尔贝克的那个晚上画下的，那个晚上阿尔贝蒂娜在小火车上向我吐露了她从小由谁带大的真情，我听后就想，无论如何不能让她再受某些影响，说什么也不能让她在以后几天离开我的身边。光阴荏苒，这种生活模式成了习焉不察的例行公事，但正如历史学家企图从古代仪式中找出微言大义一样，我可以（但并不很想）回答那些问我这种甚至不再涉足剧院的隐居生活有何意义的人说，它的起源乃是某个晚上的忧虑以及在这以后感到的一种需要，也就是说我感到需要向自己证明，我业已了解她不幸的童年生活的这个女人，即使她自己愿意，也不会再有受到同样的诱惑的可能性了。对这种可能性，我已很少去考虑，但它毕竟还影影绰绰地存在于我的意识之中。看到自己一天天地在摧毁它——或者说尽力在摧毁它，——这大概正是我在吻这并不比许多别的姑娘更娇嫩的脸颊时，心里会格外感到乐滋滋的缘故；凡在达到相当程度的肉欲的诱惑背后，必定潜伏着某种贯串始终的危险。

*

我答应阿尔贝蒂娜，要是不出门一定好好工作。可是第二天，仿佛这屋子趁我睡熟时，奇迹般地飘浮了开去，我一觉醒来，天气变了，时令也不对头了。一个人在出于无奈的情况下登上一片陌生的国土，这时他是不会有心思着手工作的。然而每个新的一天，对我都是一个新的国度。就说我的懒散吧，它一旦换了新的花样，你说叫我怎么还认得出它呢？有些日子，人人都说天气糟透了，逢到这种时候，静静地待在家里，听到屋外淅淅沥沥下个没完的雨声，才能体会航行在海上的那种平静滑行的况味，感受到那种宁谧的乐趣；有时天空响晴，这时候一动不动地待在床上，瞧着光影绕着自己慢慢地转过去，就像瞧着一株大树的影子在转动。也有时候，邻近的修道院刚敲响稀落如同清晨去祈祷的信徒的头遍钟声，半天里纷纷扬扬洒下的雪花，在熏风吹拂下溶化、飘散，而天空依然灰蒙蒙的不见透出亮色，但我已经能够辨认出这一天是会风雨交加，还是变幻不定，抑或是个晴朗的好天气，屋顶被骤雨打湿过后，阵阵和风拂过，缕缕阳光照临，它就又在收干，只听得屋檐滴滴答答地在滴水，仿佛这屋顶是趁风儿重新刮起之前，让自己尽情地承受不时从云层探出脸来的太阳的抚爱，青灰色的石板瓦闪耀着美丽的虹彩；这样的日子，风风雨雨的，一天里充满着天气、氛围的变化，懒人因此倒也自得其乐，不觉得这一天是白过了，因为他正兴味盎然地关注着在他不介入的情形下，周围的环境从某种意义上说代他作出的种种表现；这样的日子好比那些发生动乱或者革命的日子，那些日子对于不再去上学的小学生并不是毫无意义的，因为当他在司法大厦四周转悠或是念着报纸的时候，虽说他没做自己的功课，他却会觉着从正在发生的事件中发现了一种对他确有教益，同时也使他对自己的闲散感到心安理得的东西；这样的日子，还好比我们一生中碰上某些特殊的危急关头的日子，这时候，一个向来无所事事的人会这么想，只要这个难关能顺利地渡过，他就会从此养成勤勉的习惯：比如说，那是在一天早晨他出门去赴一场条件特别苛刻的决斗的时候；于是，在这个生命也许行将逝去的当口，他仿佛骤然意识到了生命的价值，这生命他本来是可以用来做一番事业，或者至少好好享受一下人生乐趣的，而他却什么也没干。"要是我能活着回来，"他对自己说，"我一定要马上坐下来工作，还要玩个痛快！"原来，生活突然在他眼里变得那么珍贵了，因为他看到的已经是他以为生活所能给予他的一切美好的东西，而不是日复一日从生活中真正得到的那点可怜的东西。他是按照自己的愿望，而不是根据生活经验所能告诉他的模样，也就是说那种平庸无聊的模样，来看待生活的。此刻，生活中充满着工作、旅行、登山和一切美好的事物，而所有这一切，他对自己说，都将随着这场决斗的悲惨结局化为乌有，他没有想到其实早在有这场决斗以前，由于那种即便没有决斗也会长此以往的坏习惯，它们就已经是这样了。他安然无恙地从决斗场回了家。但是他重又觉得阻碍重重，没法去玩儿，去兜风，去旅行，去做那些他一度认为可能将被死亡剥夺的事情；单单生活本身，就已经足以剥夺这些可能了。至于工作，——特殊的环境会在一个人身上激发出先前已存在于他身上的秉性，在勤勉的人身上激发出勤勉，在懒散的人身上激发出懒散，——他给自己放了假。

我就像这人一样，自从下决心从事写作以来始终依然故我，下这决心已是很久以前的事，但又好像才是昨日的事，因为我把一天天都放了过去，仿佛它们并不曾存在过似的。上面提到的这一天，我也是这么给打发掉的，我无所事事地瞧着它风疏雨骤，瞧着它雨过天晴，心想明天再开始工作吧。可是当湛蓝的天空上没有一丝云彩的时候，我已不复是昨天的我了；教堂大钟金光灿灿的音色里，不仅像蜂蜜一样有着光亮，而且有这光亮的感觉（还有果酱的味道，因为在贡布雷时，这钟声经常在我们刚吃好饭要吃甜食的当口，像只胡蜂似的姗姗来迟）。在这么个阳光耀眼的日子里，整天都那么闭上眼睛躺着，真可以说是桩可以允许的、已成习惯的、有益于健康的、合乎时令特点的赏心乐事，这就跟放下百页窗挡住强烈的阳光是一个道理。我第二回去巴尔贝克时，头几天就是在这种天气里，听见乐队的提琴声伴着涨潮时蓝盈盈的海水飘卷而来的。然而今天，我是多么完全地占有了阿尔贝蒂娜啊！那些日子里，有时教堂报时的钟声，会让那不断扩散的声波捎来具体入微的潮湿或明亮的感觉，仿佛它是在把美妙的雨水或阳光转译成盲人的语言，或者不如说，转译成音乐的语言。这时，闭着双眼躺在床上的我，不由得在心里对自己说，瞧，一切都是可以转换的，一个仅靠听觉的世界也是可以跟另一个世界同样地丰富多彩的。日复一日，仿佛乘着一叶小舟缓缓地溯流而上，但见眼前闪过一幅幅不停变换着的欢乐往事的图景，这些图景不是由我挑选的，片刻之前它们都还是无法看见的，现在它们接二连三地、不容我选择地呈现在我的记忆里，我在这片匀和的空间上方，悠悠然地徜徉在阳光之中。

巴尔贝克的这些晨间音乐会并不是遥远的往事。可是，在这些相对来说还是前不久的往日，我却很少想到阿尔贝蒂娜。刚到巴尔贝克的那几天，我甚至都不知道她在那儿。那么，是谁告诉我的呢？喔！对，是埃梅。那天也是像这样的一个阳光明媚的晴天。我的好埃梅！他见到我高兴极了。可是他不喜欢阿尔贝蒂娜。她并不是个能让人人都喜欢的姑娘。没错，是他告诉我阿尔贝蒂娜在巴尔贝克的。那他又是怎么知道的呢？喔！他碰到过她，他觉得她风度欠佳。当我这么想着埃梅告诉我的事儿，而且碰巧是从一个跟我当时听他讲的那会儿不同的角度去考虑，我那在这以前一直在无忧无虑的海面上惬意飘荡的思绪，冷不丁地乱了套，就像是突然碰上了一颗暗暗埋在记忆中的这个地点而我又没法看见的危险的地雷。埃梅对我说他遇见过她，觉得她风度欠佳。他说风度欠佳是什么意思呢？我当时以为他的意思是说举止俗气，因为我想先发制人，说过她举止优雅之类的话。可是，且慢，没准他的意思是指那种蛾摩拉风度呢。她是跟另一个姑娘在一起，没准两人还彼此搂着腰，一起打量着别的女人，没准她们表现的，确实是有我在场时从没在阿尔贝蒂娜身上见过的一种风度呢。那另一个姑娘是谁？埃梅是在哪儿碰上这么个叫人讨厌的阿尔贝蒂娜的？我竭力回忆埃梅对我到底是怎么说的，想弄明白他指的究竟是我揣度的那回事，还是就不过是个普通的风度问题。可是我再怎么问自己也是枉然，因为提出问题的人，和能够提供回忆的人，唉，都是同一个人，就是在下呗，一时间我有了两重真身，可是一点也没变得高大些。不管我怎么提问，总是我自己来回答，毫无新的结果。我已经不去想凡特伊小姐了。由一种新的猜疑引起的骤然发作的嫉妒，使我感到痛苦不堪，它也是一种新的嫉妒，或者说是那种新的猜疑的持续和延伸；场景的地点是相同的，不再是蒙舒凡，而是埃梅碰到阿尔贝蒂娜的那条街；作为对象的，是阿尔贝蒂娜的那几个女友，其中某一个或许就是那天和她在一起的那位。那可能是某个伊丽莎白，或者就是上回在游乐场里阿尔贝蒂娜装出不经意的样子从镜子里偷看的那两个姑娘。她大概跟她们，而且跟布洛克的那位表妹爱丝苔尔，都有那种关系。她们的那种关系，倘若是由某个第三者向我透露的，准会把我气个半死，但现在因为是我自己在揣度，所以就小心设法蒙上了一层足以缓解痛苦的不确定的色彩。我们可以用猜疑的形式，一天又一天地大剂量吞服我们受了骗的这同一个念头，而倘若这药剂是用一句揪心的话这支针筒扎在我们身上，那么一丁点儿的剂量就足以致命。大概就为这缘故，也许还出于一种残存的自卫本能，那个妒意发作的男人往往会单凭人家给他看的一点所谓证据，就无视明明白白的事实，立时三刻想入非非地胡乱猜疑起来。况且，爱情本来就是一种无可救药的顽症，正如有些先天体质不好的人，一旦风湿病稍有缓解，继之而来的就是癫痫性的偏头痛。一旦充满妒意的猜疑平静下来，我就会埋怨阿尔贝蒂娜对我缺乏温情，说不定还和着安德蕾在奚落我。我不胜惊恐地想道，要是安德蕾把我俩的谈话一五一十地告诉了她，她准会这么做的，我只觉得前景不堪设想。这种忧郁的情绪始终困扰着我，直到一种新的充满妒意的猜疑驱使我去作新的寻索，或者反过来，阿尔贝蒂娜对我表现得温情脉脉，让我觉着我的幸福都变得无足轻重了。那另一个姑娘到底是谁呢？我真得写信去问问埃梅，或者设法去见他一次，然后我就可以拿他的证词跟阿尔贝蒂娜对质，让她招认。但现在，我认定了她是布洛克的表妹，所以就写信给懵懵然一无所知的布洛克，要他给我一张她的照片，要不，能安排我跟她见个面更好。

有多少人，多少城市，多少道路，是妒火中烧的我们迫不及待地想要了解的啊！这是一种洞察内情的渴望，凭着它，我们可以从零零碎碎的迹象中，一件件一桩桩的搜罗到几乎所有的信息，但唯独得不到我们所想知道的消息。猜疑是说来就来，谁也没法预料的，因为，冷不丁的，我们会想起某句话意思有些暧昧，某个托词想必背后有文章。可是这会儿人已不在眼前，这是一种事后的，分手以后才滋生出来的嫉妒，一种马后炮。我有个习惯，爱在心里保存好些愿望，我向往得到一位好人家的姑娘，就像我见到由家庭教师伴着从窗下走过的那些少女似的，但圣卢（他是寻花问柳的老手）对我说起过的那位姑娘却格外叫我动心，我向往那些俊俏的侍女，尤其是普特布斯夫人身边的那个妞儿，我向往在早春天气到乡间再去看看英国山楂树和花朵满枝的苹果树，再去领略一下海边的风暴，我向往威尼斯，向往坐下来工作，向往能和别人一样地生活，——在心里不知餍足地存储这些愿望，而且对自己许诺说我不会忘记，将来总有一天要让它们实现，——也许，这个因循的旧习，这个拖宕永无尽期，被德·夏尔吕先生斥为惰性的习惯，我因久久浸润其中，故而那些充满妒意的猜疑也濡染了它的余泽，尽管我在心里对自己说，可别忘了哪天得让阿尔贝蒂娜把埃梅遇见的那位姑娘（也可能是那几位姑娘，这桩公案在我的记忆里变得有点模模糊糊、含混不清，或者说难以捉摸了）的事解释清楚，但又总是习惯成自然地一天拖一天。总之，这天晚上我没对阿尔贝蒂娜提起这个茬儿，怕让她觉着我妒心重，惹她生气。

可是到第二天，一等布洛克把他表妹埃丝特的照片寄来，我就赶忙寄去给埃梅。与此同时，我记起了早上阿尔贝蒂娜没肯跟我亲热一番，因为那恐怕确实会使她很累。那么她莫非是想留点精力，也许在下午，给某个别人吗？给谁呢？嫉妒心就是这样地纠缠不休，因为即便我们所爱的人，譬如说已经死了，不能再用自己的行为来激起我们的妒意了，也还可能有这种情况，就是事后的种种回忆，蓦然间在我们的脑海里浮现出来，就像那些事情本身那样，而这些回忆，直到那时还并没让我们参透它们的含义，显得无关紧要似的，但只要我们静心细想，用不着任何外来的启发，就能赋予它们一种新的可怕的含义。你根本用不到跟情妇待在一起，只要单独待在她房里细细想想，就能参透她欺骗你的那些新招，即便她已死了也一样。因此，在爱情生活中，不能像在日常生活中那样，先为未来担心，而得同时也为常常要到未来都已成了过去以后才能看清的往事操一份心，这儿所说的不仅仅是在事后才知晓的那些往事，而且是我们久久留存在记忆中，然后突然间明白了其中含义的那些往事。

但不管怎么说，眼看下午就要过去，又可以跟阿尔贝蒂娜待在一起，从中求得我所需要的慰藉了，我心里感到很高兴。可惜的是，这个夜晚恰恰是个没能给我带来这种慰藉的夜晚，阿尔贝蒂娜在跟我分手时给我的那个不同寻常的吻，并不能如同当年临睡前母亲在对我生气，我不敢去叫她来，但又觉得自己睡不着的那些夜晚所终于得到的母亲的吻那样使我的心得到宁静。这种夜晚，现在成了阿尔贝蒂娜已经想好第二天的计划，但又不愿让我知道的夜晚。其实，如果她把自己的计划告诉我，我是会以一种只有她才能在我身上激起的热情，尽力去促成其实现的。可是她什么也没告诉我，而且根本没觉着有必要告诉我；她一回到家，刚在我的房门口露出身影，连那顶宽边帽或软便帽都没摘下，我就看出她正在心里盘算着那种执拗、顽梗、一意孤行，而且不为我所知的念头。而这些夜晚，往往又正是我怀着万般柔情等她回家，盼望着能充满爱怜地搂住她脖子把她紧紧抱住的夜晚。唉，尽管以前跟父母也常有这种情形，我满怀爱心地跑上去吻他们，却发现他们冷冰冰的，在生我的气，但是那点芥蒂，比起情人间的隔阂来，又算得了什么呢。此中的痛苦远非那么表面，而要难以承受得多，它驻留在心灵更深的层次。

这天晚上，阿尔贝蒂娜还是把心里盘算的那个主意，对我露了口风；我马上明白了她是想第二天去拜访韦尔迪兰夫人，这个主意本身，并没任何叫我不高兴的地方。不过事情明摆着，她上那儿去是要跟什么人碰头，准备干那种好事。要不然她是不会对这次趋访如此看重的。我的意思是说，要不然她是不会一再对我说这次出访没什么要紧的。我素来奉行一条原则，跟那些非要等到认定书写文字只是一套符号之后才想到用表音文字的人们背道而驰；多年来，我完全是在别人不受拘束地直接对我讲的那些话里，来寻觅他们真实的生活、思想的线索，结果事情到了这种地步，只有那些并非对事实作出理性的、分析的表述的证据，我才认为它们是有意义的；话语本身，只有当它们通过一个受窘的人涨得通红的脸，或者通过更能说明问题的突然缄默不语得到诠释时，才会对我有所启发。一个小小的字眼（譬如说，当德·康布尔梅先生知道了我是“作家”，尽管他还从没跟我说过话，在谈到有一回他去韦尔迪兰府上拜访时，却转过身来对我说：“您瞧，博雷利[1]也在那儿。”）会由于交谈双方都没有明说，但我可以通过适当的分析或者说电解的方法从中提炼出来的两种思想却在无意间、有时甚至很危险地发生了撞击，而在芜杂的话语中蓦然闪耀出光亮来，它告诉我的内容，胜过一席洋洋洒洒的长篇大论。阿尔贝蒂娜谈话间，不时会有诸如此类的珍贵的杂拌儿，我总是听在耳里当下就赶紧“处理”，以便使之转换成明晰的思想。

虽说具体的细节——那是要在对众多的可能情况进行试探、侦查之后才能知道的——如此难以发见，事情的真相却是那么容易看穿，或者说那么容易猜到，这对一双恋人来说可真是件大煞风景的事。在巴尔贝克那会儿，我常发现阿尔贝蒂娜出神地望着某几位向她遽然投来缠绵目光的姑娘，这种目光的交流，就像肉体的接触，过后，如果我认识那几位姑娘，阿尔贝蒂娜就对我说：“咱们叫她们来怎么样？

1. 博雷利子爵是十九世纪末贵族诗人，经常出入上流社会。

我挺想骂她们几句。”但打那以后，也就是自从她大概摸透了我的性格以后，她就从没提过要请某人来，闭着嘴，目光也变得散漫而黯淡，有点目不斜视的样子，再加上脸上那种茫然失神的表情，却就跟当初磁铁也似的目光同样地令人起疑。然而我既不能责怪她，也不能对那些按她的说法是小事一桩，不值一提，而我却似乎偏要拿来过过“吹毛求疵”的瘾的事情问长问短。问“干吗您老瞧对面那姑娘？”已经是够难的，问“干吗您不瞧她啦？”就更难了。不过，如果说我本来就没打算相信阿尔贝蒂娜的表白，那么对这目光中所包含、所表明的全部内容，我还是明白，或者说至少是应该明白的，正像我明白她说话中自相矛盾之处的含义一样，这些往往是在离开她很久以后才看出来的自相矛盾之处，让我整夜不能成眠，但又不敢对她提起，它们还不时周期性地光临我的记忆。在巴尔贝克海滩或者巴黎街头的那会儿，有时只是瞧见她偷眼看了人家一眼，我就禁不住会暗自思忖，不知那人只是个她临时属意的对象呢，还是个老相识，抑或是她也只听人家对她说起过，而我曾对这种介绍大为吃惊的某个姑娘——她跟我想象中阿尔贝蒂娜可能结识的姑娘真是相差何止十万八千里。然而当代的蛾摩拉犹如一幅扑朔迷离的拼板图，拼上去的每个小块都是从最意想不到的地方拣来的。这不，我在里夫贝尔的一次晚宴上碰到十位女宾，碰巧我都认识，或者至少都叫得出名字，这十位女士真是要说有多不一样就有多不一样，可她们却处得和睦极了，我简直还从没见过气氛这么融洽的宴会呢——虽说这么混杂。

回过来再说路上遇见的那些姑娘吧，阿尔贝蒂娜对随便哪个老太婆或老爷子，可从没用这么直勾勾的，或者反过来说，这么谨慎克制，仿佛什么也没瞧见的目光去注视过哪。不知情的受骗丈夫，其实什么都知道。但必须等到有更加确凿详尽的证据，嫉妒才能出台。况且，虽说嫉妒能帮助我们发现所爱的女人身上的某种爱撒谎的倾向，但这女人一旦发现了我们的妒意，她的这种倾向就会变本加厉，一发不可收拾。她撒谎（达到前所未有的程度），或是出于怜悯、害怕，或是出于本能以一种巧妙的隐遁躲避我们的探究。当然，也有这样的爱情，一个轻佻女子在爱她的男子眼里自始至终就是美德的化身。但在极大多数情形下，爱情可以分为两个截然不同的阶段！第一阶段，那位女士以极其自然的态度（只在口气上略加注意，使之显得弛缓些）谈到她对肉欲的兴趣，谈到和他在一起有多么快活，而所有这些，一旦她感觉到对方在嫉妒她，监视她以后，她将会竭尽全力来对这同一个男子加以否认。他会怀念当初这段亲密无间的美好时光，但这回忆刺痛着他的心。如果要这女人仍然对他这么无话不说，那就差不多是要她把这男子日复一日枉费心机在刺探的秘密拱手相送，授人以柄了。然而，当初这亲密无间毕竟包含着倾心相予，包含着几多信任和情谊！如果说现在她在自己的生活中已经无法不欺骗他，那么她至少是作为一个朋友那样地在欺骗他，她会把自己所得到的乐趣告诉他，把他引为一个同伙。他不胜怅惘地回想起两人刚相爱时依稀展露在眼前的美满生活的图景，它已经成了泡影，事态的发展使爱情变成了一场痛苦的折磨，而且还将因具体情况的不同，使这场爱情或则以离异而告终，或则虽欲罢而不能。

我从中破译阿尔贝蒂娜的谎话的那些文字，有时只要反过来念就意义自明了；就说这天晚上吧，她用一种漫不经心的口吻，尽量做得轻描淡写地对我说了句："明天我可能要上韦尔迪兰家去，可我实在说不准到底去不去，我并不怎么想去。"这句话反过来说就是："我明天要去韦尔迪兰家，雷打不动，因为这对我至关重要。"闪烁其词的迟疑态度，实际上正表明一种无可改变的意向，之所以要这么说，目的在于让我听着不至于意识到这次趋访的重要性。阿尔贝蒂娜惯于用困惑犹豫的语调来表达义无反顾的决心。我的情况也差不多：我就是要让她去不成韦尔迪兰小姐家。嫉妒往往就表现为一种欲望，心神不安地只想在爱情生活中采取一种专横的态度。我想必是从父亲身上继承了这种粗鲁的专横欲，非要使我最亲爱的那些怀着希望的人们感到害怕不可，他们心安理得地用这些希望欺骗着自己，而我却偏要向他们揭穿这种安全感的不可信；眼看阿尔贝蒂娜瞒着我，自说自话地盘算好了这么个出门计划，虽说这计划她只要事先告诉我，我一准会极力促成其实现，尽量使她感到轻松愉快，但此刻我却偏生不想让她自在，于是我做得心不在焉地回答她说，明天我也要出门。

我开始向阿尔贝蒂娜建议去一些使她去不成韦尔迪兰家的地方，口气之间透出一种装出来的冷漠，我想用这种态度来掩饰自己的神经紧张。可是她一眼就给看穿了。我的紧张在阿尔贝蒂娜身上遇到一种反向的电力作用，一下子给弹了回来；在她的眼睛里，我瞅见的是迸射而出的点点火星。可是到这会儿再来注意她的这双眼睛，还管什么用呢？长久以来，我怎么会没有注意到，阿尔贝蒂娜的这双眼睛属于那类（即使在一个极其普通的人身上也有这种情形）像万花筒一样由许许多多小片拼成，其成分视当天此人想去哪些地方——以及对其中哪些地方秘而不宣——而定的眼睛呢？这双眼睛，平时由于说谎而一直软绵绵的没有一点光采，可是赶上要去赴约，要去赴一个她决计要去的幽会，这双眼睛顿时会变得神采奕奕，从中可以测量得出路程的米数或公里数，这双眼睛，固然会对着诱惑它们的快乐而漾起笑意，但也更会由于赴约可能受阻而布上忧伤沮丧的黑圈。这种女人，即使你把她捏在手心里，她也会逃脱的。要想弄明白为什么这种女人能够，而别的好些甚至更美丽的女人却不能在你心里激起波澜，就必须考虑到她们并非静止不动，而是始终处于运动之中的，从而她们赋予了自己的外表一种堪与物理上表示速度的符号相当的标记。

倘若您影响了她们的日程安排，她们就会把原先想瞒着不告诉您的那桩好事向您摊牌：“我可真想五点钟能跟某某我最要好的朋友一起喝茶点！”可是您瞧着吧，等半年过后，您认识了那位某某，这时您就会明白，您影响了她的安排的这位姑娘，是为了让您别缠住她，才布下这个迷魂阵，告诉您她是跟一个要好朋友每天在您见不到她的某个时间一起去喝茶的，您还会知道，那位某某的府上，她压根儿就没去过，她们两人从来也没有在一起喝过茶，因为她对那位某某说，她整天都抽不出空，而陪的不是别人，正是您。

这就是说，她告诉您说她要去共进茶点、央求您让她去共进茶点的那个人，这个临时应急的托词，并不是那位某某，其中还有另一个人，还有另一件事！另一件事，可那是什么事呢？另一个人，又是谁呢？唉，这双魂牵远方、忧郁难消的万花筒般千变万化的眼睛啊，它或许能帮我们测量距离，却没法为我们指示方向。无边无垠的可能性的原野展现在我们面前，即便我们碰巧瞅见真实性就在眼前，也会以为它还远在可能性的旷野之外，结果反会一头撞在这堵突兀冒出的墙上，猛地一阵眩晕，仰面摔个大跟斗。对这种运动，这种逃逸，我们甚至都不用去寻踪循迹，只要定神想想就能了然于心。她答应过给我们写信，于是我们安下心，从爱河中一骨碌爬了起来。可是信没来，邮班等了一班又一班，还是不见信来，“出什么事啦？”忧虑一起，又坠入了爱河。令我们感到悲痛的，往往就是这些激起我们爱情的人儿。因为每当我们为她们体验一次新的忧虑，她们的人品就会在我们眼里失去一层光采。我们对痛苦逆来顺受，认定爱已是身外之物，我们发觉爱情和忧伤休戚相关，爱情也许就是忧伤，它的对象只是在一种很次要的意义上才是那个黑发姑娘。可是不管怎么说，毕竟是她们激发了我们的爱情。

在极大多数情况下，爱情只有在融进一种唯恐失去它或是担心不能得到它的情绪时，才会以形体作为对象。而这种忧虑又跟形体有着不解之缘。它给形体添上了一层甚至比美貌更为吸引人的光采，我们平时看见有的男子置美貌的女子于不顾，发疯似的去爱那些在我们看来很丑的女子，其中的一个原因就在于此。这些女人，这些逃逸的女人，她们自己的品性以及我们的忧虑不安都给她们安上了翅膀。即使她们就在我们身边，她们的目光似乎也在告诉我们，她们是要飞走的。这种由翅膀添加上去的甚于美貌的光采，其证据就是，同一个人在我们眼里常常会时而是有翅膀的，时而又是没有的。我们愈是害怕失去她，就愈是忘记还有别的女人的存在。但等到我们确信她是我们的了，我们就会把她和别的女人相比，而且立刻就会觉得人家更可爱。由于忧虑的情绪和确信的感觉是可以每隔一个星期就交替一次的，所以一个女人这星期可以让我们为她不惜牺牲一切，下星期却可能会自己成为牺牲品，而且循环往复，长此以往。要能理解这一点，就要懂得（以每个男人在他一生中至少有过一次的不再去爱一个女人、忘记这个女人的体验中去懂得）一个女人在她已不再能拨动我们心弦的时候，就如她还不曾拨动过我们心弦的那会儿一样，几乎是不值什么的。如果明白了这层道理，那么我们就逃逸的女人所说的这些意思，对被隔在藩篱后面、我们以为永远得不到她们的那些女囚，也同样是适用的。因而，男人通常嫌恶拉皮条的女人，因为这种女人方便了逃逸，增强了诱惑，但是反过来说，倘若他们爱上了一个被幽禁的女人，他们又会去求助这种女人帮他的意中人逃脱樊笼，把她带到他们的身边。和被我们诱拐的女子的结合，总是好景不常的，原因就在于我们对她们全部的爱，无非就是生怕得不到她们和唯恐她们逃走，而一旦她们被从丈夫身边骗了出来，从剧院的舞台拽了下来，从离我们而去的诱惑中拉了回来，总之，从我们的不论哪一种不安情绪中分离了开来以后，她们就仅仅是她们自己，也就是说几乎什么也不是了，于是，被那个男人垂涎已久的她，很快就会被曾经那么害怕被她抛弃的那个男人所抛弃。

我问自己：“我以前怎么就没想到这些呢？”可是，难道我真的没从到巴尔贝克的第一天就想到这些吗？难道我真的没猜度过阿尔贝蒂娜是这样一种姑娘，在她们肉体的躯壳里面，有比在——我不是说比在纸牌尚未抽出的牌盒中，或是比在人们还没入内的教堂和剧场中，而是说比在一望无际、川流不息的人群中更多的隐蔽的生命在搏动着。不光是有这么些生命，而且每个生命都有着自己的需要，自己充满肉感的回忆和焦虑不安的探求。在巴尔贝克那会儿，我的心情不曾感到纷乱，因为我根本没想到过有一天我会去追寻那些甚至会把人引向歧途的踪迹。即便这样，阿尔贝蒂娜在我眼里已经是由所有这些生命，以及这些生命的一切需要、一切肉感的回忆迭合而成的一个完整的生命。既然有一天她对我提到了凡特伊小姐，我心里巴望的自然就不是扯下她的衣裙来瞧她的身体，而是透过她的身体去看清写着她的回忆、写着今后那些热情的幽会日期的记事簿的每一页。

一些似乎微不足道的小事，当一个我们所爱的人（或者一个就缺那份让我们去爱的狡黠的人）对我们隐瞒了它们以后，竟会陡然间变得那么意味深长！痛苦本身并不一定会激发我们对引起这痛苦的人的爱憎：对一个引起我们疼痛的外科医生，我们是无所谓爱憎的。可是一个女人，如果她长久以来一直在对我们说，我们就是她的一切（并非她是我们的一切），而我们也喜欢瞧她、吻她、抱她坐在膝上，那么我们只要从她那儿遭到一次意外的推拒，因而觉着了我们并不是想怎么着就能怎么着的，就会感到大为震惊。这时，失望会在我们心里不时勾起对久已忘却的痛苦往事的回忆，然而我们又知道，唤醒这些回忆的并不是这一个女人，而是曾经用她们的无情无义在我们的记忆中留下道道瘢痕的别的一些女人。当爱情全然要由谎言煽起，而其内容乃是冀求看到自己的痛苦能由制造这痛苦的人来抚平，这时在这个世界上我们怎么会有活下去的勇气，又怎么能采取行动去抵御死亡呢？要想从发现这种欺骗和推拒后的沮丧中解脱出来，有一副烈性药就是求助于那些让我们觉得在她的生活中比我们关系更密切的人，尽量跟这个推拒我们、欺骗我们的女人对着干，对她耍手腕，让她怨恨我们。可是，这种爱情的折磨又是那样一种折磨，它能叫受害者无一幸免地耽于幻想，以为只要变变姿势就会得到那种悬空的舒适。唉！

我们这样做还嫌做得不够吗？在这种爱情中，恐惧全然是由不安引起的，它的根子，就是我们在自己的樊笼里翻来覆去不停忖量着的那些毫无意义的话语；况且，我们的恐惧因她们而起的那些女人，也极少能使我们的肉体在完满的意义上感到愉悦，因为我们藉以选择这一时机的，并非那种无法遏制的强烈需要，而是某个不期而至的极度不安的瞬间（这个瞬间，会由于我们性格的懦弱而无限延长，它每晚重复着它的尝试，最终都只是变成了镇静剂而已）。

我对阿尔贝蒂娜的爱情，无疑还不是由于意志薄弱而变得兴致索然的种种爱情中最乏味的那种，因为它还不是完全柏拉图式的；她给了我肉体上的满足，而且她还挺聪明。但这一切又都是多余的，不相干的。我脑子里经常想到的，并不是她会说些什么聪明话，而是这句那句使我对她的行为起疑心的话；我回想她是否说过这句或那句话，用的是什么口气，在什么场合，回答的是我的哪句话，我竭力想起她跟我说话时的整个场景，想起她是在什么场合表示要去韦尔迪兰府上做客，而我又是说了哪句话使她脸有愠色的。而那桩最要紧的事，我却并没花费这么多心思去寻根问底，去探究当时确切的气氛和情调。也许这些忧虑不安到了某种使我们不堪承受的地步以后，我们有时反倒会把它们撇在一边，安安生生地睡上一夜。我们所爱的姑娘要去参加一个宴会，而对这种聚会的真实性质，我们已经在心里掂量过好些时日，我们也受到了邀请，在宴会上那姑娘目光始终没有离开过我们，除了我们也不跟任何人交谈，我们把她送回家，这时只感到平日里的焦虑不安都已烟消云散，此刻享受的是一种充分的休憩，如同长途跋涉过后的一场酣睡那般大补元气。一次这样的休憩，无疑值得我们为它付出昂贵的代价。但是，若使当初能做到不去给自己买下那份要价甚至更高的烦恼，事情岂不更简单？况且我们知道得很清楚，尽管这种暂时的休憩可以很充分很深沉，忧虑和不安毕竟是无法排遣的。这种忧虑不安，甚至往往还是由一句本意在让我们得到休憩的话给勾起的。妒意的乖张，轻信的盲目，都要比我们钟爱的这个女人所能想象的程度强烈得多。她主动对我们赌咒发誓地说某人只是她的一个朋友，我们暗中却不由得吃了一惊，因为我们这才知道——先前简直就没想到过——那个男子居然会是她的朋友。她为了表白自己的诚意，还一五一十地讲给我们听，当天下午他俩是怎样一起喝茶的，听着听着，我们原先没法看到的场景、没法猜到的情状，仿佛都在眼前显现了出来。她承认说，那人要她当他的情妇，使我们感到揪心的是她居然若无其事地听着他说这种话。她说她拒绝了。可是这会儿，当我们回想起她告诉我们的这番话的时候，我们不禁要揣度一下这种拒绝是否真诚，因为在她絮絮叨叨讲给我们听的事情中间，缺乏一种必要的、逻辑的联系，而这种联系恰恰是比一个人所说的许许多多话更能表明它们的真实性的。随后她又用一种鄙夷不屑的口气说："我挺干脆，对他说这事没门儿。"无论哪个社会阶层的女人，每当她要说谎时，往往都是用的这种口气。可我们还得感谢她拒绝了那人，还得用我们的诚意鼓励她今后继续向我们作这种残酷的表白。我们至多添上这么一句："不过，既然他已经提了这种建议，您怎么还能跟他一块儿喝茶呢？""我不想让他记恨我，说我不够朋友。"我们不敢对她说，她要是拒绝跟他一起喝茶，或许就对我们更够朋友些。

另外，使我大为吃惊的是阿尔贝蒂娜还告诉我，她觉得我说我不是她的情人（我这么说是为了顾全她的面子）说得很对，因为，她补上一句，"事情明摆着，您不是么。"诚然，我也许算不上一个百分之百的情人，可是我不免要想，莫非我俩一起干过的所有那些事儿，她跟每个她赌咒发誓不是人家情妇的男人都干过不成？我情愿出任何代价来弄明白阿尔贝蒂娜到底在想些什么，她去看的是些谁，她爱上的又是些谁，——说来也奇怪，当初对吉尔贝特，我已经体验过同样的愿望，不顾一切地想知道那些今天看来根本不值得介意的名字和事情，现在竟然还会不顾一切地想这么做！其实我也知道，阿尔贝蒂娜的所作所为，就其本身而言并不见得会更值得介意些。但事情就是这么怪，如果说初恋以它在我们心间留下的脆嫩的创痕，为以后的恋爱提供了通道，我们都甭指望因为看到的是相同的症状和病情，就能从初恋中找出治愈新伤的办法。再说，难道真有必要去了解一桩桩的事实吗？难道我们不是从一种普遍的意义上，一眼就已经能看出这些有事瞒着我们的女人干吗要说谎或沉默吗？这中间难道还会有错不成？我们一心要让她们开口的时候，她们却表现出三缄其口的美德。但我们仍能在心里感觉得到，她们一准对那些男人信誓旦旦地说过："我决不会说的。谁也甭想从我嘴里问出半句话来，我会守口如瓶。"

一个人把自己的幸福、自己的生命，都交托给了一个女人，然而他清楚地知道，不消十年，他就早晚有一天会拒绝再给她这份幸福，他会宁愿保留自己的生命。因为到那时，这女人已经离我们而去，剩下我们孤零零的，一无所有。把我们和这些女人维系在一起的，是千丝万缕的根须，是对昨夜的回忆和对明早的憧憬联成的数不胜数的游丝；使我们陷于其中无法脱身的，就是这张由日复一日的生活所张成的连绵不断的网。正如有的吝啬鬼是通过慷慨在攒钱一样，我们这些浪荡子是通过吝啬在挥霍，与其说我们是为了那个女人，倒不如说我们是为了她每日每时都能从我们身上取去维系在她周围的所有那一切，在奉献我们的生命；跟她得到的所有那一切相比，我们尚未生活过的、相对来说还属于未来的那个生命，就显得那么遥远而冷漠，显得那么生疏，那么不像是属于我们所有的。这些网远比她的人重要，我们该做的事就是从中挣脱出来，然而它们却有种效能，会使我们身上产生出一种对她的暂时的责任感，这种责任感使我们不敢离开她，生怕遭到她的贬责，而事过以后，我们或许是会敢于这么做的，因为她离开了，我们就不会再是我们自己，而我们其实是只有对我们自己才会产生责任感的（哪怕当这种责任感，从表面上看似乎很矛盾，会导致自杀时，亦是如此）。

倘若我不爱阿尔贝蒂娜（这一点我不能说得很肯定），那么她在我的生活中所占的地位是极为寻常的：我们与之一起生活的并不是我们所爱恋的对象，我们与之一起生活，只是为了扼杀那不堪忍受的爱，不论那是对一个女人，一个地方，抑或是对一个使人想起某个地方的女人的爱。但倘若我们连这个对象也得分离，我们是不会有勇气重新去爱的。对于阿尔贝蒂娜，我却还没到这种程度。她的谎话，她的供认，都给我留下了探明真相的任务：她说谎说得这么多，是因为她不仅仅像那些自以为被人爱上的女人那样喜欢说说谎，而是生来（跟那不相干地）就是个爱说谎的女人（而且极端变化无常，甚至连在对我讲真话，比如讲她对人家的看法时，也每次都讲得跟前回不一样）；她的供认，因为非常难得，而且三言两语就没有下文了，所以凡是涉及过去的，其中总会有大片大片的空白，留待我去补缀——为此当然首先要了解——她的生活经历。

至于眼下的情形，我从弗朗索瓦兹那种女巫预言般的话里听出的意思是这样的，阿尔贝蒂娜不是在个别的事情上，而是归总整个儿地在对我说谎，并且我"早晚有一天"也会知道所有那一切的，瞧弗朗索瓦兹的样子，她是已经知道所有那一切的，但她不肯告诉我，而我也不敢去问她。弗朗索瓦兹想必是出于当初嫉妒欧拉莉的同样的动机，所以才尽说些听上去荒诞无稽的话头，影影绰绰地让我觉着她是在很荒唐地暗示那可怜的女囚（她尽爱恋些女人们）想跟一位看来并非是我的某人结婚。如果真有此事，那么除非弗朗索瓦兹有心灵遥感的本领，否则她怎么能够得知呢？当然，阿尔贝蒂娜对我说的话并不能使我真的释然于怀，因为那些话一天一个样，就像一个转到看上去像是不动的陀螺，颜色时时在变。不过，看来弗朗索瓦兹很可能是由于嫉恨才这么说的。她每天都要说下面这样一通话，在我母亲不在的情况下只好由我恭听了："您待我好，那是没说的，我永远忘不了感激您的恩惠（这么说大概是让我有个由头对她表示感激），可如今这府上给弄得乌烟瘴气，因为善良把奸诈让进了这屋里，智慧成了我所见过的最蠢的婆娘的保护伞，任凭您有一百个优雅、礼貌、才情、体面，有一位王子那样的外秀内慧，可您听任她把规矩撇在一旁，要花招，设圈套，我在府上干了四十年了，而今瞧着这种伤风败俗，最粗俗、最低贱的丑事儿，都觉得丢尽了脸。”

弗朗索瓦兹对阿尔贝蒂娜最耿耿于怀的，就是她居然得听这个府上的外人的使唤，这样活儿就加了码，把咱们这个老女仆的身子给累垮了（尽管如此，这一位却不肯让人帮她干掉点活儿，因为她不是一个“废物”）。她的神经紧张，她的恨意难消的忿忿不平，由此都可得到解释。当然，她巴不得阿尔贝蒂娜-爱丝苔尔能滚蛋。这是弗朗索瓦兹的一大心愿。它给这位老女仆以安慰，使她的情绪得以平静下来。不过照我看来，问题还不止于此。如此难消的恨意，只能是出自一个劳累过度的血肉之躯。弗朗索瓦兹比尊重更需要的是睡眠。

趁阿尔贝蒂娜去换衣服的当儿，我想尽快把事情弄明白，于是抓起了电话听筒；我向无情的女神赔着小心，可还是激怒了她们，这怒气传到我耳朵里就是两个字：“占线。”安德蕾在跟人家聊天哩。我一边等着她打完这个电话，一边在心里想，既然很多画家都对十八世纪的女性肖像画那么感兴趣——那些画上，精心设计的场景是一种假托，是用来表示等待、赌气、关注和沉思的，那么为什么没有一位当代的布歇或者弗拉戈纳尔[1]，一如《信》、《羽管键琴》那般，画下这么个可以称作“电话机前”的场景，将握着听筒的女子唇上那抹惟其知道没人看见才这么真实自然的笑容表现出来呢？电话总算通了，安德蕾可以听见我说的话了：“您明天来接阿尔贝蒂娜出去吗？”当我说出阿尔贝蒂娜这名字的时候，我想起了那次在德·盖尔芒特亲王

---

1. 布歇（1703—1770），法国画家，洛可可风格的主要代表。弗拉戈纳尔（1732—1809），法国画家，布歇的学生。这两位画家的作品大多以贵族生活为题材。

夫人府的晚会上，斯万对我说“请来看看奥黛特”的当儿在我身上激起的那种妒羡，当时我想，不管怎么说，在一个名字里必定蕴含着某种很要紧的东西，而它，在旁人眼里也好，在奥黛特眼里也好，都只有在斯万嘴里才会具有它那绝对占有的意义。对整个儿一个存在的这样一种——概括在一个词里的——占有，每当我坠入爱河时，总让我感到一定是非常甜蜜的！可是，事实上，当我们能说出这名字的时候，要不是它已经使我们感到漠然不相干似的，就是习惯虽然还没把温情销蚀殆尽，却已把它的甜蜜变成了痛苦。我知道只有我才能用这种口吻对安德蕾说“阿尔贝蒂娜”。可是我觉着，无论是对阿尔贝蒂娜，对安德蕾，还是对我自己，我又都是那么无足轻重。我意识到爱情是撞在不可能性这堵墙上了。我们以为爱情的目标就是这么一个存在，它安睡在我们面前，寓于一个躯体之中。可是，唉！爱情却是这个存在向它在空间和时间中曾经占据或将要占据的所有那些地点和瞬间的扩张。如果我们没有掌握它与这个或那个地点、这个或那个时刻的联系，我们就没有占有它。然而我们是不可能触摸到所有这些地点和瞬间的，倘若这些地点和瞬间都是一一指明的，或许我们还能设法去摸到它们。可是，我们只是四下瞎摸，结果一无所获。这就发出了怀疑、嫉妒和痛苦的困扰。我们把宝贵的时间浪费在荒诞无稽的线索上，与事情的真相擦肩而过却懵然不知。

可是那些拥有行动神速令人咋舌的奴仆的、爱发脾气的女神，她们中间有一位已经在不高兴了，倒并不是因为我在说话，而是因为我没在说话。“听着，线空着呢！我已经给您接通好半天了，现在我要拉线了。”不过她没真这么做；正如一位接线员经常会是位大诗人那样，她让我感觉到安德蕾就在我跟前，在她四周充盈着家庭的，地区的，以及作为阿尔贝蒂娜的朋友所特有的那种生活的气氛。“是您吗？”安德蕾对我说，那位有神力能让声音跑得比闪电还快的女神，把安德蕾的声音以一种不可思议的速度向我掷来。“您听着，”我回答说，“你们爱去哪儿都行，可千万别去韦尔迪兰家。明天您说什么也不能让阿尔贝蒂娜上那儿去。”“可她说了明天要上那儿去的呀。”“啊！”

说到这儿我不得不打住话头，还做了些吓唬人的动作，因为虽说弗朗索瓦兹依然——仿佛这是件像种牛痘一样恼人，或者像坐飞机一样危险的事情似的——不肯学会听电话，所以碰上那些即便让她听见也不妨的电话，她倒确是不来管我们的，可是反过来，如果我是在打一个不想让人知道，特别是不想让她听见的电话，每次她总会即刻出现在我的屋里。好不容易才见她磨磨蹭蹭地捧着一包杂物走出房间，这些东西从昨晚起就在这屋里了，而且就是再放上一个钟头也不会碍任何事的；临走前她还往壁炉里添了块柴，其实她的闯入已经让我憋了一肚子火，再加上我生怕接线员小姐真的“拉线”，所以浑身燥热，根本不用她来添什么火。“对不起，”我对安德蕾说，“刚才有事给打断了。那她明天是非上韦尔迪兰家去不可了？”“非去不可，不过我可以对她说您不喜欢她去。”“不，不用这么说；说不定我还会跟你们一起去呢。”“啊！”安德蕾的这声“啊”好像很不高兴，而且被我这种硬撑到底的厚颜无耻给吓着了似的。“好了，我要挂了，请原谅我为这么点小事来打扰您。”“哪儿的话，”安德蕾说着还（因为现在电话的使用已很普遍，于是就像过去有喝茶时的客套话一样，电话也有了一套专门的客套话）加了一句：“能听到您的声音，我感到不胜荣幸。”

我也能这么说，而且比安德蕾更真心诚意，因为刚才她的声音深深地打动了我的心，我还从来没有注意到她的声音跟别人有这么大的区别。于是，我回想起许多别人的声音，尤其是女人的声音，她们有的在想说明白一个问题或者集中注意力时会变慢下来，有的说得激动时，滔滔汩汩的话语会让她们气喘吁吁，甚至说不上话来；我逐一回忆我在巴尔贝克认识的每位姑娘的声音，又回忆起吉尔贝特的，然后再是外婆和德·盖尔芒特夫人的；我发现它们都是不一样的，每人的声音都是用自己特有的语言模子模压出来的，都是用不同的乐器吹奏出来的，我在心里对自己说，当我看见几十、几百、几千个人的所有这些声音唱起颂歌，和谐悦耳、音色丰满的歌声冉冉升起，飞向天主的时候，旧日画家笔下由三四个音乐天使在天堂演奏的音乐会该是多么黯然失色啊。我挂电话前没忘记向那位握有传声速度大权的小姐诚惶诚恐地说了些表示感谢的话，谢谢她以自己的神力将我卑微的话语变得比雷鸣快过百倍。可是除了线路被切断，我的感恩没收到任何其他的回答。

阿尔贝蒂娜回我屋里来时，穿着一条黑色缎子长裙，更显得面色潦白，就像个由于缺乏新鲜空气，由于到处都是人群的氛围，或许还由于不够检点的生活习惯而变得苍白、热情、孱弱的巴黎女人，那双眼睛因为没有了脸颊上红晕的辉映，看上去更显得忧虑不安了。“您猜，”我对她说，“我刚才给谁打电话了：安德蕾。”“安德蕾？”阿尔贝蒂娜的这声尖叫显得吃惊而激动，按说这么个再普通不过的消息是不至于让她这么激动的。“我想她大概没忘记告诉您我们那天碰到韦尔迪兰夫人的事吧？”“韦尔迪兰夫人？我不记得她提起过呀。”我装作在想旁的事情的样子回答她说，这同时也是为了显得对她们的相遇并不在意，以及为了不至于出卖安德蕾，把她告诉我阿尔贝蒂娜要去哪儿的这件事漏出口风来。但是谁能知道安德蕾自己会不会出卖我，明天会不会把我要她无论如何别让阿尔贝蒂娜去韦尔迪兰家的这回事告诉阿尔贝蒂娜，或者会不会早就把我几次让她干的类似的事都透露给阿尔贝蒂娜听了呢？她对我信誓旦旦地说过她从没说过，可是在我心底里有一种印象在跟它抗衡，那就是不知从什么时候起，阿尔贝蒂娜脸上没有了那种很久以来一直对我表露的信任的表情。

在恋爱中，痛苦偶而也会消停一下，但那是为了换一种新的形式再来出现。我们流着泪，眼看自己心爱的女人对我们已经没有当初那种充满爱怜的冲动和含情脉脉的亲昵，更使我们感到痛苦的是，从我们这儿消失的这一切，她们却都拿去给了别人；然后，一种更使人肝肠寸断的新的悲怆攫住了我们，令我们暂时忘却了适才的痛苦，因为我们怀疑她所说的昨晚的经过是一派谎话，她必定有什么事情在瞒着我们；而后这种怀疑也消歇了，她对我们表示的情意使我们平静了下来；然而正当此时，一句原来已经忘却了的话在脑海中跳了出来：有人对我们说过，她在交欢时是充满激情的，而我们见到的她总是那么冷静；我们没法想象她跟别人的那种癫狂的样子，感觉到自己在她眼里是那么的无足轻重，我们想起每当我们说话时，她的脸上总有一种厌倦、抑郁、忧愁的神态，我们注意到她跟我们在一起时总穿着满天乌云也似的黑睡裙，而那些当初她用来取悦于我们的漂亮衣裙，现在是专门留着在别人面前才穿的。如果情况正相反，她对我们显得温情脉脉，那一时刻该是多么快活啊！可是，瞧着这条纤巧的舌头伸出来像是邀人吻它似的，我们不由得会想，它准是伸给那些姑娘伸惯了，所以即便是和我在一起，即便她也许根本没想到她们，也仍然会这么伸出来，因为这是一种长期养成的习惯，一个下意识的标记。随后，那种感觉又冒了出来，我们觉得自己是使她感到厌倦了。但是，骤然间这种痛苦又变得无足轻重了，我们想到了她的生活中那段不为我们所知的阴暗的往事，想到了那些我们无从知晓的地方，她曾经在那儿生活过，也许现在当我们不在身边时也还去那儿——即使她并不打算真的就在那儿生活下去，她在那儿远离我们，不属于我们，比跟我们在一起时更快活。嫉妒的走马灯就是这样的转个不停。

嫉妒还是一个祛除不去的魔鬼，它随时都会以新的化身重新出现。即便我们能把心爱的姑娘永远留在自己身旁，邪恶的精灵也会摇身一变，变成一种更其令人绝望的痛苦，那就是一种只有靠强梁才能得到她的忠贞的悲哀，一种不被人爱的悲哀。

有些夜晚阿尔贝蒂娜仍是很温柔的，但她再也没有当初在巴尔贝克冲着我说“可您对我真好！”时的那种意兴勃发的激情了，而且，尽管她现在心里对我有股怨气，但因为她认为它们是无法消弭也无法忘却的，所以她并不把这种怨意对我流露出来，看上去仍使我觉着她的内心并没保留半点怨意地在向我靠拢，然而这种未经挑明的怨尤，毕竟仍然在她和我中间留下了痕迹，那就是她说话时意味深长的谨慎态度，以及那种令人既尴尬又无奈的沉默。

“可以让我知道您为什么要打电话给安德蕾吗？”“我想问问她，要是我明天跟你们一块儿去，是不是会妨碍她，我在拉斯普利埃那会儿，就答应过要去韦尔迪兰府上拜访的。”“那当然随您便啰。可是我得提醒您，今儿晚上有浓雾，到明儿还散不了。我说这话是不想让您受凉生病。您知道，我当然最希望您能跟我们一块儿去了。不过，”她若有所思地接着说，“我根本还不知道明儿去不去韦尔迪兰家呢。他们家待我这么好，我实在是受之有愧。除了您，他们就是待我最好的人了，可是他们家有些地方让我挺不受用的。反正明儿我一准得去廉价商场或是三区商店买条白颜色的披巾，要不那条黑裙子颜色太暗了。”

让阿尔贝蒂娜独自上一家人群摩肩接踵的大商场，那儿出口又特别多，一个女人事后总可以说她出了门没能找到停在远处等她的那辆车，我打定主意不同意她这么做，而我的心绪也不由得变得黯然了。然而，我并没有想到，其实我也许在很久以前早就不曾看见阿尔贝蒂娜了，因为她是在这么个可悲的时期进入我的生活的，其间，一个女人被像粒种子似的撒进空间和时间以后，在我们眼前已不复是一个女人，而是一连串我们无法弄清真相的事件，一连串我们无法解决的问题，以及一片我们可笑地想如薛西斯那样鞭笞它、惩罚它的吞噬了一切的大海。一旦这个时期开始了，我们就注定是要被征服的。那些及早识得其中三昧的人是有福了，他们不会苦苦地去进行一场被想象的极限所团团围死的徒劳无益、精疲力尽的争斗，嫉妒在这场争斗中可怜地挣扎着，就好比一个可怜的男子，当初他只要看见那个总在他身旁的女人把目光在别人身上停留片刻，就会想象出一幕私通的场景，就会感到痛苦万分，后来却终于也出于无奈，不单是允许她单独出门，有时还让她跟着那个他明知是她情人的家伙出去，——与其不明不白地被蒙在鼓里，他宁可受这份自己至少还能明白的折磨！这是一个定下某种节奏的问题，以后，习惯就会让你随着这节奏亦步亦趋。神经官能症患者绝不肯从任何一次晚宴离席而去，尽管他过后总得好生静养，睡多久也睡不够似的；不久前还举止很轻佻的女人，从这以后就忏悔度日了。嫉妒的恋人为了监视心爱的女人，曾经缩减自己睡眠、休息的时间，却感觉到她的欲望从空间上说是那么广漠而神秘，从时间上说则比他们更强，于是他就让她独自出门，让她去旅游，最后和她分手。就这样，嫉妒由于缺乏养料而枯竭了，它只有在不断得到给养补充时才能长盛不衰。而我，离这种情形还差得远呢。

没错，我现在是自由得很，多会想要跟阿尔贝蒂娜一起出去兜兜风，就能说走就走。由于近来在巴黎近郊修了一些机场——它们之于飞机，就如港口之于航船，——因而自从有一天在拉斯普利埃附近颇有些神话色彩地碰上那位驾机掠过惊了我的马的飞行员，而我就此把这次奇遇看作一种特许的标志以后，我就常常喜欢把一天出游的终点站定在——阿尔贝蒂娜对此也挺乐意，因为她对所有的体育活动都倾心爱好——其中的某个机场。我和阿尔贝蒂娜来到那儿，心醉神迷地望着飞机升起降落的一派忙碌景象，这种景象对热爱大海的人来说，会使海堤的漫步或沙滩的休憩变得分外迷人，而对热爱天空的人来说，则会为飞行中心近旁的蹓跶带来可爱的魅力。不时可以看到在一群静静地待着，仿佛下了锚似的飞机中间，有好些机械师在费劲地拉动一架飞机，就像在沙滩拖动一艘游客租去在海上兜风的帆船。随后引擎响了，飞机在跑道上鼓足劲儿往前奔去，然后陡然间，靠着水平速度骤然转换而成的巨大的竖直升力，它以垂直的姿势慢慢地上升了，那样子笨拙而艰难，看上去竟像没有在动似的。阿尔贝蒂娜喜形于色地向机械师问这问那，这时飞机已经上天，他们都陆续走回机棚来了。而这时，那位天际游客已经飞出几公里开外了；我们凝望着那艘庞大的轻舟，眼看它在碧蓝的天际渐渐地变成一个几乎望不见的黑点，不过，在我俩的散步结束以前，它还会飞回来，它的身形会渐渐变长、变大，质感也会愈来愈清晰。驾驶员跳下地面时，阿尔贝蒂娜和我妒羡地望着这位天际游客，他刚刚逍遥自在地遨游了寂远的天际，享受了傍晚时分的宁静和澄莹。然后，我们从飞机场，或是从刚参观过的某个博物馆或教堂一起回家共进晚餐。可是我的心情却不像在巴尔贝克时那样平静，当时我俩一起外出的机会要少些，但我不仅满心欢喜地看到出游持续了整整一个下午，而且过后不时还会瞥见它花团锦簇般地从阿尔贝蒂娜的生活里凸现出来，犹如当我们摒弃一切思虑，望着天空怡然出神时，瞥见它从寥廓的天空中凸现出来一样。阿尔贝蒂娜的时间，从数量上来说，当时并不像今天这么充裕地归我所有。但我觉得当时她的时间更真正地属于我所有，因为我只想着——我的爱情也为之兴奋激动，好像受到一种恩惠的赐予——那些她和我一起度过的时光；而现在呢——我的嫉妒焦躁不安地在其中寻觅行为不端的蛛丝马迹——尽是她不和我在一起的那些时间。

可是昨天，她准会想要有些这样的时光。我必须作出选择，或者中止痛苦，或者中止爱情。因为，爱情就像它起初由欲念所形成那样，它后来唯有靠痛苦的焦虑才能维持生存。我感觉到阿尔贝蒂娜的一部分生活正在从我面前逃逸。爱情，处在痛苦的焦虑中就如处在幸福的渴求中一样，是非要整个儿得到才罢休的。只有当有些部分还没被征服时，爱情才会产生和持续。我们所爱的总是我们还没有全部占有的东西。阿尔贝蒂娜对我说谎，说她可能不去看韦尔迪兰一家子，就像我对她说谎说我想上他们家去一样。她无非是想别让我跟她一起出去，而我，这么突如其来地宣布一个我从没想过要实行的计划，则是为了触到她身上我猜想最敏感的痛处，追踪她藏在心里的那个欲望，逼得她承认明天有我在她身边是会妨碍她如愿以偿的。其实，她突然表示不想去韦尔迪兰家，也就是承认了这一点。

“要是您不想上韦尔迪兰家去，”我对她说，“在特罗卡代罗宫倒有场很精采的募捐演出。”她依了我的话，但一副愁眉苦脸的样子。我对她又开始像在巴尔贝克我第一次感到嫉妒时那样，变得很严厉了。她脸上露出失望的表情，我就用我小时候父母经常用来教训我的，对我那未曾被人理解的童年显得既不明智又很残酷的那些道理，来训斥阿尔贝蒂娜。“不，您做出这副苦相也没用，”我对她说，“我不会因此就怜悯您的；要是您病了，要是您遭到了什么不幸，要是您死了哪个亲戚，我会怜悯您；可您对这些也许倒无所谓，因为您已经把廉价的伤感情绪都滥用在毫无意义的事情上了。再说，我也不欣赏有些人的多愁善感，她们装得很爱我们，却连一点点小事情也不能为我们做一下，她们想到我们时是那么心不在焉，以致会忘了把托付给她们的那封跟我们前途攸关的信给发出 去。”

这些话——我们说的话中间，有一大部分无非就是背诵记忆中的话语——我以前听母亲说过不知多少次了，我母亲（她动辄向我解释说，不该把真正的敏感和神经过敏混为一谈。“这两个词儿，”她说，“在德文里一个叫Empfindung，一个叫Empfindelei。”德文是她大为赞赏的语言，尽管我父亲对这个国家非常反感）有一次看到我在哭，甚至对我说，尼禄大概也很神经质，所以才那么坏。的确，就像那些生长过程中分蘖成两支的植物一样，在当年的我那个敏感的孩子旁边，现在并排出现了一个另一种类型的男子，他有健全的理智，对别人病态的多愁善感持严厉的态度，就像当年父母对我那样。也许，正因为每人都必须让先人的生命在自己身上延续下去，那个敏感的孩子身上，早晚会融入那种沉着冷静、冷嘲热讽的男子气概，所以，有一天我也会像父母对我那样的去对待别人，是很自然的。何况，这个新我形成之际，我发现其记忆中已储存有一套套的用语，既有冷嘲热讽的，也有训斥骂人的。那都是人家曾经对我说过的，现在我只要拿出来对别人说就可以了，这些话非常自然地从我嘴里说出来，或许是我凭模仿和联想从记忆中找到了它们，或许是由于生殖能力美妙而神秘的魅力不知不觉地在我身上，犹如在植物的叶片之上，留下了先人所曾有过的同样的语调、手势、姿态的印迹。这不，母亲难道不就因为我跟父亲敲门那么相像（无意识的潜流从我身上每个细小的地方流过，使我变得跟父母愈来愈像，就连手指最细微的动作也是如此），在我进门时把我当成过父亲吗?

说到底，相对立的事物捉对出现，是生活的常例，繁殖的法则，而且我们下面会看到，还是众多不幸的根源。通常，我们总很讨厌跟我们自己相像的东西，我们自己的缺点一旦出现在别人身上，就会使我们感到它们很可恼。有不少人一旦过了天真地流露自己缺点的年龄，哪怕碰到火烧眉毛的紧急关头，他也依然我行我素，不改平日脾性，但倘若看见这些缺点在另一个更年轻，或更天真，或傻气更足的人身上表现出来，他却会对这些缺点深恶痛绝！有些敏感的人，一旦看见自己好不容易强忍住的泪水，在别人脸上流了下来，就会火冒三丈。家庭成员之间尽管有感情上的维系，但正因为彼此太像，往往会有隔阂和不睦——有时候，感情愈深，隔阂愈难弥合。也许在我身上（在许多别人身上也一样），我所变成的第二个我，仅仅是第一个我的一副面相而已，冲着自己兴奋而敏感，冲着别人却谨言慎行，俨然是个良师益友。在别人眼中，我的亲人对我和对他们自己的不同态度，或许也是这样的情况。就外婆和母亲而言，事情明摆着，她们对我的严厉是她们有意做出来，甚至是为此付出代价的，而我父亲，他的那种冷峻，也许正是他内心敏感的一种外在表现形式。以前听见人家这么说起我父亲：“在他冷冰冰的外表下面，蕴藏着一种异乎寻常的敏感；他只是羞于表现他的敏感而已。”我总觉得这种话形式既俗套，内容也虚伪，但现在我觉得，这种两重的表现形式（一重是内心世界的表现，一重是社会关系的表现），也许正体现了真实的人性呢。其实，隐藏在这种表面的不动声色（但一旦按捺不住，充满说教的说辞，以及对多愁善感的笨拙表现的嘲讽仍会脱口而出）背后的，不正是持续不断却又秘而不宣的内心波澜吗？从前是父亲这样，而现在，我面对所有的人，尤其是面对阿尔贝蒂娜的时候，不正是竭力做出这副不动声色的模样吗？

我相信那天我确实是想下决心跟她分手，然后动身去威尼斯来着。我之所以没能这么做，说起来还跟诺曼底有关——倒不是因为她有所表示，要到那个最早让我对她心生妒意的地方去（幸运的是，她的出行计划一直没有触及我记忆深处的这个伤心地），事情的起因是这样的，有一次我说："您住在安弗尔镇的那位姨妈，我记得好像跟您提起过她的女友。"她听了勃然作色回答说："我姨妈根本不认识安弗尔镇的什么人，我呢，也从没去过那地方。"意在向我表明我说得不对，而她是对的，这种得意的语气，正是一个人跟人家吵架时，想把道理都揽到自己一边来的那种语气。她忘了自己有一天晚上跟我说的谎话，那会儿她说起过那位敏感的夫人，她说她无论如何要到那位夫人家里去看看人家，一起喝个茶，哪怕因此会失去我的友谊，甚至为此送命，她也在所不惜。我不去点穿她当时说的谎话。可是我心情沮丧极了。我想，分手的事就拖一拖再说吧。要想让人爱你，既用不着真诚，甚至也用不着说谎的技巧。我说爱，其实是说一种相互间的折磨。

我觉得当晚我像外婆那么情深意切地跟她交谈，毫无可以指摘之处，至于告诉她我要陪她去韦尔迪兰夫妇家时，用了那种像我父亲一样突兀的口气，我也不觉得有何不妥。父亲凡是宣布一个决定，总要用一种会在最大程度上引起我们内心不安的口气，相对于那个决定而言，如此骚动不安其实是非常过分的。结果，他反而觉得我们很可笑，居然会为这么点小事弄得那么悲悲戚戚，全不想这种悲戚正是他那种口气带给我们的震撼引起的。虽然——如同外婆以不变应万变的睿智一样——父亲这种任性的冲动，对我来说补充了我敏感的天性，尽管长久以来两者并不相容，尽管在整个童年时代我敏感的天性被它折腾得够呛，但这种天性依然为这种冲动提供了非常准确的信息，让它终于有了一个行之有效的用武之地，这好有一比：洗手不干的小偷正是最好的眼线，交战国的百姓才是最合适的间谍。在有些惯于说谎的家庭里，当哥哥的看见弟弟没来由地找上门来，临分手时，都已经走到门口，就要出门了，却顺便问起一件小事，而且瞧他那神气仿佛没在听对方回答似的，这时做哥哥的心里明白，问这件事才是他此来的目的，这位做哥哥的熟悉这种看似漠不关心的神情，也熟悉这种临走时仿佛顺便一说的口气，他自己就常这么做。于是，在一些反常的家庭，凭着基于血缘关系的敏感，以及兄弟间共通的气质，成员间相互有一种默契，无须任何语言，彼此的意思就都能心领神会。所以，还有谁会比一个神经质的人更让人的神经受不了呢？再说，我的行为在这些情形下也许还有一种更广义、更深刻的根源。当一个人在某种非常短暂而又无法避免的时刻，对某个他所爱的人产生恨意时——这种时刻，在他所不喜欢的那些人身上，有时会延续一辈子——他不想显得对她好，生怕招来她的同情，于是他尽量做出又凶横又开心的样子，为的就是让对方恨你的得意劲儿，让这个或暂时或永久的对头感到心被刺痛。我曾经在多少人面前撒谎诋毁自己啊，原因仅仅是我的成功在他们眼里是伤风败俗，他们为之感到震怒！我应当改弦易辙走正路，也就是说，应当老老实实把自己高尚的情感显示给大家看，而不要把它藏得这么深。而要是一个人能够不再去恨，能够永远去爱，那样做就太容易了。因为这时候，你就能兴致勃勃地尽说些让别人高兴、感动的话，让人家爱上你！

诚然，我对阿尔贝蒂娜火气那么大，事后想来也觉得有点内疚，我对自己说："要是我不爱她，也许对她来说反而会好些，因为我就不会对她这么凶了；不过话又得说回来，那样一来，我也就不会对她这么好了。”我只消告诉她我爱她，就可以为自己开脱。可是这样的爱情表白，比起狠心和欺骗来，不仅不会让阿尔贝蒂娜有什么新的领悟，反而可能使她对我变得更冷淡——狠心和欺骗，毕竟还是可以用爱情做借口的呀。对自己所爱的人狠心、欺骗，那是多么自然的事啊！如果我们对某人有意，而居然还能始终对此人和颜悦色，百依百顺，那只是因为这种有意并不是真心的。别人是与我们无关的，对无关的人我们是不会使性子的。

夜色深了；要想在阿尔贝蒂娜去睡觉之前跟她和解，相吻互道晚安，所剩的时间已经不多了。我俩谁都没跨出这一步。

我心想，不管怎么说，她是在生我的气，于是我趁机跟她说起埃丝特·莱维。

“布洛克对我说，”我说（其实没这回事），“您和他的表妹埃丝特很熟。”

“我根本没认出她。”阿尔贝蒂娜神情茫然地说。

“我见过她的照片。”我气势汹汹地接着说。

我说这话时，没去看阿尔贝蒂娜，这样我就见不到她的表情了，而表情恰恰是她唯一的回答——她没开口。

这些个夜晚我在阿尔贝蒂娜身边的感觉，已不像当年贡布雷母亲吻我时那般恬静，而是充满了焦虑，母亲每逢生我的气或有客人要接待，匆匆跟我道个晚安，甚至抽不出时间上楼来我卧室的时候，我感觉到的就是这样的焦虑。这种焦虑——不，并不是它在爱情中的转移，而是这种焦虑本身，这种一时间会跟爱情如影随形，而当爱情有了保留、感情出现不和之时，唯一受影响的正是它的焦虑——此刻仿佛重又展现在眼前，又像童年时代那样变得无法疏解；我战战兢兢唯恐不能将阿尔贝蒂娜留下来，让她作为一个情妇，一个妹妹，一个女儿，一个母亲（我此刻重又感受到儿时盼望她每晚来道晚安的那种渴求）那样留在我床边，所有这些情感，仿佛都在生命中这一过早来临，也许注定要像冬日那般短暂的夜晚聚拢起来，结合在了一起。但是，虽然我感受到了儿时的焦虑，我却没法像以前要求母亲那样，要求阿尔贝蒂娜给我以抚慰，让我的心灵归于平静，因为让我感受到焦虑的对象变了，它们在我身上激起的情感不同了，就连我的性格也有了变化。我不知道怎么说才好：我感到心绪黯然。心灰意冷之际，我只跟她说些无关紧要的小事，这些琐事是完全无济于事，不会让事态向积极的方向有丝毫进展的。我内心纠结，一筹莫展。我们往往会有一种功利色彩很浓的自私心理，一个结论只要跟我们的爱情沾点边，即使它再无足轻重，我们也会对发现这个结论的人肃然起敬，尽管那人也许只是偶然言中，就如占卜的女人随口说了句什么话，后来居然应验了一样；我怀着这种自私的心理，差点儿把弗朗索瓦兹看得比贝戈特和埃尔斯蒂尔更高明，就因为她在巴尔贝克那会儿对我说过："这姑娘只会给您添堵。"

阿尔贝蒂娜该说晚安的时刻愈来愈近，最后她终于跟我道了晚安。但是这个晚上，她心不在焉、敷衍了事的吻，陡然使我变得更加焦躁不安，我心头怦怦直跳，眼看她一步步走到门口，心里想："要是我想找个借口唤住她，留下她，跟她重归于好，就得赶快，不用几步，她就要离开房间了，就剩两步了，就剩一步了，转门球了，开门了。唉，门关上了！"不然，也许现在还不太晚。就像当年在贡布雷，母亲没用她的吻来抚慰我就离开时一样，我真想冲上去追住阿尔贝蒂娜，我觉得倘若不能再见到她，我的心灵就无法得到安宁，对我来说，见不见得到她，是迄今为止从未有过的一件天大的事情，而要是我没法靠自己排遣这种忧伤的话，也许我就只能养成去向阿尔贝蒂娜乞求的可耻习惯了；她已经走进她的卧室了，我跳下床来，走出房门，在走廊上踱来踱去，指望阿尔贝蒂娜走出来，好唤住她；我一动不动，站在她的房门跟前，生怕她轻声唤我而我却错过了没听见，我又返回自己的卧室，去看看她会不会碰巧落下一块手帕，一个小袋，或者别的什么，让我可以装作怕她夜里用得着，寻个去她卧室的借口。可惜，什么都没有。我又回到她的房门跟前，但门缝里已经看不见灯光。阿尔贝蒂娜熄灯睡觉了，我待在那儿一动不动，巴望还会有个什么我自己也不知道的机会骤然降临；许久过后，我冻得浑身冰凉地回去钻进被窝，哭了一夜。

也有时候，在这样的夜晚，我会使个小花招让阿尔贝蒂娜吻我。我知道，她一躺下，很快就会入睡（她也知道，所以一躺下就会自然而然地脱掉我买给她的拖鞋，还像在自己卧室里临睡前那样，把戒指褪下放在身边），还知道她睡得很深沉，醒来时显得挺香甜的，于是我借口说要去找样东西，让她躺在我的床上。等我回来，她已经睡着了，望见她此刻面对我的模样，我觉得眼前似乎是另一个女人了。不过她很快就又换了一个人，因为我挨着她躺下，看到的又是她的侧影了。我可以捧住她的脑袋，把它抱起来，用嘴唇去吻它，可以让她的手臂搂住我的颈脖，她依然那么睡着，犹如一只不会停摆的表，犹如一棵攀缘植物，一株兀自沿着你给它的那点支撑不断伸展枝叶的牵牛花。但我每碰她一下，她的呼吸都会有所变化，就像她是我拿在手里拨弄的一件乐器，我一会儿拨拨这根弦，一会儿拨拨那根弦，弹奏出不同的曲调。我的妒意减轻了，我觉得现在的阿尔贝蒂娜无非是个呼吸着的生物，很有规律的一呼一吸的纯粹生理功能，正好表明了这一点，呼出的气是轻轻流动的，既没有说话的深度，也没有静默的浓度，它一派天真无邪，仿佛不是从一个人体，而是从一根中空的芦苇里呼出来的，此时此刻我只觉得阿尔贝蒂娜空灵而无所依傍，不仅超脱在物质之上，而且摆脱了精神的羁绊，她的呼吸在我听来，就是天籁般的天使之歌。然而我突然想到，在这呼吸的溪流中，很可能会飘落有关人名的记忆碎屑。

有时候，在这音乐中还会有人声加入。阿尔贝蒂娜咕哝着说了几个词。我真想能听明白它们的意思！有一次我听到她唇间吐出一个我们说起过的人的名字，那人当初引起过我的妒意，但此刻我却没觉得不开心，因为引起她回忆的，好像就不过是她跟我说起那人的一些话而已。不过，有一天晚上，她闭着眼睛，半睡半醒，温情款款地对着我说："安德蕾。"我掩饰住自己的激动。"你在做梦，我不是安德蕾。"我笑着对她说。她也笑了："当然不是，我是要问你，安德蕾刚才跟你说了些什么。"——"我还以为你以前也像这样睡在她身边呢。"——"哦，从来没有过。"她对我说。不过，她在回答这句话之前，双手把脸蛋掩住了一会儿。这么看来，她的沉默只是一层面纱，她外表的温柔只是不想让我看出她藏在内心深处的那些回忆，那许许多多会让我锥心刺骨的回忆；这么看来，虽然她的生活中充满种种琐事，虽然我们平时谈起别的人或物（那些跟我们不相干的人或物），尽说些调侃的趣事、好笑的传闻，然而，既然那些人或物误打误撞进入了我们心间，他们或它们就俨然成了弄清她的生活内容的珍贵线索，而为了了解她隐蔽的内心世界，我甘愿付出我的生命作为代价。于是她的睡眠在我看来犹如一个美妙而神奇的世界，在那儿，不时会从近乎透明的结构深处，冒出一桩我们所不了解的秘密。不过一般来说，当阿尔贝蒂娜睡熟的时候，她似乎恢复了她的天真无瑕。我让她摆出的姿势，她在睡梦中很快就变得非常自如；她仿佛在以这种姿势向我倾吐真情。在她的脸上再也看不见狡狯或粗俗的表情，她把胳膊伸向我，把手搁在我身上，在她和我之间，仿佛有一种完完全全的放松，一种无法割舍的依恋。她的睡眠并没有把她和我分开，反而使我对她的柔情渗透到了她的心间，原先在那儿的别的思绪，反倒因此消褪了；我吻她，对她说我要出去一会儿，她微微睁开眼睛，惊讶地问我——当时夜确实已经很深了——："你要去哪儿呀，亲爱的——"（后面是我的名字），接着倒头又睡。她的睡眠无异于对生命中其他部分的一种消释，又不啻是一种均匀连贯的静默，而不时会有亲昵、温柔的话语从这静默之上飘过。把这些零落飘过的话语搜拢比照，就能听到一段不搀半点虚情假意的，纯粹与爱情的秘密有关的内心独白。我看着这恬静的睡眠，心头充满喜悦，就像一个母亲看着睡得又香又甜的宝宝那样——做母亲的知道，孩子睡得好就会长得结实。她睡得也真像个孩子。醒来时也一样，那么自然，那么香甜，无须关心此刻身在何处，我有时不由得会惶惑地思忖，莫非她在来我这儿生活以前，就习惯于跟人睡在一起，所以睁开眼睛总有人在身旁。但她那种孩子气的优雅毕竟还是让我很感动。我依然就像一个母亲，看见她每次醒来心情都这么好，心里好生欢喜。过了一会儿，她完全清醒了，尽说些可爱的话儿，前言不搭后语的，有如小鸟的啁啾。由于一种类似于舞伴交叉移位的效果，她平时不大为我所注意的颈项，现在似乎有一种异乎寻常的美，取代了因睡着而闭住的眼睛，显得分外光彩夺目——这双眼睛是我平时与她交流的对手，如今眼睑垂下，我也就没法跟她对话了。这双闭上的眼睛，使整张脸有了一种纯洁而严肃的美；同样，阿尔贝蒂娜醒来时说的那些并非没有意义，却时时被缄默所中断的话语中，也有一种纯粹的美，而平时的交谈，免不了要受谈吐习惯、无谓重复以及间或出现的用词不当所玷污，所以是难以从中感受到这种美的。而且，当我决意要唤醒阿尔贝蒂娜的时候，我可以一点都不用担心，我知道，她是否醒来，跟我们一起度过的这个夜晚毫无关系，对她来说，睡了过后醒来，就如夜晚过后是早晨那么自然。她刚笑盈盈地睁开眼睛，便把嘴唇伸给我，她还什么也没说，我已经感到一股清新的气息扑面而来，有如拂晓前依然一片寂静的花园那般让人心旷神怡。

阿尔贝蒂娜头天晚上说她可能要去韦尔迪兰夫妇家，但后来没去，第二天我醒得很早，还在睡眼惺忪的当口，喜悦的心情就告诉我，冬季里插进了一个春日。[1]屋外，回响着为各种乐器精心谱写的市

1. 据七星文库版“梗概”的提示，这一天应是“我”与阿尔贝蒂娜共同生活的第三天。

俗主题的旋律，瓷器铺掌柜的圆号，修椅子伙计的小号，还有牧羊人（在这晴朗的日子里，他就像西西里岛上的一个羊倌）的长笛，把清晨的曲调轻快地交织成一首《节日序曲》。听觉，这一令人愉快的感觉，把我们带到了街上，唤起我们对周围环境的记忆，向我们描述熙熙攘攘的街景，勾勒它的线条，渲染它的色彩。肉店和乳品店的卷帘铁门，昨晚拉得低低的，遮蔽了所有那些女性的憧憬，如今它们高高卷起，犹如即将启航的船上轻盈的滑轮，随时准备放开缆绳，扬帆穿越透明的大海，驶入年轻女店员的梦境。倘若我住在另一个街区，倾听这卷帘铁门的声音或许就是我唯一的乐趣。但在这个街区，还有许许多多别的乐趣，让我不想睡过头而错失其中任何一种乐趣。在我所在的街区边上，年代悠久的贵族街区如今充满了平民色彩，这就是这些街区的魅力所在。不仅大教堂门口不远处就有商贩摆摊（教堂门口因此——就像鲁昂大教堂的门口一样——有了个书市的雅号），形形色色做小生意的流动商贩，还在高贵的盖尔芒特府邸跟前走来走去，让人禁不住想起往昔教会统治下的法兰西。他们朝邻近那些低矮小屋大声嚷嚷的有趣的吆喝声，除了少数例外，都称不上是歌声。这正如《鲍里斯·戈东诺夫》和《佩利亚斯》[1]里的吟诵——仅仅点缀着几乎难以觉察的旋律变化——很难说得上是歌唱一样；从另一方面说，这些声音却使人想起神甫做弥撒时唱圣诗的声调，喧闹的市声恰恰是圣事仪式的一种世俗的，富有集市色彩，而又多少带点宗教气息的翻版。阿尔贝蒂娜和我住在一起以后，我体验到了从未有过的种种快乐；这些街景和市声，在我眼里犹如她即将醒来的一个欢快的信号，它们在提醒我关注屋外生活场景的同时，让我越发感觉到，身边有个

1. 穆索尔斯基的歌剧《鲍里斯·戈东诺夫》和德彪西的歌剧（据梅特林克的诗剧谱曲创作）《佩利亚斯与梅丽桑德》，分别于1908年和1902年在巴黎首演，但普鲁斯特在1911—1913年间，也就是写作《女囚》的期间，才观看了这两部歌剧。这两部歌剧都不遵守古典歌剧中区分宣叙调和咏叹调的传统，台词多以旋律变化很小的形式直接吟诵。

我愿意她待多久她就能待多久的亲爱的人儿，才是最能让我的心获得宁静的幸福。街上传来那些卖吃食的叫卖声，虽然我不喜欢吃这些东西，但是它们却正中阿尔贝蒂娜的下怀，于是弗朗索瓦兹就差手下的小厮上街去买，而那小厮说不定还觉得去跟那群平头百姓混在一起有点辱没自己呢。各种不同调门的喊声，在安静的街区里显得格外清晰（它们不再让弗朗索瓦兹心烦，给我则带来了愉悦），组成群唱的宣叙调传到我耳边，有如《鲍里斯》中那段著名的唱段，起始的音调几乎始终保持不变，一段旋律却转成了另一段像说话而不像歌唱的群唱。听到这“哎！买滨螺啰，两个苏就买滨螺啰”的叫卖声，集市上的人都朝圆号的方向涌去，这些模样难看的小贝壳动物，就在那儿有卖，要不是因为阿尔贝蒂娜，我对滨螺也好，对同时在卖的蜗牛也好，都会感到很厌恶。这叫卖声又让人想起穆索尔斯基那些没有多少歌唱性的吟诵，而且还不止于此。这不，在几乎像说话那样吆喝了几声“蜗牛蜗牛，又新鲜又漂亮”以后，卖蜗牛的摊贩怀抱梅特林克的忧愁和惘然（当然，被德彪西赋予了音乐语言），用一种如歌的忧郁声调唱道：“六个苏就买一打嘞……”让人想起《佩利亚斯》作者在悲伤的结尾处模仿拉莫[1]的那个唱段（“假如我注定要战败，难道打败我的竟然是你吗？”）。

我始终觉得难以理解，为什么意思如此明白的两句话，要用如此不恰当、如此神秘的语调如怨如诉地吟咏，仿佛它就是使古老城堡里（梅丽桑德没能给城堡带来欢乐）人人都愁容满面的那个秘密，深邃得有如那位想用简单语言道尽智慧和命运的老阿凯尔的思想[2]。在一首首旋律中，响起阿尔蒙德老国王或戈洛越来越柔和的嗓音，

---

1. 拉莫（Jean-Philippe Rameau，1683—1764）：法国作曲家、音乐理论家。但据七星文库本编者注，这两句唱词并非引自拉莫的歌剧，而是引自德国作曲家格鲁克（Christoph Gluck，1714—1787）谱曲的歌剧《阿尔米德》，并略有改动。
2. 阿凯尔是《佩利亚斯与梅丽桑德》剧中阿尔蒙德王国的国王，他有两个孙子：戈洛和佩利亚斯。戈洛在森林中打猎遇见梅丽桑德后，娶她为妻并带回城堡。但梅丽桑德却爱上了佩利亚斯，戈洛知情后杀死佩利亚斯，梅丽桑德随即自尽。

或是说："没人知道这儿会发生什么事情。说不定看来有些奇怪，但也许每件事都是有因由的"，或是说："你不用怕……她是个可怜的、神秘的小东西，就像我们大家一样"，而卖蜗牛的摊贩用的正是这些曲调，只不过在他的叫卖声中，这些旋律成了自由发挥的cantilena[1]："六个苏就买一打嘞……"不过这些形而上的轻柔的声气，还没来得及发挥到极致，就被一阵嘹亮的小号声打断了。这回事关狗啊猫啊，可说的不是吃的了，那唱词是："剪狗毛嘞，剪猫毛，割尾巴嘞，修耳朵。"

男男女女的商贩兴之所至，常会给我在床上听到的这些旋律引进各种各样的变调。然而，当一个词（尤其当它重复两遍时）念到一半稍作停顿时，照例会有一个休止符，让我情不自禁地想起古老的教堂。收旧衣服的小贩赶着驴子拉的小车，挨家挨户停在人家屋前，执鞭走进院子，口中念念有词："旧衣服，收旧衣服，旧衣——服"最后的"衣服"两个字中间，总会有个停顿，听上去就像在唱素歌[2]："Per omnia saecula saeculo...rum[3]"，或者："Requieseat in pa...ce[4]"，尽管他未必相信这些旧衣服会流芳千古，也不会奉献它们做天国长眠的殓衣。在清晨开始就此起彼伏的这些旋律中，还能听到一个卖时令蔬果的女商贩推着小车，用格列高里圣咏[5]体吟诵她的连祷文：

鲜嫩鲜嫩，碧绿生青

1. cantilena：意大利文，音乐术语，意为多次重复的单一旋律。
2. 素歌：指一种不分小节的无伴奏宗教歌曲。
3. 拉丁文，生生不息。祈祷时常用的结束语，通常吟诵时最后一个音节要降低一个小三度，然后说"阿门"。
4. 拉丁文，愿他（或她）安息。为死者祈祷时常用的结束语，同样最后那个音节要降低一个小三度，接着说"阿门"。
5. 天主教会单声部或齐唱的礼拜仪式音乐，用作弥撒经文和宗教祈祷或礼拜仪式时的伴唱。名称来自罗马教皇圣格列高里一世（540—604），这种圣咏是他在位时收集和汇编整理的。

朝鲜蓟又嫩又好哎
朝鲜——蓟。

尽管她对圣歌唱本很可能一无所知，并不知道七种音调都有其象征意义，四种代表quadrivium[1]中的四艺，三种代表trivium[2]中的三艺。

一个穿罩衣的男子，头戴巴斯克软帽，一手拎牛筋鞭子，一手拿芦笛或风笛，吹奏着南方家乡的曲调——家乡的阳光和晴朗的天气和谐极了；他时时停在人家的屋子跟前。这是个牧羊人，带着两条牧羊犬，羊群走在他的前面。他来自远方，所以要到很晚的时候才路过我们街区；婆娘们端着碗跑来接羊奶，据说小孩吃了羊奶会长力气。不过此刻，在给孩子带来健康的牧人的比利牛斯曲调中，已经融入了磨刀人的铃声，还有吆喝声："戗刀磨剪子，磨剃刀来。"磨锯条的人没有乐器，只能甘拜下风，可怜巴巴地喊道："有没有锯条要磨啰，要磨就来喔。"补锅匠可比他乐天得多，他先把自己能补的锅子，小锅啊，平底锅啊，通通报了一遍，然后唱起叠句：

叮当，叮当，叮当，
大锅小锅烧汤，
有缝我用焊锡烫。
走街串巷我补洞，
补尽大洞小洞，
叮咚，叮咚，叮咚。

还有一些意大利孩子，手捧漆成红色的大铁罐，里面装着摇奖的签

1. 拉丁文，指中世纪欧洲大学中算术、几何、音乐、天文等四门学科，亦即四艺。
2. 拉丁文，指中世纪欧洲大学中语法、修辞、逻辑等三门学科，亦即三艺。这七门学科统称七艺。

子——有的数字有奖，有的数字没奖——一边转着嘎嘎作响的木铃，央求着："玩一玩吧，夫人，可好玩呢。"

弗朗索瓦兹给我拿来了《费加罗报》。我只看了一眼，心里就明白，我的文章还是没有登出来。弗朗索瓦兹告诉我，阿尔贝蒂娜来问是否可以上我房间来，还让她传话给我，说决定不去拜访韦尔迪兰夫妇，而打算听从我的建议，先跟安德蕾一起去骑会儿马，然后就去看特罗卡代罗宫的精彩演出（如今哪怕是比这规模小得多的演出，也都称作盛大演出了）。我知道她这是放弃了去看韦尔迪兰夫人的念头（那十有八九是个鬼念头），笑道："让她来吧！"心想她爱去哪儿就去哪儿好了，我无所谓。我明白，每天到了向晚时分，暮色降临之际，我大概就变了一个人，心情忧郁，阿尔贝蒂娜稍有一点动静，无论是出去还是回来，在我都是天大的事情，而放在现在上午这时候，何况天气又这么晴朗，我是不会太在意的。我之所以不在意，是因为我很清楚其中的缘故，明白自己不必担心。

"弗朗索瓦兹向我保证说您醒着，我不会打扰您的。"阿尔贝蒂娜进门时对我说。她平日里最怕不当心开了窗，让我着了凉，还有就是怕在我睡着的时候进我的房间，所以她又说："但愿我没做错什么吧？我真怕您会对我说：

哪个无礼的家伙，竟敢前来找死？[1]"

她哈哈大笑，笑得我觉得浑身不自在。我也用开玩笑的口气回敬她：

"严厉的禁令，又岂是对您而下？"

1.《以斯帖》剧中的台词。以下两句也分别是剧中的对白。

可我生怕她会有恃无恐，所以接着又说："不过您吵醒我会让我很生气的。"阿尔贝蒂娜连忙说："我知道，我知道，您不用担心。"这期间，街上的叫卖声始终跟我俩的对话交混在一起，我为了缓和一下气氛，继续跟她扮演《以斯帖》中的场景，我说道：

"唯有在您身上，我感受到难于言表的优雅
这优雅让我永远不会感到厌烦，迷恋有加。"

（可我肚子里在说："才不呢，她常常让我感到厌烦。"）我想起她昨晚说的话，就用一种很夸张的语气感谢她放弃了去韦尔迪兰家，为的是她下次遇到类似的情况也能听我的话，我对她说："阿尔贝蒂娜，我爱您，您却不相信我，反而去相信那些并不爱您的人。"（言下之意是，只有那些爱你的人，才会费这份心思对你撒谎，以便弄清真相，免得让你走错路，你怎么居然能不相信呢。）我还编了这么句谎话："您心底里并不相信我爱您，这可真有趣。没错，我并没发疯地爱您。"接下去是她说谎了，她说她只信任我一个人，然后又很真诚地告诉我，她知道我爱她。不过她这么说，似乎并不表示她不相信我在骗她、监视她。她看上去原谅了我，原因好像是她认为我的嫉妒正是爱之深的恼人后果，或者因为她觉得自己也不见得好。

"亲爱的，我求您别再像那天那样练骑术了，多危险啊。您想想，阿尔贝蒂娜，万一您出了什么事，我可怎么办！"自然，我不希望她出事。不过，倘若她忽发奇想，骑着她的马去了一个我不知道的地方，在那儿日子过得挺开心，不想再回来了，那有多棒啊！如果她去了一个什么地方，生活得很愉快，那事情就变得非常省心，我甚至都不一定要知道那地方在哪儿！——"哦！我知道我死了以后您也活不过两天，您会自杀的。"

我俩就这样彼此说着谎话。然而，有时候，有一种远比我们所说的真话深刻得多的含义，却是经由真诚之外的另一种途径表述出来的。

“外面的声音没烦着您吧？”她问我，“我喜欢这些声音。不过您一向睡得很浅，恐怕不想有声音吧？”其实，我有时候睡得很沉（这在前面已经说过，不过因为跟下面的事情有关，我非得再提一下不可），尤其是夜里没睡时，早上往往会睡得很沉。这样的睡眠——平均来说——可以有四倍的休息效果，所以尽管它其实比刚入睡时的浅睡时间短了四倍，感觉上却好像长了四倍。这样一进一出，居然就相差了十六倍，这种错觉赋予了醒来诸多美感，为生活平添了一种真正的新意，这就好比音乐节奏的大幅改变，会使andante[1]中一个八分音符的时值，听上去像prestissimo[2]中的一个二分音符，而这种情形在清醒时是感觉不到的。在清醒的状态下，生活几乎是一成不变的——因而旅行总让人感到失望。梦，有时确实就像是由生活中最粗鄙的材料构成的，但是这种材料在梦中被反复加工、揉拌，又由于没有了清醒状态下的时间限制，它就可以充分拉伸变细，达到一种异乎寻常的程度，让人简直就认不出它。这些幸福突然降临的早晨，睡意已然在脑海中抹去了日常活动的标记，如同海绵擦去了黑板上的痕迹一样，这时，我必须让记忆苏醒过来；凭我们的意志，我们可以重新记起因睡眠或发病而遗忘的事情，眼睛张开、麻木消失之时，这些事情会渐渐地回到记忆中来。我在几分钟里经历了许多个小时的事情，因而，我唤来弗朗索瓦兹，想要用一种符合当时情景、时间观念不显谬误的语气来和她说话的当口，我使足劲儿控制住自己，才从梦境中回过神来，没把下面这句话说出口：“哎，弗朗索瓦兹，现在是下午五点，我从昨天下午起就没见着您了。”我自欺欺人地想把事情瞒到底，梦

1. 音乐术语，行板。
2. 音乐术语，最急板。

里是五点就偏不说五点，于是厚着脸皮说："弗朗索瓦兹，都十点啦！"我并不指明早上十点，只说十点，就是想让这些不可思议的十点显得是非常自然地说出来的。然而，要让似醒非醒的我非得说这些话，而不能说脑子里还在想着的那些话，我必须努力达到一种平衡，就好比一个人从行进的列车上往下跳，必得沿着路基奔上一会儿，才能不摔倒一样。他要奔跑一会儿，是因为他刚离开的环境是一个高速运行的环境，跟静止的路面反差太大，他一时难以在路面上站稳。

睡梦的世界不同于清醒的世界，但不能因此得出结论，说清醒的世界不如睡梦的世界真实，情况正相反。在睡梦的世界中，各种感觉都处于超负荷状态，层层叠叠，重复乃至堵塞，变得滞厚迟钝，所以我们甚至都分不清，在我们似醒非醒的状态下，有些事情究竟有没有发生过；究竟是弗朗索瓦兹来过，还是我懒得唤她，自己去找她来着？在这种时候，沉默是保护自己的唯一办法，这就好比某人被捕了，知道法官手里掌握着他的一些证据，但又不清楚到底是哪些证据的时候，此人最高明的做法就是不开口。弗朗索瓦兹究竟有没有来过，我究竟有没有唤过她？或者，究竟是不是弗朗索瓦兹在睡觉，而我刚把她叫醒呢？甚而至于，既然在昏暗的夜色中，周围的事物有如一头豪猪体内的脏腑那般迷蒙，几近麻木的感知或许有如某些动物那般鲁钝，这个人与那个人的区别，以及人与人之间的关系，几乎都已不复存在，那么弗朗索瓦兹会不会就只是我心中的一个影像呢？而且，即使在进入沉睡前的清醒亢奋状态下，虽然智慧的碎屑在闪闪发亮地漂荡，虽然泰纳和乔治·艾略特的名字还没忘却，清醒世界的优势毋宁说还是在于它每天早晨都可以继续，而不像梦那样每晚都会变样。不过，说不定还有比清醒的世界更为现实的世界。我们难道没有看到，非但每一次艺术革命都在改变这个清醒的世界，而且，那些用以区分艺术家和一无所知的笨蛋的才能或教养的标准，也在改变这个世界吗？

多睡一个小时，往往会使人变得瘫软麻痹，你得重新学会挪动四肢，得重新学会怎么说话。这时管用的并非意志。一旦睡得太久，你就已经不再是原先的你了。醒来的过程是下意识的，是朦朦胧胧地感觉到的，就像水龙头关了，水管终究会感觉到一样。接下去是一种异常慵懒的状态，比看上去始终不动的水母还要沉寂，你会觉着自己在刚从海底浮上来，或者刚从服苦役的地方放回来——假如你还能让脑子转得起来的话。然而这时女神摩涅莫绪涅[1]从高高的云端俯下身来，把重生的希望以照例吩咐端来牛奶咖啡的形式赋予我们。而我们收到记忆这份突如其来的礼物，却也不是那么简单的。你不由自主醒来的最初几分钟里，往往会觉得周围有形形色色、各不相同的生活场景，你就像在打牌时那样，可以从中选择一个场景。这会儿是星期五上午，我刚散步回来，或者这会儿是在海边喝下午茶的时间。想到这是在睡觉，自己还穿着睡衣躺在床上——这往往是最后才浮现在你脑海中的场景。复元不是一蹴而就的，你以为揿了铃，其实你没揿，种种荒唐的话语只是在心里打转而已。唯有行动才能让思想复元，当你终于按了床头铃钮，你才能缓慢但清楚地说出：“都十点了。弗朗索瓦兹，请把咖啡给我端来吧。”

哦，真是奇迹！弗朗索瓦兹根本没猜到有那么一片虚拟的海洋，我直到此刻仍然整个儿沉溺其中，用尽力气才让那两句奇怪的话穿透海水说了出来。她果然回答我说：“都十点十分了。”这样一来，我的一举一动就都显得很正常，我入睡前翻来覆去念叨个没完的（每当生活没有被一座虚无的大山压跨的日子，都是如此）奇怪的对话，也就没人会发现了。我凭着意志，重新回到现实中来。我兀自玩味着睡眠的碎片，亦即我如此这般对读者讲述的方式中所仅有的那点新意，仅有的那点新鲜劲儿。在清醒状态下的任何叙述，无论多有文采，总是少了这么一点神秘的东西——而美感正是从中而来的。要说鸦片

1．摩涅莫绪涅：希腊神话中的记忆女神。宙斯化作牧人和她生了缪斯。

能创造美感，那只是说说而已。对一个长年都得靠药物才能入眠的人来说，意外的一小时自然睡眠会使他发现，一种如此神秘而清新的清晨景色，是多么令人心旷神怡。我们可以有多种多样的睡眠方式，或是变换睡觉的时间、地点，用人为的方式来制造睡意，或是机缘凑巧时自然入睡（对一个习惯了靠安眠药入睡的人来说，这是最奇特的方式），品种繁多的睡眠方式，就数量而言，比园艺师培育的形形色色的石竹或玫瑰品种还多上千百倍。园艺师在培育美梦似的花儿的同时，也会种出梦魇般的花儿。当我以某种方式入睡时，醒来时我会浑身发抖，以为自己在出麻疹，或者——那要让我痛苦得多——觉得外婆（我很久没想到过她了）为我在巴尔贝克那会儿揶揄她而伤心不已，以为自己就要死了，想让我保留一张她的照片[1]。我想去对她解释，告诉她说她没明白我的意思。但很快，我真正醒了，振作了起来。麻疹的预兆不见了踪影，外婆已经离得我远远的，我的心不再为她而作痛。

有时候，会有一个突如其来的巨大黑影向这形形色色的睡眠袭来。我正在一条黑黢黢的林荫大道上散步，但听见几个不三不四的人的脚步声，就吓得不敢再往前走了。骤然间，一个警察和一个女人吵了起来，这些女人往往以驾车为业，远远看去就像年轻的男车夫。她的驭座笼罩在黑暗中，我没法看清她，可是她在说话，从她的声音里我能感觉到她的脸长得很美，婀娜的身姿充满青春的活力。我在夜色中朝她走去，想赶在她离去之前乘上她的马车。这段路挺长。幸好她跟那警察还没吵完。我赶到了还停在原地的马车跟前。这个路段亮着街灯。我看清了车夫的模样。那的确是个女人，但是个老妇人，长得人高马大的，大盖帽下露出银白的头发，脸上满是斑斑点点的红瘢。这时我会走开去，心想："难道女人的青春就是这样的吗？我们遇见了她们，而后，当我们突然又想见见她们，她们就会这么变老了吗？

---

1. 参见第二卷《在少女花影下》第二部"地方与地名：地方"。

让我们心仪的年轻姑娘，莫非就像舞台上的一个角色，当初饰演她的那个演员一旦上了年纪，就必须把它让给新的明星来演吗？可是那样一来，这个角色就变了样了。”

一阵忧愁随即袭上我的心头。就这样，我们在睡梦中尝到了种种怜悯的滋味，它们有如文艺复兴时期的那些Pietà[1]，但当然不是凿刻在大理石上的，而是柔情似水的怜悯。这样的怜悯自有它们的用处，那就是提醒我们记得，要用一种更温情的观点去看待某些事物，看出其中的人情味来，而在清醒的状态下，我们往往为冷峻的，有时甚至充满敌意的所谓常识所局限，会尽力去忘掉这种人情味。于是我记起了在巴尔贝克作出的承诺，当时我对自己说过，对弗朗索瓦兹我永远都要原谅她。至少整整一个上午，我尽量不为弗朗索瓦兹和膳食总管的争吵而恼火，尽量和颜悦色地对待从别人那儿都得不到好感的弗朗索瓦兹。但这仅仅限于这个上午；我得设法为自己制订一套内容更翔实的法典才行；要知道，正如一个民族不能长期依靠一种感情色彩过于浓烈的政策来统治和管理，一个人也没法老是靠梦境的回忆来管好自己。这种梦境的回忆已渐渐淡去了。我使劲地想，要把它们描述出来，结果它们反而消失得更快。眼皮已经不像先前那样沉甸甸地搭在眼睛上了。我一心想重新回到梦境中去，眼皮却陡地睁开了。我随时都面临一个抉择，是明智地选择有益于健康的做法呢，还是继续沉溺于心灵的愉悦？我一直鼓不起勇气去选择前者。然而，我所放弃的这种能力的危险性，其实要比我所能意识到的更大。怜悯和梦境，并不是单独消失的。一旦有意改变一下睡眠环境，那就不光梦境会逃之夭夭，而且会一连好多日子，有时甚至一连好几年，非但做不成梦，还睡不成觉。睡眠是神圣的，但又是不稳定的，稍稍一碰，它就会散逸。习惯与睡眠为友，较它稳定，每晚将它留在该留之地，不让它受

---

1. 意大利文，原意为“怜悯”，后特指圣母玛利亚哀痛地抱着基督尸体的雕像或画作。

到任何撞击。但若习惯改了，睡眠不再被留定，它就会像一缕轻烟那般飘散而去。睡眠有如青春和爱情，一去就不复返。

在形形色色的睡眠中，生成美感的是间距的或增或减，有如音乐中的音程变化。在清晨的睡眠中，我玩味着这种美感，但尽管睡眠时间很短促，还是漏过了那些市声，那些让我们感受到巴黎商铺、菜贩流动不居的生活的叫卖声。所以，平时（唉，可惜我没能预料到，不久以后，由于我醒得太迟，拉辛笔下的亚哈随鲁[1]严酷的波斯法律会把那悲剧性的一幕带进我的生活）我总是尽量早早就醒来，以免错过这些叫卖声。我欣悦地知道阿尔贝蒂娜喜欢听这些声音，自己也很享受这种躺在床上就能心驰屋外的乐趣，而且我把这些声音当作外部环境的象征，当作那种喧闹的生活的象征，对阿尔贝蒂娜，只有在我监护的情况下，我才会让她进入那种生活环境，对她来说，那是她幽居生活向外的一种延伸，我只要想让她回到我的身旁，随时可以把她唤回来。

所以我回答阿尔贝蒂娜下面的话时，是再真诚不过的[2]：“哪儿的话，我听着挺喜欢的，因为我知道您爱听这些声音。”

“卖牡蛎啦，船上刚到的新鲜牡蛎啦。”

“噢，牡蛎！我真想吃牡蛎！”

幸好阿尔贝蒂娜既有点多变，又有点顺服，所以很快就把她想要的东西给忘了，而还没等我来得及告诉她普吕尼埃餐馆有最好的牡蛎，下面传来鱼贩子的叫卖声，她听到叫什么就要什么：“卖虾嘞，只只活的虾嘞，还有新鲜的鳐鱼，新鲜的鳐鱼哎。”——“鳕鱼鳕鱼，油煎一级嘞。”——“鲭鱼到了，新鲜的鲭鱼，刚到的鲭鱼。太太们来瞧瞧嘞，多好的鲭鱼。”——“新鲜的上等贻贝，卖贻贝嘞！”

---

1. 亚哈随鲁：《圣经》中的波斯王，册立以斯帖为后。拉辛在《以斯帖》剧中写到这个人物。
2. 阿尔贝蒂娜的问话在第118页。

听到“鲭鱼到了”的提醒，我不由自主地打了个哆嗦[1]。但我心想这个提醒对我的司机未必会有影响，于是就集中心思只想这种我讨厌的鱼，不再感到不安了。

“哦！贻贝，”阿尔贝蒂娜说，“我可喜欢吃贻贝啦。”

“亲爱的！那是在巴尔贝克吃的，这儿的根本不能吃；再说，请允许我提醒您，当初说到贻贝那会儿，戈达尔是怎么说来着？”

可是我的提醒非常不合时宜，因为卖蔬果的女商贩喊的东西，恰恰是戈达尔严令不许吃的：

> 卖莴笋，卖莴笋！
> 不买没关系，过来瞧瞧啦。

不过阿尔贝蒂娜同意牺牲莴笋，条件是我得答应她，过两天女商贩来喊“上好的阿让特伊芦笋，特棒的芦笋嘞”的时候，要去买芦笋。一个神秘的声音影影绰绰地传来，让人侧耳等待其中的奥妙之处：“桶喔，桶喔！”但最终大家还是失望了，等来等去只是木桶而已，而且这轻吟几乎淹没在了另一个格列高里体的单旋律咏诵之中：“玻璃，修玻璃嘞，玻璃，玻璃，修门窗玻璃嘞！”而更使我想起礼拜仪式的，还是收旧货的吆喝声，它无意间重现了祈祷中音量陡起变化乃至中断的情景，这种情形在教堂仪式中是常常可以见到的，比如在咏诵“Praeceptis salutaribus moniti et divina institutione formati audemus dicere”[2]时，神甫常会在dicere[3]上急促地打住。这声dicere，有如中世纪虔诚的民众在教堂前广场上表演的闹剧和滑稽剧，让人想起收旧货的小贩——我这么说并无不敬之意，他先是拖着长音吆喝，

---

1. 鲭鱼的原文是maquereau，它又可作“皮条客”讲。
2. 拉丁文，蒙救世主耶稣基督训诫教诲，我等冒昧陈诉。
3. 拉丁文，陈诉。

然后突然在最后一个音节上刹住，活像七世纪那位尊贵的教皇[1]的语气：“阿有破布卖哦，阿有废铁卖哦（这些都是缓慢地吟诵的，就连接下去的“兔”字也拉着长腔，但煞尾的“子皮”两字却比dicere还急促），兔——子皮”。“巴伦西亚橙子嘞，只只新鲜的无核橙嘞”，还有不登大雅之堂的韭葱：“卖鲜嫩的韭葱了”，以及洋葱：“洋葱只卖八个苏啦”，涌来的声浪在我听来，犹如波涛的回声，倘若阿尔贝蒂娜是独自一个人在那儿，她想必会被这波涛席卷而去，享受一种 Suave mari magno[2]的恬适。

卖胡萝卜呵
两个铜板买一捆。

“噢！”阿尔贝蒂娜嚷了起来，“卷心菜，胡萝卜，橙子。都是我喜欢吃的东西。叫弗朗索瓦兹去买。她可以做奶油胡萝卜。要是全都一起吃，那有多棒。咱们听到的这些声音，这不就变成一餐美食了吗。哦！求求您，还是让弗朗索瓦兹做个黑黄油[3]鳐鱼吧。那太好吃了！

“那就这么说定了，亲爱的。但您不能待在这儿；要不然您会把推车上的东西全都买下来的。”

“行，我这就走，可是从今以后，我希望每顿晚饭都吃我们听到叫卖的东西。真是太有趣了。想想看，我们还得等上两个月才会听见‘碧绿的扁豆，鲜嫩的扁豆嘞’。说得一点没错：鲜嫩的扁豆！您知道，我就爱吃极嫩极嫩的小扁豆，拿酸醋沙司一拌，你看着都舍不得

---

1. 指格列高里一世。
2. 拉丁诗人卢克莱修（约前93—约前50）的诗句，意为：“多么恬适啊，广阔的大海。”
3. 黑黄油（beurre noir）指在锅中熬得发黑的黄油。加醋、葱的黄油调味汁称为白黄油（beurrre blanc）。

吃哟，就像娇滴滴的露水。哎！就跟新鲜奶酪一样，还得等好久呢：‘鲜奶酪哎，鲜奶酪哎，刮刮叫的奶酪嘞！’还有枫丹白露的夏斯拉白葡萄：‘又大又甜的夏斯拉葡萄。’”（我忐忑不安地想着，我还得和她一起待多久，才能等到夏斯拉白葡萄上市呢。）“您听我说，我说了每顿都要吃我们听到叫卖的东西，可是当然总有例外喽。所以完全有可能我会上勒巴代的店里[1]去给咱俩订一份冰淇淋。您准要说现在不是吃冰淇淋的时令，可我就是想吃！”

去勒巴代店的计划弄得我心神不宁，那句“完全有可能”使这计划变得更确定，也更令人生疑。那天是韦尔迪兰府上的会客日，打从斯万告诉他们勒巴代的店是最好的以后，他们就总去那儿预订冰淇淋和小糕点。

“您要吃冰淇淋，我没意见，亲爱的阿尔贝蒂娜，不过您得让我来帮您选个地方，我也说不准，我到底会选普瓦雷-布朗什，还是勒巴代或里兹饭店，反正我看着办吧。”

“怎么，您要出去？”她用一种怀疑的语气对我说。

她经常说她很高兴看到我多出去走动走动，可每当从我的口气里听出我可能不打算待在家里，她的神情马上会变得很不安，让我想到她说很高兴看到我经常出去，也许是有些言不由衷的。

“我可能出去，也可能不出去，您很清楚，我从来不会事先计划好的。可也是，冰淇淋既不是一路叫卖的，也不是装在推车里沿街零售的，您怎么会想到要吃冰淇淋呢？”

这时她回答了我一番话；这番话让我明白，离开巴尔贝克以来，她身上原来一下子增添了许许多多的聪明才智和潜在的情趣，尽管她说这种情趣完全是受我的影响，是长期跟我待在一起耳濡目染学到的，可是她说的这种话，我却是根本不会说的，就像有一个无形的法

---

1. 在第二卷《在少女花影下》中，戈达尔夫人说过这家店里的冰淇淋“好得不能再好了”。

规在那儿，不准许我在日常谈话中使用这么文绉绉的语言。也许阿尔贝蒂娜的未来是跟我有所不同的吧。每当我看见她忙不迭地要把一些书面语的比喻就那么说出来，我就会觉得这种不同几乎是不可避免的，因为在我想来，这些比喻应该是保留给一种更神圣的、我暂时还不知晓的场合的。她对我说（我毕竟还是为此深受感动，心想："当然我不会像她这样说话，可是说到底，要没有我，她也就不会像这样说话了，她深受我的影响，她不可能不爱我，她是我的作品"）：

"我喜欢街头叫卖的食品，是喜欢看见一件听到的东西，比如一首狂想曲，到了餐桌上就变了样，光跟我的味蕾打交道了。说到冰淇淋（我真希望您给我订的是老式冰淇淋，用模子做成各式各样建筑的那种），我每次拿到一份冰淇淋，寺庙和教堂也好，方尖碑和悬岩也好，总是先像欣赏一幅景色秀丽的风景画那样端详一番，然后才把这覆盆子或香草的建筑放进嘴里，让它化作喉头的一阵凉意——"

我觉得她说得有点矫情，可她以为我觉得她说得很妙，兴冲冲地往下说，只在自以为比喻妙不可言的当口，才打住话头笑上一阵，她的笑声很甜，但因为太性感，我听着很难受。

"天哪，在里兹饭店，我还真怕让您找到那些冰淇淋旺多姆圆柱呢，不管是巧克力的，还是覆盆子的，那样一来，您可得买上好几份，才能在清凉之径上竖起还愿柱或塔门啦。他们还做覆盆子的方尖碑，这些冰淇淋散布在令我干渴难当的灼热的沙漠中，粉红色的花岗岩融化在喉咙深处，真比绿洲的泉水还解渴（说到这儿，她突然纵声大笑，不知是对自己的口才之好感到得意，还是自嘲说起话来居然如此意象联翩，抑或是，咳！处于一种生理上的快感，觉得自己身上有一种东西，极其优美，无比清新，激起了类似于肉欲享受的感觉）。里兹饭店的那些冰淇淋山峰，有时看上去挺像罗萨峰[1]，但倘若冰淇

---

1. 指位于意大利和瑞士交界处的一座山脉，由九座山峰组成。

淋是柠檬味的，我就不在意模样像不像建筑了，哪怕它不匀称，又陡又险，就像埃尔斯蒂尔画的一座山，也没关系。可就是不能太白，得带点黄，得像埃尔斯蒂尔山上的雪那种灰蒙蒙、脏兮兮的颜色。冰淇淋不大也没关系，哪怕半块也行，那样的柠檬冰淇淋照样是缩小的山峰，比例虽然缩得很小，但想象会重现适当的大小，就像那些日本盆景一样，你完全可以感觉到，它们就是雪松、橡树和番石榴树，要是把它们排在房间里一条细小的水流旁边，我眼前俨然就是一座山麓通往河流的山脉，就是一片会让孩子迷路的广袤的森林。在那半块淡黄色的柠檬冰淇淋的山脚下，我甚至看清了马车夫、旅人和驿站的椅子，我的舌头舔到之处，它们纷纷吞没在雪崩之中（她说这话时残忍的快活劲儿，让我感到嫉妒）；还有呢，”她接着说，“我用嘴唇一层一层摧毁那些草莓做的威尼斯教堂，听任难逃此劫的碎片砸向那些善男信女。对，所有这些建筑，全都石崩瓦解，进了我的胃袋：我感觉到它们在凉咝咝地融化开来。不过，就算没有冰淇淋，矿泉水也挺够刺激的，看到矿泉水广告就叫人口渴难熬直想喝。在蒙舒凡凡特伊小姐家那儿，近边找不到好的冰淇淋店，可我们照样在花园里玩自己的环法自行车比赛，每天都喝一种带汽的矿泉水，这种汽水挺像维希矿泉水，你往杯子里一倒，就会从杯底升起一股白雾，要是你不马上喝，它就会散开，一会儿就不见了。”

听到蒙舒凡这几个字，我不禁悲从中来。我打断了她的话。

“您听得有点烦了，那就再见吧，亲爱的。”

自从离开巴尔贝克以来，变化多大啊！当初我还不相信埃尔斯蒂尔呢，觉得他怎么竟然会在阿尔贝蒂娜身上看出充沛的诗意。那种诗意当然是不如赛莱斯特·阿尔巴雷那么奇特，那么富有个性的，比如说，赛莱斯特前天晚上来看我，见我已经睡下了，就对我说：“在床上休憩的天使啊！”——“怎么是‘天使’呢，赛莱斯特？”——“哦！因为您是与众不同的，要是您以为自己跟那些在咱们这块卑微的土地上游荡的凡夫俗子有什么共同之处，那您就大错特错了。”——“可又为什么是‘休憩’呢？”——“因为您根本不像一个躺着睡觉的人，您并不是躺在床上，您没有动过，是天使们把您抱下来，让您在这儿休憩的。”这些话，阿尔贝蒂娜是无论如何想不出来的，但是爱情，纵然已经到了快要结束的时候，也还是会让人产生偏见的。我喜欢的依然是果汁冰淇淋的旖旎风光，它们廉价的美感，似乎就是我爱阿尔贝蒂娜的一个理由，就是我对她有影响而且她也爱我的一个证据。

阿尔贝蒂娜一出门，我就感觉到，她老在我眼前晃悠，动个不停，精力充沛，实在让我累得很；她这么走来走去，弄得我睡不好觉，她进出从不关门，害得我感冒总也好不了，这样就逼得我——一则是找个适当的借口，可以不要陪她出去，而又不让我的病情显得太严重，二则又要让她出门有人陪着——每天都得施展一条堪与山鲁佐德的故事[1]媲美的妙计。可惜的是，同样是施计，那位讲故事的波斯少女因此幸免于死，我却加速了死期的来临。生活中常常会出现这样的情形，一个人心头充满爱情的嫉妒，而羸弱的身体又使他无法享受跟另一个充满活力的年轻人一起生活的乐趣，这时就始终存在一个问题，它是以一种近乎医学问题的方式提出来的，那就是究竟是继续共同生活，还是恢复以前各自的生活：两种不同的宁静，到底该选哪一种（不是继续天天这么疲劳不堪，就是回到以前的焦虑状态）——头脑的宁静，还是心灵的宁静？

无论如何，安德蕾能陪阿尔贝蒂娜去特罗卡代罗，还是让我很高兴的，因为最近发生的几桩小事让我感到我这位司机——当然，对他的忠诚我一如既往深信不疑——在警觉程度，或者至少在警觉的敏锐程度上，好像稍微有些不如以前了。前不久，我有一次让阿尔贝蒂娜单独和他去凡尔赛，阿尔贝蒂娜对我说午饭是在雷泽弗瓦餐厅吃的。

---

1. 山鲁佐德：《一千零一夜》中每晚给国王讲故事的女子。

后来有一天司机告诉我午饭是在瓦泰尔餐馆吃的，我觉得事情不对，就趁阿尔贝蒂娜换衣服的时候，找个借口下楼去跟司机理论（这个司机就是我们在巴尔贝克见到过的那位）。“您告诉我说您是在瓦泰尔餐馆吃的午饭，可阿尔贝蒂娜小姐告诉我是在雷泽弗瓦餐厅。这是怎么回事？”司机回答我说：“噢！我说我是在瓦泰尔餐馆吃的午饭，可我没法知道小姐是在哪儿吃的午饭。她一到凡尔赛就跟我分手去乘出租马车了，只要不是赶路，她就喜欢乘马车。”想到她是独自一个人，我已经很不高兴；现在知道还不光是吃饭那会儿这样，我心里更是生气。

“那您总可以，”我做出很客气的样子对他说（我不想让他看出我当真在监视阿尔贝蒂娜，那样未免太没面子了，何况，那样一来等于告诉他，有些事阿尔贝蒂娜是瞒着我做的），“和她一起，我不是说和她坐在一起，而是说和她在同一个餐厅里吃饭的吧？”——“可是她关照我下午六点到兵器广场接她。我总不能在她刚吃好午饭的时候就去接她吧。”——“哦！”我想掩饰自己的沮丧，转身上楼而去。这么说，阿尔贝蒂娜独自在外七小时之久，居然谁也没在照看她。我知道，乘出租马车确实不是为了摆脱司机的监视才想出来的应急办法。在城里，阿尔贝蒂娜喜欢乘出租马车四处闲逛，她说这样看得舒服，空气也好。话虽这么说，她毕竟独自一个人待了七个小时，而我对她在这七个小时里做了些什么一无所知。我不敢想象她是用何种方式度过这些时光的。我觉得这个司机真够笨的，不过从此我对他也就完全信得过了。因为他要是跟阿尔贝蒂娜有哪怕一丁点儿串通，他就不会承认他让她独自一人从上午十一点待到下午六点。这位司机之所以说了出来，还有另外一种听上去有些荒唐的解释。那就是他和阿尔贝蒂娜之间闹了矛盾，他想就这么点她一下，让她明白他是说得上话的人，要是这杯敬酒她不吃，仍然不肯就范，那他就要把事情兜底说出来，给她吃杯罚酒了。不过这种解释确实很荒唐；首先，得假设阿尔贝蒂娜和他之间发生过莫须有的龃龉，其次还得让这位向来笑容可掬的帅哥司机落下个讹人成性的骂名。何况，两天过后，我就发现他对阿尔贝蒂娜进行的监视确实又审慎又到位，我即便在妒火中烧之际也不曾想到他竟有这般能耐可以给我解恨。事情是这样的，那天我瞅个空子把他拉到一边，跟他提起他上次说的凡尔赛的那档子事，我故意轻描淡写地对他说："您前天跟我说了去凡尔赛兜风的事儿，这样做很好，您跟平时一样，做得非常好。不过有件事情我得跟您说一下，其实也是小事一桩，就是打从蓬当夫人托我关照这位外甥女以后，我总是生怕她出事，总是怪自己没能陪伴她，现在看到您这么可靠，这么精明能干，我觉得让您开车陪阿尔贝蒂娜小姐出去，是什么事也出不了的。这样我也就放心了。"可爱的、天使般的司机非常得体地微笑着，一只手搭在状如祝圣十字架[1]的方向盘上。他随后对我讲了下面这番话（驱散了我心中的不安，让它顿时充满欢欣），教我真想扑上去搂住他的脖子："别担心，"他对我说，"她不会有事的，即使我没有开车陪着她，我的眼睛仍会跟着她。在凡尔赛，我装作若无其事的样子，跟着她，不妨这么说吧，和她一起参观了这座城市。她从雷泽弗瓦餐厅到城堡，从城堡到特里亚农，我自始至终跟着她，做得没瞧见她似的，妙就妙在她没看见我。噢！就算看见，也没关系。我整整一天空着没事干，去参观一下城堡不是很自然吗。况且小姐肯定不会不知道，我喜欢看书，对古玩之类的东西都很感兴趣（此话不假，我知道他是莫雷尔的朋友，看到他风度、品位都比提琴师高出一筹，心里曾暗暗吃惊）。不过她到底还是没看见我。"——"她大概遇到朋友了吧，她有好几位女友就在凡尔赛。"——"没有，她一直都是一个人。"——"那总有人在看她吧，像她这么个靓丽的姑娘，又是独自一人！"——"当然会有人看咯，可她好像根本就没注

1. 当时的汽车方向盘上有四根支撑杆，故云。

意；她的眼睛不是在看导游图，就是盯在那些油画上。”可也是，去凡尔赛的那天，阿尔贝蒂娜给我寄过两张明信片，一张印有凡尔赛的景致，一张是特里亚农风光，所以司机的这番话听上去就更加严丝密缝了。这个讨人喜欢的司机，盯梢居然这么卖力，让我很感动。我怎么还会假设，他做这番更正——作为对他前天说的话的全面补充——是因为司机对我说的那些话让阿尔贝蒂娜着了慌，所以她软下来，跟他讲和了呢？我压根儿就没这么怀疑过。

不用说，司机的这番叙述，在消除我生怕阿尔贝蒂娜欺骗我的担心的同时，自然也使我对这位女友的热情减退了不少，她在凡尔赛的那一天是怎么度过的，我已经不感兴趣。我觉得，司机的解释在替阿尔贝蒂娜撇清的同时，使我越发对她感到厌倦了，但这番解释似乎却又不足以让我的心情迅速平静下来。或许还是阿尔贝蒂娜那两天在额头发出的两颗小痘痘，反而更能帮我转换内心的情感。后来我又碰巧遇见吉尔贝特以前的贴身女仆，她告诉了我一些很出乎我意外的隐情，于是我内心的情感终于跟阿尔贝蒂娜脱离干系，要不是见到她的人，我就根本不会再去想到她了。这个女仆告诉我，我天天都到吉尔贝特家里去的那会儿，她爱着另外一个小伙子，跟他见面要比跟我见面勤快得多。其实当时我也有过怀疑，甚至还问过这个女仆。可是她知道我正在热恋吉尔贝特，就否认了我的怀疑，赌咒发誓说斯万小姐从没见过那个小伙子。而现在，她知道我早就不爱吉尔贝特，有好几年干脆不回她的信了——也可能是因为她已经不当吉尔贝特的贴身女仆了——就主动把我全然不知情的有关我的那段爱情故事，原原本本地讲给了我听。这对她来说，似乎是很自然的。可我想起当时她赌咒发誓的情景，还真以为她那时候什么也不知道呢。殊不知那时正是她，奉了斯万夫人之命，每当我的心上人单独自处之时，就跑去通知那个小伙子。我当时爱得多深呵……但我不由得又问自己，我当年的爱情是不是真的像我所想的那样烟消云散了，为什么我这会儿听到这段故事，心里还会难过呢？我不相信嫉妒能唤回一段已经消逝的爱情，所以我就想，我之所以感到痛苦，是由于，或者至少在某种程度上是由于自尊心受了伤害，因为在当时，甚至在稍后一段时间里——尔后情况就完全变了——有好几个我不喜欢的家伙对我表现出一种轻蔑的态度，而他们，在我热恋吉尔贝特期间，一定是知道我上当的。我甚至认真回想，当时我对吉尔贝特的爱情中，是否包含着自尊的成分，要不然现在发现那些曾使我感到无比幸福的充满柔情的时光，原来在我所不喜欢的那些人眼里，只是我的女友为我设的一场骗局，我为什么会心里这么难受呢。不管怎样，爱情也好，自尊心也好，反正吉尔贝特在我心中虽说已经几乎死了，却还没有完全死掉，这层关系阻碍着我去充分关心阿尔贝蒂娜，她在我心中只占一个很小的位置。我们还是回过来（在插了这么一大段话以后）说阿尔贝蒂娜和她的凡尔赛之行吧。每当我整理桌上的东西，目光落在那两张凡尔赛的明信片上，（难道我们的心真能同时从不同的角度，为两种交织在一起的、分别来自不同的人的嫉妒所困扰吗？）它们总会给我一种不怎么愉快的印象。我心想，要不是司机这么诚实可靠，他第二回说的那番话跟阿尔贝蒂娜的两张明信片内容完全相符，就并不说明什么问题，因为，一个人要从凡尔赛给你寄明信片，倘若他不是一个专爱某尊雕像的艺术人士，倘若他不是一个会把有轨马车站和尚蒂耶火车站当作景观来看的傻瓜，那他不挑城堡和特里亚农，还能给你寄什么呢？

我说傻瓜又说错了，光为它们来自凡尔赛而买那些明信片的，并不一定是傻瓜。近两年来，好些聪明人、艺术家觉得锡耶纳、威尼斯、格林纳达都是老一套，对刚刚问世的公共汽车和所有的火车车厢，却大加称赞："这才叫美呢。"随后这种情趣也像别的情趣一样消退了。我甚至不知道，现在是不是还有人会对这种"使往昔高贵的东西毁于一旦的亵渎行为"感到惊奇。无论如何，不会再有人说一节头等车厢a priori[1] 比威尼斯的圣马可教堂更美了。但他们会说："生活就是这样，老说从前您不觉得矫情吗？"话就说到这里为止，结论并不点明。不管怎么说吧，尽管我对司机依然信任有加，但想到一旦阿尔贝蒂娜要甩掉他，他会生怕被看作奸细而不敢对她说不，我就觉得有些不妥，于是就只肯让安德蕾陪她外出了——而在这以前，有一段时间我以为有这位司机就足够了。有一次我甚至让阿尔贝蒂娜和他（打那以后，我可不敢再这么做了）单独外出三天，行程远至巴尔贝克，因为据说她喜欢坐着这种外形比马车来得简洁的交通工具，开快车兜风。这三天里，我心头一片宁静，虽说她源源不断寄给的明信片，由于布列塔尼邮政状况欠佳（夏天还好好的，冬天不知怎么一来，运行好像就出问题了），迟至她和司机回来一个星期之后，才送到我的手上。这二位精力充沛，回来的当天早上，就若无其事地照常外出兜风。不过自从出了凡尔赛那档子事，我有了改变。得知阿尔贝蒂娜今天要去看特罗卡代罗宫的精彩演出，尤其是知道陪她去的是安德蕾，我心里高兴极了。

阿尔贝蒂娜出去了，我撇下这些思绪，走到窗前站了一会儿。先是在一片寂静中，响起卖下水的摊贩的吆喝声和公共马车的鸣号声，半空中回荡着高低不同的八度音程，犹如一个盲目的调音师在调试钢琴。然后交织的动机渐渐变得清晰起来，还加进了新的动机。又响起了另一个吆喝声，那是个我始终没弄明白卖什么的小贩的叫卖，这阵吆喝酷似公共马车的鸣号，而由于声音不是在行进中发出的，听上去仿佛一辆有轨马车没有启动，或是出了故障，停在那儿，犹如一头垂死的牲畜那样一声接一声哀叫。

我觉得，倘若有一天我得离开这个街区——除非是到一个真正平民化的街区——市中心的大街通衢（那儿的水果铺、鱼店等等都搬进

1. 拉丁文，先验地，从理论上说。

了大型商厦，商贩根本用不着吆喝，再说，吆喝也没人听得见）在我眼里大概会显得死气沉沉，有如荒漠一般，店铺老板和流动摊贩的叫卖声都给过滤掉了，清晨起就让我那么着迷的市井乐队，也不复可闻了。人行道上有个毫无风韵可言（或是受了某种风尚误导）的女人走过，身上松松垮垮地穿着件山羊皮短大衣；噢不，不是女人，那是个司机呀，穿着山羊皮的工作服，步履匆匆地往车库而去。从大酒店出来一群身穿闪色制服、脚步轻快的雇员，他们俯身骑上自行车，鱼贯向车站进发，去为晨车抵达的旅客接站。提琴低音区的呜呜声，有时来自一辆驶过的汽车，有时却是从我没加满水的电水壶里传来的。在这首交响乐中，响起一支走调的过时曲子：原先由爱摇拨浪鼓的卖糖果女人占据的地盘，现在归了卖玩具的小贩，他在芦笛上挂一个由他操纵着四面移动的牵线玩偶，拿着其他的木偶边走边唱，他可不管什么格列高里体的咏诵、巴勒斯特里纳改编过的咏诵，还是现代抒情风格的咏诵，他就像一个老派的纯正旋律鼓吹者，一味扯开嗓子唱道：

爸爸来唷，妈妈来唷，
　　孩子们在盼着哟；
木偶是我做啰，木偶是我卖，
　　小钱也是我来赚喽。
　　特拉拉拉拉，特拉拉拉拉啰，
　　　　特拉拉拉拉拉拉拉。
　　　　　　孩子们来唷！

来自意裔居民区、头戴贝雷帽的小贩，无意跟这种aria vivace[1]打擂台，默默地兜售着手里的小雕像。但是一支短笛响起，却把这个卖

1. 意大利语，活泼的咏叹调。

玩具的小贩赶跑了，他渐行渐远，唱卖声愈来愈含混，尽管用的是急板："爸爸来唷，妈妈来唷。"吹短笛的，莫非就是我在冬西埃尔的早上听他吹笛的那个龙骑兵？不是，听听后面的吆喝就明白了："修彩釉古董咪，修——瓷器。玻璃器皿大理石，水晶象牙骨制品，修古董咪。统统包修咪。"一家肉铺里，左边映着一圈阳光的光晕，右边挂着一整爿牛身，一个高高瘦瘦的肉铺伙计，长着金黄色头发，天蓝色的衣领里露出一截颈脖，用一种近乎虔诚的专心劲儿，运刀如飞地把嫩嫩的里脊肉剔在一边，把档子最次的坐臀肉搁在另一边，再分别把它们放在亮得耀眼的磅秤上过秤，秤的上端有个十字架，一些漂亮的小链子从那上面垂下来，从而——虽说他接下去做的事只是把分好的牛腰、牛排、牛肋骨摊在铺板上——给人一种印象，仿佛他就是在末日审判时天主身边的天使，会把接受审判的人们按品行好坏分成善人和恶人，把他们的灵魂一一过秤。半空中又响起尖细而悠扬的短笛声，我从中听到的不再是让弗朗索瓦兹心惊肉跳的骑兵团列队驶过的声响，而是一个所谓古董行家大言不惭的统统包修的吆喝，也不知他是过于天真呢，还是有意开个玩笑，反正这个样样都会、样样不精的三脚猫，把形形色色不同材质的器皿都一股脑儿包揽下来，照修不误。送面包的女孩把一个个面包匆匆放进篮筐（这些细长形面包是专门供应正餐的），送牛奶的姑娘则手脚麻利地把一瓶瓶牛奶挂在特制的挂钩上。这些姑娘留在我记忆中的令人怀念的情景，我真能相信它是准确无误的吗？倘若我能让她们中间的某个人在我身边静静地、一动不动地待上几分钟，而不是一味从窗口瞧着她们不是在店铺里忙乎，就是在街上快步疾走，我的印象会不会有所不同呢？若要知道足不出户到底给我造成了多大的失落感，也就是说我在这一天到底错失了多少宝贵的机会，那就得在这幅活动长卷上截取一个画面，留下某个捧着洗净的衣服或带着一瓶瓶牛奶的姑娘，让她定格在我的门框中间，有如置身活动布景中的一个倩影，使我能好好瞧瞧她，说不定还能从她那儿得悉某种信息，好让我有朝一日能重新找到她，正如鸟类学家或鱼类学家在把鸟儿或鱼儿放归自然之前，在它们的肚子上系个识别标志，以便掌握它们迁徙的准确信息一样。

我对弗朗索瓦兹说，我想让人去买点东西，要是有人，比如说那些常来送取被单内衣，或者见天要来送面包、牛奶的姑娘（弗朗索瓦兹平时常会让人差遣她们干这干那的）中间有谁来了，就叫她上我这儿来。在这一点上，我就像埃尔斯蒂尔，他每天都得关在画室里画画，但到了春天，知道树林里开满了紫罗兰花，他心心念念想看上它们一眼，就让看门的女人上街去买一束回来；于是他被这束花儿感动了，恍惚间仿佛桌子上放着的不是一小瓶紫罗兰，而是他以前见过的繁花似锦的林地，弯曲的花茎，在蓝色的骨朵儿的重量下颤悠着，埃尔斯蒂尔只觉得眼前就是一片想象中的林景，这束唤起回忆的紫罗兰吐出的清香，把这片令他神往的景色揽进了他的画室。

洗衣女工，星期天就甭指望她会来了。送面包的姑娘呢，说来真不巧，她来拉门铃的那会儿，弗朗索瓦兹刚好不在，她把面包搁在楼梯平台上的面包篮里就走了。水果铺的姑娘，可得晚好些时候才来呢。有一回，我上乳品店去订一种奶酪，在一群年轻的女店员中间，我注意到一个长着特别醒目的金黄色头发的姑娘，个子高高的，却稚气未脱，她站在其他姑娘中间，仿佛在沉思，神态显得很高傲。我只是远远地看了她一眼，而后匆匆擦身而过，没能看清她到底长什么样儿，只是觉得她大概是最近一下子长高的，还觉得她那头金发看上去不像女孩的头发，倒像雪地上结成的一道道弯弯曲曲的晶冰[1]，这些平行的波纹线自有一种雕塑般优美的装饰风味。除此之外，我只看见清瘦的脸上长着一个格局很清秀的鼻子（对孩子来说这是很少见的），让人想起幼鹰的短喙。要说呢，她的同伴们围在她身边，并不是妨碍

1．指结晶状态的积雪。

我端详她的唯一原因，我没好意思多看她，还因为我不清楚她见到我会有什么印象，不知道接下去她会用怎样的态度对待我，是矜持的高傲，是嘲讽，还是过后才在女友面前表示出来的轻蔑。我所作的这些假设，霎时间使她周围那股暧昧危险的氛围变浓了，她藏匿在这片氛围中，犹如女神置身于雷霆发威的云天。而心理上的犹豫是最要命的，它比眼睛的生理缺陷更容易影响视觉印象的准确性。在这个不仅长得太瘦了一点，对我的视觉印象影响也太大了一点的少女身上，有一种在别人眼里也许是所谓魅力的显得有些出格、有些过分的东西，我虽然不喜欢这种东西，但终究拗不过它，我自始至终没去看店里的其他姑娘，更说不上记住她们的模样了，这个姑娘弧形的鼻梁，她那并不怎么讨人喜欢的，若有所思的，个性鲜明而且仿佛是在评判同伴的目光，一如金色的闪电使周围的田野显得更昏暗，把其他的姑娘全都投入了浓浓的夜色。于是，我这次去订奶酪，在乳品店里只记得（如果对一张根本没有看清，模模糊糊可以安上十来个不同鼻子的脸，也能说记得的话）这个我觉得并不怎么讨我喜欢的姑娘。这当然已经可以是一段爱情的开始。不过，要不是弗朗索瓦兹对我说，这个姑娘虽说调皮，人却挺机灵，可由于太爱打扮，欠了邻里的钱，女掌柜的要解雇她了，我说不定早把这个长着醒目的金发的姑娘给忘了，再也不会想见她呢。有人说，美是幸福的保证。反过来说，能愉快地生活，可能就是美的起点。

我开始看妈妈的信。她引用了德·塞维涅夫人的话（“我在贡布雷的思绪即使不能说一片绝望，至少也是悲观的，我思念你，时时刻刻都在想着你，你的身体，你的事务，还有你离得这么远，你知道在黄昏时分想到这些，会使我感到多么惆怅吗？”[1]）我感到母亲不想看

1. 塞维涅夫人在给女儿的信上有过“思绪一片绝望”之类的措辞。所以作者说妈妈引用了她的话。

到阿尔贝蒂娜一直这么住在我这儿，也不想看到我，尽管还没对阿尔贝蒂娜说，但打定主意要娶这位未婚妻。她没有把这些想法很直接地说出来，生怕我会把她的信随处乱放。还有，尽管说得很含蓄，但她在信里责怪我没有每次收到信后及时告诉她："你知道德·塞维涅夫人说过：'一旦离得远了，你就不会觉得信的开头写来信收到有什么可笑了。"最使她担心的事，她没提起，但对我的开销之大她却发话了："你的那些钱都用到哪儿去了？你就像夏尔·德·塞维涅一样，不知道自己到底要什么，一个人要用两三个人的花销，这已经够让我烦心的了，那你至少总不能再像他那样，让我这么来说你吧：'他有本事花钱花得让人看不见，不去赌钱照样输钱，还了钱也清不了账。'[1]"我刚看完妈妈的信，弗朗索瓦兹进来告诉我，她对我说过的那个有点莽撞的姑娘，这会儿刚好在她厨房里。"她正合适给先生送个信、买个东西，只要去的地儿不算太远。先生马上就会看到，她那模样就像个小红帽。"弗朗索瓦兹去把那姑娘带来，我听见她一边领着那姑娘过来，一边对她说："你听好了，你怕是因为有条走廊，小傻瓜，我还以为你会大方些呢。要不要我搀着你的手？"弗朗索瓦兹是个能干而体面的女仆，她要别人也像她一样尊敬她的主人，所以特地摆出这副派头，在古典画家的画作上，那些拉皮条的女人就是这么八面威风、形象高大，经她撮合的那对男女站在她身边，可怜巴巴的显得一点不起眼。

埃尔斯蒂尔，当他欣赏紫罗兰时，他无须考虑这束花儿会怎么样。乳品店的姑娘一进来，却立时扰乱了我默想的宁静，我别的什么也顾不上，只想要做得像一点，让请她送信这由头看上去真有其事，我飞快地写了起来，几乎不敢抬眼去看她，生怕让人觉得我唤她来就是为了看她。我感觉得到，她身上有着一种陌生少女的魅力，这是在

1. 这些话，也是塞维涅夫人在给女儿的信上写的。塞维涅夫人的儿子夏尔花钱如流水，付起小费来出手尤其阔绰，因此钱总是不够用。塞维涅夫人用这些话形容儿子花钱的大手大脚。

那些随时可以应召的漂亮妞儿身上找不到的。她既没裸体，也没化妆，就是一个实实在在的卖乳品的姑娘，一个我们没时间去接近她们时，总在想她们有多漂亮的那种姑娘，在她身上有一种意味，那既是生活中永恒的欲望，又是生活中永恒的遗憾，这股带有两重性的水流，最终汇聚拢来，流到了我们身旁。说带有两重性，是因为一方面我们说的是一个陌生的姑娘，一个气度、身材、淡定的目光、恬静的高傲神情，都让我猜想她一定是个妙人儿的姑娘，另一方面，我又希望这个女人是干这一行的熟手，从而我可以躲进因这身制服而让我充满幻想地觉得会很新奇的那个世界。要想对恋爱中的好奇心给出一个定量的规律，就必须面对一个我们萍水相逢的女子与一个和我们关系非常亲昵的女子，找出她们之间的差距的极大值。从前的所谓青楼女子也好，今天所说的轻佻女郎也好（在我们知道她们轻佻的情况下），她们之所以不能吸引我们，并不是因为她们不如别的女人漂亮，而是因为她们太容易到手；我们想要的东西，她们已经为我们准备在那儿；她们不是被我们诱惑然后征服的女人。在这种情形，差距达到了极小值。一个妓女在街上冲我们笑，会笑得就像她已经贴身在挑逗我们一样。我们是雕塑家。我们面对一个少女，想要塑造的是跟眼前的这个形象完全不同的一尊雕像。诚然，我们看到的是一个神情冷漠的少女，高傲地站在海边，是一个表情严肃地在柜台后面忙乎的女店员，她冷冰冰地回答我们的问题，只是因为她不想成为女伴们取笑的对象，我们看到的，是一个懒得搭理我们的水果摊女摊主。可是，我们会不遗余力，想方设法要知道，这个伫立海边的高傲少女，这个对别人的品评那么看重的店员，还有这个心不在焉的水果摊主，在我们略施小计以后，会不会放下她们绷得紧紧的身段，用那双捧过水果的手臂来搂住我们的脖子，带着默许的笑意，把那双原先一直冷若冰霜或漫不经心的眼睛俯向我们的嘴唇——哦，这双在工作时唯恐女伴说闲话而始终那么严肃的眼睛，这双竭力避开我们执拗的目光，如今单独相向，我们说起做爱时，却笑靥如花眼睑低垂的眼睛，它有多美啊！在店里卖东西的姑娘、专心熨衣的洗衣姑娘、卖水果的姑娘和送牛奶的姑娘——她就要成为我的情妇了——的身上，这种差别达到了极大值，但在趋于极限的同时，又随着职业的习惯动作而有所变化，这些习惯动作使她们的手臂在劳作过程中绝无柔靡之态，跟那些每晚当我的嘴唇准备去吻它时，早已围在我脖子上的软软的丝巾截然不同。所以，我们的人生，就是在那些神情严肃的、从事的行业看似离我们很远的少女身边，在充满焦虑、不停更新的尝试中度过的。她们一旦进了我们的怀抱，就不再是先前的模样，我们心心念念要跨过的那段距离，也就消失了。而我们又会在别的女人身上重新开始，为此投入全部时间、全部钱财和全部精力，我们会对车夫大发脾气，就因为他车赶得太慢，要耽误我们的第一次约会，我们这时正狂热着呐。其实我们也知道，这第一次约会，是会以幻想的破灭告终的。但这没关系，只要幻想还在，我们就想看看究竟能不能把它变成现实，于是我们想起了神情冷峻的洗衣店的少女。爱情上的好奇心，就跟地名激起的好奇心一样，它一次次受挫，却又一次次重生，永无满足之日。

多可惜啊！这个卖乳品的发绺呈波纹状的金发姑娘到了我身旁，却重又变回她自己，我被她唤起的种种想象和欲念也都随之销歇了。她身上不再有那阵引得我浮想联翩的颤动着的云雾笼罩了。她一副窘迫的神情，像是为只有一个（而不是十个或二十个，我时而记得是十个，时而记得是二十个，有些难以确定）鼻子在感到羞愧，这个鼻子比我原先想的来得圆浑，让她的脸看上去有点蠢，绝对不会有生出好多鼻子的能耐。那场被截获而失去生气，而且已经没有可能再给它增添一抹亮色的飞翔，我的想象无法再为它提供动力了。坠落到了沉寂的现实上，我还想再蹦跶一下；先前在店铺里没看清的脸颊，这会儿让我觉得美丽极了，我心里不由得有点慌乱，为了保持风度，我对送奶的女孩说："麻烦您一下，请把那儿的《费加罗报》给我拿来好吗？我想看一下让您去送信的地址。”她拿起报纸，束腰上衣的红袖子一下子滑到了胳膊肘上，她把这份保守派观点的报纸递给我时，动作又灵巧又可爱，在敏捷中透着随和，这柔美的模样，还有这鲜红的色彩，都让我看着喜欢。我翻开《费加罗报》，没抬起眼睛，随口问这女孩：“您穿的红线衫叫什么来着？挺好看的。”她回答说：“这是我的高尔夫球衫。”说来也是，时尚的式微我们已是见怪不怪，时装也好，词汇也好，几年前似乎还是专属阿尔贝蒂娜的女友这个相对来说比较优雅的阶层的，如今都出现在了女工们的身上、口头。“我要让您去的地方有点远，”我一边装作在《费加罗报》上找东西，一边问她：“您真的没什么不方便吗？”她看出我好像觉得让她跑一趟会碍她的事，就马上表示，她是觉得有些不方便。“我待会儿要骑自行车去兜风。噢，我们只有星期天有空。”——“您光着脑袋，不会着凉吗？”——“噢！我不会光着脑袋的，我有马球帽，再说我头发多，没事儿。”我抬眼看着她那头黄黄的鬈发，只觉得它们像旋涡似的，把心头怦怦直跳的我，带进了一片炫目的光亮和美的狂飚之中。我又低下头来看报，当然，我这是在装模作样磨时间，但我虽说是装样子，报上的几行字还是跳入了我的眼帘，让我着实吃了一惊：“今日下午特罗卡代罗宫庆典厅将有盛大演出，对此本报曾作报道。现据悉，届时莱娅小姐也将参加《奈丽娜的诡计》的演出。我们自然可以期待，她出演的奈丽娜一角定会激情四射、令人销魂。”这就好比有人猛地一下子扯掉了裹在我心头创伤上的包扎布，从巴尔贝克回来以后，这创口正在慢慢地结瘢。我的焦虑和恐慌，如湍流一般冲决而出。这个叫莱娅的演员，就是阿尔贝蒂娜有一天下午在游乐场的镜子里看到的那两个姑娘的女友呀。诚然，在巴尔贝克那会儿，阿尔贝蒂娜听到莱娅的名字后，曾用一种显得很特别的、故作正经的口吻对我说过下面的话，仿佛对人家居然会对一位品行如此高洁的女士有所怀疑，感到非常愤慨似的：“哦！不，她根本不是这样的女人，她是个非常好的女人。”对我来说不幸的是，每当阿尔贝蒂娜给出这种说法的时候，它往往只是另一种说法的铺垫。第一种说法话音刚落，第二种说法就来了：“我不认识她。”至于第三种，那是在阿尔贝蒂娜对我说起品行无可指摘而且（在第二种说法中）说她不认识的某某人时，她渐渐忘了自己先前说过不认识她，终于在一句不经意间漏出来的话里，说了她是认识她的。

刚有过这第一忘，刚给出新的说法，第二忘就来了，她把这人品行无可指摘这茬给忘了。“要论品行端方，”我问，“某某人恐怕还够不上格吧？”——“那当然，这谁不知道啊！”她马上又用一本正经的口吻给出一种说法，那就像第一种说法模糊而微弱的回音：“我得说，她跟我在一起始终是行为很得体的。自然啰，她是知道的，要不是这样我就容不得她，对她不会客气。不过这也没关系啦。她这么真心诚意地尊重我，我还得感谢她才是。事情明摆着，她知道自己在跟谁打交道。”一桩实实在在的事情，过后之所以记得起来，是因为它有个名目，有前因后果，但一句随口说的谎话，很快就会给忘了。阿尔贝蒂娜把这最后一次，也就是第四次说的谎话给忘了，有一天她想靠说些体己话来取得我的信任，不知怎么一来，又说到了那个人，也就是她起先说她品行很好，后来又说不认识她的那个女人：“她有一阵对我挺有意思。有过三四次，她要我陪她回家，还要我跟她上去。陪她回来么，我倒觉得没什么，大白天的，街上又有那么些人。不过每次到了她家门口，我总是找个借口，不跟她一起上去。”可过了一阵，阿尔贝蒂娜又影影绰绰地提到，这位夫人屋里的摆设有多漂亮。把一件件事情聚集拢来，想必就可以从她口中得知整个事情的来龙去脉了，整个事情也许并没有我所想象的那么严重，因为，她既然跟女人交往这么游刃有余，说不定倒会更想有个情人，现在我就是她的情人，她应该不会再去想莱娅了吧。就她所提到的很多女性而言，我只要把她那些自相矛盾的说法收集拢来，摆在她面前，就已经可以让她认个错了（这些错误有如天文学的定律，往往是靠推理发现，而不是靠观察或平时偶然发现的）。不过她只肯承认，在给出第一种说法时她说了谎，而不肯承认从一开始就是在说谎编故事，这样一来我收集归纳的苦心就白费了。这样的编故事，跟《一千零一夜》中的情形很相像，在那本书里这些故事编得挺迷人。这些故事让我们为一个我们所爱的人儿感到伤心，从而使我们对人性的认识不是满足于停留在表面，而能稍稍往前跨上一步。忧伤感染了我们，浸透痛苦的好奇，迫使我们往深处开掘人性。于是，种种事实真相会呈现在我们面前，让我们感到自己无权隐瞒它们，就好比一个无神论者在临死前发现了某些事实的真相，尽管他相信死后万事皆空，荣耀沉沦也已无系于心，但他还是会在生命的最后时刻尽力让人们了解这些真相。

我对莱娅的了解，大概还只处于第一种说法的阶段。我甚至都不知道，阿尔贝蒂娜到底是认识她，还是不认识她。不过这也没关系，反正都一样。我要不惜任何代价做到的，是不让她在特罗卡代罗遇见这个熟人，或者结识这个陌生女人。我说我并不知道她是不是认识莱娅；但我想必在巴尔贝克听说过这个名字，而且是从阿尔贝蒂娜嘴里听说的。遗忘不仅发生在阿尔贝蒂娜身上，同样也发生在我身上，她对我言之凿凿地说过的好些事情，大都已经堕入了忘川。对生活中形形色色的大事小事的回忆，并不是像一份份复本那样随时随地放在我们眼前，而是沉沦于虚无飘渺的忘川，我们只有靠偶然发现的相似性，才能把业已死去的记忆重新勾起，让它复活；可是仍然有许许多多琐碎的小事，无法进入记忆的潜在复原区，而始终停留在我们检索不到的部位。跟我们心爱的人的现实生活有关的事，我们一无所知；我们对这些事情不闻不问，她对我们说起的某件事或我们不认识的某些人，以及她说这些话的神态表情，旋即被我们忘诸脑后。因此，日后这些人激起我们的嫉妒之时，尽管这份嫉妒在往事中拼命挖掘，企图找出结论，弄清楚自己有没有找错对象，弄明白我们的情妇上次匆匆外出是否跟这些人有关，我们某次提前回家不许她再外出，她那么不高兴是否也跟他们有关，但终于一无所获；这份嫉妒始终是往后看的，它有如一个手边全无资料，却要写一部历史著作的历史学家；这份嫉妒始终是慢一拍的，它有如一头发狂的公牛，在斗牛场上左冲右突，却沾不到斗牛士的边，英武骄傲、容光焕发的斗牛士不停地戳它、激怒它，让全场残忍的观众赞赏他矫健的身手和娴熟的技巧。我们的嫉妒在虚无中左冲右突，它茫无目标，一如我们在梦中急切地想在一所空房子里找一个人，但这个平时很熟悉的人，此时却没准变成了另一个人，而仅仅借用了别人的躯壳外貌；它茫然失神，一如我们从梦中醒来，要想弄清楚梦中的某些细节，却只觉得懵懵懂懂，不知身在何处。我们的这位女友，在对我们说那些话时，脸上是什么表情？她看上去是不是不大开心，是不是还吹起了口哨，就像平时她想起有关爱情的念头，而我们的在场惹她讨厌、让她生气时常做的那样？她有没有告诉过我们什么事，跟现在她声称的她认识或不认识某某人自相矛盾来着？我们不知道，而且也许永远不会知道，我们会执拗地去寻找一个梦的碎屑，在此期间，我们和情妇仍会在一起生活，我们的生活，面对那些其实很重要却不为我们所知的事情，会显得漫不经心，而对那些或许并不很重要的事情，却会倍加关注，我们的生活始终为并非真正和我们有关系的人所纠缠，无处不是疏忽和缺憾，时时难逃无济于事的焦虑，我们的生活就像一个梦。

我瞥见乳品店的女孩还站在那儿。我对她说，那地方实在太远，我不想让她去送信了。她也马上觉得去那儿真的很麻烦：“一会儿有场很棒的比赛，我不想错过这机会。”我猜想她大概已经会说自己“喜欢体育”，而再过几年，她就该说“要享受自己的生活”了。我告诉她，我真的不需要她做什么了，还给了她五个法郎。这是她事先没想到的，她心想，什么事也没做就拿了五法郎，跑一趟腿肯定会拿得更多，于是，她顿时觉得不去看那场比赛也没关系了。“我还是可以为您跑一趟的。安排得过来的。”可是我已经在把她往门口推了，我需要一个人待着；要不惜任何代价阻止阿尔贝蒂娜在特罗卡代罗见到莱娅的那两个女友。必须这么做，还必须做成功；说实话，我还不知道怎么去做，于是一开始，我张开双手，瞧着它们，把手指的关节掰得格格作响，这也许是因为我的脑子找不到它要找的东西，怠惰下来，停歇了片刻，在这寂静的片刻中，就连最细微的事物都变得那么清晰可辨，正如火车停在广袤的原野上时，从车窗望出去，可以看见路旁土坡上的草尖在风中颤动——在这寂静的片刻中，正如被捕捉到的动物惊恐万状地木然而立，丧失了繁殖能力，我的脑子，瞬时间也丧失了思维的能力。当然也可能并不是这样，而只是因为我正在准备用整个身体——连同其中包含的智力，以及源于智力的对付某人的办法——作为武器，射出子弹去把阿尔贝蒂娜跟莱娅和她的女友分开。没错，早上弗朗索瓦兹来告诉我阿尔贝蒂娜要去特罗卡代罗的那会儿，我是对自己这么说来着：“阿尔贝蒂娜要干什么，就让她干什么呗。”我原以为，在这种阳光灿烂的日子里，我到晚上也不会去想她到底在干什么，对我来说那应该是无所谓的。然而我之所以这么无忧无虑，却并不仅仅是由于清晨阳光如此明媚（就如我所想的那样），而是因为我终于迫使阿尔贝蒂娜放弃了她也许在韦尔迪兰府上就在酝酿甚至实现的那些计划，乖乖地去看一场我选定的演出，她事先对此无从准备，所以我知道她到了那儿绝不会背着我干什么坏事。同样，虽然阿尔贝蒂娜稍后说过“就是自杀，我也不在乎”，那是因为她相信自己是不会自杀的。这个早晨在我面前，在阿尔贝蒂娜面前，都有着一种（比灿烂的阳光重要得多的）我们看不见的介质，透过这种半透明的、状态变幻不定的介质，我可以看到她的一举一动，她可以看到自己生活的重要性，也就是说，我们可以看到一些信念，我们平时难以觉察到它们，而它们正如周围的空气一样，并非处于真空的状态；它们在我们周围形成一个变幻不居的，有时非常好，有时却又令人窒息的大气层，我们应该像关注温度、气压和时令一样仔细地对它们进行测定和记录，因为，我们的时日不仅有其生理意义上的特点，而且有其心理意义上的特点。有一个信念，我在这个早晨并没有注意到，而在打开《费加罗报》的那一刻，却满心喜悦地被它所包围，那就是阿尔贝蒂娜不会背着我做不好的事情。刚才，这个信念消失了。我眼前不复是阳光明媚的日子，而是在这个日子里面，由我的不安所生成的一个日子，阿尔贝蒂娜和莱娅的相见令我不安，她跟那两个姑娘的相见也令我不安，如果我没想错，她俩是去特罗卡代罗给莱娅捧场的话，她俩在幕间休息的当口见到阿尔贝蒂娜就更容易了。我不去想凡特伊小姐了，莱娅的名字，让我想起了阿尔贝蒂娜在游乐场和那两个姑娘在一起的情景，妒意油然而生。阿尔贝蒂娜在我的记忆中，都是些一个个彼此不相连的、不完整的形象，都是些侧影，都是些瞬间的印象；所以我的妒意的对象，只限于一种不连贯的、既转瞬即逝又固定不变的表情，以及那些给阿尔贝蒂娜脸上带来这种表情的人。我想起了在巴尔贝克那会儿，那两个姑娘或她们那种女孩盯着阿尔贝蒂娜看时她的表情；我想起了我眼见她们的目光有如画家在画速写的当口那样，肆无忌惮地在她脸上扫来扫去，而她大概是由于我在场的缘故，听任她们投来热辣辣的目光，不动声色地做出根本没注意的样子，心里却说不定美滋滋的，那时我心里是多么难受。在她回过神来跟我说话之前，有那么短短的一个瞬间，阿尔贝蒂娜一动不动，独自对着半空在笑，就像一个人在照相时忍住心里的欢喜，装出很自然的表情一样；要不然，就是想在镜头前摆出一个活泼的姿势——就是我俩和圣卢一起在冬西埃尔散步那会儿她摆过的姿势：笑容可掬，舌头舔着嘴唇，就像在逗狗玩儿似的。当然，这种时候的她，跟对过往的姑娘兴趣盎然时的她，是判若两人的。她看那些姑娘的目光，又犀利又温柔，盯在她们的身上、脸上，如胶似漆，那股热辣劲儿，简直就像要从对方身上、脸上扒层皮下来似的。但这会儿她的目光（其中有一种严肃的意味，甚至使她显出一种痛苦的表情），跟她看那两个姑娘时迷离、陶醉的目光相比，却使我感到更舒心些，我宁愿看到她有时因欲望无法满足而怅然若失的神情，而不愿看到她因激起别人的欲望而洋洋得意的表情。她是知道这一点的，要想掩饰也掩饰不住，她整个人沉浸在这种朦胧的快感之中，脸色就像玫瑰花那般娇艳。阿尔贝蒂娜此时的紧张情绪在使她变得容光焕发的同时，使我感到痛苦万分，有谁知道，一旦没有我在旁边，而那两个姑娘见我不在，主动来挑逗她，这时她会不会壮起胆子和她们搭讪呢。的确，这些回忆让我痛苦难当，它们有如阿尔贝蒂娜对自己的趣味彻底的招供、对自己的不忠全面的忏悔，她当初在我面前信誓旦旦说的，而我也愿意相信的那些话，我的不完全的调查所得出的否定结论，以及安德蕾的（说不定是和她串通过后作出的）保证，在这些回忆面前都是不堪一击的。阿尔贝蒂娜可以向我一次又一次地否认她的出轨；但她无意间漏出来的片言只语（那比内容大相径庭的申述更有说服力），甚至单单她的眼神，就明白无误地暴露了她一心想要隐瞒（远比某些事实更想要隐瞒）的，你就是打死她她也不会肯承认的那样东西：她的性取向。要知道，没人会愿意把心灵拿出来给人看的。尽管这些回忆让我感到痛苦，但我能否认正是特罗卡代罗的演出唤醒了我对阿尔贝蒂娜的需要吗？像她这样的女性，她们的魅力，在某种情况下恰恰表现为她们的过错，表现为过错之后立即显示的温存（它让我们体会到了和她在一起的甜蜜），我们就像一个三天两头要发病的病人，少了这种温存病情就会恶化。况且，她们不仅在我们爱着她们的这段时间里有过错，而且在我们认识她们之前也有过错，其中的第一桩就是：她们的天性。其实，这样的爱情之所以让人痛苦，是因为她们身上早就有了女人的一种原罪，这是一种让我们爱上她们的罪孽，一旦我们忘了它，我们就不再需要她，而等到重新再爱的时候，就得重新再受那番折磨。此时此刻我心心念念在想的，是但愿她不要见着那两个姑娘，是怎么弄明白她到底认得还是不认得莱娅，尽管我知道，一个人不该过于关心琐事（除非它自有一种普遍意义），尽管我也知道，我们始终无法真正了解的残酷的现实有如一股肉眼看不见的激流，虽然在这股激流中偶而会有点东西沉淀下来，积聚在我们的头脑里，但倘若我们把注意力分散到这些积淀物上去，那我们就会跟想去旅行或想要认识许多女人一样，变得非常幼稚可笑。何况，就算我们把这个积淀物融开了，也马上会有另一个积淀物来代替它。昨天我担心阿尔贝蒂娜会去韦尔迪兰夫人家。现在我满脑子想的都是莱娅。嫉妒是被蒙住眼睛的，它不仅无法在周围的一片黑暗中看到任何东西，而且还受着酷刑，被罚没完没了地重复一件工作，如同达那伊得斯[1]和伊克西翁[2]那样。即便那两个姑娘不在那儿，谁知道莱娅女扮男装俊俏的模样，还有她演出成功满载的荣耀，又会给她留下怎样的印象，唤起她怎样的梦想呢？那些在我家里也许有所收敛，但她终因无法餍足它们而对这种生活感到厌倦的欲念，到底是怎样的欲念呢？

再说，谁知道她是不是认识莱娅，会不会到她化妆间去看她，而且，即使莱娅不认识她，但在巴尔贝克毕竟见到过她，谁又能打包票，说莱娅一定不会认出阿尔贝蒂娜，不会在舞台上示意她从后台小门进去呢？危险一旦可以防范，恐怕就十有八九可以避免了。但现在这种危险，我并没有加以防范，而且恐怕也无法防范，所以我更觉得它可怕。不过，我对阿尔贝蒂娜的这种爱，原来当我想要去实现它的时候，几乎以为它已经消逝了，而此刻我所感到的剧烈的痛楚，却似乎在以某种方式向我证明，它并没有消逝。我心无旁骛，一心一意在想，用什么办法才能不让阿尔贝蒂娜留在特罗卡代罗，我还想，

---

1. 希腊神话中埃及王达那俄斯五十个女儿的总称。她们因杀死丈夫，死后被罚在地狱中往一个无底的水槽里注水。
2. 希腊神话中的拉庇泰王，因企图勾引赫拉，宙斯命赫尔墨斯将他绑在地狱里一个永远旋转着的车轮上。

只要莱娅肯答应不去那儿，要我出多少钱我都肯。所以，如果说一个人爱谁不爱谁，不是凭他怎么想，而是凭他怎么做来证明的，那么，我可以说我是爱阿尔贝蒂娜的。但我所受的这种反反复复的折磨，并没有使阿尔贝蒂娜在我心目中的形象变得更稳定些。她就像一个我心仪已久却始终不得一见的女神，弄得我心神不宁。我作出成百上千种假设，试图不让自己的爱情得以实现，从而来避免这种痛苦。

首先得弄清楚，莱娅是否真的要去特罗卡代罗。我给了乳品店的姑娘两个法郎，把她打发走以后[1]，就给布洛克打电话（他也跟莱娅有来往），问他是否知道这件事。他对此一无所知，听上去对我这么感兴趣挺吃惊似的。我心想我得赶快去才是，弗朗索瓦兹已经穿戴齐整，可我还没穿好衣服呢，我要求母亲让弗朗索瓦兹这一整天都归我支配，我一边起床，一边吩咐弗朗索瓦兹去乘出租车；她得赶到特罗卡代罗去，买好一张票，进场后务必找到阿尔贝蒂娜，把我写的一张字条交给她。我在字条上告诉她，我此刻被刚收到的一位夫人的来信弄得心情很乱，这位夫人她是知道的，在巴尔贝克的某个夜晚我那么苦恼，就是因为这位夫人的缘故。我提醒阿尔贝蒂娜说，第二天她怪我没唤她来着。因此我冒昧地请求她，我在字条上写道，为我牺牲观看演出的乐趣，回来和我一起去散散步，呼吸一点新鲜空气，那样会对我的身体有好处。不过由于我穿衣服、做准备还得有好些时间，所以她不妨趁弗朗索瓦兹也在，先到三区商店（这个店比较小，不像廉价商店那么让我担心）去买下那件她看中的白珠罗纱胸衣。

那张字条或许还是起了作用的。说实话，阿尔贝蒂娜在认识我以后做了些什么，甚至在认识我以前做过些什么，我都不知道。但在她说的那些话里，有某些自相矛盾、文过饰非的东西（但倘若我这么

---

1. 前文提到叙述者给了她五个法郎。七星文库版特地加注说明，前文是普鲁斯特完成初稿后，在修改过程中加上去的，而此处则是初稿中的文字，两处有矛盾，可能是修改时的笔误。

说，她一定会说我把她的意思听错了），在我看来，它们无异于被我当场逮个正着的把柄，可是对阿尔贝蒂娜，它们却毫无用处，她常常会像孩子那样耍点小把戏，骤然之间把整个局势翻转过来，她每次都能彻底瓦解我的猛攻，立于不败之地。攻势再猛，也伤不到她。她说话的句式常会出现突然的跳跃，这有点类似于语法学家所说的错格之类的名堂，但她这么做，可不是在讲究修辞手段，而是要给自己补漏洞。比如有一次说到女人，她冲口而出："我记得前不久我——"，突然，在一个十六分休止符之后，"我"变成了"她"，那是件她在悠闲地散步时看见的事情，而不是她自己做的什么事情。动作的主体并不是她。既然她这么缩了回去，我倒想把这个句子的开头记记牢，然后凭自己的判断知道它该怎么结尾。可是结尾还没知道，开头就有些忘了，莫非它是看见我神情如此专注，悄悄地绕开我了？我却依然焦急地想弄明白，她到底在想什么，刚才究竟记起了什么事情。可惜啊，我们的情妇一段谎言的开头，就跟我们的爱情的开头，跟一项我们立志要做的事业的开头，没什么两样。我们都没来得及注意呢，它们就已经冒头了，成形了，消逝了。我们如果回想是怎么爱上一个女人，是怎么开头的，这时我们已经爱了；想到先前的那些梦，我们不会对自己说：当心哦，那是爱情的前奏；它们出其不意地来到我们面前，我们几乎都没来得及注意。同样，除一些相当罕见的情形之外，我这么经常把阿尔贝蒂娜的谎话跟她最初关于同一话题的说法放在一起，只是为了叙述方便罢了。这种最初的说法，往往让我无法想到它后来会变得面目全非，会变成自相矛盾的另一种说法，所以它不会引起我的注意，当然，耳朵里是听进去了，但我并没把它从阿尔贝蒂娜接下去说的一堆话中抽离出来。过后，觉着阿尔贝蒂娜在说谎，或者心生疑虑、感到不安的时候，我很想能回忆起她最初的说法；可是怎么也想不起来了；我的记忆没有及时得到指令，还以为这个副本是无须保存的呢。

我嘱咐弗朗索瓦兹，去把阿尔贝蒂娜从剧场叫出来以后，要打电话通知我，而且，不管阿尔贝蒂娜乐意不乐意，务必把她带回家来。“她要是不乐意来见先生，那真是太不像话喽。”弗朗索瓦兹回答说。——“可说不定她并不高兴见我。”——“那不是忘恩负义吗？”弗朗索瓦兹说，阿尔贝蒂娜让她在时隔多年以后，重又尝到了当年欧拉莉得宠于我姑妈在她心中激起的嫉妒的痛楚。她不知道，阿尔贝蒂娜在我家里的这种待遇，并不是她想要得到，而是我想要给她的（出于自尊，也由于心存激怒一下弗朗索瓦兹的念头，我始终没有把这一点给她说穿），对阿尔贝蒂娜的机灵乖巧，她是又爱又恨，跟别的佣人说起她时，称她是要着我玩儿的女戏子、骗子。她不敢进入对她宣战的状态，在阿尔贝蒂娜面前依然是和颜悦色，对着我则一再为自己表功，说她怎么在阿尔贝蒂娜和我的关系中为我出了大力，尽管她心里明白，现在她对我说什么都不管用，都无济于事，但她还是在伺机而动；一旦我和阿尔贝蒂娜的关系中出现了裂缝，她就会出手扩大裂缝，直至把我俩完全分开。“她忘恩负义？噢不，弗朗索瓦兹，忘恩负义的是我，您不知道她对我有多好呐。（装出一副被人爱的样子，心里美滋滋的！）您快去吧。”——“我这就去，走嘞。”

女儿的影响，让弗朗索瓦兹的语汇起了些许变化。所有的语言都是这样，都是由于添加了新词汇而丧失其纯洁性的。不过，对弗朗索瓦兹说话方式（我曾恭逢它的全盛时期）的这种堕落，我也负有间接的责任。要不是她女儿总喜欢跟母亲讲家乡话，她也不至于会把母亲的古典语言糟蹋成粗俗的切口。她一有机会就说家乡话，母女俩凡有机密事要谈，也不去厨房间，就在我的房间里大讲其家乡话，厨房的门关得再严实，也不如我的房间说方言来得万无一失。根据我能从中听清楚的唯一的一个词 m'esasperate[1] 频繁出现的情形来判断，我感觉到母女俩的关系似乎不那么融洽（除非这种恼怒的对象是我）。可

1. m'exaspère（叫我恼火）的方言读法。因发音相近，故叙述者能听明白它的意思。

惜啊，一种语言哪怕再陌生，人家天天听，时时听，时间久了也会听懂。我很遗憾这是方言，既然这种乡谈我听多了能听懂，那么要是弗朗索瓦兹平时说的是波斯语，我想必照样能听懂。弗朗索瓦兹见我有了进步，就加快了语速，她女儿也这么做，但已经没用了。做母亲的先是为我听懂了她的家乡话发愁，而后又为听我讲她的家乡话感到高兴。说实话，这种高兴，其实是取笑，因为我的发音虽说已经跟她差不多了，但她总觉得我们两人的发音之间，有着一道鸿沟，这道鸿沟让她感到得意，教她想起了这么些年来早已忘在脑后的老乡，心想没法见到他们真是可惜了，他们要是听到我把他们的家乡话说得这么蹩脚，准会笑得前仰后合，而她就爱听这笑声。就这么一个想法，让她既乐不可支，又满怀惆怅，她在心里细数那些老乡，揣测某人某人一定会笑出眼泪来。但无论如何，开心掩不住伤心，就算我发音蹩脚，但我毕竟懂了她的家乡话。你一直防着某人，唯恐他闯进家来，可一旦他会用万能钥匙，或者能使撬门铁棒，所有的钥匙就都成了形同虚设。既然家乡话成了一种毫无价值的防御手段，她就又和女儿说起法语来了——那是一种很快就会变得像近代法语的语言。

我已准备好了，弗朗索瓦兹却还没有来电话；不要再等，这就出发？可谁知道她有没有找到阿尔贝蒂娜呢？她会不会在后台？还有，即便弗朗索瓦兹见着她了，她会跟弗朗索瓦兹回来吗？半小时后，电话铃响起，我又盼又怕，心头怦怦乱跳。电话是由接线生接过来的，一阵即刻飞来的声音，为我带来的是女接线员的说话，弗朗索瓦兹此刻感受到的，是从父辈传下来的面对一件不曾见过的东西时的腼腆和忧郁，这让她没法壮起胆子，她宁愿去跟传染病患者接触，也不敢去拿起电话听筒。她在剧院走廊上找到了孤身一人的阿尔贝蒂娜，她见到弗朗索瓦兹后，跑去通知了一声安德蕾说她先走了，然后很快就回来了。“她没生气吗？噢！对不起！请您问一下这位女士，那位小姐有没有生气？……”——“这位女士要我对您说，她没生气，一点儿也没生气；总之，她就是不高兴了，别人也看不出。她们现在到三区商店去了，两点钟回来。”我明白，说两点钟就是三点钟的意思，这会儿就已经两点过了。这是弗朗索瓦兹身上的一个根深蒂固的、不可救药的缺点，或者说毛病，她从来都既不能看准、也不能说准时间。我一直弄不明白她脑子里到底是怎么想的。弗朗索瓦兹看表时要是正好是两点钟，她就说一点钟，或者说三点钟，我一直弄不明白，造成这种现象的原因究竟弗朗索瓦兹的视力，还是她的智力或语言表达能力；有一点是清楚的，那就是这种现象一而再、再而三地发生。人类的历史很悠久。遗传，杂交，使很多坏习惯、不着调的本能反应都变得生命力非常旺盛。有人打喷嚏、哮喘，因为旁边有玫瑰花；有人闻到刚画好的油画味儿就发皮疹；很多人出门旅行前会腹痛拉肚子，小偷的孙子即便当了百万富翁而且平时出手大方，还是忍不住要偷你五十法郎。弗朗索瓦兹究竟为什么没法说准时间，她本人不曾就此为我提供任何线索。通常我遇到她这么没准头的回答，总是很生气，可她既不想为自己的过错道个歉，也不想作任何解释。她缄口不语，就像没听见我说话似的，这样一来我更是火冒三丈。我倒想听到一句辩解的话，那样至少可以有个突破口；可是不然，只有一片无动于衷的沉寂。但无论如何，今天有一点是毫无疑问的，那就是阿尔贝蒂娜三点钟要跟弗朗索瓦兹一起回来，她是不会去跟莱娅或那两个女友见面的。于是她可能跟她们重新建立联系的危险不复存在，它在我眼里顿时变得无足轻重了，看到它如此容易消除，我不由得为自己居然会以为这个危险无法消除，感到很惊奇了。我对阿尔贝蒂娜油然而生一股强烈的感激之情，她没去特罗卡代罗找莱娅的女友，她离开剧场按我的意思回家，以此向我表示她属于我，表示她对我的爱超出了我的预期，为这一切，我对她感激之至。在有人骑自行车给我送来一张字条的当口，这股感激之情更是无以复加，阿尔贝蒂娜让人送来这张字条，要我耐心等她，还写了好些她所熟悉的客气话：“我亲爱的乖马塞尔，我不能像这位骑车人来得这么快，我真想能骑上他的自行车早点见到您。您怎么会以为我会生气，怎么会以为还能有什么事，比得上和您在一起那么开心呢！两个人一起出去该有多好，永远都是两个人一起出去，想必就更好。瞧你都想了些什么呀？你这个马塞尔！你这个马塞尔呀！永远是您的　阿尔贝蒂娜。”

有了阿尔贝蒂娜这般低首下心的顺从，我给她买的裙子，给她说过的游艇，还有福迪尼的睡衣，全都不仅得到了补偿，而且得到了充分的回报，那些东西在我看来，不啻是我享有的特权；因为，一个主子的责任和义务，也是标志他的支配地位的组成部分，它们如同权利一样，界定和证明了他的主子身份。而她承认我拥有的那些权利，正使我的义务赋有了名副其实的特征：我有一个属于我的女人，我随手写一张字条给她，她就会郑重其事地打来电话，告诉我说她就回来，马上就跟去接她的人一起回来。我比我想的更像主子。更像主子，也就是说更像奴隶。我不再急不可耐地要见到阿尔贝蒂娜了。我知道她正在和弗朗索瓦兹一起买东西，一会儿就会和她一起回来（我觉得她们迟点回来也挺好），这种确信，犹如一颗绚丽而宁静的天体，照亮了一段我此刻宁愿独自一人享受的时光。我对阿尔贝蒂娜的爱，驱使我起床穿衣准备外出，但也是这种爱，使我没法感受到外出的乐趣。我心想，在这样的一个星期天，年轻女工，时装店女店员，还有那些轻佻的女人，想必都会去布洛涅树林散步。凭着年轻女工和时装店女店员这两个词儿（就像我在有关舞会的报道上看到一个姑娘的名字时常有的情形），凭着一件白色贴身短上衣、一条短裙的形象——在这些词儿和形象后面，有我想象的某个兴许会爱我的陌生人儿——我自个儿就生成了我心仪的女人，我对自己说：“她们该是多可爱啊！”可是，既然我不会一个人独自外出，她们可爱不可爱，跟我有什么相干哪？

我趁这会儿还是一个人的工夫，半掩上窗帘免得阳光妨碍我看谱，坐在钢琴跟前，随手翻开放在那儿的凡特伊的奏鸣曲，弹了起来；阿尔贝蒂娜还要有一会儿才会回来，然而她要回来又是完全肯定的，所以我既有宽裕的时间，又有宽松的心境。等她和弗朗索瓦兹一起回来，是可以放宽心的等待，对她的温顺驯服，则可以充分信任，沐浴在这种等待和信任的温馨氛围中，就像沐浴在如屋外的阳光一般温暖的发自内心的光线中，周身浸透了幸福；这时我可以支配自己的思绪，让它暂时离开阿尔贝蒂娜，专注在奏鸣曲上。但即使这样，我也没法集中心思去注意其中两个主题的交织，享受的动机和焦虑的动机的组合，此时此刻跟我对阿尔贝蒂娜的爱情是多么吻合，这种爱情中曾经有很长时间没有出现过嫉妒，以致我在私下里对斯万说过，我不知道什么叫嫉妒。不，我没有注意这些，我是从另一个角度来看这首奏鸣曲，是把它作为一个伟大的艺术家的作品来看待的，流淌的音符把我带回到贡布雷的时日——我不是指蒙舒凡和梅泽格利兹那边，而是指当年在盖尔芒特家那边散步的时日——那时我自己也想成为一个艺术家。放弃了这个远大志向，我是否就真的有所失了呢？生活能用艺术来安慰我吗？在艺术中是否有一种更深刻的现实，让我们在日常生活中无从表现的真实个性，得以表现出来呢？可也是，每个大艺术家都是跟其他人不一样的，他们会使我们感觉到，我们在日常生活中去寻找个性，只能是徒劳的。就在我这么想的当口，奏鸣曲中的一个小节让我心头一震，其实这个小节是我很熟悉的，但有时候当我们全神贯注的那一刹那，会突然灵光一现，有些我们熟悉已久的事物变得跟以前不一样了，我们从中看到了以前从未注意到的东西。在弹奏这一小节时，尽管凡特伊在其中表达的是一个与瓦格纳全然不相干的梦境，我却情不自禁地喃喃自语：“《特里斯当》！”脸上漾起的笑意，正是某个家族的老朋友在做孙子的某个音调、某个手势里看到他祖父母的影子（尽管小孙子从没见过爷爷奶奶）那会儿绽出的笑意。我把《特里斯当》的总谱放到乐谱架上，搁在凡特伊的奏鸣曲上面，这意思就好比拿一张照片出来，看看到底跟某人像不像，我知道当天下午在拉穆勒音乐会[1]上正好要演出《特里斯当》的选段。我由衷仰慕拜罗伊特的大师[2]，不像有些人（尼采的追随者）那样顾虑重重，这些人觉得不仅在生活中而且在艺术中，责任都在策使他们逃避美的诱惑，他们置《特里斯当》于不顾，正如他们抛弃《帕西法尔》，他们奉行精神上的禁欲主义，沿着那条血迹斑斑的十字架之路，苦修复苦修，终于达到了对《隆瑞莫的驿车夫》精粹理解、顶礼膜拜的高度[3]。我意识到瓦格纳的作品是充满现实精神的，我回想起那些执著而短暂的主题依次出现在一幕歌剧中，渐渐远去却又注定再要回来，它们有时是那么遥远，微弱，不绝如缕，但在另外的时刻，尽管依然影影绰绰，却是那么急切，那么迫近，那么满含内在的激情，这些作为一个有机整体的、发自肺腑的乐声，与其说是一个动机的重复出现，不如说是一种神经痛毛病的反复发作[4]。

就这一点而言，音乐是和阿尔贝蒂娜的那些女友迥然不同的，音乐帮助我进入自己的内心，在那儿有新的发现：那正是我在日常生活中，在旅途中徒然寻觅的多样性，而这音响之流溅起阳光闪烁的浪花拍击到我的脚下，勾起了我的怀念之情。那是双重的多样性。一如光谱向我们展示光是如何组成的，瓦格纳的和弦，埃尔斯蒂尔的色彩，都使我们得以了解一个人全部情感的本质属性，而单凭我们对另一个人的爱，是做不到这一点的。另外就是作品本身所蕴含的多样性，作品之以多姿多彩，用的就是一种手段：把丰富多姿的个性集

---

1. 夏尔·拉穆勒（1834—1899）是法国小提琴家、指挥家。他于1881年在巴黎创办拉穆勒系列音乐会（Nouveaux Concerts），指挥演出瓦格纳的歌剧选段和当代法国青年作曲家的作品。
2. 指德国歌剧大师瓦格纳。1868年瓦格纳在拜罗伊特建造一座特殊的音乐节剧院，专演他的歌剧。
3. 《隆瑞莫的驿车夫》是法国作曲家阿道夫·亚当写于1836年的轻歌剧。1915年，有个叫马松的评论家撰文攻击瓦格纳的歌剧，说他宁可看《隆瑞莫的驿车夫》，也不愿看《纽伦堡名歌手》。
4. 神经痛，原文是névralgie 。有法国研究者认为，此词是Wagner（瓦格纳）的anagramme（由另一个词改变字母位置或改变音素位置构成的词），而这种修辞手段，正相当于瓦格纳经常采用的主导动机反复出现的创作手法。从这个意义上说，névralgie似乎可以看作Wagner的一种“变体”。

中起来。一个平庸的作曲家声称自己是在描绘一个骑士和他的扈从的形象，却让他俩唱同样的曲调，瓦格纳则不然，他把每个人物都放在不同的现实背景上，一个骑士扈从每次出现时，都是一个既头脑简单，又喜欢把事物搞得复杂化的特定的形象，兴高采烈和因循守旧这两条声线的交织碰撞，让这个角色在宏大壮阔的音响世界中有了一席之地。为数众多的音乐形象每一个都是独立的存在，而正是它们，使一部音乐作品变得充实而饱满。这种独立的存在，也就是大自然的某个瞬间形象留给我们的印象。即便是跟大自然让我们体验到的情感最不相干的事物，也都有其外在的现实意义，都是完全确定的；鸟儿的鸣啭，猎人的号角，牧人在芦笛上吹出的曲调，都在天幕上勾勒出它们的音乐形象。是的，瓦格纳走近它们，握牢它们，把它们放进一个管弦乐队，让它们服从于最高的音乐理念，但他又时时处处尊重它们原生态的独创性，一如一个中世纪的细木工匠之于纹理——正在加工的木制品独有的标记。

然而，尽管在很多十九世纪作品中，我们可以看到作者在叙事状物，在描绘不仅仅是一些人物名字的鲜活个体的同时，还陷于对大自然的沉思，但我在想，这些作品都具有一个共同的特征——真是不可思议——那就是它们都是不完整的，这是十九世纪所有伟大作品的特征，这个世纪最伟大的作家没有把作品写全，但是他们在注视着自己的工作，仿佛他们既是干活的工人，又是检验产品质量的检验员，他们通过这种自我观照，提取出一种外在于作品而又高于作品的新颖的美，回过头去赋予作品一种它原先所没有的和谐统一和宏伟气势。我们且不多说在写完小说后从中看见了人间喜剧的那位[1]，也不多说把诗或散文硬生生叫成历代传奇或人类圣经的那二位[2]，但难道我们就不能说，最后这部作品精彩地反映了十九世纪的时代精神，难道我

1. 指巴尔扎克和他的小说集《人间喜剧》。
2. 分别指雨果和他的叙事诗集《历代传奇》，以及米什莱和他的历史巨著《人类圣经》。

们就不能说，米什莱最令人心醉的美，无须从他的作品本身，而不妨在他面对作品的态度中去找寻，无须从他的《法国史》或《法国大革命史》，而不妨在他为这些书撰写的序言中去找寻吗？所谓序言，就是作者在作品完成后写下的文字，他在其中审视自己的作品，觉得该加上通常都以“也许不妨这么说”[1]之类的语气开头的一些内容，它们并非学者的婉转陈词，而是音乐家的华彩乐段。而另一位音乐家，此刻令我感到心头狂喜的瓦格纳，他在记忆的抽屉里抽出一个美妙的片段，把它作为回想起来果然必要的主题，加入一部他当时并没有意识到自己正在创作的作品中去，然后写出了第一部神话题材的歌剧，然后是第二部，然后又有了另外两部，而在最后突然发现自己完成了一部四联剧的当口，他想必有如巴尔扎克那样感到了些许微醺般的陶醉，那是巴尔扎克在写完那些小说之后，以一种既是陌生人又是父亲的眼光去看它们时的感觉，他觉得这本中有拉斐尔的纯洁，那本中有福音书的淳朴，当他回过头去审视这些小说时，他骤然意识到，倘若把它们处理成主要人物贯穿始终的系列小说，整体结构会更完整，于是，为了完成这一衔接，他给整部作品添上了最后的，也是最精彩的一笔。这种整体效果是后来形成的，但绝非不自然的，否则整部作品就会沦为毫无价值的垃圾货色；有许多平庸作家热衷于写大部头作品，在书名和卷名上用足功夫，让人觉得作者自有一种一以贯之的、卓越超群的构思，其实那种作品都是这类货色。这种整体和谐的效果并没有任何不自然之处，甚至或许正因为它是后来形成的，是在作者意识到各个局部独缺整合这样一个充满激情的时刻诞生的，所以它可以说是水到渠成的。这种和谐的整体性是事先不为人所知的，因而它是本原的、非逻辑的，它既不摒弃内容的多样性，也不压抑表现这些

---

1. 米什莱在《法国史》序言中提到另一位法国历史学家蒂埃里时，以“也许不妨这么说”开头写了一段评论。

内容的热情。整体性是作为一个单独创作的作品（但这一次是在总体的规模上）出现的，它是由灵感激发，而不是由某个主题人为地发展而成的，因而是和其他部分有机地融合在一起的。在伊瑟到来前的那段很长的乐队前奏中，作品给自己引来了牧人儿被遗忘的芦笛旋律。随着海船的驶近，音乐在向前推进，当乐队把握住牧笛的曲调，把它加以转换，融入自身激昂的旋律，打散它的节奏，丰富它的音色，加快它的速度，添加它的配器之时，瓦格纳大概在为自己从记忆中找到牧笛的曲调，把它加入自己的作品，赋予它全新的意义而感到欣喜。这种欣喜，可以说始终伴随着他。尽管他有诗人的忧郁气质，但在身为创造者的欢快情绪的抚慰之下，忧郁很快就被欢快所盖过——也就是说，令人遗憾地就此消散了。而这时，正如方才在凡特伊的乐句和瓦格纳的乐句之间注意到的相同之处让我心头激起涟漪一样，这种饱含火山喷涌般力度的技巧，使我感到心绪有些纷乱。我们之所以会有错觉，以为我们在那些艺术大师身上看到了一种固有的、执著的独创性，一种看似反映超自然的现实，实则是精心制作的产物的独创性，难道就是由于这种火山式技巧的缘故吗？倘若艺术就是这么回事，那么它就并不比生活更真实，我也就无须有那么多的遗憾了。我继续弹奏《特里斯当》。透过跟瓦格纳之间的声幕之隔，我听见了他欣喜若狂、邀请我分享他的欢乐的声音，我听见这永葆青春的笑声和齐格弗里德的锤击声重叠在一起；乐句的演奏越来越辉煌，创作者的技巧也就越来越灵动自如，托着这些乐句像鸟儿般地离开地面，它们并不像《罗恩格林》中的天鹅，却有点我在巴尔贝克见过的那架飞机，我见过它把动能转换成升力，飞过波涛上方，消失在蓝天中。也许，就像飞得最高、飞得最快的鸟儿必有一双强劲的翅膀，这些钢铁的玩意儿要能去探索广袤的无限，必需有那神奇牌[1]的一百二十匹马力，不

1. 神奇牌：当时一种飞机的牌子。

过，虽然我们飞得那么高，我们却还是难以真正领略万里长空的静穆，因为发动机始终在轰隆隆地响着呢！

我的遐想，在此刻以前一直耽于对音乐作品的回忆，可我不知道思绪为什么突然转到了演奏家身上，而且不避过誉之嫌，把莫雷尔也归入了我们这个时代最出色的演奏家之列。我的思绪一下子又来了个急转弯，琢磨起了莫雷尔的性格，以及其中的一些奇特之处。不过——这一点可能跟始终折磨着他的神经衰弱有关，但毕竟不是一回事——虽说莫雷尔习惯了把自己生活中的事情都讲给别人听，可是他的讲述让你看到的场景是一片昏暗，你简直没法从中分辨出什么东西来。举例来说，他的一举一动完全听从德·夏尔吕先生的安排，条件是晚上得让他自由支配，因为他吃好晚饭以后要去上代数课。德·夏尔吕先生答应了，但要他上完课再回来。

“不可能，这是一幅意大利古画，（这个玩笑用在这儿毫无意义；原来，德·夏尔吕先生曾让莫雷尔读《情感教育》，在倒数第二章中，弗雷德里克·莫罗说过这句话，就此以后，莫雷尔每逢说“不可能”时，总不忘接着说“这是一幅意大利古画”，算是开玩笑。）下课时间很晚，我们已经够打扰老师了，还要怎么着的，他肯定会生气……”

“代数又不是游泳，也不是英文，要上什么课？自己找本书学学就行了。”德·夏尔吕先生说，其实一听到上课什么的，他就料定代数课里准有不明不白的花头。说不定是跟哪个女人睡觉，也没准是莫雷尔想钱心切，干些见不得人的勾当，不是去当密探，就是跟着保安警察去转悠，这谁知道呢？更糟糕的情况是到哪家妓院里去当面首。

“没准还是看书容易学呢，”莫雷尔回答德·夏尔吕先生说，“上代数课根本听不懂。”

“你干吗不到我家里去学呢，那岂不舒服得多了？”这句话都已经到了德·夏尔吕先生嘴边，但他熬住了没说出口，因为他知道，只要莫雷尔自由支配晚上时间之心不死，莫须有的代数课立马可以变成非去不可的舞蹈课或图画课。但眼看莫雷尔常来他家解方程式，德·夏尔吕先生又觉得自己可能是错怪，至少是部分错怪莫雷尔了。他告诉莫雷尔说，学代数对提琴家根本就没用。可莫雷尔对他说，学代数是个消遣，可以打发时间，对治疗神经衰弱也有好处。德·夏尔吕先生当然可以设法打听，弄清楚这些神秘兮兮、非上不可，而且时间非得放在晚上的代数课究竟是怎么回事。可是他的社交事务实在太忙，抽不出空来理清莫雷尔这团乱麻。他得接待来客，得回访人家，得常去俱乐部走走，得参加时尚的晚宴，晚上还得去剧院看戏，他没空再去想莫雷尔到底在干些什么，也没空去理会人家所说的莫雷尔种种又粗暴又阴险的坏脾气，据说，莫雷尔每到一个社交场合，每到一个城市，这种坏脾气就会或发作或掩饰，而凡他所到之处，大家说起他的名字就浑身发抖，噤若寒蝉。

很不幸，那天我正巧碰上了这种神经质坏脾气的发作。我弹好钢琴，下楼来到院子里，想等阿尔贝蒂娜回来。走过絮比安裁缝铺跟前，看见只有莫雷尔和那个我想不久就是他老婆的姑娘在铺子里，莫雷尔正在声嘶力竭地大喊大叫，性子一上来，竟然满口都是我从来不曾听到他说过的乡下土话，这种乡音他平时是不露出来的，听上去非常奇怪。说出的话也同样奇怪，从语言的角度看错误很多，简直有点不知所云。

“你不是要跑吗？我叫你跑，我叫你婊，我叫你婊，”他对着可怜的姑娘狠狠地喊道。她一开始没明白他的话是什么意思[1]，而后气

1．莫雷尔说的是grand pied-de-grue，这是一种让人不知所云的说法。跟它有些相近的说法faire le pied de grue却是“站在那儿等着”的意思，姑娘一开始可能以为他要说的就是这个意思。但其中grue一词单独用时，有“娼妇”之意，姑娘转而想到了这一点，明白了他意在骂她是娼妇，自然感到很气愤。莫雷尔用法文说的这句不合语言规范的话，译者勉为其难地译作“我叫你婊”，以不知所云还其不知所云。

得浑身打颤，一动不动，高傲地站在他面前。“我叫你跑呀，我叫你婊，我叫你婊；你去把你舅舅叫来，我要告诉他你是什么东西，你这骚货。”

这时，院子里传来絮比安的说话声，他跟一个朋友边说边走，正在进来。我知道莫雷尔是个胆小鬼，觉得絮比安和他的朋友不用我帮忙也行，瞧见他俩这会儿进了铺子，我就上楼而去，免得遇见莫雷尔，他尽管装出巴不得人家把絮比安叫来的样子（他可能是想这么虚张声势，吓唬一下那姑娘，好让她就范），一听到絮比安进了院子，却忙不迭地避开了。耳闻为虚，听到的话还不足以解释我上楼时心跳为什么这么快。眼见为实，身经的场景往往会在军事专家部署进攻时所谓的*奇袭*中发挥一种无可估量的威力，尽管我刚才得知阿尔贝蒂娜不会留在特罗卡代罗，马上就要回到我身边的消息时，满心都是怡然自得的情绪，可这会儿却一点儿也不管用，耳畔一遍又一遍地响着那令我心神不宁的声音：“我叫你婊，我叫你婊。”

我内心的骚动渐渐平息下来。阿尔贝蒂娜就要回来了。不一会儿我就会听到门铃声了。我感到像这样有了一个女人以后，生活不可能再像原来一样，她就要回来了，我自然得去等她，从今往后，我的全部精力，我的所有活动，都将日渐集中到让她变得更美的目标上去，这就使我有如一根茎秆，虽然在长壮，但吸取了所有积聚的养分的饱满果实沉甸甸地压在它身上。一小时前我还是满心焦虑，这会儿心头却是一片宁静，而且，阿尔贝蒂娜就要回来赋予我的这种宁静，比早晨她出门前我所感到的宁静更宽广。我依稀看见在未来的日子里，这位女友的顺从使我俨然像个主人，变得更强韧，仿佛她近在眼前的、不可避免的、恼人而又甜蜜的存在充实了我，使我变得更稳重了，这种宁静（它使我们不必再从自身去寻找所谓的幸福）来自亲情和居家的幸福感。这种亲情和家庭的氛围，在我等待阿尔贝蒂娜时曾给我带来内心的安宁，而接下来，我在和她一起散步时又感受到了这种情感和氛围。有一小会儿，她摘下了手套，也许是要摸一下我的手，也许是要向我炫耀一下小指上的一枚戒指，在蓬当夫人送她的戒指边上的这枚戒指上，仿佛有着一片流光溢彩的晶莹的红宝石花瓣。

“又是一个新戒指，阿尔贝蒂娜。您姨妈可真大方！”

“不，这个不是我姨妈给的，”她笑着说，“是我买的，您瞧，多亏了您，我才攒得起这么些钱来。我甚至都不知道它原来的主人是谁。有个人在旅途中钱花完了，就把它抵押给了旅馆老板，我去勒芒那会儿，正好住这家旅馆。他不知道该怎么办，想便宜些卖了算了。可就那样我还是买不起。后来多亏有了您，我成了个像模像样的太太，我让人去问这枚戒指还在吗。就这么，我买来了。”

“这样您就有好几枚戒指了，阿尔贝蒂娜。我要送您的戒指，您戴在哪儿呢？哦，不过这戒指挺漂亮的；红宝石边上的纹饰，我看不清楚，怎么有点像一个扮鬼脸的男人的脸？不过我眼神可能不大好。”

“您就是眼神好，也不见得看得清楚。我也看不出那是什么。”

从前读回忆录或小说，看到一个男人经常陪女人出去，跟她一起吃茶点，我常常但愿自己也能这样做。有时候，我觉得愿望成真了，比如说，我带了圣卢的情妇出去，和她一起吃了晚饭。不过，尽管我对自己说，这会儿我可就是往日里一直羡慕的小说人物了，而且，按说这么想应该让我感到跟拉谢尔在一起很开心，我却并没有感到这种愉悦。这是因为，每当我们想要模仿一样东西，而这样东西的确是真实存在的，我们就会忘记这样东西并非模仿意愿的产物，而是一种无意识的、本身也真实的力量的产物。当初我希望和拉谢尔一起散步能让我体验到美妙的愉悦感，但未能如愿。现在我在并无所求的情况下领略到了这种愉悦感，原因却是迥然不同的、实在的、深刻的；举例来说，其中有个原因是我的嫉妒让我离不开阿尔贝蒂娜，在我能外出的日子里，她外出散步必须有我陪伴。我之所以到现在才刚领略到这种愉悦感，是因为对事物的了解，往往并不是对外在的东西的观察结果，而是种种不由自主的感受；是因为在以前，即使有个女人和我乘坐同一辆马车，她并不一定真就在我边上，只要她还没有像阿尔贝蒂娜那样激起我的渴望，只要我流连的目光还没使她那需要不断滋润的脸蛋变得容光焕发，只要虽已满足却仍记忆犹新的感官，还没有把味觉和质感添加给这娇艳的脸色，只要嫉妒和刺激感官的想象融合在一起后，还没有以一种强度堪比万有引力的平衡引力，让这个女人在我身旁保持平衡状态，那么她就并没有真正地在我边上。

我们的车子快速驶过大街和林荫道，两旁成排的住宅，犹如阳光和寒冷凝聚而成的红晕，让我回忆起当初去斯万夫人家的那些日子，在渐浓的暮色中显得明亮起来的菊花。我瞥见一个卖水果的姑娘，一个送牛奶的姑娘，都站在她们的店门口，虽然隔着车窗玻璃望去，就像隔着卧室窗子望去一样远，可我还是看见了她们在明朗的天空下光彩照人，如同一本我永远不会读到的小说里的女主人公，我凭自己的想象，在小说一开头就把她放在了美妙曲折的情节之中。我不能开口要阿尔贝蒂娜让我停车，只能眼睁睁地看着那些姑娘远去，直至几乎看不出她们的身影，直至我的目光没法穿过她们沐浴其中的金色雾霭抚摩她们清新的面容。瞥见一位站在柜台后的酒店老板的女儿，或是一位站在街上跟人聊天的洗衣女工，我都会激动异常，这种激动，正是认出眼前站着女神时的那种激动。自从奥林匹斯山不复存在以后，山上的神祇就在地上生活了。当画家在创作神话题材的画作时，他们让一些出身普通工匠家庭的少女来当维纳斯或刻瑞斯[1]的模特儿，他们这样做，却并没有亵渎神灵，而是赋予了这些少女高贵的气质，还她们以圣洁的本性。

“您觉得特罗卡代罗怎么样，小乖乖？”

---

1. 刻瑞斯：罗马神话中的谷物女神，相当于希腊神话中的得墨忒耳。

“能离开那儿回来陪您，我真是太高兴了。这座建筑挺难看的，对吗？我想，它是达维乌[1]设计的吧。”

“瞧咱们的小阿尔贝蒂娜多有学问！没错，它是达维乌设计的，我都给忘了。”

“我趁您睡觉的时候，看了您的书，大懒虫。”

“小宝贝，您可长进得真快，都变得这么聪明了（说实话，她觉得她在我家住的这些日子，且不说别的，至少不算完全浪费时间，我还是有点高兴的），我看，有必要的话，我可以给您讲讲那些一般人认为荒诞不经，而我觉得我寻求的正是其中真谛的那些事情了。您知道印象派吗？”

“知道。”

“那好，您听我跟您说：您还记得号称骄傲公主的马库镇上的教堂吧，埃尔斯蒂尔不喜欢这座教堂，就因为它是新的。他就这样把建筑物从包括它们在内的总体印象中抽离，放到它们融于其中的光线之外，然后作为一个考古学家去审视它们的固有价值，这种做法岂不跟他的印象派画风自相矛盾吗？当他作画时，难道不是每个医院，每所学校，墙上的每张招贴，都跟旁边那座弥足珍贵的大教堂具有同等的价值，难道它们不都是属于同一幅不可分割的图景吗？您回想一下，阳光怎样焙烤着教堂的墙面，马库镇圣人的雕像怎样浮现在光线之中。一座建筑就算是崭新的，又有何妨，只要它看上去很古老——即使看上去不古老也无妨呀。古老街区蕴含的诗意已被挖掘殆尽，而一些为有钱的小布尔乔亚新建的房子，造在新的街区，墙面切割不久的石块白得耀眼，当经商的房主回到郊区新居来吃午饭时，它们在幽暗的餐厅里吩咐开饭的喊声（尖厉堪比樱桃的酸味），不是划破了七月

1. 加布里埃尔·达维乌（1823—1881）：法国建筑师，特罗卡代罗宫是他为1878年在巴黎举办的世界博览会设计的建筑。

燠热的空气，餐厅里摆放刀具的玻璃棱柱器皿反射的斑斓色彩，不是有如夏特尔大教堂的彩绘玻璃一样绚丽吗？”

“您说得多好！要是哪天我真变得聪明了，那也是您的功劳。”

“在一个晴朗的日子里，我们干吗要把目光从特罗卡代罗宫移开呢，那儿的颈形塔楼不是会让人想起帕维亚[1]的隐修院吗？”

“瞧它那从山冈上居高临下的样子，我也会想起您收藏的那幅曼特尼亚[2]的复制品，我想是《圣塞巴斯蒂安》吧，画面的远景上有一座环形剧场模样的城市，看上去里面也有座特罗卡代罗宫似的。”

“可不是吗！您怎么会看到那幅曼特尼亚复制品的呢？您可真有趣。”

我们的车子驶进了充满平民气息的街区，每个柜台后面都站着附属于它的一位维纳斯，把它变成了一座郊外祭坛，我多么希望能在这祭坛脚下度过我的一生啊。就像过早去世的人在临终前会做的那样，我在心里列数因阿尔贝蒂娜限制我自由，我损失了多少寻欢的机会。在帕西，由于交通堵塞的缘故，好几个少女相互揽着腰，站在车行道上，她们的笑容让我感到惊艳。我没来得及看清这笑容，但我相信我说惊艳，并不是夸大其词；凡有人群，或者说凡是青年人成群的地方，就不难见到雕像般高贵的头像和身影。因而，节日里嘈杂喧闹的人群，在喜欢感官享受的人眼里，就像刚出土古代圣牌的遍地狼藉的发掘现场在考古学家眼里那样弥足珍贵。我们到了布洛涅树林。我心想，要不是阿尔贝蒂娜陪在我身边，我这会儿没准已经坐在香榭丽舍演出厅里，听着瓦格纳的音乐排山倒海般地涌来，整个乐队的弦乐器都为之震颤，这音乐把我刚才弹奏的芦笛旋律吸引过去，犹如融进一

1. 意大利北部城市，伦巴第大区帕维亚省省会。城北的加尔都西会隐修院是伦巴第地区最著名的宗教建筑。
2. 曼特尼亚（约1431—1506）：意大利文艺复兴时期画家，开创穹顶装饰画风。又见第265页注。

抹轻盈的泡沫，让它飞扬、揉碎、变形、分岔，把它拽进一个愈变愈大的旋涡。我希望，至少我们的兜风时间能短一些，能早点回去，因为我虽然没跟阿尔贝蒂娜说，但已决定晚上去韦尔迪兰家了。他们前两天给我送来一份请柬，被我和其他请柬一起扔进了字纸篓。可现在我改了主意，打算今晚去一次，看看能不能弄清楚，阿尔贝蒂娜平时下午去他们家是想见哪些人。说实话，我和阿尔贝蒂娜的关系已经到了这样一个阶段，如果情况就照这么继续下去，一切都正常的话，那么在这种阶段，一个女人所起的作用，就是帮我们过渡到另一个女人那儿去。她仍然会让我们挂心，但已经很难得；我们急于每天晚上都去找一些陌生女人，尤其是跟她熟悉的陌生女人，从那些女人嘴里，我们可以听到关于她的生活的许多事情。可也是，所有她愿意告诉我们的关于她的生活的内容，我们都早就听过，不再感到新鲜了。现在，那仍然是她的生活，但恰恰是我们所不了解的那部分生活，恰恰是我们从她那儿问不出个所以然，而从那些陌生女人嘴里可以听个明白的种种事情。

虽说我和阿尔贝蒂娜在一起生活，大概就没法去威尼斯，甭想外出旅行了，但至少刚才那会儿，要是我是单独一个人的话，我完全可以结识那些零零星星站在星期天明媚阳光下的年轻女工或女店员，在我眼里，她们的美大部分得自我所不知道的充满魅力的生活。我们见到的这些眼睛里，难道不是始终流露出那样一种目光，我们不知道它看到、想起、等待、蔑视的究竟是什么，却又没法把那一切跟它分开吗？这种生活，诚然是路人的生活，但它难道不是因其内容的不同，而赋予这些眉头的蹙紧、鼻翼的歙张以各不相同的意义吗？有阿尔贝蒂娜在，我没法走到她们那儿去，或许就此断了对她们的念想。谁要是想在心里保持生活的热情，保持那样一种信念，相信有些东西的确是比我们常见的事物更美妙的，那他就应该出门去走走，因为小街上也好，林荫道上也好，到处都有女神。不过女神是不让人接近的。树丛中间，咖啡馆前，不时会有女侍者守着，有如山林水泽的仙女守在圣林边缘，而在最里面，有三个少女坐在她们弧形高大的自行车旁边，宛如三位女神伏身在云朵或神驹上巡行游弋。我注意到阿尔贝蒂娜每朝她们看一眼，她们立即转脸把极其专注的目光投向我。但全神贯注的凝视也好，犀利的惊鸿一瞥也好，都并没让我感到太不自在；其实阿尔贝蒂娜平时不知是由于疲倦，还是一种专注看人的特殊方式，常常会这样，以一种沉思的神情凝视我父亲或弗朗索瓦兹；至于她看一眼她们就立即转过脸来看我，那很可能是因为她熟知我的多疑，所以不想给我留下任何疑虑——即便这疑虑并没道理——的口实。再说，这种专注的目光在我看来，似乎是阿尔贝蒂娜做的亏心事（即使她关注的对象是年轻男士，亦然如此），但我用这种目光去看别的姑娘时，却从没感到我在做什么亏心事，反而觉得阿尔贝蒂娜在旁边碍了我的事，否则我就可以停下马车，走去跟那些年轻女工或女店员搭讪了。我们往往觉得自己有欲念是无辜的，而他人的欲念却是令人难以忍受的。事情涉及我们和我们所爱的女人时的这种反差，不仅与欲念有关，而且跟谎言有关。当一个人想要掩饰，比如说，平日病秧秧的模样，让人觉得他身体挺好，想要隐瞒一种坏习惯，或者想要去他很想去的地方而又不惊动别人，那还有什么比这更管用的办法呢？它是最必需也最常用的自我保护的工具。然而我们却不想看它出现在我们所爱的女人的生活里，为此我们处处小心，严加防范，唯恐有个闪失。它搅得我们心绪不宁，它足以导致决裂，我们总会觉得它背后隐藏着天大的错误，除非它把这些大错隐藏得非常之好，根本不让我们起这份疑心。这真是一种很奇怪的情形，面对一种在大范围里迅速蔓延，对大部分人体已不会造成伤害，但对尚未获得免疫力的可怜虫来说依然是致命的病原体，我们竟然会敏感到如此地步！这些漂亮少女的生活（我长久以来深居简出，难得有机会遇见她们）在我眼里，就像在那些想象能力并不因事情来得容易而有所逊色的人眼里，是跟我所了解的生活迥然不同，跟旅行会让我领略到它们神奇之美的那些城市同样令人向往的。

曾在我认识的女人身边，在我去过的城市里所体验到的失望，并没能阻止我受新的姑娘和城市的诱惑，我仍然相信她们和它们确实是存在的；所以，光是看看威尼斯——春天的威尼斯让我充满憧憬，而一旦和阿尔贝蒂娜结了婚，我就没法去那儿了——在全景装置中（施基也许会说，这种活动画景在色调上比真实的城市更漂亮）看看威尼斯并不能代替真正的威尼斯之旅，旅途虽然很长，尽管我未必能从中得到什么，但我觉得威尼斯是我非去不可的；同样，倘若有个皮条客特地安排我跟一个年轻女工幽会，她也决不能在我心目中取代那个笨手笨脚，刚和女友笑着从树丛下经过的年轻女工。在打炮屋见到的姑娘，即使比树丛下的姑娘漂亮，也没法和她一样，因为我们瞧一位不认识的姑娘的眼睛，是没法跟瞧一块乳白石或玛瑙一样的。我们知道，她的眼睛里呈现的虹彩和闪过的光芒，都来自一种思想，一种意愿，一种回忆，其中有我们所不了解的家族的亲情在，有我们所妒羡的闺中友情在。正因为拥有这一切是很不容易、很艰难的，所以它才会赋予她们的目光比外形美更可贵的价值（这样也就可以解释，为什么一个女人会在听说某个年轻男子是威尔士亲王时浮想联翩，而当她明白自己弄错了的时候，却对他再也不屑一顾）；在打炮屋遇到的年轻女工，被抽离了她浸润其中、我们所不知道的生活，而那正是我们憧憬和她一起拥有的生活；我们看到的眼睛，其实只是两粒宝石而已，而那缩皱的鼻子，也就如一朵打蔫的花一样毫无意义。不，从树丛下走过的那个陌生少女，倘若我要继续相信她是真实存在的——正如倘若我要相信在世博会上仅仅作为一个景观展品见过的比萨是真实存在的，我就必须乘长途火车去一趟——我就必须做好被拒绝的准备，我得不去理会她对我的羞辱，碰了钉子再迎上去，我得设法让她同意订个约会，我得在工场门口去等她，我得一点一点地弄清楚这个姑娘到底是怎么生活的，我得冲破她心中的雾障，发现我寻觅的欢愉，我得跨越不同的生活习惯横亘在两人中间的鸿沟，赢得她的眷顾，赢得这份我无论如何要得到的恩宠。欲念与旅行之间的这些相似之处，促使我暗下决心，有一天定要更贴近地抓住这股看不见，却有如信仰，或者说有如物质世界中的大气压一般强大的力量的本质，弄清楚这股把我还不认识的城市、女人托举得那么高，而当我接近它们或她们时又抽身离去，听任它们或她们重重地摔落到平庸的现实的地面上的力量，究竟是怎样的力量。

这些就是我跟阿尔贝蒂娜一起生活后被剥夺了的东西。真的是被剥夺吗？也许我该想一想，说不定恰好相反，这种生活是赐给了我什么东西呢？要是阿尔贝蒂娜没跟我在一起生活，一个人自由自在的，我很自然地就会把所有这些女人都想象成她的欲念、她的欢乐的可能的（十有八九真就是的）对象。她们在我眼里就像一场疯狂的芭蕾中的舞者，时而对一个人扮演着诱惑精灵的角色，时而把箭射向另一个人的心口。这些少女，这些年轻女工，这些女舞者，我会多么恨她们啊！对我来说，她们是恐惧的对象，是被排斥在尘世间的美之外的。阿尔贝蒂娜的驯顺，把她们归还给尘世之美，使我不用担心她们会来折磨我了。她们现在已经不会伤害我，把嫉妒扎进心间的那根刺已经拔掉了，我可以放心地赞美她们，用爱抚的目光注视她们，将来有一天我们的关系说不定还会更亲昵。幽禁阿尔贝蒂娜，我就同时把这些闪色的翼翅归还给了尘世，这些在外出的途中、在舞会上、在剧场里轻轻作响的绚丽多彩的翼翅，对我重新变得充满诱惑——因为阿尔贝蒂娜已经不会受它们的诱惑了。这些闪光的翼翅，给出了尘世之美。而以前，它们给出的是阿尔贝蒂娜之美。这是因为我曾见到这种美，先是化作一只神秘的小鸟，随后化作海滩上一个出色的演员，她令我心旌飘摇，而且说不定我差点儿就得到了她，我曾觉得这种美是不可思议的。我那晚看见这只小鸟在海堤上漫步，周围簇拥着的那群少女有如不知来自何方的海鸥，如今阿尔贝蒂娜这只小鸟被我紧闭在家里，她就在失去被别人拥有的可能性的同时，失去了她的全部光彩。她渐渐地失去了她的美丽。唯有像今天这样的外出——我想象陪在她身旁的不是我，而是某位女士或某位年轻男士——才能让我重见她沐浴在海滩绚丽的光彩之中，这样的想象使我提不起兴致，嫉妒之情油然而生。可是，尽管她会因别人垂涎而突然在我眼里又变得美丽动人，尽管有这种意外的突变，但她住在我家里的这些日子，还是可以很明确地分成两个阶段：在第一阶段里，她依然是海滩上的那个光彩照人的女演员（尽管光彩一天比一天黯淡）；在第二阶段里，她变成了脸色阴郁的女囚，褪尽了光泽，只有在我回忆往日的欢愉时，才会重新焕发出光彩。

有时候，在我对她最冷淡的当口，很久以前海滩上的场景会不由自主地浮现在眼前，当时我还不认识她，只见离她不远就是某位我很不喜欢的夫人——现在想起来，我几乎能肯定她跟这位夫人之间有点猫腻，而她哈哈大笑，放肆地看着我。光滑的蓝色大海，在海滩边发出轻柔的沙沙声。在海边的阳光下，阿尔贝蒂娜是那群女友中最美的一个。她是个迷人的姑娘，但就在浩瀚的大海这个我们天天见到的背景上，她当着那位对她情意很浓的夫人的面，羞辱了我。这下羞辱有着决定性的意义，因为那位夫人后来也许回到过巴尔贝克，也许在闪闪发亮、沙沙作响的海滩上张望过，知道阿尔贝蒂娜不在了，但她不可能知道这个少女住在我家里，只属我一人所有；蓝色的大海，她对自己倾注过、又移开过情意的这个少女的淡忘，全都浓缩在阿尔贝蒂娜对我的当众羞辱中，装进了一只亮闪闪、打不碎的首饰盒里。当时我对这个女人的怨恨啮噬着我的心；对阿尔贝蒂娜也恨，但那是一种夹杂着对这个人见人爱、秀发迷人，在海滩上放声大笑羞辱过我的姑娘的爱慕之情的恨。羞臊、嫉妒，以及对初次见面时的想望和阳光明媚的场景的回忆，都又使阿尔贝蒂娜变得那么美，变得像以往那般珍贵了。就这样，带着在她身旁的那种有点气闷的烦恼，两种令我颤栗的欲望交替出现，一种充满美妙的形象，另一种充满伤感，出现哪一种，取决于她是在我的卧室里挨在我身边，还是在我的回忆中重获自由，身穿色彩明快的沙滩服，在大海波涛拍击的伴奏下漫步在海堤上，阿尔贝蒂娜时而淡出这个背景，为我所有，显得并不那么珍贵，时而重又潜入这背景，躲进我无法了解的往昔岁月，当着那位夫人、那个女友的面，如同波浪溅起的污水，如同令人目眩的阳光，羞臊我，玷污我，刺痛我，就这样，阿尔贝蒂娜或重返那片海滩，或回进我的卧室，有如一个两栖的爱人。

远处有一群少女在玩球。她们都想趁着阳光好好玩儿，二月里的天气，春光再明媚也为时很短，灿烂的阳光没多久就会收尽余晖。暮色降临之前，我们有一段若明若暗的时分，因为车子驶抵塞纳河边，我们下车步行了很长一段路程，阿尔贝蒂娜喜欢看冬日蓝莹莹的河里红色帆船的反光，我却因有她在身旁而少了这份雅趣，远远的可以望见一座房子蜷缩在那儿，犹如明亮的地平线上一株孤零零的虞美人，更远处，圣克卢宛如松脆、起棱纹的化石；有一会儿我甚至伸出胳膊让她挽着，我觉得这种胳膊的相绾，将我俩结合成了一个人，将彼此的命运联系在了一起。

在我俩脚下，两人的影子平行、接近、交叠，构成一幅令人心醉神迷的图景。当然，想到阿尔贝蒂娜和我一起待在家里，想到是她躺在我身旁，我已经觉得很美妙了。但在我钟爱的布洛涅树林的大湖跟前，在树丛脚下，阳光把她的影子——她的腿和上半身轮廓纯净的影子投射到小径的细沙上，有如水彩画那般洇晕开来，就好比是把我俩在家的情景带到了室外，带到了大自然之中。我在两人影子的融合中感到一种魔力，它或许不如肉体的融合来得实际，但却是同样勾魂摄魄的。我们重又登上车子。车子调头驶上蜿蜒的小道，路旁攀满常春藤和黑莓的越冬的大树，看上去就像古老的遗迹，仿佛在将我们引向一座魔法师的住所。到了布洛涅树林的边缘，就在驶离参天大树的浓荫的当口，只见眼前豁然开朗，一片明亮，我真以为时间还早，在晚饭前还能做好些事呢，可是过了不多一会儿，当车子驶近凯旋门时，我突然间惊骇地发现，巴黎上方已升起早早露面的满月，犹如一口停摆的大钟悬在半空，提醒我们时间已经很晚了。我们吩咐车夫驱车回家。对阿尔贝蒂娜而言，这就是说回我家。如果你身边的女人早晚要和你分手，要回她自己的家，那么无论你怎么爱她，她也不可能让你感受到阿尔贝蒂娜在车厢里坐在我身旁的这种宁帖，她这么坐在我身旁，并不是把我们引向分隔两人的虚渺的时空，而是意味着我俩结合得更稳定，意味着她更牢靠地紧闭在我的家里——那也就是她的家，就是我对她的占有的具体标志。当然，先要有欲望，才会有占有。一条线，一个面，一个立体，只有在我们的爱意占据它们之时，我们才占有了它们。可是阿尔贝蒂娜在跟我一起外出时，并不像以前拉谢尔那样仅仅是一副肉体加一袭衣服，在巴尔贝克那会儿，我的眼睛、嘴唇和手，已经凭想象具体而微地构筑过、满含温情地磨光过她的躯体，所以现在，要想在车厢里抚摩和拥有这个肉体，我无须靠得很紧，甚至无须望着她，只消听她说话——在她沉默时，只消知道她在我身旁，就足够了；我动员全部感觉，投注到她的身上，车子到了家门口，她很自然地下得车来，我在下车前跟车夫说了句话，让他再回来接我，但目光始终不离她在前面走进拱门的身影，看着她步履沉重、脸色红润、体态丰腴，如同我娶来的妻子一般自然地步入幽禁的住所，看着她在堵堵墙壁的保护之下，消失在我们的宅子里，我又一次感到那种带有惰性的居家的宁静。

遗憾的是，当天我俩在她的卧室里，面对面一起吃晚饭的时候，她那忧愁、倦怠的神情让我明白，她觉得这儿像个监狱，她心里赞成德·拉罗什富科夫人的说法，那位夫人在别人问她，住在利昂库尔这样一座漂亮的宅子里是否很开心时，回答说：“一座监狱无所谓漂亮不漂亮。”[1]起先我对此并无觉察；我还心存懊恼地在想，要没有阿尔贝蒂娜在身旁（和她在一起住旅馆，她整个白天都会跟形形色色的人交往，让我备尝嫉妒之苦），这会儿我说不定正在威尼斯的一家小餐厅里用餐呢——餐厅又低又矮，有如货轮的底舱，从镶有摩尔式边线的拱形小窗望出去，可以看见大运河。

我得补充说一下，阿尔贝蒂娜对我家那尊出自巴伯迪耶纳之手的高大的青铜雕像赞美不已，而布洛克一直认为这尊铜像极为丑陋，理由他可以举出一大堆。但他惊讶于我在屋里放这么尊铜像，或许就不那么在理了。我跟他不一样，我从来不考虑在家里放些装饰物件，或者布置一下房间，我懒得这么做，对那些平日看惯了的物件已经并不在意。既然对此不感兴趣，我就觉得自己有权不去折腾，屋里是怎样就怎样好了。话虽这么说，可我本来说不定还是会撤掉这尊青铜像的。不过，难看而豪华的物品自有它们的大用场，对那些并不理解我们、趣味跟我们不同，却又没准让我们坠入了情网的女人，它们的吸引力远比一件内秀的东西大得多。这种吸引力也仅止于对这些无法理解我们的人有效，而对品位稍高一些的人，我们凭自己的智力就能解决问题。阿尔贝蒂娜只是刚开始有那么点鉴赏口味，面对青铜器还难免会有一种敬畏之感，并连带着对我也有了几分敬意，这份来自阿尔贝蒂娜的敬意，对我来说意义重大（比是否保留一尊鉴赏口味不怎么高的青铜像的意义大一千倍、一万倍），因为我爱阿尔贝蒂娜。

这种受约束的念头突然间不再困扰我，我甚至希望能一直这么下去，因为我似乎觉察到阿尔贝蒂娜脑子里也有这念头，并为此非常苦恼。没错，每次我问她住在我这儿开心不开心，她总是回答说，她想不出还有什么地方会比这儿更开心的。可是常常会有一丝忧郁、烦躁

---

1. 利昂库尔（Liancourt）是德·拉罗什富科家族的采地。据七星文库本注释，监狱云云实有其事，但和德·拉罗什富科公爵夫人不相干，而是德·拉洛什－居荣夫人的一句名言。

的神色告诉我，这些都不是真心话。当然，要是她的鉴赏口味真有我早先想的那样，这种永远无法让它满足的状态，在让我感到宽慰的同时，一定会激怒她；而我在感到宽慰之余，势必会觉得先前无端加在她身上的假设，这会儿很可能真有其事了——只是我恐怕怎么也无法解释，阿尔贝蒂娜何以要煞费苦心地从不一人独处，从不自由自在地想干什么就干什么，何以会在回到家门口时不作片刻停留，每次去打电话时为什么故意要让人陪着，那人不是弗朗索瓦兹，就是安德蕾，反正是回来会向我汇报的人，还有，她为什么要在她们一起外出以后，装作不经意的样子，撇下我独自和陪她的那位在一起，让我可以听这位详细汇报，了解她们外出的情况。与这种百依百顺的态度形成对比的，是某些很快克制住的不耐烦的动作，这些动作让我禁不住暗自思忖：敢情阿尔贝蒂娜是在打算挣脱这条锁链哪。

有件小事证实了我的假设。事情是这样的，一天我独自外出，在帕西附近遇见吉赛尔，两人聊了起来。没聊几句，我心头一热，就挺得意地对她说，我经常见到阿尔贝蒂娜。吉赛尔问我，在哪儿可以找到阿尔贝蒂娜，因为她刚好有点事得告诉她。“什么事？”——“是她朋友的事。”——“哪些朋友啊？有些情况说不定我就可以告诉您，这不妨碍您去看她。”——“哦！是以前的同学，我不记得她们的名字了。”吉赛尔含含糊糊地回答了一句，匆匆告辞而去。她离开了我，以为方才的话说得很谨慎，不会让我看出任何破绽。可是谎话是最经不起追究，是无须费多少事就可以戳穿了呀！倘若真是以前的同学，她连名字都记不起来了，那为什么她刚好要去告诉阿尔贝蒂娜呢？这个副词，跟戈达尔夫人爱说的“事有凑巧”异曲同工，通常只能用于跟所说的当事人有关的一件特定的、跟所处场合相应的、多半还是颇为紧急的事情。再说，她嗫嚅着，就像要打哈欠似的，对我说“哦！我忘了，记不起她们的名字了”（而且边说边退，仿佛从这一刻起她就要退出这场谈话）时那种暧昧的表情，已经使她的脸，连同她的整个人、她的声音，都带上了一种说谎的意味，正如她先前说“我刚好”时那种迥然不同的紧张而兴奋、身子前倾的神情姿态一样，露出了事情的真相。我没有盘问吉赛尔。问了又有什么用呢？诚然，她说谎的方式跟阿尔贝蒂娜有所不同。诚然，阿尔贝蒂娜说的谎话更伤我的心。但重要的是，她俩说谎都有一个共同点：在有些情况下，说谎这个事实本身，是明白无疑的。当然这不是指谎话所要掩盖的事实而言。我们知道，每个谋财害命的凶手都会以为自己计划周密，不会被人逮住，然而凡是凶手，几乎没有不被逮住的。而说谎的人呢，他们很少被人逮个正着，而其中，我们所爱的女人尤其如此。我们不知道她去了哪儿，做了什么事，可是只要听她一开口，说起她想用来掩盖她不想说的那件事的另一件事，我们就马上知道她在说谎了。既然我们觉察到了她在说谎，而又无法知道真相究竟如何，嫉妒就变成双重的了。就阿尔贝蒂娜而言，我之所以会觉察她在说谎，有时是由于她的叙述中有些情况我是亲眼目睹的，但主要还是由于她说谎时，说的话总会有漏洞，不是躲躲闪闪、语焉不详，听上去不像是那么回事，就是故意添油加醋，想让人觉得真像那么回事。像那么回事——不管说谎者是怎么想的——并不等于真是那么回事。要是在听人说一件真实的事情时，我们觉得其中有些地方只是像那么回事而已，或许还觉得有点太像那么回事，有点过了，那么只要是稍有训练的耳朵，马上会觉得不对头，就好比听到对方大着嗓门念错了一首诗或一个字。不仅耳朵会感觉到，而且，倘若你在爱一个人，你的心也会告诉你。

我们那会儿怎么不想一想，因为不知道一个女人是走贝里街还是华盛顿街，我们就要改变自己一生的那会儿，我们怎么不想一想，倘若我们能有这点聪明，几年里面不去见这女人，那么两条街之间区区几米的距离，还有这女人本身，就都会缩成一亿分之一大小（也就是说缩到我们看不见的地步），到那时，即便是比格列佛更高大的人，也会缩成小人国的小人，我们没法用显微镜——至少没法用心灵，因为不会动情的显微镜毕竟倍数更高，也更不易碎——去看见他！无论如何，阿尔贝蒂娜和吉赛尔的说谎有一个共同点——那就是说谎本身，吉赛尔说谎的方式跟阿尔贝蒂娜不同，跟安德蕾也不同，但是她们说的那些谎话却可以嵌套得严丝密缝，从中我看到一个重要的事实，那就是这群少女串通一气，结成了一个水也泼不进的帮伙，就像某些商号、书店，或者比如说出版社，尽管其成员是来自各方的知名人士，但可怜的作者永远也弄不明白自己到底有没有受骗。报社或杂志社经理，撒谎时做出一副诚恳的模样，他痛斥其他那些报社或剧院经理，谴责别的那些出版商，竖起诚信的大纛，义正词严地抨击他们，但在许多情形下，他的所作所为，恰恰跟他们一模一样，唯利是图的行径如出一辙，而正因为他需要隐瞒这一切，他做出的模样看上去就更显得道貌岸然[1]。凡声称（政党领袖也好，别的什么也好，一概如此）无法容忍说谎者，必比别人更常、更多说谎，且说谎时既不会除下道貌岸然的面具，也不会抛掉令人肃然起敬的诚信桂冕。诚信者的合伙人，说起谎来另有一功，简直天真可掬。他骗读者，就跟他骗老婆一样，用的是轻喜剧里的招数。编辑部秘书是个爽快的粗人，说起谎来大言不惭，好比一个建筑师对你打包票，说你的房子在某月某日可以交付给你，其实那个日子根本还没开工呢。主编大人善良可爱，他周旋于三位同仁之间，尽管连究竟是怎么回事也没弄清楚，他照样出于哥们义气，同仇敌忾，一致对外，以不容置疑的一句话，给了他们宝贵的支援。这四个人平日里争吵不断，但面对作者，争吵戛然而止。他们超越于内部争执之上，以驰援遭遇进攻的友军为军人天职。我在不知不觉之间，长期以来充当着这个面对几人帮的作者的角

1．七星文库本在此处加注：影射纪德、加利玛和他们的同事营销经理特隆什、《新法兰西评论》杂志主编里维埃尔和编辑部秘书波朗。

色。如果吉赛尔在说刚好时，心里想的是阿尔贝蒂娜的某个女伴，这个女伴只等阿尔贝蒂娜找个借口把我打发开，就要和她一起去旅行，而吉赛尔就是想通知阿尔贝蒂娜时机已到，或者马上就要到了，如果吉赛尔存的是这么个心思，那她纵使粉身碎骨也不会把实情告诉我；所以问她也是白问。

使我疑虑加重的，不止是遇见吉赛尔这样的事情。举个例子，我挺欣赏阿尔贝蒂娜画的画儿。阿尔贝蒂娜画画，被幽禁者这种令人感动的消遣，深深打动了我，我向她表示祝贺。

“不，画得很不好，我从没上过绘画课。”

“在巴尔贝克，有天晚上您不是让人给我捎话，说您留在那儿上绘画课吗？”我提醒她那天的事儿，并且告诉她，当时我就明白这种时候是不会上绘画课的。

阿尔贝蒂娜脸红了。“是的，”她说，“我没上绘画课，我承认，开头那段时间我对您说了好些谎话。不过我现在从不对您说谎。”

我真想知道开头那段时间里，她到底对我说了哪些谎话，可是我事先就知道，她告诉我的那些谎话，一准是新的谎话。所以我就把她抱在怀里，只要她告诉我她说过的一句谎话。她回答说：“好吧！比如说，我说过海上的空气让我不舒服。”我看她这么缺乏诚意，也就不再问什么了。

每个被爱的人，甚至在某种程度上，每个人对我们来说，都就像雅努斯[1]，在离开我们的时候把让我们喜欢的那张面孔对着我们，而在我们知道他从此要受我们支配的情形下，就把那张哭丧着的脸冲着我们。就阿尔贝蒂娜而言，长期跟她待在一起，是另一种痛苦的源头，其中详情在此我就不能赘述了。跟另一个人的生活捆绑在一起，犹如身上带着一枚炸弹，扔掉它就会引起爆炸，这样的生活太可怕了。我

1. 雅努斯（Janus）：罗马神话中守护门户的两面神，有两张面孔，既可瞻前又可顾后。

们不妨以下面这些情形来作个比照：人生大起大落，身处险境，忧虑不安，担心一些似是而非、子虚乌有的事情在多少年后会被当作确有其事，而又无法作出解释，还有，突然发现在最亲近的人中间有个疯子时，那种难以言说的感受。举例来说，我很同情德·夏尔吕先生跟莫雷尔在一起生活（那天下午的情景浮现在眼前，我顿时感到胸口发闷）；且不说他们之间到底有没有那种关系，至少德·夏尔吕先生起初并不知道莫雷尔是个疯子。莫雷尔的俊俏，他的平庸，他的高傲，想必都使男爵想不到那上面去，直到有一天情形变得很惨，莫雷尔怪罪德·夏尔吕先生无缘无故地闷闷不乐，借助荒谬却又颇为微妙的推理指责男爵多疑，还威胁说要跟他一刀两断，从中无处不透露出一个信息，就是莫雷尔绕着弯儿、变着法儿，一心想从男爵身上多捞点好处。这些只是比照而已。阿尔贝蒂娜不是疯子。

要让她觉得自己身上的锁链并不那么沉重，最好的办法想必就是使她相信，我就会砸碎它的。但无论如何，在她刚从特罗卡代罗宫回来，对我特别温柔的这个当口，我可没法把这番骗她的话一五一十说给她听；我所能做的，绝不是用分手的恫吓使她心烦，而至多只是三缄其口，别把我怀着感激之情在心里编织的永远共同生活在一起的美梦透露出来。凝望着她，我每每难以抑制向她倾诉衷曲的冲动，也许她也看出了这一点。可惜的是，美梦的表述并不像传染病那样，会使她也受到感染。德·夏尔吕先生的情形，就像一个装腔作势的老妇人一样，他在自己的想象中看到的永远是个高傲的年轻人，所以就以为自己也就成了高傲的年轻人，而且，他越是装腔作势，越是滑稽可笑，就越是自以为是，这种情形具有普遍的意义，一个热恋中的情人的悲哀，就在于他没有意识到，在他看见面前那张美丽的脸的同时，他的情妇也在看着他的脸，而这张脸却没能变美，因为视觉美感派生的快感使它变了形。这种情形所具有的普遍性，并不止于爱情；我们看不见自己的身体，而别人能看见，我们一直保持自己的想法，想法这东西别人看不见，我们却觉得如在眼前。这个东西，有时候艺术家用作品把它展现在大家眼前。由此，欣赏这幅作品的人会对作者感到失望，因为在他的脸上，那种内在的美并没有完全反映出来。

为了让阿尔贝蒂娜在我家里日子过得舒心一些，我把游览威尼斯的美梦搁置一边，只保留了和她有关的那部分内容，我对她说起福迪尼的裙子，告诉她，我们过没多久就会去买一条这样的长裙。我想方设法给她找点新的乐趣，让她散散心。如果可能的话，我很想为她买些古老的法国银餐具，给她一个惊喜。当我们计划买一艘游艇的时候，阿尔贝蒂娜觉得这是不现实的——每当我觉得她人不错，可马上又想到我不可能和她一起生活，因为那就像和她结婚一样会使我倾家荡产，这时我也和她有同感，觉得买游艇是不现实的——但尽管她不相信我真会买一艘游艇，我们还是去向埃尔斯蒂尔请教了一些细节。

我听说那一天贝戈特死了，这让我非常难过。我们知道，他的病程持续了很久。当然不是起初得的那种自然的疾病。大自然使人生的病，似乎都病程比较短。可是医疗起了延长病程的作用。用药和用药后病症的缓解，以及停药后症状的反弹，构成一种影子疾病，而病人的习惯最终把这种徒有其表的疾病固定下来，加以程式化，这就好比小孩在百日咳痊愈以后的很长一段时间里，还会时时阵咳不止。然后，药效减退了，于是增加用药的剂量，结果仍然不管用，但这种持续不适的后果开始显现出来了。大自然是不可能让病程持续这么久的。最令人不可思议的是，几近扮演大自然角色的医疗，居然能让病人非得躺在床上继续用药不可，否则他就会死去。这样一来，人为引进的疾病扎下了根，成为一种处于从属地位，但已经是真实的疾病，它与自然疾病的唯一区别，在于自然疾病能够痊愈，而这种由医疗创造的疾病则不可能痊愈，因为医疗不懂如何治愈它创造的这种疾病。

贝戈特足不出户，已经有好些年头了。再说，他向来不喜欢社交圈，或者说只喜欢过一天，为的是像藐视其他那些东西一样，以他自己的方式来藐视它，也就是说，并不是因为无法得到才藐视它，而是在得到它以后马上藐视它。他的生活非常简朴，人家很难猜到他多有钱，就是知道了，也没法理解他，总以为他很吝啬，其实谁也没有他那么慷慨。对女性，确切地说对少女，他尤其慷慨，她们往往会为自己没做什么事却得到那么多，感到不好意思。他觉得自己这么做是应该的，因为他知道，要是没有这样一个让他感觉到自己在爱的氛围，他是不可能饱含创作激情的。用爱情这个词可能太过了，那就说多少带有几分沦肌浃髓意味的那种愉悦感吧，这种感觉有助于文学写作，跟它相比，任何其他的愉悦感——例如社交带来的愉悦感，这种对所有的人一视同仁的愉悦感——都会显得黯然失色。而且，即使这种爱会带来幻灭，至少它也用这种方式触动了一下心灵，以免它变得了无生气。所以对作家而言，欲念这东西是不无裨益的，它首先让作家与其他人保持一段距离，使他不致类同于他们，然后给一架具有心智的机器重新注入活力，否则，到了一定年限，这架机器就会渐渐地转不动了。我们无法得到幸福，但可以了解之所以得不到幸福的原因，而要不是突然露出了失望这类的缺口，我们是不会注意到这些原因的。梦想当然是无法实现的，这我们知道；要是没有欲念，我们也许就不会有梦想，而梦想是有用的——有了梦想，我们就可以看到它的破灭，并从中获取教益。所以，贝戈特或许会这么想："我在少女身上的花费，比百万富翁还多，可是她们给我带来的快乐和失望，使我写出了书，拿到了钱。"从经济学的角度来看，这种推理是荒谬的，但是他眼看金钱这样转化成爱抚，爱抚又转化成金钱，大概会感到颇有些乐趣。我外婆去世那会儿，我们已经看到疲惫的老年人是多么需要休息。然而充斥社交圈的，除了谈话还是谈话。谈话虽愚蠢，却起了让女人不复存在的作用，她们不再是女人，而只是一堆问题和回答。出了社交圈，这些女人重又变得对疲惫的老人来说很养眼，成为凝视的对象。

总而言之，现在这一切都已经不是问题。我刚才说了，贝戈特已经足不出户，在卧室里坐上一个小时，就得裹上披巾、毛毯，像别人大冷天在室外或坐火车时那样，浑身上下裹得严严实实。他只让很少几个朋友进他的房间，他会指着身上的花格披巾和毯子，开心地对他们说："有什么办法呢，亲爱的，阿那克萨戈拉[1]早就说了，人生是一次旅行。"他就这样一点点变冷下去，犹如小行星为日后大行星的归宿预先描绘的一幅图景，先是热量渐渐离开地球，然后生命也就消逝了。到那时，人类不再有可能因作品而得以复活，因为，若要让人类的作品光照后世，先决条件是要有人类存在。倘若有某些物种的生物，能在大举来袭的寒流中存活，人类不存在以后，它们依然存在，那么，即便假设贝戈特的名声一直能流传到那时，这种名声也会一下子消失殆尽。最终存活的这些生物不会阅读他的作品，因为无法想象他们居然会像五旬节的门徒那样，无师自通学会各种不同的人类语言[2]。

贝戈特在去世前的几个月里，饱受失眠之苦，更糟的是，刚一睡着，就做噩梦，惊醒以后，因为不想再做这样的噩梦，就害怕自己再入睡。长期以来，他一直喜欢做梦，即便那是不祥的梦，因为有了这些梦，有了梦中跟平日醒着时见到的现实世界相矛盾的内容，我们至迟一醒来就会真切地感觉到，我们刚才睡着过了。可是贝戈特的噩梦并非如此。当他说到"噩梦"这两个字时，以前他指的是那些在脑海中掠过的不愉快的内容。现在，他却仿佛瞥见有只手从外面伸将过来，那是一个凶巴巴的女人，手里拿着湿抹布在擦他的脸，使劲要弄醒他；髋部奇痒难忍；一个发狂的车夫——因为贝戈特在睡梦中喃

1. 阿那克萨戈拉（约前500—前428）：古希腊哲学家。
2. 典出《圣经·新约·使徒行传》："五旬节到了，门徒都聚集在一处。忽然，从天上有响声下来，好像一阵大风吹过，充满了他们所坐的屋子；又有舌头如火焰显现出来，分开落在他们各人头上。他们就都被圣灵充满，按着圣灵所赐的口才说起别国的话来。"

喃抱怨他车子驾得不稳——朝作家扑过来，咬他的手指，要把它们啃下来。最后，等到他的睡眠经常沉入一片黑暗之后，造化终于登场，为日后使他致命的中风作了一次不带彩的预演：贝戈特的车子驶入斯万家新宅邸的门廊，他刚想下车，突然感到一阵眩晕，在车座上动弹不得，看门人上前想帮他下车，他仍然坐着不动，没法起身，抬不起腿。他想去扶眼前的那根石柱，可就是使不上劲，立不起身来。

他请了医生来看病，受请的医生们引以为荣，认为他的病因在于长期以来全身心投入工作（他不工作已经有二十年了），劳累过度。他们建议他不要看恐怖故事（他从来不看），多晒太阳，那是生命中不可或缺的（他有几年觉得稍稍好些，得归因于待在家里从不外出），多吃点东西（他越吃越瘦，营养都补充到噩梦那儿去了）。其中有位医生向来善于辩驳、好逗弄人，贝戈特趁别人都不在的当口，把人家的意见转告他，而且为了顾及他的面子，只说那是自己的一些想法，这个医生一边反驳，一边心想贝戈特大概是想让他开某种自己喜欢吃的药，于是马上就说这种药不能用，而且往往还为此当场编出些理由来，结果面对贝戈特有理有据的反对意见，这位好辩驳的医生不得不马上改口，但随即又提出一些新的理由，坚持原来的禁令。贝戈特回过头去请教原先看过的一位医生，此人颇以头脑灵活，尤其是在文人面前善于应对而自鸣得意，如果贝戈特委婉地表示说："我记得某某医生好像对我说过——当然是以前喽——用这种药可能会使肾脏和大脑充血……"他就会狡黠地笑笑，竖起一根指头正色说道："我是说使用，不是说滥用。当然喽，每一种药物，说得夸张一些，都是一柄双刃剑。"我们身上自有一种有益于身心健康的本能，就好比心里自有道德的责任感，那是任何医学博士或神学博士的准许与否所不能替代的。我们知道洗冷水澡对身体不好，可还是喜欢洗冷水澡：我们总能找到一个建议我们洗冷水澡，而不是告诫我们洗冷水澡如何有害健康的医生。对每位医生，贝戈特都审慎地选出多年来这位医生一直禁用的某种药物，然后服用这种药物。几个星期以后，以前的症状重又出现，而且新的问题加剧了症状。持续的疼痛，加上不时被噩梦惊醒的睡眠问题，使贝戈特感到恐慌。他不再请医生上门了。他尝试着按照说明书服用各种麻醉剂，起先效果不错，但随后就过量了，这些伴同每款麻醉剂装盒的说明书，都在强调睡眠必要性的同时，暗示所有催人入眠的药品（盒内的那种药剂除外，此药剂不会产生任何毒副作用）都具有毒性，由此产生的副作用，往往比病症本身问题更严重。贝戈特把这些麻醉剂试了个遍。其中有些是跟我们平时熟悉的药物种类，比如说戊基和乙基的衍生剂，颇为不同的。我们吞下一种成分全然不同的新药品时，总会怀着一种对未知事物的美好期望。心头，就像第一次去赴约会那样怦怦直跳。这种新药，会把我们带进哪种我们尚不知晓的睡眠和梦境呢？它现在进入了我们的肌体，控制了我们的思想。我们将以怎样的方式入睡？一旦睡着了，这位全能的主宰又会引领我们走过哪些陌生的途径，登上怎样的峰顶，沉入怎样深不可测的深渊？我们在这次旅途中会获得哪些全新的体验？它会给我们带来病痛？至福？死亡？贝戈特之死，就是在他把自己交付给这样一位无所不能的朋友（朋友？敌人？）以后的下一天突然来临的。

他去世时的情况是这样的：一次尿毒症轻微发作后，医生嘱咐他要卧床休息，可是看到一位评论家的文章，他禁不住还是出了一次门。原来这位评论家提到的那幅画作，弗美尔的《德尔夫特小景》（这次为举办荷兰画展，特地从海牙博物馆借来的），贝戈特一向非常喜欢，而且觉得自己对这幅画作已经相当熟悉，但文章中写道，画上的一小块黄色的墙面（贝戈特记不起来这块墙面了）画得极其出色，如果把它单独拿出来看，它就像一件珍贵的中国艺术品，本身就具有一种完备的美，看到这儿，贝戈特决定去看一下。他吃了几个煮土豆，就去了。到了那儿，刚走上台阶，他就感到头晕。看了几幅画，只觉得这些矫揉造作的画幅枯燥乏味，实在是辜负了威尼斯宫殿或海边简朴小屋的清新空气和阳光。终于来到了弗美尔的油画跟前，这幅画似乎不如他记忆中的那么明亮，跟他见过的其他画作的区别似乎也不那么显而易见，但这回由于读过那篇评论文章，他第一次注意到了那几个蓝色的小人儿和玫瑰色的沙子，还有，那一小块异常珍贵的黄色墙面。眩晕加剧了；他的目光直勾勾地盯在这一小块珍贵的墙面上，就像一个孩子盯住一只黄色的蝴蝶，想要抓住它一样。“我应该像这样来写，”他心想，“前几本书写得太枯燥了，其实应该多涂上几层颜色，让笔下的句子变得本身就很珍贵，有如这一小块黄色的墙面。”然而他的头晕得愈来愈厉害。他仿佛看见一具天国的天平一端的秤盘上，放着自己的一生，而另一端则是那块用黄色画得如此美妙的墙面。他觉得自己以前过于仓促地把前者献给了后者。“我可不想让那些晚报记者，”他心想，“把我写成这次画展的花边新闻。”

他不停地念叨着：“带披檐的那块墙面，那小块黄色的墙面。”他突然倒在了一张环形沙发上；也是骤然间，他不再去想这是生死攸关的当口，重又变得乐观地对自己说：“是刚才的土豆没煮熟，影响消化了，没事儿。”他又一下子从沙发上滚下来，摔在地上，在场的参观者和保安都跑了过来。他死了。就此永远死了？谁能说得清呢？诚然，通灵实验并不比宗教教义更强，它也并不能证明灵魂是存在的。我们所能说的是，今世发生的一切，都仿佛是在兑现前世承诺的责任；我们在这个世界上的生存状态，没有任何理由让我们相信自己非得行善积德，非得温文尔雅，非得彬彬有礼不可，对一个无神论者的画家来说，也没有任何理由，让他非得把一幅画作的局部反复画上二十遍，就如一个名不见经传，几乎没人知道他弗美尔这个名字的画家，凭借精湛绝伦的技巧，反复推敲打磨画成这块黄色的墙面一样，作品所赢得的赞美，跟日后被蛆虫啮噬的躯体相比，又能算得了什么呢。所有这些在当下生活中无法得到认同的责任，仿佛属于另一个世界，那是建立在德性、觉悟、牺牲的基础上，跟这个世界全然不同的另一个世界，我们离开那儿，为的就是降生在这个世界，然后有一天，我们也许还会回到那儿，重新生活在这些陌生的法则的权威之下，我们至今遵循着这些法则，是因为我们尽管不知道它们由谁制订，但受其熏陶已年深日久——深入思考的智力活动无时无刻不在使我们接近它们，对它们视而不见的唯有——说不定还不止呢！——傻子。因而，认为贝戈特并没有就此永远死去，也是不无道理的。

落葬仪式结束了，但出殡后的整个夜晚，灯火明亮的窗户里，他的书三本一叠地摆放着，犹如展翼的天使守护在那儿，对逝者来说，那仿佛就是他复活的象征。

前面说了，我听说贝戈特是那一天去世的。让我奇怪的是，报上的新闻并不准确——这些新闻都出于同一个消息来源——都说他是上一天去世的。可是上一天，当天晚上阿尔贝蒂娜告诉我，她去看了贝戈特，两人聊的时间挺长，所以她还回来晚了点儿。这大概是他最后一次接待客人。她是由我介绍认识贝戈特的，我已经好久没去看他了，但是因为她满心好奇地要我给她介绍，我就在一年前写了封信给年迈的作家，说想带她去看他。他答应了我的要求，但我想心里有点难过，因为我一直不去看他，直到人家要我引荐了，才想到去他家，可见我并没怎么把他放在心上。这种情形是经常可以看见的：有时候，你恳请一位名人赏脸接待，并不是为了跟他或她重拾叙谈之乐，而是为了某个第三者，于是这位名人断然拒绝，结果弄得我们那位受保护人以为我们说自己多有能耐是在吹牛；更常见的情形是，这位天才或有名的美人勉强同意了，但觉得自己名声受了玷污，情感受了伤害，从此对我们的态度变得淡漠、伤感，还带点儿轻蔑。我过了很长一段时间以后，才猜出我错怪了报上的报道，因为那一天，阿尔贝蒂娜根本没有去看贝戈特，可是当时我对她语气很自然地说出的那番话，没有起过半点疑心，直到很久以后，我才了解她说起谎来可以神态如此从容，技巧如此娴熟。她叙述的，或者认账的事，听上去还真就是那么回事，让人觉得那是明摆着的事儿——就像我们在无可怀疑的情况下亲眼看到、亲耳听到的事儿那样——于是，她不时把另一种生活的一些片段，填进了她的生活内容之中，让我当时毫不起疑，要到很久以后才会恍然大悟，知道这些事情都是子虚乌有的。不过，子虚乌有这个说法还是很值得商榷的。外部世界对我们所有人而言，都是真实的，但对每个个人而言，它又是各不相同的。倘使当时我在外面，感官的证据也许会让我知道，那位女士没有和阿尔贝蒂娜一起散步。而假如说我知道情况正相反，那也是通过一连串的推理（我们所信任的人说的话，是其中至为重要的环节），而不是靠感官证据知道的。要想获得感官证据，我自己就得确确实实在外面，这种情形并没发生。但我们可以想象，这样的假设是不无可能的。是不是那样一来，我就可以知道阿尔贝蒂娜在说谎了？这一点能肯定吗？感官证据本身，也是思维的运作结果，而且这是一种信它有、它就有的结果。我们不止一次看到，弗朗索瓦兹的听觉带给她的，并不是人家在说的话，而是她以为人家在说的话，即使那人再说一遍，含蓄地校正她的理解，她照样可以充耳不闻。我们的那位膳食总管亦然如此[1]。德·夏尔吕先生那会儿穿一条——他的穿着经常在变——颜色鲜亮、一眼就能认出的裤子。而这位总管一直把“公厕”（这个词儿，指的就是德·朗比托先生当初听德·盖尔芒特公爵提起时大光其火的那种公共厕所，德·盖尔芒特公爵管它叫朗比托小便池）听成“共厕”[2]，从小到大他就没听见有谁说的是“公厕”——尽管人家对他说的确实就是公厕。谬误往往比信仰更顽固，而且从不对这种自以为

1. 第三卷《盖尔芒特家那边》开头说到，叙述者入住的新居是“附属于盖尔芒特府邸的一套房间”，故此处当指府邸中的膳食总管。

2. 德·朗比托伯爵于塞纳省省长任内（1833—1858）在巴黎领导兴建了一批公共设施，其中包括男用公共小便池。这种金属制的街头小便池，人称“朗比托小便池”。

是加以反省。这位总管经常说："德·夏尔吕男爵先生在共厕里待那么久，一准是有毛病。成天追女人的老家伙，就是这德性。他还穿那么条裤子呢。今儿早上，夫人派我去诺伊买东西。在勃艮第街那儿，我瞅见德·夏尔吕男爵先生进了共厕。过了一个钟头，我从诺伊回来，只见他还在那个共厕里，待在中间的那个老地方，远远的一眼就能瞧见。"德·盖尔芒特夫人有个侄女，我从没见过比她更美、更高贵、更年轻的姑娘。可我听到一家我去过几次的餐馆的门童在她经过时说："你们倒是看看这个老婆子呀，瞧她那样子多可笑！少说也有八十岁了。"关于年龄，我很难相信他真是这么想的。可是聚在他身旁的这帮侍应生——每回她路过盖尔芒特府邸，到离那儿不远的地方去看望她那两位可爱的姨婆德·费桑萨克夫人和德·巴勒洛瓦夫人时，这帮跑腿的伙计都要嘲笑她一番——也不知是开玩笑还是怎么的，却从这个漂亮姑娘的脸上，看出了门童说这个老婆子的八十岁年纪。府邸里有两个管出纳的娘们，满脸发着湿疹，肥胖的模样滑稽可笑，可是在这帮小子眼里，她俩都是大美人，要是有谁对他们说，那姑娘比两个娘们中的某一个出色得多，他们准会捧腹大笑。也许只有性欲才能阻止他们犯浑——假如这种欲念正好在所谓的老婆子经过时萌动，又假如这帮小子突然间对这位年轻女神想入非非地起了邪念。但由于一些我们不知晓的、很可能有其社会根源的原因，这种欲念并未萌动。

不过，就算这天晚上，我在阿尔贝蒂娜告诉我她和那位女士一起散了一小会步的那个时候，出门上街了（没让她看见），我的脑海里也照样会疑云密布。我会满腹狐疑地想，为什么我只瞧见她一个人，究竟是怎样的视力幻觉致使我没瞧见那位女士，而且对如此这般的上当受骗，我不会太感惊讶，因为，比天体世界更难了解的，正是人类生活的真实活动，尤其是我们心爱的女人的真实活动，她们自会编出一些自圆其说的故事，来打消我们的疑虑，使自己显得理直气壮。我们心爱的女人编的故事，不是可以在好多年里让我们感觉已变得麻木的爱情深信不疑，她在外国有个并不存在的姐姐、哥哥、嫂嫂吗！再说，要不是本书的叙事体裁使我们只能局限于一些浮浅的理由，我们可以列出多少更严肃的理由，来说明本卷开头那段，就是写我躺在床上听到周围的世界在醒来，天气一会儿这样，一会儿那样的那段文字，写得有多假，多苍白！没错，我出于无奈，只能把事情简化，只能言不由衷地写些文字，可是我们周围不是一个世界，而是千千万万个世界——人类有多少双眼睛、多少个头脑，就有多少个世界——每个早晨都在醒来。

回过头来说阿尔贝蒂娜。我几乎从没见过有哪个女人，能有像她这么出众的禀赋，能把谎话说得如此活灵活现，俨然赋有生活本身的色彩，唯一的例外是她的一个女友——也是那帮花季少女中的一个，脸也像阿尔贝蒂娜一样是粉红色的，但侧面的轮廓不很规整，先是凹进，然后隆起，然后重又凹进，完全就像一种粉红的花串，我忘了这种花儿叫什么名字，只记得它的花串也是这么曲曲弯弯的。就编故事的本领来说，这个少女比阿尔贝蒂娜有过之而无不及，她说起谎话来，不会像阿尔贝蒂娜常会有的那样面有难色，也不会让人看出她窝着一肚子火。然而我说过，当她把假话编得滴水不漏，容不得你起疑的时候，她是很可爱的，因为这时你会看到她讲的事情——尽管都是凭空想出来的——栩栩如生，历历如在眼前。这是我真实的感受。

我在前面加了“认账的”几个字，是有原因的。有时候，一些奇特的联想会让我觉得她身上有激起我妒意的疑窦，想象中过去的——唉，说不定还是将来的——画面上，在她身旁还有另一个人。我想显得对自己说的事儿确有把握，就说出了那人的名字，阿尔贝蒂娜马上对我说：“没错，一星期前我就在离家没多远的地方碰到她。她先打的招呼，我出于礼貌也给她打了个招呼，然后和她一起走了几步路。但我们之间从没有过什么事情，以后也绝不会有。”然而，阿尔贝蒂娜是不可能碰到这位女士的，原因很简单：她已经有十个月没来巴黎了。可是我这位女友觉得，完全否认会显得不真实。于是她就虚构了这么一次短暂的相遇，说得有鼻子有眼的，让我仿佛看见了那位女士停下脚步，向她打招呼，然后两人一起散了一会儿步。阿尔贝蒂娜这么做，只是为了把话说圆，并非有心要激起我的妒意。她也许并不真就是自私，但她确实喜欢别人对她温存体贴些。而尽管在本书中我已经有过，而且还会有机会，来说明妒意如何使爱意变得更浓，但我毕竟是从一个情人的角度来描述的。而一个情人，只要他还有一点儿傲气，那么纵使分离会让他没法活下去，他也不会以温存去回应他想象中的不贞，他会离开，或者虽则仍留在她身边，但硬生生让自己装出冷淡的模样。所以他的情妇这么折磨他，纯粹是她自己在受损失。反过来，她其实完全可以用机智的话语、温柔的抚摸，来消释使他备受折磨（尽管他自己声称并不在意）的那团疑云，诚然，他未必会体会到妒意引起的爱意极度膨胀，但他会感到骤然间心头有的不再是痛苦，而是轻松和幸福，犹如一场暴风雨过后，雨还在下，但太阳已经钻出云层，他在大栗树下看着悬在树梢的晶莹绚丽的水珠，许久才垂下一滴的时候，他会心中充满柔情，不知该如何表达对这个帮他愈合了伤口的女人的感激之情。阿尔贝蒂娜知道我喜欢报答她对我的温情，也许这就是她要想出一些事情，神情自然地承认自己做过这样的事的缘故，其中好些事情我都是信以为真的，包括她说跟贝戈特见面那件事（其实当时贝戈特已经去世了）。到那时为止，我只知道阿尔贝蒂娜在不多几件事上说了谎，比如说在巴尔贝克弗朗索瓦兹告诉我，而我尽管因此而不高兴，但前面没说过的一些事，弗朗索瓦兹有一回告诉我："她不想过来，就对我说：'您干吗不能对先生说没找到我，说我出去了？'"可不是，那些有如弗朗索瓦兹爱我那般爱着我们的下人们，往往喜欢瞅空子刺伤一下我们的自尊心。

晚饭过后，我对阿尔贝蒂娜说，既然已经起床了，我想趁这工夫去看看朋友，德·维尔巴里西斯夫人，德·盖尔芒特夫人，康布尔梅夫妇，我也说不准，反正去了碰上谁在家就看谁。我唯独没把我真想去拜访的那个人家告诉她，那就是韦尔迪兰夫妇家。我问阿尔贝蒂娜她要不要跟我一起去。她推说没有裙子。“再说，我的头梳得这么难看。您真的非要我梳这么个发型吗？”她挥了挥手跟我告别，这种突然一摊手臂、耸起肩膀的动作，是当年在巴尔贝克时她常用的告别方式，后来就没见她再用过。这个被忘却的动作，以其生动的肢体语言，让我重新见到了几乎还不认识她的那会儿的阿尔贝蒂娜。它使看似唐突却拘泥虚礼的阿尔贝蒂娜，恢复了最初的新鲜感和陌生感，甚至为她重现了当时的氛围。我看见了这个少女背后的大海，自从离开海边以后，我就再也没见过她这样跟我说再见。“姨妈说我梳这个发型挺显老的。”她没好气地又说了这么一句。“要真让她姨妈说着才好呢！”我心想。“蓬当夫人盘算的，无非就是阿尔贝蒂娜像个孩子似的，会让她自己显得年轻些，还有就是阿尔贝蒂娜现在别花她的钱，在跟我结婚以后呢，最好还能让她捞点好处。”而我的想法正相反，我但愿阿尔贝蒂娜看上去不那么年轻，不那么漂亮，走在路上不那么老让人回头看她。在一个嫉妒的情人眼里，心爱的人脸相显老一点，要比她身边有个上了年纪的陪媪[1]更让他放心。我只是担心，我要阿尔贝蒂娜梳的这个发型，会让她觉得又是把她幽禁在家里的一种办法。而正是这种带有浓浓的家的气息的情感，使我始终感到——即使在远离阿尔贝蒂娜的时候——自己依恋着她。

我对阿尔贝蒂娜说想让她陪我一起，随便去盖尔芒特夫妇还是康布尔梅夫妇家都行，她说没心思去，我便去了韦尔迪兰夫妇家。出得门来，我想到在韦尔迪兰府上也许可以听到莫雷尔演奏，不由得联想

---

1. 旧时雇来监督少女、少妇的年长妇人。

起了下午他的吼叫："我叫你婊，我叫你婊"，这也许是失恋者妒火中烧时的失态，但这种兽性的发作，几乎跟一头，如果可以这么说的话，一头爱上一个女人的猩猩对着她狂吼的模样没有什么两样——除了猩猩不会说话；而正在我当街要唤出租马车的当口，我听见有个男人在抽泣，他坐在路边的界石上，想止住不哭，但仍在不停地抽泣。我走上前去，这个双手抱着脑袋的男人，好像是个年轻人，我吃惊地注意到，他的穿着看上去很讲究，从外套里的白色服饰来看，他身穿正装，系着白色领带。听见我走近的声音，他露出泪水纵横的脸，但马上认出了我，便又转过脸去。他是莫雷尔。他知道我认出了他，使劲熬住不让眼泪往下流，对我说，他因为心里难过，在这儿坐一会儿。"就在今天，"他对我说，"我粗暴地伤害了我一直深深爱着的一个人儿。她爱我，我那么对她真是卑鄙。"——"也许她慢慢地就会忘记的。"我回答说，没有意识到这么说会让他觉察到我听到了他下午的发脾气。不过他全身心沉浸在悲伤之中，根本想不到我会有所与闻。"她也许会忘记，"他对我说，"可是我，我没法忘记。我为自己感到羞愧，我讨厌自己！可是话已经说了，再怎么着也没法收回来呀。一旦有人惹我发火，我就不知道自己在干什么了。这对我的身体没好处，我的神经都搅在一块儿了。"凡是患有神经衰弱的人，往往会对自己的健康这么大惊小怪。如果说下午我见到的是一头狂暴的动物在为爱而发怒，那么到了晚上，几个小时之间已经过去了若干世纪，一种新的情感，一种羞愧的情感，向我显示了从兽演变到人的这个重大的进化过程。尽管如此，我还是听到"我叫你婊"在耳边回响，担心他会再度发作，重又变得失去理性。何况我对事情的来龙去脉并不怎么了解——其实这也很自然，因为就连德·夏尔吕先生也完全不知道这几天，尤其是今天，甚至在那幕跟小提琴手的身体状态并无直接关系的不体面的场景发生之前，莫雷尔的神经衰弱病又犯了。原来，上个月他进度神速地（但还是比他预期的慢得多）把絮比安的侄女弄到了手，已经可以用未婚夫的身份，随意带她外出。但当他猴急地要她委身给他，尤其是当他要未婚妻去为他多物色几个别的姑娘的时候，他碰了钉子，因而不由得恼羞成怒。一下子（甭管她还是这么假正经，或是回心转意答应委身）他对她兴趣顿减。他下决心跟她拗断，但又顾忌到男爵这人虽说脾气怪，却看不得人家寡情薄义，生怕和她一分手，德·夏尔吕先生会把他赶出门。所以他在半个月前就下决心不再跟那姑娘见面，把事情留给德·夏尔吕先生和絮比安，让他们在两人之间去了断（不过他用了一个更康布罗纳式的动词[1]），而且在宣布跟姑娘分手之前，先滑脚找个没人知道的去处躲起来。

爱情的结局让他有点伤心；因此，虽然他对絮比安侄女的所作所为，就连每个细节都跟他和男爵一起在圣马尔斯–勒韦蒂吃晚饭时，他对男爵说的那番话[2]完全吻合，但可能两者颇有不同之处，一些他在想象的所作所为中不曾预见到的、不那么粗鲁的情感，美化了他在现实中的所作所为，为它添了一层多愁善感的色彩。话说回来，有一点是现实比设想更糟糕的，那就是在设想中，他觉得做出这等对不起人家的事情以后，他是不可能再留在巴黎的。现在他却觉得，为这么点小事儿就开溜，未免太过分了。要知道，那就意味着离开男爵（他想必会大发雷霆），毁掉现成的社会地位。他从此就甭想再从男爵那儿拿到一个子儿了。想到这些势所难免的后果，他的神经又犯病了。一连几个小时，他不停地唉声叹气，为了不去再想这些事情，他用了吗啡，当然剂量是小心控制的。然后突然间他脑子里出现一个念头，

---

1. 雨果在《悲惨世界》第二部第一卷描写滑铁卢战役的段落中，写到拿破仑兵败时，英军向法国将军康布罗纳（Cambronne）劝降，康布罗纳回答："屎！（Merde！）"（按李丹译本）。因此，"康布罗纳式"显然是粗俗之意。据英译本注释，莫雷尔用的这个"更康布罗纳式的动词"可能是se démerder（揩屁股，即收拾烂摊子的意思）。关于康布罗纳，还可参见第一卷第三部。
2. 本书第四卷《所多玛与蛾摩拉》的第二部第四章中曾提到，莫雷尔在圣马尔斯–勒韦蒂的餐馆里对德·夏尔吕先生说："我的梦想，是找一个特别清纯的姑娘，让她爱上我，从她身上得到她的童贞，……然后当天晚上就把她甩掉。"

这个念头从萌发到成形，想必已经有些日子了，那就是在与女孩分手，和跟德·夏尔吕先生闹翻之间，也许并不一定要作出非此即彼的选择。就此拿不到男爵的钱，这个损失太大了。犹豫不决的莫雷尔一连几天心绪黯淡得很，就跟当初见到布洛克那会儿情况一样。随后他拿准了主意，认定絮比安和侄女先前是设好了圈套想让他往里钻，现在这么轻易就放过他们，他们准是在暗自庆幸呢。他心想，总而言之是那女孩自己不好，笨得竟不懂靠姿色来勾住他。他不光觉得牺牲德·夏尔吕先生那头的利益荒唐不可取，而且颇为跟那女孩订婚以后，请她吃了好几顿价钱不菲的晚餐后悔不已，这几顿饭，他都报得出账目——别忘了，他父亲可是我叔公的贴身男仆，每个月要拿着个本本[1]来向叔公报账的。本本二字，通常指的是书本，但到了王公贵族和贴身男仆那儿，它就失去了这层意思。对男仆而言，它就是账本，而对王公贵族而言，它指的是贵宾签名本。（在巴尔贝克那会儿，有一天德·卢森堡公主对我说，她没带本本，我想去给她拿《冰岛渔夫》和《达拉斯贡的达达兰》，听了她的解释才明白：她的意思并不是没法排遣时间，而是没法让我把名字留在她的名录上。）

尽管莫雷尔对自己行为的后果看法多变，虽然两个月前热恋絮比安的侄女时觉得这种行为可憎可鄙，而最近两星期来又不停地对自己说，如此行事情有可原，甚至还是值得称道的，但是他这行为毕竟还是加剧了神经质的症状，所以他终于在下午宣布了跟那女孩分手的决定。他打定主意要出出气，即便不是（除了偶尔发作一下）冲着那女孩——他对她还留有来自最后那丝爱的畏葸，至少也是冲着男爵吧。不过他在晚饭前什么也没对男爵说，因为他向来把自己精湛的专业技艺看得至高无上，每逢要演奏难度较大的曲目（就如今晚在韦尔迪兰

1. 此处的原文是livre，有书籍、账册、登记本等多项释义。译者笔拙，找不到一个可以同时兼顾三层意思的词。所以下文中德·卢森堡公主说没带“本本”，并非公主说话别扭，而是译文捉襟见肘。

府上的这种情形），他就避免（尽可能地避免，下午的发脾气已经是过分了）一切会造成演奏动作不平稳的干扰因素。这就像一个热衷于赛车运动的外科医生，在动手术前不开赛车一样。我知道，他跟我说话时一直在轻轻活动各个手指，也是由于这个缘故，他是要看看这些手指的柔韧度是否恢复了。只见他眉头皱起，看来，手指还有点神经质的僵硬。为了不致让手指愈来愈僵，他舒展开脸部的肌肉，这就好比一个人在睡不着或一下子没法达到高潮时，尽量让自己不要激动上火，以免急躁的情绪进一步影响睡眠或做爱。就这样，他一则想恢复心境的平静，以便待会儿在韦尔迪兰府上能像平时那样投入地演奏，二则见我老这么瞧着他，挺想让我明白他此刻很痛苦，所以在他看来，最简单的办法就是请我马上走开。其实他不用请，我巴不得离开呢。我们要去的是同一幢房子，去的时间又差不多，我真怕他提出要我让他上车一起去，下午那一幕给我的印象太深了，这段路程有莫雷尔坐在我身边，我恐怕没法不感到恶心。很可能莫雷尔对絮比安侄女的爱，以及后来的恨，都是真诚的。遗憾的是，这不是他第一次（也不会是最后一次）一下子甩掉一个他曾经赌咒发誓说要爱她一辈子的姑娘，当初他甚至拿出装好子弹的手枪对她说，倘若哪一天他不讲信义抛弃她，他就把自己的脑袋打开花。可他照样抛弃了人家，而且事后并不感到歉疚，反而心里有一种怨恨。这不是他第一次，也不会是他最后一次这么做，于是好些少女的脑袋——他忘了人家，可人家还没忘记他——疼痛难忍——絮比安的侄女已经像这样痛了很久，但她尽管鄙视他，却仍然爱着他——疼痛难忍到随时有在发自内心的剧痛中绽裂的可能，因为每个这样的少女，都会有一张冷峻如大理石、精美如古代艺术品的莫雷尔的脸，就如一尊古希腊雕像的碎片那般，储存在大脑中，连同他的波俏的头发、灵秀的眼睛、挺直的鼻子，形成一个颅内隆凸，这种来路不明的肿瘤，是没法手术切除的。不过时间久了，这些坚硬的碎片终于也会滑入一个不致引起多大痛苦的位置，不再挪动；她们也就不再感觉到它们的存在：这就叫遗忘，或者叫淡漠的记忆。

这一天的白天，我有两方面的收获。一方面，阿尔贝蒂娜的听话，给我带来了宁静，使我有了可能，并因而下了决心跟她分道扬镳。另一方面，我在等她的那段时间里，坐在钢琴前思索的结果是，我打算把重获的自由奉献给它的艺术，并不值得一个人为之作出牺牲，它并非人生之外的东西，并非与人生的虚妄和空幻毫不相干，我们从艺术作品中看到的所谓真实的个性，其实只是由技巧作成的一种假象。虽然下午还在我心中留下了其他的、也许更为深刻的内容，但我是很久以后才意识到这一点的。至于那两方面我想得挺明白的内容，它们也行之不远；因为就在当晚，我的艺术观就又从下午那种低迷的状态中振作起来，而那种宁静，连同让我得以献身艺术的自由，重新弃我而去。

汽车沿河堤驶近韦尔迪兰府邸时，我吩咐司机停车，因为我刚看见布里肖在波拿巴街拐角从公共马车上下来，用旧报纸擦了擦皮鞋，戴上珠灰色的手套。前一阵他眼疾加剧，于是配备了——一如实验室那样阔气——一副像天文望远镜那样功能强大、结构复杂的新眼镜，看上去仿佛用螺丝拧在了眼睛上。他把焦点对准过来，认出了我。这副眼镜确实棒极了。可是在功能强大的装备后面，我瞥见的是一道微弱、黯淡、痉挛的冷漠的目光，就好比在实验项目得到慷慨资助的实验室里，研究人员硬把一只毫无研究价值的濒死的小动物放在最精密的仪器下面，冷冷地看着。我把胳膊伸给这个半瞎的朋友，让他挽着走上台阶。“这回咱俩可不是在大歇尔堡见面，”他对我说，“而是在小敦刻尔克[1]这边碰头喽。”这话让我觉得很无聊，因为我不懂它

1. 小敦刻尔克，是巴黎一家卖小玩意儿的店铺的店名，铺面离此时的韦尔迪兰府邸不远。歇尔堡则是指韦尔迪兰夫妇当初在巴尔贝克附近的宅邸。布里肖好转文，故意把这两个地方说成一大一小。

到底是什么意思。不过我不敢问布里肖，倒不是怕他看不起我，而是怕他的解释叫我不胜其烦。我回答他说，我出于好奇，挺想去看看当初斯万每晚跟奥黛特会面的那个客厅。“怎么，您也知道这桩陈年往事？”他说。

当时，斯万之死使我感到非常震惊。斯万之死！斯万在这个短语中不仅仅是一个表示所有格的名字。我从中看到的是一种特定的死亡，即命运指派给斯万的那种死亡。我们说死亡，是个笼统的说法，其实，有多少人，几乎就有多少种不同的死亡。我们不具有那种本领，可以沿着四面八方全速疾驰，去看清那些死神，那些受命运驱使赶往这个或那个人身边的死神。这些死神往往要等上两三年，才最终完成它们的使命。它们速速赶来，在某个叫斯万的人的胁部安上一个癌变病灶，然后又去执行别的任务，直到医生动过手术，得重新安上一个癌变病灶的当口，才又匆匆赶回来。接下去，就到了人们在高卢人报上读到斯万偶有微恙，但不久即可康复云云的时候。而这时，就在你临终前的几分钟，死神就像一个并非让你致命，而是帮你痊愈的修女，前来见证你最后的时刻，给心脏停止跳动、周身已经冰凉的人儿戴上荣耀的光环。正是死亡的这种多样性，这种去而复来的神秘性，这种给人带来厄运的绶带的色彩，赋予报上以下文字以某种令人印象深刻的意味：

> 本报惊悉夏尔·斯万先生昨日于巴黎寓所病逝。这位聪明才智为人交口赞誉、择友审慎而忠于友情的巴黎人，贵族社会和文学艺术界人士，对其谢世无不扼腕痛惜，其沉稳而敏锐的艺术趣味，素来备受各界推重，同样，有其作为最受尊重的资深会员的骑师俱乐部亦为之不胜悲悼。他还是合盟联谊会和农业联谊会的成员，并于不久前刚向王室街联谊会递交退会申请。其睿智之神采，一如其隆重之声望，向来在音乐界与美术界的great

event[1]中为公众所仰慕，直至最后深居简出的那几年，他仍是画展开幕式逢请必到的常客。葬礼不日即将举行，等等等等。

按照这个观点，倘若一个人不是重要人物，那他就会因为没有显赫的头衔，而注定要在死后速朽。当然，一个人死了也仍然可以是德·于泽斯公爵，但这时多少已带有声名不显的味道，失却了个性色彩。不过公爵的冠冕依然可以让他的名头维系一段时间，就像阿尔贝蒂娜喜欢的冰淇淋在融化前还能保持一种很优美的状态。然而那些热衷上流社会生活的布尔乔亚，他们一死，名字马上会散架、融化、脱模。我们前面见过，德·盖尔芒特夫人提起加蒂埃[2]时，把他说成拉特雷穆依尔公爵的至交好友，贵族社交圈里非常受人欢迎的人物。对于下一代人来说，加蒂埃成了个难以名状的东西，仿佛非得把他跟那个珠宝商加蒂埃挂上钩，才算让他有了面子，殊不知，要是他听到有人将他和那个珠宝商混为一谈，准会嗤笑那些人的愚昧无知！而斯万则不同，他是知识界和艺术界的杰出人物；虽然他没有作品，他的名字却能留存得稍稍久远一些。可是，亲爱的夏尔·斯万，当时我年纪还小，对您不大了解，您却已经渐入老境，而如今却正是这个当年您眼中的小傻瓜，把您作为主要人物写进了他的一部小说，人们才又开始谈论您，也许，您会因此活在人们心间。蒂索画王室街俱乐部阳台的那幅油画里，您站在加利费、埃德蒙·德·波利尼亚克和圣-莫里斯中间，如果说观众看这幅画时议论您最多，那也是因为他们在画中斯万这个人物身上，看到了您的影子。

其实回想起来，斯万这种预料之中，但又来得很突然的死亡，早在德·盖尔芒特夫人表姐家的那次晚宴上，我就听斯万本人对公

---

1. 英文，重大事件。
2. 参见本卷第36页。作者在那儿写道：“这位加蒂埃是德·维尔弗朗什夫人的弟弟，跟同名的那位珠宝商并无丝毫关系！”

爵夫人说起过。[1]但那天晚上在报上看到斯万的讣告时，我还是不由得愣在那儿，这段似乎颇不合时宜地插将进来的神秘兮兮的文字，让我觉得有一种特殊的、令人吃惊的怪异的意味。这几行文字，居然就使一个活生生的人，变成了一个只能用名字——一个写在纸上的，一下子从现实世界沦入死寂王国的名字——来对别人说的话作出回应的人。现在，也正是这几行文字使我产生一种愿望，想要好好了解一下先前韦尔迪兰府上的这个客厅，如今成了报上几个字母的斯万，当年常在这儿和奥黛特一起进餐。我在这儿得补充说的是（这些事情使我在很长一段时间里，觉得斯万之死比别人的死更让人悲痛，虽然它们跟他的死的怪异性并没有关系），我在德·盖尔芒特亲王夫人府上答应过他去看吉尔贝特，但我后来并没去看她；斯万那天晚上表露过这样的意思，他和亲王谈话时，之所以邀我在旁边听，是另有原因的，但他并没告诉我究竟是什么原因；许许多多的问题，此刻在我脑海中涌现（犹如水泡从水底往上冒），我想问他的事情五花八门：关于弗美尔，关于德·穆希先生，关于他自己，关于布歇的一幅挂毯，关于贡布雷，当然，我并不急于知道这些问题的答案——既然我已经把它们存在心里这么久了，但现在他的嘴唇就此再也无法开启，他再也无法回答这些问题了，我却格外感到它们是那么重要。其他人的死，就像一次旅行，等到上了路，已经到了巴黎一百公里开外，他却猛然想起，忘了带两打手帕，忘了把钥匙交给厨娘，忘了跟舅舅道个别，忘了问一下心心念念要去看的古代喷泉是在哪座城市。而所有这些使你感到烦恼，让你哪怕做做样子，也要大声对做伴同行的朋友诉说一番的丢三落四的糊涂事，面对冷冰冰的车座和列车员报出的站名，显得苍白无力，火车载着我们渐行渐远，我们再也无法去补做任何事情，

---

1. 参见第三卷《盖尔芒特家那边》末尾部分。当时德·盖尔芒特夫人问斯万为何不去意大利，斯万回答说，医生告诉他，他只能活三四个月了。

于是我们也只能让思绪离开这些无可补救的疏忽，打开食品袋，跟邻座交换起报纸和杂志来。

“哦，不，”布里肖接着说，“斯万不是在这里碰到他未来的妻子的，在那场把韦尔迪兰夫人第一处宅邸毁了一大半的灾难[1]以前，他俩也只有在最后那段时日才在这儿相见。”

刚才在车上瞥见布里肖那会儿，我很怕布里肖会以为我是在摆阔，既然这位大学教师没车，我觉得让他看见我坐车来就更不合适了，所以我匆匆关照了司机一句，就赶紧下车，想赶在布里肖看见我之前离车远一点。不料司机没听明白我说什么，特地过来问要不要来接我；我赶忙回答一句“好的”以后，对坐公共马车来的大学教师格外表现得敬重有加。

“噢！您是坐汽车来的。”他一本正经地对我说。

“哎哟，真是碰巧了；平时我从不这样。我不是坐公共马车，就是步行。不过今晚您要是能赏脸坐这旧车，我就真是太荣幸了。可能会有点挤，不过还是请您一定赏个脸。”

反正，我心想，捎他一程我也没什么损失，阿尔贝蒂娜在家里，我总得回家不是。有她在这么个没人会来看她的时候，待在我家里，我就可以像下午那样自由支配我的时间了，下午那会儿，我知道她就要从特罗卡代罗回来，而我并不急于见到她。可也像下午一样，我毕竟意识到我有了个女人，回家时体验不到孤独带来的那种激奋了。

“承蒙召邀，敢不从命。”布里肖回答我说，“您刚才提到的那个时节，咱们的朋友住在蒙塔利韦街，精致的底楼，连着中二层，前面是花园，当然谈不上豪华，但我以为比威尼斯的使节酒店还体面。”

布里肖告诉我，当天晚上在孔蒂河畔（这是韦尔迪兰夫妇迁入此处新居以后，他们的信徒们对这个沙龙的称呼）有一个排场很大的

---

1. 指韦尔迪兰家遭遇的一场火灾。详见第七卷《寻回的时光》。

音乐派对，是德·夏尔吕先生一手操办的。他还说，我说的那个时节，小核心里是另一批成员，路数也不一样——不光是由于信徒们更年轻的缘故。他跟我说了埃尔斯蒂尔玩的恶作剧（他管它们叫“纯粹的闹剧”），比如说有一天，埃尔斯蒂尔先是假装临时有事离去，然后扮成临时雇佣的大厨跑进来，一边递盘子，一边凑在满脸一本正经的皮比斯男爵夫人耳边，说了好些不堪入耳的话，男爵夫人听得又惊又恼，脸涨得通红；而后，他在晚宴快结束时又溜了出去，叫人把一只盛满水的洗澡盆抬进客厅，等大家纷纷离席过来看个究竟的当口，他一丝不挂地从盆里爬出来，嘴里还骂骂咧咧的；还有几次，大家都穿着埃尔斯蒂尔设计、剪裁、着色的纸制服装——这是他的拿手好戏——来吃晚饭，有一次布里肖身着查理七世宫廷显贵的服饰，脚上穿一双尖长的翘头鞋，另一次穿的是拿破仑一世时期的服饰，埃尔斯蒂尔用封信的火漆，给他做了荣誉勋位勋章饰带。总之布里肖脑子里想的是当年的客厅，宽敞的窗户，沐浴在中午阳光中的低矮的、得换掉了的长沙发，所以他声称他喜欢的就是那样的客厅，就是觉得它比现在的客厅好。然而，我心里明白，布里肖说的客厅——正如教堂这个词指的不仅是一座宗教建筑，而且是聚集在一起的那些教徒——指的不仅是那个中二楼，而且是经常聚集在这儿的人，是他们来这儿寻找的特有的乐趣，在他的记忆中，这些乐趣就赋形在人们下午来这儿时，期待看到韦尔迪兰夫人端坐其上的长沙发上，在花园盛开的栗树花上，在壁炉架花瓶里静静等候姗姗来迟的女主人的康乃馨上——它们绽开粉红色的花朵，仿佛在笑盈盈地欢迎来宾，向他们亲切致意。但是，如果说那个客厅在他心目中比现在的棒，那或许是因为我们的脑子就像神话中的普洛透斯[1]，不肯就范于任何形状，即使到了社交领域，也会冷不丁撇下一个好不容易才缓慢地臻于完善的沙龙，宁可去

1．希腊神话中的海神，波塞冬和忒堤斯的儿子，他的身形是变幻无常的。

喜欢一个不如它出色的客厅，这就好比，尽管奥黛特在奥托[1]那儿拍的润饰过的照片上显得很高雅，穿着下摆很宽的紧腰连衫裙，头发由朗代里克卷烫过，但是斯万更喜欢的还是另一张在尼斯拍的小照，那上面她披着亚麻布的肩巾，蓬乱的头发从绣着三色堇、缀着黑绒蝴蝶结的草帽里钻了出来，虽说时尚的打扮使她年轻了二十岁（女人在老照片上一般都会显老），但那模样还是像个小侍女，就是年龄大了二十岁。他说不定还高兴向我夸夸其谈地说些我不知道的事情，让我知道他品尝过好些我无从体验的乐趣。他要想这么做，是挺容易的，他只要随口说出两三个已经故世的人的名头，用他那种故作神秘的口吻，说几件他们的趣闻轶事，我就会揣摩他当年究竟是何许样的人物，就会觉得人家告诉我的关于韦尔迪兰夫妇的那些情况，都过于粗疏，过于简略；比如就说斯万吧，我早就认识他，可我一直对他没有多加注意，事不关己时根本想不到去注意他，他在等妻子回来吃饭的当口留我陪他，给我看他收藏的好东西，可我从没认认真真听他说些什么，现在我才知道，他的谈锋之健，其实是不比古代最雄辩的演说家逊色的。

在韦尔迪兰府邸跟前，我瞥见德·夏尔吕先生正腆着个大肚子朝我们走来，一个小流氓大喇喇地跟在他后面。现在他所到之处，都会有这种地痞流氓冒出来，跟他形影不离，即便在看似偏僻的地方，也不能幸免。因而这位高头大马、大腹便便的男爵，走到哪儿都有人陪侍左右（由不得他分说，但好歹保持一点距离），就像鲨鱼总有舟鰤[2]伴着，总之他与在巴尔贝克第一年的那个神情严峻、做出一副男子气概的倨傲的陌生人已判若两人，在我眼里，他就像一个处于另一公转周期，但已露出满盈相态的天体，周围伴随着卫星，或者说像一个重病缠身的病人，而几年前病初起时，还只是一个不起眼的脓疱，很容易

1. 奥托是当时巴黎很有名的摄影师。下文的朗代里克则是时尚的发型师。
2. 一种体长约为70厘米的海鱼，常紧随鲨鱼之后，撮食其吃剩的食物。

遮掩，也看不出问题有多严重。虽说布里肖动了手术以后，原先以为要失明的眼睛，稍稍恢复了些许视力，但我不知道他是否能看清寸步不离跟着男爵的小混混。不过反正这也不相干，因为自从拉斯普利埃尔[1]那会儿以来，尽管布里肖挺喜欢男爵，但他每回见到德·夏尔吕先生在场，总有几分不自在。想必每个人都是这样，都会另有一条外人意想不到的生活道路在暗中延伸。然而我们往往会被谎话所迷惑，充斥日常谈话之中的谎话，或是想掩饰一种恶感、一份私心，或是要隐瞒一次不想为人所知的造访、一段必须瞒住妻子的风流韵事，然而谎言毕竟难掩真相，正如好名声难掩坏习性——人家早晚还是会看出端倪的。见不得人的生活习性，可能会经年不为人察觉，但一次夜晚的河堤偶遇就会让它暴露出来，而且往往一开始你还懵懵懂懂，直到某个知情人告诉了你内情，你才恍然大悟。这时你会感觉到，面临的已经不是一个道德问题，而是一种变态狂。德·叙尔吉·勒迪克夫人[2]的道德观念层次很低，两个儿子干的事无论多么卑下，只要跟她说是有利可图的，她都可以放任不管，因为在她看来，人要谋利是天经地义的。但当她得知德·夏尔吕先生有一种时钟般精准不变的癖好，每回见到他们时总要捏他们的下巴，还要他们也来捏他的下巴，她就不许他们再上这位先生的门了。她感到了一种说不清楚的生理上的恐惧，暗自纳闷这位平时关系不错的邻居，会不会染上了食人肉的毛病，所以见男爵一再问她“什么时候可以见到那两个孩子呀？”她明知对方听了心里会恼火，仍然坚持说他们功课很忙，还要准备出门，等等。不管法律条文怎么说，所谓的无能力承担法律责任，只会加重过失甚至罪行的分量。朗德鲁[3]（假定他真的杀了好几个妇女）那样做如果

1. 指韦尔迪兰夫妇的府邸拉斯普利埃尔城堡。
2. 在第四卷《所多玛与蛾摩拉》第二部第一章中，曾提到德·夏尔吕先生对这位侯爵夫人的两个儿子怀有异样的兴趣。
3. 朗德鲁：连环杀人案凶手，被害人多为女性。1921年被起诉，1922年2月被执行死刑。

是为了钱，那也许还不算有悖常情，因为抵挡不住钱的诱惑毕竟还是可以理解的。但如果他那么做是出于一种精神错乱、丧心病狂的施虐狂，那就罪不容诛了。

布里肖认识男爵以后，一直喜欢跟他开些粗俗的玩笑，但当友谊有了进展，不再停留在打趣逗乐，到了了解对方的阶段，兴高采烈的外表下不由得滋生出了一种苦涩的心情。为了让自己安心，他背诵柏拉图的作品片段和维吉尔的诗句，但由于他在心智上也差不多是个盲人，他无法理解那时候爱恋一个年轻男子，就如同今天（就此而言，苏格拉底的玩笑话，比柏拉图的论证说得更透彻）在跟一个舞女订婚前先包养她。德·夏尔吕先生自己也不明白这一点，爱把自己的癖好跟友谊（两者根本不是一回事），把普拉克西特列斯[1]的竞技者跟听话的拳击手[2]混为一谈。他不愿正视一个事实，那就是一千九百年以后（“虔诚的君主手下虔诚的廷臣，到了不信神的君主手下就会是不信神的廷臣”，拉布吕耶尔[3]如是说），通常意义上所说的同性恋——柏拉图所说的年轻男子，或是维吉尔诗中牧羊人间的同性恋——早已不复可见，依然存在并且为数越来越多的，只是些一厢情愿的，神经质的，对人躲闪、对己矫饰的同性恋者。如果说德·夏尔吕先生有错的话，他错就错在没有断然否认这一异教徒的谱系[4]。区区一点形体之美，要用如许美德来交换[5]！忒奥克里托斯笔下为了一个小伙子长吁短叹的牧羊人，到了后面也未必一定会比那个为阿马里利斯吹笛的牧羊

1. 普拉克西特列斯：公元前四世纪希腊雕塑家。《竞技者》当是他的雕塑作品。
2. 此处似有些费解。也许，听话的拳击手（dociles boxeurs）暗指体格强壮但有同性恋倾向的男子，反衬气质崇高的竞技者雕像，分别对应上文所说的癖好（同性恋）和友谊。
3. 拉布吕耶尔（1645—1696）：法国作家。这句话引自他的代表作《品格论》。
4. 这里可能是指，在基督徒眼中，古罗马的那些哲学家无异于异教徒，没有否认异教徒的谱系云云，则是在精神上承继那些哲人崇尚的同性恋理念之意。
5. 似可参见柏拉图《会饮篇》。美男子阿尔喀比亚德试图勾引苏格拉底，外貌丑陋的苏格拉底不为所动，对他说：“你想用仅仅看起来美的东西，来换取实实在在美的东西，你打的是‘以铜换金’的主意。”尽管苏格拉底没有入彀，但当时“以铜换金”的风气可见一斑。

人心肠更软，心思更活泛。[1]前面那个牧羊人并不是有病，他那样做只是风气使然。只有不顾重重阻碍留存下来、蒙羞含辱的同性恋，才是真正的同性恋，才是唯一能与此人精神素养的提升相称的同性恋。有时我们想着也会感到害怕，纯粹生理范畴的某种取向的小小变化，某个感官的一点轻微的缺陷，居然可以使肉体与精神素养之间具有这样的联系，使对德·盖尔芒特公爵紧闭大门的诗人和音乐家的天地，对德·夏尔吕先生罅开了门缝。男爵在室内布置上的口味，就像一个爱好摆设小玩意儿的家庭主妇，这并没有可以奇怪的；让我们吃惊的，是那道让他觑见了贝多芬和韦罗内塞[2]的罅隙！但尽管这样，当心智健全的我们看到一个疯子写的令人赞叹的诗句，听他头头是道地解释，他是怎样被妻子设了圈套才错关进来的，听他央求我们去向精神病院院长说明情况，听他抱怨人家把他关在这么个乱哄哄的地方，最后却说："瞧，院子里那个想要过来跟我说话的家伙，我甩也甩不开他，他以为他自己是耶稣基督。就凭这一点，就足以证明他们是把我跟疯子关在一起，他不可能是耶稣基督，因为我才是耶稣基督！"这时候，我们自会感到害怕起来。刚才那会儿，我们还打算去跟精神病医生说关错人了，但听了这个疯子最后那几句话，即便念及此人每天都在写绝妙的诗句，我们也不敢再留在他身旁，就如德·叙尔吉夫人的那两个儿子不敢和德·夏尔吕先生待在一起，那并不是由于他会伤害他们，而是因为他太喜欢邀他们做客，而每回又总以捏他们下巴收场。这个可怜的诗人，他没有维吉尔作向导，却必须穿越硫磺和沥青的地狱之圈，纵身跳进上天为带回几个所多玛居民而降下的烈焰。[3]

---

1. 忒奥克里托斯（约前310—前250）：古希腊诗人，牧歌的创始人。此句中的前半句，指其第一首《牧歌》中爱恋牧羊人达夫尼的那个牧羊人，后半句指第三首《牧歌》中爱恋阿马里利斯、为他吹笛的另一个牧羊人。
2. 韦罗内塞（1528—1588）：十六世纪威尼斯画派重要画家，在色彩运用上对后世画家影响很大。
3. 参见但丁《神曲》中的地狱篇。

他的作品中全无可爱可言；他的生活犹如那些还俗之人一般峻刻，他们过着最严格的独身生活，为的是让人确信他们脱下教士长袍，只是因为失去了信仰，而不是由于任何别的原因。作家的情形就未必如此了。一个每天跟疯子打交道的精神病医生，怎么可能自己就从来不发疯呢？要是他能肯定地说，他从事这一职业，并不是由于自己有一种先天的、潜在的精神错乱症状，那他就是很幸运的了。对一个精神病医生而言，他的研究对象往往会对他的精神状态有所影响。当初究竟是哪种隐秘的癖性、哪种令人又怕又爱的诱惑，驱使他选择了这样的研究对象？

男爵装作没看见亦步亦趋跟在后面的那个形迹可疑的家伙（男爵在冒冒失失走上林荫大道，或莽莽撞撞穿过圣拉扎尔车站大厅时，跟在后面的小混混有一打之多，他们存着讨个五法郎银币的希望，对他穷追不舍），生怕这家伙会大着胆子上来搭话，一本正经地低下跟扑过粉的脸颊反差强烈的染黑的睫毛，整个人看上去就像格列柯笔下的中世纪天主教宗教法庭大法官。但是这位外貌吓人的大法官的神情，又像是个被禁止参加圣事的神职人员；既要纵容自己的那点兴趣，又要保守这个秘密，为此不得不作出的种种妥协，年深日久就在男爵的脸上留下了他极力想隐藏的东西，那就是被人指摘为道德败坏的一种放荡生活的印痕。这种道德方面的问题，无论出于什么原因，其实是很容易看出来的，它会体现为脸容上不断增生的种种疵点，尤其是脸颊和眼圈，就如肝病患者的黄疸、皮炎患者讨厌的红斑，一眼就能看出来。而且，往日德·夏尔吕先生讳莫如深、守口如瓶的那种癖习，如今犹如油脂一般，不仅仅是浮现在这张搽粉的脸的双颊（更准确地说，那两片松弛的腮帮子），在这个由于放纵而开始发胖的身躯的丰满的胸脯、滚圆的臀部上。现在它已经充溢于他的言谈之间。

“哈，布里肖，敢情您晚上就是这样跟漂亮小伙子一起散步的呀？”男爵一边这么说，一边走近我们。那个小混混只得灰溜溜地走开了。“哇噻！可得去告诉那些索邦大学的学生，您不是那么正经的人哦。不过，跟年轻人在一块儿，对您还真有好处，教授先生，您娇艳得像朵玫瑰花。噢，亲爱的，您好吗？”他收起打趣的语气对我说。“在孔蒂河畔可不大见得到您哦，年轻人。哎，您的表妹，她好吗？她没跟您一起来，多遗憾哪，她真是太可爱了。今晚我们能见到您的表妹吗？哦，她长得真漂亮，要是在穿着上再讲究些，那就更美了。怎么把衣服穿得恰到好处，是门很少有人懂得的艺术，可她天生就能掌握这门艺术。”

在此我得说明一下，德·夏尔吕先生掌握（这一点上我跟他完全不同，甚至恰恰相反）一种精细观察的天赋，对衣着打扮的观察之精细，就跟他对一幅油画的细部的观察一样精到。说到裙子和帽子，有的爱说刻薄话的人或好走极端的理论家会说，一个容易为男性魅力所吸引的男人，往往会对女性服饰怀有天生的兴趣，会去研究它们、熟悉它们，以此作为一种精神上的补偿。有时候这种说法还真能灵验，一个夏尔吕这样的角色，仿佛他的生理的需求和内心的柔情，全都让男性给包了，而留给异性的则是所有那些柏拉图式（这个形容词实在很不确切）的趣味，简单地说，就是那些最穷讲究、也最稳当的所谓高雅的趣味。为此德·夏尔吕后来还得了个“女裁缝”的绰号。不过他的趣味，他善于观察的才智，还涉及其他的领域。我们前面已经看到，那天晚上我在德·盖尔芒特公爵夫人府上用过晚餐后造访他家[1]，经他一一指点，我才知道他家里珍藏着那么些精品。他能观察到别人根本不去注意的那些细节，无论是艺术品还是宴席菜肴，他都能一眼看出其中的精彩之处（上至绘画，下至厨艺，他全盘通吃）。我一直为德·夏尔吕先生抱憾，觉得他的艺术天赋浪费在了画个扇面馈赠堂嫂（前面说过，德·盖尔芒特公爵夫人拿着这把扇子，并不是为了扇

1. 这个情节出现在第三卷《盖尔芒特家那边》的第二部第二章中。

风，而是为了炫耀，向人显摆巴拉麦德对她的情谊[1]）或是弹一手好钢琴，以便在莫雷尔拉琴时给他伴奏不致出错，我是说，我一直在为，现在也为德·夏尔吕先生感到遗憾，觉得他真应该写点东西。当然，我们并不能因为他能说会道或者信写得精彩，就断言他会是一个天才的作家。有些才能是不能混为一谈的。经常可以见到，有的人说起话来干巴巴的，让人听得很沉闷，却能写出文采斐然的好文章，而平时口若悬河的人，一旦提笔写东西，却说不定连三流的作家都不如。但无论如何，我相信，要是德·夏尔吕先生肯试试笔，从他熟悉的艺术方面的题材写起，那他一定会才思泉涌，妙笔生花，社交圈常客一定会变成大师级作家。我常对他这么说，可他就是不肯试一下，也不知只是懒惰，还是时间全都花在光鲜的晚会、粗鄙的娱乐以及盖尔芒特沙龙里没完没了的谈话上了。看着他谈话时大放异彩，敏捷的才思与鲜明的个性如影随形，傲慢的语气里透出思想的光芒，我更为他感到惋惜。倘若他写书的话，大家在沙龙里就不会在称颂他的同时那么嫉恨他，他在沙龙里兴致勃勃想要展露口才时，固然是妙语如珠，但与此同时他欺凌弱者，连从未伤害过他的人也不肯放过，甚至卑鄙地想方设法离间朋友，这就招来了嫉恨——倘若他写书的话，大家就会了解他丢弃丑陋的那一面以后的、与众不同的精神价值，那时就没有任何东西会妨碍大家去崇拜他，他的许多优点也就会让友谊之花盛开。

不管怎么说，即使我看错了他，其实他写不出多大名堂，但他若真的写了，那还是功德无量的。因为，虽说他什么东西都认得，不光认得还说得上名儿，我跟他聊天，就算并没真学会观察（我的心志和情感都另有所寄），至少也看到了一些没经他指点根本不会去注意的东西，可是这些东西叫什么名儿，那些应该可以帮助我了解它们模样、颜色的名儿，我总是很快就忘了。要是他写了书，哪怕写得挺差

1. 这个情节也出现在第三卷《盖尔芒特家那边》的第二部第二章中。

劲（我不相信会这样），那也一定是弥足珍贵的词典、包罗万象的百科全书！不过谁能说得准呢？也许他到时候没把自己的博学和才情写成书，却听凭每每跟我们的命运对着干的魔鬼驱使，去写些乏味的连载小说、无聊的游记和探险故事，那也说不定啊。

“是的，她很会穿衣服，准确地说是很会打扮，”德·夏尔吕先生接着谈论阿尔贝蒂娜，“我唯一担心的是，她能不能让自己的打扮跟她那种特殊的美显得很协调，这事或许我也有点责任，有时出主意没经过深思熟虑。我去拉斯普利埃尔城堡时，常给她一些指点，但那些话或许过多地考虑到当地的环境，照顾到了邻近海滨的这个特点，而没有考虑到您表妹的个性特点，所以她的举止打扮有点流于轻佻。我承认，我见过她穿一身漂亮的塔拉丹薄裙，围着迷人的纱罗丝巾，戴一顶粉红色的软帽，上面插一根小小的粉红羽饰，看上去居然挺般配。不过依我看，她的美是很实在、很厚重的，这些过于轻巧的衣饰对她未必合适。无边软帽怎么配得上这一头浓密的秀发，换成俄罗斯冠冕状的发饰岂不更相称？那种看上去像舞台服饰的古典长裙，确实很少有女人能穿出它们的妙处来。可是这位已经散发出少妇风韵的姑娘是个例外，她挺适合穿一袭热那亚丝绒的古典长裙（我立刻想起了埃尔斯蒂尔和福迪尼的长裙），而且不妨再配上刺绣的花饰或老款的宝石坠子（宝石越老越好），比如说橄榄石，黄晶石，或者成色特好的拉长石[1]。像她这种体态丰腴的美貌，就得要有点分量的饰物才能相配。您还记得吗，她到拉斯普利埃尔城堡去用晚餐的那回，随身带着好些漂亮的盒子、沉甸甸的大包小包，等她以后结婚的时候，不光可以在里面放粉底霜和胭脂，还可以——在一个颜色不太蓝的青金石盒子里——备一些珍珠和红宝石碾成的脂粉，当然不是人工养殖的珍

---

1. 黄晶石即二硫化铁，呈黄色立方晶体状，可用作首饰。拉长石也是一种矿石，因有晕彩，又称闪光石，也常作为饰物。

珠，她嫁的人想必是有钱人。”

“行了！男爵，”布里肖赶紧插话，他怕我听到男爵刚才的最后那句话，会心里不好受，因为对于我和阿尔贝蒂娜的关系是否纯洁、她是否真是我的表妹，他毕竟还是存疑的，“您就是这样来关心小姐们的呀！”

“当着这个孩子的面，您给我住嘴好不好，坏家伙。”德·夏尔吕先生奚落他说。他的手顺势一挥，像是要让布里肖别多嘴，但这只手却落在了我的肩上。

“我打扰你们了吧，瞧你们刚才那开心的模样，就像两个疯疯癫癫的小姑娘，你们怎么会需要我这么个扫兴的老婆子呢。好在你们这就快到了，我也就甭过意不去喽。”男爵兴致很高，是因为他根本不知道下午的那茬事儿，在絮比安看来，当务之急是保护侄女别再一次受莫雷尔欺负，所以他还没把事情告诉德·夏尔吕先生。所以男爵一直还以为两个年轻人不久就要结婚，心里乐滋滋的。这些了不起的单身汉仿佛是在用一种假想的父爱，来为自己带有悲剧色彩的的独身生活添加一份温情，寻求一种慰藉。“不过说实话，布里肖，”他笑着转身对我们说，“刚才瞧见你们情意绵绵的样子，我还真有点顾虑。你俩看上去就像一对恋人。这么手挽手的，啊，布里肖，未免也太过分了吧！”不知他说的这番话，是否该归于一种老人心态，说明他的自控能力比以前差了，到时候居然会不由自主地把一个小心翼翼深藏四十年的秘密给捅了出来。要不，这番话反映了盖尔芒特家族骨子里对平民观点的藐视？盖尔芒特家的人，包括德·夏尔吕先生的堂兄德·盖尔芒特公爵在内，骨子里都有这种对平民观点的藐视，但在公爵身上，表现的形式有所不同，有一次我母亲亲眼目睹公爵敞着睡衣衬衫，毫无顾忌地站在窗口刮胡子。不知德·夏尔吕先生是否在从冬西埃尔到多维尔酷热的旅途中，染上了着装随便的危险习惯？只见他把草帽往后一推，露出宽阔的额头，趁这点工夫凉快一下，松开长久以来一直紧紧绷在他真正的脸上的那张面具。德·夏尔吕先生和莫雷尔这种俨然是夫妇的关系，理所当然会让知道莫雷尔已经不爱男爵的人感到惊讶。而对德·夏尔吕先生而言，有时他确实也觉得，这种癖习给自己带来的快感过于单调，已经让他起腻了。他本能地寻求新鲜的刺激，而在厌倦了那些萍水相逢的陌路人以后，他走到了另一个极端，重新拾起曾以为自己会永生永世深恶痛绝的东西，模仿起了婚姻生活、父子感情那一套。有时这样也不够，还得有新花样，他就找一个女人一起过夜，正像一个正常的男人偶尔也想找个小伙子睡觉一样，好奇心是相似的，但方向倒了个个儿，而且两者同样都是不健康的。由于夏利的缘故，男爵的信徒生活仅局限于小圈子里[1]，出了这个圈子，他多年来为精心伪装自己所作的种种努力就都甩在一边去了，这就好比，有些欧洲人到了殖民地探险或小住，就把他们在法国时遵守不误的行为准则弃之不顾了。然而，让德·夏尔吕先生比在韦尔迪兰府上度过的那些时日更有效地最终摆脱了社会约束的，还是内心的变化，对于自身的反常举止，他从最初的浑然不觉，到发现后的惊恐莫名，再到最后的习以为常，他的思想经历了一个剧变的过程，临了他已经见怪不怪，意识不到把自己可以毫不害羞地坦然接受的事情，一五一十地去告诉别人，会有多么危险了。其实，被流放到南极也好，独自待在勃朗峰上也好，都不如沉湎于一种内心的癖习，亦即一种有别于常人的思想方式那样，会使我们跟人群离得那么远。癖习（德·夏尔吕先生以前这么称呼它）如今被男爵赋予温情脉脉的形象，仿佛那只不过是一种人所难免的瑕疵，如同懒惰、闲散、贪吃美食一样，其实还是挺有趣，甚至颇有几分可爱之处的。德·夏尔吕先生意识到了自身举止的特殊性所激发的好奇心，而且体验到了满足这

1. 小圈子，指韦尔迪兰府上的沙龙，那儿的常客都是“信徒”，参见第一卷《去斯万家那边》第二部开头。夏利（Charlie）是夏尔·莫雷尔（Charles Morel）的昵称。

些好奇心，刺激它们、滋养它们的乐趣。就好比某个犹太政论作者，天天写文章捍卫天主教教义，大概并不是希望人家真把这些文章当真，而只是不想让喜爱他的幽默的读者失望罢了，德·夏尔吕先生在小圈子里风趣十足地抨击世风日下，正如他无需有人邀请，就会拿腔拿调地说英语或模仿穆内-絮利[1]的嗓音，在大家面前显示他的艺术鉴赏才能，正是他为活跃聚会气氛尽的一份责任；所以，德·夏尔吕先生吓唬布里肖，说要到索邦大学去嚷嚷，说他在跟小伙子一起散步，这就跟受过割礼的专栏作者侈谈“教会的长女”[2]和“耶稣的圣心”是一样的道理，虽然说不上假仁假义，却有哗众取宠之嫌。耐人寻味的，不仅仅是德·夏尔吕先生说话内容的变化（有好些话是他以前说不出口的），而且是他在说话的语调、平时的举止上发生的变化，奇怪得很，他的说话腔调、举手投足，现在竟然跟他过去严加抨击的语气、动作非常相似；他现在常在无意间轻轻喊上一声——在他是无意的——喊声毕竟低沉——但一般而言，同性恋者彼此见面，往往会有意这么嗲声嗲气地互喊“我亲爱的”。像夏尔吕这类的人，当他们的病情发展到一定程度时，不可避免地总会有这股子娘娘腔，就像一个全身瘫痪或共济失调[3]的病人，最终必然会出现某些症状一样；所以，那些年轻同性恋者的忸怩作态，尽管德·夏尔吕先生一向对之持反对态度，其实倒像是对他自身的娘娘腔的一种不走样的绝妙模仿而已。事实上——这种由内往外透露的忸怩作态也正说明了这一点——神情严肃、身穿黑色套装、留着平头的夏尔吕，跟油头粉面、披金挂银的小伙子之间，纯然只有表面的差别，这就好比一个说话飞快、动

---

1. 穆内-絮利（1841—1916）：法兰西喜剧院著名演员。本书第四卷《所多玛与蛾摩拉》中提到过他。
2. 公元496年法兰克王克罗维率三千部属皈依天主教。其后即便在其他日耳曼民族萌生异端倾向之际，法兰西民族始终对罗马教会忠贞不贰。所以，法国有“教会的长女”之称。
3. 共济失调：指肢体运动幅度和协调性发生紊乱，无法维持躯体平衡的病症。

个不停的烦躁症患者，跟一个说话慢吞吞、终日无动于衷的神经病患者之间并没有实质性的差别，在医生眼里，这两个病人都是神经衰弱症患者，后者其实内心也焦躁不安，和前者遭受着同一种病症的折磨。不过，德·夏尔吕先生身上已经显露出种种衰老的迹象。某些过去就在谈话中爱用的说法（例如“一系列情况”），现在简直到了滥用的地步，几乎整天挂在嘴边，句句不离，就像随时离不开一个监护人一样。

“夏利已经来了吗？”我们正要走到宅邸前去按门铃，布里肖问德·夏尔吕先生。

“哦！我不知道，”男爵说着，举起双手，眯起眼睛，那神情就像一个人不想被人指责口风不紧似的；大概男爵有什么事说漏了嘴，已经挨过莫雷尔的责备（莫雷尔爱虚荣，又是胆小鬼，高兴时借男爵往自己脸上贴金，不高兴时把他撇在一边，不理不睬，什么事到了他眼里都变得很要紧——哪怕只是无足轻重的小事）。“您知道，我全然不知他在做些什么。我也不知道他撇下我去看谁了，反正我几乎见不着他的人影。”如果说两个有暧昧关系的人之间的谈话，往往充满谎言，那么一个第三者，在跟其中一位谈到这一位的心上人时，自然更是假话连篇，而且这跟那个心上人的性别无关。

“您是好久以前见到他的吧？”我问德·夏尔吕先生，想做出一副既不担心跟他谈起莫雷尔，也不相信他和莫雷尔朝夕相处的样子。

“今儿早上他路过，到我屋里待了五分钟；我还没睡醒呢，他就坐在我的床边，像要强奸我似的。”

我马上想到，德·夏尔吕先生准是一小时前刚见过莫雷尔，因为当你问一个情妇，她是什么时候见到某人的（其实你知道——她大概也猜到了这一点——此人正是她的情人），而如果她是和他一起喝下午茶的，她就会回答说：“我午餐前见过他。”这两个说法只有一点差别，就是一个是说谎，一个是实情。而它们背后是同一件事儿，如果说这事儿本来就无伤大雅，那么两个说法同样都无伤大雅，而要是你觉得这事儿该受指责，那么两个说法同样都该受指责。其实这些回答，在当事人并不知情的情况下，取决于很多因素，与之相比，事实所占的比重太小了，以致让你觉着，强调事实好像有点迂似的；不明白这一点，就无法理解情妇（这儿就是德·夏尔吕先生）何以总要选择捏造的事实。然而对物理学家来说，一个木球哪怕再小，它在实验中的位置仍然是按照引力或斥力定律，由或冲突或平衡的作用力所决定的，尽管这些定律适用的范围其实要远远大得多，大到整个物理世界。我们还不妨回想一下，我们难道不是常会有这种欲望，故意想让自己显得又自然又洒脱，不是常会做出下意识的动作，对约定的幽会遮遮掩掩（出于羞涩与炫耀的混合心理），不是常会感到有这种需要，想把自己得意的事儿告诉别人，让人家知道有人爱着自己（估摸对方已经知道或者猜到——但没说出来——某些事情，而通常不是因高估而看高了对方，就是因低估而看低了对方），不是常会有下意识的玩火冲动，而一旦出了事又会有意识地趁早撒手吗？所有这些法则和定律，分别都在沿相反的方向起作用，范围更宽泛的种种回答，无不受到它们的制约，比如说，我们明明是晚上看见某人的，却偏要说是早上看见的，那么，我们跟此人的关系究竟是异常纯洁，柏拉图式的，还是肉体上实有接触的，就很值得探讨。德·夏尔吕先生尽管已经病得不轻，种种不光彩的举止随时都会有所流露，有时还会主动向人暗示，甚至干脆编造出一些情节，不过一般而言，男爵在这段时期里，还是想要表明夏利和他夏尔吕不是一个类型的男人，他们之间存在的只是友谊而已。虽说也许真是这样，但他毕竟有时说话会自相矛盾（就像刚才说早上见到莫雷尔），他也许是一时忘乎所以，不小心道出了真情，也可能是存心吹个牛炫耀一下，或者只是由于多愁善感，甚至觉得蒙一下对方显得自己特聪明。

“您知道，他对我而言，”男爵继续说，“只是个比我年轻的好朋友，我对他感情很深，同样我敢肯定（看来他对此并无把握，要不然他怎么会觉得有必要特地申明他敢肯定呢？）他对我也一样，不过我们之间没有其他任何关系，没那回事，您听清楚了，没那回事。”男爵说这话的语气非常自然，就像是在说一个女人似的。“没错，他今儿早上是来拽我的脚了。可他知道我讨厌人家看见我睡觉。您难道不这样？哦！这太可怕了，真没办法，让人看见丑死了，我当然知道自己不是二十五岁了，也没想装嫩，可总还得保留点体面吧。”

男爵说莫雷尔只是一个年轻的好朋友，此话可能不假。他刚才说“我不知道他在做些什么，我不了解他是怎么过日子的”，以为自己是在说谎，其实也许确是实情。且说（在此我们先插一段几星期后发生的事情，这桩事情，在说完以德·夏尔吕先生、布里肖和我朝韦尔迪兰府邸走去开头的这一段以后，我们还会再次提到）这次晚会过后不久，男爵有一次无意间打开了一封别人写给莫雷尔的信，不由得惊愕万分，陷入了痛苦之中。这封其实也会间接地刺伤我心的信，是那位素以只对女性感兴趣闻名的女演员莱娅写的。但她给莫雷尔的信（德·夏尔吕先生做梦也没想到莫雷尔会认识她）却写得火辣辣的，字里行间充满情欲，用词之暧昧好些都让我们没法在此转述，下面只能稍举几个例子。莱娅对他的称呼，一律都用阴性，比如：“下流的妞儿，去你的！”“我的美人儿，你也是此道中人，这错不了吧。”等等。信里还提到好几个别的女人，她们似乎跟莫雷尔和莱娅保持着同样亲密的友情。而莫雷尔对德·夏尔吕先生的嘲讽，以及莱娅对一个包养她的军官的奚落（她写道：“他居然写信劝我要老实听话！你说这叫什么话！我的小猫”），其中所泄露的实情，德·夏尔吕先生更是事先想不到，一看之下，比得知莫雷尔和莱娅关系如此特殊更为吃惊。而尤其让男爵感到震惊的，是“此道中人”这几个字。他起先什么也不懂，经过很长一段时间以后，才算明白了自己正是“此道中人”。现在，这个好不容易弄明白的观念，好像又变得有问题了。他弄明白自己是“此道中人”的那会儿，以为这就算弄清楚了自己的兴趣，就如圣西门所说，不在女人身上[1]。然而现在就莫雷尔来看，“此道中人”这个说法涵义要比德·夏尔吕先生所理解的广泛得多，从这封信可以看出，莫雷尔就证明了，他身为“此道中人”，但又同时具有女人对女人的那种兴趣。从此，德·夏尔吕先生的嫉妒，再也没有理由仅仅局限在莫雷尔认识的那些男人，而必须把范围扩大到女人身上。这样看来，“此道中人”不光是他以前所认为的那些人，而是这个地球上的一大群人，其中不光有男人，还有女人，而这种男人不光有男人爱他，还有女人爱他；一个如此熟悉的词，居然会有这种全新的涵义，不免让男爵身心备受煎熬，理智和心灵同样感到焦虑不安，他觉得自己面临的是双重的困惑，一方面内心的妒意在不断膨胀，另一方面一个定义却骤然显得有所不足了。

德·夏尔吕先生不是专业作家，所以上面这些事情对他来说，不会有什么用处。他从中感受到的不愉快的印象，至多会被他想象成一个特别来劲的戏剧场景（说不定他还可以在其中施展一番口才），要不然，他或许干脆把整个事情想成一种暗中的捣鬼。然而对于，比如说，贝戈特这样天赋卓异的人来说，这些体验就会显得非常珍贵。这也许就在某种程度上解释了（既然我们通常行事都带有盲目性，只不过会像动物择木而栖那样选择对自己有利的位置罢了）贝戈特这样的人为什么经常会有平庸、虚伪，甚至心地歹毒的伴侣。这些人的美，足以激发作家的想象，砥砺他的品德，但丝毫不会改变和他一起生活的那个伴侣的本性，这样的伴侣转眼间就会落在他之下一千米；那些奇特的关系，那些相当过分的，尤其是在一些我们连想也想不到的方面的谎言，是时时都会出现的。一个谎言，一个编得很圆的关于我们

1. 圣西门在《回忆录》中写到路易十三的次子德·奥尔良公爵时，说“公爵的兴趣不在女人身上”。

认识的人、我们跟他们的关系的谎言，一个跟我们最初的想法风马牛不相及的、关于我们做某事的动机的谎言，一个关于我们是怎样的人、我们爱着哪些人，以及我们对有些爱着我们的人（这些人因为每天都吻我们，就以为已经把我们纳入了自己所喜欢的模式）的感情的谎言，一个这样的谎言，是世界上少而又少的能为我们打开全新视野的东西，它会为我们展现未知的事物，唤醒我们沉睡的感觉，去睁眼看看那个我们否则永远无从了解的大千世界。至于德·夏尔吕先生，应该说莫雷尔有好些事精心瞒过了他，他得知真相后感到惊愕，这是可以理解的，但倘若他由此断言，跟下等人打交道本来就是个错误，那他就不免有些小题大做了，而这种令人痛苦的泄露实情[1]（最令他痛苦的一次，是莫雷尔借口到德国去学音乐，其实却带了莱娅一起去旅游，当时莫雷尔对德·夏尔吕先生信誓旦旦地说他在德国，为把谎话说圆，他特地找了个朋友帮忙，把他寄到德国的信转寄给德·夏尔吕先生，男爵对莫雷尔深信不疑，甚至都没看一下邮戳）。其实，我们在本书最后一卷会看到，德·夏尔吕先生干出的事情将让他的亲友大吃一惊，其程度远远超过莱娅的私情让他感到的惊愕。

现在回头再说男爵、布里肖和我正朝韦尔迪兰府邸走去。“我们在多维尔见过的您那位希伯来朋友，”男爵转过脸来对我说，“他现在怎么样？我想过，如果您高兴的话，我们不妨哪天请他吃个晚饭。”其实德·夏尔吕先生尽管雇了侦探不知羞耻地对莫雷尔的一举一动严密监视，俨然就是丈夫或情人的做派，但他也从不错过任何搭识别的小伙子的机会。对莫雷尔的监视，他是让一个老仆人去一家侦探事务所找的人，此事做得颇不谨慎，一时间下人们人人自危，都以为有人在监视他们，有个女仆吓得都不敢上街，生怕侦探跟在后面盯梢。那个老仆人说：“她要怎么着就随她呗！谁会费那工夫费那钱，

---

1. 据七星文库版注，这个句子在原稿中没有写完。译文保留文库版原貌。

去盯她的梢啊！她还来劲了，以为自己干什么人家挺在乎呢！”他这么连讥带讽地嚷嚷，是因为他虽说没有主人的那份兴趣，但对男爵死心塌地、唯命是从，他为主人的那份兴趣跑前跑后，弄到后来，说起主人的兴趣简直就像在说自己的兴趣一样。“他是个忠心耿耿的好人，”德·夏尔吕先生这样评价他，这是很自然的，因为我们真正欣赏的人，不光要自己有种种值得称道的德行，还要能毫无保留地把它们用于为我们的癖习服务。况且，涉及莫雷尔的事，能让德·夏尔吕先生感到嫉妒的只有男人。女人根本不会激起他的妒意。这几乎是适用于夏尔吕之流的普遍规律。他们心上的男人爱上一个女人，那并不妨，事情犹如发生在非我族类身上（老虎再怎么着，不干狮子的事），他们不会觉得碍事，只会更加放心。当然，有时候在那些把性欲倒错看得很神圣的同性恋者眼中，这种相爱令人恶心。他们会责怪自己的朋友误入歧途，不说是背叛，那也是堕落吧。要不是男爵，换一个别的夏尔吕，看见莫雷尔跟一个女人有那种关系，他肯定愤慨不已，就好比在一张海报上看到，以演奏巴赫和亨德尔作品著称的小提琴家，居然演奏起普西尼来了。就为这个缘故，那些年轻人才肯看在钱的面上，来接受夏尔吕之流的爱，信誓旦旦地说“搞女人”只会让他们觉得恶心，就好比对医生说他们从来不喝酒，只爱喝矿泉水。但德·夏尔吕先生在这一点上，还跟一般情况稍有不同。他喜欢莫雷尔的一切，莫雷尔在女人身上的成功，非但没使男爵觉得不安，反而像他在音乐会或牌桌上的成功那样让他感到高兴。“您知道吗，他在搞女人呐。”他对朋友说这话的口气既像揭发，又带点儿愤慨，或许还带几分妒羡，但很明显是称赞。“他才了不得呢，”他接着说，“他所到之处，最抢眼的妓女都对他另眼相看。他到哪儿都是风头出足，不光在剧场里，在地铁里也一样。我都给烦死了！每次和他一起到餐馆去，侍者至少要给他递来三个女人的情书。还尽是些漂亮女人。不过，这也不奇怪。我昨儿瞧着他，就明白人家是怎么回事了，他可长得真俊，简直就像布隆奇诺[1]画里的人儿，实在太正点了。”不过，德·夏尔吕先生喜欢让人知道他爱莫雷尔，而且喜欢说服别人——也许是说服自己——莫雷尔也爱他。男爵想方设法把莫雷尔随时带在身边，尽管这个毛头小伙子在他出席的社交场合说不定会捅些娄子，他也照带不误：这是一种自尊心在作祟。因为（情况往往是这样，有些外表庄重、爱赶时髦的先生为虚荣心所驱使，宁可抛下既得的社会地位，带着一个情妇抛头露面、招摇过市，而那一位，不是交际花就是坏名声在外的夫人，反正都是上流社会不肯接纳的主儿）他的自尊心已经大大膨胀，一个人自尊心膨胀到了如此地步，就会不遗余力地去摧毁业已达到的目标，这或许是为爱所迷，觉得（只有他自己觉得）自己与所爱的人的关系，自有一种值得炫耀的魅力，又或许是由于他在社交生活方面的抱负业已实现，所以这股热情渐渐在消退，好奇心开始转到跟女仆相好之类的爱情之上，由于这种好奇心更接近柏拉图式，其耗神费时之程度，与其他好奇心相比，实在是有过之而无不及的。

至于其他那些年轻人，德·夏尔吕先生认为，就他对他们的兴趣而言，莫雷尔的存在并非一个障碍，非但如此，莫雷尔作为声誉鹊起的小提琴家，以及方露头角的作曲家和记者，在有些时候还会是对他们的一种诱惑。有人向男爵介绍一位身材不错的年轻作曲家，他跟人才寒暄几句，就会把话题引到莫雷尔的天赋上去。“您呀，”他对初次相识的作曲家说，“真该把您作的曲子给我带来，好让莫雷尔在音乐会上或巡回演出时演奏它们。为小提琴写的好曲子太少了！能找到新曲子，那真是运气了。在国外，人家在这方面挺重视的。即使在外省，也有好些这样的小乐团，他们对音乐的热爱和表现出来的才能，

1. 布隆奇诺（1503—1572）：意大利佛罗伦萨画派画家，以擅长画肖像画著称。据七星文库版注，夏尔吕在此可能指的是《一位雕塑家的画像》中俊美的形象。

都让人感叹不已。”由于布洛克说过他偶尔也写写诗（他说这话时讪讪地笑着，他在想不出别出心裁的妙语时，习惯以此掩饰自己语言的平庸），所以德·夏尔吕先生有一次看似有口无心地（因为他的原意无非是钓住那些年轻人，其实莫雷尔是不大会真那么做的）对我说：“请告诉这位年轻的犹太人，既然他也写诗，那就让我带给莫雷尔呀。对一个作曲家来说，最苦恼的事就是找不到漂亮的诗句来谱曲。要不，改写成歌剧歌词也行。这也还是挺有点意思的，诗写得好，又有我的保护，再加上一系列情况下种种因素的机缘巧合，小有成功是不难指望的，当然其中首要的因素是莫雷尔的才华。他现在作曲成果颇丰，写作也很勤奋，而且出手不凡，这我下面还会跟您讲。至于他的演奏天才（这方面您知道，他已经完完全全是一位大师），今儿晚上您就会看到这孩子演奏凡特伊的作品有多出色。他让我倾倒，在他这年纪，对音乐已经有如此深刻的理解，看上去却还不脱孩子气，像个中学生！噢！今晚只是一次小范围的彩排，正式演出放在几天之后。当然今天的场合要高雅得多。所以我们很希望您能光临，”他说话间，用了*我们*，想必国王就是这么说话的：*我们希望*。“鉴于节目非常精彩，我建议韦尔迪兰夫人分两场演出。一场放在几天以后，届时她可以邀请所有的亲朋好友出席，另一场在今儿晚上，这一次用法律术语来说，*女主人*被剥夺了权利。请柬由我来发，我邀请了别的圈子里的一些有趣的人物，他们可能对夏利会有用，韦尔迪兰夫妇想必也高兴结识他们。可不是，由最出色的提琴家演奏最美的乐曲，真称得上是赏心乐事，可是倘若听众尽是些街对面的针线商或街那头的杂货铺老板，那演出气氛准会沉闷得像捂在了棉花里。您是了解我对社交圈人士智力水平的看法的，不过他们毕竟可以起某种相当重要的作用，不如说，报刊在发生公众事件时所起的作用，也就是说，传播的作用。您当然明白我的意思，比如说吧，我邀请了嫂子奥丽阿娜；她来不来还不一定，但有一点是肯定的，那就是她来了也听不懂。不过没人真要她听懂，那是强人所难，我要的是她说话，这恰恰是我们所需要的，而这事她准能干好。结果就是，到了明天，莫特马尔夫妇家的客厅里一扫针线商杂货商在场的沉闷空气，谈话变得活跃起来，奥丽阿娜绘声绘色地给大家讲述，她怎么听一个叫莫雷尔的人演奏得让人入迷，等等等等，未受邀请听演奏的人就会大动肝火，扬言说：'巴拉梅德莫非觉得我们还不够格；你倒是瞧瞧，他请的都是些什么人哪。'这种相反的意见，跟奥丽阿娜的称颂一样管用，因为'莫雷尔'的名字反复出现，就像一篇翻来覆去念了十遍的课文，就此印在了脑子里。这一系列情况，对艺术家，对沙龙女主人，都是很有好处的，就像演出装了个喇叭，远处的听众也能听得见了。这的确很值得。您会看见他真的进步不小。我还发现他另外有个天赋，亲爱的，他写东西下笔如飞，像个天使。一点没错，就像个天使。

"我曾经想过，您既然认识贝戈特，也许可以提醒他注意一下这位年轻人写的文章，反正，这样说吧，您不妨帮我一起创造一系列条件，为一位双重的天才铺好路，他身兼音乐家和作家，有朝一日名声说不定不在柏辽兹之下呢。至于怎么跟贝戈特说，您自然是知道的。您看，名人有许多别的事情要考虑，他们听惯了奉承，所以往往想到的只是他们自己。不过贝戈特的确既朴实又乐于助人，他想必能把莫雷尔的小文章推荐到《高卢人报》，或者别的什么地方让他们发表。这些专栏文章写得既幽默，又有音乐品位，的确很有文采。要是夏利的小提琴还能添上一支安格尔的画笔[1]，那我就太高兴了。我自己也明白，只要事关莫雷尔，我就容易情绪激动，夸大其词，就跟带宝贝儿子来考音乐学院的妈妈们一个模样。怎么，亲爱的，这您不知道？这说明您还不了解我的性格，我相信了一个人，就会一信到底。我可以

1. 画家安格尔（1780—1867）擅长演奏小提琴，故法文中有"安格尔的小提琴"的说法，意指业余爱好。此处作者显然是倒过头来借用这一说法。

在考场门口站上几个小时，心里美滋滋的像个王后。回过来说贝戈特吧，他对我明确地说过，莫雷尔的文章确实写得很好。”

其实德·夏尔吕先生经斯万介绍，早就认识贝戈特，也去拜访过贝戈特，希望他能推荐莫雷尔在哪家报纸上开个专栏，写些带有幽默色彩的音乐评论小品。德·夏尔吕先生去贝戈特家时，心里总不免有些歉疚，因为他意识到，自己虽说很推崇贝戈特，却从没专程去看望过他，每次去总是仗着贝戈特对自己的学识和社会地位二者参半的敬意，去为莫雷尔，为莫莱小姐，为别的什么人去先容，去说项。把自己的社会关系全都用于这一目的，德·夏尔吕先生已经习以为常，不过，要对贝戈特这样做，多少让他觉得心里有些不安，因为他觉得贝戈特不像一般社交界人士那样功利，对他理应另眼相看才是。但是他平时实在太忙，一件事情，要不是他觉得非做不可，比如说事情关系到莫雷尔，他是不可能抽出时间去做的。何况，他本人已经够聪明了，所以跟一个聪明人交谈，不会让他觉得有多大兴趣，跟贝戈特交谈尤其如此，对男爵而言，贝戈特显得文人气息太浓，属于另一个圈子，跟他的观点容易相左。贝戈特呢，他对德·夏尔吕先生来访的功利目的看到很清楚，但并不怪他；因为他这人，虽说做不到花很多时间去对人表示关切，但是他愿意看到别人开开心心，他善于体谅对方，并不想以训人为乐。对于德·夏尔吕先生的癖习，他完全不敢恭维，但又觉得这是一种个性色彩，它究竟正当不正当，对一个艺术家而言，并不在于它是否提供了道德楷模，而在于它令人想起的究竟是柏拉图还是索多玛[1]。

有件事德·夏尔吕先生没告诉我，那就是一段时间以来，他学十七世纪那些不屑于在诽谤别人的文章上签名，更不屑于亲自动笔的

1. 意大利画家乔凡尼·安东尼奥·巴齐（约1477—1549）的诨名。他在艺术上很有天赋，但个性极为张扬，以放荡不羁著称。

爵爷的样，指使莫雷尔用泼脏水的下三滥手法写了几篇小文章，登在报上，矛头直指莫莱侯爵夫人。这种东西，其蛮横无礼让一般读者都觉得看不下去，对那位少妇而言，就更让她伤心得无以复加。她还是从字里行间看出了只有她才能发现的蛛丝马迹，原来这些文章里巧妙地引用了她写的信中的一个段落，内容一字不差，但是断章取义，移花接木，其狠毒程度绝不亚于寻衅复仇。少妇饮恨而亡。“然而在巴黎，”巴尔扎克想必会这么写道，“每天都有一种众口铄金的报纸，其凶险甚于铅印的报纸。”我们下面会看到，由于这份爱嚼舌头的小报，夏尔吕终有一天颜面扫地，风光不再，而原先及不上这位前保护人百万分之一的莫雷尔，却声誉鹊起，崭露头角。这种文化时尚，起码并不势利，它天真地认定夏尔吕虽有才华，但简直不值一提，莫雷尔虽然愚笨，却自有不容置疑的威望。男爵在那些无情的复仇中，自身也不清白。苦涩的毒液大概正是这样分泌出来的，每当他怒火中烧时，嘴里便会溢满毒液，两颊便会发出黄疸。

“真希望他今晚能来，好听听莫雷尔演奏他的拿手曲目。不过他平日里深居简出，我想是不想让人打扰他，这也是有道理的。可您这位漂亮小伙子，在孔蒂河畔也很少看得见您的身影。您去得不多啊！”我说我一般都跟我表妹一起外出。“您倒是瞧瞧！人家是跟表妹一起出去，够纯情吧！”德·夏尔吕先生对布里肖说。然后他又对我说：“可我们没想让您交代您做些什么，我的孩——子。只要是有趣的事儿，您尽管去做就是了。只可惜我们是给撂在一边喽。不过您眼光还真不错，您那位表妹，的确很迷人，您去问问布里肖看，他在多维尔那会儿，整天说的都是她。今晚她不能来，真是太遗憾了。可没准您还是不带她来为好。凡特伊的奏鸣曲写得是不错，但我今儿早晨听夏利说，作曲家的女儿和她的女友大概会来，这两位都是坏名声在外的人物。一个姑娘背上那样的名声，可就够麻烦喽。对我邀请的客人来说，这也难免使他们难堪。不过好在我请的女客大都上了年纪，所以其实对她们不会有什么影响。这两位小姐，按说是要来的喽，除非有那么个情况让她们来不了，因为今儿下午韦尔迪兰家有场排练，她俩一准去了那儿，而韦尔迪兰夫人邀请的尽是些讨厌家伙，那些人连同她那一家子，今晚我们是谢绝光临的。这不，晚餐前夏利刚对我说，我们统称为凡特伊小姐的那两位姑娘，原以为她们是一定会来的，结果真的没来。”我骤然想起阿尔贝蒂娜下午说她要一起来（其实，当时我只是听她这么说，她之所以会这么说的原因，我是后来才明白的），把这事跟凡特伊小姐和她女友要来的消息（这原先并不知道）联系起来，心头感到一阵剧痛，但尽管如此，我还保持着头脑的清醒，注意到德·夏尔吕先生几分钟前还对我说过，他从早晨以后就没见过夏利，现在却在无意间漏出这么一句，让我知道他晚餐前刚见过夏利。我内心的痛苦在脸上流露了出来。“您这是怎么啦？”男爵问我，“脸色都发青了。来，我们进去吧，您受凉了，气色很不好。”

我对阿尔贝蒂娜的德行操守有所怀疑，已经不是第一回了，德·夏尔吕先生刚才这番话，又唤醒了我的疑心。早已有许多别的疑点钻进了心扉；每次出现一个新疑点，总以为那么些疑虑已经到了饱和的程度，再也容不下新的东西了，然而到头来，总能为这新的疑点腾出地方来，而它一旦被引进内心深处，就会遭遇各种抗衡的力量——有那么些主张信任的意愿，有那么些袒护忘却的理由，结果没几个回合，很快就会达成妥协，我们也就不再理会这个疑点了。但是，这种疑心还是作为一种尚未愈合的创伤、一种痛苦的阴影留了下来，它是欲望的另一面，两者属于同一范畴，它跟欲望一样，占据着思绪的中心，犹如从浩渺的远处，给我们的心绪传来淡淡的忧愁，而且也像欲望有时会带来出处不明的欢愉一样，只要有东西可以跟我们对心爱的女人的思念沾上边，立时就会涌现出这样的欢愉。然而，每当一个新的疑点完整地进入我们的心扉，痛苦就会苏醒；就算我们几乎立刻对自己说："我能解决，我会有办法不让自己痛苦的，那不会是真的。"那也不管用，就在那一瞬间，我们已经感受到了痛楚，仿佛相信了这怀疑是真的一样。倘若我们光长着个身体，只有胳膊和腿，生活就会容易得多。不幸的是我们身体里还有个小小的器官，我们管它叫心脏，它是某些疾病的对象，在这些疾病的进程中，它会对有关某人生活的一切事物无比敏感；而且在此期间，谎话——这东西本身并不伤人，我们轻松愉快地生活在谎言中间，无论那是我们自己说的，还是旁人说的谎——会来自某人，使这颗小小的心脏（我们有时恨不得让外科医生动个手术，把它摘掉完事）经受难以忍受的病痛的折磨。更别说大脑了，发病期间，我们的思维再怎么反复进行推理论证，也减轻不了病痛，就好比牙痛发作时，聚精会神的思考无济于事一样。诚然，这个人对我们说谎是有过错的，因为她对我们发过誓要永远对我们说真话。可是我们凭自己和别人的经验知道，这样的赌咒发誓并没有多少价值。然而，即使一个女人明摆着是在对我们说谎，我们还是会愿意去相信这些谎话，因为我们看中的并不是她的德行。没错，早晚有一天她会不需要再对我们说谎——到我们的心对谎言感到漠然之时——因为我们已经对她的生活不感兴趣了。这一点我们很清楚，但尽管如此，我们还是心甘情愿地为她献出自己的一切，或者为她殉情自尽，或者先杀了她而后被判死刑，或者更简单，仅仅是在若干年内为她挥霍光所有的财产，然后因为一贫如洗，不得不自杀。而且，即使我们在恋爱时感觉很宁静，其实心中的爱情始终处于一种不稳定的平衡状态。一点小事，就足以让它置于幸福的位置，我们变得容光焕发，不仅对心爱的人满怀柔情，而且凡是使我们在她眼中显得有价值、保护她免受种种蛊惑的人，都会感受到我们的温情；我们自以为心绪很平静，但只消一句话——"吉尔贝特不来了"或者"也请了凡特伊小姐"——我们准备上前拥抱的幸福，刹那间会荡然无存，太阳顷刻间会躲进云层，罗盘方位标顿时会转向，内心也会在瞬时间风云突变，雷电交加的暴风雨总有一天会让我们抵挡不住。到了那一天，心灵会变得如此脆弱，我们的挚友会为我们担忧，不明白这些小而又小的事，这些微不足道的人，何以会把我们折磨致死。然而他们又能怎么样呢？如果一个诗人得了传染性肺炎，已经奄奄一息，难道他的朋友们能去向肺炎球菌求情，说这位诗人如何才华横溢，恳请它放过他吗？我对凡特伊小姐的怀疑，绝不是新近才有的。但即便如此，下午由莱娅和她女友激起的嫉妒，已经把这怀疑给打消了。特罗卡代罗的险情一旦解除，我便体验到一种完完全全的安宁，而且以为以后永远如此了。可是对我来说，真正全新的疑窦，却来自安德蕾在一次散步时对我说的话："我们只是随便逛逛，没遇见别人。"我知道情况并非如此，凡特伊小姐肯定在韦尔迪兰夫人那儿跟阿尔贝蒂娜碰过面。现在我已经允许阿尔贝蒂娜单独外出，她爱上哪儿就让她上哪儿，我但愿能把凡特伊小姐和她的女友幽禁在一个地方，确保阿尔贝蒂娜不跟她们见面。原来，嫉妒通常总带有局部性，发作部位时隐时现，一则嫉妒可能由焦虑延伸而来，这种焦虑来自我们的女友可能爱上的这个或那个人，二则我们的思维容量过小，只能理解我们所能想象的那些事情，而对其余的事情唯有付诸茫然，从而也就无从为之痛苦了。

我们正要走进韦尔迪兰府邸庭院的当口，萨尼埃特[1]赶了上来，他刚才没有认出我们。"我瞧见你们有一会儿了，"他喘着气对我们说，"我竟会犹豫，可奇怪否？"他觉得"奇怪不奇怪"的说法是不对的，所以对古色古香的说法有一种很夸张的偏好。"你们都是我愿与之结交的朋友喔。"他那张始终带有愁容的脸，仿佛被暴风雨来临前的青灰色天光照亮了。今年夏天他还只是在遭到韦尔迪兰先生叱责

1. 第一卷《去斯万家那边》中提到过，萨尼埃特是韦尔迪兰夫妇的一位老朋友，"此人凭他作为档案学家的学识、殷实的家产和出身的门阀，原是应该很受人尊敬的，可是他的腼腆、淳朴和善良的心地却使他到处都受不到这种尊敬"。

时，才会气喘吁吁，可现在却常常如此了。“我听说凡特伊有首未曾发表的曲子，将由几位杰出的艺术家演奏，其中尚有莫雷尔呢。”

“什么叫‘尚有’？”男爵问道，“尚”字在他听来有不以为然的意思。

“咱们的朋友萨尼埃特，”布里肖赶紧出来打圆场，“颇有些好古的文人习气，他说的‘尚’，就是咱们现在说的‘尤其’。”

我们步入府邸前厅时，德·夏尔吕先生问我是否在写东西，我回答说没在写，这一阵却对旧银器和瓷器很感兴趣，他对我说像韦尔迪兰夫妇家这样漂亮的银器和瓷器，别处很难见到，还说我可以在拉斯普利埃尔城堡见到它们，因为这对夫妇声称收藏品也是朋友，着魔似的搬到哪儿就把它们带到哪儿。他告诉我，要让我在一个晚上看遍所有的藏品，也许不大方便，不过要是我喜欢看什么东西，他可以让他们拿出来给我看。我请他千万别这样做。德·夏尔吕先生解开大衣纽扣，脱下帽子；我看见他的头顶有几处地方已经是银白色了。但正如一丛珍贵的灌木，不仅秋光为它染上斑斓的色彩，人们也为部分叶片裹上棉絮，在枝干上涂上石灰水，德·夏尔吕先生头顶上的白发斑驳杂陈，也和脸上的色彩互为呼应。但尽管他表情生动善变，脸上涂脂抹粉，尽力在那儿掩饰，却也无济于事。这张脸仍然对几乎所有的人讳莫如深的秘密，在我看来却是昭然若揭。我看到他的眼睛就有些窘迫，我怕他发现我已经从这双眼睛里洞悉他的秘密，听到他的说话声，我也会感到尴尬，因为我觉得这些时高时低、腔调不同的声音，始终在恬不知耻地重复着这个秘密。可是人们都把这些秘密保守得挺好，因为接近他们的人都是既聋又瞎。从某人那儿，比如说从韦尔迪兰夫妇那儿听说真相的那些人，会相信这个真相，但那是由于他们不认识德·夏尔吕先生的缘故。对他不利的流言蜚语，会止息于他的这张脸，不会再散播开去。我们会赋予某些实体一种宏大的概念，结果反而没法将这一概念跟某个熟人熟悉的脸容对上号。我们难以相信一个昨晚刚一起去过歌剧院的熟人，居然会有见不得人的癖习，正如无法相信他竟然是个了不起的天才一样。

德·夏尔吕先生正把大衣递给仆人，随口很熟稔地招呼了一句。可是接过大衣的仆人是新来的，年纪很轻。德·夏尔吕先生现在经常处于所谓找不到北的状态，弄不清楚什么事该做，什么事不该做。在巴尔贝克那会儿，他总想向人显示，有些事情他一点不在乎，比如不怕当众说某人“是个漂亮小伙子”，或者说些——总之一句话——不像他那种人说得出的话，当初这份可嘉的勇气，如今却反过来，连一个不像他那样的人都绝对说不出口的事情，他也照样敢说，他脑子里一个劲儿地想着这些事情，已经忘记了这些其实并不是大家平日里感兴趣的事情。于是，男爵看着那个新来的仆人，竖起食指，用恫吓的口吻说了句自以为很好笑的话：“我不许您对我这么暗送秋波。”然后转身对布里肖说：“这小家伙长得挺有趣，瞧这鼻子多逗。”不知是为了补充这一戏谑，还是受一种欲念的诱惑，他把食指横过来，犹豫了一下，然后径直朝那仆人戳将过去，摁着他的鼻子说：“哔！”说完，他跟在布里肖、萨尼埃特和我后面，一边走进客厅，一边听萨尼埃特告诉我们，舍巴多夫亲王夫人六点钟去世了。

“这是什么鬼地方！”那年轻仆人心想；他问旁边的同伴，男爵是恶作剧还是神经有点不正常。“他就是这德性，”膳食总管回答说（他觉得男爵有点痴头怪脑，有点装疯卖傻），“可是在夫人接待的朋友当中，我最敬重他，这人心眼好。”

这时，韦尔迪兰先生迎上前来招呼我们；唯有萨尼埃尔还忍着从洞开的大门吹进来的冷风，可怜兮兮地等着人家来取走他的衣帽。“您在那儿像条狗那么趴着，是干什么呢？”韦尔迪兰先生问他。——“我在等司衣帽者取走我的大衣，给我一个牌子。”——“您说什么？”韦尔迪兰先生厉声说，“‘司衣帽’！您是老糊涂了啊？说‘看管衣帽’多好。敢情您也得像那些神经受过刺激的人一样，得重新学说话不成！”——“‘司某事’是正确的说法，”萨尼埃尔吞吞吐吐地低声说，“勒巴特神甫……”[1]——“您太让我生气了，”韦尔迪兰先生大声喊道，“瞧您那喘气的样子！敢情您刚爬了六层楼梯？”韦尔迪兰先生的粗鲁态度，在衣帽间职员身上产生了影响，他们让别的来客在萨尼埃特前面先过，而当他想要把大衣递过去时，对他说：“挨个来，先生，别这么急。”

“这才叫有条不紊，这才叫工作效率，干得好，伙计们”，韦尔迪兰满意地笑着说，对他们把萨尼埃特挤到最后去的做法表示鼓励。“咱们走吧，”他对我们说，“这个蠢货，恋着穿堂风不肯挪窝，想把我们都冻死。咱们到客厅里去暖和暖和。好一个‘司衣帽’！”进了客厅，他又重提这话头，“真是个笨蛋！”——“他这是故作风雅，他人不坏。”布里肖说。——“我没说他人坏，我说他是个笨蛋。”韦尔迪兰先生尖刻地回答说。

“您今年还去安卡维尔吗？”布里肖问我。“我想，咱们的女主人又租好拉斯普利埃尔城堡了，虽说她跟城堡主人之间有过点小矛盾，不过那算不得什么，早就烟消云散了。”他说这话的乐观语气，好比报纸上在说：“毋庸讳言，确实是犯了错误，然而人孰无过呢？”但是我想起了上次离开巴尔贝克时心头的凄楚，实在不想再去那儿了。我和阿尔贝蒂娜的外出计划，也一拖再拖。“他当然要去喽，我们少不了他，他是非去不可的。”德·夏尔吕先生声称，这种专断的语气中，既有自私的意味，也包含善意的不理解的成分。

我们说起舍巴多夫亲王夫人，向韦尔迪兰先生表示慰问，他却对我们说：“是啊，我知道她身体很不好。”——“不，她六点钟已

---

1. 原文中，萨尼埃特说的surveiller aux vêtements，的确是正确的说法，但颇为古色古香，与“司衣帽”庶几近之。而据七星文库本的注释，他所说的勒巴特（Le Batteux），则是Charles Batteux之误。这位夏尔·巴特神甫（1713—1780）是法兰西学院院士，写过一本叫《纯文学教程》的书。

经去世了。”萨尼埃特大声说。——“您这人，说话总是太过分。”韦尔迪兰先生冲着萨尼埃特训斥道，既然晚会并没取消，仍然照常举行，韦尔迪兰先生当然宁愿假定亲王夫人还只是生病而已。这当口，韦尔迪兰夫人跟戈达尔和茨基正在作长谈。她的几位朋友想邀请莫雷尔参加一个晚会，她答应过他们，说这位小提琴家一定会去演奏，不料莫雷尔因为德·夏尔吕先生不能同去，居然谢绝前往。莫雷尔拒绝在韦尔迪兰夫妇的朋友的晚会上演奏的理由（我们一会儿就会看到，其实另有更为重要的理由），自然是以有闲阶层——尤其是韦尔迪兰小圈子的一种习惯作为后盾的。的确，要是韦尔迪兰夫人瞅见一个新来的客人正和一个信徒在说悄悄话，心想他们本来就认识或是有意要结交（“那么，星期五在某人家见”或“您哪天到画室来都行，我每天在那儿待到五点钟，您能来我会很高兴的”），她就浑身来劲，一心想给新客提供一个机会，好让他成为一个在小集团闪亮登场的新成员。于是，我们的女主人装作什么也没听见，那双并非因服用可卡因，却是由于嗜听德彪西而眼圈发黑的漂亮的眼睛，始终带着唯有陶醉于音乐才会引起的倦容，在被那么多四重奏和连年累月的偏头痛鼓起前额的美丽的脑袋里，转动着的可不仅仅是复调音乐；她一时兴起，一刻也等不及地扑向两位正在交谈的客人，把他们拉到一边，指着那位信徒对新来的客人说：“哪天您和他一起来跟大家吃个晚饭怎么样？就星期六，或者您觉得方便的那天就行，我请的都是些挺可爱的人。不过请说得轻一点，因为我不想把这帮子人都叫来。”（“这帮子人”这个说法，在五分钟内特指她的小圈子，为了这位被寄予厚望的新来的客人，只好暂时委屈一下他们了。）

与这种热衷于扶掖新人、忙于帮他们牵线搭桥的热情相对应的，是韦尔迪兰夫妇身上滋生出来的、对每逢星期三总要聚拢过来的常客的一种对立情绪。它衍生为一种挑拨离间的冲动。在拉斯普利埃尔的那几个月里，大家朝夕相处，天天见面，韦尔迪兰夫妇的这种冲动变得几乎无法克制。韦尔迪兰先生一心想在这些人中间抓到某人的把柄，好让他妻子处于中心的这张蜘蛛网捕捉到某个无辜的苍蝇。即使抓不到可以坐实的把柄，也得无端生出些是非来。有哪个信徒出去半小时，他就当着其他信徒的面奚落此人，装作吃惊的样子说，大家怎么会没发现他的牙齿那么脏，或者反过来说此人刷牙成瘾，一天要刷二十次。要是有人未经同意去开了窗，主人和女主人会交换一个眼色，表示对这种缺乏教养的行为的愤慨。过了不一会儿，韦尔迪兰夫人就会要人拿披巾，而韦尔迪兰先生就会以此为由头，声色俱厉地说："不行，我得去关上窗子，我正在纳闷呢，究竟是谁自说自话开了窗。"在场的嫌犯羞得脸红到耳根。谁喝酒喝得多了些，也会受到婉转的指责。"您不觉得难受吗？这可有点像工人的样子哦。"两个信徒事先没有征得女主人的同意，擅自外出散步了，那么这次散步无论有多么清白，终将招来无休无止的非议。德·夏尔吕先生和莫雷尔的散步，是个例外。就凭男爵不住在拉斯普利埃尔（因为莫雷尔住宿营房的缘故）这一点，对男爵的厌腻、反感和唾弃，得以推迟了一些时日。然而，这一天终于要来临了。

韦尔迪兰夫人生气了，决定要开导一下莫雷尔，让他明白德·夏尔吕先生让他扮演的角色有多可笑，多讨厌。"我还得说一句，"韦尔迪兰夫人兀自往下说（往往会有这种情形，她觉得自己欠着某人一份情，又不便下手杀了他，于是就设法抓住他的一个大错，理直气壮地把这份情一笔勾销），"我还得说一句，他在我家里摆的那副架势，我实在看不顺眼。"韦尔迪兰夫人对德·夏尔吕先生耿耿于怀，除了因莫雷尔不肯去参加她朋友的晚会而怪罪于他，其实还有一个更重要的原因。这位仁兄，满心以为多带些原本不会冲着她来做客的人上孔蒂河畔来，是给女主人脸上贴金，哪知要是按韦尔迪兰夫人最初的设想，把她的朋友都邀请来的话，男爵要带的那批人一听宾客名单，是绝不会对女主人赏这个脸的，所以男爵断然推翻女主人的设想，决绝的口气中，颐指气使的贵胄爵爷的使性傲慢，以及擅长晚会策划的艺术家的独断跋扈兼而有之，他宁可撤下自己的节目，拒绝合作，也不肯屈尊让步，按他的说法，去糟蹋整体效果。德·夏尔吕先生只是有所保留地同意了邀请森蒂纳[1]。德·盖尔芒特夫人为了不至于因为遇到森蒂纳的妻子而感到窘迫，对森蒂纳先热后冷，关系终于从天天见面、无话不谈发展到了敬而远之、中止交往，但是德·夏尔吕先生觉得森蒂纳很聪明，还是经常跟他见面。当然，森蒂纳这位昔日盖尔芒特家族圈子中的精英，只是想到这个其成员大都和稍有身份的家族联姻的布尔乔亚阶层，这个人人都很富有，又都跟某个不为大贵族所知的小贵族结了亲的圈子里来寻个发迹致富的机会，而且自以为还能找到个支持他的后台。可是，韦尔迪兰夫人只知道他妻子出身贵族门第，所以那么自命不凡，却没去注意做丈夫的社会地位（因为使我们肃然起敬的，往往只是刚高出我们一头的东西，而那些耸入云端、高不可及的庞然大物，反而会被忽视），认为森蒂纳之所以也在邀请之列，理由无非是他“娶了某某小姐”，想必交游广阔。这种与事实截然相反的判断，让德·夏尔吕先生看在眼里，只笑得涂了唇膏的两片嘴唇合不拢来，这笑，意味着宽容的轻视，也含有大度的理解。他不屑于直接回答，但由于他颇有兴趣鼓捣一套有关社交生态的理论，来展示自己丰赡的学识和高傲的气度（但他不知道，与此同时，思想浮浅的遗传特质也暴露无遗了），他就这么说道：“森蒂纳结婚以前，应该先听听我的意见才是。既然生理学上有优生学，当然也就可以有社会优生学，我也许就是这方面唯一的医生。森蒂纳的情况毫无可以争辩之处。事情很清楚，他结婚以后，就背上了沉重的包袱，激情之火也随之湮灭。他的社交生命就此告终。当初他要是来找

---

1. 第一卷《去斯万家那边》第一部“贡布雷”中，曾提到这位法国作家：“这些作品，比如说森蒂纳的某部小说，或者格莱尔的某幅风景画（画上的月亮挂在空中，清晰地勾勒出一柄银镰的模样）的稚拙肤浅，正好跟我当时的趣味相投。”

我，我会把这些道理都解释给他听，凭他的聪明，他会听懂的。与此相反，有的人条件非常好，本来可以处于一种超越的、居高临下的、无所不能的位置；然而一条可恶的缆绳把他拴在了地面上。我又拉又拽地帮助他挣断了绳索，如今他满怀胜利的喜悦，赢得了拜我所赐的自由，以及那无比的威力。在这过程中，也许得有点意志力才行，但他得到的报偿是极其可观的！所以，认真听我劝告的人，都能成为自身命运的助产士。”但事情明摆着，德·夏尔吕先生没能照他所说的去做；做是一回事，说是另一回事——哪怕你说得天花乱坠，想又是另一回事——即使你满脑子都是奇思妙想。“不过就我而言，我是个豁达的哲学家，充满好奇地关注着上面所说的种种社会现象，但并不会去推波助澜。所以我仍然跟森蒂纳常有来往，他对我也一直保持着适度的尊敬和热忱。我也去他的新居赴过晚宴，新居非常豪华，但待在里面就觉得没劲，比起当初他手头拮据时把好友都招来，大家兴高采烈地挤在那小阁楼上的情景，可就差得远喽。反正您可以邀请他，我同意。但是，对您提出的其他那些人选，我投否决票。您以后会因此而感激我的，因为我不仅是婚姻问题的专家，而且是张罗晚会活动的专家。我知道邀请哪些人气走高的宾客参加，能提高一次聚会的品位，让它升华到一定高度；我也知道哪些人会使它声誉扫地、一蹶不振。”

德·夏尔吕先生不让那些人参加晚会，有时并非出于小肚鸡肠的愤懑或艺术家的挑剔，而是演员的应对机巧。当他就某个人或某件事所作的演讲取得成功时，他希望能让尽可能多的听众一饱耳福，不过第一次已经听过的那拨人，不能放在第二场演说的受邀之列，否则他们就会发现演讲的内容一仍其旧，没有任何变化。场地之所以要更新，正因为节目并没有更新，而一旦演讲大获成功，他说不定还要组织巡演，或者把讲座开到外省去。但无论德·夏尔吕先生的用心多么良苦，他投的否决票不仅刺伤了韦尔迪兰夫人作为女主人的自尊心，而且使她的社交生涯受到严重挫折。这有两方面的原因。

第一个原因是德·夏尔吕先生比絮比安还要神经过敏，谁也不知道是什么缘故，居然跟人家眼里最适合做他朋友的人选，一个个全都吵翻了。自然，可以加在他们身上的惩罚，首先就是不让他们受邀参加他在韦尔迪兰夫人府上组织的晚会。这些被拒之门外的客人，往往是所谓的头面人物，而在德·夏尔吕先生心目中，自从他跟他们吵翻那天起，他们就不再是有头有脸的人物了。他全凭想象，在别人身上找出种种过错，就此跟人反目，而一旦不再是朋友，他们的身份地位就全都不值一提了。举个例子，倘若这个倒霉蛋是一个门第极高的世家子弟，不过家族公爵领地的受封日期仅能追溯到十九世纪，比如说就是孟德斯鸠家族吧，那么转眼之间，能入德·夏尔吕先生法眼的就是公爵领地的古老程度，家族门第算不得一回事了。"他们根本算不上是公爵，"他大声嚷道，"这个爵位本来应该是孟德斯鸠神甫的，后来很不公正地落到了一个亲戚头上，事情离现在还不到八十年。如今那位公爵，就算他是公爵，也不过是第三代公爵。想想人家于塞斯家族、拉特雷穆依尔家族和吕依纳家族吧，他们可是第十代、十四代的公爵，就说胞兄吧，他是第十二代德·盖尔芒特公爵、第十七代德·孔东亲王。孟德斯鸠家族是古老的世族，就算能证明这一点，它又能证明什么呢？七传八传，传到他们这一代，早就不成样子了。"[1]

要是跟他反目的恰恰是一位拥有公爵领地由来已久的贵族，姻亲关系显赫，与王室沾亲带故，然而所有这些辉煌都来得很快，家族门第原本并不高，比如说够不上吕依纳那样的门第，那么情况又变得完全不一样，唯有家世才是要考虑的了。"我倒想请教一下，阿尔贝

1．德·夏尔吕先生以上列举的这些贵族世家，他曾在本书第四卷《所多玛与蛾摩拉》的第二部第三章中自以为是地作过点评。

蒂先生迟至路易十三时代才跻身贵族行列，凭着宫廷恩宠才得以聚敛封地，原先这种事情他是根本休想染指的，这有什么好稀罕的？”而且，跟德·夏尔吕先生相处，即使他刚对你青睐有加，转眼之间说不定就会白眼相看，其中原因，一是盖尔芒特家族的天性要求社交闲谈非得结出友谊之果不可，而这颇有些强人所难的意味，二是一种症状性的恐惧，唯恐自己成为流言蜚语的对象。青睐愈情深，白眼愈狠毒。这种让男爵转目成仇的例子，最明显的莫过于他对莫莱伯爵夫人不加掩饰表现出来的前后截然不同的态度。莫非哪天她有过冷淡的表示，以致就此不配得到男爵青眼相向了？伯爵夫人声称，她实在不明白究竟是怎么回事。反正只要有人提到她的名字，男爵就会火冒三丈，滔滔不绝地数落她的不是，态度之凶狠令人不可思议。韦尔迪兰夫人跟莫莱夫人一向关系不错，而且我们下面会看到，她寄厚望于伯爵夫人，热切地想让伯爵夫人在她家里见到——用女主人的说法是——“来自法国和周边地区”最显要的贵族们，所以她一开始就提议邀请德·莫莱夫人。“哦，天哪，您真是什么人都看得上啊，”德·夏尔吕先生回答说，“夫人，倘若您有兴趣跟皮普莱太太、吉布太太和约瑟夫·普吕多姆夫人[1]聊聊天，那是再好没有，不过拜托一定要选个我不在的晚上。一开头我就听出我俩没有共同语言了，我说的都是些贵族的名字，而您说来说去尽是些毫无名气的法官律师，奸诈、歹毒、好搬弄是非的市井平民，还有那些小户人家的夫人太太，她们模仿我嫂子的风度，自以为是艺术的保护人，其实她们就像八哥学孔雀，根本不在一个档次，全然不是那么回事。我还得说一句，有个人，我考虑再三决定跟她不再来往，我觉得，要是让这么个女人来参加我在韦尔迪兰夫人府上举办的晚会，那简直是对晚会的一种亵

1. 这三个人，都是十九世纪法国作家欧仁·苏和亨利·莫尼埃笔下猥琐的小人物。例如，皮普莱太太是《巴黎的秘密》一书中的看门人。

渎；这个自命不凡的蠢女人，出身低微，又缺乏诚信和才智，却以为自己能同时扮演德·盖尔芒特公爵夫人和德·盖尔芒特亲王夫人的角色，这种集两位夫人于一身的想法，本身就愚不可及，因为德·盖尔芒特公爵夫人和德·盖尔芒特亲王夫人的性格做派根本是截然不同的。打个比方，这就好比有人大言不惭，说自己既是海森博格，又是萨拉·伯恩哈特[1]。无论如何，即使不说这是自相矛盾，起码也是贻笑大方吧。我有时会觉得这一位的夸大其词滑稽可笑，有时又会对那一位的孤陋寡闻感到悲哀，这是我的权利。可是这只布尔乔亚小青蛙，居然鼓起肚子想跟那两位贵妇人比个高下，那真是叫不自量力了，那两位夫人毕竟出身名门，仪态风度是一般人难以企及的。莫莱！这是个提也不该提的名字，您要请她，我就只能告退喽。”他含笑说了这么一句，那口气就像一个医生为病人好，尽管病人央求，他硬是不肯屈尊跟一个主张顺势疗法[2]的医生合作。

另一方面，某些在德·夏尔吕先生眼里无足轻重的人物，对他来说可能确实可有可无，而在韦尔迪兰夫人却并非如此了。德·夏尔吕先生自恃出身名门，对这些风雅人士不会有什么用得着他们的地方，而对韦尔迪兰夫人来说，有这些人经常聚集在她的客厅里，这儿就能成为巴黎第一流的沙龙了。然而，韦尔迪兰夫人渐渐发现，她已经坐失了不少良机，在德雷福斯事件上站错了队更是不能提了。不过这也并非全然是坏事。“我不知道有没有对您说过，德·盖尔芒特公爵夫人看见她的社交圈里有些人满脑子都是这桩案子，心里很不高兴，这些人为了争论重审还是不重审的问题，居然把高贵的夫人们排除在外，却接纳了一些出身低微的女士，这些女士甚至还批评公爵夫人缺

1. 苏珊·海森博格（1853—1924）是个经常演天真少女的喜剧演员，而萨拉·伯恩哈特（1844—1923）以擅长演悲剧角色著称（在第二卷《在少女花影下》中，有对她的演技的描述）。
2. 顺势疗法，指用一种与病原体相似但不相同的物质进行治疗的方法，似与我们所谓“吃啥补啥”的传统治疗理念有异曲同工之妙。

乏热情，不负责任，把社交礼仪置于国家利益之上。”就像在跟一位朋友交谈了好多次以后，忘记自己有没有想到，或者找着机会把某件事告诉他，禁不住要问一问他，我或许也得问一下读者，我到底有没有说过。但无论我说过还是没说过，反正当时德·盖尔芒特公爵夫人的态度是可想而知的，而且我们在往后的一段时间里会看到，从社交的观点来看，她的态度甚至可以说是完全正确的。

德·康布尔梅先生认为，德雷福斯事件是外国人一手制造的阴谋，目的在于摧毁情报机构，败坏军风军纪，削弱法军作战能力，分裂法国人民，为入侵法国做准备。除了几则拉封丹寓言，侯爵对文学一窍不通，因此他交由妻子去设法证实，专爱对阴暗面作细致观察的文学，先是在人际关系中酝酿互不信任的氛围，进而制造严重的社会骚乱。“雷纳克先生和埃尔维厄先生[1]是一伙的。”她会这么说。还没人指控德雷福斯事件是一种预谋，旨在给社交界抹黑。但是有一点是确定无疑的，它打碎了社交界的构架。社交界人士不想让政治进入社交界，是一种未雨绸缪的防范，正如军界人士不想让政治渗入军队一样。社交立场有如性取向，倘若全凭审美的理由来主宰选择，结果之反常、情况之倒错，会全然出乎你的意料。圣日耳曼区的夫人们都是民族主义者，就为这个理由，她们养成了接待其他社交圈女士的习惯，理由会随着民族主义一起消失，习惯却会保留。韦尔迪兰夫人趁德雷福斯事件引起广泛关注的时机，把一些才华出众的作家延请到自家的客厅里来，尽管他们因为是德雷福斯派，暂时对她的社交活动不会有什么用处。政治热情和其他热情一样，持续不了多久。新的一代会成长起来，他们无法理解这种热情；曾经亲身体验过这种热情的那一代人也会改变，他们会体验到新的政治热情，那并非先前的热情的

1. 约瑟夫·雷纳克（1856—1921）：法国政治家、作家，早期的德雷福斯支持者，曾撰写七卷本《德雷福斯案件始末》（1901—1911）。保尔·埃尔维厄（1857—1915）：法国作家，也是支持德雷福斯案重审的德雷福斯派。

翻版，其中会恢复一部分曾被排除的内容，因为此一时彼一时，当初排除的动因已有所变化。在德雷福斯事件进展期间，拥护君主政体的人士不再关心某人是否共和党人，或者激进党人，甚至反教权人士，只要他是反犹主义者和民族主义者就行。假如爆发一场战争，爱国主义会具有另一种形式，对于一个沙文主义作家，人们根本不去过问他是否曾是德雷福斯支持者。

于是，在每次政治危机、每次艺术创新运动中，韦尔迪兰夫人就像鸟儿衔泥筑巢那样，一点一点地捡起相继落下的碎片，这些碎片眼前没有什么用处，日后却会筑成她的沙龙。德雷福斯案件过去了，阿纳托尔·法郎士却留下了。韦尔迪兰夫人的力量，在于她对艺术由衷的热爱，在于她给予信徒们的关怀，在于她府上精美的晚宴，这些晚宴只有信徒可以享用，其他社交界人士一概不在邀请之列。每个宾客在她府上，都像贝戈特在斯万夫人府上那样备受礼遇。这儿的一个熟客有朝一日成了名人，人人都想来一睹他的风采之时，他在韦尔迪兰夫人府上的表现，绝不会像博代尔和夏博[1]提供熟食的官方宴请或圣查理曼日[2]节庆筵席那样华而不实、材质掺假，而是会像一道家常美肴，府上不办晚会的日子照样也有如此美味。韦尔迪兰夫人府上的演出班子阵容整齐、训练有素，节目都是第一流的，缺的只是观众。而自从观众的兴趣从某位贝戈特所提倡的法兰西式理性艺术，转移到了异国情调浓郁的音乐上面，韦尔迪兰夫人一如外国艺术家派驻巴黎的特约通讯员，很快就在迷人的尤贝勒捷夫亲王夫人[3]身边，为俄罗斯舞蹈家当起了卡拉波斯仙女[4]，虽年老却无所不能。芭蕾艺术的这

---

1. 博代尔和夏博都是当时巴黎著名的熟食店老板。
2. 圣查理曼日在每年12月25日，是纪念查理曼大帝的节日。
3. 本书第四卷《所多玛与蛾摩拉》第二部第一章中，提到过这位俄罗斯芭蕾艺术的“年轻的教母”，描述她出现在巴黎的包厢时，头戴硕大的羽饰宽边帽，而且有一位“真正的仙女”陪随在她身旁，就是韦尔迪兰夫人。
4. 传说中又老又驼背的坏仙女。

次入侵，我们知道，除了遇到一些缺乏艺术趣味的评论家的阻击之外，以其魅力征服了整个巴黎，激起充满激情的好奇，与德雷福斯事件相比，这种激情显得不那么粗粝，更富有纯粹的审美情趣，但也许狂热的程度是不相上下的。这一次韦尔迪兰夫人又占了先机，但其社交效果与以往大为不同。正如我们在重罪法庭开庭时，瞧见她和左拉夫人并肩坐在前排正对法官席，当为俄罗斯芭蕾感到欢欣鼓舞的新人类，头戴新潮的羽饰涌进歌剧院时，他们总能瞧见最靠前的包厢里并肩坐着韦尔迪兰夫人和尤贝勒捷夫亲王夫人。经历过司法大厦的激动过后，夜晚大家聚集在韦尔迪兰夫人府上，在这里不仅可以就近一睹比卡尔[1]和拉博里[2]的风采，而且可以打听最新的消息，了解楚林登、卢贝、儒奥斯特上校[3]，以及法规会给他们带来什么希望，同样，在《天方夜谭》或《伊戈尔王》的舞蹈场面所激起的兴奋难以平息，谁也不想去睡觉的时候，大家来到韦尔迪兰夫人府上，为保持舞姿轻盈没吃晚餐的演员们，以及他们的经理和舞美师，还有杰出的作曲家伊戈尔·斯特拉文斯基和理查·斯特劳斯，在尤贝勒捷夫亲王夫人和女主人的操持下，欢聚一堂共进美味的夜宵。这里的夜宵堪比埃尔维修斯夫妇府上的夜宵，宴席上不乏巴黎最尊贵的夫人和外国的亲王殿下们的身影。一些自诩欣赏品味高雅，要在俄罗斯芭蕾中作所谓高下之分的社交圈人士，认为《仙女》的导演手法比《天方夜谭》来得更细腻，觉得在《天方夜谭》中不难看到黑人艺术的影响，但即便如此，这些人士也为亲眼看见这些让芭蕾的艺术品位和舞台表演焕然一新的重要人物而兴奋不已，这门艺术跟绘画相比，也许有点

1. 德雷福斯案件第一次定案后，时任情报处军官的比卡尔上校发现了真正的罪犯，为重审此案创造了条件。
2. 德雷福斯和左拉的律师。
3. 楚林登将军在德雷福斯案件审理期间曾任战争部长。埃米尔·卢贝是1899年至1906年期间的法国总统。儒奥斯特上校是1899年重审德雷福斯案件时的军事法庭审判长。

过于程式化，但这些创新者却带来了一场与印象派运动同样深刻的革命。

回头再说德·夏尔吕先生。要是这位先生仅仅把蓬当夫人排斥在邀请名单之外，韦尔迪兰夫人不至于感到太难受，尽管她在奥黛特家里见到蓬当夫人那么热爱艺术，早就对她青睐有加，在德雷福斯事件进展期间，这位夫人又和她丈夫到韦尔迪兰夫人府上吃过几次晚饭。她那位丈夫，按韦尔迪兰夫人的说法是个温吞水，因为他对重审此案一点不上心，不过此人很聪明，而且喜欢跟所有各派都拉点关系，在跟拉博里共进晚餐时，颇为得意地表明自己持独立的立场，听拉博里侃侃而谈不置可否，只是偶尔很巧妙地称赞一下饶勒斯的光明磊落——这是各派公认的。然而男爵还把另几位贵族阶层的夫人也摒弃在外，而她们正是韦尔迪兰夫人近来参加音乐盛典、藏品展览和慈善活动时结识的，不管德·夏尔吕先生对她们作何看法，她们早晚会是韦尔迪兰夫人府上一个新核心（这次是一个纯贵族的核心）的中坚力量——在这一点上，她们比德·夏尔吕先生更有用。韦尔迪兰夫人本来觉得德·夏尔吕先生办的这个晚会正是个机会，指望他能给她带来一些圈子里的夫人们，好让她们跟她的新女友相逢在孔蒂河畔，这些新朋友跟男爵带来的客人可能是亲朋好友，不期而遇一定会感到很惊喜，想到这儿，她先自在心里乐了起来。男爵把这些夫人摒弃在外，使她既失望又恼火。照这样看来，举办这个晚会究竟是得是失，还很成问题呢。要是德·夏尔吕请来的夫人们对韦尔迪兰夫人至少表现得非常热情，让她觉得她们日后准能成为她的朋友，那倒也就罢了。在这种情形下，事情还有救，男爵想方设法拆成两半的上层社交圈，有朝一日她可以再合并起来——只要挑个男爵不在的晚上就行。因而，韦尔迪兰夫人颇有些激动地等候着男爵邀请的客人。不用隔多久，她就能知道她们前来赴约时精神状态究竟如何，她身为女主人，究竟能和她们结成怎样的关系。此刻，韦尔迪兰夫人正和信徒们在商量什么事情，看见夏尔吕带着布里肖和我进去，马上打住了话头。

让我们大为吃惊的是，当布里肖对她说，得悉她那位杰出的女友的不幸消息后，他感到很难过，韦尔迪兰夫人却回答说："您知道，我得承认我一点儿也没感到难过。明明不觉得难过，装出来也没用……"她这么说，大概有几方面的原因，一是精神不佳，想到整个晚上都得装出一副愁容，就已经觉得累了，二是出于傲气，不想让人觉得她是为自己没有取消这次晚会在找借口，三是对常规礼仪表示既富有人情味，又不失圆通练达的尊重，因为她知道自己表现出的这种并不悲伤的态度，一旦大家知道起因是她其实一向对亲王夫人没有好感，只是此刻突然流露了出来而已，那么这种态度跟大家普遍表现出的无动于衷相比，还是更可尊敬的，何况，亲眼看见一种不容置疑的真诚，总是会叫人心软的：韦尔迪兰夫人要不是确实对亲王夫人之死并不感到伤心，又何必就为了给自己举办晚会开脱，特地往自己脸上抹黑呢？大家忘了，韦尔迪兰夫人本来完全可以承认，尽管她伤心，但她没有勇气放弃这样一份欢乐；然而，做朋友的不重情义，虽说多少会有些让人反感，会有些不道德，但是并不丢脸，所以要承认这一点，比一个家庭主妇承认自己肤浅还要容易。就犯罪的情况而言，嫌疑人由于处境危险，招供时考虑的是怎样减轻罪名，他的出发点是自身的利益。事关不致量刑的一般过失时，出发点就是自尊心了。何况，韦尔迪兰夫人可能是不想流于俗套，有些人生怕愉悦的生活被忧伤打断，一再说他们觉得无须把内心的悲伤表露在脸上，这种遁词已经用滥了，她宁可学聪明罪犯的样，不去一遍遍地重复为自己撇清的陈词滥调，而采用另一种辩解方式——其实那也已经是半遮半露，只是他们自己并没意识到——声称并不认为人家指控他的罪名有什么不该做的，他只不过是碰巧没有机会去做而已，当然，韦尔迪兰夫人也可能是决定以不关心为理由替自己的行事辩解，在她看来，既然心里的怨气已经给勾了上来，不如干脆让人感到这一点，这样反而显得自己特立独行、与众不同，而要把这种心情梳理清楚，那得有一种罕见的洞察力才行，要把它公然说开来，那就更少不得某种胆识了，因此，韦尔迪兰夫人执意说自己并不感到悲伤时，心中颇有几分自得的意味——这种心绪是思维反常的心理学家和脸皮厚的剧作家所常有的。

“是啊，说来真奇怪，”她说，“我一点儿也不感到难过。哦，我不能说我不希望她活下去，她不是个坏人。”

“她就是个坏人。”她丈夫插嘴说。

“哦！他不喜欢她，是因为觉得我邀她来做客，根本对我没好处，其实他是不用担这份心的。”

“您得说句公道话吧，”韦尔迪兰先生说，“我一向不赞成你们来往。我不止一次地跟你说过，她的名声不好。”

“这我可从来没听说过。”萨尼埃特提出异议。

“您怎么能这么说？”韦尔迪兰夫人嚷道，“这是人人知道的事情，不是不好，而是可耻，丢人。不，我要说的不是这个。我不知道怎样解释我的感情才好；我并不讨厌她，可是我对她一点也不感兴趣，所以得知她病得很重的时候，连我丈夫都惊讶地对我说：‘看上去你一点也不难过。’这不，今儿晚上他建议取消这个聚会，可我坚持不能取消，在我看来，明明没感到悲伤，偏要做出悲伤的样子，那就像在演戏了。”

她这样说，是因为她觉得这居然颇有些像时髦的问题剧[1]，而且演来未见得会费力；没错，承认自己感情冷漠或道德有所缺失，会像随和宽松的风尚一样，使生活变得更简单；它让原本应受指责的行为，变成一种力求真诚的责任，而且这样一来，也就无须再去找借口

1. 指当时兴起的以社会问题为题材的戏剧。

了。那些常客倾听韦尔迪兰夫人说这番话，在感到钦佩之余，隐约也有几分不安，以前观看某些直面残酷现实、抨击不留情面的戏剧时，心头也会泛起类似的不安情绪；在惊奇地看到他们亲爱的女主人换了一种新的方式来显示她的爽直和特立独行，他们中间不止一人暗自寻思，虽说不是一回事，但他们还是不免要联想到自己的死，要是那个日子突然一下到来了，他们不知道在孔蒂河畔大家是会哭泣，还是会欢声笑语不断。

“我很高兴，因为我请了这些客人，晚会没有取消。”德·夏尔吕先生说，他没想到，他这样说刚好刺在了韦尔迪兰夫人的痛处。

正在这时，我跟当晚每个走近韦尔迪兰夫人的客人一样，闻到一股实在不大好闻的滴鼻剂的味道。原来是这么回事。我们知道，韦尔迪兰夫人表达自己的艺术情感，向来不用精神的方式，而是用肉体的方式，以便让这种情感显得更无可避免，更沦肌浃髓。不过，要是有人对她说起她特别偏爱的凡特伊的音乐，她会端着一副无动于衷的模样，仿佛她根本没指望这音乐会让自己动感情。但是，就在目光直勾勾的、像是心不在焉地停留了几分钟之后，她会以一种直白、不加掩饰、几乎有些失礼的语气接上你的话茬，那模样仿佛是在对你说：“您抽烟我不在乎，为的不就是地毯嘛，这东西挺漂亮，可我其实也不在乎，不过地毯很容易烧起来，我就是怕着火，不想看见您随手丢了个没熄灭的烟头，弄得你们全都让火给烧着了。”对凡特伊也同样如此。有人对她说起凡特伊，她绝不置一赞词，稍过片刻，她会冷冷地对当晚演奏他的作品表示遗憾：“我对凡特伊并没有成见；在我看来，他是本世纪最杰出的音乐家，问题在于我一听到这些杰作，就止不住要哭，”（她说“哭”这个字时毫无悲伤的表情，看上去倒像是在说“睡”，有些促狭的人甚至说后一个词其实更确切，不过这事谁也说不准，因为她听演奏时脸埋在两只手中间，依稀可闻的呼噜声，也说不定真是抽泣声。）“哭一哭对我也没坏处，哭就哭呗，可是一哭就会发鼻炎，那麻烦可就大了。先是黏膜充血，两天以后，我那模样就像个老酒鬼了，要想恢复声带功能，得连续几天吸喷雾剂。噢，戈达尔有个学生……——哦！说到他，我还没向你们表示过哀悼呢，他那么快就走了，可怜的教授！——可也是，有什么办法呢，他死了，每个人都得死，有不少人死在他的手术刀下，现在轮到他自己了[1]。噢，我是说戈达尔有个学生，是个很有趣的人，他治好了我这毛病。他有句很精辟的名言：‘治病不如防病。’他让我在听音乐之前先在鼻子里抹上油膏。这非常管用。我只管放开哭，就像不知多少失去孩子的母亲那样伤心痛哭也没事，鼻炎不发了。偶尔会有点结膜炎，仅此而已。药效绝对可靠。要不是这样，我根本没法把凡特伊的作品听下去，支气管炎早就一次又一次发作了。”

我实在忍不住要提起凡特伊小姐。“作曲家的女儿没来吗？”我问韦尔迪兰夫人，“她那位女友也没来？”

“没来，我刚收到一封快件，”韦尔迪兰夫人含糊其词地对我说，“她们有事留在乡下了。”

我突然觉得有了希望，说不定她们本来就没说要来呢，韦尔迪兰夫人说作曲家的这两位代表会来，无非是想给参加演奏的乐手和参加晚会的听众提提兴致罢了。

“怎么，那她们连下午的排练也没来喽？”男爵装出惊奇的样子说，想让人家觉得他没见到过夏利。

这位夏利，这会儿走上前来向我问好。我凑在他耳边问他凡特伊小姐为什么没来。他看上去对此一无所知。我示意他别大声说话，并告诉他我待会儿再找他谈。他欠了欠身，说他不胜荣幸，悉听我的吩

1. 这里想必是作者的疏忽，当时戈达尔还没死，本卷稍后他就会出现在这次晚会上。戈达尔之死，见于本书第七卷《寻回的时光》。

咐。我注意到他大有长进，变得礼貌周全，恭顺多了。我向德·夏尔吕先生称赞他（我指望他有一天能帮我解开那些谜团），德·夏尔吕先生回答我说："这是应该的，他跟有教养的人生活在一起，总不见得会学些粗俗的举止吧。"文雅的举止，照德·夏尔吕先生的说法，就是法兰西的传统举止，里面掺不得半点儿不列颠的呆板。所以当夏利从外省或国外巡回演出归来，一身旅行装束来到男爵府上之时，如果在场的人不太多，男爵会一把搂住他，亲吻他的双颊，他或许是有点想靠如此炫耀自己的温情，打消这种温情可能该受谴责的念头，或许他是无法拒绝一种乐趣的诱惑，而更有可能他是受了一种历史观的影响，想要尽力维护、阐明法兰西的传统礼仪举止的精髓，这就好比保存曾祖母的椅子来抗衡慕尼黑风格或现代时尚，或者为了抨击英国式的冷漠，不惜仿效十八世纪易动感情的父亲的冲动做派，毫不掩饰见到儿子的喜悦。可是，在如此这般的父爱中，是否毕竟有那么点儿乱伦的意味？更有可能的是，德·夏尔吕先生平时克制癖习的做法（关于这一点，我们以后还会有所交代），并不能满足他的情感需求——自从妻子去世后，这种情感需求一直处于缺位的境地；他多次考虑再婚未果，现在心心念念想收养一个义子，他周围的一些人，担心他打的正是夏利的主意。这也并不奇怪。一个只能靠写给唐璜式的男人看的文学作品来滋养自身激情的同性恋者，一个在阅读缪塞的《夜》[1]时心里想着男人的性欲倒错者，自然会在内心里感到一种需要，要像性欲正常的男人那样担负起应尽的社会职能，要像供养舞蹈女演员当情妇、经常出入歌剧院的男人那样负起供养的责任，要重新过上规规矩矩的家庭生活，结婚或跟一个男人同居，做一个父亲。

---

1. 又称《四夜组诗》。其中缪塞用优美的诗句，表达了他对女作家乔治·桑真挚而热烈的爱情。

德·夏尔吕先生把莫雷尔拉到旁边，借口说要讨论一下待会儿演奏的曲目，当夏利拉给他听的时候，他只觉得如此公开地显示他俩的私密关系，实在妙不可言，心里乐开了花。而在这当口，也有东西把我给迷住了。原来，虽说这个小圈子里几乎没有年轻姑娘，但每逢举办盛大晚会的日子，总会邀请为数不少的姑娘来应景。其中有几位长得非常漂亮，我平时就认识。她们远远地对我微笑打招呼。空气中不时闪烁着姑娘妩媚的笑容，这是晚会上（白天也一样）星星点点、令人眼花缭乱的装饰。我们之所以能回忆起某种氛围，就是因为姑娘们在这氛围中微笑过。

而谁要是听到德·夏尔吕先生跟几位晚会上贵宾的悄悄话，准会大吃一惊。这几位贵宾，是两位公爵，一位名重一时的将军，一位大作家，一位名医和一位大律师。他们说的是："哎，您是不是知道，那个仆人，不，我说的是站在马车上的那个小伙子，他会不会……在您盖尔芒特堂妹家，您不认识好这一口的小伙子？"——"目前不认识。"——"我说，门口停车的地方有个金发小伙子，穿着束膝短裤，我觉得他特别客气。他很殷勤地叫来了我的马车，我真想能跟他多聊一会儿。"——"可也是，不过我看这人不大好弄，这种事得悠着点，慢慢来，可您总喜欢一下子就弄成功，他不会合您胃口的。再说，我看这事儿没门，我有个朋友试过。"——"那太遗憾了，我觉得他条干长得挺好，那头秀发漂亮极了。"——"是吗，您当真觉得他长得那么好？我相信您多看他几眼，就会感到失望了。说真的，两个月前那次冷餐会上，您倒可以看见一个真正的美男子，两米高的个头，皮肤特别细腻，而且也好这一口。可是他去波兰了。"——"喔！那可远了点儿。"——"谁知道呢？说不定他还会回来。人生何处不相逢嘛？"凡是盛大的社交晚会，只要我们能在具有足够深度之处，截取一个断面，那么它们无一不跟医生请病人来参加的晚会非常相像，那些病人说话有条有理，举止礼数周到，要不是他们指着一位走过的老先生，凑在你耳边说“他是圣女贞德”，你根本看不出他们是疯子。

“我认为，咱们有责任把话说明白，”韦尔迪兰夫人对布里肖说，“我并不是跟夏尔吕对着干，事情正相反。他挺讨人喜欢，至于说他的名声，我可以告诉您，那一点不碍我什么事！我本人，为我们的小团体，为我们的聚餐会着想，一向反对调情卖俏，主张男士们要谈论有意思的话题，而不要躲在角落里跟女士说些不三不四的蠢话，跟夏尔吕在一起，我不用像跟斯万、埃尔斯蒂尔或别的男士在一起那么担心。跟他在一起，我是放心的，他一来坐在我的餐桌前，任凭有多少社交圈的女士在场，餐桌上的谈话绝不会受到打情卖俏、窃窃私语的干扰。夏尔吕正襟危坐，你根本不用为他操心，他就像个神甫。不过他不该自说自话，对来我们这儿的小伙子发号施令，给我们的小圈子添麻烦，否则他不是比渔猎女色的男人更糟糕了嘛。”韦尔迪兰夫人如此声称她对夏尔吕举止的宽容，是真心实意的。如同所有执掌教权者一样，在她看来，人性的弱点并不可怕，可怕的是眼见在她的小教会里出现藐视权威原则，有违正统观念，企图修正固有信条的苗头。“否则，我就要不客气了。这儿有位先生不许夏利来参加排练，原因仅仅是他本人没有受到邀请。那他就该受到一次严重警告，我希望他能到此为止，否则他就别想再进我的门。他想独占夏利，就这么回事。”接下去，她又说：“夏利身边整天都有这么个身材不匀称的高个子晃来晃去，就像保镖似的。”她说的这两句话，换了任何别人，大概也都会这么说的，因为有些平时不大会说的话，遇到某个特殊的话题、某个特定的场景，几乎必然会涌进此人的记忆，他以为是在表达自己的思想，其实是在机械地复述现成的套话。

韦尔迪兰先生借口有事要问夏利，要单独跟他说一会儿话。韦尔迪兰夫人生怕他心绪被弄乱，会影响一会儿的演奏。“等他演奏完了再说，不是更好吗？哪怕改日再说，也没关系呀。”因为，韦尔迪兰夫人一想到自己的丈夫正在隔壁房间跟夏利把话挑明，她就甭想好好享受音乐带给她的激情喽，她害怕事情弄得不巧，夏利一生气，会把十六日的事儿撂下不管。

让德·夏尔吕先生在这个晚上颜面丢尽的，是他邀请的这些陆续到来的宾客的缺乏教养——这在社交圈是很常见的。这些公爵夫人上这儿来，既是买德·夏尔吕先生的交情，也是怀着一探这种所在究竟的好奇，她们一个个径直走向男爵，仿佛他是主人在接待来客似的，在离韦尔迪兰夫妇仅一步之遥、每句话都会钻进这对夫妇耳朵的地方，冲着我说："请指给我看看，哪一位是那个韦尔迪兰大妈，您认为我非得让人把我介绍给她吗？但愿她总不至于让我的名字明天登在报纸上吧，要不然我可要在亲戚朋友面前把脸都丢光了。怎么，那个白头发的女人就是她？她看上去还可以嘛。"听到提起凡特伊小姐（不过她并不在场），不止一位女客说道："哦！那个奏鸣曲的闺女？快指给我看看。"看到有好多熟人，她们便三五成群聚在一起，冷眼瞅着韦尔迪兰府上的常客陆续进来，好奇的目光中透着讥讽和不屑，至多指点一下某人略显奇特的发式——若干年过后，这种发式就会大行其道，时髦得很，总之，这些来客不无遗憾地发现，这个客厅跟她们所熟悉的、所预想的客厅都没有什么两样，她们感觉到的，正是前往布吕昂[1]夜总会的社交圈人士的那种失望——那些夫人小姐们一心准备去让这位讽刺歌手调侃奚落一番，不料进得门来，却只见接待如仪，全然听不到预想中的那个叠句："哦！瞧瞧这张面孔，这副嘴脸。哦！瞧瞧她这副嘴脸。"

在巴尔贝克，德·夏尔吕先生曾在我面前尖锐地批评过德·沃古贝尔夫人，说她虽然聪明过人，却在丈夫出其不意地发迹过后，让

1. 阿里斯蒂德·布吕昂（1851—1925）：巴黎黑猫夜总会的著名歌手。

他犯了致命的错误，从此一蹶不振。德·沃古贝尔先生被委任为驻外大使，与所在国的迪奥多兹国王和欧多克西王后关系密切，后来国王和王后重访巴黎，逗留时间较长，而且天天都要出席宴请，王后因为十年来在自己的京城里跟德·沃古贝尔夫人时相过从，而对法兰西共和国总统夫人以及那些部长夫人们，她一个也不认识，所以撇下那些夫人们，只跟大使夫人单独交谈。而德·沃古贝尔夫人自以为地位无人可以撼动——既然德·沃古贝尔先生是促成迪奥多兹国王和法国修好的元勋——见到王后如此垂爱，她不由得满心踌躇志满，全然意识不到危险正在临近，于是，几个月过后，这对过于自信的夫妇误以为不可能发生的事情，终于发生了，德·沃古贝尔先生突然被宣布退休离职。德·夏尔吕先生在巴尔贝克的小火车上评论儿时朋友官场失意的时候，说让他惊讶的是一个这么聪明的女人，竟然不懂得在这种情形下，她应该利用对国王、王后的全部影响来使他们明白，她本人是不足道的，他们应该把情谊转移到总统夫人和部长夫人们身上去；而当这些夫人们以为这份情谊来自国王和王后本人，而并非沃古贝尔夫妇精心安排的，她们就会更加得意，也就是说，在欣喜之余，会对沃古贝尔夫妇平添一份感激之情。然而，真所谓旁观者清，一个明白人事到临头，自己脑子一发热，照样会犯同样的错误。且说德·夏尔吕先生在他邀请的宾客纷纷走上前来，向他表示祝贺和谢意，只当他是府上的男主人的当口，并没想到应该请他们去和韦尔迪兰夫人寒暄几句。来客中唯一的例外，是那不勒斯王后[1]，这位血管里流淌着与两位姐姐伊丽莎白皇后和德·阿朗松公爵夫人同样高贵的血的贵妇，一进

1．指玛丽–索菲·阿梅丽（1841—1925）。她是巴伐利亚公爵马克西米利安–约瑟夫的女儿，那不勒斯王国和两西西里王国国王弗朗索瓦二世的王后（1894年丈夫去世后成为寡妇）。她的两个姐姐分别是奥地利伊丽莎白皇后和德·阿朗松公爵夫人索菲。1861年两西西里王国并入意大利后，下野的弗朗索瓦二世一度占据意大利的城镇加埃塔作为栖身之地，后加埃塔失守，他和阿梅丽被迫离开意大利。

客厅就和韦尔迪兰夫人攀谈起来，仿佛她此次前来，就是来拜访韦尔迪兰夫人，而不是来听音乐，也不是来看德·夏尔吕先生的，她对女主人无所不谈，再三说自己对女主人仰慕已久，对女主人的府邸赞不绝口，涉及话题之广泛，倒像是专程前来访谈似的。她真想把侄女伊丽莎白（就是日后嫁给比利时的阿尔贝王子的那位）也带来，她说，那姑娘准会感到非常遗憾！看到乐师纷纷上台，她打住话头，请韦尔迪兰夫人告诉她，哪一位是莫雷尔。她当然不会不知道，德·夏尔吕先生举办这个晚会的目的，就是请大家来为这位才华横溢的年轻人捧场叫好。但是素有睿智的当年的王后，身上有着欧洲最高贵的一脉血统，阅历堪称丰富，崇尚怀疑精神，又天生有股傲气，所以在她眼里，像表亲夏尔吕（他和她都是巴伐利亚公爵夫人的后裔）这样的她所最爱的人，他们的种种不可避免的缺点，都只不过是不幸而已，惟其如此，他们在她这儿得到的支持，就格外显得珍贵，因此她也就特别乐于为他们提供这种支持。她知道，自己亲临这种场合，德·夏尔吕先生一定会倍加感激。不过，她今天的善解人意，一如当初的英武骁勇，这位曾经亲手向加埃塔[1]城墙射击的英姿飒爽的女人、身先士卒的王后，随时准备不失骑士风度地站在弱者一边，如今她瞧见韦尔迪兰夫人孤单一人，受到冷落（其实韦尔迪兰夫人并不知道，她是不该撇下王后的），便要做出一副样子，让大家看到，对她——那不勒斯王后来说，这个晚会的中心，吸引她前来的人物，正是韦尔迪兰夫人。她不停地抱歉说，她得先告退，因为还要去另一个晚会（其实并无此事），还特地关照她离开时不要惊动大家，从而蠲免了韦尔迪兰夫人原本不曾想到的送别仪式。

不过也得为德·夏尔吕先生说句公道话，虽然他完全把韦尔迪兰

---

1. 意大利港口城镇。历史上曾先后是共和国和自治公国，十二世纪被诺曼人占领，十九世纪并入意大利王国。旧城保存有带防御围墙的城堡。

夫人给忘了，而且任凭他请来的他那圈子里的客人们把她撂在一边，使她很难堪，但他却很明白，决不能让这些人用对待女主人的恶劣态度，去对待音乐演出本身。莫雷尔已站在台上，乐师们也已就座，谈话声却仍不绝于耳，甚至还能听到笑声和“恐怕只有内行才听得懂哦”之类的评论。蓦然间，德·夏尔吕先生挺直腰板，仰起脖子，仿佛跟适才我见到他走进韦尔迪兰夫人客厅时那副疲沓的模样换了个人似的，他一脸先知的表情，环顾四周时的严肃神态，似乎是在告诉大家，此刻不是嬉笑的时候，顿时不止一个客人的脸在他的注视下涨红起来，就像小学生在课堂上当场挨了老师训斥一样。在我看来，德·夏尔吕先生的神态虽说高贵，却难免有几分滑稽的意味；只见他时而目光炯炯地逼视来客，把他们镇住，时而把戴着白手套的手举到俊秀的额前，意在像vade mecum[1]那般提示众人，什么是此时应该保持的宗教肃静，什么是超脱于世俗杂念之上的虔敬，为他们树立一个全身心投入，近乎心醉神迷的榜样；迟到的来客跟他打招呼，他一概不予理睬，这些人实在太失礼了，居然不明白，此时此刻可是属于伟大的艺术的。在场的人就像被催眠了似的；没人敢发出一点声响，挪动一下椅子；一群穿着高雅、举止缺乏修养的人，骤然间——拜巴拉梅德的魔力所赐——变得对音乐肃然起敬了。

瞧见小小的舞台上不仅有莫雷尔和一位钢琴家，还有其他乐师，我心想，他们先演奏的准是别的作曲家的作品，而不是凡特伊的作品。我还以为他就只写了那首奏鸣曲呢。

韦尔迪兰夫人坐在一旁，白皙而略施脂粉的前额，饱满地向前鼓起，头发朝两边分开，这既是对十八世纪一幅肖像画的模仿，也出于一个不愿让人知道她正在发烧的病人对凉爽空气的需要，这位独坐一隅的主持音乐盛会的神祇、专司瓦格纳音乐和偏头痛的仙女，这位

1. 拉丁文，袖珍手册。

置身于乏味的听众之中的音乐守护神，让人想起有点忧郁的诺纳女神[1]，在这些听众面前谛听一种她远比他们熟悉得多的音乐，她自然更不屑于表露自己对音乐的感受。音乐会开始了，我不知道在演奏什么曲目，只觉得自己置身于一片陌生的疆土。这是在哪儿？这是哪位作曲家的作品？我真想有人能告诉我，但身旁没人可问，我但愿自己能化身为《一千零一夜》中的人物，这本书我读了好多遍，每当书里的人物不知怎么办的时候，总会有一个精灵或者一位美貌无比的少女突然现身，这个少女别人看不见，但身陷困境的主人公却看得见她，她悄悄告诉他的，正是他想要知道的情况。而此刻，我突然遇到的正是这种魔幻的时刻。我好比到了一个我以为不认识的地方，没想到其实我只是换了一条新的小路进来，绕过了一条陌生小路，眼前突然见到一条熟悉的小路，这里的一草一木我都熟稔于胸，只是平时不从那条路进来，我蓦地想到："这不就是通到我某某朋友家花园门的小道吗？我离他们家才两分钟路。"果不其然，他们的女儿正从那儿过来，顺道向我打招呼呢；就这样，我骤然间认出了这对我来说全新的音乐，原来还是凡特伊的奏鸣曲；比小说中的少女更奇妙的是，那个小乐句，裹着银装，通体焕发着辉煌的音色，有如披巾那般轻盈柔美，款款向我走来，尽管换了华丽的新装，我还是认出了她。她对我诉说时温婉而熟悉的语调，更让我增添了重逢的喜悦，这种语调那么具有说服力，那么淳朴率真，却又不时闪耀着光彩，有一种令人心动的美。然而，这次它的目的，仅仅是给我指路，而且不是先前那首奏鸣曲里的那条路，这是凡特伊尚未公开演奏过的作品，在这部新作中，他只是一时兴之所至（事先发给每个听众的节目单上，有个词暗示了这一点），让那个小乐句出现了一下。转眼间，它又消失了，我

1. 诺纳女神，是北欧神话传说中的命运女神。她们的形象，曾在瓦格纳的歌剧《众神的黄昏》中出现过。

发现自己是在一个陌生的世界里，但我现在知道，一切的一切也都在向我证实，这是一个我甚至意想不到凡特伊能够创造的世界——当我厌倦了先前那首奏鸣曲，觉得对我来说，它就像一片熟悉得不能再熟悉的空间之后，我尝试过想象一些同样美妙，却有所不同的空间，但我无非像那些诗人一样，把他们所谓的天堂里塞满草地、花朵、河流，使之成为地球的翻版而已。假如当初我不曾听到过那首奏鸣曲，那么眼前这首作品让我感受到的，将会是同样的欣喜；这就是说，它具有同样的美，但又是不同的。那首奏鸣曲开场时，我们依稀看到的是百合般洁白、散发着田野芬芳的黎明，单纯的气息悬浮在稍显紊乱的背景上，组成一片乡间忍冬和白色天竺葵的绿廊；而这首新奏鸣曲展现在我们眼前的，仿佛是一片浩瀚的大海，那是暴风雨还未降临的清晨，天空已是紫红色的，乐曲就在一片冷峻的寂静和无垠的虚茫之中开场，而后，伴随着玫瑰色的曙光，未知的世界从静谧和黑夜中脱颖而出。这种红色非常特别，在那首充满柔情和田园气息的、天真单纯的奏鸣曲中是根本无法见到的，它有如朝霞，给整个天空抹上了带有某种神秘希望的色彩。一个优美的旋律腾空而起，它也由七个音符组成，却是我从未听到过，跟我所能想象的曲调迥然不同的旋律，它简直妙不可言，却又那么尖锐刺耳，不再像那首奏鸣曲中鸽子的咕咕叫声，而是划破长空的嘶鸣，有如方才染红天空的红色那般鲜亮，仿佛公鸡神秘的报晓，俨如永恒的早晨令人不明其意，却又尖利无比的召唤。刚被雨水洗过，还带着电荷的冷冽的空气——跟那首奏鸣曲相比，这种空气具有全然不同的质感，气压也迥然相异，它所在的世界跟那首奏鸣曲中纯洁天真、草木茂盛的世界相去甚远——每时每刻都在变化，渐渐收起了晨曦红嫣嫣的希望之光。然而到了中午，在短暂而灼热的阳光照射下，空气好似沉甸甸地蕴含着一种乡村风味的，几乎是土气可掬的幸福，教堂的大钟晃晃悠悠，钟声嘹亮而亢奋（就像贡布雷教堂热辣辣地倾泻到广场上去的排钟声，凡特伊想必经常听到，此刻也许在记忆中找到了这钟声，正如画家很趁手地在画板上找到了一种颜色），仿佛把最厚实的欢乐全都表现了出来。说实话，从审美的角度看，我并不喜欢这个欢乐动机：我甚至觉得它有点难听，整个节奏像是在步履艰难地行走，你只要用两根小棒，按某种方式敲击桌子，就可以把这种节奏模仿得挺像。我觉得凡特伊到这会儿已经没有了灵感，于是，我的注意力这会儿也开始分散了。

我向女主人瞧去，只见她令人望而生畏地独自端坐在那儿，仿佛是对圣日耳曼区那些贵妇人跟着节拍摇头晃耳的傻样表示抗议。诚然，韦尔迪兰夫人并没有说："你们要明白，这音乐我可熟悉，熟悉得很呢！我要是把自己的感受全都说出来，你们就是听一个晚上也听不完！"但是她正襟危坐的姿势，毫无表情的眼神，还有那几绺披下的头发，都代她把这话说了。这种姿势和眼神，也表明了她的勇气，仿佛在说，乐师们只管往下演奏就是，她的神经不劳他们来照顾，甭说行板她能挺得住，就是快板也休想叫她讨饶。我转脸去瞧那些乐师。大提琴手双膝夹紧他的琴，头往下冲，刻意做作的时候，那张粗俗的脸会不自觉地摆出一副厌恶的表情；他俯身去按低音时，那份耐心就像仆人在拣菜。在他旁边弹竖琴的姑娘，几乎还是个孩子，穿着短裙，被四边形的琴框金光灿灿地围在中央，犹如一个女预言者置身于有魔力的小屋里，那些光线习惯上象征着太空，姑娘的手上下挪动，在一些确定的点上拨出曼妙的乐音，就好比寓意画中的小女神站在天穹的金栅前，一颗一颗地采摘着星星。至于莫雷尔，一绺原先夹在头发中间的鬈发，刚才掉了下来，卷曲地挂在额头上。

我稍稍向听众的方向转过脸去，想了解德·夏尔吕先生对这绺头发作何感想。可是我的目光落在了韦尔迪兰夫人的脸上——确切地说是手上，因为她的脸完全埋在了手里。女主人保持这种冥想的姿势，究竟是要表明，她犹如置身于教堂，觉得这音乐跟神圣的祈祷并无两样，还是如同有些人在教堂里那样，想要避开旁人不知趣的目光——或是出于羞耻心，不想让人家看到她假装的虔诚，或是出于对他人的尊重，不想让人家看到她无可宽恕的走神或无法克制的睡意？起先，我由于听到一种有别于乐音的很有规律的声响，以为后一种假设是对的，但后来我发现，这打呼噜的声音并非来自韦尔迪兰夫人，而是她那条狗的鼾声。

钟声齐鸣的辉煌动机，很快就被其他动机所驱散，我的注意力又回到了乐曲上来；我意识到在这首七重奏中，不同的乐思相继出现，而最终全都汇聚在一起，这样一来，先前的那首奏鸣曲，以及我事后知道的凡特伊的其他作品，跟这首七重奏相比，都只能算是青涩的习作，在此刻我听到的这首恢弘大气的作品面前，显得柔美有余，刚强不足。作为对照，我不由得想起了，以前我总认为凡特伊所能创造的别样的世界，都是些封闭的天地，就像我的前几次恋爱一样；而其实，我应该承认，最后这次恋爱——跟阿尔贝蒂娜的恋爱——才让我尝到了爱的冲动（最先是在巴尔贝克，接着是传戒指游戏，然后是她睡在酒店里的那个夜晚，然后是巴黎有雾的星期天，然后是盖尔芒特府的晚会，然后又回到巴尔贝克，最后又是在巴黎，这时我和她的生活已经密不可分了）；同样，如果现在考虑的不仅仅是对阿尔贝蒂娜的爱情，而是我的整个一生，那么跟这次恋爱相比，其他的恋爱都只是单薄的、怯生生的尝试，只是对一种更为壮阔的爱情的准备和召唤……召唤对阿尔贝蒂娜的爱情。我的思绪又从音乐中游离开来，暗自在想，不知道这些天来阿尔贝蒂娜有没有见过凡特伊小姐，就像一个人重新在探究一种内心的创痛，刚才由于分心，他暂时忘记了这种痛苦。说到底，阿尔贝蒂娜可能做哪些事，都只是由我的心象所生。凡是我们认识的人，我们都会有一个和他一模一样的副本。不过，这个副本平时存在于我们的想象和记忆的边缘，相对而言，它还是处于我们外部，它做什么或者能做什么，对我们来说都无关痛痒，正如一个放在一定距离以外的物体，我们看见了并不会引起疼痛的感觉。使这些人感到痛苦不安的事情，我们用一种旁观的态度在感知它们，我们也许会颇为得体地说一些表示遗憾的话，让别人觉得我们很有同情心，但其实我们并不能真正感觉到它们。然而自从我的心在巴尔贝克被刺痛以后，阿尔贝蒂娜的副本就留在了我的心里，埋得很深很深，根本没法去除。她做的事情，我看在眼里，痛在心里，就好比一个人得了一种莫名其妙的毛病，感官功能发生了改变，明明看到的只是一种颜色，却会感觉到皮开肉绽般的疼痛。幸好，与阿尔贝蒂娜再次分手的念头只是一闪而过；待会儿回到家里，就又会见到她，就像她真是我深爱的女人似的，这当然有些令人烦恼，不过，相比于另一种忧虑，就是一旦真的就在这么一个时刻，在这么一个我虽说对她心存疑虑，她却还没来得及让我对她完全忘情的时刻跟她分手的忧虑，那点烦恼就算不得什么了。正当我这么在想象中仿佛看到她在家里等我，觉得时间长得难以打发，说不定还在卧室里睡了一会儿，突然间这首七重奏的一个熟悉而亲昵的乐句仿佛过来温柔地抚摸了我一下。也许——在我们的内心生活中，不正是所有的东西都交织、叠合在一起的吗——凡特伊写出这个乐句的灵感，就来自他女儿——如今我所有这些烦恼的源头——的睡眠，当作曲家在宁静的夜晚创作时，女儿的睡眠营造了一种温馨的氛围，这个乐句，以弥漫于舒曼某些梦幻曲中的静谧柔美的意蕴，使我的心平静了下来，在这样的梦幻曲里，即使“诗人如是说”，你也能猜到“孩子入睡了”[1]。只要我愿意回家，今晚我就能见到我的阿尔贝蒂娜，无论她是睡着了，还是醒着。

然而，我心想，七重奏开头那黎明的呼唤中，有一种神秘的意

---

1. 舒曼的钢琴组曲《童年情景》中，最后两首曲子的名称就是“诗人如是说”和“孩子入睡了”。

味，一种比我从阿尔贝蒂娜的爱情中所能得到的许诺更飘渺的东西。我尽力不让自己去想这位女友，以便只想着作曲家。他俨然就和我们在一起。看来，说作曲家会在他的作品中得到永生，此言不虚；我感觉到了他在挑选某种音色，让它跟其他音色相配的时候那种发自内心的喜悦。凡特伊除了得天独厚的天赋以外，还有一种音乐家中几乎没人，画家中也极少有人能有的天赋，能让所用音符的色彩不仅稳定，而且富有个性，这种鲜明的个性，不会随时间的消逝而变得黯淡，而且，模仿这位色彩大师的学生也好，音乐成就比他更高的名家也好，都无法让这种色彩上的独创性收敛它的光芒。富有个性的音色的出现，引起了一场革命，而且其成果并没有湮没在滚滚向前的时代潮流之中；只要人们重新演奏这位永恒的创新者的作品，革命就会再次爆发，重现它的光彩。凡特伊笔下的每个音色，都被赋予一种鲜明的色彩，这世上最博学的作曲家，即便精通了所有的作曲规律，也无从模仿这样的音色，因此，他尽管只属于某个特定的时代，在音乐史上只具有某个相应的位置，但每当人们演奏他的一首曲子时，他总会离开这个位置，出现在潮流的前头，因为他的曲子听上去总给人一种印象，觉得它的写作年代晚于那些更时新的作曲家们，其中自有一种看似矛盾、实则迷人的常听常新的魅力。凡特伊的交响曲中的一些段落，当初我们听过它们的钢琴曲雏形，如今听到的配器后由整个乐队演奏的乐声，犹如夏日的阳光，经过窗玻璃的折射后，照进幽暗的餐室，让我们出乎意料地仿佛看到了一座《一千零一夜》中光彩夺目的宝库。但是，这种一成不变的、令人目眩的流光溢彩，如何能与生命本身，与永远在变动而又充满欢乐的生命进程相比呢？我认识的那个羞涩、忧郁的凡特伊，当他必须挑选一种音色，让它跟另一种音色匹配的时候，他变得勇气十足，浑身充满一种幸福——就这个词的全部意义而言——之感，只要听过他的作品，就不会对他的这种幸福感有丝毫怀疑。由某些乐音引起的愉悦，以及这种愉悦感所唤起的、不断激励他去发现其他乐音的精神力量，也带给听众一个又一个发现的惊喜，更确切地说，是这位创造者在亲自引领着听众，从他找到的音色中感受强烈的欢愉，而这种欢愉又给了他新的力量，去奋力寻找它们仿佛正在召唤的新音色，灵感犹如火光迸溅那般闪现，他欣喜若狂，浑身颤抖，当铜管乐器一齐奏出崇高庄严的音响之时，激动得透不过气来的作曲家，兴奋眩晕几近疯狂，描绘了一幅气势恢宏的音乐壁画，正如米开朗琪罗把身子绑在梯子上，头冲下地用满含激情的画笔在西斯廷教堂的穹顶上挥洒涂抹。

凡特伊已经去世多年；但在他当年心爱的那些乐器中间，他的生命至少有一部分仍在继续，不因时光流逝而终止。那仅仅是他作为一个个人的生命吗？如果说艺术其实只是生命的一种延续而已，那么为艺术奉献出一切还值得吗，艺术岂不就跟生命本身一样虚幻吗？越是往下听这首七重奏，我越是感到这样想是不对的。诚然，粉红色的七重奏全然不同于那首纯白色的奏鸣曲；小乐句所回应的那声羞怯的询问，全然不同于那种企求兑现许诺的热切恳求，我们在七重奏里听到的这声奇特的许诺，尖利、短促而不可思议，使大海上方粉红、沉寂的晨空震颤了起来。然而，如此不同的这两个乐句，却是由同样的要素构成的，因为，正如有的世界——那正是埃尔斯蒂尔看到并生活其中的世界——我们是通过随处散布的细部、碎片，诸如博物馆和私人宅邸的藏品，来感知它的，同样，凡特伊以一个又一个音符、一次又一次的触键，把种种我们所陌生的、无比珍贵的色彩，赋予另一个世界，那是一个我们意想不到的世界，由于我们在不同的时段聆听他的作品，他的这个世界也就间隔成了许多片段，而他先前的那个奏鸣曲和此刻的这个七重奏，既然所发出的询问全然不同，从而乐曲的行进速度差别就很大，一个把一条绵延、纯净的声线截成短促的呼唤，另一个则把许多散乱的碎片拼合成一个牢不可分的构架，一个是安静的，怯生生的，有点像断弓的演奏，带有哲理的意味，另一个则是急迫、不安的恳求，但它们所要表达的，是同一个请求，同一个祈愿，只不过它们是心中的太阳上升到不同高度时，经由不同的介质折射出来的光线，这些不同介质反映了他在追求创新的心路历程中的思想演变，以及艺术探索的不同阶段。那是实质上相同的请求和祈愿，尽管在凡特伊不同的作品中，它们被赋予不同的面貌，但还是认得出，而且是唯有在凡特伊的作品中才能找得到的。诚然，音乐评论家可以在别的音乐大家的作品中，找到与这些乐句相似乃至渊源有自的乐句，但那只是皮相之谈，他们看到的只是外表的相似，那是由精巧的推演得出的结论，而并非直接感受到的印象。凡特伊的乐句给人的印象，不同于其他任何作曲家，这就好比，尽管科学对某些规律已有定论，但是与众不同的个体现象仍然会存在。而恰恰在他一心想要标新立异之际，我们自会在一部作品当中，在不同的表象下面，认出哪些是深层次的相似，哪些是故意做出来的相似之处，当凡特伊翻来覆去地把一个乐句用来用去，自得其乐地把节奏变来变去，最后又回到最初的形态，其中的相似性是刻意为之的，是耍聪明的结果，所以注定是肤浅的，不可能像那些深藏不露、出于无心的相似性——我们在两部杰作不同的色彩中，会同样感受到这种相似性令人眼前一亮的光芒——那样给人以深刻印象；因为这时，一心想要出新的凡特伊，始终在向自己发问，他凭借全部的创造力，触及了灵魂的深处，所以任凭别人问他什么问题，他的灵魂总会以同样的音调——他特有的音调——作出应答。是的，那是一种音调，凡特伊的音调，它有别于其他作曲家的音调，其间的差别，比我们听两个人说话或两头不同种的动物嘶叫，所能感觉到的差别更为明显；这种实质性的差别，正是那些作曲家的创作思想与凡特伊永恒的探问之间的差别，他以种种形式向自己提问，他习惯于抽象的思辨，然而这种思辨犹如在天使的国度中进行，摆脱了推演的分析形式，让我们可以测量它的深度，却无法把它转译成人类的语言，这就好比灵魂脱离躯壳以后，即使通灵者再把它召来，询问死亡的秘密，它也无法用人类的语言说出这个秘密；是的，那是一种音调，因为即便这个下午如此打动我的独创性是后天获得的，即便音乐评论家可以在作曲家之间找出渊源关系，但是我知道，富有创新精神的作曲家就像伟大的歌唱家，他常会不自觉地追求音色独特的音调，那是富有个性的心灵存在的一种证明。凡特伊本可以尝试写得更庄严，更宏伟，或者写得更轻快，更活泼，让他感受到的东西在听众心里留下美好的印象，然而凡特伊不由自主地让所有这一切都沉在了涌浪巨涛之下，而正是这涌浪巨涛，成就了他的歌声，使它成了一听就能辨认出来的永恒的歌声。这种歌声，这种有别于其他作曲家、却跟他自己在别处的歌声都那么相像的歌声，凡特伊究竟是从哪儿学来，从哪儿听到的呢？这么看来，每个艺术家都像一个来自陌生国度的住民，那是一个他自己也已忘却的，与另一个将要登岸的大艺术家的出处并不相同的国度。这个国度，凡特伊至多只是在最后几部作品中，似乎才靠得近了一些。这些作品里的气氛，已非那首奏鸣曲所能比拟，叩问的乐句变得更为急迫，更为不安，应答也变得更深奥莫测；清晨和傍晚潮湿的空气，仿佛浸透了乐器的琴弦。纵然莫雷尔演奏得很出色，他的乐声还是让我感到格外尖锐，甚至刺耳。这种粗粝的乐声，反而使人听了很舒服，就像你听某些演唱时，感觉到其中有一种人文的情怀，一种充满理性的亲切感。当然，也有人会感觉到不舒服。当艺术家对周围世界的印象起了变化，变得更纯净，更适宜于回忆内心的那片故土时，它往往会很自然地流露出来，对作曲家而言，它体现在音乐总体风格的改变上，而对画家来说，则反映在色彩的变化上。诚然，最聪明的那些听众到头来识破了其中的奥秘，他们后来坚称，凡特伊最后那几部作品才是最深刻的作品。然而没有一份节目单，没有一个标题，可供人们作出明晰的判断。所以我们只能猜想，这想必是思想深度在音响领域的转调吧。

这片被遗忘的故土，作曲家可能会想不起它，但在无意识中始终跟它保持着某种共鸣；唱起故乡的歌，他会心中充满喜悦，但有时他也会为追求虚荣而背弃它。追逐荣誉，他便会远离它；只有厌弃荣誉，他才能找到它。这时作曲家（无论他写的是什么题材）总会唱起这支独特的歌，其中的重复和相似——因为无论他写什么题材，他总是他自己——证明了在作曲家心中，有些情结是根深蒂固的。这些情愫，这些我们非得为自己保留不可的内心的积淀，即使在朋友之间、师生之间、情人之间都是无法言传的，它们能使每个人的感受产生质的差异，却被挡在了言语的门外，言语的交流只能局限于人所共有、并无实质意义的外在层次，而凡特伊和埃尔斯蒂尔这样的艺术家，他们的艺术凭借乐音和画面的色彩，将我们内心世界的构造外化了，对这些被我们称为个体感受的内心世界，要是没有这样的艺术，我们难道还能有所了解吗？翅膀，这另一个能让我们自由呼吸的器官，即便能带着我们穿越茫茫太空，对此也无能为力。只要感觉方式依旧，我们即使到了火星和金星，所能看到的东西，也仍然和地球上的东西是一个模样的。唯一真正的旅行，唯一的青春泉[1]之浴，并不是去往新奇的地方，而是拥有另一双眼睛，以别人、成百上千个别人的眼光，来观察这许许多多人看见的成百上千个世界，所谓一人一世界，有多少人就有多少世界；埃尔斯蒂尔这样的画家，凡特伊这样的音乐家，使我们这样做到了，借助于他们的器官，我们真正做到了从一个星球飞往另一个星球。

行板结束时的那个乐句充满柔情，我听得出了神；接下来，在下一乐章开始前，有一段休息时间。乐师搁下乐器，听众交流着各自的印象。有位公爵想表明自己是内行，煞有介事地说："这曲子挺难拉的。"有些人比较随和，来跟我聊了一会儿。可是他们究竟说了些什么，我根本就没听进去，刚在心里跟来自天堂的乐句作过交谈，这

---

1. 传说中能使人重返青春的泉水。

些人间徒具外壳的话语，算得了什么呢？我俨然就是个被逐出天国的天使，从充满欢乐的天堂，坠落到了最无趣的尘世。我心想，倘若没有发明语言、形成文字，也没有对思想的分析，音乐说不定就是所谓心灵交流的唯一实例，就像某些生物是大自然所淘汰的某种生命形式的最后见证一样。音乐有如一种没能实现的可能性，人类实际上走的是其他的路，是口头和书面语言之路。音乐向非分析状态的回归实在令人如痴如醉，所以一旦从这样的天堂出来，跟一班应该说还算聪明的人接触，让我觉得兴味索然。在音乐进行的过程中，我想起了一些人，把他们和音乐糅合在一起；确切地说，我是把对某一个人的思念，亦即对阿尔贝蒂娜的思念，融合在了音乐之中。行板临结束时的那个乐句，在我听来美妙无比，我心想，可惜阿尔贝蒂娜不知道——即使知道了也不会真正懂得——自己被融合在了如此崇高的东西之中，那是多么值得庆幸的事啊，不仅我俩在一起拜它所赐，而且那感人至深的乐声仿佛就出自她之口。音乐一停，周围那些人顿时显得乏味极了。仆人端来了饮料。德·夏尔吕先生不时会招呼一个仆人："您好吗？我给您的气压快信收到了吗？您来不来？"如此打招呼，似乎显示了一位贵族老爷的随和通达，他觉得自己是在抬举那个仆人，觉得自己比布尔乔亚更平易近人，不过，这也透露出他颇有些心怀鬼胎，以为这么大大方方讲出来，人家就不会觉得其中有猫腻。他又加了一句，用的是德·维尔巴里西斯夫人那种盖尔芒特家族的语气："他是个棒小伙子，心眼儿好，我在家里就爱使唤他。"不过男爵的乖巧却害了他自己，人家都觉得他跟仆人关系这么亲密，给仆人发气压快信[1]，实在有点蹊跷。而收到他信的仆人，在同伴眼里非但没有因此脸上贴金，反而显得很丢脸。

---

1. 旧时的一种邮政快件，由邮局通过专设的地下压缩空气管道，将信件发送到对方邮局，发送速度为每秒五至十米。对方邮局收到信件后，由专人投送给收信人。巴黎和法国的其他一些大城市都用过这种邮递方式，巴黎直至二十世纪七十年代才停用。

演奏重又开始，七重奏朝着曲终的方向进行；那首奏鸣曲中的这个或那个乐句，重复出现了好多次，但每次都有所变化，不是节奏不同，就是配器不一样，听上去既是奏鸣曲中的乐句，又不完全就是原来的乐句，就好比生活中重复发生的事情一样。我们听某个作曲家的作品，有时会听到一些乐句，不明白这位作曲家的过去，到底跟这些乐句有怎样的渊源关系，以至于必须把这些乐句当作唯一的寄寓之处，而这样的乐句，只在这位作曲家的作品中才有，它们不断地出现在他的作品中，时而是仙女或林中女神，时而是我们熟悉的神祇。我在这首七重奏里，先是辨认出了在那首奏鸣曲里听到过的两三个乐句。不一会儿——乐曲沐浴在凡特伊作品最末乐段中惯有的紫色雾霭之中，尽管有个地方引进了一段舞曲，整个乐段还是沉浸在乳白色的氛围之中——我依稀认出了奏鸣曲中的另一个乐句，由于距离还很远，我没法听得很真切；它犹豫着，缓缓往前而来，随即受了惊吓似的骤然消失，然后重又返回，跟别的乐句交织在一起（我后来才知道，那些乐句来自他别的作品），召唤其他的乐句，而其他的乐句被驯服以后，也立即变得无比动人，一起投入那首轮舞曲，那首有如天籁般的、大部分听众却还无法认出的轮舞曲；这些听众蒙着一层翳蔽，所以什么也看不出，只是胡乱地不时发出些表示赞叹的声响，其实心里腻味得要死。随后，这些乐句纷纷远去，只有其中的一个又反复出现了五六次，我看不清她的容貌，但能感觉到她极其温柔，而又——大概这正是斯万对奏鸣曲中那个小乐句的感觉——跟任何女性在我身上激起过的欲念迥然不同，这个乐句以充满温情的声音赋予我一种幸福感，那是一种真正值得你去追求的幸福，也许，这个乐句——我不懂她的语言，却能对她如此了解的这个看不见的尤物——正是此生中幸福应允我有缘相遇的那位唯一的不知其名的姑娘。然后这个乐句散开，变形，正如奏鸣曲中的小乐句所做的那样，最后变成了乐曲开头那神秘的召唤。跟她相对应的，是个满含痛苦意味的乐句，痛苦深沉却又模糊，极其内敛，几近器官、脏腑之痛，它每次出现时，你弄不明白这究竟是音乐动机的重现，还是神经痛的发作。很快，这两个动机相互争斗起来，这种肉搏也似的恶斗，其结果是一方就此消遁，而随后另一方也只剩下些许残片。说实话，那只是精气神的搏斗；因为双方交锋时，都已摆脱了自己的肉体、容貌和名字，找到了我这样一个不重外表的听众——我也同样不在乎名字和外貌——为双方非物质的、生气勃勃的搏斗暗暗叫好，满含激情地关注着音乐的跌宕起伏。最后欢乐的动机得胜了，那不再是从空旷的天空后面发出的近乎焦虑的召唤，而是一种仿佛来自天堂的无法形容的欢愉；这种欢乐与那首奏鸣曲中的欢愉迥然不同，就如贝利尼[1]笔下一位温柔庄重、拨奏着鲁特琴的天使，我们无法想象她披上腥红色的裙袍，就能变成曼特尼亚[2]画中吹着号角的天使长一样。

我知道，这种全新的欢愉体验，这种对超凡脱俗的欢愉的召唤，我是永远不会忘记的。可是这种欢愉，我果真能得到吗？这个问题之所以对我显得这么重要，是有缘故的，在我的生活中，曾经有过一些带有坐标意义的时刻，虽然这些时刻之间相隔很远，但我在这些时刻获得的印象，是构建一种真实生活的关键材质，而这个乐句，恰好完美地把这些印象——它们与其余的生活场景，与肉眼看见的周围世界形成了鲜明对照——展现在我的眼前：马丁镇的钟楼[3]，巴尔贝克附近的那几棵树[4]。这个乐句独特的音调，使我有一个非常奇特的发现，就是我们对不同于平淡的世俗生活的另一种生活的预感，对彼世的欢乐

---

1. 乔瓦尼·贝利尼（1429—1516）：意大利画家，威尼斯画派奠基人。
2. 曼特尼亚（约1431—1506）：意大利帕多瓦画派重要画家，贝利尼的姐夫。相对于贝利尼而言，画风较为粗犷。帕多瓦埃雷米塔教堂中有他所作的许多壁画（本卷前文曾提到他画的《圣塞巴斯蒂安》），1900年普鲁斯特去意大利时，曾参观此教堂。但这些壁画几乎全部毁于第二次世界大战战火。
3. 参见第一卷《去斯万家那边》第一部“贡布雷”。
4. 参见第二卷《在少女花影下》第二部“地方与地名：地方”中有关于迪梅尼尔的三棵树的描写。

最大胆的设想，恰恰体现在贡布雷的圣母月里常会遇到的拘礼而猥琐的小布尔乔亚身上！更让我觉得不可思议的是，如此发现一种完全陌生的欢愉，这样一种有生以来最为奇特的体验，怎么居然会是拜已经去世的他所赐？据说，他身后留下的作品中，起先只有那首奏鸣曲是完整的，其余的都不过是一些无法辨认的记号而已。说无法辨认，当然有一个人得除外，此人在凡特伊身边生活过不少时日，对他的工作方式有充分了解，并凭着自己的耐心、聪明和对逝者的敬意，终于解读出了他的配器记号：此人就是凡特伊小姐的那位女友。在这位大作曲家生前，她就深受他女儿对父亲不胜崇拜的影响。正是由于这种崇拜，这两个姑娘有一段时间产生了一种逆反心理，拼命抑制内心的真实情感，自欺欺人地以亵渎这种情感为快事，其间种种情事，我们前面已经说过[1]。对父亲的崇拜，成了女儿作践父亲的动因。的确，这种由亵渎逝者来获得某种快感的事情，她们本是不应该做的，但是她俩又决不是亵渎逝者这四个字所能论定的。何况，两人之间这种肉体上的、病态的关系，这种暧昧不清的骚乱的情感，渐渐让位于高尚、纯洁的友情，亵渎逝者的行为也随之收敛而终至绝迹。凡特伊小姐的女友有时会心中纠结不安，觉得自己对凡特伊之死恐怕难辞其咎。其实，她花费了这么些年来辨认凡特伊留下的没人能懂的记号，逐一解读这些天书般的谱纸，如今完全有资格说，对她曾在他的晚年使他伤心的这位作曲家，她用自己的行动为他赢得了不朽的荣耀，从中她也得到了救赎。由未受法律保护的关系生发出来的亲属关系，跟婚姻衍生的亲属关系相比，不仅同样纷繁，同样复杂，而且反而更为牢固。且不论这种性质比较特殊的关系，就拿婚外情来说吧，倘若这种关系建立在真正的爱情基础之上，它非但不会破坏家庭成员间的感情、让做子女的推卸应尽的责任，反而会促进这种感情、增强这种责任感，

1. 参见第一卷《去斯万家那边》第一部“贡布雷”。

这种情况我们不是经常见到的吗？婚外情，在这种时候给婚后便失却生气的婚姻关系注入了新的活力。一个好姑娘，她仅仅出于礼仪而为母亲的第二任丈夫服丧，是不会像她为母亲真正心爱的情人一掬伤心之泪时那么动情的。何况，凡特伊小姐那么做，完全是虐恋癖使然，她虽然不能因此得以开脱，但我稍后想起此事时，毕竟有几分宽慰之感。我心想，她在和女友一起以亵渎父亲的照片为乐的当口，一定意识到那是病态，是疯癫，她真正想要的并不是这种恶意的快感。转念想到这只是在模仿一种恶行而已，她的快感是会减弱的。倘若这种念头后来还能萌生，那么就如它会减弱她的快感一样，它肯定会减轻她的痛苦。"不是我要这么做，"她会对自己说，"那时我是在犯病。现在我还是可以为父亲祈祷的，他会原谅我的。"只不过，很可能这种念头尽管在她高兴时一准会发现，在她痛苦时却根本不肯露面。我真想能把这种念头装进她的脑子里去。我知道，那肯定对她有好处，因为那样一来，我就可以在她和她对父亲的回忆之间，建立起一条充满温情的沟通渠道。

正如一位天才化学家不知道死亡正在降临，于是把研究的成果随手记录在笔记本上，字迹潦草得几乎无人能够看清，凡特伊也把心中的乐谱，写得像楔形文字一样难懂，多亏了凡特伊小姐的这位女友，那些纸莎草纸文稿般难以解读的记号，才终于还原了，那是永恒而丰赡的全新欢愉体验，是身着红袍的天使在清晨神秘的召唤。对我来说，她曾经是我痛苦的根源（比起凡特伊来，也许这痛苦还算不得什么），她今晚重又唤起了我对阿尔贝蒂娜的嫉妒，而今后她想必还会让我备尝痛苦的滋味，但又多亏了她，我才能听见，并就此时时都能听见，那神奇的召唤——我从中看到了一种希望，在发现欢乐，甚至爱情都是过眼烟云以后，看到还有别的东西存在，而只有艺术才能使它得以实现。我也看到，即便生活看上去毫无意义，至少生命还在延续，离尽头还远呢。

多亏了她的努力，我们才能真正了解凡特伊，了解他的全部作品。跟这首七重奏相比，听众以前听过的那首奏鸣曲中的一些乐句，就显得非常平庸，我们简直无法理解，这样的乐句怎么居然会使我们赞赏不已。同样让我们感到惊讶的是，《星空颂》和《伊丽莎白的祈祷》[1]之类毫无价值的唱段，多少年来竟会在音乐会上盛演不衰，狂热的听众拼命地鼓掌，在曲终时声嘶力竭地齐喊“再来一遍”，其实我们听过《特里斯当》、《莱茵的黄金》和《名歌手》[2]，理应知道这些唱段只是些曲调平庸的选段而已。但我们要想到，这些缺乏个性的旋律中，其实已经含有日后杰作中某些富有独创性的内容，虽然含量极小，但也许正因如此，才容易被听众所接受，如今在我们眼里，唯有那些杰作才有其价值，但在当时，这种炉火纯青的美，也许是听众所难以领会的；正是最初的这些作品，为听众接受日后的杰作作了铺垫，让他们有了心理准备。话又说回来，虽然这些旋律使人影影绰绰预感到了未来之作的绚丽多姿，但是单凭它们，还完全无法窥见未来之作的面貌。凡特伊的情形正是如此；假如他去世前仅仅留下了——除了那首奏鸣曲的部分乐段以外——他能写完的那些作品，那我们就不可能了解他的伟大之处，这就好比，以维克多·雨果为例，倘若雨果在写了《约翰王之战》、《鼓手的未婚妻》[3]和《浴女萨拉》[4]以后就去世了，未曾来得及写出《历代传说》和《静观集》，那么他在我们心目中的形象便不可能如此高大：我们今天所看到的杰作，也许就只是一块璞玉，其中的美是潜在的，一如我们的认知无法企及、我们的观念无法参透的这片宇宙。

1.《星空颂》和《伊丽莎白的祈祷》，是瓦格纳的前期歌剧作品《汤豪塞》中的两个选段。
2.《特里斯当和伊瑟》和《纽伦堡名歌手》是瓦格纳的后期歌剧作品。《莱茵的黄金》则是他最杰出的歌剧作品《尼伯龙根指环》中的一幕。
3. 这两首诗，分别是雨果诗集《颂歌集》中的第十二歌和第六歌。
4.《浴女萨拉》：诗集《东方集》中的第十九篇。

况且，天才（一般的才华，甚至德行，也是如此）与癖习之间有着看似矛盾、实则一致的依存关系；音乐一结束，我置身于宾客之中，而宾客众多的聚会，恰似一幅俚俗的寓意画，从中清晰可见上述的依存关系。这种聚会大同小异，尽管这次仅限于韦尔迪兰夫人的沙龙，但跟通常一样，绝大多数公众并不了解其内涵究竟何在，爱耍小聪明的报社记者——只消他们对时局稍稍有所了解——把这些聚会称作巴黎沙龙、巴拿马沙龙[1]或德雷福斯沙龙，全然不想一想，彼得堡、柏林和马德里在任何时代的沙龙，其实都跟它们如出一辙。今晚韦尔迪兰府邸的宾客中，有一位主管艺术事务的副国务秘书，——此人确实很有艺术鉴赏力，教养极佳而且风度翩翩——几位公爵夫人，还有三位偕夫人同来的大使先生，这些贵宾莅临的近因，或者说直接的原因，就是存在于德·夏尔吕先生和莫雷尔之间的那层关系，正是由于这层关系，男爵希望他年轻的宠儿能在艺术上大获成功，声誉鹊起，赢得一枚荣誉勋位十字勋章；举办这次晚会，还有个稍远一些的原因，就是一位与凡特伊小姐的关系类似于夏利和男爵关系的年轻姑娘，使一批天才的作品重见了天日，此事关系重大，国民教育部当即出面筹款为凡特伊竖立塑像，部长亲自带头捐款。就这些作品而言，不仅凡特伊小姐和女友的关系至关重要，而且男爵和莫雷尔的关系也大派用场，这些关系好比通道，有如捷径，让公众可以便捷地走近作品，否则他们难免要走弯路，即便不说跟这些作品从此无缘，至少也要在多年以后才会慢慢地接触到它们。一旦发生一个事件，连爱耍小聪明的记者仅凭自己平庸的心智也力所能逮——可见这通常是政治事件——，这些记者就会认定，法国一定会发生变革，此类的晚会以后不会再有，人们也不会再欣赏易卜生、勒南、陀思妥耶夫斯基、邓南遮、托尔斯泰、瓦格纳和斯特劳斯。因为，这些记者总爱从官方举办

1．1892年巴拿马爆发政治、金融丑闻，一时传为谈资。

的活动中，挖出种种令人生疑的内情，声称官方褒扬的艺术作品有颓废的意味——其实这些作品，往往是最严肃的艺术作品。要知道，爱耍小聪明的记者所推崇的名人，几乎无一例外，全都很自然地举办过这类稀奇古怪的聚会，尽管稀奇得不那么明显，古怪得比较隐晦。而这一次的晚会，来宾身份之混杂，又从另一个角度使我感到吃惊；当然，由于我对他们每个人都有所了解，因此若要找个人把他们的关系梳理一下，没人会比我更合适了；不过，跟凡特伊小姐和她女友有关的那些人，在让我想起贡布雷的同时，也使我想起了阿尔贝蒂娜，也就是说想起了巴尔贝克，因为我先在蒙舒凡见到凡特伊小姐，后来得知她的女友[1]跟阿尔贝蒂娜——就是我待会儿回家，将见到她在等我，让我不再孤独的这个阿尔贝蒂娜——关系很亲密[2]；而跟莫雷尔和德·夏尔先生有关的那些人，不仅使我想起巴尔贝克（我在那儿的冬锡埃尔站台上亲眼看见这两个人是怎么搭识的），也让我想起贡布雷和贡布雷附近的两边，因为德·夏尔吕先生还是盖尔芒特家族的成员，还是德·贡布雷伯爵[3]，他虽然在贡布雷没有宅邸，却在那儿居住，顶天立地就像教堂彩绘玻璃上的坏东西吉尔贝，而莫雷尔是当年让我有幸认识粉衣女郎的那个老仆人的儿子，我又在多年以后从他那儿得知了粉衣女郎就是日后的斯万夫人[4]。

“拉得不错，嗯？”韦尔迪兰先生问萨尼埃尔。

“我就是，”这一位结结巴巴地回答说，“就是怕莫雷尔技巧太

---

1. 译者所据蓝本七星文库四卷本此处作mon amie（我的女友），当是为数极少的笔误之一。现从Bouquins出版社三卷本改为son amie（她的女友）。
2. 叙述者在蒙舒凡见到凡特伊小姐和她女友事，参见《去斯万家那边》；阿尔贝蒂娜承认她认识凡特伊小姐的女友事，参见《索多玛与蛾摩拉》。
3. 参见本书第一卷《去斯万家那边》。盖尔芒特家族从十四世纪起，“成为德·贡布雷伯爵，从而成了贡布雷的第一批市民。……这些德·贡布雷伯爵，把贡布雷放进姓氏，……”。
4. 老仆人云云，参见《去斯万家那边》；粉衣女郎就是斯万夫人云云，参见《盖尔芒特家那边》。

好，反而会有点冲淡作品的整体感觉。”

“冲淡！您这是什么意思？”韦尔迪兰先生大声吼道，周围的宾客都转过身来，犹如狮子一般，准备伺机扑向这个吓得不敢动弹的倒霉家伙。

“噢！我不是专门针对他……”

“瞧瞧，他都不知道自己在说些什么了。你针对什么？”

“我……我得……再听一次……才能作出严谨的判断。”

“严谨的！他疯了！”韦尔迪兰先生双手捧住头说，“得叫人把他带走。”

“我的意思是准确，您……您说过……结论要准确，要严谨。我是说，我不能作出准确的判断。”

“我说？我说你给我出去！”韦尔迪兰先生气急败坏地大声说，手指着门，两眼冒火。“我不允许有人在我家里这样说话！”

萨尼埃尔像个醉汉一样，踉踉跄跄地两腿打着圈，走了出去。

有的客人暗自在想，这想必是个不请自来的家伙，所以人家要把他赶出去。有位夫人一向跟他关系很好，前一天他刚借给她一本很珍贵的书，第二天她却把书随手用纸一包，不写任何附言，就光让府邸总管在上面写了个地址，差人送了回去；对于一个显而易见不招小核心待见的家伙，她可不想欠他什么东西。不过，萨尼埃尔一直不知道她有过如此无礼的举动。因为，韦尔迪兰先生大发雷霆过后不出五分钟，就有个仆人来禀告主人，萨尼埃尔先生突然发病，摔倒在了宅邸的院子里。但晚会并没因此结束。“叫人把他抬回家里去，没事儿。”这座私家宅邸的主人说这话时，口气活像巴尔贝克酒店的经理，要知道，大饭店里一旦有人猝死，他们都赶忙先把人藏起来，生怕吓跑了客人，通常尸体临时就搁在食品储藏室里，甭管死者生前事业有多辉煌、为人有多慷慨，临了一律从专供洗碗工和卖调料汁的小贩进出的小门悄悄地运出去。不过，要说死，萨尼埃尔还没到这份上。他又再活了几个星期，只是一直没有完全恢复知觉。

演出结束，宾客告辞的时候，德·夏尔吕先生又犯了宾客莅临时同样的错误。他没让他们去跟女主人道别，不想把人家对他表示的谢忱跟她和她丈夫联系起来。告别队伍排得很长，但全都排在男爵一人跟前，连他自己都注意到了这一点——几分钟过后，他对我说："真有趣，音乐会弄得像望弥撒了。"有的人没话找话说，故意拖延致谢的时间，为的就是在男爵跟前多待一会儿，还没能排上前来祝贺他的晚会大获成功的那些宾客，急得待在队伍后面直跺脚。（不止一个做丈夫的想干脆一走了事；可是做妻子的端着公爵夫人的架子对他说："不，别走啊，哪怕要等上一个小时，也得等谢过巴拉梅德以后才能走，他可花了不少心血哦。眼下也只有他才能把晚会办得这么出色了。"没有一个人想到要去韦尔迪兰夫人跟前寒暄几句，就好比一个贵妇人带了一帮子显贵名流进了剧场，不会想到要把自己介绍给引座的女郎一样。）

"昨晚上您去艾丽亚娜·德·蒙莫朗西府上了吗，表哥？"德·莫特马尔夫人问男爵，意在跟他多攀谈一会儿。

"喔，我没去；我挺喜欢艾丽亚娜的，可是我不明白她的请柬是什么意思。也许我是有点不开窍。"他咧开嘴笑着说。听他这么说，德·莫特马尔夫人如获至宝，心想这可是来自巴拉梅德的第一手消息，正如她不时获得的来自奥丽阿娜[1]的消息。"两星期前可爱的艾丽亚娜差人送来一张名片。在蒙莫朗西这个颇有争议的名字上方，客客气气地写着这么一行字：亲爱的小叔，务请赏脸在下星期五的九点半想着我。下面却不怎么客气地有这么五个字：捷克四重奏。这几个字写得很潦草，而且好像跟上面那行字压根儿没关系，这就好比有些嗜好写信的人，在写给你的信的背面，写了个称呼：亲爱的朋友，没

---

1. 本卷前文提到过，奥丽阿娜是德·夏尔吕先生的嫂嫂，也就是德·盖尔芒特公爵夫人。

有写下去，却翻过来又用了，也不知是粗心，还是节约纸张。我喜欢艾丽亚娜，所以我不怪她，也没把捷克四重奏这几个莫名其妙的字放在心上；我是个做事有条理的人，于是把星期五九点半要想着德·蒙莫朗西夫人的这份邀请，搁在壁炉架上面。尽管大家知道，我的天性就像布封评价的骆驼一样，驯服，温和，又守时。”说到这儿，聚在德·夏尔吕先生身边的宾客全都笑了起来，男爵自己也明白，他在大家的心目中可不是骆驼，而是个极难相处的主儿，“可我还是晚了几分钟（我得脱掉白天的衣服），心里却不怎么感到愧疚，心想九点半的意思，敢情就是十点吧。钟敲十点，我身穿质地上好的睡袍，脚蹬又厚又软的拖鞋，端坐在炉火旁边，按照艾丽亚娜的请求，开始想她，想念之情直到十点半才渐渐消退。请劳驾转告她，我严格遵从她勇敢的请求，照做不误。我想她听了会高兴的。”

德·莫特马尔夫人笑得前仰后合，德·夏尔吕先生也乐不可支。“那么明天，”她又找了个话题，全然不想她已经说了这么久，人家早觉得她超时了，“您去咱们的族亲拉罗什富科家吗？”

“哦！这我可去不了，他们邀请我——我看到您也在邀请之列——去做的，是一桩没法想象、更没法做到的事情，照请柬的说法是：茶舞会。我年轻的那会儿，算得上是四肢很灵活的，可是现在，要我一边跳舞一边喝茶，就难免会有失风度了。吃东西也好，喝茶也好，我都喜欢讲个规矩。您也许会说，那我甭跳舞就是了。可是，即便舒舒服服地坐在那儿喝茶——既然名字里有个舞字，我怀疑茶的质量好不到哪儿去——我也怕那些比我年轻，但也许不如我年轻时灵活的客人，会把手里的茶泼翻在我的衣服上，那就扫了我喝茶的兴喽。”

德·夏尔吕先生谈锋正健，一时把韦尔迪兰夫人抛在了脑后（他就喜欢把话题越拉越长、越扯越远，让那些耐足性子等着轮到自己的朋友无休无止地排着队，他似乎从中感到了自己向来喜欢的那种残忍的快感）。但东拉西扯地说了一通以后，他仍然意犹未尽，于是就批评起晚会上韦尔迪兰夫人操办的事项来了："就说咖啡杯吧，这些似碗非碗的怪东西，可不就像我年轻时布瓦雷—布朗什餐厅盛冰糕的玩意儿吗？刚才有人对我说，那是冰咖啡杯。不过要说冰咖啡，我可是既没看见咖啡，也没看见冰哦。这些劳什子真有点来路不明！"

说这话时，德·夏尔吕先生举起两只戴着白手套的手遮在嘴上，小心翼翼地睁大双眼，富有表情的眼神仿佛在说，他生怕让府邸主人听见或看见。可这都是装出来的，不一会儿，他就把这番批评对着女主人讲了，稍后干脆颐指气使地教训起她来："这些冰咖啡杯最要不得！您爱让哪个朋友的家格调降低些，就把这些杯子送给她去。可要记得关照她，千万别放在客厅里，要不然人家会以为走错房间呢——这些劳什子明明就是便壶么。"

"我说，表哥，"德·莫特马尔夫人也压低嗓门，用探询的目光望着德·夏尔吕先生说，她倒不是怕韦尔迪兰夫人生气，而是怕表哥不高兴，"说不定她还不大懂呢……"

"可以教她啊。"

"哦！"做表妹的笑道，"她可再也找不到比您更好的老师了！她运气真好！有您指点，谁也不会太离谱。"

"至少演奏音乐作品时不会吧。"

"哦！太棒了。这种欣喜真叫人难忘。说到出色的小提琴家，"她接着往下说，她还很天真地以为德·夏尔吕先生喜欢的是小提琴本身呢，"有一位不知道您认识吗，那天我听他演奏福莱的奏鸣曲，真是棒极了，他名叫弗朗克……"

"噢，那是个讨厌的家伙。"德·夏尔吕先生回答说，全然不顾这么粗鲁地否定对方的意见，其实无异于在说他这位表妹一点儿没有品位。"要说小提琴家，我劝您听听我这位就足够了。"

德·夏尔吕先生和他表妹偷偷地对视了一眼；德·莫特马尔夫

人立时涨红了脸，一个劲儿地想弥补自己说蠢话的过错，向德·夏尔吕先生提议举办一场晚会，请莫雷尔给大家演奏小提琴。其实对她来说，举办这场晚会，目的并不在于让世人了解这么一位天才，尽管她那么声称，但那其实是——确确实实是——德·夏尔吕先生的本意。她着眼于举办一次特别高雅的晚会，心里已经在盘算某某人在邀请之列，某某人必须撇开。发起聚会的人（也就是社交界的报纸不是厚着脸皮，就是愚不可及地称为精英的那些人）进行这种挑拣的当口，眼神都会改变，心思一旦专注到了这上面，目光，甚至文字，都会变得比受催眠师暗示后更入定。还没来得及考虑请莫雷尔演奏哪些曲目（这在她眼里是次要的，而且她这么想确有道理，只要看看这次晚会的来宾就可以明白，他们虽说由于德·夏尔吕先生的缘故，在乐师演奏时照例都不出声，但实际上没人存心要听音乐），德·莫特马尔夫人就暗中作了决定，德·瓦尔古夫人不能入选，她一脸策划于密室的阴谋分子神情，把社交场上那些不把别人怎么想放在眼里的女人的嘴脸，表现得淋漓尽致。

“有没有法子让我办个晚会，请您这位朋友给我们演奏小提琴？”德·莫特马尔夫人低声说，她虽然在对德·夏尔吕先生说话，可还是像受到蛊惑似的，不由自主地朝德·瓦尔古夫人（落选者）投去一道目光，为的是确认这位夫人距离够远，不会听到她说的话。“没事儿，她听不出我在说什么。”德·莫特马尔夫人瞥了一眼后，放心地对自己说。

然而这一瞥，在德·瓦尔古夫人身上却产生了迥异于它的本意的效果：“好呀，”德·瓦尔古夫人瞧见这道目光，暗自想道，“玛丽-泰蕾兹在跟巴拉梅德鼓捣什么事，准没我的份儿。”

“您是想说我的保护对象吧？”德·夏尔吕先生纠正表妹说，他对她的音乐素养固然看不上眼，对她的语言水平也评价很低。尽管这位表妹已经用上求饶的语气，赔着笑脸表示歉意，但他根本不管不顾：“当然有法子……”说话声音之响，足以让整个客厅里的人都听见，“虽说像这样折腾，把一个魅力十足的人放到一个新的环境里，实在有些危险。他到了那儿，超验能力会打折扣，说到底，他总得适应环境吧。”

德·莫特马尔夫人心想，她提问题时小心翼翼的mezzo voce[1]和pianissimo[2]都是白费心思，答话完全是极强的大声嚷嚷。不过她想错了。德·瓦尔库尔夫人什么也没听见，因为她一个词儿也听不懂。这位夫人的不安情绪正在缓解，眼看马上就要平息，要不是德·莫特马尔夫人又抬起眼皮，朝爱迪特[3]的方向瞥了一眼的话——她有点心虚，生怕真的撇下平时交往甚密的德·瓦尔库尔夫人不请，万一对方事先已经知情，事情不免有些尴尬。德·莫特马尔夫人的这一瞥，颇有些及早抽身、化潜在威胁于无形的意味。她打算第二天就给爱迪特写封信，补足这一瞥的未尽之意；她以为写这样一封信是巧妙应对，其实那无异于不打自招。她打算，比如说，这么写：“亲爱的爱迪特，一直很想念您。没想到昨晚您会来，（“她怎么会想到呢？”爱迪特肯定会想，“既然她都不邀请我。”）因为我知道，您最不喜欢这种聚会，觉得这是在受罪。不过您的光临使我感到很荣幸，（德·莫特马尔夫人轻易不用“荣幸”这个词，除非她写的是一封想把谎话给编圆的信。）您知道，我很高兴能在这儿见到您。不过您走得很对，这晚会糟透了，两个小时的准备时间过于仓促。”等等等等。但就凭德·莫特马尔夫人的这一瞥，爱迪特已经明白了，德·夏尔吕先生刚才那番让人莫测高深的话里，究竟包含着什么意思。这偷偷的一瞥，关系颇为重大，这种把公开的秘密弄得神秘兮兮的举止，先是把德·瓦尔库尔夫人弄得气鼓鼓的，而后影响又波及一位秘鲁的小伙

1. 意大利文，音乐术语，意为轻声。
2. 意大利文，音乐术语，意为极弱，与下文的“极强”恰成对比。
3. 即德·瓦尔库尔夫人。

子——此人却是德·莫特马尔夫人打算邀请的。小伙子满腹狐疑，料定他们在搞鬼名堂，却没想到人家针对的并不是他。他当即感到对德·莫特马尔夫人义愤填膺，暗自发誓要使出浑身解数来捉弄她，比如，挑个不是她接待日的日子，让人给她送五十份冰咖啡去，又挑准她的接待日，在报上登个启事，声称晚会取消，再瞎编几个举办晚会的日期，并列举一些出席者的名字，这些无人不知的人物，由于各种各样的原因，都是谁也不会接待，甚至没人愿意把自己引荐给他们的。

德·莫特马尔夫人如此防范德·瓦尔库尔夫人，却是错了。对计划中的晚会，由德·夏尔吕先生出面张罗，要比让那位夫人到场参加的破坏力大得多。“哦，表哥，”她接上刚才有关环境的话头说，此刻她分外敏感的神经，让她猜出了这两个字的含义，“不用麻烦您。我请吉尔贝来打点就行了。”

“不，那不行，我没打算邀请他。大大小小的事儿，我都要亲自照料。首先，要把那些长了耳朵不会听的家伙，统统排除出去[1]。”

德·夏尔吕先生的这位表妹，原想凭借莫雷尔的魅力举办一场晚会，从而可以夸耀说她有巴拉梅德做后盾，显得不同于众多的其他女亲戚，这会儿她的思绪突然从德·夏尔吕先生的声望，跳到了他一旦操办晚会就会排除在外、弄得人家跟她反目成仇的那些亲友。想到德·盖尔芒特亲王（她不想邀请德·瓦尔库尔夫人，其中有个原因就是亲王不喜欢跟这位夫人交往）可能不在邀请之列，她真有些不寒而栗，目光中满是惊恐不安的神色。

“是不是光线太亮，让您受不了啦？”德·夏尔吕先生一本正经地问道，对方没有觉察到他骨子里的嘲讽意味。

1．《圣经·启示录》第二章：“圣灵向众教会所说的话，凡有耳的，就应当听。”长了耳朵不会听云云，显系由此而来。

“不，不是。我是在想，要是吉尔贝知道我举办一个晚会，却没有邀请他，可能会有些麻烦，当然我不是说我自己，而是说我的家人。要知道，他这人哪，就算来四只猫，也少不了……”

“得，那就别让这四只光会喵喵叫的猫来呗。我看哪，周围谈话声音太响，您准是没听明白我的意思，举办一个晚会不能光讲虚礼，凡是当真搞个仪式活动，都得讲究个规矩才行。”

说完，他就转过脸去，倒不是因为考虑到后面的人等得太久，而是觉得这位表妹光想着自己的邀请名单，没把莫雷尔放在心上，对这种人不能过于优待了，于是他就像一个觉得病人就诊时间已经很长，决定打发病人的医生，示意表妹可以走了——不是跟她说再见，而是朝排在后面的那位宾客转过脸去。

“晚上好，德·孟德斯鸠夫人；棒极了，是吗？我没看见埃莱娜，请转告她，一般活动概不参加，这没错，但即便清高如她，遇上今晚这样出色的晚会，也该破个例才是。特立独行固然好，但毕竟还嫌消极，要能做到独领风骚，那就更好了。令妹对与她身份不相称的活动一律不出席，对此我非常欣赏，但对一次像今晚这样令人难忘的盛典，她的莅临理当备受欢迎，而且就令妹而言，她的声望只会因此而有增无减。”说完，他向第三位转过脸去。

我不胜惊讶地看到，以往对德·夏尔吕先生态度很冷淡的德·阿让库尔先生，此刻正满脸堆笑地站在男爵跟前，由他把自己介绍给夏利，并对小提琴家说希望他赏脸去他家做客。这位德·阿让库尔先生，向来有如德·夏尔吕之流的天敌[1]，而如今他却生活在了这类人中间。当然，并不是说他自己成了德·夏尔吕先生那样的人。但这一阵他迷上一个社交场的年轻女子，几乎把妻子撇下不顾了。这个女子很聪明，让他分享自己对聪明人的兴趣，并巴望能把德·夏尔吕先生请

1. 参见《盖尔芒特家那边》第一部末。

到家里来。妒心很重而阳刚不足的德・阿让库尔先生，感觉到自己满足不了刚弄到手的情妇的需求，一心想既看住她，又给她找点乐子，于是觉得最稳妥的办法就是在她周围安排一些不会让她有危险的男人，在德・阿让库尔先生眼里，这些男人好比是苏丹后宫的侍卫。这些人觉察到他变得很和蔼可亲，声称他比他们原先想的聪明得多，情妇和他听了都满心欢喜。

德・夏尔吕先生的女客们很快就走了。[1]好些女客说："我本来没想去圣器室（指男爵带着夏利接受来宾致贺的那个小客厅），不过总得在巴拉梅德跟前露个脸，让他知道我是晚会结束了才走的吧。"没人理睬韦尔迪兰夫人。有人装糊涂，把戈达尔夫人当作韦尔迪兰夫人，去向戈达尔夫人道别，还一本正经地冲我说："这位就是韦尔迪兰夫人，对吗？"德・阿帕荣夫人站在府邸女主人听力所及的地方问我："什么韦尔迪兰先生，到底有没有这么个人哪？"那些还没走的公爵夫人，原以为这儿大大不同于她们熟悉的地方，结果却没发现什么奇特之处，失望之余，只好拿埃尔斯蒂尔的画开涮，站在画幅前抿着嘴疯笑一通；至于其他那些她们觉着跟自己熟悉的东西并无二致的摆设布置，她们全都归功于德・夏尔吕先生："巴拉梅德真会布置！哪怕是一个车库，一个盥洗间，他照样有办法弄得像仙境一样。"其中身份最高的，正是那几位热心地向德・夏尔吕先生祝贺晚会办得如此成功的贵夫人，她们当中不见得没有一人知道举办这次晚会的隐秘动机，但谁也没有为此感到尴尬，这些贵夫人——她们让人想起，早在历史上的某些时代，她们家族的祖先已经充分显示过这种厚颜无耻

1．此句似与前文排队云云接不上榫。手边的两个英译本理解有所不同。较早的译本作："德・夏尔吕先生的来宾中剩下的那些人，很快就走了。"新近的译本作："德・夏尔吕先生的女客们很快就散去了。"前面的译文对原文作了小小的改动，显然意在与上文衔接更顺畅，但效果恐怕未必如译者所愿。后面的译文更贴近原文。第五卷因普鲁斯特生前没有来得及对打字稿进行修改、润色，类似的问题似比前几卷明显增多。笔者效法后面的英译本，碰到这种情况，原则上以译文之粗粝还原文之粗粝。

的禀性——对繁文缛节有多看重，对谨言慎行就有多看轻。有几位已经当场跟夏利说定，要请他去她们府上演奏凡特伊的七重奏，但是根本没人想到邀请韦尔迪兰夫人。

韦尔迪兰夫人气极了；可就在这当口，兴奋得忘乎所以的德·夏尔吕先生对此毫无觉察，却自以为出于礼貌应该邀请女主人一起分享他的喜悦。这位艺术聚会专家对韦尔迪兰夫人说的下面这番话，也许并非志满意得的表现，而更多出于他对文博学识的热衷："怎么样，您高兴吗？我想您是该高兴的；您瞧，一个晚会只要有我参与筹办，就没有不成功的。我不知道您对纹章学是否在行，是否能确切地了解这次活动的分量有多重，我为您费了多少心思，出了多少力气。您的晚会上有那不勒斯王后[1]，有巴伐利亚国王的兄弟，还有三位当年的元老重臣。倘若凡特伊是穆罕默德，我们就可以说，我们帮他把最难移的那几座山给移动了[2]。您想想看，为了参加您的聚会，那不勒斯王后特地从纳伊赶来，对她来说，这可要比离开两西西里还艰难得多，"他尽管对这位王后推崇备至，但还是抑制不住爱说刻薄话的冲动，"这是一件具有历史意义的事情。您想，打从加埃塔失守以后，她也许就一直深居简出。说不定词典上以后会添加两个重要的日期，一个是加埃塔失守的那一天，一个是韦尔迪兰府举办晚会的今天。她在给凡特伊鼓掌时搁下的这把扇子，跟梅特涅夫人看见有人向瓦格纳喝倒彩时撕碎的那把扇子相比，应该名声更响亮[3]。"

"她把扇子落在这儿了。"韦尔迪兰夫人对德·夏尔吕先生指着

---

1. 即本卷前面提到过的那不勒斯和两西西里王国王后玛丽–索菲·阿梅丽。1861年两西西里王国解体，后文"离开两西西里"当指此而言，其艰难程度自非从紧邻巴黎的小镇纳伊赶来巴黎可比。夏尔吕把事情反过来，说得很夸张，自然就显得刻薄了。
2. 伊斯兰教复兴者、先知穆罕默德曾对教众说，他可以把远处的山移到跟前来。唤了几声，没有动静，他便对众人说："山不过来，我们过去。"于是移身来到山前。此处反其意而用之，谓把那不勒斯王后等很难请动的贵宾请到了凡特伊的作品跟前。
3. 1861年3月，瓦格纳歌剧《汤豪塞》在巴黎首演前举办招待会，奥地利驻法大使梅特涅的夫人因对有人起哄不满，愤然撕碎手中扇子。

椅子上的扇子说说，回想起王后对她的亲切态度，她一时气也消了。

“哦！真叫人激动！”德·夏尔吕先生大声说道，恭恭敬敬地向这件圣物走上前去。“正因为它样子难看，就更让人感动；这朵小小的紫罗兰真令人难以置信！”他脸上的肌肉在不停地抽动，其中的意味一会儿是感动，一会儿是嘲讽。“我的天哪，我不知道您对这些东西的感受是否和我一样。斯万要是看见了，准会激动得晕过去。等到王后卖这把扇子那会儿，不管价钱有多高，我是认定了要买的。她肯定会卖的，她已经不名一文了。”男爵说这些话时，最诚挚的敬意中始终搀杂着恶意中伤的狠劲儿，尽管两者出自两种截然相反的天性，但它们在他身上统一了起来。

它们甚至会在同一件事情上交替出现。德·夏尔吕先生过的是富足而舒适的生活，他从心底里睥睨王后的贫困，但同时他又经常颂扬这种贫困，当有人提起缪拉亲王夫人，这位两西西里王后[1]的时候，他回答说：“我不知道您在说谁。只有一位那不勒斯王后，她是至高无上的，尽管她没有马车。她即使坐在公共马车上，也会让那些豪华马车黯然失色，民众看见她经过，都会跪倒在尘埃中。”

“我以后会把扇子留给博物馆。这会儿，先得差人把它给王后送回去，省得她乘出租马车来拿。鉴于这把扇子的历史意义，最聪明的做法，是干脆拿了它溜之大吉。不过，这会让她很难堪——因为很可能她已经别无长物了！”说到这儿，他放声大笑。“得，您瞧见了吧，她看在我的面上来了。我创造的可不止这么一个奇迹喔。我请来的这些人，我不相信眼下还有谁能请得动。不过，大家也都有一份功劳。夏利和其他乐师的演奏，真所谓此曲只应天上有。而您，亲爱的女主人，”他以居高临下的态度说，“这次晚会也有您的一份功

1. 这是另一位两西西里王后。因两西西里王国王后通常也是那不勒斯王国王后，所以下面夏尔吕称阿梅丽为那不勒斯王后。他只承认阿梅丽这位王后，而不承认缪拉亲王夫人那位王后。

劳。您的名字是不会被遗漏的。贞德出征前替她披甲戴盔的年轻侍从，他的名字不就载入史册了吗；总之，您起了连字符的作用，您使凡特伊的音乐和它天才的演奏者得以融为一体，您凭借自己的睿智认识到了一系列的环境因素的关键作用，这些因素使演奏者得以受益于一位举足轻重的人物——要不是事关我自己，我想说一位代表天意的人物——的全部影响，您明智地请来此人确保聚会的声誉，面对莫雷尔的小提琴，把一对对耳朵径直跟天籁之音系在了一起；不，不，这不是无关紧要的细节。对圆满的成功而言，不存在无关紧要的细节。细节决定成败。那个迪拉斯表现很出色。总而言之，一切都很出色；因此，”他下结论说（他一向好为人师），“我反对您邀请那些只能充当除数角色的人，这些人到了我给您带来的优秀人物中间，会像一个数字里的小数点，一下子把人家的价值缩小十倍。我对这种事情感觉很灵。您明白，举办一次聚会，一定要防止做蠢事，这样才能无愧于凡特伊，无愧于他的作品的天才演奏者，无愧于您，我还要斗胆说一句，无愧于我。您要是邀请那个莫莱，那就全都得完蛋。一滴怪味水，会坏了一锅汤。电灯会暗掉，小糕点到时会送不上来，橘子水喝了会拉肚子。这个人可请不得。否则真会像童话故事里那样，一听到她的名字，铜管乐器就吹不出声，长笛和双簧管就卡壳。至于莫雷尔，就算他能拉出声音来，节拍也拉不到点子上，结果您听到的不是凡特伊的七重奏，而是贝克梅塞尔[1]对它拙劣的模仿，好端端的演奏家弄得当场出丑。我相信，人的因素影响重大；当我满怀欣喜地沉浸在某个花儿也似怒放的广板之中，当我的陶醉感在终曲部分变得越发强烈，只觉得那段快板非同寻常，节奏之轻盈简直无与伦比的时候，我清楚地意识到，那个莫莱不在场，激发了乐师们的激情，他们心中的

1. 瓦格纳歌剧《纽伦堡名歌手》中人物。他靠拙劣的模仿参加歌咏大赛，出尽洋相。据说瓦格纳是借贝克梅塞尔这个形象，讽刺当时抨击他的音乐评论家汉斯利克。

欢愉感染了手中的乐器。再说，我们在款待贵客的日子，总不会去邀请自己的门房吧。”

德·夏尔吕先生称她为那个莫莱，意在表示对她的一种评价（正如他方才说那个迪拉斯，不过那里面有一股亲热劲儿）。因为，所有这些女人都是社交场上的演员，说实话，即便从这个角度来看，莫莱也当不起人家赋予她的聪明的殊荣，这不禁使人想起那些平庸的演员和小说家，他们一度名声大噪，被舆论捧为天才，是因为同行都很平庸，其中没有一个真正的艺术家，能向人们展示什么叫天才，要不就是因为观众和读者都很平庸，即使面前站着个杰出的艺术家，他们也认不出来。对莫莱夫人的情况，不妨采用（尽管可能并不一定完全准确）前一种解释。社交场是个虚妄之地，社交场女士的德行容止，不妨说是彼此彼此，即便有高下之分，差别也很微小，而德·夏尔吕先生的积怨，或者说他的想象，却无限放大了这种差别。当然，他刚才之所以会以这样一种将艺术与社交牵强地结合在一起的语言，说出这么一番话来，那是因为他身上老妇人式的怨怒和来自社交场的修养，使他雄辩的口才注定只能用于一些并无意义的话题。我们的感知，使地球上不同的地区都趋同了，地球上已不复存在有差异境界，社交界里自然也就不可能存在这种境界。在别的什么地方，它是否存在呢？凡特伊的七重奏似乎在告诉我，它是存在的。可它在哪儿呢？

德·夏尔吕先生还喜欢搬弄是非，收买人心，他又说：“您知道，不邀请莫雷夫人，就堵上了她的嘴，让她没法说什么：‘我不明白韦尔迪兰夫人干吗要邀请我。我搞不懂那都是些什么人，我不认识他们。’去年您主动去跟她交好的那会儿，她就说过对您觉得挺厌烦。她是个傻瓜，千万别请她。说到底，她这人没什么了不起的。有我在，她就是到您府上来了，也掀不起什么浪头。总而言之，”他总结说，“我觉得您该感谢我才是，因为，就整体来看，晚会非常成功。德·盖尔芒特夫人没来，可谁知道呢，说不定这倒更好。我们不会怪她，我们下次照样会想到她，再说，要不想到她也难哪，她那双眼睛不是在对我们说‘别忘了我’吗，那可简直是两棵勿忘草啊。”（我心想，且不说我，公爵夫人身上得有多少盖尔芒特家族的睿智——决定去这一家，而不去那一家——才能克服对巴拉梅德的惧怕哦。）“一次如此完满的成功，让人禁不住要像贝尔纳丹·德·圣皮埃尔[1]一样，到处都看见上帝之手了。德·迪拉斯公爵夫人非常开心。她还托我把这告诉您来着。”德·夏尔吕先生说这句话时一字一顿，仿佛韦尔迪兰夫人理当把这视为难得的荣耀才对。岂止是难得，简直是让人难以相信，所以他觉着有必要加上一句：“千真万确。”好让对方相信——这会儿他就像朱庇特决意降祸的人那样，已经精神错乱了。“她请莫雷尔去她府上演奏相同的曲目，我正想让她邀请韦尔迪兰先生参加她的晚会呢。”这种仅对丈夫一人表示的礼遇，不啻妻子的奇耻大辱（德·夏尔吕先生万万没有想到这一点），韦尔迪兰夫人按照小圈子里通行的某种莫斯科法令[2]，裁定自己有权对他实施非经特许不得擅自外出演奏的禁令，暗自决定不能让他参加德·迪拉斯夫人的晚会。

就凭德·夏尔吕先生这通滔滔不绝的东拉西扯，韦尔迪兰夫人已经被大大激怒，她不喜欢有人在小圈子里另立山头。早在拉斯普利埃尔那会儿，她看到男爵不好好参加大伙儿的合唱，只管自顾自跟夏利说个没完，就不止一次地指着男爵大声说过：“这可真是张贫嘴！够贫的！哦！真是贫到家了！”而这一次，情况更糟糕。德·夏尔吕先生说得兴起，有点忘乎所以；他不明白，他一方面承认韦尔迪兰夫人起的作用，一方面又给它划定界限，这就激起了韦尔迪兰夫人的敌

1. 贝尔纳丹·德·圣皮埃尔（1737—1814）：法国作家，代表作《保罗与薇吉妮》描写一对在海岛长大、生活在不染尘俗的大自然中的少年的恋爱经历。

2. 拿破仑进军俄罗斯期间，于1812年10月15日在莫斯科签署一项法令，颁布法兰西喜剧院及其演员的管理章程。这一法令后来称为莫斯科法令。

意，这种敌意，在她其实只是一种特殊形态的妒意，亦即社会形态的妒意。韦尔迪兰夫人从心里喜欢小圈子的那些常客、那些信徒；按她的心意，他们该把所有的一切都奉献给他们的女主人。而像她这样嫉妒心很强的人，往往会弃小节保大局，他们允许别人出轨，但那必须是在他们家里，甚至是在他们眼皮底下，也就是说，绝对不能欺骗他们，就这样，韦尔迪兰夫人作了让步，允许小圈子的成员有情妇或情夫，条件是不得在她府邸之外造成任何社会后果，搭识也好，订交也好，都必须在每星期三进行。当年奥黛特把斯万拉到一边大声嬉笑，韦尔迪兰夫人看在眼里已经老大的不舒服，如今莫雷尔和男爵有好一阵子专爱避开众人说悄悄话，她更是看了揪心；她找到的排解愁绪的不二法门，就是不让别人有快活的好心情。男爵快活的好心情，她绝对不能再容忍了。这个愣头愣脑的家伙正心中暗自得意，以为自己在女主人的地盘里抢了她的风头，全然没料到大难已经临头。她心里已经很明白，莫雷尔踏进社交圈，靠的不是她，而是男爵的保护。补救的办法只有一个，就是让莫雷尔自己在男爵和她中间作出选择，她要利用已有的优势——她叫人散布流言蜚语，好让自己在莫雷尔眼里显得确有非凡的洞察力，她不惜编造种种谎言，来使他确信原先已经半信半疑、准备一探究竟的那些事情，她布下了一张网，就等不知轻重的小子一头撞将进来——让他选她，而不选男爵。至于那些到了她府邸却不来见她的社交场女子，她明白了她们是有所顾虑或过于放肆之后，马上就说："噢！我知道那是些什么货色，她们都是些老不要脸的骚货，跟我本来就不是一路人，她们以后再也甭想看见这个客厅了。"要她承认人家对她并不如她所希望的那样殷勤有礼，她宁可去死。

"喔！我亲爱的将军，"德·夏尔吕先生突然撇下韦尔迪兰夫人大声说道，原来他看见了总统府秘书德都尔将军，夏尔能否获得荣誉勋章，这位将军对此会起重要作用。男爵见他向戈达尔稍加咨询以后，正准备抽身离开，就冲他说道："晚上好，亲爱而又迷人的朋友。怎么样，您打算就这么走了，也不来跟我说声再见吗？"他说这话时脸上挂着笑容，显得既憨厚又自负，他知道，人家是会高兴留下来再跟他聊一会儿的。他那股亢奋的劲儿还没过去，于是干脆掐着嗓子自问自答起来："嗨，您还满意吧？确实很美是吗？那段行板是不？从来没人能写得这么让人感动。我看未必会有人听完了眼睛里不含泪水的。您能来真是太好了。我说啊，今儿早上我收到弗罗贝维尔的一份急件，他告诉我，荣誉勋位审核公署那头已经摆平了。"德·夏尔吕先生的声音越拔越高，非常刺耳，跟他平时的嗓音大不相同，就好比律师当庭作辩护陈词时，嗓音跟日常的说话声音迥然不同，这是一个人在神经极度兴奋，处于医学上的欣快状态时的音量放大现象，类似的情形我们在德·盖尔芒特夫人府邸的宴席上也能见到，这位夫人在目光越抬越高的同时，音域会越来越宽。

"我正打算明天派卫士给您送封短信，告诉您我听演奏时有多么激动；我倒是挺想当面对您说来着，可是瞧，您身边有这么些人等着跟您说话呢！弗罗贝维尔的支持当然不能小觑，不过我这边，可是有部长许诺过的。"将军说。

"喔！太好了。不过您也看见了，对这样的一位天才而言，这样的褒奖称得上是实至名归。霍约斯[1]非常赞赏他的演奏，哎，我怎么没见到大使夫人；不知她满意吗？反正除了那些生了耳朵不会听的家伙，还会有谁不满意呢？那些家伙只要有嘴巴能说话就行，耳朵能听不能听，他们可无所谓。"

韦尔迪兰夫人趁男爵走开去跟将军说话的机会，对布里肖做了个

1．德·霍约斯伯爵，1883年至1894年间奥地利驻法大使。本书第三卷《盖尔芒特家那边》中提到过这位大使。

手势，示意他过去。布里肖并不知道韦尔迪兰夫人要对他说什么，他只想着讨好女主人，全然没想到他下面这几句话会让我多难受：“男爵看到凡特伊小姐和她的女友没有来，很高兴。他对她俩非常反感。他说过，这两个人道德败坏，令人发指。您不知道，男爵平时谈到道德品行的话题，有多腼腆，多严肃唷。”布里肖没料到，韦尔迪兰夫人不买他的账：“他是个下三滥的家伙，”她回答说，“您想办法把他引出去抽支烟，好让我丈夫悄悄地跟他的杜尔西内娅[1]说个话，劝他悬崖勒马。”

布里肖看上去还有点犹豫。

“我告诉您吧，”韦尔迪兰夫人想打消布里肖的最后一丝疑虑，“有这么个人在我家里，我总觉得不安全。我知道他不光彩的老底，也知道警方一直在监视他。”韦尔迪兰夫人一旦恶念窜起，就自会有一种即兴编谎的本领，所以她趁势往下说，“听说他蹲过监狱。对，没错，我这是听消息灵通人士说的。我还从一个跟他住同一街区的人那儿了解到，他平时带回家的尽是些不三不四的家伙。”见常去男爵家的布里肖不以为然，韦尔迪兰夫人发火了，她大声嚷道：“这事错不了！我敢担保，”平日里她脱口而出说了句什么话，想要给自己补个台，通常就会这么说，“他早晚有一天会死在别人手上，这种人都是这般下场。说不定他还活不到那一天呢，因为他让这个絮比安给攥在手心里了，亏他还有脸把这家伙送到我这儿来，这个絮比安以前是个苦役犯，对，这些我都知道，都是确切消息。听说他掌握着一些不堪入目的信，靠这个把夏尔吕攥在了手里。这是有个见过这些信的朋友告诉我的，他对我说：‘您要是见着了，准会昏厥过去。’这个絮比安，就是这么用棍子赶着他走，从他身上把钱榨出来。我宁愿死

1. 塞万提斯的《堂吉诃德》一书中主人公堂吉诃德的意中人。此处显然指德·夏尔吕先生的同性恋男友莫雷尔，故下文“劝他悬崖勒马”中用“他”字。

一千次，也不愿像夏尔吕这么提心吊胆地过日子。得，要是莫雷尔家里人决定起诉他，我可不想让他们指控我是同谋犯。他要是一意孤行，早晚要栽跟头的，我可不能见死不救。有什么办法呢？做好事未必轻松愉快喔。”

此时的韦尔迪兰夫人，因丈夫即将和小提琴家举行的谈话而兴奋异常，她冲我说：“您去问问布里肖看，我是不是一个爱打抱不平的朋友，我对伙伴是不是赤胆忠心，肝胆相照。”（她这是暗指自己及时出手相帮，让布里肖先是跟烫衣女工吵翻，而后又跟康布尔梅夫人闹翻[1]——其后果是布里肖继变得几乎全瞎以后，据说又有了吗啡瘾。）

“您是一位无与伦比的朋友，目光敏锐，胆识过人。”大学教授怀着天真的激情回答说。

“多亏韦尔迪兰夫人，我才没去做一件天大的傻事，”韦尔迪兰夫人走开后，布里肖对我说，“她采取了果断的措施。正如我们的朋友戈达尔所说，她是个勇于介入朋友个人事务的女人。我得说，想到可怜的男爵还蒙在鼓里，我心里难过得很。他完全被那个小伙子迷住了。要是韦尔迪兰夫人成功了，那小伙子活该倒霉。不过，她未必能成功。我担心她只会挑起他俩彼此不和，到头来，两人非但不会分手，反而会一起跟她闹翻。”

这样的事情，在韦尔迪兰夫人和她的信徒之间经常发生。但有一点很明显，对她而言，维护自己和信徒间友谊的需要，越来越让位于另一种需要，那就是不能让信徒之间的友谊占了上风。她并不讨厌同性恋，只要它不涉及正统观念。而一旦涉及正统观念，她就像教会一样，宁可牺牲一切，也绝不在正统性上作半点让步。我开始担心，韦尔迪兰夫人要是知道我不许阿尔贝蒂娜白天上那儿去，

1．参见第四卷《所多玛与蛾摩拉》。

她会不会生我的气，我生怕她会像让她丈夫去挑拨小提琴家和夏尔吕的关系一样，准备——倘若还没着手——来挑拨阿尔贝蒂娜和我的关系。

“去吧，去支开夏尔吕，随便找个借口就行，没时间了。”韦尔迪兰夫人说，“记住，我派人来找您以前，千万不能让他回来。哦！这个晚上可真够糟的！”韦尔迪兰夫人的这句话，透露了她满腔怨气的真正原因。“居然给一批蠢货演奏这种了不起的的作品！我可不是说那不勒斯王后，她很聪明，是个可爱的女人（这应该读作：她对我很客气）。我是说其他那些人！哦！真叫你没法不生气。有什么办法呢，我可不是二十岁的小姑娘了。我年轻的那会儿，大人对我说，遇到无聊的事情要学会忍耐，我就强迫自己忍住，可现在，哦，不！这已经由不得我了，到了我这年纪，我该可以想怎么做就怎么做了，人生苦短，整天耐着性子跟这些傻瓜打交道，还要假惺惺地装出觉得她们挺聪明的样子，哦，不！我做不到。去吧，快去，布里肖，不能再耽搁了。”

“我这就去，夫人，我这就去。”布里肖看德都尔将军终于走了，就应声道。不过在这以前，这位教授把我拉到边上说过几句话：“道德责任是否绝对必要，”他对我说，“问题并不像伦理学书本上写的那么清晰明了。通神学[1]的咖啡馆也好，康德哲学风靡的啤酒吧也好，都赞成道德责任绝对必要，但是可悲的是，我们并不明白善的本质是什么。不怕您见笑，我在大学里相当认真地给学生讲过这个名叫艾玛纽埃尔·康德的人的哲学，对于摆在我面前的这一社会学范畴的案例，我在《实践理性批判》中看不到任何确切的论述，在这本书里，这个大名鼎鼎的不穿教士服的新教教士[2]，以日耳曼人的方式，

1. 强调奥秘经验、崇尚神秘主义的宗教哲学。在二十世纪初颇为流行。
2. 尼采说过哲学家中莱布尼兹、康德、费希特、黑格尔身上都有浓烈的教士气，而叔本华身上没有教士气。所以布里肖把康德说成“不穿教士服的新教教士”。

给一个感情色彩和宫廷气息都很浓的古老的德国，改写了柏拉图的哲学，为的就是宣扬某种波美拉尼亚式的神秘主义[1]。它其实还是《会饮篇》，只不过这次是在哥尼斯堡[2]，按当地的风格来讲述，讲了泡菜却不讲小白脸，干干净净，却叫人难以消化[3]。就我而言，显然我得遵循传统道德的正统观念，不能拒绝我们杰出的女主人要我略尽绵薄之力的请。是的，我们是得避免偏听轻信、上当受骗——有不少事情，我们一不当心就会说出些蠢话来。但是说到底，我们必须承认，要是让那些做母亲的来推选，男爵只怕是要落选，当不成德育教授的。令人遗憾的是，他好为人师，却难脱放浪本性。请注意，我并不是在说男爵的坏话；这个在餐桌上切烤肉的模样那么优雅的温柔男子，虽然说起糙话来口角生风，心地却是特别善良。他能像出色的小丑那样逗人开心，而我跟一位同事，不瞒您说人家还是学院院士呢，可我跟这位同事待在一起简直腻烦透了，到了色诺芬嘴里，他准会说我是每小时花一百个德拉克马在买无聊[4]。不过，我担心男爵花在莫雷尔身上的心思有点太过，超出了道德健康的标准，尽管我不知道年轻的苦修士对这些指定的苦修项目有何反应，听话或叛逆的程度究竟如何，但无需成为出色的教士，我们就可以断言，倘若我们对于这种蔷薇十字会[5]

---

1. 波美拉尼亚是欧洲东北部的一个地区，现大部分属于波兰，仅最西部属于德国。历史上，波美拉尼亚曾为条顿骑士团所占领，后又被普鲁士兼并，此处“波美拉尼亚式”当与“条顿式”、“日耳曼式”是同一意思。布里肖的的这番话是有出处的，那就是当时反对康德的哲学家对《实践理性批判》一书的抨击。这些哲学家声称康德书中有关道德的“实践理性公设”抽象而不实用。
2. 康德写作《实践理性批判》时，正在哥尼斯堡大学任教。
3. Bouquins版在这句后面加注如下：柏格森提到康德时说，他岂止是手上干干净净，他压根儿就没有手。
4. 法语中有个说法s’ennuyer à cent sous de l’heure（每小时花一百个苏买无聊），意思是腻烦之极。此处布里肖说的俏皮话颇有些冬烘味儿，他搬来希腊哲学家色诺芬（约前430—约前355），假想他会套用法语的句式说“每小时花一百个德拉克马买无聊”（德拉克马是古希腊的银币名称）。
5. 十七世纪德国的一种神秘主义秘密社团，十九世纪九十年代一度被引进法国。

（它似乎是佩特洛尼乌斯[1]经由圣西门留给我们的东西）视若无睹，听任它妖魔化，那么我们就会犯下所谓的宽容之罪。韦尔迪兰夫人要我去稳住男爵，因为她出于对这个道德败坏的罪人的好意，想要试一试她的新疗法，待会儿她会直言不讳地把事情的原委告诉蒙在鼓里的小伙子，可这样一来，她就会夺走他的全部所爱，说不定还会给他致命的一击；我没法说我对此完全无动于衷，我觉得我是在把男爵引进一个，怎么说呢，一个事先设好的圈套，我是在对一种卑怯的行为让步。"

可是说归说做归做，话刚说完，他就挽起我的胳膊，走到德·夏尔吕先生跟前："嗨，男爵，咱们去抽根烟怎么样，这位年轻人还没欣赏过宅邸里的好东西呢。"我推说我得回家了。"再待一会儿，"布里肖说，"您说过带我回家的，我还记着呢。"——"您真的不要我把那些银餐具拿出来给您看看吗？很方便的，"德·夏尔吕先生对我说，"您可是答应过我的哦，别跟莫雷尔说起给他授勋的事。待会儿等大家走得差不多了，我要亲自告诉他，给他一个惊喜。虽说他是艺术家，并不把这种事情看得很重，可他叔叔在盼着他拿勋章呢（我脸红了，因为韦尔迪兰夫妇从我外公那儿知道了莫雷尔的叔叔是谁）。怎么样，您不想看看那些最漂亮的银餐具？"德·夏尔吕先生对我说，"不过您是熟悉它们的，您在拉斯皮埃尔见过不下十次了。"

我不敢对他说，能让我感兴趣的，并不是这些布尔乔亚家庭质量平平的银餐具（即使看上去很华美），而是巴里伯爵夫人[2]藏品中的某件精品，哪怕我只是在一张精美的镌版画上见到它。我忧思太重，而且——即便没有发现凡特伊小姐也来参加晚会——在社交场合

1．佩特洛尼乌斯（？—66）：古罗马作家，荒淫的罗马皇帝尼禄的密友。他所写的欧洲第一部小说《萨蒂利孔》详细地描述了当时流行的享乐生活。

2．巴里伯爵夫人（1743—1793）：路易十五的情妇，大革命中被处死在断头台上。

总是太容易分心，太容易激动，没法去关注那些人家说漂亮的物件。我的注意力，往往会集中在某个唤起我想象的现实的东西上，比如说，今天下午我刚想念威尼斯来着，要是晚上真能见到它，我的注意力就会完全被它所吸引；能让我全神贯注的，还有某种可以称作共性的东西，在好些现象中都能见到这种共性的存在，但它比这些现象更真实，它会在我身上唤醒一种内在的精神活动，这种被唤醒的精神活动一旦上升到意识的表层，就会让我感到欣喜万分。且说我跟着布里肖和德·夏尔吕先生，走出人称演艺厅的大客厅，穿过别的客厅，来到一个客厅，我发现其中的有些家具是在拉斯普利埃尔见过的，当时我没怎么在意，此刻我却被这座宅邸和拉斯普利埃尔城堡内布置格局的某种相似的东西吸引住了，那是一种家常的氛围，一种内在的个性，当布里肖笑吟吟地对我说下面这几句话时，我明白他的意思："瞧，您看见客厅那头的布置了吗？那也许能让您对当年蒙塔利维街的府邸有个确切的印象，一晃已经二十五年了，grande mortalis aevi spatium[1]。"布里肖将这一笑献给重又见到的消逝的沙龙，我从这一笑中明白了，昔日的客厅让布里肖动心的（也许他自己还没有意识到），并不是高敞的窗户，也不是客厅主人和常客们活泼的青春气息，而是那部分非现实的东西（我刚从拉斯普利埃尔和孔蒂河畔[2]的某些相似中，感受到了这种非现实的东西），客厅如同其他任何事物一样，外部的、时下的、人人都可检验的那一部分，无非是这个非现实部分的延伸而已，这个部分已经变成纯粹精神的东西，它的色彩仅存在于我当年那位伙伴的心中，他无法让我看到这种色彩，这个非现实部分超脱于外部世界，躲进我们的心灵，让我们的心灵平添了一份新的价值，并在我们的心灵中与它惯常表现出来的实体融合，在

1. 拉丁文，引自罗马作家塔西佗（约56—约120）的《阿格里科拉传》，意为"人生中很长的一段时间"。
2. 指韦尔迪兰夫妇目前的宅邸，亦即上文所说的"这座宅邸"。

那儿转换——倾圮的房屋，往日的人们，留在记忆中的夜宵桌上的水果盘——最后变成晶莹光洁的回忆，这回忆的色彩，唯有我们才能看见，而且我们无法向人转述，但我们可以如实告诉别人，这些逝去的事物，是他们无法想象的，因为它们与他们见过的事物都毫无相像之处，我们回想起这些事物时，心头也会漾起些许涟漪，我们想到，它们之所以还能有一定的生命力，已经熄灭的灯盏之所以还有余光，花事阑珊的树篱之所以还会飘香，正是因为有我们的思念存在的缘故。对布里肖来说，蒙塔利维街客厅的回忆，想必使韦尔迪兰夫妇如今的宅邸失却了几分光彩。但是另一方面，在教授的眼里，当年的客厅又为而今的宅邸增添了一种美感，那是初来乍到者无法体会的。从当年的客厅搬到这儿的老家具，不时还保留着的布置格局（我能觉着在拉斯普利埃尔见过同样的格局），把旧日林林总总的内容，整合在眼前的客厅里，唤起我们对往昔的回忆，有时回忆甚至会成为幻觉，在现实的环境中回忆一个倾圮的世界的残迹，似乎显得很不真实，让人觉得那个世界像是在别处看见似的。长沙发从遐想中浮现在异常真实的新扶手椅中间，一张张靠背椅蒙上了玫瑰色的丝绸，牌桌上的镂花台毯俨然有着人的尊严，跟人一样有自己的过去，有自己的记忆，此刻它在孔蒂河堤客厅阴冷的角落里，重温着蒙塔利维街的长窗和多维尔的彩绘玻璃门透进来的暖黄色的阳光（它对时间的概念，不会输给韦尔迪兰夫人），而当年它曾被带到多维尔，每天在鲜花盛开的花园里，眺望远处的***深谷[1]，等候戈达尔和小提琴家来玩牌；一幅水粉画上，画着紫罗兰和三色堇的花束，这是一位很有才气的画家朋友的礼物，不久以后他就去世了，这幅画便成了一个业已消失、几乎不曾留下痕迹的生命仅存的残片，画上凝聚着一份卓越的才能，一段久远的友谊，让人想起画家专注而温柔的目光，还有那双长得很好看，但

1. 原文即为la profonde vallée de la ***。

在画室里弄得油腻而邋遢的手；信徒们送的礼物随手堆放，杂乱而可爱，女主人把宅邸挪到哪儿，这可爱的场景就跟到哪儿，性格和命运都在那上面留下恒久而鲜明的印记；数量众多的花束、巧克力盒，仿佛无论到哪儿，都会按照统一的开花模式，绽放出喜气洋洋的花儿：稀奇古怪、毫无用处的物品，莫名其妙地夹杂其间，看上去就像刚从礼盒里拿出来似的，终年不改其貌，始终保持新年礼物的本色；所有这些物品，到后来我们已把它们混同于其他东西，但在布里肖眼里，它们却是古色古香、珠圆玉润，因内在的精神而平添一种深刻的意味；这些散乱的物品，宛似错落有致的琴音，唤醒了他心爱的相似景象和模糊的记忆，在眼下这个由它们点缀的客厅里，犹如从窗口涌入的阳光那般，剪裁、切割家具和地毯，从椅背的靠垫到墙上的花插，从脚凳的位置到香水的余味，从照明的效果到色彩的基调，都有它们的踪影，它们在雕镂、展示韦尔迪兰夫妇多处宅第的理想形态，让这种内在的形态具有灵性，充满生机。

“我们来试试，”布里肖凑在我耳边说，“让男爵谈谈他最喜欢的话题吧。说起这个话题，他准能妙语如珠。”一方面，我想从德·夏尔吕先生这儿了解有关凡特伊小姐及其女友要来参加晚会的情况，我可是特地为此撇下阿尔贝蒂娜的呵。另一方面，我又不想让她独自待的时间太长，这倒不是担心她会趁我不在，干出什么蠢事来（她无从确准我何时回家，再说，这个时候有人来看她，或者她自己出门去，都会太引人注目），我只是不想让她觉得我离开她的时间过长。所以我对布里肖和德·夏尔吕先生说，我只能和他们稍待一会儿。

“来吧，”男爵对我说，他那股社交场的兴奋劲儿已开始消退，但他感到一种需要，想让谈话延续下去，持续得愈久愈好，这种需要，我不仅在他身上，而且在德·盖尔芒特公爵夫人身上也曾注意到过。有的人的聪明才智，唯有在谈话中才能得以表现，也就是说，唯有这样一种并不完备的表现方式，即使人家已经陪他谈了几个小时，他仍会意犹未尽，缠住对方不放，一厢情愿地以为自己未能尽兴的社交乐趣，能从对方得到餍足；在这种人身上，通常也能看到刚才所说的盖尔芒特家族的那个特点。“来呀，瞧，”他接着说，“这可是晚会上最好的时刻，客人们都走了，唐娜·索尔[1]的时刻到了，希望这个时刻不至于那么悲惨吧。可惜啊，您这么匆忙，大概是匆匆赶去做一些您其实最好别做的事情。人人都匆忙，该是来的时候却急着要走。我们现在就像库蒂尔[2]画中的哲学家，该是回顾一下这个夜晚，像军事术语所说的那样，进行一下战况分析的时候了。不妨让韦尔迪兰夫人给我们送点夜宵来，不过得当心别让她过来，我们可以请夏利——又回到《艾那尼》来了[3]——单独为我们再演奏一遍那段绝妙的柔板。怎么样，那段柔板挺美吧！咦，我们年轻的小提琴家哪儿去了？我还要向他表示祝贺呢，这会儿我心头充满感动，真想好好抱抱他。布里肖，您也得承认吧，他们的演奏简直出神入化，尤其是莫雷尔。他有一绺头发挂下来那会儿，您注意到了吗？啊！得，我亲爱的，敢情您什么也没看见。那个升fa，真会叫埃内斯库、加贝和蒂博[4]羞愧而死；我竭力保持镇定，可还是没用，坦白地说，听到如此美妙的声音，我觉得心头收紧，哽噎难忍。整个客厅都在屏息凝听；布里肖，我亲爱的，”男爵晃着大学教授的胳臂大声说，“那真是个崇高的时刻。只有年轻的夏利，只有他一个人镇定得有如一尊石像，你甚至看不出他

---

1. 唐娜·索尔：雨果五幕诗剧《艾那尼》（1830年）中的女主人公。有三个男人同时爱她：她的舅舅戈梅茨，强盗艾那尼和堂·卡洛斯——未来的西班牙国王查理五世。最后艾那尼赢得了她的爱情，但在成婚当夜，号角声提醒艾那尼当初对戈梅茨发过的毒誓，他拔刀自尽，唐娜·索尔殉情随他而去。
2. 库蒂尔（1815—1879）：法国画家。此处指的是他的代表作《帝国末期的罗马人》，画中表现罗马人狂饮的场面，右侧近景有两个哲学家在交谈。
3. 普鲁斯特研究学者让·米依认为，夏尔吕是发现夏利（Charlie）和《艾那尼》中人物堂·卡洛斯，即查理（Charles）五世的读音很相近。
4. 埃内斯库（1881—1955）：罗马尼亚小提琴家和作曲家。加贝（1873—1928）和蒂博（1880—1953）均为法国小提琴家。普鲁斯特曾听过这三位著名小提琴家的演奏。

在呼吸，他那模样，正如泰奥多尔·卢梭[1]所说，很像世间那些没有生命的东西，自己没有思想，却能发人深省。然后突然一下子，”德·夏尔吕先生做了个夸张的手势，就像在模仿一个舞台动作，大声说道，“一下子……那绺头发挂了下来！这时他正拉到优美的四组舞曲，那段活跃的快板。您知道，这绺头发是一种启示的标志，启示的对象甚至可以是头脑最迟钝的人。德·塔奥米纳亲王夫人直到那会儿，始终像个聋子——长了耳朵却听不见的人，难道还不是聋子吗，且说德·塔奥米纳亲王夫人，她亲眼见到这绺的头发的奇迹，终于明白这是演奏音乐，而不是在玩扑克牌。哦！那真是个庄严的时刻。”

“对不起，先生，请允许我打断一下您的话，”我对德·夏尔吕先生说，想把谈话引到我感兴趣的话题上来，“您对我说过，作曲家的女儿也要来这儿。这让我很感兴趣，您能肯定她会来吗？”

“喔！我不知道。”

大多数人有个心照不宣的约定，就是不能把事实的真相告诉嫉妒的情人，看来，德·夏尔吕先生虽说本意或许并非如此，但也未能免俗。这些人之所以要这样做，有好几种可能的原因，一是所谓的讲义气，尽管讨厌激起此人妒意的女人，但不肯在背后说她坏话，二是对这个女人心怀鬼胎，觉得万一把事情告诉了她情人，他反而会因为嫉妒加倍爱她，三是出于一种有意跟人过不去的心理，事情的真相别人都可以告诉，偏偏对这个嫉妒的情人要守口如瓶，要让他蒙在鼓里备受折磨（至少他们这么想）——而要想让别人受罪，他们往往以己度人，拿自己觉得最痛苦（其实未必如此）的事情，加到对方身上去。

“您知道，”他接着说，“大家在这儿说话，都有点不实在。这些人都很可爱，可就是喜欢攀附名人，一会儿说这个要来，一会儿说

1. 泰奥多尔·卢梭（1812—1867）：法国画家，以描绘枫丹白露森林景色著称。

那个要来。哎，您看上去脸色不好，准是让这个潮湿的房间给弄得着凉了，”他说着，把一张椅子推到我跟前，“您不舒服了，就该自己当心，我去给您把大衣拿来。哦不，您别自己去拿，您找不着地方，又会着凉的。您瞧您，这么不知道爱惜身体，您已经不是四岁的孩子了，可还得有个像我这样的老保姆照料您不是。”——“您别动，男爵，我去。”布里肖说完，拔腿就走。他也许并不真正明白，德·夏尔吕先生对我的这种友好态度，完全是真心实意的——那股妄自尊大、以折磨别人为乐的无名火发泄过后，他又回归到爽直、热诚的可爱本色了。布里肖生怕德·夏尔吕先生（韦尔迪兰夫人可是把这位先生当作囚犯一样交给他看管的）会以帮我取大衣为借口，趁机去跟莫雷尔碰头，坏了女主人的大事。

我对德·夏尔吕先生说，让布里肖先生这么跑来跑去，我实在于心不安。“没事，他乐意，他可喜欢您了，大家都喜欢您。那天还有人在说呢：‘咦，怎么好久没见他了，敢情他是躲起来了！’要说呢，布里肖可真是个好人，”德·夏尔吕先生这么说，想必是看到布里肖对他说话时显得既亲热又坦率，根本想不到这位伦理学教授会在背后嘲笑他。“他是一个很了不起的人，学问很大，可头脑一点不僵化，不像有的人浑身墨水味儿，成了书库里的耗子。在他这种人中间，能像他一样视野宽阔、胸襟豁达的，已经不多见了。有时候，瞧着他对生活理解得那么透彻，对每个人都不失优雅地照顾得那么恰如其分，我心里会纳闷，这么一个索邦大学再普通不过的教授，当年的一个中学教师，他究竟是从哪儿学到这些东西的？我对此感到惊讶。”

男爵称赞布里肖的这些话，更让我感到惊讶。这个布里肖，就连德·盖尔芒特夫人府上最不高雅的客人，都觉得他愚蠢、迟钝，想不到最挑剔的德·夏尔吕先生却会对他赞赏有加。造成这个情况，有多方面的因素，其中有的跟斯万的情况很相像（当然，二者毕竟还是不一样的），当年斯万爱上奥黛特时，有很长一段时间一直在小圈子里很受欢迎，可他在结婚以后，居然觉得蓬当夫人特别和蔼可亲，这位夫人装出非常喜欢斯万夫妇的样子，见天来跟斯万夫人聊天，专爱听做丈夫的讲的轶事，但跟人说起他们时却露出不屑的神气。德·夏尔吕先生觉得布里肖比所有其他的朋友都聪明，就好比一个作家不把聪明的桂冠给最聪明的人戴上，却去戴在一个浪荡公子的头上，原因是此人曾就一对爱得死去活来的男女，作过一番大胆而宽容的评论，听了这番评论以后，作家和他的才女情妇一致认定，上她家来的这么些人中间，就数那个堪称恋爱老手的风流老头最少傻气。在德·夏尔吕先生眼里，布里肖不仅对莫雷尔很客气，而且常会适时地找一些希腊哲学家、拉丁诗人、东方讲故事人的篇什，摘录下来，作为一本挺奇怪、挺可爱的作品精选集，供他点缀趣味之用。到了德·夏尔吕先生这样的年龄，像维克多·雨果那样的作家，就喜欢有瓦克里、默里斯[1]那样的年轻人陪伴在身旁。男爵最喜欢的，就是欣赏他的生活态度的朋友。“我经常见到他，”他以一种频率很高、有节奏的语音往下说，犹如戴着搽上白粉的、严肃的面具的脸上，教士般的眼睑半垂着，除了嘴唇在翕动，其他部位几乎都纹丝不动，“我去听他讲课，拉丁区的氛围可以让我换一下心情，周围那些洋溢着青春气息的年轻的布尔乔亚，又勤奋又有思想，比起我当年来自另一个阶层的同学来，他们更聪明，更有知识。这是两个不同的阶层，这您可能比我更清楚，他们是年轻的布尔乔亚，”他一字一顿地吐出这几个字，仿佛前头有好几个“布”字，而他按照某种发音习惯把它吐得特别清晰似的，他这么咬文嚼字，想必是要显示他喜欢一种对他特别合适的细腻的思维方式，但也说不定是克制不住一种冲动，想在我面前摆出一股

1. 奥古斯特·瓦克里（1819—1895）：法国作家，维克多·雨果的崇拜者和弟子。其兄夏尔·瓦克里是雨果的女婿。保尔·默里斯（1820—1905）：雨果的弟子和遗嘱执行人。

傲慢劲儿。这种傲慢无礼，丝毫没有削弱他在我心中（自从韦尔迪兰夫人向我透露了他的意图之后）激起的深切的同情，我只是觉得挺有趣的，而且，即便我对他没有如此深切的同情，我也不会为此生气。我从外婆身上继承的禀性，使我对虚荣心非常漠视，结果往往就很容易缺乏自尊。当然我自己并不怎么意识到这一点，上中学以后，见惯了我最崇拜的同学容不得半点轻慢，对人家的行为不当毫不姑息，久而久之，我也在谈吐和行为中表现出了我的第二天性，也就是，表现出了我的傲骨。在别人眼里，我这人桀骜不驯——一旦变得什么都不怕了，就会轻易发火，动辄跟人决斗，不过到后来，我自己都感到不屑，觉得这种做法在道德上一无可取之处，至于在别人眼里，那自然就更显得荒唐可笑了。不过，一个人的天性，靠压抑是压抑不住的。所以有时候，我们在读一位天才的新作品时，会欣喜地发现，其中的想法是我们以前所轻视的，其中的欢乐和忧伤是我们所体验过的，那整个曾经被我们所不屑的感情世界，当我们在书中重新遇见它的时候，我们突然领悟到了它的意义所在。生活终于教会了我，当有人嗤笑我的时候，倘若我毫无怨怼，反而对他笑脸相迎，那就不正常了。这种缺乏自尊、不懂记恨的状态，尽管不再有所表现，我甚至几乎意识不到它在我身上存在过，但我毕竟本性难移，依然浸润在这种心理状态中。愤怒和出口恶气的冲动，在我身上以一种全然不同的方式表现出来，那就是乱发脾气。正义感也好，道德观念也好，我都顾不上。我只知道同情弱小的、不幸的人，发自内心地站在他们一边。对莫雷尔和德·夏尔吕先生的关系应该作何评价，我全无概念，既分不清其中的善恶，更不明白这种善恶到了何等程度，但是，想到有人给德·夏尔吕先生下套，要让他吃苦头，我就义愤填膺。我想提醒他，可不知道怎么做。

“像我这么个老古董，瞧见这些孩子勤奋好学，真是打心眼里高兴。这些孩子，我不认识他们，”他举起一只手，做出提请注意的样子，表示他说这话是很严肃的，而且在为自己撇清的同时，打消听者对那些学生的怀疑，不让纯洁的年轻人沾上半点污渍，“可是他们非常有礼貌，常常主动给我留座位，因为我老了嘛。哎，您可别不相信啊，亲爱的[1]，我都四十出头了，”男爵对我说——其实他已经六十出头了，“布里肖讲课的阶梯教室里有点闷热，不过待在里面挺有趣。”

尽管男爵喜欢跟大学生混在一起，宁愿让他们挤来挤去，但有时候，布里肖不想让他久等，请他跟自己一起进教室。按说布里肖进了索邦大学，就该像到了自己家里，可是当佩戴链饰的庶务走在前面为他开道时，这位深孚众望的教授却流露出腼腆的神色，尽管他很想趁这个自我感觉特别好的机会，向夏尔吕表示一下情谊，但他还是不由自主地感到有点发窘；为了让那个庶务放行，他匆匆对夏尔吕说：“请跟着我，男爵，有人会给您安排座位的。”一副看上去很忙的样子，声音也显得很不自然，说完以后就自顾自在走廊中间疾步往前走，再也不管男爵。走廊两侧的年轻教师纷纷向教授打招呼；布里肖明白，在这些年轻人眼里，他早已是名重一时的权威，他不想让他们觉得自己在摆谱，连连向他们点头示意，频频对他们递去心照不宣的眼色。刻意保持的利索的军人步态，使他的神情显示出一种真诚的鼓励，一种sursum corda[2]的意味，仿佛一个拿破仑麾下近卫队的老兵在说：“妈的！我会好好打的。”一进教室，学生热烈鼓掌。布里肖有时趁德·夏尔吕先生来听课的机会讨好他，或者不妨说还他的礼。他对着某个家长，或者某个中产阶级的朋友说：“如果您的妻子或女儿听了会高兴的话，您不妨告诉她们说，德·夏尔吕男爵、阿格里让特亲王和孔代家族的后裔都会来听课。对一个孩子来说，亲眼看见一

1. 我们注意到，在他们三人的谈话中，夏尔吕常称“我”为“亲爱的”。
2. 拉丁文弥撒礼仪书序言的开头一句，意为“鼓起勇气”。后成为给人鼓劲加油的用语。

位真正的末代贵族，是一个值得珍藏的回忆。她们要是进了教室，一准能认出他来了，我会安排他坐在我的讲坛旁边。那儿就他一个人，他身材魁梧，白头发，黑唇髭，胸前挂着军功章。”——“哦，谢谢您。”做父亲的说。他妻子有事要忙，可他不想让布里肖生气，硬是把她拽来了，而那女儿，挤在闷热的教室里，睁大眼睛好奇地盯着孔代的后裔，心里挺纳闷，怎么他不戴皱领，看上去跟现在的人没什么两样？那位孔代的后裔，可没闲心瞧上她一眼，不止一个大学生不认识他是谁，看他坐在台上笑容可掬的，不知是怎么回事，心里有些瞧他不起，表情也就显得很冷淡，男爵走出教室时却满怀遐想和忧思。

“请原谅我又提起这个话头，”我听见了布里肖的脚步声，急忙对德·夏尔吕先生说，“哪天您得知凡特伊小姐或是她女友要来巴黎的消息，麻烦您发个气压快件给我，告诉我她们到底在巴黎待几天，另外，请别把我问您这事告诉别人，行吗？”我想，她俩今晚是不会来巴黎了；但我还指望日后有一天她们会来。

“行，这事我会做的。首先因为，我还欠您很大的一个人情。当初您没接受我的提议[1]，宁愿自己受累，帮了我很大的忙，把自由留给了我。没错，后来我以另一种方式放弃了自由，”他语气忧郁地加上一句，其中流露出亟需吐露心曲的意味，“我一直认为这里面自有天意。有大把大把的机会，您都错过了，没为自己用上，也许就是因为老天爷在节骨眼上提醒您，别来挡我的道。老话说得好：‘谋事在人，成事在天。’谁知道呢？我俩一起从德·维尔巴里西斯夫人府上出来那会儿，要是您接受了我的提议，后来发生的好些事情，说不定就都不会发生了呢。”

我正感到很窘，赶紧趁机把话头引到德·维尔巴里西斯夫人身

1. 《盖尔芒特家那边》第一部中提到，德·夏尔吕先生和“我”一起从德·维尔巴里西斯夫人府上出来时，夏尔吕向初涉社交圈的“我”提议给他充当生活向导。

上，说我对她的去世感到很悲痛。[1]“噢，是吗！”德·夏尔吕先生冷冷地低声说，语气颇为高慢，看来我这么说，他压根儿就不相信是真诚的。看到德·维尔巴里西斯夫人这个话题并没勾起他伤心，我想向这位无所不能的先生打听一下，德·维尔巴里西斯夫人生前，为什么贵族社会始终对她保持着距离。不料对这么个小小的社交圈问题，他非但没有作答，而且似乎根本一无所知。这时我明白了，德·维尔巴里西斯夫人身后固然在后人心目中地位崇高，即便在她生前，这位侯爵夫人在懵懵懂懂的平民百姓眼中也是非常显赫的，不仅如此，在与平民阶层相对的那一阶层，亦即在德·维尔巴里西斯夫人所属的那个阶层，在盖尔芒特家族成员的眼中，她的地位也是不容小觑的。她是他们[2]的姑妈，他们看重的是她的出身、联姻以及对家族中某位权贵姑嫂的影响。他们不是从社交的角度，而是从家族的角度来看待这一切。而德·维尔巴里西斯夫人的家世，其实比我先前想的更显赫。当我听说维尔巴里西斯并非真名之时，我曾经非常吃惊。[3]然而这正是贵妇下嫁能够保持显贵地位的又一例证。德·夏尔吕先生这会儿告诉我，德·维尔巴里西斯夫人是大名鼎鼎的***公爵夫人[4]的侄女，这位公爵夫人是七月王朝贵族中最有名望的人物，却不肯跟开明君主[5]及其家族有所往来。我多想听听这位公爵夫人的故事啊！德·维尔巴里西斯夫人，送过我那么多礼物，我平日想见就能见到的，脸颊红扑扑，看上去就像个布尔乔亚太太的德·维尔巴里西斯夫人，竟然是公

1. 书中人物何时去世，作者交代时有不清。此处提到德·维尔巴里西斯夫人已去世，但在第六卷《失踪的阿尔贝蒂娜》中她还会出现。类似情形在贝戈特和戈达尔身上也发生过。
2. 指德·盖尔芒特公爵和德·夏尔吕男爵。
3. 本书第三卷《盖尔芒特家那边》第一部中，德·夏尔吕先生对“我”说起，他姑妈再嫁的丈夫是个名叫迪里翁的平民。此人把巴黎附近的一个市镇名维尔巴里西斯信手拈来，权充采邑地名，自称德·维尔巴里西斯侯爵。
4. 作者行文至此，一时没有定下公爵夫人的姓名。后因作者本人未及重看全部初稿，这一姓名也就阙如了。类似情形，前面也有过。
5. 指路易–菲利普。

爵夫人的侄女，是在她家，在***府邸由公爵夫人亲自抚养长大的。

“有一天说起这三姐妹，”德·夏尔吕先生对我说，“她问德·杜多维尔公爵：‘三姐妹中，您最喜欢哪一个？’杜多维尔说：‘德·维尔巴里西斯夫人。’***公爵夫人回他一句：‘夯货！’您知道，公爵夫人是很风趣的。”德·夏尔吕先生说风趣二字时，咬字特别清晰，这正是盖尔芒特家族成员说话的腔调。他觉得这两个字本身很风趣，并不使我感到奇怪，我已在好些别的场合注意到这种客观的离心倾向，一些向来以严肃自诩的先生，一旦觉得别人说话风趣幽默，就会把严肃撂在一边，竖起耳朵仔细听那些平日根本不屑去想的词语，煞有介事地记下备用。

“瞧他是怎么啦？他居然把我的大衣拿来了，”他见布里肖去了这么久，结果还拿错了大衣，这么说道，“早知道还不如我自己去呢。好吧，您先披上。您知道吗，亲爱的，这样很容易引起误解。这就好比两个人用同一个杯子在喝水，我可猜得出您是怎么想的。哦不，别这样，得，让我来吧，”他说着，接过自己的短大衣替我披在肩上，朝脖子前拉了拉，把领子翻起来，用手掠了一下我的下巴，随即道了个歉。“像他这样大小的孩子，连被子都盖不好呢，是得有人好好照顾他才行，我失职了，布里肖，我生来就是该给孩子当保姆的。”

我想告辞，但德·夏尔吕先生似乎要去找莫雷尔，布里肖赶紧把我们俩都留住。这会儿我知道，阿尔贝蒂娜在家里，我回去就能见着她，正如下午那会儿我知道，阿尔贝蒂娜会从特罗卡代罗回来的，我心里有恃无恐，所以并不急于见到她——就像那天听了弗朗索瓦兹的电话以后，坐在钢琴前一样，心里很平静。正因如此，谈话中我几度起身告辞，布里肖每次执意挽留，我就从命坐下。布里肖留我，是怕我一走，就难以牵制夏尔吕，直至韦尔迪兰夫人来叫我们了。

“好了，”他对男爵说，“再跟我们待一会儿吧，过一会儿去给他个正式拥抱[1]，也不算迟嘛，”布里肖边说，边把那只几近失明的眼睛直勾勾地对着我，虽说接受多次手术过后，这只眼睛恢复了一线生机，但要它灵活到能狡黠地瞟我一眼，那又谈何容易。“还说什么正式拥抱，他可真傻！”男爵兴奋地尖声嚷道，“亲爱的，您听我说，他总以为那是一次颁奖仪式，他满脑子都是那些学生。我常常想，不知道他们是不是一起睡觉？”——“您是想见凡特伊小姐吧，”布里肖对我说，刚才我跟男爵说话，他大概听到了末了几句，“她要是来，我准定通知您，我会从韦尔迪兰夫人那儿知道的。”布里肖这么对我说，他大概已经预感到男爵即将被逐出韦尔迪兰夫人的小圈子了。

“怎么，您以为我跟韦尔迪兰夫人的交情比不上您，”德·夏尔吕先生说，“这两个名声不佳的女人来不来，我会不知道吗？您得知道，她俩真正是臭名昭著。韦尔迪兰夫人不该请她们来，她们干的都是些见不得人的勾当。应该把她们那帮狐朋狗党关进叫人不寒而栗的地方。”

他每说一句，我心头的苦楚就增添一分，而且变着样儿。蓦然间，我想起阿尔贝蒂娜曾经在无意间流露出来的某些不耐烦的神情举止，尽管她马上就克制住了，但我还是担心她已经准备好了离开我的计划。有了这个猜疑，我越发感到必须把我俩的共同生活延续下去，不到我找回心头宁静的那一天不能断。可是要想让阿尔贝蒂娜打消先于我提出分手的念头（如果她真有这个念头），要想让她觉得（在我能不觉痛苦地实现我的计划之前）身上的锁链变轻的最方便的（我也许受了德·夏尔吕先生在场的影响，下意识地回想起他喜欢玩的那些把戏），我是说，最方便的办法，恐怕就是设法让阿尔贝蒂娜相信，我正想离开她来着——待会儿回家，我就要跟她说再见，装出就此分

1. 原文为accolade，特指正式会见或授勋等场合的拥抱。此词原义为“击肩礼”，指在颁授骑士称号的仪式上，先以剑背轻击受颁者肩部，然后与其轻轻拥抱的程式。

手的样子。

“当然不会，我怎么会以为自己比您跟韦尔迪兰夫人更熟呢？”布里肖郑重地声明说，他唯恐男爵会生疑。他见我又要告退，便想变着法儿给我解闷，好让我留下。“男爵刚才说到那两位女士的名声时，我觉得有一点他没有考虑到，那就是一个声名狼藉的人，完全有可能背的是莫须有的罪名。就我记得起来的这类著名案例中，错判的冤案就不在少数，翻开历史记载，可以看到好些因所谓变态性行为[1]获罪、声誉扫地的名人，其实是清白的。最近有材料证实，米开朗琪罗对一个女子的热恋，全然是崇高的爱情，[2]莱翁十世的这位曾经蒙垢的朋友，冤情终于在身后得到了昭雪。米开朗琪罗案件，在我看来有其现实意义，无论是对上层社会，还是对拉维莱特区[3]，都会起到鼓舞人心的作用——当然，那得等到另一个案件[4]风头过去了才行，受这个案件的影响，我们那些可爱的艺术爱好者把无政府主义的混乱状态当成了时尚，不过我毕竟不想挑明这个案件的名称，免得引起争论。”

布里肖刚开始说到男人的名声问题，德·夏尔吕先生的整张脸上就流露出一种非常焦躁不安的表情。当医学权威或军事专家碰到一个什么都不懂的外行在自己面前信口开河，侈谈医术和战术的时候，我们在他们脸上看到的，就是这种表情。

“您说的这些事情，您压根儿就不懂，”男爵终于忍不住，对

---

1. 此处原文为sodomie，系地名Sodome（所多玛，《圣经》中的罪恶之城）的派生词，指男同性恋或肛交之类变态的性行为。《简明不列颠百科全书》中译作“所多糜”。因下句提到米开朗琪罗与一女子的情爱云云，故暂译“变态性行为”。后文中，有时将此词译为“男同性恋”。
2. 指罗曼·罗兰《米开朗琪罗传》（1906年）一书中有关米开朗琪罗和女诗人维多莉亚·科罗纳恋情的描述。教皇莱翁十世1513年至1521年在位期间，与米开朗琪罗多有交往。佛罗伦萨美第奇家族墓室中的墓碑雕塑，米开朗琪罗就是受教皇之托创作完成的。
3. 拉维莱特区是巴黎一个较为脏乱的地区。作者在本书第七卷中有一个段落，描写来自这个区的屠夫和混混聚在絮比安家中的场景。
4. 当指德雷福斯案件。

着布里肖说，“您告诉我，到底有谁名声蒙冤了，说出名字来呀！行啦，这我知道，”他粗暴地打断布里肖胆怯的声辩，“以前有人这么干，是出于好奇，或者出于对死去的朋友难以割舍的感情，这种人就怕被人看破自己的行藏，您要是对他说起男性美，他就会回答您说，他对此毫无概念，不知道一个男人怎么叫美，怎么叫丑，就像没法说出两个发动机哪个好些，因为他对机械一窍不通。那全是扯淡。喔唷，我不是说虚担一个恶名声（一般人都管那叫恶名声）这情形绝对不可能。但那是例外，极其罕见，因此实际上几乎并不存在。可我是个好奇心很强、什么都想知道的人，所以再稀罕的事儿，我也能知道，而且知道得确确凿凿。对，我平生仔细观察过（我是说以科学态度认真观察，其中一点不掺假）两个虚担恶名的例子。恶名被误以为坐实，不是由于名字相近，就是因为某些外表特征，比如说手上戴满戒指，引起一些浅薄的人的猜疑，他们认定那就是您说的事儿的证据，这就像他们以为农民就该每句话夹个妈的，英国人开口就说该死一样。通俗喜剧里都这样呗。”

我感到很吃惊，德·夏尔吕先生列举同性恋者例子时，居然提到了我在巴尔贝克见到的“女演员的男友”，他是那四个男女朋友的小社团的头儿。[1]“那么这位女演员呢？”——“他拿她当幌子，不过他也跟她确实有事，不比他跟别的男人，他跟他们并没啥事。”——“他跟那三个朋友有事吗？”——“完全没有！他们交朋友根本不是为这！其中两个，只跟女人来事。另外一个好这口，但肯定不是跟这二位，反正，他们相互之间都藏藏掖掖的。[2] 有句话您听了会大吃一

1．本书第二卷《在少女花影下》第二部中提到，一个时髦的女演员和她的情人，还有两个颇有贵族气派的男士，在当地形成一个小社团。

2．以上几句的意思似乎有些混乱，Moncrieff的英译本中略去“我感到很吃惊……藏藏掖掖的”这段文字，也许就是由于这个缘故。但Carol Clark的新英译本中，保留了这些文字，而且没有加注。（七星文库版的法文原书中，也没有加注。）

惊，那就是虚担的恶名，在一般人眼里往往是最无可置疑的。就说您吧，布里肖，尽管上这儿来的某人在了解他底细的人眼里，是头毛色醒目的白狼[1]，您仍可以拍胸脯说此人品行端正，可要是大家都说某某名人有那种暗毛病，您大概也只能相信了吧，其实要不是只把标准定在两个苏，还真不能说人家有这毛病。我说两个苏，是因为要是定在二十五个路易，我们就会看到，称得上道德高尚的人，为数是零。[2]否则呢，一般而言，道德高尚的人——如果您觉得好这一口就算不得高尚的话——所占的比例，应该在十分之三到四之间。”

布里肖把恶名声的话头引向男性；我听了德·夏尔吕先生的那番话，想到的却是女性，是阿尔贝蒂娜。我知道，德·夏尔吕先生那么说，或许是心血来潮，或许是听信了那些喜欢来事、甚至喜欢扯谎的人的说法，那些家伙瞎说一气是另有所图，而德·夏尔吕先生这么说也有自己的目的，两者加在一起，他的统计当然就准不了。尽管如此，这个统计数字还是把我吓了一跳。

“十分之三！”布里肖嚷道。“就算倒个头是十分之七，犯罪人数也得比现在增加一百倍吧。如果这真是您想说的意思，男爵，而且如果您没弄错的话，那我不得不说，您真是目光锐利非常人所及，您揭示了一个人们熟视无睹的事实真相。您堪比巴雷斯[3]，他披露的议会腐败真相，事后得到了证实，正如勒维里埃[4]的那个星体，后来被证实的确存在一样。有人猜测，情报局和参谋部出于爱国热忱——这我相信，干了好些见不得人的勾当——这我至今难以想象。至于是哪些

---

1. 狼通常皮毛为茶色或暗灰色，唯有生活在北极圈的白狼全身呈白色。
2. 一路易合二十法郎，一法郎合二十苏。所以，标准定在两个苏，似指标准定得特别低，而定在二十五路易，则极言其高。
3. 巴雷斯（1862—1923）：法国作家、政治家。他在小说《他们的嘴脸》（1902年）和其他一系列文章中，揭露了议会腐败的真相。
4. 勒维里埃（1811—1877）：法国天文学家。1846年，他对天王星的轨道参数进行计算，推断出海王星的存在。这一推断后来得到证实。

人在作此猜测，尽管韦尔迪兰夫人直言不讳，我想我还是不要指名道姓为好。您想想，共济会性质的秘密串联，充当德国间谍和染上吗啡毒瘾，等等等等，莱翁·都德[1]日复一日以这些题材写过多少文章，看上去简直匪夷所思，就像天方夜谭，结果却被证实全都确有其事。“十分之三！”布里肖惊愕地重复说。诚然，德·夏尔吕先生把他这一代人的绝大多数，都归入了同性恋的范畴，但他还是把跟他有过关系的男人都排除在外的，只要这种关系中稍微搀杂一点浪漫色彩，在他眼里情况就变得比较复杂了。这就好比一个浪荡公子，他认为女人一般都无贞操可言，只有他的情妇还算好一些，他会一本正经地告诉别人：“哦不，这您可说错了，她已经不是姑娘了。”他这么一说，虽然有些出乎对方意外，但这部分是出于虚荣心，情妇把贞操独独留给了他，让他感到很得意，部分是由于他的天真，凡是情妇想要让他相信的事，他全都信以为真，部分还因为一个人愈是接近别人的真实状态，就愈明白，现成的标签和分类都太简单化。“十分之三！您可得当心了，男爵，您对我们说的这些统计数字，要是您想留到后世的话，说不定您就没有被后人认可的历史学家那么幸运喽。我们的后人只承认确有根据的论断，他们要考察有关的统计资料。然而，不会有资料来佐证您的判断，当事人巴不得这种事情别人知晓，找不到佐证的人们出于义愤，会干脆给您扣上诽谤或愚蠢的帽子。您在现世比赛论证简洁的角逐中拔得头筹，风光得很，但在九泉之下却会惨遭淘汰，备感凄凉。照我们亲爱的波舒哀[2]的说法，愿主宽恕我，这又何苦呢。”——“我才不管什么历史呢，”德·夏尔吕先生回答说，“我关心的是当下的生活，正如可怜的斯万常说的，生活本身就够有趣了。”——“怎么，男爵，您认识斯万？我可一直不知道。他是不是

1．莱翁·都德（1867—1942）：法国新闻记者、小说家。阿尔封斯·都德之子。

2．波舒哀（1627—1704）：法国天主教教士、演说家，曾任路易十四的顾问。布里肖引用神职人员的话时，故意插一句“愿主宽恕我”，想必觉得自己挺幽默。

也好这一口啊？”布里肖神色不安地问。——“粗俗！您以为我认识的都是这种人吗？唔，我看他不像。”夏尔吕说着，垂下眼帘，寻思到底是说他也是这种人好，还是说他不是这种人好。他心想，既然说的是斯万，而他并无那种倾向是众所周知的，那就不妨说一半留一半吧，这样对斯万来说无伤大雅，对自己脱此干系却大有好处。“我可不说以前在中学那会儿，也就偶尔一两次吧。”男爵这话，仿佛是随口说的，就像是在自言自语，接下去他又说：“那都是两百年以前的事了，您叫我怎么还记得起来呢？您可真烦人，”说着他笑了起来。

“反正他可不是小白脸！”布里肖说，他是个丑人，自我感觉却很好，老爱说人家难看。

“住嘴，”男爵说，“您瞎说什么呀。那会儿他脸色鲜艳，”说到这儿，连音调都变了，“漂亮得就像爱神。他现在不也挺可爱吗？当时那些姑娘爱他都爱得快发疯了。”

“那您认识他妻子吗？”

“嗨，还是我介绍他俩认识的呢。有天晚上她扮成萨克丽邦小姐，我觉得她女扮男装的模样可爱极了[1]；当时我和俱乐部的同伴在一起，我们每人带一个女伴，其实我是倦得只想躺下，可是那些爱乱嚼舌头的家伙——社交场上就是这德行——硬说我跟奥黛特睡觉了。谁知道她借这由头老是来纠缠我，我想脱身，就把她介绍给了斯万。不想这一下我就给她套住了，她不懂拼写，所有的信都得由我代写。我还得带着她到处跑。您瞧，孩子，这就是所谓的好名声啦。不过，我的好名声也算不得名副其实。她老逼着我为她张罗一些有伤风化的聚会，有时五个人，有时六个人。”

奥黛特先后有过好些情人（这些天是这一个，过些天是另一

---

1. 在本书第二卷《在少女花影下》的第二部“地方与地名：地方”中，主人公曾在画家埃尔斯蒂尔的画室里看到一幅水彩画，画中女扮男装的演员就是奥黛特，亦即日后的斯万夫人。画的下方写着一行字：“萨克丽邦小姐，1872年10月”。

个——这些男人的存在，可怜的斯万一点也不知情，他被嫉妒和爱蒙住了眼睛，不是为她寻找可能的理由，就是轻信她的赌咒发誓，但她尽管说得信誓旦旦，无意间漏出来的片言只语却泄露了天机，这种言词上的前后矛盾，虽说不易觉察，却是关系重大，他本可以加以利用来唬一下她），德·夏尔吕先生说起这些情人，犹如历数法国国王那般，一口气报出了一串名字。其实，正如当代人由于跟正在发生的历史离得太近，反而什么也看不清一样，有关私通者的风言风语究竟是否有其历史准确性，嫉妒的情人是无从知晓的，唯有局外人才能作出判断，才能开列这些私通者的名单，这份名单对他们而言自然无关痛痒，但到了另一个像我当年那样的嫉妒的情人眼里，却成了伤心之物，他会情不自禁地把自己的情况跟听到的情况加以对比，在心里暗暗思忖，令他起疑的这个女人名下，是否真的存在这样一份名单，其中列出的都是名头挺大的角色。但他不可能弄明白究竟是怎么回事，他面对的犹如一场暗中串联的密谋，一场合伙捉弄新生的恶作剧，在他的情妇从一个人的怀抱转向另一个人之际，大家用布条蒙住他的眼睛，任他怎么挣扎也拉不开这布条，人人都希望这个可怜虫两眼一抹黑，好人出于好心，恶人出于恶意，粗人出于粗俗和鄙陋，有教养的人出于礼貌和教养，所有的人都出于同一个约定俗成的东西，就是所谓的原则。

“斯万难道一直不知道她对您有意思吗？”

“瞧瞧，这张嘴有多烂！把这事儿去告诉斯万，他听了准会气得头发根都竖起来！哦，老弟，他嫉妒得像头老虎，到时候他还不得把我杀了。我连奥黛特也没对她说什么，虽说她倒是不会在乎的，嗯……行了，别逼着我说傻话了。最厉害的，是她那次竟然冲着斯万开了枪，我险些挨了枪子儿。哦！跟这对夫妻在一起，可真有意思；不用说，斯万跟多斯蒙决斗，我只能答应给他当助手喽，为此多斯蒙始终不肯原谅我。多斯蒙把奥黛特拐跑了，斯万为了出这口气，让奥黛特的妹妹做了他的情妇，或者说假情妇。得，您别让我说斯万的事儿了，要不再说十年也说不完，我装着一肚子他的故事呢。奥黛特不想见夏尔的时候，总是我陪她一起出去。这事让我有点麻烦，因为我有个近亲也叫克雷西，当然这位克雷西无权干涉此事，但他总对奥黛特顶着他的名头招摇过市心存不满。她让人家管她叫奥黛特·德·克雷西，倒也是有道理的，原来她曾经是一位叫克雷西的先生的妻子，只不过后来离异了，所以她这么称呼自己也算是名正言顺，那位好好先生到头来连身上的最后一分钱，也被她刮走了。得，您看我又多说了，在巴尔贝克那会儿，我看见过您和他一起在小火车上，您还请他吃饭来着。这个可怜的家伙，他大概也是得让人请喽；他就靠斯万给他的那点年金过日子，我常想，等我这位朋友去世以后，就再也没人付这笔年金喽。让我不明白的是，既然您以前经常去夏尔家，刚才您为什么不让我把您介绍给那不勒斯王后呢？总之，我看您对女人不感兴趣，根本没有好奇心，这让我觉得挺惊奇，一个认识斯万的人怎么会这样呢，这种兴趣在斯万家可是相当浓厚的喔，我自己都说不清是我影响了他，还是他影响了我。我真的很惊奇，就好比看见一个人明明认识惠斯勒，却不知道什么叫艺术趣味。嗨，更要紧的是得让莫雷尔跟她认识。他心心念念想认识她，你们要知道，他可精明着呢。很遗憾，她已经先走了。不过反正这两天我就会让他们见面的。他一定会认识她的。唯一可能的阻碍是她明天就突然死了。希望不会如此吧。”

且说布里肖，他方才被德·夏尔吕先生说的“十分之三”的比例给惊呆了，这会儿还没回过神来，思路还在那上面纠结着，但突然间，他沉着脸问了德·夏尔吕先生下面这样一句话，这种突如其来让人想起预审法官要案犯招认的伎俩，其实却是由于，一则教授想显得自己是个明白人，什么都逃不过他的眼睛，二则，抛出一个如此有分量的指控，他不免有些慌张：“施基也是这种人吧？”他想显摆他所谓天生的直觉，所以选了施基，心想，既然十个人中间只有三个是清白的，他指认施基多半不会出错，在他看来施基这人有点怪，晚上会失眠，还往身上洒香水，总而言之不正常。

“绝对不是，”男爵大声说，嘲笑的语气中透着尖刻、专断和愠怒，“您这是瞎嚼舌头，纯粹是无稽之谈！像施基这样，最容易被那些对此一无所知的人误解。可要是他真是这种人，他是不会这么看着就像的，我这么说没有批评的意思，他挺可爱的，我甚至觉得他有些地方很吸引人。”

“那您倒说几个名字给我们听听哪。”布里肖不依不饶地说。

德·夏尔吕先生挺直身子，神情傲慢地说：“哦，亲爱的，您要知道，我这人习惯于抽象思维，我完全是从超验的观点来看这种事情的，除此之外，我对它没有任何兴趣。”这种很容易因小事而生气的敏感气质，是他这类人的特点，举止浮夸的装腔作势则是他与人交谈的习惯。“您要明白，具有普遍意义的事物才会使我感到兴趣，我对您说这档子事，就好比再说万有引力定律。”但是，男爵作出如此愠怒的反应，想要隐瞒他的真实生活，只是一会儿工夫的事情，更多的时候他是在不厌其烦地让人猜测、沾沾自喜地向人展示自己的这种生活；在他身上，倾诉心曲的需要胜过了担心真相泄露的惧怕。“我想说的是，”他继续说，“有一个蒙冤的恶名声，就有几百个浪得虚名的好名声。当然，徒有虚名的情况，数目究竟有多少，取决于跟您说话的是什么人，是本身就徒有虚名的人，还是其他的人。其实相比之下，后一种人认定的数目会少一些，因为他们实在无法相信，那些平日看上去举止优雅、心地善良的人，竟然会犯下抢劫、谋杀之类可怕的罪行。而前一种人，他们满心希望他们喜欢的人——怎么说呢——是容易接近的，这些心意相通却未能如愿的人给了他们这样的信息，甚至不妨说，这些人在社会上相对被疏离的状态，强有力地刺激了他们的这种欲望。我看见过一个人，由于有这种癖好而遭人鄙视，据说他相信有一位上流社会人士跟他有同好，而他的唯一理由竟是此人对他很客气！总之，对于推算出来的人数，”男爵一脸天真地说，“完全有理由保持乐观。局外人计算的人数，之所以跟圈内人计算的人数差距很大，真正的原因在于圈内人有意把自己的所作所为弄得神秘兮兮的，来遮人耳目，人家没法与闻其详，所以哪怕只了解四分之一的真相，也准会目瞪口呆。”

“看来，我们这时代，就跟古希腊时代差不多。”布里肖说。

“什么叫跟古希腊时代差不多？难道您以为情况没在延续吗？就说路易十四时代吧，我们知道的有大亲王[1]，小韦芒杜瓦，莫里哀，路易·德·巴登亲王，布伦维克，夏洛莱，布弗莱，孔代亲王，德·布里萨克公爵[2]。”

“我打断您一下，我知道大亲王，我读过圣西门的书，也知道布里萨克，自然还有旺多姆和别的好些人，可是圣西门这老家伙尽管常常说到孔代亲王和路易·德·巴登亲王，却从来没提起这茬儿。”

“一个索邦大学的教授，居然要我来给他上历史课，真是可悲啊。亲爱的老师，您孤陋寡闻得像条鲤鱼。”

“您说得很尖刻，男爵，但有道理。来，现在我要让您高兴高兴。这会儿我想起那年头的一首诙谐小曲，拉丁文里夹着拖拉丁词尾的法文，唱的是孔代亲王由他的朋友德·拉穆塞侯爵相伴出游，在罗纳河上遇到暴风雨，这时孔代说：

拉穆塞呀你快看，

1. 法国从十六世纪末起，分别称国王的大弟、大弟媳为Monsieur、Madame，本书中译为大亲王、大亲王夫人。此处的“大亲王”，指路易十四唯一的弟弟菲利普·德·奥尔良公爵。这两个特定称呼由monsieur（先生）、madame（夫人）改首字母为大写而来，所以也有人直接译作“先生”、“夫人”。

2. 以上这些人，除莫里哀外都是路易十四朝中的权贵，而且按大亲王夫人书信中的记载，都是同性恋者。

老天不肯放过咱！

郎里格郎，

大雨像来要咱的命。

拉穆塞安慰他说：

命呀命呀丢不了，

因为我们是基佬[1]，

大火才能要咱命，

郎里格郎。

“我收回刚才说的话，”夏尔吕说，声音尖细而做作，“您真是学识渊博，您会给我把这首小曲写下来的，是吗？我想把它保存在家庭档案里，您知道，我的太曾祖母是亲王先生的妹妹。”

“噢，不过男爵，关于路易·德·巴登亲王我可从没听说过什么呵。再说，我认为一般而言，军事艺术……”

“又说傻话了吧！在那个年头，有旺多姆，维莱尔，欧仁亲王，还有德·孔蒂亲王，要是我再加上我们在东京湾和摩洛哥战事中的那些英雄[2]——我是指真正品格高尚、心灵虔诚的‘新一代’，准会让您大吃一惊。噢！我要把这话告诉正在研究新一代情况的人，照布尔热[3]的说法，新一代摒弃了前人无谓的纷争。我有个军队里的年轻朋友，他行事大胆，颇受人家议论；不过我可不想在这儿说他坏话，咱们还是回过头来说十七世纪，您知道，圣西门在书里写了好些人，其中特

1. 男同性恋者俗称，由英语gay的发音引申而来。参见李银河《同性恋亚文化》。

2. 东京湾为北部湾（位于越南和中国之间）的旧称。1883年至1887年间法国曾向这一地区派遣远征军。摩洛哥战事，指1907年法国军队在摩洛哥卡萨布兰卡的登陆行动。

3. 布尔热（1852—1935）：与普鲁斯特同时代的法国小说家、文学评论家。

别提到德·于格塞尔元帅，他说这位元帅：‘……耽于酒色，堪比放浪形骸的古希腊人，且无意掩饰行藏，不仅招引容貌俊俏的年轻仆人，而且勾留看中的年轻军官，无论在军营中，抑或在斯特拉斯堡，都是公然如此。’您想必读过大亲王夫人的书信集吧，当时人家干脆就叫他‘嫖客’[1]。这一点，大亲王夫人在书信里写得很明白。”

“她和丈夫在一起，消息最灵通也最可靠。”

“大亲王夫人真是个有趣的人物，”德·夏尔吕先生说，“根据她在书信中写的内容，我们可以对‘姨妈的妻子’作一个充满激情的概括。首先，有男子气概；一般而言，一位姨妈的妻子是个男人，所以对他来说，要给姨妈生几个孩子是小菜一碟。还有，大亲王夫人从来不说大亲王的癖习，而是以知情人的身份，大谈特谈别人的这种癖习，我们都有这样的习惯，明明知道自己家里有某种毛病，却偏偏喜欢到别人家里去找这种毛病，以此向自己表明，这种毛病既不特别，也不丢人。我说了，这种情况历来如此，由来已久。不过我们说的这档子事，从这个观点来看还真有些特殊的地方。尽管我刚才援引的是十七世纪的例子，但是如果我的曾祖父弗朗索瓦·德·拉罗什富科生活在我们这个时代，他说下面这段话时，想必底气会更足，哎，布里肖，您帮着看看我有没有记错：‘癖习每个年代都不少见；但是，倘若那些无人不知的人物都出生在纪元初开的年代，我们今天还会侈谈埃拉加巴卢斯[2]的荒淫无度吗？’我很喜欢无人不知这几个字。我相信，我那位有远见卓识的高祖知道他同时代的名人在吹牛，正如我知道咱们同时代的名人在吹牛。而像这样的名人，如今不仅数量有所增加，而且有了新的特点。”

---

1. 据七星文库版注释，大亲王夫人在1720年10月30日写的一封信上，提到过这件事，但当事人并非于格塞尔元帅，而是欧仁亲王。
2. 埃拉加巴卢斯（Héliogabale或Elagabalus，204—222）：罗马皇帝（218—222），行为乖戾，荒淫无度。

我知道，德·夏尔吕先生接下去要给我们讲这种风尚如何演变了。而在他往下讲述，在布里肖接口说话的当口，阿尔贝蒂娜在家里等我的场景时时浮现在我眼前，这个场景跟凡特伊爱抚、亲昵的音乐动机交织在一起，若隐若现地萦绕在我脑际。尽管待会儿我就当真要回到她身旁了，但我此刻的思绪已经在不停地回到她身上，这就好比我脚上锁着脚镣，不管我怎样努力，脚镣上拖着的铁球始终羁绊住我，我再也无法离开巴黎，而此刻，当我在韦尔迪兰沙龙里想家的时候，它让我感觉到，这个家不是一个空荡荡的、激扬个性却又略带几分阴郁的去处，而是因一个人的存在变得很充实的所在——这一点跟巴尔贝克酒店的那个夜晚很相像——这个人在那儿静静地等着我，到时候只要我愿意，我肯定能见到她。德·夏尔吕先生一再把谈话拉回那个话题——回到那个话题，他就变得专注而机智，确实具有相当敏锐的观察力——这种执拗中，包含着某些难以言说的意味，让人感到难受。他就像一个除自己专业外一无所知的学者，令人厌烦，又像一个掌握某些隐秘急于透露的知情人，使人不快。他很像有些人，只要事关自己的短处，就翻来覆去纠缠不休，全然不顾人家有多么反感，他好比一个躁狂症患者，被强行按住在那儿，又好比一个作奸犯科的人，无法自制，非要犯事不可。这些特征，有时会变得像在疯子或罪犯身上一样显著，但却给我带来了某种慰藉。我将这些特征作了必要的演绎，从中得出有关阿尔贝蒂娜的推论，我又回想起她对圣卢和对我的态度，我心想，这些回忆再怎么辛酸，再怎么忧伤，似乎还不至于像德·夏尔吕先生的谈吐和人格那样，带有明显的心理反常和偏执的兴趣取向的色彩。但是遗憾的是，德·夏尔吕先生马上就让我的希望化成了泡影，而采用的恰恰是他给予我希望的方式——在不知不觉中得到的，也将在不知不觉中失去。

“对，”他说，“我不是二十五岁了，周围发生的变化，我已经见得多了，这个社会变得让我认不出，隔阂荡然无存了，闹哄哄的人群把探戈跳进了我家里，连一点规矩都不懂，一切的一切，都让我看不懂，时尚，政治，艺术，宗教，全都一样。但我承认，最最让我看不懂的，还是所谓的德国病[1]。嗐，在我们那年头，撇开讨厌女人的男人，还有那些其实只爱女人，却出于其他目的干其他事的男人不说，同性恋者都是家庭里的好父亲，他们找情妇，只是打个幌子而已。我如果有个女儿要嫁人，一定会在这些人中间找女婿，我可不想让她嫁出去以后受苦。唉！一切都变了。如今他们当中有些人爱女人爱得发狂。我自以为嗅觉灵敏，只要心想'他不可能'，那就错不了。可到头来，我认栽了。我有个朋友在这方面很有名气，我嫂子奥丽阿娜给他找了个车夫，小伙子是贡布雷本地人，什么活儿都干过点儿，而最拿手的就是撩娘们的衬裙，我敢发誓说，他是最反对那档子事的。他身边有好些女人，其中他最爱的两个，一个是女演员，一个是啤酒店老板的女儿，为了这两个女人，他原先的情妇可遭罪喽。我表兄德·盖尔芒特亲王凭他那点讨人厌的小聪明，把什么事都看得很容易，有一天他对我说：'X干吗不跟他的车夫睡觉呢？没准儿泰奥多尔（这是那个车夫的名字）就喜欢这档子事，见主人不来勾搭他，说不定他心里还不高兴呢！'我赶紧叫吉尔贝别再说了；最让我受不了的，一个是这种所谓的敏感，滥用这种自以为是观察力的结果，就是毫无观察力，另一个是我表兄那种让人一眼就能看穿的鬼把戏，他是想怂恿我们的朋友X去走颤悠悠的跳板，要是能走过去，就把他也拉上贼船。"

"这么说，德·盖尔芒特亲王好这一口？"布里肖问道，语气中交织着惊奇和不安。

"嗐，"德·夏尔吕先生得意地回答说，"这事儿早就传开了，我看我也不必在您面前有所隐瞒。是这样，第二年我去巴尔贝克，

1. 二十世纪初，德国同性恋人数众多，一说柏林当时有二万名男妓。因此法国人称同性恋为"德国病"。此处原文，直译应为"德国人所说的同性恋"。但因原文中前后多处，各以不同的词来指同性恋，为避免行文过于费解，译文稍作了变通。

有时跟一个水手去钓鱼，他告诉我说，咱们这位泰奥多尔——顺便说一句，他的姐姐是韦尔迪兰夫人的女友皮特比斯男爵夫人的贴身女仆——经常到码头上来找水手，一会儿带这个，一会儿带那个，真不要脸，带了就到小船上去弄那话儿。”

这回轮到我发问了，我问夏尔吕先生，那个男东家——我认出他就是整天陪着情妇打牌的那位先生——是不是也像德·盖尔芒特亲王一样。

“哎呀，这可是无人不知的哟，他自己也从不隐瞒。”

“可他一直跟情妇在一起呀。”

“哦，那有什么关系？那些小伙子难道是傻子？”他说这话时，语气中含着父亲的慈祥，他当然想不到正想着阿尔贝蒂娜的我，听了他的话会多么痛苦。“她的情妇挺迷人的。”

“那么他的三个朋友也像他一样吗？”

“没有的事。”他大声说道，伸手捂住耳朵，仿佛我在钢琴上弹错了音符似的。

“得，这下子又到另一个极端了。难道一个人就没有权利交朋友了？喔！年轻人啊，老是把事情搅浑了。您得好好再学学，我的孩子。不过我承认，”他接着往下说，“纵然我尽量让自己的心智保持完全开放的状态，但刚才说的那种情形，还有我知道的好些别的情形，都使我感到无所适从。我也许是老了，赶不上趟了，可我真是不能理解。”他说话的口吻，就像老牌的教会自主派人士在谈论主张教皇绝对权力的教规，自由派的保王党人在谈论法兰西行动，抑或克洛德·莫奈的弟子在谈论立体派画家[1]。“我无意指责这些标新立异的

1．教会自主派主张法国天主教独立于梵蒂冈的自主原则，这一原则与主张教皇绝对权力的教规背道而驰。法兰西行动是二十世纪初期一个很活跃的组织，他们主张恢复君主制度的极端立场，是支持波旁王朝的保王党人中的自由派无法接受的。立体派中毕加索、布拉克等画家，与印象派的莫奈等画家也是大异其趣。

人，我羡慕他们都来不及呢，我是想理解他们，可就是没法做到。他们既然那么喜欢女人，那干吗还要找些靓仔来玩儿呢？而且还要到打工的人扎堆的地方去找，要知道，在那些人中间，这事儿是被人瞧不起的，干这事的人也有自尊心，他们得瞒着别人！对他们来说，这事儿另有其他含义。可那是什么呢？”

“对阿尔贝蒂娜来说，女人还有什么别的含义？”我心想，说实话，使我感到痛苦的正是这个问题。

“我们说定，男爵，”布里肖说，“要是院系学术委员会考虑开设同性恋的课程，我一定首先推荐您。哦不，也许某个特殊心理生理研究院对您更为合适。我看啊，最对您路的还是到法兰西学院去任教，那样您不仅可以专心从事个人研究，而且可以像泰米尔语或梵文教授一样，把研究成果讲给为数很少的几个知音听。您估计会有两个学生和一个看门人当听众，我这么说，丝毫没有贬低庶务部门的意思，我对他们是怀有敬意的。”

“这您不懂，”男爵的语气生硬而不容置辩。“而且，您认为很少有人会对此感兴趣，也错了。情况恰恰相反。”他只管往下讲，全然没想到先前他再三强调的说法，跟他即将指责别人的这番话之间，存在着矛盾：“可怕就可怕在情况正相反，”他以愤慨而悔恨的语气对布里肖说，“人家现在说来说去都在说这事儿。这是一种耻辱，可也印证了我的说法不错吧，亲爱的！听说前天在德·阿伊安公爵夫人府上，一连两个小时大家都在谈这个话题。您想想，现在连娘们也谈这事儿，真是不成体统！更叫人无法容忍的是，”他越说越来劲，异常激动地说，“她们的消息来源，竟然是夏特勒罗之类的下三滥、流氓，这小子的人品简直不值一提，可他还一个劲儿地在她们面前说别人坏话。有人告诉我他讲了我很多坏话，可我根本没放在心上，我想，一个在打牌时作弊，差点儿让骑师俱乐部给撵出去的家伙，他朝我身上泼的泥浆和脏水，到头来还会落在他自己头上。有一点我很清楚，那就是倘若我是雅纳·德·阿伊安，我一定会爱惜自己的沙龙，不让人家在那儿议论诸如此类的话题，不允许有人在我家里作践我的家族。可是现如今，什么社交啊，规矩啊，礼仪啊，全都荡然无存，交谈和服饰一样，都不讲究这些东西了。哦！亲爱的，这是世界末日啊。人人都变得这么歹毒。大家都在比谁能把别人说的更坏。真是灾难哪！”

我儿时在贡布雷那会儿，就已经很懦弱，看见人家给外公灌白兰地，外婆拼命央求他别喝他就是不听，我就会怕得逃走；这会儿我脑子里只有一个念头，就是趁夏尔吕还没大祸临头，赶紧离开韦尔迪兰夫妇家。

“我真的得走了。”我对布里肖说。

“我跟您一起走，”他说，“不过我们不能不告而别。一块儿去跟韦尔迪兰夫人道个别吧，”教授说着就往客厅走去，脸上是一副重返牌桌，看看“能不能再算我一个”的表情。

刚才我们聊天的当口，韦尔迪兰先生已经按妻子的眼色行事，把莫雷尔领了过来。韦尔迪兰夫人反复思量下来，觉得最明智的做法是暂时跟莫雷尔什么也别提，但是话虽这么说，她可已经实在按捺不住了。有的愿望，虽然被封在嘴里，但一旦任其膨胀，它就会不顾后果，非要得到满足不可。我们无法久久凝视袒露的香肩而无动于衷，我们会迅捷如鹰隼扑蛇地送上一吻；我们在很饿的时候，受不住蛋糕的诱惑，会情不自禁地去咬上一口；我们难以抑制用几句出其不意的话叩开对方心扉的冲动，会渴望看见其中迸发出来的惊奇、迷惑、痛苦或欢乐。所以，陶醉于想象中的情景的韦尔迪兰夫人，刚才就吩咐丈夫去把莫雷尔带过来，而且无论如何先要跟小提琴家谈一谈。莫雷尔先是抱怨那不勒斯王后走得那么早，他都没来得及为她演奏一曲。德·夏尔吕先生不止一次告诉过他，那不勒斯王后是伊丽莎白皇后和德·阿朗松公爵夫人的妹妹，所以她在莫雷尔眼中有着非比寻常的重要性。男主人对他解释说，他不是来和他谈那不勒斯王后的，接下来他就直奔主题。“哎，”他说了一段话以后，又说，“哎，如果您愿意，我们去听听我妻子的意见吧。我发誓，我什么也没跟她说过。我们去听听她对这件事的看法。我的想法也许不一定对，可是您知道，她的眼光准得很，而且她对您非常有好感，咱们把这桩公案交给她去裁决吧。”且说这一边韦尔迪兰夫人正急不可耐地想跟技艺高超的小提琴家谈一谈，品尝一下激动的滋味，并在他走了以后，听丈夫一五一十地汇报他俩交谈的内容。她一边等，一边不停地说：“他俩到底在干什么？奥古斯特[1]跟他嘀咕了这么久，总该把他调教好了吧。”就在这时候，韦尔迪兰先生带着莫雷尔走过来了，后者看上去好像很激动。

“有件事他想听听您的意见。”韦尔迪兰先生对妻子说，看他的表情，像是并不知道自己的请求能否获准似的。不想韦尔迪兰夫人此刻正激情满怀，她不是对着丈夫，而是冲着莫雷尔回答说：

“我完全同意我丈夫的意见，我认为这种情况您不能再容忍下去了！”她愤愤然地大声说，早把跟丈夫说好的事抛到九霄云外去了，刚才是说好她要装作不知道丈夫去和小提琴家说什么的。

“什么？不能容忍什么？”韦尔迪兰先生假装吃了一惊，结结巴巴地说道，他一时间乱了方寸，显得笨嘴拙舌的，但还想把谎给补圆了。

“我能猜出你在跟他说什么。”韦尔迪兰夫人回答说，既不管这个解释能不能自圆其说，也不管小提琴家过后回想这幕情景时，会对女主人的诚实程度作何想法。“不，”韦尔迪兰夫人接着说，“我觉得，和这么一个干瘪的家伙处在一起，只会使您蒙羞，您不该再这么折磨自己，要知道，他到哪儿都是不受欢迎的。”她说这话，根本不

---

1. 在小说中，韦尔迪兰先生的名字是居斯塔夫。这儿显然是作者的笔误。

顾这是不是事实，而且忘了自己差不多每天都接待他。“音乐学院的人都把您当笑柄了，”她又说，心想这是最有说服力的论据，“要是再这么混上一个月，您的艺术前途可就毁了，甩掉这个夏尔吕的话，您一年可以赚十万法郎还不止呢。”

“我从来没听人说起过，我都惊呆了，我太感激您了。”莫雷尔噙着泪水喃喃地说。由于既要假装吃惊，又要掩饰羞赧，他脸涨得通红，额头沁出汗珠，即便一口气把贝多芬的奏鸣曲全都演奏一遍，他也不会这么吃力，涌上眼眶的那些泪水，不用说是波恩的大师[1]所无法博得的。雕塑家[2]见到这泪水，心有所动，微微一笑，丢个眼色示意我看夏利。

“要是您真没听说过，那也唯有您一人如此了。这位先生名声很臭，有好多不光彩的往事。我知道警方正盯着他，其实他要是落在警方手里，倒是他的造化，否则他早晚有一天会像那些同伙一样，落个让流氓捅死的下场。”韦尔迪兰夫人说这话时，心里想着夏尔吕，他说起德·迪拉斯夫人的那幕情景又浮现在眼前，她心潮起伏，想再给倒霉的夏利往伤口上洒把盐，为自己今晚蒙受的羞辱报仇雪恨。“何况，他在物质上也不能对您有任何帮助，打从他成为那帮流氓敲诈的对象以来，他已经完全破产，连他们都从他身上榨不出一点油水了，您哪，休想拿到他的钱喽，他的宅邸，城堡，一切的一切，早就给抵押出去了。”

这番凭空捏造的话，莫雷尔很轻易就信以为真了，因为德·夏尔吕先生把他视为知己，把自己跟那帮流氓之间的交往，一五一十都告诉过他，他虽说是一个贴身跟班的儿子，平日里也放浪成性，生活极不检点，但是对那帮流氓，却生来就有一种极度厌恶的情感——对波

1. 指贝多芬。
2. 指前文出现过的施基。七星文库本注释中，称他是普鲁斯特叙事方式中，从远处观察莫雷尔和韦尔迪兰夫妇的角色。

拿巴党人的主张有多迷恋，对那帮流氓就有多厌恶。

生性狡谲的莫雷尔，酝酿了一个类似于十八世纪所谓退婚的计划。他下决心不再跟德·夏尔吕先生说话，并且盘算好第二天晚上回去就跟絮比安的侄女摊牌，把事情了结。算他倒霉的是，这个计划注定要流产，因为德·夏尔吕先生当晚就约了絮比安见面，当年做背心的裁缝尽管碰上莫雷尔这档子事，可还是不敢不去跟男爵见面。而下面我们会看到，接下来发生的事就冲着莫雷尔来了。当絮比安哭哭啼啼向男爵诉说他的不幸时，自己心绪也很低落的男爵向他保证，他会收养絮比安被抛弃的侄女，并考虑给她一个名分，可能就叫德·奥洛隆小姐，让她继续接受完善的教育，体体面面地嫁个好人家。这番承诺，絮比安听得心花怒放，做侄女的听了却无动于衷，她仍然爱着莫雷尔。莫雷尔也不知是冒傻气呢，还是脸皮厚，趁絮比安不在店铺里，径直跑进来揶揄姑娘说："您这是怎么啦？眼圈都黑了。失恋了？可也是，年年岁岁不相同嘛。说到底，女人就像鞋子，我们完全有试穿的自由，要是不合脚……"他一边说，一边浪声浪气地笑，直到她哭出声来，才止住笑，发起脾气来——他说她这是卑鄙，是耍手腕。一个人把对方逼得泪流满面时，往往会在这泪水面前乱了方寸。

不过我们说得太快了，这些事都是在韦尔迪兰家晚会以后发生的，晚会的情景刚才说了一半，我们这就接着往下说。

"我从来也没想到过。"莫雷尔叹着气，回答韦尔迪兰夫人说。

"那当然，人家不会当面对您说，可您就是音乐学院那些人的笑柄。"韦尔迪兰夫人不怀好意地说，想让莫雷尔明白，事情不仅涉及德·夏尔吕先生，而且跟他也有关。"我是相信您全然不知情的，可是别人未必会这么想。您去问问施基，那天您进我包厢时，旁边的舍维拉尔包厢里，人家是怎么说您的。他们在对您指指戳戳呢。我想说，这事要是发生在我身上，我不会在乎，现在我在乎的是，它会使一个男人变得非常可笑，从此一辈子成为大家的笑柄。”

“我不知道该怎么感谢您才好。”夏利说。当一个牙医刚给你拔了牙，你疼痛难当却又不想让人看出来，你就是用这种口气说话的；或者，当你与人发生龃龉，旁边一个血气方刚的目击者马上对你说“这口气您可是咽不下的”，怂恿你跟对方决斗，这时你对这位目击者用的也会是这种口气。

“我相信您是个性情中人，是个男子汉，”韦尔迪兰夫人回答说，“尽管他对所有的人都说您没种，说您什么事都得靠他，可实际上您是个敢说敢做，有担当的人。”

夏利想找一句豪言壮语来遮遮羞，居然想起了一句不知是看到还是听到过的话，当即大声说道：“我宁死不吃嗟来之食。从今晚起，我跟德·夏尔吕先生一刀两断。那不勒斯王后是走了吧？要不，我在跟他绝交之前，会问一下她……”

“您不必跟他绝交，”韦尔迪兰夫人说，她不想把小核心弄得一团糟，“您在这儿，在咱们这个小圈子里跟他见面，是没关系的，这儿大家都欣赏您，没人会说您坏话。但您必须坚持有自由，不能让他带到不三不四的女人家里去，那些女人当面对您客客气气，可您该知道她们背后是怎么说您的。您这么做，可没什么好后悔的，您不仅除去了一个否则要留在身上一辈子的污点，而且从艺术的角度看也完全值得，撇开夏尔吕的引荐给您带来的屈辱不说，您要是混迹于貌似上层的社交圈里，实在是自贬身价，只会落得个沙龙票友的名声，在您这样的年纪，那是非常要不得的。我明白，那些美丽的夫人乐得让您去她们的沙龙拉琴，既还了女友的情，又不用花一个子儿，可要知道，您付出的代价是艺术家的前程哪。当然，有一两个沙龙还是不妨一去的。您说起那不勒斯王后，她刚才是走了，她还有个晚会得去。她是个正派的女人，我觉得她根本没把夏尔吕放在眼里，她是看在我的分上才来的。对，对，我知道她早就想认识韦尔迪兰先生和我了。她那儿，您不妨去拉拉琴。我还觉得啊，要是我带您去，情况就完全不一样了，您知道，那些艺术家都认识我，对我都非常客气，他们已经有点把我看作自己人，看作他们的女主人了。您尤其要当心，千万别去德·迪拉斯夫人家！这种事可大意不得！我认识的艺术家跟我说起她，都是不打马虎眼的。您明白，他们知道对我是可以无话不说的。”说到这儿，她突然换了一种软款而单纯的语气，她知道这种语气会使脸上显出谦虚的神情，使眼睛添上一抹恰如其分的神采。“他们上这儿来，把自己的琐事一五一十讲给我听；有几位，被人称为闷葫芦的，到了我家却一聊就是几个钟头，我简直没法跟您形容他们有多逗。可怜的夏布里埃常说：‘只有韦尔迪兰夫人才能叫他们开口。’嗯，您知道，他们每个人，没有一个例外，都来向我诉苦，为自己到德·迪拉斯夫人家去演奏后悔不迭。那些仆人对他们冷眼相向，女主人看着还直乐，这且不说，更要命的是他们就此哪儿也揽不到聘约了。剧场经理会说：‘喔！对，他不是去德·迪拉斯夫人家演奏过吗？’就这一句话，聘约就泡汤了。您大可不必这样断送自己的前程。您知道，社交界的人对这种事都是很轻率的，一个人哪怕再有才能，一个德·迪拉斯夫人就足以让他背上个玩票的名声，这话让人听了气短，可事情就是这样。这些艺术家——您知道，哦，您得明白，我跟他们打了四十年交道，是我帮他们出名，一路在帮衬他们，嗯，您知道，这些艺术家，只要他们说某人是个‘玩票的’，那意思就全都在其中了。说实话，人家已经开始在这么说您了。有时候我不得不出面给您打抱不平，担保说您不会上这种被人耻笑的沙龙去拉琴！您知道人家怎么回答我的？他们说：‘他想不去也不行啊，夏尔吕会擅自替他做主，根本不去问一下他的意见。’有人想让夏尔吕高兴高兴，对他说；‘我们非常喜欢您的朋友莫雷尔。’您知道他怎么说？他摆出那副您熟悉的趾高气扬的样子回答说：‘您凭什么说他是我的朋友？我们不是一个阶层的人，应该说他是我创造出来，是受我保护的。’”

此刻，唯一在音乐女神鼓起的前额里盘旋翻腾的东西，正是某些人无法为自己保留的一样东西，那就是一句从人家那儿听来，再说出口不仅可鄙而且极为冒失的话。然而把这句话说出口的欲望，毕竟比守信、谨慎来得强烈。饱满而忧郁的前额轻轻痉挛几下之后，女主人终于向这个欲望让步了："有人告诉我丈夫，他还说过'我的仆人'呢。不过他到底说过没有，我吃不准，"她最后加了这么一句。当初德·夏尔吕先生向莫雷尔赌咒发誓说，他决不会把莫雷尔的出身告诉任何人，但后来他把秘密泄露给了韦尔迪兰夫人，其实原因正是同样的欲望，他告诉韦尔迪兰夫人："他是一个贴身跟班的儿子。"这句话一出口，同样的欲望就又让它口口相传，上家传给下家听时，郑重其事地要下家严守秘密不得外传，下家信誓旦旦答应，可到时候照说不误，跟上家的情形一模一样。这些话传来传去，就像传环游戏一样，最后又会传回韦尔迪兰夫人这儿，当事人一旦知道，自然会跟她翻脸。这些她都明白，但是那句话在烫她的舌头，不说出去着实难受。另外，说'仆人'这两个字，势必会伤害莫雷尔。可她还是说了'仆人'，虽说她最后加了一句，说这一点她吃不准，但那是为了显得她在其他地方都是吃得准的（既然她提到了在这一点上她吃不准），同时也是为了表明自己是公正的。她表明的这种公正，把她自己给感动了，她变得语气很温柔地对夏利说："您明白吗，我这不是在责备他，他把您往泥潭里拉，算不得他的错，因为他自己就在往里面滚，在往里面滚。"她提高嗓子重复说，她觉得这个比喻形象太生动了，自己刚才脱口而出，没来得及注意到它居然这么准确，现在她得抓住它，加以发挥才是。"噢，我要责备他的，"她就像一个陶醉于自己的成功的女人，语气温和地说，"是对您不够体贴。有些事情是不能逢人就说的。就说刚才吧，他得意扬扬地告诉我们，等他向您宣布您获得荣誉勋位十字勋章的时候（他自然是在说大话，因为只要是他推荐，您就甭想得到这勋章），您准会兴奋得满脸通红。这么说说也就罢了，尽管我向来不喜欢一个人把朋友要着玩儿，”她的语气显得既体贴又严肃，“可是您要知道，有些事看上去是不值一提的小事，可我看在眼里很不舒服。比如说，他告诉我们，您想要得个十字勋章，全是为了您叔叔的缘故，而您叔叔呢，是个佣人。他一边这么说，一边捧着肚子哈哈大笑。”

“他居然这么对你们说！”夏利嚷道，从韦尔迪兰夫人不动声色地告诉他的这件事，他相信她所说的话全都是真的。韦尔迪兰夫人喜不自胜，就如一个上了点年纪的情妇，险些被年轻情人甩在一边，节骨眼上却阻止了他去结婚，兴奋得意的劲儿简直无法言说。或许她这么说谎，并不是事先想好的，甚至都不是故意的。她的这些话是脱口而出，她几乎来不及核对一下它们是否属实，一种情感的逻辑，或许，一种更为原始的神经反射，驱使她在小圈子里“洗洗牌”，弄出点动静来，好活跃一下气氛，保持一个和谐的局面；这些话诚然未必准确，但是它们确实是极其有用的。

“他要是只对我们俩说说，倒也无妨，”女主人接着说，“我们会拿捏分寸，有所取舍，再说在我们看来，职业不分贵贱，每个人都有自己的价值，您用您的成绩证明了自己的价值；可是他还当个笑料去说给德·波特凡夫人听（韦尔迪兰夫人特地举出德·波特凡夫人的例子，她知道夏利喜欢这位夫人），这种做法让我们很生气。我丈夫一听说这事儿，就对我说：‘我宁可让人扇一记耳刮子，也不愿受这份气。’您知道，古斯塔夫（现在我们知道韦尔迪兰先生叫古斯塔夫了）像我一样喜欢您。他其实是个很重感情的人。”

“我从不对你说过我喜欢他，”韦尔迪兰先生嘟哝着说，做出一副性子躁但心地好的模样，“喜欢他的是夏尔吕。”

“哦！不，我现在明白你们和他的不同了，我被一个卑鄙的家伙给要了，而你们，你们才是好人。”夏利真心实意地大声说。

“不，不，”韦尔迪兰夫人喃喃地说，她要保住这胜利（她已经感觉到，每星期三的接待日不用发愁了），就得注意留有余地，“说卑鄙言重了；他干了坏事，干了不少坏事，但他自己并没意识到；您知道，荣誉勋位那档子事，也就一会儿工夫，说过就没事了。可他说您家世的那段话，我说给您听时，还真有些不好意思呢。”韦尔迪兰夫人说——她这么编造谎言，原是该不好意思的。

“哦！一会儿工夫又怎么样呢？这只能证明他是一个出卖朋友的人。”莫雷尔大声说道。

就在此时，我们进了客厅。“啊！”德·夏尔吕先生瞧见莫雷尔在那儿，不禁喊出声来，他喜形于色地朝音乐家走去，神情快活得就像个为了跟心上人幽会，煞费苦心地办了场晚会的男人，这个男人浑身轻飘飘的，全然没想到他是给自己设了个陷阱，做丈夫的已经安排好帮手，只等着当场逮住他，狠狠揍上一顿。“嗨，时候差不多了吧，光荣的年轻人，不久以后您就是荣誉勋位获得者了，您难道不高兴吗？您很快就可以给我们看您的十字勋章了。”德·夏尔吕先生对莫雷尔说，脸色温柔而得意，然而这些关于勋章的话，让刚才韦尔迪兰夫人扯的谎占了先机，莫雷尔对韦尔迪兰夫人的谎话深信不疑，听了夏尔吕的话觉得格外刺耳。

“走开，别来碰我，”莫雷尔对男爵喊道。“我敢肯定您这不是第一次，您早就试过拉人下水了！”

我心想，马上就会看到莫雷尔和韦尔迪兰夫人被德·夏尔吕先生骂得抬不起头来，这是唯一让我感到宽慰的念头。已经有过好多次，为了比这小得多的事情，德·夏尔吕先生对我大发雷霆，他发起火来，谁也别想躲得过，就算国王来了，他也不怕。然而，让人意想不到的怪事发生了。只见德·夏尔吕先生闭着嘴，满脸惊愕，掂量着眼下的尴尬局面，不明白起因是什么，找不到一句该说的话，挨个看着在场的每一个人，目光中充满探究、愤慨和央求的神色，似乎并非想了解发生了什么事，而是想问他该怎么回答才好。也许，他之所以沉默无语，不仅因为（眼看着韦尔迪兰夫妇转过脸不看他，其他人也没一个出来帮他）当下感受到痛苦，更是由于对即将遭受的痛苦感到恐惧；也可能是因为，他事先缺乏想象的铺垫，怒气还没升至脑际成形，一时还没准备好要发的雷霆（因为，他虽然容易生气，神经质，歇斯底里，是个十足的冲动型神经疾病患者，但却不是真正的勇者，甚至——我始终这么认为，并因此对他有相当的好感——也不是真正的恶人，所以他并没有作出一个名誉受辱的男人通常会作出的反应），别人在他没来得及拿起武器之时，一把抓住了他，猛地击倒了他；还有可能他是因为到了一个与平日所处环境不同的地方，不如在熟悉的街区里那么应付裕如，那么浑身是胆。而无论是什么原因，在这个被他轻视的沙龙里，这位爵爷（在他身上，对平民的优越感，并不像在大革命时期法庭上惊恐万状的祖先们那么根深蒂固）在四肢和舌头都动弹不得的情况下，唯有惊惶四顾的份儿，目光中既有恐惧，也有受到粗暴对待激起的愤慨，同时还有亟需明白究竟的央求。然而德·夏尔吕先生的才能是全方位的，不仅有雄辩的口才，而且在一定的场合会有过人的胆量，当针对某人的怒意翻腾了一段时间，他就会措辞辛辣地破口大骂，把对方骂得哑口无言、抬不起头来，也让周围的社交场人士看得惊愕不已，暗自心想怎么竟会有人说话如此出格。在这种场合，德·夏尔吕先生热血沸腾，奋力发起的凌厉攻势，会把全场都给镇住。但这种场合有个前提，那就是必须由他主动挑起事端，他要主动出击，他要说他想说的话（正如布洛克动辄取笑犹太人，但有人在他面前说起那些犹太人的名字时，他却会面红耳赤）。他厌恶的人之所以让他厌恶，是因为他感到他们看不起他。要是他们能对他和颜悦色，他非但不会怒不可遏，而且会伸出双臂去拥抱他们。眼下身处这种意想不到的困境，这位能言会道的德·夏尔吕先生说起话来变得结结巴巴：“这是什么意思？出什么事了？”而且谁也听不出他在说些什么。惊慌失措的表情是亘古不变的，这位在巴黎的沙龙里遭遇不幸的上了年纪的先生没有意识到，他做出的正是古希腊雕塑中表现林中仙女被潘神[1]追逐时惊慌不安的典型姿势。

失宠的大使，被迫退休的办公室主任，遭到冷遇的上流人士，求爱被拒的恋人，有时会把令自己希望破灭的这件事细细思量几个月；他们翻来覆去地琢磨它，好比琢磨一个不知何人何处掷来的，有点像陨石的玩意儿。他们一心想了解落在他们头上的这个奇怪东西的组成成分，弄清楚其中到底包含怎样的恶意。而真要是遇上这种事，化学家至少可以做个分析试验，受伤却不知缘何受伤的病人至少可以请个医生，即便是出了人命的无头公案，好歹也会有预审法官查个究竟。可是我们同胞的这种令人费解的举动，我们鲜有弄清其中原由的可能。所以德·夏尔吕先生——我们且将晚会过后几天的事先说一下，详情下文还会交待——觉得夏利的态度中只有一件事是他想得明白的。夏利平日里经常威胁男爵说，他要把男爵对他如何情深意浓张扬出去，他现在一定是觉得自己"翅膀硬了"，可以单飞了。忘恩负义的夏利，一定把事情都抖落给韦尔迪兰夫人听了。可是，韦尔迪兰夫人怎么就会轻信他的话呢（男爵已经拿定主意不认账，结果连自己都相信人家对他的指控是无稽之谈了）？韦尔迪兰夫人的那些朋友，他们没准就是对夏利存了非分之想，所以才先发制人。这么一想，德·夏尔吕先生就在以后几天里，给好几个完全无辜的信徒写了措辞激烈的信，收到信的人都以为他疯了。而后他又去跟韦尔迪兰夫人作了一次长谈，极其动情地向她叙述了事情的前前后后，但并没收到他预期的效果。因为一方面，韦尔迪兰夫人一再对男爵说："您就别去为他操心了，不用把他放在心上，他还是个孩子。"而男爵一心但求重归于好。另一方面，他又请求韦尔迪兰夫人不要再让夏利上门，以此断了他的念想，让他本以为稳稳到手的东西不翼而飞，韦尔迪兰夫

1. 希腊神话中山林畜牧之神，人身羊腿，头上有角。

人拒绝了这个请求，德·夏尔吕先生马上写了火气很大、冷嘲热讽的信回敬她。德·夏尔吕先生东猜西猜，始终没猜对路，也就是说始终没有猜到，攻击其实并不是莫雷尔发起的。是的，他本可以要求跟莫雷尔好好谈上几分钟，把事情弄弄明白。可是在他看来，这样做有损他的自尊，也有违他对爱情所抱的原则。他是受到冒犯的一方，应该由对方来作出解释。一般而言，每当我们起念跟人当面谈一次话来消除误会，同时总会有另一个念头——无论起因是什么——来阻止我们跟对方好好谈一谈。一个曾先后在二十个场合低首下心、谦恭有加的人，会在第二十一次一反常态，表现得傲气十足，殊不知这一次要是不取骄矜之态，原是可以尽释前嫌的，结果这样一来，误会无法消除，双方的怨怼反而愈积愈深。出了这档子事以后，社交圈里风言风语，传说德·夏尔吕先生想要非礼年轻的音乐家，被韦尔迪兰夫妇撵了出去。听到这个传闻，有人便说，怪不得在韦尔迪兰夫妇家见不到德·夏尔吕先生的身影了，要是男爵哪天碰巧在某个地方遇见一位遭他怀疑、辱骂过的信徒，此人自然还耿耿于怀，而他又不会去主动跟人打招呼，于是大家便说，原来一点不假，小圈子的成员已经不搭理男爵了。

就在德·夏尔吕先生被莫雷尔刚才的话和女主人的态度弄得目瞪口呆，摆出惊恐的林中仙女的姿势之际，韦尔迪兰先生和夫人双双退入下一个客厅，让德·夏尔吕先生独自留在那儿，以此作为断绝外交关系的信号，而此时莫雷尔正在台上把提琴放入匣中。“你快给我们说说刚才的情形。”韦尔迪兰夫人急切地对丈夫说。

“我不知道您对他说了些什么，他看上去很激动，”施基说[1]，“他眼眶里满是泪水。”

---

1. 按说接口的应该是韦尔迪兰先生，但此处却是施基在与韦尔迪兰夫人对答。也许这正是作者未及修改、打磨初稿的痕迹。

韦尔迪兰夫人装糊涂说："可我觉得，他对我说的话根本就无动于衷，"她这是在耍花招（其实当然骗不过所有的人），想叫雕塑家再说一遍夏利哭了。夏利的眼泪让女主人心花怒放，满怀骄傲，唯恐有哪个信徒没听清雕塑家的话，不知道这回事。

"哦不，正相反，我看见他眼眶里含着泪水，亮晶晶的。"雕塑家一脸坏笑地悄声说，从眼角里往台上望去，吃准莫雷尔还在那儿，听不见他们的谈话。可是有一个人却听了个正着，而且，莫雷尔要是看见此人在场，方才丧失的希望准会重新燃起火苗。此人就是那不勒斯王后，她把扇子忘在这儿了，从另一个晚会出来以后，心想还是亲自来取为好，就又折回了韦尔迪兰府邸。她不好意思似的悄悄走进客厅，眼见已经没有什么客人，打算稍作逗留表示一下歉意就告辞。但由于刚才那档子事，谁也没有听见她进来，她听了一会儿，马上明白是怎么回事，一股怒火腾地蹿了上来。

"施基说他眼眶里含着泪水，你看见了吗？我可没看见。噢！我想起来了，是有点泪水，"她生怕别人不信她没看见泪水，就又改口说，"可你们瞧瞧夏尔吕那颤颤巍巍的样子，他站都站不稳，该坐下才是，要不真得摔倒了。"她说着，狠狠地冷笑了一声。

这当口，莫雷尔跑过来，指着朝夏尔吕走去的王后问道："这位夫人可就是那不勒斯王后啊？"（其实他明明知道就是她）"出了刚才的事，唉！我可没法请男爵给我介绍了。"

"别急，我来，"韦尔迪兰夫人说着，朝正在和德·夏尔吕先生谈话的王后走去，后面跟着几个信徒，但其中不包括我和布里肖，我俩正忙着领衣物离开呢。男爵原以为由他把莫雷尔介绍给那不勒斯王后这一至关重要的心愿，是肯定能实现的——除非王后陛下死了，而那是不大可能的。我们总把未来想象成现在投射在一个虚无空间里的反光，其实它往往是一些因结出的果，只是我们对其中大部分的因都没加注意罢了。才过了不到一小时，可现在德·夏尔吕先生是不惜任何代价也要让莫雷尔没法认识王后了。韦尔迪兰夫人向王后行了个屈膝礼，见王后好像不认识她是谁，就说："我是韦尔迪兰夫人，陛下没认出我吗？"

"很好。"王后说了这么一句，就继续很自然地跟德·夏尔吕先生谈话，这种漫不经心的神气，让韦尔迪兰夫人心里嘀咕，这声漫不经心得令人不可思议的"很好"，究竟是不是对她说的；正在为情所苦的德·夏尔吕先生，却不由得微微一笑，他熟谙冷落对手之道，王后陛下这般冷落女主人，让他很感激。莫雷尔远远看见韦尔迪兰夫人准备给他引见，赶紧走了过来。王后伸出胳膊让德·夏尔吕先生挽住。对他，她也有些生气，但仅仅是因为他没有对侮辱他的卑鄙小人给予有力的回击。她为他感到脸红，韦尔迪兰夫妇居然敢如此对待他。几小时前她对他俩表现出同情和好感，显得那么平易近人，此刻她却对他俩冷若冰霜，显得那么骄矜倨傲，其实两种态度都源自心中的同一部位。王后是个非常善良的女人，但能感受到这种善良的，首先是（这是没有条件的，无可变易的）她所爱的人，她的亲友，她的家族中所有那些贵族成员，其中包括德·夏尔吕先生；其次才是所有懂得尊敬、爱戴她所爱的人的布尔乔亚或地位卑微的平民。她是作为一个具有善良天性的女人，在向韦尔迪兰夫人表示同情和好感。也许可以说，这种善良中所包含的，是一种狭隘的、近乎托利党人[1]的、日甚一日变得过时的观念。但这并不意味着她身上的善良不够真诚或不够热情。古代的人爱他们的城邦，愿意为它献身，是因为城邦未逾城市范围，今天的人爱的是祖国，将来的人说不定爱的是全球合众国，而要说爱的程度，古人和今人未必输于后人。身边现成的例子，就是我母亲，康布尔梅夫人和盖尔芒特夫人始终没能说动她投身任何慈善事业，或从事任何教区工作，她既不到义卖现场去售货，也不去那儿

---

1. 当时对英国保守党人的习惯称呼。

布施。她只有先听到心在召唤，才会去做一桩事情；她的满腔爱心，她的慷慨大度，是留给家人、仆人和路上偶然遇到的穷人的，我并不是说她这样就一定有道理，但我知道母亲跟外婆一样，在她身上这种爱心和慷慨是取之不尽、用之不竭的，这是盖尔芒特夫人或康布尔梅夫人所远远不及也无法企及的。那不勒斯王后的情况全然不同，但有一点很清楚，就是她心目中的好人，跟陀思妥耶夫斯基小说（阿尔贝蒂娜从我的书房里取走这些小说，就此占为己有）中的好人，也就是那些在谄媚的门客和小偷、醉鬼的躯壳里，在时而恭顺，时而蛮横、放荡、恶念丛生的外表下，有着令人同情的灵魂的人，是截然不同的。然而两个不同的极端往往会交汇在一起，因为王后一心想要保护的那个贵族身份的受辱的亲戚不是别人，恰好是德·夏尔吕先生，也就是说，是一个尽管出身名门，跟王后沾亲带故，却又恶习很多、名声不佳的角色。“您脸色不好，我亲爱的表弟，”她对德·夏尔吕先生说，“请靠在我的手臂上。请您相信，它永远是您的后盾。它很坚强。”说完，她骄傲地抬起头来，正视前方（据施基告诉我，当时站在她面前的是韦尔迪兰夫人和莫雷尔）：“您知道，当年在加埃塔它曾使敌人闻风丧胆。它会保护好您的。”就这样，伊丽莎白皇后高傲的妹妹用胳膊夹着男爵的手，不容别人介绍莫雷尔，扬长而去。

有人可能会想，以德·夏尔吕先生六亲不认的火爆脾气，这次晚会以后，他一定会怒火中烧，对韦尔迪兰夫妇肆意报复。他并没有这样做，主要原因当然是他没过几天就着了凉，感染了一种当时很常见的肺炎，有很长一段时间医生和他自己都以为他快不行了，后来就那么生死未卜地拖了好几个月。在这以前他一直患有神经官能症，火气一大就会忘乎所以，没法控制自己，这次他一声不响，是否仅仅是一种*疾病转移*，由另一种疾病取代了神经官能症呢？因为从社会学的角度来看，虽说德·夏尔吕先生从没把韦尔迪兰夫妇真正放在眼里，但要说他是不跟他俩一般见识，所以不去责怪他们，那未免把事情想得太简单了，同样，诚然有些动辄对无伤大雅的假想敌大动肝火的神经质的人，一旦人家真的对他们发起攻击，他们就会变得毫无招架之力，而且，当这种人发脾气时，光靠给他们讲道理，告诉他们抱怨无济于事，是不管用的，非得劈头盖脸地浇一盆冷水才能使他们安静下来，然而要说就是这么回事，只怕也还是太简单了。男爵之所以没有报仇雪恨，恐怕不能用所谓的*疾病转移*来解释，而要从疾病本身中找原因。疾病使男爵极度疲惫，他已经没有精力顾及韦尔迪兰夫妇。他已经是半死的人了。我们刚才说到攻击；即使是身后才起作用的攻击，倘若你想让它"上劲"的话，你也必须付出耗费精力的代价。德·夏尔吕先生实在是心有余而力不足。有人说两个宿敌即使同归于尽，临终前也要睁眼看一下对方濒死的模样，才会安然闭上眼睛。这种事情大概极为罕见，除非死亡是趁我们身体健康时突然降临的。实际情况正相反，一个人到了已经没有什么东西可以失去的时候，是不会有心思去面对任何危险的，哪怕那是他身体健康时觉得不值一哂的危险。复仇心是人生的一部分；常见的情形是——尽管有例外，我们下面会看到，在同一个人身上，性格中也往往充满矛盾——当我们站在死亡的门槛上时，复仇心会弃我们而去。且说德·夏尔吕先生想了一会儿韦尔迪兰夫妇，感到非常累，转身向着墙壁，什么也不再去想。打那以后，虽说他依然能口若悬河，但风格起了变化。没有了那种狂热和亢奋，话语间多了一种近乎神秘的意味；福音书式的细声细语，为这种口才蒙上了一层对死亡逆来顺受的色彩。在觉得自己身体有救的时日，他话特别多。身体情况不佳时，他一言不发。这种由慷慨激昂转换而来的基督徒式温情（两者之间大不相同，正如《安德罗玛克》中流露的才气有别于日后的《以斯帖》[1]）令他周围的人赞

1. 《安德罗玛克》和《以斯帖》都是拉辛（1639—1699）的剧作。前者是早期作品（1667年），《以斯帖》是后期作品（1689年）。

叹不已。这种赞叹中也有韦尔迪兰夫妇的份，对这样一个浑身缺点曾让他们极其厌恶的人，他们也禁不住刮目相看。当然，有许多仅仅看上去有点基督徒精神的想法，有时还是会在德·夏尔吕先生脑子里冒出头来。他祈求天使长加百列像对那位先知一样，飞来通知他要等多少时间救世主才会降临。他带着温柔而忧郁的笑容，打断自己的思绪说："但愿天使长别像对但以理那样，要我耐心等待'七个七和六十二个七'[1]，到那时我早就死喽。"让他这般苦苦等待的人，就是莫雷尔。所以他请求天使长拉斐尔给他把莫雷尔带来，就像把年轻的托比阿斯带到他父亲面前一样。他心里还多了份俗人的心机（就像患病的教皇在让人给他做弥撒的同时，不忘叫人去请医生），对前去看望他的人暗示说，要是布里肖赶快把他的托比阿斯给带过来[2]，说不定天使长拉斐尔会答应让他复明（就像对托比阿斯的父亲那样），或者让他在毕士大的池子里躺一下[3]。但尽管有这些人性弱点导致的反复，德·夏尔吕先生谈话中的道德纯洁性还是让人感到很有趣味的。吹牛，诽谤，狂妄，污言秽语，全都消失得无影无踪。就道德而言，德·夏尔吕先生已经大大超越了先前所在的水平。然而这种道德的完善——他凭着自己的好口才，一度让那些易动感情的听众相信，这种完善业已实现——这种道德的完善，却随着成就了它的疾病的痊愈而消失了。我们下面会看到，德·夏尔吕先生的道德水平在不断滑坡，

1. "那位先知"指但以理。《圣经·旧约·但以理书》第九章："我（但以理）正祷告的时候，先前在异象中所见的那位加百列，奉命迅速飞来，约在献晚祭的时候，按手在我身上。他指教我说：'……你当知道、当明白，从出令重新建造耶路撒冷，直到有受膏君的时候，必有七个七和六十二个七。'"七个七，六十二个七，分别指七个星期和六十二个星期。
2. 《次经·托比传》第十一章：年轻的托比阿斯的父亲托比因患眼疾，双目失明，天使长拉斐尔幻作人形，陪伴外出要账的托比阿斯回到家中，用鱼肝、鱼胆治好了托比的眼疾。
3. 《圣经·新约·约翰福音》第五章："在耶路撒冷，靠近羊门有一个池子，希伯来话叫作毕士大，旁边有五个廊子。里面躺着瞎眼的、瘸腿的、血气枯干的许多病人等候水动，因为有天使按时下池子搅动那水，水动之后，谁先下去，无论害什么病就痊愈了。"

而且愈滑愈快。韦尔迪兰夫妇对待他的态度，则已成为有些遥远的回忆，一旦有了新起的怨怒，这段回忆就淡去了。

我们回过头来说韦尔迪兰的晚会。当客厅里只剩下主人夫妇俩的时候，韦尔迪兰先生对妻子说：“你知道戈达尔为什么没有来吗？他跟萨尼埃特在一起。萨尼埃特想在交易所里翻本，下了个狠注，结果一败涂地。他得知自己已经不名一文，还背了将近一百万的债，马上变得一蹶不振。”

“那他干吗要赌一把呢？他这个傻瓜，怎么能玩得转呢？比他精明得多的玩主，也会输得血本无归，他不是注定了要去垫刀底吗？”

“他当然是个傻瓜，这我们早就知道，”韦尔迪兰先生说，“可现在情况不大妙。眼看他明天就会被房东撵出去，流落街头无以为生。他的亲戚帮不了他，福什维尔才不会接济他呢[1]。所以我在想，如果您也乐意这么做的话，我们也许不妨给他一小笔年金，让他不觉着已经彻底破产，可以在自己家里养养身子。”

“我完全赞成你的意见，你这么想真是太好了。不过你说到了‘自己家里’；这个蠢货还住着一套租金挺贵的房子呢，这可不行，得给他换个小一点的两间套。眼下他那套房子怕要六七千法郎吧。”

“六千五。他就爱这房子。总之，他受了这么大的一次打击，最多还能活个两三年了。就算还有三年，再得为他花一万法郎，我想我们也行。比如说，拉斯普利埃的城堡，我们今年可以不再续租，换一个便宜点的住所。以我们的收入，我想在三年以内付个一万法郎应该没问题。”

“那是，可问题在于消息传开去，我们难道对别人也得这样做吗？”

---

1. 第一卷《去斯万家那边》中提到过，德·福什维尔伯爵是萨尼埃特的连襟。

“你放心，这我早想过了。我们这样做的先决条件，是不能让消息传开去。谢天谢地，我可没想当什么全人类的大恩人。博爱在这儿行不通！我们可以这样，就对他说这钱是舍巴托夫亲王夫人给的。”

“他会相信吗？她写遗嘱那会儿咨询过戈达尔。”

“必要时我们可以把实情告诉戈达尔，他向来有保守秘密的职业习惯，再说他赚的钱已经够多了，不会再为这点事来敲我们一笔。他说不定还可以说，是亲王夫人让他来当这个中间人的。这样一来，我们就根本不用出面。那些溢于言表的兴奋，那些感激涕零的肉麻话，统统可以免了。”

韦尔迪兰先生说到这儿，又说了一个词，显然是指那种他想避开的令人感动的场面和话语。可是我没能听明白这个词的意思，因为它不是个法文词。有些人在家里说到某件事情，尤其是令人不快的事情，常常会用上这样的一个词，可能因为他们想当着人家的面谈论此事，但又不想让当事人听明白他们在说什么。诸如此类的表述，通常是家族先人生活状态遗留至今的一种痕迹。比如说，在犹太人的家庭里，那可能是一个含义有所引申的惯用词，是如今都说法语的家人所唯一还能听懂的希伯来词语。一个有着浓厚外省氛围的家庭里，那可能是当地的一个方言词，虽然这家人早已不讲甚至不懂这种方言了。在一个来自南美如今只说法语的家庭，则可能是一个西班牙词语。对下一代而言，这个词是作为儿时的回忆而存在的。他们还记得当年父母在餐桌上说了一个什么词，心照不宣地评议了正在一旁伺候的仆人，那仆人却浑然不知，而孩子们也不明白这个词究竟是什么意思，不知道那是西班牙语、希伯来语、德语，是方言，还是一种说不上名字来的语言的词，抑或干脆就是个杜撰的词。要解决这个疑难问题，非得有一个尚健在的舅公或年长的堂兄，而且这位长辈还非得使用过这个词不可。我不认识韦尔迪兰夫妇的任何亲戚，所以没法知道韦尔迪兰先生说的词究竟是什么意思。不过我知道，只要他一说这个词，韦尔迪兰夫人就会浅笑盈盈，因为这种通用性很差、个人色彩很浓、隐秘性很强的语言，跟平日用的语言相比之下，让仅在彼此间使用它的这对夫妇自我感觉好得多，使他们有了一种别人无法分享的满足感。一阵得意过后，韦尔迪兰夫人问："要是戈达尔说出去怎么办？"韦尔迪兰先生答道："他不会说的。"可他还真说了，至少对我说了，我正是在几年以后萨尼埃特的葬礼上听他说起这件事的。我感到遗憾的是没能早点知道。否则，首先我可能会更早接受这样一个观念，就是永远不要责怪任何人，不要因为记得某人在某个时候做过错事坏事，就对他作出评判，要知道，他在其他时候可能怀有的善良愿望，以及为此作过的努力，我们是并不了解的。即便从预见的角度来说，贸然下断语也不可取。一个人犯过一次错、使过一次坏（我们看到的确实是仅此一次），十有八九还会再犯再使。但是人的性格是多方面的，除了这一面，他还会有许多其他的方面，而我们往往会因为他曾经犯过错使过坏，就对其他那些流露温情的方面视若无睹。从更为个人化的角度来说，这次的发见当然对我不无影响。戈达尔告诉我的这件事，改变了我愈来愈觉得韦尔迪兰先生是个大坏蛋的印象，倘若戈达尔能早些告诉我，我对韦尔迪兰夫妇在我和阿尔贝蒂娜之间究竟扮演何种角色的疑虑，也许早就消释了。不过，疑虑消释也未见得就对，因为韦尔迪兰先生虽有美德，却依然喜欢捉弄人家，有时简直到了酷虐的地步，他唯恐失去在小圈子里的支配权，甚至不惜编造拙劣的谎言，煽动无端的仇恨，来切断信徒之间任何不以小团体利益为唯一目标的联系。他可以是个不藏私心、慷慨而不矜夸的人，但这并不等于说他是一个敏感的、富有同情心的人，也不等于说他是一个谨慎小心的人，一个坦诚的、永远善良的人。一种局部的善良天性——其中或许有当年我外婆过从甚密的这个家族的遗风在——很可能早在我发现它之前就已存在，正如美洲和北极，早在哥伦布和皮里[1]发现它们之前就已存在。然而，韦尔迪兰先生的这种天性，在我发现它的那一刻，还是给了我一种全新的、意想不到的印象；我由此断定，要对一个人的性格作出一种一劳永逸的描述，正如要对社会的方方面面、对情感的形形色色作出类似的描述一样，实在是难乎其难啊。人的性格跟社会、情感一样，是变化不居的，倘若我们把一个个相对而言静态的瞬间定格下来，我们就会看到一些相继呈现的截面，它们焦距不定，各不相同（这意味着它们无法保持静止，而是始终在动的）。

我看时间已经很晚了，担心阿尔贝蒂娜一个人会感到无聊，便问布里肖，待会儿是否可以先把我送回家，然后再用我的车子送他。他称赞我从韦尔迪兰府直接回家，殊不知有个姑娘正在那儿等我，他还称赞说，这么早早结束夜生活，真是乖得很，根本想不到对我来说，真正的夜生活还没开始呢。随后他就跟我说起德·夏尔吕先生来了。那位先生要是能听到这位教授，这位平时对他非常客气，总是对他说“我一定守口如瓶”的教授，竟然会如此口没遮拦地谈论他和他的生活，一准会听得目瞪口呆。德·夏尔吕先生曾经对布里肖说：“有人言之凿凿地告诉我说，您在背后说我坏话。”当时布里肖的惊讶和愤慨，或许都是真诚的，事实上，布里肖是对德·夏尔吕先生有好感的，即使他也会说那些关于男爵的段子，但这些大家引为笑料的段子从他嘴里说出来时，首先浮现在他脑海里的是他对男爵的那种好感，而不是这些段子本身。当他说“我说起您，心中充满友情”的时候，他并不觉得自己在说谎，因为他议论德·夏尔吕先生时，其中的确有几分友情的意味。作为大学教师，首先得在社交生活中有其魅力，对布里肖而言，德·夏尔吕先生恰好就具有这种魅力，布里肖长期以来

1. 皮里（1856—1920）：美国探险家，1909年首次到达北极。

一直以为出自诗人想象的东西，在男爵身上得到了实实在在的印证。经常在课堂上讲解维吉尔《牧歌》第二章的布里肖，对这部诗作究竟是否有现实的背景，始终感到有些茫然，他到了晚年，才在与德·夏尔吕先生的神聊中品尝到了些许乐趣，他知道，这种乐趣正是他的老师梅里美先生、勒南先生和他的同事马斯佩罗[1]先生在游历西班牙、巴勒斯坦、埃及的旅途中，目睹西班牙、巴勒斯坦和埃及当下的风光和民俗，从中体认他们曾在书本中习读的古代场景的舞台原型和依然不变的演员时，曾经感受到的乐趣。

“我并不想冒犯这位出身高贵的骑士的尊严，”布里肖和我同在行驶中的车子里时，这样告诉我，“但我要说，当他带着几分夏朗东意味[2]的狂热和一根筋的执拗劲头，竭力宣扬他的撒旦信条时，那情景只能用奇异二字来形容。那种憨直的模样，让我想起西班牙的流亡贵族。我敢打包票说——请允许我借用于尔斯特大主教[3]的口吻说，我终有一天会不无欣慰地看到这位披挂甲胄的骑士来造访寒舍，知道他原来是为保卫阿多尼斯[4]抗击我们这个丧失信仰的时代，才凭着高贵的种族本能，怀着索多玛式的纯情，毅然加入东征十字军的。”

我听着布里肖说话，却并不是和他单独在一起。而且，出了府邸以后，依然是这样，我感到（尽管是模模糊糊地）自己跟此刻正在卧室里的姑娘是连在一起的。即使是在韦尔迪兰夫妇府上跟这个或那个

---

1. 马斯佩罗（1846—1916）：法国古埃及学家。本书第二卷《在少女花影下》第一部中，以主人公的口吻写道：“当初我读马斯佩罗的书，第一次看到作者竟能一一写出公元前十世纪随同亚述巴尼拔一起狩猎的那些人的姓名，着实吃了一惊。”
2. 原文为charentonesque，似也可直译为“夏朗东式的”。夏朗东-勒蓬（Charenton-le-Pont）是巴黎东南郊的城市，史上以建有夏朗东疯人院著称。夏朗东意味，实指“像夏朗东疯人院里的疯子那样”。
3. 于尔斯特大主教（1841—1896）：巴黎天主教学院的创始人及首任院长。布里肖说的“于尔斯特大主教的口吻”，仅指下面的“我不无欣慰地看到”而言，个中颇有小题大做的意味。
4. 希腊神话中的美少年，爱神阿佛洛狄忒的情人。

宾客谈话的时候，我也始终朦朦胧胧地感到她就在我身旁，她给我一种仿佛那就是我自己的身体的影影绰绰的感觉，我一想到她，就好像想到自己的身体，有一种浑身上下都受束缚的不舒服的感觉。

“这位使徒就爱说人闲话，”布里肖接着说，“这些闲言碎语放在一起，够出一部《月曜日漫谈》补编了！您想想看，我有位令人尊敬的同事写了一本伦理学专论，我一直称赞这是我们时代的伦理巨著，可是男爵告诉我，这位可敬的X先生的写作灵感，来自一个年轻的邮递员。当然我也承认，我杰出的朋友说这件事的时候，始终没有透露那位美少年的名字。由此可见，他跟菲迪亚斯相比，虽然多了几分对当事人的尊重，却也可以说少了几分道德的勇气——菲迪亚斯把他喜欢的竞技者的名字，镌刻在了奥林匹亚神庙宙斯雕像的饰环上[1]。菲迪亚斯这事，男爵原先不知道。不用说，它打消了一点他的正统观念。您很容易想见，我每次跟我那位同事一起评议博士论文时，总会发现他在自己的论证中（应该说，这些论证的确称得上洞察入微）添加了一种爆料的意味，当年圣伯夫嫌夏多布里昂的作品欠缺秘闻的色彩，就曾把一些揭秘的火辣内容塞进去过。我这位同事虽说睿智如金，囊中却有些羞涩，送快件的年轻人终于离开他，投向了男爵的怀抱（“那真叫一片诚心”——您听听男爵这口气）。而这个撒旦又最乐于助人，于是就为自己的受保护人在殖民部里谋了个差事，小伙子知恩图报，不时从部里拿些上好的水果来孝敬男爵。男爵分送给一些上层的朋友；最近一次，来自年轻人的菠萝现身孔蒂河畔的餐桌，惹得韦尔迪兰夫人一本正经地说了这么一句：‘您准是有个叔叔或侄子在美洲吧，德·夏尔吕先生，要不然怎么会有这么好的菠萝哪！’我承认，我一边吃水果，一边怀着几分欣喜之情，在心里默念贺拉斯一

1. 菲迪亚斯（约前490—前430）：希腊雅典的雕塑家。奥林匹亚宙斯神庙中的巨大宙斯雕像，是其代表作。

首颂歌的开头几句，那是狄德罗屡屡喜欢引用的。总而言之，正如我的同事布瓦西埃[1]漫步帕拉丁山和蒂沃利镇之间、发思古之幽情一样，我从男爵的谈话中汲取了想象的养料，对奥古斯都[2]时代的那些作家有了更鲜活、更有趣的认识。姑且不谈罗马帝国末期的那些作家，也不必追溯到古希腊的时代——尽管我有一次对这位了不起的德·夏尔吕先生说过，在他身边，我就仿佛柏拉图置身于阿斯帕西娅[3]的客厅里。说实话，我调整了比例尺，把两个人物放大了，正如拉封丹所说的那样，我的例子来自'更小的动物'[4]。不管怎么说，我想您总不会认为我说这话有伤男爵的自尊心吧。我从没见过他居然会那么高兴，那么天真。他把老成持重的贵族派头抛在了脑后，喜笑颜开，开心得像个孩子。'索邦大学的家伙可真会吹捧人！'他满脸是笑地嚷道，'我等啊等啊，想不到等到这把年纪，终于有人把我比作阿斯帕西娅了！我已经老朽喽！哦，我的青春啊！'我真希望您能瞧见他说这话时的模样，脸上照例扑着厚厚的粉，而且，都这把年纪了，还像小青年一样浑身洒满香水。不过，尽管他念念不忘家谱，他还该算是社交场上最出色的人物。由于这种种原因，今晚上他和莫雷尔一刀两断，让我感到很遗憾。好长一段时间以来，这个年轻人在男爵面前一味唯唯诺诺，一看就是他的心腹、亲信，没有半点想要造反的迹象，现在他居然这么说反就反，着实叫我吃了一惊。无论出现什么情况，哪怕（Dii omen avertant[5]）男爵就此不上孔蒂河畔去了，我都希望他俩的

1. 布瓦西埃（1823—1908）实有其人，著有《漫步》（1880）等作品。在本书第四卷《所多玛与蛾摩拉》中，作者已经借布里肖之口提到过此人。帕拉丁山是罗马的一座山冈；蒂沃利则是意大利拉齐奥大区的城镇，在古罗马帝国时期曾是繁华的避暑胜地。
2. 指罗马帝国开国皇帝屋大维（前63—14）。
3. 阿斯帕西娅（约公元前五世纪）：雅典政治家伯利克里的情妇，以美貌、睿智著称的交际花。在柏拉图生活的时代，众多哲学家、政治家都是她的客厅的常客。
4. 语出《拉封丹寓言》第十二则"鸽子与蚂蚁"："另一个例子来自更小的动物。/ 一只鸽子在清彻的小溪中饮水。"
5. 拉丁文，愿老天爷别让此话成真。语出西塞罗的演讲集，原句为quod di omen avertant.

龃龉不至于影响到我。我和男爵可谓相得益彰，我用我浅薄的学识，交换他的阅历经验。”（读者在下文会看到，德·夏尔吕先生虽说没有对布里肖表现出强烈的恨意，至少他对这位大学教授的好感已经消失殆尽，评头品足，全无半点宽容之心。）“说实话，这种交换是不对等的，当男爵把他的人生经验毫无保留地告诉我以后，我就再也不敢苟同希尔维斯特·波纳尔[1]的观点，说什么要做最美的人生之梦，得去图书馆了。”

车子到了我家门口。我下车时把布里肖的住址交给了车夫。我站在便道上，望着阿尔贝蒂娜房间的窗户，以前她没住在这屋子里的时候，这个窗口始终是一片漆黑的，如今室内的灯光被百叶窗的横板隔成一道一道的，由上而下排成平行的金色条纹。这些看似晦涩的奇妙条纹，在我却是含义清晰明了，在我宁静的心灵中勾画出栩栩如生的图像，这些近在咫尺，我一会儿就触摸得到的图像，此刻还待在车子里的布里肖却看不见，他在它们面前几乎就是个瞎子，再说，即便他看见了，他也不会明白它们的意思，这位教授就像那些在晚饭前，在阿尔贝蒂娜散步回来的那会儿来看我的朋友一样，他们是不会明白有一位姑娘，一位完全属于我的姑娘，正在隔壁房间等我的。车子驶走了。我独自一人在便道上待了一会儿。诚然，我在楼下瞧见的这些光闪闪的条纹，在别人看来也许是浮泛无聊的，但由于我给了它们一种特殊的含义，它们在我眼里显得那么充实、饱满而坚固，犹如——不妨这么说吧——一份别人意想不到的珍宝，这份散发着一道道平行光芒的珍宝，是我藏在那儿的，它是我用自由、清静和遐想为代价换来的珍宝啊。倘若阿尔贝蒂娜不在上面，或者倘若我只是想寻欢作乐，我可以到一个什么地方，比如说威尼斯，再不济也可以在夜巴黎的哪个角落，去找不相识的女人一逞其快。但现在，当温香入怀的时

---

1. 法朗士小说《希尔维斯特·波纳尔的罪行》中的主人公，沉迷于书堆中的文献学家。

刻就在眼前时，我所要做的事不是出门远行，甚至不是出门，而是回家。回家，并不意味着和那些在外面给你提供了精神食粮的朋友分手以后，独自一人待在家里苦苦寻觅，再给自己找些这样的养料，正相反，回家意味着我会比在韦尔迪兰夫妇家时更少孤独感，因为我是回到这样一个人身边，我把整个儿自己都交给她，再也没有时间去想自己，甚而至于，我也不用再去想她了，因为她就在我的身旁。于是，我抬头再从外面望了一眼这个房间（这个我一会儿就会在里面的房间）的窗子，仿佛看见了我一进去就将关闭的亮闪闪的栅栏，我亲手锻造了这坚固的金色栏杆，为的是让自己在里面永远做奴隶。

阿尔贝蒂娜从没对我说过她疑心我爱猜忌她，对她做什么事都放心不下。关于猜忌这个话题我和她谈过一次——没错，那是很久以前的事了——从她说的话来看，好像她根本就没那么想来着。我记得，那时我俩刚交往不久，有一次在一个月色清朗的夜晚，我用车送她回家，心里却老大不情愿，巴不得撇下她去泡别的妞儿，所以我就对她说："您要知道，我说我想送您回家，我可不是爱猜忌，要是您有别的事要做，我立马走人。"她回答我说："哦！我知道您不爱猜忌，您可不在乎呢，不过我除了和您在一起，没别的事要做。"另外有一次，是在拉斯普利埃尔城堡，我见德·夏尔吕先生一边偷看一眼莫雷尔，一边对阿尔贝蒂娜大献殷勤，就对她说："怎么样，我看他对您盯得够紧的。"接着又半带讥讽地加上一句："我可是在饱受嫉妒的煎熬啊。"阿尔贝蒂娜回答时的那种口气，也不知是来自她出身的那个粗俗的阶层，还是来自她经常出入的那个更粗俗的阶层："您可真会开玩笑！我当然知道您不嫉妒。您不是告诉过我吗，再说这光看也看得出，您就得了吧！"她没跟我说过她后来改变了看法；不过在这个问题上，她肯定有了新的想法，尽管瞒着不告诉我，但是一不当心还是会漏出来，且说这个晚上，我一回到家里，就上她的房间找她，把她带到我的房间，对她说（我说这话时不知道为什么会感到有些尴尬，也许是因为我对阿尔贝蒂娜说过我要去参加一个晚会，还对她说我还不知道去谁家，说不定是德·维尔巴里西斯夫人家，也可能是德·盖尔芒特夫人家，或者德·康布尔梅夫人家，但就是没有提到韦尔迪兰夫妇）："您猜我从谁家里回来？韦尔迪兰夫妇家。"不料话音刚落，阿尔贝蒂娜脸色大变，仿佛满腔怒火无法克制似的冲我说："我早料到了。"

"我不知道我去韦尔迪兰夫妇家，会惹您不高兴。"（确实，她没对我说她不高兴，但这是显而易见的。我先前也确实没想到这事会惹她不高兴。但是，看到她这么大动肝火，就好比看到了——在一种可以照见过去的镜子里——以往仿佛曾见过的场景，我意识到我甭想有别的指望了。）

"我不高兴？您以为这事跟我有什么关系吗？这跟我根本不相干。难道凡特伊小姐就不能去那儿吗？"

我怒不可遏，冲口说道："您从没告诉过我您那天见到韦尔迪兰夫人来着。"我这么说是想让她知道，我比她想的要消息灵通得多。

"我见到她了吗？"她神情茫然地问道，那神情既像是在自己的记忆中搜索寻觅，又像是觉得我能告诉她见没见到似的；其实，她大概是想让我把我知道的事情都告诉她，或许也是为了拖延一点时间，好来回答这个棘手的问题。不过我已经不去关心凡特伊小姐，一种先前曾经从脑际掠过的恐惧感，此刻牢牢地攫住了我。刚才一路回家，我还对自己说，韦尔迪兰夫人佯称凡特伊小姐和她的女友会去参加晚会，完完全全是出于虚荣心，所以在回家的路上，我的心情已经平静下来。但现在听得阿尔贝蒂娜对我说："难道凡特伊小姐就不能去那儿吗？"我猛然意识到，我当初的怀疑是对的；不过最后我心想，这事以后尽可放心，既然阿尔贝蒂娜不去韦尔迪兰夫妇家了，她也就为我而牺牲了凡特伊小姐。

"而且，"我气冲冲地说，"您还有好多事情都瞒着我，就连很小的事儿也要瞒，比如我随便说个例子，就说您的巴尔贝克三日行吧。”我添上“随便说”作为“就连很小的事儿”的补充，这样一来，倘若阿尔贝蒂娜对我说：“我去巴尔贝克玩儿有什么不对啦？”我就可以回答她说：“没什么，人家跟我说的事儿，我根本没放在心上，这都快忘了！”其实，我提起她跟司机一起上巴尔贝克去了三天、她从那儿寄给我的明信片姗姗来迟的这件事儿，完全是随口那么一说，话说出口以后，我就感到懊悔，怎么会选这么差劲的一个例子，因为说实在的，三天工夫勉强够打个来回，他俩除了赶路，压根儿就没时间跟别的什么人去安排约会。可是阿尔贝蒂娜听了我说的话，以为事情真相我早就心知肚明，只是没告诉她说我知道而已。她脑子里转起了最近常有的念头，认为我在用某种方式盯她的梢，结果，反正不管我采用的是什么手段吧，就如她上星期对安德蕾说的那样，我对她的生活起居“了解得比她自己还清楚”。于是她没等我说完，就一五一十把事情给交代了，其实她还真不必这么交代的，她要不说的话，我对这事儿原本没起半点疑心，而如今听她说了，我反而心里很不是滋味，想不到被一个说谎的姑娘歪曲的事实，跟爱着这个姑娘的人听信她的谎言所设想的事实之间，差距竟然如此之大，我想着就难过。我刚说出“就说您的巴尔贝克三日行吧”，阿尔贝蒂娜就截住我的话头，大言不惭地对我说：“您是不是想说根本就没有去巴尔贝克这回事？当然没有！我一直在纳闷，您干吗要装出相信有这么回事的样子。其实说出来也没关系。司机有点私事要办，得要三天时间。他又不敢对您说。我瞧着心里不落忍（该我倒霉！这种事儿也不知怎么的，总会让我摊上），就编了这么个去巴尔贝克的故事。他只是开车把我送到了奥特伊，我在圣母升天街的一个女友家里住了三天，无聊得出蛆。您瞧，就这么个事儿，没什么大不了的。明信片迟了一个星期才来那会儿，我看您笑了起来，心里就明白您大概都知道了。我承认这很可笑，早知道就不该寄明信片了。可这不是我的错啊。我事先买好了明信片，在他开车送我去奥特伊之前就交给了他，他应该套个信封去寄给他在巴尔贝克附近的一个朋友，让那朋友转寄给您，可这傻瓜把明信片忘在了自己口袋里。我还以为他早寄出了呢。过了五天他才想起来，可这笨蛋不来跟我说，却忙不迭地往巴尔贝克寄。他把事情告诉我的时候，让我给狠狠地臭骂了一顿，哼！这个大傻瓜，把我关在人家那儿整整三天，自己去张罗家里的那点破事，还害得您担惊受怕！我在奥特伊不敢出门，生怕让人瞧见。我一共才出了一次门，还装扮成了男人，挺逗的。我运气也真不好，偏偏一出门就碰上了您那位犹太朋友布洛克。不过我想，您知道没巴尔贝克那档子事，知道那是我编出来的，不会是听他说的，因为他当时看上去并没认出我。"

我不知道说什么好，我不想显得很吃惊，不想让她看出她的不断撒谎已经弄得我心灰意冷。我感到恐惧，非但没想把阿尔贝蒂娜赶出去，而且有一种非常想哭的感觉。想哭，并不是因为她说谎，也不是因为我曾经确信无疑的东西，现在全都毁灭了——我仿佛置身于一座被夷为平地的城市里，没有一座房子能幸免于难，空旷的地面上只见一片片废墟——而是因为想到阿尔贝蒂娜待在奥特伊女友家的那百无聊懒的三天里，她居然没想要悄悄地上我家来一次（她想必压根儿就没转过这个念头），或者发份蓝色快件叫我到奥特伊去看她。但我没有时间去多想了。我特别不愿意让她看出我很吃惊。我微微笑着，做出知道事情底细而不说出来的样子："这只是许许多多事情中的一件而已。对了，今天晚上在韦尔迪兰家我就听说，您告诉我的凡特伊小姐的事……"

阿尔贝蒂娜定睛望着我，瞧这模样，她像是竭力想从我眼睛里看出我到底知道些什么，却苦于看不出来。而我所知道的，我要告诉她的，就是凡特伊小姐是怎样的人。说实话，这我不是在韦尔迪兰府上听说，而是以前在蒙舒凡看见的。不过，既然我从没对阿尔贝蒂娜说起过（我是有意不说的），现在说成是今晚才听说的也不妨。拥有蒙舒凡的这段回忆，我心中几乎感到欣喜——在这段回忆曾在小火车上让我感到那么痛苦之后——尽管我也许要把时间往后挪一下，但它无疑会是一个铁证，会是对阿尔贝蒂娜的当头一棒。至少这一次我无须装出知情的模样，去对阿尔贝蒂娜诱供了：我真的知道，我是从蒙舒凡敞亮的窗户里亲眼看见的。阿尔贝蒂娜对我说她跟凡特伊小姐和她女友的关系是很纯洁的，她说了也是白说，等到哪天我向她保证（非常坦荡地向她保证）说我了解那两位女士的品行的时候，看她还能怎么自圆其说，既然她跟她俩朝夕相处、亲密无间，管她俩叫"我的好姐姐"，那她怎么还能为自己撇清，说自己不是她俩所提要求的对象呢？而她俩提的要求可是有条件的：她倘若不接受，她俩就跟她绝交。可是我没来得及把话说明白。阿尔贝蒂娜就像在她谎称去了巴尔贝克的那件事上一样，以为事情真相我都知道了，不是凡特伊小姐（如果她去了韦尔迪兰夫人家）告诉我，就是韦尔迪兰夫人（她可能跟凡特伊小姐谈起过这件事）告诉我的，所以她不等我开口，就把事情都供认出来了。她的供述跟我预想的情况恰恰相反，而她的这番供述，在表明她一直对我说谎的同时，或许也更使我感到伤心（尤其是因为，正如我刚才说的，我已经不再忌恨凡特伊小姐了）。总之，阿尔贝蒂娜先发制人，说了下面这番话："您想告诉我说，今晚您听人说了，我以前对您说我一半是由凡特伊小姐的女友抚养大的，那是在说谎。没错，我是有点对您说谎了。可我一直觉着您没把我看在眼里，我见您那么喜欢那个凡特伊的音乐，就傻乎乎地心想，既然我有个同学——这是真的，我向您保证——以前是凡特伊小姐的女友，那么要是我说自己跟这些姑娘都很熟的话，我在您眼里就会变得有趣一些。我一直觉着您烦我，把我当成蠢婆娘；我心想，对您说那些人跟我常有来往，我可以为您提供有关凡特伊的作品的详细情况，我在您眼里就会有点儿魅力，我俩就能靠得更近些。我对您说谎，都是出于对您的友爱。没想到这个倒霉的韦尔迪兰家晚会，让您什么都知道了，而且，人家说不定还添油加酱了呢。我敢肯定，凡特伊小姐的女友对您说了她不认识我。她至少在我同学家见过我两次。可是当然喽，在这些已经很有名的人看来，我还够不上档次。她们宁可说从来没见过我。”

可怜的阿尔贝蒂娜，她以为告诉我她跟凡特伊小姐的女友过从很密，就能让我不忙着甩掉她，就能跟我靠得更近些，她其实就像常会发生的情况那样，从不同于她所想采用的途径的另一条途径，到达了她的目的地。在小火车上的那个夜晚，她让我看到了她对音乐远比我预想的熟悉得多，但这丝毫没有影响我想和她分手的决心；然而也正是她的那句话——本意是说明她对音乐的熟悉——马上使分手成了不可能的事。只不过，她在解释时犯了个错误，并不是对自己说的话会产生什么效果解释错了，而是对这种效果之所以产生的原因解释错了，她不知道，那个原因并不是她的音乐修养，而是她那些来路不明的人际关系。使我和她一下子靠得很近的（岂止是靠近，几乎是融为一体），并不是对欢乐——说欢乐是过分了，其实只是一点儿愉悦而已——的期待，而是对痛苦的惧怕。

这一次还是一样，我生怕她看出我的惊讶，没敢把谈话停顿太久。而且，看她这么怯生生的，把自己在韦尔迪兰的圈子里的地位看得这么低，我也动了恻隐之心。我柔声对她说：“亲爱的，这我也想到了，我诚心诚意地想给您几百法郎，您随便上哪儿去做贵妇人都行，您也可以请韦尔迪兰先生和夫人吃一顿丰盛的晚餐。”

唉！阿尔贝蒂娜真是个集好些阿尔贝蒂娜于一身的人。那些最神秘、最单纯、最让人没法忍受的阿尔贝蒂娜，都显现在了她神情厌恶地冲我回答的话语之中，不过说实话，这些话语我都没怎么听明白（就连一句话是怎么开头的也听不明白，因为她的每句话都没有结尾）。要等稍后猜出了她的意思，我才明白她在说些什么。我们常常是事后明白了意思，才觉得当初是听见这么说来着。

“谢谢吧！花钱去请这些老帮子，您还不如给我一次自由，让我去给人砸……”

说到这儿，她顿时满脸通红，露出痛心疾首的神色，把一只手捂在嘴上，好像要把刚才说过、我压根儿没听明白的话塞进去似的。

“您在说什么，阿尔贝蒂娜？”

“没说什么，我都快要睡着了。”

“不对，您清醒着呢。”

“我在想请韦尔迪兰他们吃饭的事儿，您真是太好了。”

“不，我问的是您刚才说的话。”

她左说右说，可就是对不上榫，且不说对不上她说的话（说了一半就打住的，听得我一头雾水的那句话）的榫，就连这种骤然打住话头的做法本身，还有突如其来的脸红，也都对不上榫。

“行了，亲爱的，您刚才想说的不是这意思吧，否则您干吗突然打住呢？”

“因为我觉得我的要求太冒昧了。”

“什么要求？”

“请人吃饭。”

“不，不是这个，我们之间没什么冒昧不冒昧的。”

“就是这个嘛，一个人不该滥用心爱的人的信任。总而言之吧，我向您发誓，我说的就是这事。”

一方面，我向来没法不相信她的赌咒发誓；另一方面，她的解释又没法说服我。我紧追不舍。“不管怎么说，您总该有勇气把那句话说完吧，您刚才说到砸……”

“噢！别说了，算了吧！”

“为什么？”

“因为那太粗俗了，我不好意思当着您的面说出口。我真不知道我刚才在想什么，怎么会莫名其妙地说出这种话来，其实我根本就不明白那话是什么意思，也就是有一天在街上听几个下流家伙说起过。我不是说我自己，也不是说别的什么人，我是瞎说说的。”

我觉得，我从阿尔贝蒂娜身上已经问不出什么东西来了。刚才她对我赌咒发誓说，她之所以停住不说，是因为怕太冒昧、太失礼，那是在说谎。现在又说是不好意思当我的面说一个太粗俗的词儿，还是在说谎。我和阿尔贝蒂娜在一起，在抚摸对方的当口，有什么乌七八糟、粗俗不堪的话没说过呀。反正，这时候再多说也没用。可我的记忆却扭住“砸”这个字不放。阿尔贝蒂娜常说“砸某人牌子”、“砸锅”[1]，或者干脆“哼！瞧我把他砸的！”意思是“我把他一顿臭骂！”但这些话她在我面前是经常说的，倘若刚才她想说的就是这些话，为什么她要突然打住，为什么要脸涨得通红，把手捂住嘴，改口说别的事情，而且在看出我已经听见“砸”这个字以后，要编理由来搪塞呢？眼看我的问话得不到回答，我就不再问下去了，心想最好的办法是装作不去想着这事，可就在这当口，我转念想到阿尔贝蒂娜责怪过我去女主人家，傻乎乎地想给她消消气，于是笨头笨脑地说了这么一句：“我原想请您今晚一起去韦尔迪兰家参加晚会的。”——这话真是蠢到家了，既然我真想请她一起去，又随时都能见到她，我干吗不对她说呢？我的谎话激怒了她；见我怯懦，她更是变得肆无忌惮。“您哪怕请我一千遍，”她对我说，“我也不会去的。这些人总是不待见我，千方百计想要挤兑我。在巴尔贝克那会儿我对韦尔迪兰夫人有多热情啊，如今她却这么回报我。哪怕她马上就要死了，让人来请我，我也不会去。有些事情是无法原谅的。至于您，这是您第一次对我说谎。弗朗索瓦兹对我说您出门了（哼，瞧她说这话的得意劲

1．此处原文为casser du bois sur quelqu'un，casser du sucre，手边的两个英译本都直接保留原文，不加翻译。译者在无招可使的情况下，不得已使了一个“急招”，略其意而取其形。

儿），我听了真巴不得当场让雷给劈死呢。我竭力做出若无其事的样子，可我心里觉着这是从未受过的奇耻大辱。”

她这么说的时候，我的潜意识始终处于一种非常活跃的、想象丰富的半睡眠状态（在这种半睡眠状态中，我们会将一些仅仅是掠过脑际的印象镌刻下来，通向未知世界的那把钥匙，那把我们苦苦寻觅不可得的钥匙，此刻攥紧在充满睡意的双手之中），探寻她刚才说了一半就打住的话的真实含义，想知道她没说出口的究竟是哪个词儿。突然间，一个不堪入耳的字眼，我从没想到过的污秽字眼，跳了出来："砸缸"[1]。我不能说这个字眼是一下子跳出来的，因为一个人长时间地亦步亦趋跟在某段不完整的记忆之后，即便他很想一点一点地、谨慎小心地扩充这段记忆，他也往往会为那段记忆所束缚，伸展不开去。不，这不同于我平常的回忆方式，我心想，此刻我面前有两条回头寻觅的路：一是不光考虑阿尔贝蒂娜说的那句话，而且把我提议给她钱让她请客吃饭时她厌烦的目光也考虑进去，那道目光就像在说："谢谢，我讨厌的事不劳您花钱，我喜欢的事我没钱也能做！"也许正是因为想起了她的这道目光，我才改变了寻找她没说出口的那个词的方法。"砸"，她想说砸什么呢？砸牌子？不对。砸锅？不对。砸，砸，砸。我蓦地又想起我提议她请客时她的那道目光，还有那个耸肩的动作，眼前浮现出当时的情景，耳边响起了她说的那句话。我猛然意识到，她说的不是"砸"，而是"给人砸"。可怕！原来这才是她喜欢的。真是太可怕了！即使是下三滥的娼妓，对此根本不在意，或者就好这一口，她也不至于对一个听惯这种淫秽之词见怪不怪的男人说这种话呀。说这种话，未免太让人看不起了。只有在这种情形，就是她喜欢干这事，对方又是一个女人，她才会这么说，以表示

---

1. 译文的"缸"字，原文为le pot，基本释义是罐、坛、缸，但在粗话中作"肛门"讲。原文中阿尔贝蒂娜想说的casser le pot，是淫秽的俚语，意指同性恋性行为中的肛交。译者无法找到合适的译法，只能勉强译作"砸缸"，并加此注。

对适才跟一个男人干那话儿的歉意。阿尔贝蒂娜对我说她半梦半醒，她并没有对我撒谎。她当时心不在焉，情绪激动，没想到自己是和我在一起，她就那么耸耸肩膀，她就像平时跟某个女友——或许就是我认识的那些花季少女中的某一位——那样随口说了起来。然后她突然意识到自己的处境，羞得满脸通红，赶快打住话头，懊丧之极，只想能不要再说话。我要是不想让她看出我内心的绝望，就一秒钟也不能延误了。可是，在心头腾起一阵怒火过后，泪水已经涌上眼眶。就如在巴尔贝克她向我承认她和凡特伊父女很熟过后的那个夜晚一样，我得立即编个理由来解释我此刻的忧伤，这个理由必须可信，同时还要能深深打动阿尔贝蒂娜，这样我才可以争取到几天时间，考虑后再作决定。所以，尽管刚听到她对我说，我那么出门是她从未受过的奇耻大辱，弗朗索瓦兹拿这说事她恨不得当场死掉时，我被她这种可笑的敏感所激怒，很想对她说，我做的事没什么大不了的，我出门不会对她有任何伤害，——但就在这会儿，潜意识寻觅到了她在“砸”字后面想说的那个词儿，我的发现给我带来的绝望无法完全掩饰，于是我没有为自己辩护，而是当场认罪：“我的小阿尔贝蒂娜，”我对她说，语气之温柔拜曾经涌上的泪水所赐，“我可以对您说，您错了，我做的事是没什么大不了，但我说谎了；您的想法是有道理的，您洞察了事情的真相，可怜的小宝贝，倘若在半年以前，倘若在三个月以前，当时我对您还满怀情谊，我是决不会那样做的。事情虽小，但关系重大，因为它是我内心巨大变化的标志。既然您已经猜到了这一我本想瞒着您的变化，那么我就不妨对您直说了：我的小阿尔贝蒂娜，”我的语气中带着柔情和深沉的哀愁，“您瞧，您在这儿生活得挺无聊的，我们最好还是分手，而要分手，最好的做法是说分手就分手，所以我请求您，为了减少我势必会有的巨大悲痛，请您今晚就对我说再见，您走以前我们不用再见面，明天一早您就趁我还在睡觉的时候离开这儿吧。”

她显得很惊讶，还有点不敢相信，但已经愁容满面了："什么？您要我明天就走？"

尽管我这么说分手的事，就像在说已经成为过去的事，让我感到很痛苦，但（也许在一定程度上正是由于有这种痛苦）我还是不厌其烦地告诉阿尔贝蒂娜，离开这儿以后有些事情该怎么处置。我千叮咛万嘱咐，很快就谈到了一些具体而微的细节问题。

"请您费心，"我的语气中有无限的惆怅，"把贝戈特的书还给我，就是您拿到姨妈家去的那本。不用着急，再等三天、一星期都没关系，看您方便就行，可您得放在心上，别让我到时候再来催您，那样我会感到很难过的。我们在一起曾经很幸福，以后想起来我们心里会不好受的。"

"别说我们心里会不好受，"阿尔贝蒂娜打断我的话说，"别说'我们'，就您自个儿觉得不好受。"

"反正随您怎么说吧，不是您就是我，不是由于这个原因，就是由于那个原因——瞧，都什么时候了，您该去睡了——今晚我们决定了就此分手。"

"拜托，是您决定的，我听您的是因为我不想惹您不高兴。"

"就算是我决定的吧，可我作出这个决定毕竟是很痛苦的呀。我没说这痛苦会持续很久，您知道我这人没法把一件事记得很久，可是开头那几天我一定会非常想念您！所以我想我们不用通信了吧，要了断就得干脆。"

"嗨，您说得没错，"她神色黯然地对我说，夜深的疲惫使她的眼角嘴角都耷拉下来，更增添了几分沮丧的意味，"与其让人一个手指一个手指地斩掉，还不如干脆把头伸过去让他砍呢。"

"天哪，瞧我怎么搞的，时间这么晚了，我该让您去睡觉才对，我真是昏头了。不过，反正这是最后一晚了！您这辈子要睡觉有的是时间。"

我就这样告诉了她，我俩该道晚安了，但话虽这么说，我还是尽量让她推迟对我说晚安的时刻。“开头几天也许您会觉得闷，要不要我去跟布洛克说一声，让他叫他表妹埃丝特上您那儿去陪陪您？我说的事他会做的。”

“我不知道您为什么要说这个（其实我说这个是想引阿尔贝蒂娜开口招认某件事），我只要一个人，就是您。”阿尔贝蒂娜这么对我说，让我听得柔情满怀，非常受用。但不料她马上又说：“我记得很清楚，我把我的照片给过这个埃丝特，因为当时她执意说要，我觉得她拿到照片会很开心，可要说我俩之间有交情，或者说我很想去见她，那根本是连影子都没有的事！”然而阿尔贝蒂娜毕竟生性轻浮，她接下去又说了这么一句，“她要是想见我，我也不在乎，她那人挺好的，可我并没想见她。”

怪不得上次我跟她说起布洛克寄给我的（我对阿尔贝蒂娜说的那会儿，其实还没收到）埃丝特的照片时，她还以为布洛克给我看的是她给埃丝特的照片呢。我作过种种最坏的设想，但我无论如何没有想到，阿尔贝蒂娜和埃丝特之间会有如此亲昵的关系。当时我对阿尔贝蒂娜说起照片的事，她无言以对。现在，她以为——其实她是想错了——我都知道了，就觉得还是主动说出来为上策。这真让我受不了。

“嗯，阿尔贝蒂娜，我还想请您帮个忙，以后千万别想着再跟我见面。假如，这事说不定会碰到，一年，两年，或者三年以后，我俩在同一座城市里不期而遇，那您别来招呼我。”看到她没有对我的请求给出肯定的回答，我就又说：“我的阿尔贝蒂娜，请别那么做，今生今世请别再来见我。否则只会让我徒增伤感。因为，您知道，我真的是对您有感情的。我很清楚，那天我告诉您我要去看一个女友，就是我和您在巴尔贝克说起过的那个女友，您还以为我是有意安排的。不，我向您保证，我根本没把她放在心上。您要明白，我早就下决心要离开您了，我的浓情蜜意只是演戏而已。”

“不会吧，敢情您是疯了，我根本没有这么想。”她神情忧伤地说。

“这您就对了，不应该这么想，我真的爱您，那也许还不是爱情，但那是很深很深的友情，深得远远超过您的想象。”

“这我相信。可是您却胡思乱想，以为我不爱您！”

“跟您分手让我感到非常难过。”

“我比您更难过一千倍。”阿尔贝蒂娜回答我说。

早已涌上眼眶的泪水，我觉得就要夺眶而出了。但是这泪水完全不同于当年我给吉尔贝特写信时忧伤的泪水，我在那封信上写道：“我们最好不要再见面了，是生活把我俩分开的。”当然，给吉尔贝特写信的那会儿，我心想，当我所爱的人不是她，而是另一个姑娘的时候，我的爱中过量的那部分，应该可以补给那个姑娘对我的爱，这就好比在两个人中间，命定只有一定数量的爱，倘若一个人爱得多了，另一个人就必须爱得少一些，因而这另一个人，在我就是吉尔贝特，我是注定要和她分手的。但由于种种原因，现在的情况完全是不一样的，第一个原因（其他的原因由此派生而出）就是缺乏意志力，在贡布雷那会儿，我外婆和母亲一直因此为我担心，而由于体弱多病的孩子自有精力用他的羸弱来迫使亲人就范，外婆和母亲都相继投降了，从那以后，这个缺乏意志力的毛病愈演愈烈，病情发展得愈来愈快。当初我感到吉尔贝特厌烦看到我的那会儿，我还有足够的自制力不再跟她来往；现在看到阿尔贝蒂娜也同样如此，我却感到已经没有这点力量了，我只想用力把她留住。所以说，我写信给吉尔贝特说不再和她见面，心里想的确实是不再见到她，而我对阿尔贝蒂娜这么说，纯粹是撒谎，为的是能跟她和好。我俩就这样彼此都让对方看到自己表面的东西，那是和表面背后更真实的东西很不一样的。其实，当两个人面对面的时候，情形大抵如此——既然他们只能看见对方身上的一部分东西，而且就是这一部分，也只能了解其中的部分内容，他俩显示给对方看的，都是自己身上最缺乏个人色彩的东西，或是因为他们并没看清自己身上那些有个人色彩的东西，没把它们放在眼里，或是因为他们把一些跟他们并无关系的、功利色彩较浓的毫无意义的东西看得太重，觉得那些东西更重要、更可爱，而有些东西虽然他们很在乎，但因为自己没有，生怕让人看不起，就装出不在乎的样子，所以他们看上去最为轻视甚至厌恶的东西，恰恰是他们所最看重的。在爱情上，这种所谓的误解更是严重到了无以复加的地步，因为，也许除了还在孩提时代的情形，我们考虑的往往是怎样给人以某种印象，而不是怎样准确地反映我们的想法，即使这个想法是被认为最适于让我们得到所期望的东西的，就我而言，从我回到家里以后，这个想法就是怎么使阿尔贝蒂娜像过去一样听话，别在耍性子的当口提出要有更多的自由，那种自由有一天我会愿意给她的，但这会儿我很怕她想要独立，她现在提出这个要求，会让我妒意陡增。到了某个年龄段，自尊心变强了，也有了些见识了，我们从那时起，会装出一副对心里想要的东西毫不在乎的样子。在爱情上，仅凭见识——不过，这大概并不是真正的睿智——就能促使我们相当快地掌握这种表里不一的能耐。我在少年时代对爱情的甜美梦想，让我以为爱情理应那样的梦想，就是在心爱的人面前尽情地倾诉我的爱意，表达对她的些许善待的感激以及此生和她生活在一起的心愿。但随后我就从自己和朋友们的生活体验中，再清楚不过地意识到了，如此这般的情感表白是绝不会引起共鸣的。一个扭怩作态的老妇人，会像德·夏尔吕先生一样，由于想象中永远见到一个俊俏的年轻人，久而久之就把自己也想成了帅小伙，种种可笑的装模作样的扮酷，越发露出了娘娘腔的底色，这种情形属于一种普遍规律，其适用性非但远不止于夏尔吕之流，而且超越了爱情的范畴；我们看不见自己身体的某些部位，只有别人才能看见它们，我们无时无刻不在关注的是我们的思想，那是我们所独有的，是别人看不见的（有时画家会把它表现在作品中，但当画家的粉丝有一天看到真人的时候，他们往往会感到非常失望，因为在此人脸上几乎看不到那种思想所赋予的内在美）。而我们一旦注意到这一点，便会就此打住；今天下午我管住了嘴，没跟阿尔贝蒂娜说，她没留在特罗卡代罗，我心里对她有多感激。今天晚上，我因为怕她要离开我，便装出想要离开她的样子，不过读者待会儿就会看到，我这么装样子，还不仅仅是由于我自以为从前几次恋爱中吸取了教训，想要吃一堑长一智。

我就怕听到阿尔贝蒂娜哪天或许会对我说，“某日某时我要外出，独自在外面待两天”，或者提出别的什么要求，具体是什么要求我说不上来，但反正是要自由；这个念头在韦尔迪兰晚会上也曾掠过我的脑际。但当时很快就消散了，因为我想起阿尔贝蒂娜一直对我说，她待在我家里很幸福。要离开我的意图，如果说在她心里真有这种意图的话，是以一种隐晦的方式表现出来的，或是某些忧郁的眼神，或是某些不耐烦的表情，要不就是大有弦外之音的话语，其中的含义没明白说出来，但倘若我们稍作推理（甚至也不用推理，因为其中强烈的感情色彩是显而易见的，任何人都不难看出，这些话语中流露出的是虚荣、仇恨和嫉妒，这些情感并没有说出来，但听她说话的人凭着直觉，凭着这种笛卡尔称为‘世界上最普遍的优点’的‘良知’[1]，马上就会觉察到），就会明白那是因为她身上有一种她不愿让人看出的情感，在这种情感的驱使下，她是有可能打算离开我去过另一种生活的。正如这种打算她并没有明确、清晰地说出来，我今晚对她这种打算的预感也始终是模模糊糊的。我的生活依然建立在一个假设上，那就是认定阿尔贝蒂娜对我说的话都是真话。然而这会儿，说不定已经有一个我不愿意去想的、完全相反的假设，不依不饶地钻进了我的脑子里；这看来很有可能，否则我在告诉阿尔贝蒂娜我去韦尔

1. 笛卡尔在《方法论》（1637）一开头写道：“良知是世界上最普遍的优点。”

迪兰家时，为什么会那么期期艾艾呢，而且要不是那样，我见她发脾气居然不怎么吃惊，这又怎么解释呢？因此，我已经在心中勾勒出一个跟理智告诉我的阿尔贝蒂娜截然相反的阿尔贝蒂娜的形象，这个阿尔贝蒂娜也不同于她的言谈举止所表现出来的那个阿尔贝蒂娜，然而这个阿尔贝蒂娜又并非纯然臆想，而是她的某些情感活动——比如说她对我去韦尔迪兰家大发雷霆——在内心的反映。长久以来我挥之不去的忧虑，我怕对阿尔贝蒂娜说我爱她，所有这一切都是跟后一种假设相契合的，有了这个假设，好些事情都可以解释清楚，而且还有一点，倘若我采纳第一个假设，第二个假设也会变得更有可能，因为，纵令我对阿尔贝蒂娜倾吐衷肠，她给我的回报是大发脾气（当然，她对此另外给出了一个原因）。

应该说，给我印象最深，让我感到是她不会接受我的指责的明显征兆的，是她对我说的这句话："我以为凡特伊小姐今晚会去的"，当时我给她的回答，可以说是尽了尖刻之能事："您遇到过韦尔迪兰夫人，这您以前没告诉过我嘛。"自从觉得阿尔贝蒂娜不那么温顺体贴以后，我并不去告诉她我很难过，却变得咄咄逼人了。

根据这一点，根据我的回答往往跟真实感受完全相反的普遍规律来分析，我可以肯定地说，这个晚上我之所以对她说，我要和她分手，那是因为——甚至在我自己意识到这一点以前——我生怕她想要得到自由（我说不清楚，这种让我害怕的自由究竟是怎样的，但反正那是一种她可以骗我，或者至少是让我没法确定她是否在骗我的自由），我出于傲气，出于机心，想要让她知道这我一点也不怕，就像在巴尔贝克我希望她别小看我，后来又希望她有事可做，不觉得跟我在一起无聊一样。

最后，对于有人可能会对第二个假设（尽管还只是雏形）作出的反驳——诸如阿尔贝蒂娜对我说的话恰恰表明，她喜欢的生活正是在我这儿的生活，正是这样的休憩、阅读，正是独处的乐趣，正是对萨福式的爱的厌恶，等等等等，我认为根本就不值得多提。因为，倘若就阿尔贝蒂娜而言，她想要根据我对她说的话，来判断我心里的想法的话，那么她势必会得出跟真相截然相反的结论，我对她说我希望和她分手的当口，正是我觉得没法离开她的时候，在巴尔贝克我曾经两次向她表白，说我爱上了别的女人，一次是安德蕾，另一次是一个神秘的姑娘，而那两次其实都是妒意在撩拨我对阿尔贝蒂娜的爱。所以，我说的话完全不能代表我的情感。如果说读者并不怎么有这种印象的话，那是因为我在写出我说的话的同时，也向读者交代了我的情感。倘若我把后面那些内容藏起来，不让读者知道，读者只了解前面这些内容的话，那么我所做的事情，由于跟这些内容没有什么关联，往往会给他一种变来变去的奇怪的印象，让他觉得我有点疯疯癫癫。不过，那种写法其实也不见得比我现在的写法更糟糕，因为促使我行动的那些意象，跟我的说话所描述的意象迥然不同的那些意象，当时都是模模糊糊的：我并不充分了解自己所做的事依循的是哪种天性；今天我才清楚地知道了这种天性的主观真实性。至于它的客观真实性，亦即这种天性派生的直觉是否比我的推理更准确地洞察了阿尔贝蒂娜的真实意图，我是否有理由为它感到骄傲，抑或反过来说，它是否并非察觉，而是改变了阿尔贝蒂娜的意图，这些我都很难说。

在韦尔迪兰夫妇家隐隐约约感到的害怕，唯恐阿尔贝蒂娜要离开我的那阵害怕，当时很快就过去了。我回到家里的那会儿，心里的感觉不是见到一个女囚，而是自己成了囚徒。但当我告诉阿尔贝蒂娜我去了韦尔迪兰夫妇家，看见她的脸上堆满令人莫测高深的愠色（这种神情已经不是第一次出现在这张脸上），先前消散了的惧意，又更为有力地攫住了我。我很明白，这种愠色由内心的不满和种种想法凝聚而成——这种不满并非一时负气，而是经过长期思考的，那些想法则是本人心里明白而又不想说出口的，它们聚合在了脸上，一览无余，但已不复有理性可言。我们会在心爱的人脸上收集这些珍贵的余存，尝试着分析还原其中理智的内容，从而弄明白她到底是怎么了。阿尔贝蒂娜的想法，对我而言是个未知数，相应的方程式大致如下："我知道他在怀疑我，我能肯定他想证实自己的猜疑，为了不受我的干扰，他的种种小动作都在暗中进行。"可是，如果阿尔贝蒂娜真是怀着这样的想法在过日子，却又不跟我明说，那她难道不会对这种生活产生惧怕感，没有勇气再过下去吗？难道她不会在哪一天决定中止这种生活，中止这种她永远是（至少她所想望的东西始终是）有罪的，永远感到自己被猜疑、被盯梢的，只要我妒意未消就永远不能去做自己喜欢的事的生活吗？如果说她在这种生活中是无辜的，什么也没想，什么也没做，那么，眼看自己这么些日子以来，从在巴尔贝克那会儿发狠劲不跟安德蕾单独待在一起，直到今天宁可留在特罗卡代罗而不去韦尔迪兰家，如此迁就我，却始终没能赢回我的信任，她岂不完全有理由感到沮丧吗？何况，我根本不能说她的行为举止有任何不当之处。虽然在巴尔贝克，每当说起那些不知检点的少女时，她常常放声大笑，扭动身子，模仿她们的动作，我因为猜得出这些动作对她的女友们意味着什么，心里异常难受，但是，自从她知道我在这一点上的看法以后，但凡再有人提及这类事情，她立马退出谈话——不仅用三缄其口，而且用表情凝定来表明这一点。也不知她是不想参与对某个姑娘的说三道四，还是出于别的什么原因，反正有一件事当场就令我感到极其惊讶，那就是她那表情生动的脸，从人家提起这个话题的那一刻起，骤然变得寂然不动，丝毫不差地保留上一时刻的表情。一个表情即便再微不足道，一旦这样滞定，也就变得像沉寂一样凝重了。说不清她是反对，还是赞成，或者究竟是不是明白周围发生的事情。脸上的每根线条，都只跟另外某根线条有关系，如此而已。鼻子，嘴巴，眼睛，处于一种完美的协调状态，超然于一切事物之外，她整个人看上去就像一幅粉彩画，人家刚才在说什么，她浑然不知，仿佛那些话是对着拉图尔[1]的画说的。

方才把布里肖的住址交给车夫，抬头望见窗口的灯光的当口，我还觉得自己像个奴隶，但稍过一会儿，我看到阿尔贝蒂娜似乎这种感觉远比我强烈得多，心里反而释然了。我不想让她被这种感觉压得透不过气来，怕她会起念冲破这种状态，心想，最巧妙的办法就是虚晃一枪，给她那样一个印象，让她相信这种状态不会永远如此，相信我本人是希望它早日结束的。倘若这个办法奏效，我一定会感到很庆幸，首先因为一直让我为之纠结的疑团马上可以解开，我很快就可以知道阿尔贝蒂娜究竟是不是打算离开我，其次因为撇开我的既定目标不说，这个办法一旦奏效——它证明了我对阿尔贝蒂娜而言并非一无可取之处的情人，并非受人嘲弄的醋坛子——就能赋予我俩的爱情一种童真的意味，让这种爱情重回在巴尔贝克时她还很容易相信我另有所爱的那个阶段。要说另有所爱，她大概是不会相信了，但是对我今晚假装要跟她就此分手的做法，她一定会信以为真的。

她看上去好像怀疑问题出在韦尔迪兰夫妇家里。我告诉她我遇见一个剧作家布洛克，他跟莱娅是熟朋友，她对他无话不说（我想借此让她相信，我对布洛克的那两个表妹很了解，只是没全对她说罢了）。但是我因为这么假装要分手，心里多少有些不自在，为了减轻些心理负担，我就对她说：“阿尔贝蒂娜，您能对我发誓，说您从来没对我说过谎吗？”

她把目光凝定在半空中的某个地方，然后回答我说：“对，哦，我的意思是说不能。我错了，我不该对您说布洛克喜欢安德蕾，我们没见过他。”

“您干吗要那么说呢？”

“因为我怕您不相信她别的那些事儿。”

---

1. 拉图尔（1704—1788）：法国粉彩画家，以善画人物肖像著称。

“没别的原因了？”

她又往上望去，说道：“我错了，我不该瞒着您，不告诉您我和莱娅一起出去玩过三个星期。不过那时候我还不怎么认识您呢。”

“是在巴尔贝克以前？”

“第二次以前，是的。”

就在今天早上，她还对我说她不认识莱娅呢！我仿佛看着我花了那么多心血，用了那么多时间写就的一部小说，顷刻间被一蓬火烧着了。早知如此，何必当初？当然，我明白阿尔贝蒂娜向我坦白这两件事，是因为她以为我已经间接从莱娅那儿知晓了，而且我知道，类似的事情完全可能是数量众多的。我也明白，阿尔贝蒂娜回答这种盘问的话，没有一丝一毫可信之处，事情的真相，她只有在无意间，在她既想把事情隐瞒到底，又以为别人已经知道底细，两者骤然间在她身上合二而一的时刻，才会吐露出来。

“两件事，算不了什么，”我对阿尔贝蒂娜说，“您干脆说个四件，好让我记得住些。您还打算告诉我些什么呢？”

她的目光又停滞在半空中。她在以后的生活中想让说谎去适应她相信的哪些事情，她又打算跟哪位不如她预想的那么随和的神祇达成妥协呢？看来事情有些棘手，她缄默不语，目光凝定，持续了相当长的一段时间。

“没有，什么也没有，”她终于开口说。不管我怎么追问，她一口咬定——现在可以自如地这么做了——“什么也没有”。这明摆着是撒谎，因为从她染上这癖习的那一刻起，直到她被幽禁在我家里的那一天为止，她已经有过多少次，在多少个住处，趁多少次外出的机会，贪过这一时之欢！蛾摩拉人[1]既稀少又众多，无论在哪个人群中，她们彼此一眼就能相认，绝不会错过。

---

1. 指女同性恋者。

此后，回忆和整理就都变得容易进行了。我不胜惊骇地回想起一个晚上的情景——而当时，我只是觉得事情挺可笑而已。我的一个朋友请我去餐馆吃饭，他带上了他的情妇，在场的还有他的另一个朋友和此人的情妇。她俩没一会儿就明白了双方都好这一口，急不可耐地想要干那好事，汤刚上桌，两人的脚就在找来找去，常常找到我的脚上来。很快两人的腿就缠在了一起。我那两位朋友什么也没察觉；我却受苦不迭。她俩中有一个实在按捺不住，借口说掉了东西，索性钻到了桌子底下。随后另一个说头痛，要去楼上的盥洗室。那一个则说有个女友在剧场等她，马上得走了。最后就剩下我和那两位浑然不觉的男士。头痛的那位下楼来了，但说要独自先回那男人的家等他，顺便好去吃点安替比林[1]。此后她俩成了好朋友，经常一起外出散步，其中一位做男人打扮，身边有好几个小女孩，还把她们带到另一个家里去教她们。另一位有个小男孩，她好像不怎么喜欢他，特意交给那位去管教，那位当仁不让，对小男孩毫不留情。不妨这么说吧，无论在什么地方，就算是在光天化日之下，她俩都能干出最见不得人的事来。

“不过莱娅一路上都对我挺规矩的，”阿尔贝蒂娜对我说，“她甚至比好些社交圈的夫人小姐都谨慎持重呢。”

“有社交圈的夫人小姐对您不够谨慎持重吗，阿尔贝蒂娜？”

“没有。”

“那您说这话是什么意思？”

“嗯，她说话不像她们那么随便。”

“举个例子。”

“她跟那些出入沙龙的女人不一样，从来不说‘讨厌嘛’，也不说‘无所谓啦’。”

---

1. 一种退热镇痛药。

我觉得，我的小说还没烧掉的那部分，终于也成了灰烬。

我的懊丧本来可能还要持续一段时间。一想起阿尔贝蒂娜的话，一股无名怒火就会蹿将上来。但这怒火，在一种怜悯面前偃旗息鼓了。我不也一样吗，从我回到家里宣布要跟她分手那一刻起，我不也在说谎吗？我原本并非当真想离开阿尔贝蒂娜，因而没有体验到伤感的情绪，不承想一个劲儿地装着装着，这种情绪居然渐渐地在我身上滋生了出来。

不过，即便是断断续续地、带着阵阵剧痛地想起——有如我们说起肉体上的疼痛时那样——阿尔贝蒂娜在认识我以前所过的那种放纵作乐的生活，我也深感我这女囚如今的驯顺实属不易，心头的怨气也就消散了。从我俩开始共同生活以来，我几乎是不断地在提醒阿尔贝蒂娜，这样的生活很可能只是暂时的，我这么说是想让阿尔贝蒂娜觉得，这样的生活中依然有着某种吸引她的东西。可是这个晚上我走得更远了，因为我担心含糊其词地吓唬她说要分手，恐怕还不够，恐怕会跟阿尔贝蒂娜转的念头对不上榫——在她想来，我是由于爱她太深、醋意发作，才去韦尔迪兰夫妇家一探究竟的。这个晚上，我想到我之所以会突然（甚至有些仓促地）决定要演这么一出绝交的戏，除了其他的原因以外，还有这样一个不能忽视的原因，就是我像父亲一样容易冲动，正是出于一时冲动，我才会去吓唬一个原本安安心心的姑娘，而由于我不像他那样有兑现这种恐吓的勇气，为了不让对方觉得我这只是说说空话，我就索性假戏真做，不到对手当真害怕得发抖（以为我要动真格了）的时候不收兵。

不过我们都明白，谎言底下自有实情，如果生活不为我们的爱情带来改变，那么我们自己就会想要为它带来——或者假装为它带来——改变，就会声称要分手，因为我们强烈地感觉到，爱情也好，别的事情也好，无一不是向着告别迅速演变而去。我们但愿能在告别之际到来之前，而不是在它骤然而至的那一刻，早早为它一掬伤心之泪。毋庸讳言，这回我演这出戏，有一种现实的考虑。我是突然起念要执意留住她的，因为我觉得她在把心思放在别的一些人身上，而又无法阻止她跟那些人碰头。倘若她肯为我从此不跟那些人来往，那我也许就会义无反顾地下决心永远不离开她，因为，分离因嫉妒而令人无法忍受，却因感激而变得不可能。总之，我感到大战在即，此次我不是凯旋而归，就是战死沙场。说不定一小时后我就会把我所有的一切都献给阿尔贝蒂娜了，我心想："就看这一仗结果如何了。"可是这场战争似乎不同于以前的战争，战事只持续几小时而已，它更像一场现代战争，非但明天结束不了，后天结束不了，就是到下个星期也结束不了。双方出动了全部兵力，因为大家都以为胜败在此一举，以后就天下太平了。不想一年多过去了，开战令却仍未下达。

当害怕阿尔贝蒂娜要离开我的情绪难以自已之时，我无意间回想起了德·夏尔吕先生说谎的情景，这种下意识的回忆可能也是一个附加的原因。后来我听母亲说了一件事，当时没在意，但过后却从中领悟到，构成那种情景的诸般因素，其实皆备于我自身之中，皆存储于一个来自遗传的隐秘的角落，某些情绪会使这些因素发挥作用，它们之于此，有如类似于酒精、咖啡的药物之于我们体内积蓄的能量。那件事是这样的：奥克塔夫姑妈从欧拉莉那儿听说，弗朗索瓦兹认定女主人此后不会再外出，暗地里做了准备，想瞒过我姑妈悄悄外出，我姑妈知道以后，就放出风声，说下一天想出去走走。见弗朗索瓦兹满腹狐疑，我姑妈叫她把要用的衣物先拿出来，由于在柜子里放得时间久了，还得晾晒一下，不单如此，甚至还预订了车子，把当天的日程安排得极其详尽，每一刻钟做什么事，事先都有计划。弗朗索瓦兹终于相信，或者说不敢再不信了，她只得向我姑妈承认了准备私自外出的打算，我姑妈于是当着众人的面放弃了自己的计划，据她说是不想妨碍弗朗索瓦兹的计划。同样，我为了让阿尔贝蒂娜相信我并非虚张声势，为了让她在最大限度上相信我确实要跟她分手，硬是把要到明天才开始，然后再持续下去的我俩分手的那段时间，提前挪了上来，对阿尔贝蒂娜千叮咛万嘱咐，仿佛待会儿我俩不会再和好似的。正如将军认为要让佯攻成功迷惑敌人，佯攻必须做得像真攻一样，我在佯装分手的这场戏中投入的情感，几乎不比在一场真分手中投入的少。假想的分手场景，最后几乎跟真的分手场景一样，让我满怀忧伤，这或许是因为两个演员中的一个，即阿尔贝蒂娜，完全相信这是真事，另一个演员受到感染，恍惚间也有点真假莫辨了。平时，人们过一天是一天地打发着时日，日子虽然过得艰难，终究还可以忍受，他们肩负着习惯的重担，过着平淡乏味的生活，心里却怀着一个信念，那就是明天哪怕生活再艰难，珍爱的人儿终会出现在身旁。而现在我却发疯似的把整个当下的生活给毁了。诚然，我只是以一种虚拟的方式在摧毁它，但这样已经够让我伤心了；也许是因为我们所说的忧伤的话语，哪怕那是谎言，也带有忧伤的成分，而且会把忧伤注入我们的内心深处；也许是因为我们知道，我们在佯作告别之时，提前看到了稍后注定会来到的那个时刻；何况我们无法确定，适才是否就已启动了奏响那一时刻的装置。我们在虚张声势的时候，总会感到有一种不确定性（无论多么微弱），那就是拿不准我们吓唬的对象会作出何种反应。要是这出分手的闹剧真的以分手告终，那可怎么办呢！面对这种可能的局面（即使可能性很小），又怎么能心头不抽紧呢。我们有双重的理由忧心忡忡，因为那样的话，分手之际正是我们无法忍受分手之时，我们刚刚饱受那个女人带来的痛苦，她却在创痛治愈，至少是缓解之前，就离我们而去。毕竟，我们甚至连习惯这个支点也失去了，那可是我们赖以休养生息（即使在忧伤时也是如此）的支点啊。我们刚才主动撤去了这个支点，我们赋予当下的日子以一种特殊的重要性，把它从前前后后的诸多日子里抽离出来，它就那么没有了根，犹如启程日那般地漂浮着，我们的想象不再因习惯而麻木，它苏醒了过来，我们骤然在日复一日的爱情中加入了感伤的遐想，这些遐想使爱情极度地放大，使一个我们先前恰恰并没确信可以依靠的人，从此变成了我们不可缺少的伴侣。不用说，正是为了确保这个人以后能伴在身旁，我们才做了这么一出戏，仿佛少了她也没关系。而这出戏，却使我们自己陷了进去无以自拔，我们重又感到痛苦，因为我们尝试了一件非同寻常的新事物，它就像有些治疗方法，假以时日固然会治好我们的病痛，但最初的效果却是使病痛加剧。

我眼眶里噙着泪水，犹如单独待在房间里想象心爱的人的死亡，细致入微地设想自己会有多么痛苦，想到最后，真的感受到了这种痛苦。所以，当我反复叮嘱阿尔贝蒂娜，我俩分手后她应该对我如何如何的时候，我觉得心中充满忧伤，仿佛待会儿我们不会再和好似的。再说，我难道真能这么有把握，认定能做到让阿尔贝蒂娜回心转意，愿意继续和我共同生活，还有，即使今晚我做到了，用这么一招打消了她离去的念头，难道这个念头就不会重新萌生吗？我既觉得自己能够掌控未来，又对此感到担心，我很清楚，我会这么觉得，是由于未来还不是真实的存在，因而它的不可避免性还没有使我感到无法承受。其实，即使在说谎，谎话中包含的真实内容，也许还是比我所想的要多。刚才我对阿尔贝蒂娜说我很快就会忘掉她，就是一个例子。当初我和吉尔贝特的情况正是这样，现在对我来说，不去看她与其说是为了避免心理上的痛楚，不如说是为了摆脱一桩苦差事。当然，我当初写信给吉尔贝特，告诉她我不会再去看她的时候，心里也很痛苦。但我毕竟只是偶尔才去她家看她。而阿尔贝蒂娜任何时候都是属于我的。在爱情上，摒弃一段感情，要比割舍一种习惯来得容易些。有关我俩分手的那么些痛苦的话语，我之所以有勇气说出口，是因为我知道那都是假话，而阿尔贝蒂娜就不同了，当我听到她大声说出下面这些话时，我知道这些话都是真诚的：“哦！我答应您，我永远不再见您。我不愿意看见您这么伤心流泪，亲爱的。我不想伤害您。既然事已如此，我们以后就别再见面了。”这些话都是真诚的（但倘若这些话是我说的，情况就不一样），因为，阿尔贝蒂娜对我怀有的只是友情，一则答应和我分手对她来说算不了什么，二则，我的流泪，虽说在一场轰轰烈烈的爱情中也许根本是微不足道的小事，但转移到了她所处的这一友情的领域中，对她来说却是非同寻常的大事，她的心被搅乱了，从她刚才说的话来看，这一友情比我的情谊深厚得多——之所以要从她刚才说的话来看，是因为在一场离别中间，总是并未真正投入感情的那一方说话充满柔情，而真爱，是无法用语言表述的，而且她刚才说的话也许也不无道理，爱情纵然有千般柔情蜜意，最终还是可能化为一种温情，一种感激之情，在被对方爱、自己却并不爱的那一方身上唤起的这种温情和感激，不像激发爱意的情感那么自私，也许在分手好多年过后，当昔日爱的一方身上爱情已难觅踪影之时，它们还会在被爱的一方心中荡漾。

有一小会儿我觉得恨她，但这种情绪很快就过去了，这样的一种恨意，反而使我更迫切地想要留住她。这天晚上我原来只是猜忌凡特伊小姐，对特罗卡代罗那茬儿根本没放在心上，一则，那是我自己把阿尔贝蒂娜送到那儿去，好让她别去韦尔迪兰家的，二则虽说阿尔贝蒂娜在那儿见到了那个莱娅（当初我把阿尔贝蒂娜叫回家来，就是不想让她认识此人），可我提到莱娅的名字完全是无意的，而疑心重重的阿尔贝蒂娜，以为人家或许告诉我什么事了，于是不等我开口就先说了起来（不过脸半侧着）："我跟她挺熟，去年我们几个朋友一起去看她演出，演出结束后我们去了她的化妆间，她就当着我们的面卸妆更衣。真有趣。"

听她这么说，我硬生生地把思绪从凡特伊小姐身上拉了回来，在绝望的挣扎中，在由于无法重现当时情景而坠入痛苦深渊的过程中，我的思绪牢牢地拽住这个女演员，拽住阿尔贝蒂娜上她化妆间去的那个夜晚。一方面，既然她对我发过那么多誓，而且语气那么真诚，既然她连自由都肯牺牲，我怎么还能相信这一切背后另有名堂呢？然而我的猜疑难道不是伸向真相的触角吗，既然（虽然她为我牺牲了韦尔迪兰夫妇，去了特罗卡代罗）在韦尔迪兰夫妇家可能有凡特伊小姐在，而在特罗卡代罗（她也为我牺牲过特罗卡代罗，为的是和我一起外出）有那个害得我特意把阿尔贝蒂娜叫回家的莱娅——尽管起先我觉得那么担心有些多余，可是还没等我问她，她就自己说了出来，原来她俩熟悉的程度，远比我担心的要深得多，而且两人的关系想必很暧昧，否则人家怎么会带她去化妆间呢？如果说这两个毁了我这一天的无情的女人中，受莱娅的折磨让我得以免受凡特伊小姐的折磨，那是由于我心智不全，无法同时想象太多的情景，或是由于神经质的激动干扰了我，嫉妒于是成了这种情绪的回声。由此我可以得出结论，她既不属于凡特伊小姐，也不属于莱娅，我想象她和莱娅在一起，仅仅是因为我还在为此感到痛苦。我对她俩的嫉妒心熄灭了——尽管以后还会相继复燃——但这并不意味着我对她们每个人的嫉妒都是空穴来风，连揣测出来的事实依据都没有，也并不意味着我不该说“她们每个人”，而该说“她们俩”。我说揣测，是因为我既然无法占据所有必需的空间点和时间点，我又能从哪儿获得直觉的灵感，去把某些点和另一些点一一对应，突然发见阿尔贝蒂娜在某某时刻曾经跟莱娅，或者跟巴尔贝克的那些少女，或者跟她迎面相遇的那个蓬当夫人的女友，或者跟用胳膊肘捅她一下的戴网球帽的少女，或者跟凡特伊小姐，在一起呢？

“亲爱的阿尔贝蒂娜，您这么答应我真好。不过，至少开头的几年里，您在哪儿我就会避免去那儿。今年夏天您会不会去巴尔贝克？如果您去的话，我就安排一下不去那儿。”这会儿，虽然我仍然这么把谎话撑下去，颇有一条道走到黑的意味，但这与其说是为了吓唬阿尔贝蒂娜，还不如说是为了给自己找不痛快。这就好比一个人，起先只是出于某些微不足道的原因，想发点小脾气，不料嗓门一扯开，自己突然亢奋起来，变得肝火大旺，吊起肝火的并不是心理的那点怨气，而是愈演愈烈的发怒行为本身。于是，我就这样在忧伤的斜坡上愈滑愈快，滑向一个深不见底的绝望深渊；人的惰性往往如此，明明知道寒气逼人，却不去想法子驱寒，反而觉得打打颤多少会好受些。虽然后来事情如我所愿，我终于恢复了控制自己的能力，尽力止住了下滑的趋势，但阿尔贝蒂娜平日和我道晚安时的那个吻，今天所能帮我排遣的，将不仅是我回家见到阿尔贝蒂娜脸色冷淡时心生的忧伤，而且是我在想象（为的是装出离别已安排停当的样子）离别的仪式，甚至以后的情况时所感到的忧伤。最要紧的是，这声晚安，不能让她先开口来对我说，那样的话，我要改口劝她别接受分手的建议就难了。所以，我不停地提醒她，我们互道晚安的时刻早就过了，这样我就处在了主动的位置，可以再把这个时刻往后挪一点。我在向阿尔贝蒂娜提问的过程中，频频暗示夜已很深，我俩都累了。

“我不知道我会去哪儿，”她回答我的上一个问题，看上去忧心忡忡，“说不定会去都兰，去我姨妈家。”她这么随口一说，我听了心里发凉，就仿佛我和她当真就此诀别了。她环顾这间卧室，目光拂过钢琴和蓝色缎面的圈椅。“一想到明天，后天，永远永远，我都再也见不到这一切了，我真受不了。我可怜的卧室哟！我总觉得这是不可能的；我没法接受这样的想法。”

“您就得这么想，您在这儿不快乐。”

“没有啊，我们没有不快乐，但从现在起，我不快乐了。”

“不是这样，我向您保证，这是为您好。”

“是为您吧！”

我的目光凝定在半空中，仿佛内心非常犹豫，正在奋力驱散刚冒出来的一个想法。过了一会儿，我突然说道：“请听我说，阿尔贝蒂娜，您刚才说您在这儿很快乐，离开这儿您会不快乐。”

“就是。”

“我的脑子让您给搅乱了；您是不是愿意我们再试试，延长几个星期再说？谁说得准呢？一个星期又一个星期，说不定我们可以走得很远呢，您知道，有些暂时的东西最终是会永远持续下去的。”

“噢！您真是太好了！”

“不过这样一来，这几个钟头我俩疯疯癫癫的，不成了瞎折腾吗，就好比本来准备好要出门旅行，忙了半天，结果哪儿也没去。我真是累垮了。”

我让她坐在我的膝盖上，取出她向往已久的贝戈特的手稿，在封面写上：“给我的小阿尔贝蒂娜，留作续约纪念。”

“现在，”我对她说，“去睡吧，去一觉睡到明天晚上吧，亲爱的，您一定累坏了。”

“还好啦，我挺高兴的。”

“您有点儿爱我吗？”

“比以前爱一百倍。”

虽然这场小小的闹剧没有被我弄到假戏真做的地步，但我倘若为此感到庆幸，那就错了。尽管我俩就不过说了几句要分手的话，势态已经够严重了。我们说这种话，原以为它们不仅是当不得真的（这是实情），而且是不妨随便说的。然而往往在我们并不知晓的情况下，它们已然是远处隐隐的雷声，已然是一场意想不到的暴风雨的先声。其实，我们当时所说的话，是跟我们的心意（那就是和我们心爱的人长相厮守）相反的，但也正是这种共同生活的不可能性，造成了我们日复一日的痛苦，尽管与分离的痛苦相比，我们宁愿承受这样的痛苦，但最后事情会不可避免地以我们的分离而告终。而通常，结局并不是突如其来的。最常见的情形是（读者下面会看到，我和阿尔贝蒂娜的情形不在此例）我们说了那些自以为并不当真的话，过不多久就着手摸索一种既是有意分手又不怎么痛苦的、暂时的相处模式。我们要求女方——为了让她以后更愿意和我们一起生活，也为了我们能暂时摆脱无尽的忧伤和疲惫——在没有我们的情形下，或者我们在没有她们的情形下，独自出游几天，以此作为长期共同生活以来，另一种没有她在一起的生活的开端。很快她就会重新回归我们的家。但这次分离，虽说短暂却是真正兑现了的，它既不是如我们所想的那样随意决定的，也不是如我们所想的那么唯一确定、别无选择的。同样的忧愁会重新回来，当初无法共同生活下去的境况，会越来越让人难以忍受，而分手却成了一件并不那么难以措手的事情；我们开始谈论它，随后以一种相当可爱的方式实施它。而这些都只是我们没有意识到的预兆。很快，在暂时的、含笑的分离过后，我们亲手酝酿却并不知晓的、永久的、残酷的分离，就要登场了。

“过五分钟去我卧室，让我看您一眼好吗，我的小乖乖。您会去的是吗，您真好。可我一会儿就要睡着了，我已经困得像个死人了。”我稍后走进她卧室时，看见她果然就像个死人。她刚躺下就睡着了；被单像裹尸布似的包住她的身子，精致的皱褶赋予它一种石雕的硬度。就像在某些中世纪艺术家表现最后审判的作品中那样，只有头露在坟墓外面，在睡梦中等待大天使吹响号角。她一下子被睡神袭倒时，头往后仰，头发蓬乱。望着这个微不足道的身躯躺在那儿，我心想，它到底算是哪路对数表[1]，居然能让跟它有关的一举一动，从轻触胳膊肘到拂动长裙，都引起我如此痛苦的焦虑？这些焦虑从它在空间和时间中所占据的每个点，一直延伸到无限，而且不时在我的记忆中被骤然激活；我知道，这些焦虑都是由她的情绪、意愿所引发的，要是换成另一个人，或者仍是她，但换成五年前或五年后，那就跟我没什么相干了。这是一个假象，但我没有勇气去探究其中的真相——除非我死去。就这样，我穿着从韦尔迪兰家回来以后，还没来得及脱下的毛皮大衣，凝视着这个变形的躯体——这个形体是有寓意的吧，寓意是什么呢？是我的死亡？还是我的爱情？不多一会儿，我听到她

---

1. 原文为table de logarithmes，作者也许是借用这个数学名词来表示有关的对应关系较为复杂。

发出了均匀的呼吸声。我坐到床沿上，接受这静修方式的镇静治疗。然后，我生怕吵醒她，轻手轻脚地离开了卧室。

当时夜已很深，所以一清早我就吩咐弗朗索瓦兹，要她经过阿尔贝蒂娜卧室跟前时，一定要放轻手脚。弗朗索瓦兹听我这么说，以为昨晚我和阿尔贝蒂娜是在她所谓的酒神节狂欢中度过的，于是语带讥讽地关照其他仆人“别吵醒公主”。有些事我一直在担心，其中之一就是怕弗朗索瓦兹有一天会克制不住，对阿尔贝蒂娜出言不逊，那样会使我和阿尔贝蒂娜的关系变得更复杂。弗朗索瓦兹已不是当年眼看着欧拉莉在我姑妈跟前得宠，心里虽然难受，但还能以大无畏的精神把妒意压下去的那个弗朗索瓦兹了。如今咱们这位老女仆的脸，被妒意折磨得变了样，仿佛整个儿麻痹了，有时我不禁会想，莫非她某次大发脾气后得过一次小中风，而我没注意到？我嘱咐大家保护阿尔贝蒂娜的睡眠，自己却难以入眠。我想弄明白，阿尔贝蒂娜真实的精神状态究竟是怎样的。是不是我演了那出蹩脚的闹剧，真的就躲过了一场真正的危机，也就是说，会不会她装出在家里感到很快乐的样子，脑子里却时时存着想要自由的念头呢？或者情况正好相反，我真的应该相信她说的话？两种假设，究竟哪一种是对的？以往我常常会（将来或许也经常会）找出生活中的一个片段，把它投射到历史的大背景上去，借此弄明白一个政治事件的来龙去脉；但今天早上我的做法正相反，我竭力想要弄明白头天晚上那一幕意义究竟有多大，硬是一个劲地把它等同于刚发生的一桩外交事件，甚至顾不得它们之间有着天壤之别。

我也许有权如此推理。因为很可能我演的那场戏，无形中受了德·夏尔吕先生的影响——我经常看见他耍这种把戏，这样的先例的影响，是不容小觑的；再则，这种把戏本身，难道不正是德意志种族爱用计谋、必要时还会表现出咄咄逼人的傲慢态度的富有挑战精神的民族性，在个人生活领域中的无意识反映吗？

各种各样不同的人，其中包括摩纳哥王子，都曾示意法国政府，如果它不跟德尔卡塞先生[1]决裂，气势汹汹的德国人就会悍然发动战争，这位外交部长被要求辞职。于是法国政府接受了这一假设，即我们倘若不作出让步，别人就会向我们宣战。但是另外一些人认为，那只不过是一种虚张声势，要是法国态度强硬的话，德国是不敢贸然动手的。当然我的情形不仅与此不同，而且几乎是刚好相反的——阿尔贝蒂娜从没威胁说要和我断交；但是，一系列事情给我留下的印象，使我脑子里形成一个概念，相信她是那么想来着，正如法国政府相信德国人是那么想来着。换一种情况，假如德国是向往和平的，那么，怂恿法国政府认定德国想要打仗，就是一种大可质疑、相当危险的举动。当然，倘若阿尔贝蒂娜之所以突然萌生独立的愿望，原因就在于她认为我不可能下决心和她分手，那么我的做法不妨说是聪明机灵的。但是，就凭她得知我去韦尔迪兰夫妇家时，那么怒冲冲大声嚷嚷的“我早就料到了”，还有那句揭了自己底的“凡特伊小姐一准也在那儿”，难道还不能相信她并没那么想，难道还非要从她身上窥视一种以满足癖习为归宿的隐秘生活吗？安德蕾向我透露，阿尔贝蒂娜和韦尔迪兰夫人见过面，似乎证实了这一点。而另一方面，当我试着要反驳自己的直觉时，我心想，说不定引发这种突如其来的独立的愿望（假定这种愿望确实存在的话），或者更确切地说，最终引发这种愿望的原因，正好是一种相反的想法，亦即认定我并不想娶她的想法（我暗示我们即将分开的时候，无意间把这一点给挑明了），无论如何，我早晚有一天是要和她分手的，我昨晚演的那场戏，只会使她更加相信事实就是这样，她可能在心里拿定了这么个主意：“如果事情是注定有一天要来的，那么迟来不如早来。”有句最荒唐的谚语说，

1．德尔卡塞（1852—1923）：1898年至1905年间任法国外交部长。第一次世界大战前法俄同盟、英法协约的主要缔结者。1905年6月因法德两国在摩洛哥问题上关系紧张，被迫辞职。

要想有和平，就得先备战；其实情况正相反，备战造成的结果，首先是敌对双方都以为对方想要让关系破裂，这个想法往往导致关系真的破裂，而一旦关系破裂，双方马上又都会有另一个想法，就是这一局面正中对方下怀。恫吓即便只是装装样子，一旦得逞也会变本加厉。虚张声势的分寸该如何拿捏，才能达到最佳效果，这一点颇难掌握；如果一方分寸太过，此前一直退让的对方就会转而进逼过来；这一方要是不知改变策略，思维有了定势，以为装出不惧怕关系破裂的样子才是避免破裂的最好办法（我昨晚对阿尔贝蒂娜就是这么做的），而且满脑子都是要让步毋宁死的傲气，坚持要把恫吓政策进行到底，那么结果双方就都给逼上了绝路，谁也没有退步的余地。虚张声势也可能和真实想法混在一起，交替出现，昨天还是儿戏，明天就变得实有其事了。最后，还可能出现这种情况，敌对双方的某一方，或者当真铁了心要开战（例如阿尔贝蒂娜拿定了主意，迟早要终结我们的这种生活），或者正相反，从来没有过开战的念头（我所有的想象，都是向壁虚构的）。

这就是那天早晨她还在睡觉时，盘旋于我脑际的各种不同的假设。不过，至于最后一种假设，我可以说，在此后的那段时间里，我之所以恫吓阿尔贝蒂娜说要离开她，完全是为了回应她那糟糕的自由观，这种自由观，她没有跟我明说过，但我觉得在她有些隐秘的不快中、有些话语中、有些动作中，都可以感觉到这种观念的存在，所有这一切，她不想对我作任何解释，但我明白，唯一可能的解释就是这种自由观。而且在很多情况下，我根本没有暗示我俩可能要分手，却照样看到她的这些表现，我心想，但愿这是由于她情绪不佳的缘故，过一天就会没事的。可是这种情绪有时会毫不留情地延续整整几个星期，其间阿尔贝蒂娜像是要挑起一个事端、引发一场冲突，仿佛她尽管被幽禁在我家，却知道在某个颇有些遥远的地区，有着她被褫夺的种种乐趣，而且只要这些乐趣还在，它们就始终会作用于她，这就好比气候的变化，即便这一变化远在巴利阿里群岛[1]发生，我们坐在家里的炉边，也能感受到它作用于我们的神经。

这天早上，就在阿尔贝蒂娜还在睡觉，我尝试去猜她脑子里藏着些什么想法的当口，我收到妈妈的一封来信，她对我的种种决定一无所知，为此深感忧虑，这种忧虑她是用塞维涅夫人的下面这段话来表达的："我相信他不会结婚；可是既然如此，为什么要去打扰这个他不会迎娶的姑娘的生活呢？为什么要有意去让她拒绝别的求婚者，对他们不屑一顾呢？对于一个他很容易避开的人，他为什么还要去搅乱她的心呢？"妈妈的这封信把我从半空中拉回到了地上。我问自己，我干吗要去探究一个神秘的心灵、解读一张脸，让自己感到生活在不敢深入下去的预感之中呢？我一直在东想西想，其实事情很简单。我是个优柔寡断的年轻人，面对的是一桩成与不成还有待时日来决定的婚事，对阿尔贝蒂娜来说，这毫无特别之处。这样一想，我浑身放松了下来，但为时很短暂。很快我又想："如果从社会的角度来考虑问题，确实可以把所有的事情都归结为社会新闻：从事情的外部观察，我大概也会这样看问题。但我知道，真实的——至少还算是真实的——东西，是我所想到的那些东西，是我从阿尔贝蒂娜眼睛里看到的东西，是那些让我备受折磨的惧怕，是我不停地向自己发问的那个关于阿尔贝蒂娜的问题。"未婚夫犹豫不决和婚姻破裂的故事，可以与此相对应，正如有识见的专栏作家写的一篇剧评可以让读者了解易卜生剧作的主题。但其中除了故事本身，还有别的东西在。如果我们学会细细观察所有优柔寡断的未婚夫和勉强凑合的婚姻，我们会知道这个别的东西确实是存在的，因为在日常的生活中，也许就有着隐秘的内容。如果那是其他人的生活，我有可能对此视而不见，但对阿尔贝蒂娜和我自己的生活，我不可能那样——我就生活在其中。

---

1. 位于地中海西部的群岛，属西班牙领地。

那个夜晚以后，阿尔贝蒂娜不再像从前那样对我说："我知道您信不过我，我要想法子消除您的疑心。"不过，这个念头她虽然不告诉我，却仍会在她的一举一动中流露出来。她从不单独待在一个房间里，好让我即使不相信她说的话，也能随时随地知道她在干什么，不仅如此，每逢她要打电话给安德蕾，或是打给车库、骑马场或别的什么地方，她就会说，独自一人待在电话边上，等话务局的小姐接通线路，实在太无聊，非要我陪着她不可，要是我不在，就拉上弗朗索瓦兹，看上去她是生怕我会想入非非，觉得这些电话里有名堂，以为她在暗中跟人约会。

唉！这一切都让我不放心。埃梅把埃丝特的照片给我寄来了，他告诉我，这不是她。这么说，还有别人？谁？我把照片寄还给布洛克。我想看的，是阿尔贝蒂娜给埃丝特的那张照片。她在照片上是怎么个样子？说不定是袒胸露臂的；谁知道她俩是不是一起照的相呢？但我不敢跟阿尔贝蒂娜说起这事，我怕那样会露馅，表明我没见过那张照片，对布洛克也不行，我不想让他觉着我对阿尔贝蒂娜很在意。

这种生活，凡是知道我老在猜疑、她像个奴隶的人，没有不认为对我、对阿尔贝蒂娜都很残酷的，弗朗索瓦兹却不然，她冷眼旁观，把它看作这个小妖精（照弗朗索瓦兹的说法是"江湖骗女"[1]——她妒羡的对象一般都是女的，所以不喜欢用阳性名词，而爱用阴性形式来称呼她们）靠惯用的伎俩弄到手的一种为人所不齿的寻欢作乐的生活。再有就是，弗朗索瓦兹跟我接触日久，学了一些新词，但用起来颇有些别出心裁，提到阿尔贝蒂娜，她就说从没见过一个人竟会如此背信负义[2]，想得出演这么一出戏（弗朗索瓦兹往往把一般当特殊，

---

1. 此处原文为charlatante，从词形上看，很像阳性名词charlatan（江湖骗子）的阴性形式，但实际上charlatan并没有阴性形式，也就是说charlatante是个有意杜撰的词——姑且译为"江湖骗女"。
2. 她想说的意思，显然是"背信弃义"。

把特殊当一般，对不同戏剧艺术样式间的区别，概念相当模糊，所以她说成了“演这么一出哑剧”）来打我秋风。弗朗索瓦兹对阿尔贝蒂娜和我之间的真实生活产生这样的误解，我或许也应该负一点责任，因为我平时跟她说起这事，总爱说些模棱两可的话，暗示我俩过得挺好，这样说，有时就为逗她玩儿，有时则是想让她觉着，我即便没有被爱得死去活来，至少还是很开心的。然而，我的嫉妒，我对阿尔贝蒂娜的监视，我一心只想能别让她知道的这些情况，她却一猜就猜到了，就像招魂术士蒙住双眼也能找到东西一样，她凭借的，一是对可能伤害我的东西的直觉，即便我说谎哄她，她照样不会迷失方向，照样会径直朝目标走去，二是对阿尔贝蒂娜的恨意，这种恨意驱使弗朗索瓦兹——她往往把这些对手想象成比实际上更开心、更不择手段的女戏子——去寻找，有什么东西能让她们倒霉，能让她们快快完蛋。

弗朗索瓦兹确实从来没跟阿尔贝蒂娜吵过架。我暗自在想，阿尔贝蒂娜感觉到了自己在受监视，会不会采取主动，把我只想吓吓她的分手变成现实呢——不断变化着的生活，是有可能让我们自以为说说而已的话成为现实的。每当我听见开门声，我总会浑身一颤，就像当年外婆弥留之际听见我的铃声时一样。我相信，阿尔贝蒂娜外出不会不跟我说一声的，但是我的潜意识在对我说，她就那么出去了，正如当时外婆已经没有知觉了，但她的潜意识还会随着门铃声而悸动。有一天早上，我甚至突然感到一阵不安，不仅以为她出门了，而且以为她就此出走了。我听到一下开门的声响，觉得声音来自她的卧室。我蹑手蹑脚走到她的卧室跟前，走进房间，停了下来。半明半暗的光线中，只见被单鼓起呈半圆形，想必是阿尔贝蒂娜蜷起身子，双脚和头冲着墙睡在里面。只有浓密的满头黑发露在外面，让我明白这的确是她：她没有开门，没有走动，我感觉到这个一动不动的半圆形是鲜活的，是整个一条生命，是我唯一珍视的东西；我感觉到它在那儿，在我的控制和占有之中。

但我了解弗朗索瓦兹含沙射影的本领，知道她有安排一场戏，把它弄得有声有色的能耐，所以我没法相信，她平日里会放过阿尔贝蒂娜，不想方设法让这姑娘明白自己在这家里地位有多卑微，会不去大肆渲染，把我这位女友的幽禁生活描绘得令她胆战心惊。我有一次发现弗朗索瓦兹戴着副大眼镜，在翻我的文件，把一张稿纸放回原处，这张纸上写着斯万如何离不开奥黛特的那段故事。莫非她不小心把这张纸带进阿尔贝蒂娜的卧室去过？不过在弗朗索瓦兹这些旁敲侧击（它们的基调是阴险的低声耳语）之上，仿佛激荡着韦尔迪兰夫妇恶意中伤的斥责声，更响亮，更清晰，也更坚决，起因则是阿尔贝蒂娜无意间让我——我则是有意地让她——疏远了小圈子，惹恼了他们。

至于我为阿尔贝蒂娜花的钱，那几乎不可能瞒过弗朗索瓦兹，我的每笔开销都躲不过她的眼睛。弗朗索瓦兹缺点不多，而这些缺点在她身上，恰恰发展成了货真价实的才干，往往只在这些缺点显露之际才派上用场。最主要的缺点，是对我如何花钱充满好奇，只要这钱不是花在她的身上。要是我有笔账得算，有笔小费得付，我再怎么躲着她也不顶事，她不是有个盆子要来放一下，就是有块餐巾要来取一下，反正总会有个什么事，非过来一下不可。尽管我不许她待着，怒气冲冲地让她快走，但这个视力已然不济，而且不怎么会算数的娘们，就喜欢偷眼看着，暗自计算我给了人家多少钱，对此兴味盎然，好比一个裁缝瞧见你就会本能地估算给你做套衣服得用多少衣料，甚至会情不自禁地伸手到你身上来比划，又好比一个画家，对色彩的效果始终那么敏感，那么上心。有时我怕她知道了，会去告诉阿尔贝蒂娜我在收买她的司机，于是先发制人，向她告罪说我给司机小费了："我想对这司机客气点，给了他十个法郎"，弗朗索瓦兹却根本不留情面，她用那半瞎的鹰眼瞥上一眼，就回答我："不对，先生您给了他四十三法郎小费。他对先生您说车钱是四十五法郎，您给他一百法郎，他只找您十二法郎。"我给了多少小费，自己还不清楚呢，她却有这工夫看得这么明白，算得这么清楚。

如果说阿尔贝蒂娜的目的就是还我一个清静，那么她的目的有一半达到了，因为我的理智已经告诉我，我以为阿尔贝蒂娜在背着我策划什么，是错怪了她，正如我认定她本性邪恶也许是冤枉了她。想来我在掂量理性给我提供的论据时，加入了希望它们确凿可信的意愿。但为了公正，也为了有一睹真相的机会（如果我们并不认为真相只能靠预感、靠心灵感应才能知晓）起见，我是否应当认为，如果说我的理智在寻求让我康复的途中，是听凭意愿所左右的，那么反过来，阿尔贝蒂娜的癖习也好，她要过另一种生活的想法，她打算离开我的计划也好（这些其实都是她的癖习的推论），凡是事关凡特伊小姐时，我的直觉由于巴不得我旧病复发，因而会被嫉妒心引入歧途呢？不过，阿尔贝蒂娜是费了心思，刻意让幽禁成了绝对的足不出户，这样一来，先是消除我内心的痛苦，然后就是渐渐消除我的猜疑，使我能在夜晚带给我不安之际，因有她在身旁而再度感到刚在一起时的安宁。她坐在我床边，和我说的不是某件衣服，就是某个物件，我平日里不停地给她买这些东西，想让她的生活更有温情些，想让她的这座监狱更漂亮些，有时候我真的很怕她会有德·拉罗什富科夫人一样的想法，有人问那位夫人，住在利昂库尔这么一座漂亮的宅子里是不是很开心，她回答说监狱是无所谓漂亮不漂亮的[1]。

因此，我之所以要向德·夏尔吕先生请教法国古董银餐具的事，就是因为我们有了个购置游艇的计划，这个计划在阿尔贝蒂娜看来是不可能实现的——我呢，每当我相信她品行端方，妒意减退，其他欲念趁势而上之时，我也觉得那是无法实现的，因为这些欲念虽说把嫉妒排除在外，但毕竟是要有钱才能满足得了的——尽管她不相信我们能拥有一艘游艇，但我们还是顺便征询了一下埃尔斯蒂尔的意见。而

1. 参见第175页注。

画家关于游艇装潢的口味之精细，之挑剔，真与女人关于服饰的口味有得一比。在他眼里，只有英国家具和有年头的银餐具才够档次。阿尔贝蒂娜起先只想到盥洗间和舱内的陈设。现在银餐具引起了她的兴趣，我们从巴尔贝克回来以后，她读了一些有关银餐具制作工艺以及昔日银器雕镂工匠专用钢印的书籍。可是，古老的银餐具先后经历过两次回炉熔铸的劫难，一次是在乌德勒支协议签订之际，当时国王带头交出成套银餐具，王宫贵胄纷纷效法，另一次是在1789年，所以，年代久远的银餐具如今已经非常罕见。而时下的银器工匠尽管也按照甘蓝桥[1]的图纸仿制各式银餐具，但在埃尔斯蒂尔看来，这些仿旧的新货根本不配放进一位趣味高雅的女士的房间——哪怕那只是一个漂浮在水面上的房间。我知道阿尔贝蒂娜读过描述罗基埃为巴里夫人制作的珍贵首饰的书籍[2]。倘若那些首饰中尚有几件存世的话，她一准眼红得要命，恨不得能亲眼瞧上一眼，我呢，恨不得能把它们都给她。她甚至玩起收藏来了，一些挺不错的藏品，被颇有情调地摆放在一个玻璃橱里，我看在眼里，心头又是感动，又是担心，因为，她爱上的这门工艺，实在是集耐性、灵巧、怀旧以及但求忘却的心境之大成的工艺，醉心于这门工艺的人，往往是俘虏。

说到服饰，凡是福迪尼制作的款式，这会儿都让她心醉神迷。福迪尼的这些长裙，我看见德·盖尔芒特夫人穿过一件，埃尔斯蒂尔曾对我们说起卡尔帕乔和提香时代的衣着如何华美，当时他声称，下一轮时尚将在那个时代的遗迹上再生，因为一切都会去而复返，正如圣马可教堂的拱门上的格言所示，也正如代表着死亡和复活的圣鸟，从拜占庭廊柱顶饰的大理石和碧玉水盂中饮水时作出的预言所示。刚见有人穿上这种长裙，阿尔贝蒂娜就想起了埃尔斯蒂尔的话，她也要穿

1. 指1749年至1789年间开在巴黎甘蓝桥对面的银饰作坊。
2. 罗基埃是路易十五的宫廷首饰匠。巴里伯爵夫人则是路易十五的情妇。

这样的长裙，我们得去挑一条。然而这种长裙，虽说未必像真正的古代服饰那样，套在今日女性身上多少有点戏装的味道，还是当作一件收藏品保存为好（我也另外给阿尔贝蒂娜买过一些类似的服饰），但是它们绝不像仿制的假货那样索然无味。它们很像塞尔、巴克斯特和伯努瓦[1]所绘制的舞台布景，当时在俄罗斯芭蕾舞剧中，这些布景凭借它们充满不同时期的时代精神，而又富有创作个性的艺术内涵，把艺术史上最令人心仪的那些时期的风貌，展现在了观众眼前；福迪尼的长裙亦然如此，它们古风犹存，却又标新立异，犹如一台布景（引人浮想的效能，甚至比布景有过之无不及，因为布景毕竟还要靠想象，它们却是活生生地就在眼前），让人仿佛看见一座充斥着东方情调的威尼斯城，那儿的妇女身穿的长裙，比圣马可教堂圣龛中的圣物更容易引发联想，使人想到阳光下集聚的彩色头帕，细碎、神秘的互补色绚丽夺目。一切都随着时代而消逝，但一切又都在重生，它们在壮丽的景观和熙攘的人群中，在总督夫人古意盎然的服饰的一个又一个细节上复苏、重生。

有过一两次，我很想去听听德·盖尔芒特夫人关于这个问题的意见。但是公爵夫人不喜欢看上去像戏装的服饰。她自己，穿黑丝绒长裙配钻石是最美的。对于福迪尼那类的长裙，她的意见未必对我有用。再说我也有些犹豫，怕这么去问她，会让她觉得我只有在用得到她的时候才会去看她，因为在这以前的很长一段时间，她每星期都请我去参加聚会，我一次也没去。这样盛情邀请我的，并不只是她一个人。当然，她和好多别的夫人，都一直对我优渥有加。不过，我的深居简出肯定使她们对我倍加优渥。看来，社交生活无非是爱情生活黯淡的映像，你要想让别人来争着要你，最好的办法就是别去搭理人家。一个男人寻思自己有哪些长处可以自诩，为的是取悦一个女人；

1. 这三个画家，都是俄罗斯芭蕾舞剧布景设计师中的佼佼者。

他不停地更换装束，格外地注意仪表，可是那个女人根本不屑一顾，而一旦他欺骗了她，那么不管他在她面前是多么不修边幅，多么不会取悦于人，他却会被她深深眷顾。同样，倘若有位男士抱怨说自己在社交场上不怎么受欢迎，那我不会劝他多多涉足社交场，不会劝他把马车换得更华丽些，我会劝他别接受任何邀请，闭门蜗居在自己的房间里，别让任何人进去，这样人家就会在他门口排起队来。或者，我也可能什么都不对他说。因为，这种取得社交场上成功的方法，类似于让自己被人爱的方法，也就是说，如果一个人不是有意采用这个方法，而是，比如说，他待在卧室里不出门是因为他病得很重，或者他自己这么认为，或者他有个情妇关在里面，而他把她看得比社交界（或者说比所有这些情况）更重要，而对社交界来说，这正是人家（他们并不知道您屋里有个情妇，而仅仅是由于您不接受他们的邀请）把您看得比那些自己送上门去的人都更重要，觉得您不可或缺的一个原因。

“说起卧室，我想到得赶快给您去定制一条福迪尼的睡裙。”我对阿尔贝蒂娜说。当然，她早就想要这样一条睡裙，她会跟我花上很多时间去挑选款式，她会不仅在衣柜里，而且在想象中为它预留好位置，对这样一条睡裙，她会久久地欣赏每一个细节，跟一个裙子多得穿不了、不想再多看它们一眼的富婆有所不同的是，这样一条睡裙在阿尔贝蒂娜眼里自有其特殊的意义。但尽管她微笑着向我致谢说，“您真好”，我却注意到她神色疲惫，甚至有些忧郁。

有几次，她定制的裙子还没完工，我就给她先借几件，有时甚至就拿些衣料来披在她身上试试样子，她在我的房间里踱步，雍容华贵堪比总督夫人和时装模特。不过，我看见这些裙子就想起威尼斯，蜗居巴黎变得更难以让我忍受。当然，阿尔贝蒂娜比我更像囚犯。有件事很奇怪，变换着人生境况的命运之神，竟然能穿过牢房的墙壁，让她来个脱胎换骨，将巴尔贝克的那个少女，变成一个驯顺的、令人生厌的女囚。是的，牢房的墙壁阻挡不了这种穿透力；甚至，这种穿透力说不定就来自这墙壁。她已经不再是当初的阿尔贝蒂娜，因为，她不再像在巴尔贝克那样，动不动就骑上自行车逃之夭夭，到那些小片的海滩上去和女友们一起过夜，这种小海滩为数众多，要想找到她们谈何容易，何况她还对我说了谎，让我更难找到她的去处；因为，她一直被关在我家里，听话而孤独，跟巴尔贝克的那个少女已经判若两人，当时即便我能找到她，在海滩上的这个难以捉摸的、谨慎而狡猾的少女身上，也仿佛延伸出去好些被她巧妙隐瞒着的约会，我为此感到痛苦，却又因此而爱她；她对其他人的冷淡以及答话的枯涩，都让人从中感觉到她昨晚已赴的约会和明天将赴的约会，对我来说那都意味着轻蔑和欺骗。因为，海风不再鼓起她的衣裙，因为，这是最要紧的，我折断了她的翅膀，她不再是一位胜利女神，而只是一个我想要摆脱的惹人嫌的奴隶。

于是，为了转换一下思绪，我没有和阿尔贝蒂娜玩纸牌或下跳棋，而是请她给我弹点曲子。我仍躺在床上，她走到卧室那头钢琴跟前坐下，钢琴就放在书橱的撑架中间。她选了几个片段，或是没弹给我听过的，或是虽然弹过，但也就弹了一两次，因为，她对我开始有所了解，知道我最感兴趣的，正是我还不熟悉的东西，我希望在一遍遍聆听以后，随着不断丰富的感受如亮光一般透入心田（遗憾的是，它们不是跟我的智力相悖，就是让这智力觉得很陌生），我能把零零碎碎、断断续续的乐段联结在一起，让起先几乎隐没在轻雾中的建筑完整地显现出来。她知道，而且我相信她能理解，这种在最初几次聆听时为一团尚未成形的星云塑型的工作，给我带来了精神上极大的愉悦。阿尔贝蒂娜弹奏时，那头浓云也似的黑发，我只见到一个心形的鸡冠状发式贴在一侧耳朵上，有些像委拉斯开兹画中公主的发髻。这位音乐天使的身量，由我脑海中有关她的各个不同的记忆点与我身上那些不同的记忆单元（从视觉器官直到内心的感觉单元）之间的多重连接路径所构成，这种三维的形象能帮助我进入她内心最隐秘的深处，同样，她演奏的音乐也有一种由各个乐句或明或暗的可见度生成的体量（明暗的程度，取决于透入的亮光的多少，取决于那座起先几乎隐没在雾中的建筑，已经有多少轮廓线被联结在一起）。阿尔贝蒂娜知道我喜欢她为我提供还很模糊、很晦涩的东西，让我可以给这些星云塑型。她猜想，听她弹奏三四遍以后，我的智力已经够得到乐曲的每个部分，从而按相同的距离来放置它们，我已经无须再为它们多费劲，而只要把它们展开、固定在一个统一的背景上就可以了。但她不急于换一首曲子，虽然她也许并不明白我脑子里是怎样活动的，但她知道，我的智力在消除一部作品迷雾的工作中，一般总会同时进行某种有益的思考，作为完成这一乏味的任务的补偿。所以在阿尔贝蒂娜说“把这卷乐谱交给弗朗索瓦兹，让她给我们换一卷”之时，对我而言这往往意味着世界上少了一首乐曲，却多了一份人生真谛。

我心里非常明白，嫉恨凡特伊小姐和她的女友是很没有道理的，阿尔贝蒂娜根本没想要跟她们见面，我俩一起制定的度假计划，都因她的坚持而没把贡布雷列为目的地（它离蒙舒凡实在太近了），所以我请阿尔贝蒂娜给我弹奏，而且听着心中并无芥蒂的曲子，经常是凡特伊写的曲子。只有一次，凡特伊的乐曲成了我心生嫉恨的一个间接原因。事情是这样的，阿尔贝蒂娜知道我在韦尔迪兰夫人府上听莫雷尔演奏过这首曲子，有天晚上她和我说起莫雷尔，让我觉着她非常想去听他演奏，而且跟他认识一下。而就在两天以前，我刚从德·夏尔吕先生那儿得知，他无意间截获了莱娅写给莫雷尔的一封信[1]。“下流的妞儿”、“放荡的美人儿”等称呼，在我脑海中回响，令我毛骨悚然。正因为凡特伊的乐曲如此这般地和莱娅——而不是凡特伊小姐

1. 本卷前面提到过，夏尔吕有一次无意间看到莱娅写给莫雷尔的一封“字里行间充满情欲”的信，她在信中用阴性称呼莫雷尔，叫他“我的美人儿”、“下流的妞儿”等等。

和她的女友——联系在一起，所以每当莱娅引起的痛苦缓解之时，我聆听这首乐曲心头就会感到痛苦；一处的疼痛，让我避免了别处可能发生的疼痛。在韦尔迪兰夫人府上听到的音乐，其中没有被我注意到的、当时还如看不分明的蛹那般待在暗处的乐句，后来成了气势恢宏的大厦；有些起先我几乎没去理会，至多只是觉着它们难听的乐句，后来成了我的朋友，我从没想到一旦熟悉以后，我居然会发现它们（就像那些起初让你讨厌的人一样）那么可爱。在这两种状态之间，有一个实质性的嬗变。换一个角度看，有些第一遍听就很清晰的乐句，其实我当时并没真的认出它们，现在，我认出了它们就是别的作品中的某些乐句，正如我在韦尔迪兰夫人府上听七重奏时，没有认出宗教题材管风琴变奏中的那个乐句，而它却有如圣女那般步下神殿，与作曲家笔下已为我们所熟悉的仙女们融为一体了。再比如说，表现中午排钟齐鸣欢腾景象的那个乐句，我当时觉得旋律不美，节奏也呆板，现在它却是我最钟爱的乐句——其中的原因，我想，不是我习惯了这种丑，就是我发现了它的美。杰作一开始引起的失望情绪，之所以会发生转变，究其原因，无非是或者最初的印象渐渐淡忘了，或者我们为探索人生真谛付出了努力。这两种假设，适用于一切重要的问题，诸如有关艺术的真实、真实性本身以及灵魂的永恒性的问题：在这两种假设中作选择，始终是必需的；就凡特伊的音乐而言，我每时每刻都面临以不同形式出现的这一选择。举例来说，他的音乐让我感到比所有我所熟悉的书籍都更为真实。有时我想，原因就在于我们平时在生活中感觉到的东西，并不是以观念的形态呈现的，它们要通过文学意义上，或者说智力意义上的转译，才能被意识到，才能被解释，被分析，而这种转译并不能像音乐那样将这些感受重组——在音乐中，乐音仿佛体现了这些感受的变化，再现了内心那种最强烈的感觉，使我们不时处于一种特定的陶醉的状态，当我们说“天气多好啊！阳光多明媚啊！”的时候，别人是无法和我们分享这种陶醉的快感的，同样的阳光，同样的天气，在他们身上唤起的，是全然不同的感受。在凡特伊的音乐中，就有这样一些意象，它们是你无法言传，甚至不容你凝视的，我们入睡之际，它们会以这种非现实的魅力安抚我们，此时，理性已然遁去，眼睛已然闭上，我们还来不及认识这不可言喻，甚至无法看见的东西，就睡着了。我觉得，当我毅然决然地选择艺术是真实的这一假设时，音乐能为我提供的，并非好天气或鸦片之夜所唤起的、相当简单的精神愉悦，而是一种更真实、更充沛的陶醉——至少我有这样的预感。一尊雕塑，一首乐曲，凡是能激发起一种更崇高、更纯粹、更真实的感情的，不可能没有某种精神上的现实性与之相应，否则生活就没有什么意义了。我在生活中一度感受过的某种特定的愉悦情绪，凡特伊的一个优美乐句，就能让它惟妙惟肖地重现出来，例如当我看到马丁镇的钟楼、巴尔贝克一条小路旁的几棵树，或者就只是像本书开头那样喝一杯茶的时候，我都有过那种体验。就拿那杯茶来说吧，凡特伊给我带来了充满阳光的感觉，明亮的市声，喧腾的色彩，都来自他作曲的世界，凡特伊把它们展现在我的想象中，执著而又迅捷得让我无法抓住这有如隐隐散发着天竺葵香气的丝绸一般的东西。虽然记忆中的这种含糊不清的东西，可以凭借测定环境（某种气味之所以会唤起我们充满阳光的感觉，就是因为有这样的环境的缘故）——不说是深化吧，至少是使之精确，但是凡特伊带给我的朦胧的感觉，并非来自回忆，而是来自一种印象（比如对马丁镇钟楼的印象），从他的音乐所散发的天竺葵芳香中，我们应该寻找的不是物质上的解释，而是更深层次的对等物——那是一个未知的、欢闹的庆典（他的作品，都仿佛是这个庆典的不连贯的片段，是一些裂口呈猩红色的碎片），是他*聆听天地万物*并将它们投射到自身之外去的方式。别的音乐家都不曾向我们展示过这个独特的世界，它的特性让我们感到很陌生，而这种特性，我对阿尔贝蒂娜说，也许比作品本身更有说服力，证明了天才之所以为天才。“文学也是这样吗？”阿尔贝蒂娜问我。“文学也是这样。”我想起凡特伊作品中同一乐思反复出现的特点，对阿尔贝蒂娜解释说，伟大的文学作品其实写的都是同一部作品，或者更确切地说，都是把他们带给这个世界的同一种美，通过各种不同的介质折射出去。“时间太晚了，小乖乖，”我对她说，“下回我来给您讲讲您趁我睡觉的工夫读过的那些作家吧，我会让您看到他们身上都跟凡特伊有相同之处。现在您也像我一样，开始注意那些重复句型了，亲爱的阿尔贝蒂娜，他的奏鸣曲也好，七重奏也好，别的作品也好，都出现过同样的句型，而文学作品，比如说巴尔贝·德·奥韦伊[1]吧，他的作品中那种隐藏在深处的现实性，从种种具体的细节中透露出来，着魔的女人、埃梅·德·斯邦和克洛特的脸红，《深红的窗帘》中的那只手，那些古老的传统、习俗，那些古朴的词语，那些作为过去的象征的古老而奇特的职业，拿着魔镜的牧人讲述的传说，那些散发着英格兰的芳香、美如苏格兰乡村的高贵的诺曼底城镇，韦利尼、牧羊人和人力无法挽回的魔咒，还有那种仿佛弥漫在一幅风景画中的不安情绪——无论是《老情妇》中寻找丈夫的女人，还是《着魔的女人》中在荒原奔跑的丈夫，或是做完弥撒走出教堂的着魔的女人，都让人感受到同样的不安情绪，这些细节无一不在透露这种隐藏的现实性。托马斯·哈代[2]小说中那个石匠凿出的石块的几何形状，不也就是凡特伊的重复句型吗？”

凡特伊的乐句，使我想起了那个小乐句，我对阿尔贝蒂娜说，那

---

1. 巴尔贝·德·奥韦伊（1808—1889）：法国作家（本书第二卷中提到过他）。《着魔的女人》（1854）、《深红的窗帘》（1874）、《老情妇》（1851）等小说都是他的代表作品。小说多以作者的故乡瓦罗涅为背景，而且作者常以英国的城镇与之作比较，“散发着英格兰的芳香”云云，当与此有关。《深红的窗帘》中，有一个情节是女主人公阿尔伯特小姐在餐桌上偷偷抓住邻座年轻军官的手。《着魔的女人》中的牧羊人则是个巫师，手持魔镜作预言。

2. 托马斯·哈代（1840—1928）：英国作家。下文提到的《无名的裘德》、《一双湛蓝的眼睛》和《心爱的人儿》，都是他的重要作品。

曾经是斯万和奥黛特爱情的国歌，“他们是吉尔贝特的父母，吉尔贝特我想您是认识的。您对我说过她没有品位。她没跟您套过近乎吗？她可是对我说起过您的。”

她顿了顿，回答说：“是啊，碰到天气很坏，她父母会派车来学校接她，我想她有一回捎过我，还吻了我。”她边说边笑，仿佛这是个挺有趣的秘密似的。“她冷不丁地问我是不是喜欢女人。”（既然她好像只记得吉尔贝特顺路捎她回家，那她又怎么能如此确切地说吉尔贝特问过她这么一个奇怪的问题呢？）“当时我也不知为什么，突然起了个怪念头想要骗骗她，就回答她说是的。”（看来阿尔贝蒂娜生怕吉尔贝特告诉过我这事，不想让我发现她在撒谎。）“不过我们什么也没干。”（这就奇怪了，她们明明连这样的体己话都说了，而且照阿尔贝蒂娜的说法，在这以前，她俩已经在车上拥吻过了，怎么还叫什么也没干呢。）“她就这么顺路捎过我四五次，说不定还多些，没有别的了。”

我好不容易才克制住自己，不再向她提问，装出对这些事情都很无所谓的样子。我重新拾起托马斯·哈代小说中的石匠的话题。“您当然还记得《无名的裘德》，您有没有注意到，在《心爱的人儿》中，父亲从岛上采下的石头，先运到儿子的工作室堆放起来，后来也成了雕像；在《一双湛蓝的眼睛》中，墓和船的写法都是相似的，两个年轻人和他们所爱的姑娘的尸体，位于相邻的车厢里，[1]《心爱的人儿》中一个男人爱上三个女人，这跟《一双湛蓝的眼睛》中一个女人爱上三个男人也很相似，等等等等，总之，您注意到了吗，所有这些小说是可以相互叠合的，就像在小岛采石场上竖直堆叠的石屋。我现在不可能跟您详细评说那些最伟大的作家，但您在斯当达尔的作品中

1．《一双湛蓝的眼睛》中，史密斯和奈特都爱着有一双湛蓝眼睛的少女爱尔弗莱德，有一次两人在火车上相遇，并意外地发现，爱尔弗莱德死了，而且尸体就在隔壁的车厢里。

可以看到，有一种高度感是和精神生活联系在一起的，于连·索雷尔被关在高处，法布里斯被囚禁在塔楼顶上，布拉内斯神甫在钟楼上研究星相，而法布里斯从那上面眺望美丽的景色[1]。您说您看过弗美尔的一些画，那您一定会注意到，它们都是同一个世界的一些碎片，无论那是凭着何等的天才画出来的，那总是同一张桌子，同一块挂毯，同一个女人，同样全新的、独特的美，如果人们不从题材上去寻找相似性，单单着眼于色彩所产生的印象，那么，由于在当时既没有跟这种全新的美相像的东西，也没有可以用来解释这种美的东西，这种美就只能是个谜。嗳，这种全新的美，在陀思妥耶夫斯基的作品中具有同一的特征：陀思妥耶夫斯基笔下的女性（如同伦勃朗画中的女性一样独特），神秘的脸上令人愉悦的美，转瞬间会——仿佛那种美她是装出来似的——变成一种令人惊骇的傲慢无礼（尽管她骨子里还是个善良的人），无论是纳斯塔西娅·菲利波芙娜给阿格拉娅写表达爱意的信、向她承认自己恨她，还是在一次与此极为相似的造访的场景——跟纳斯塔西娅·菲利波芙娜辱骂加尼亚父母的场景也很相似——中格鲁申卡（卡特琳娜·伊瓦诺夫娜原以为她性情乖戾，结果却发现她来造访时非常客气）突然露出凶狠的模样，对卡特琳娜·伊瓦诺夫娜横加辱骂（尽管格鲁申卡骨子里还是善良的），不都是这样的吗？格鲁申卡，纳斯塔西娅，她们的形象不仅有如卡尔帕乔笔下的交际花，而且有如伦勃朗笔下的拔示巴[2]一样独特，一样神秘。请注意，陀思妥耶夫斯基并没有明确地意识到，这样一张光彩照人却又说变就变的脸，这样一种刹那间让她们变得叫人认不出的傲慢无礼（“您不是这

---

1. 法布里斯和布拉内斯，都是《巴马修道院》中的人物。于连·索雷尔是《红与黑》的主人公，他枪击德·雷纳尔夫人后，被关进监狱。书中这么写道：“早上他到了贝藏松的监狱，受到客气的对待，被安置在一座哥特式主塔楼的楼上。他判断这是十四世纪初期的建筑；他非常欣赏它的优美和令人心醉的轻盈。在很深的院子的那一边，从两堵墙之间的狭窄的间隙望出去，他可以看到一片美丽无比的景致。”（按郝运译本）
2. 圣经人物，美艳的以色列女子。见圣经《旧约·撒母耳记（下）》第十一章。

样的”，梅什金在加尼亚父母家对纳斯塔西娅这么说，而在卡特琳娜·伊瓦诺夫娜家，阿廖沙也可以对格鲁申卡这么说）意味着什么。与之相反的是，当他追求“画面感”的时候，那些场景往往是愚蠢的，至多就是蒙卡奇[1]想要表现某时某刻的一个死囚，或者某时某刻的圣母的那样一种场景。陀思妥耶夫斯基带给这个世界的是一种新颖的美，正如弗美尔在他的画中创造了犹如我们心灵一般的东西，让我们看到了衣料和场所的某种色彩，陀思妥耶夫斯基的作品中，不仅出现了前所未有的人物，而且出现了前人不曾这样写过的住宅，《罪与罚》中的凶屋和它的看门人，难道不是写得跟罗果静杀死纳斯塔西娅·菲利波芙娜时的那座又长又高又空旷的阴暗的老宅，那座陀思妥耶夫斯基笔下经典的凶屋，同样的精彩吗？一座住宅的这种令人心悸的新颖的美，这种跟女性脸庞混合在一起的新颖的美，正是陀思妥耶夫斯基带给这个世界的独一无二的东西，文学评论家倘若把它跟果戈理，跟保尔·德·科克[2]相提并论，那是毫无意义的，只能说明他们还没有领略这种神秘的美的堂奥。而且，虽然我对你[3]说的是同一个作家在不同的小说中，写的往往是同样的场景，其实，当一部小说篇幅很长时，在同一部小说中也会反复出现同样的场景、同样的人物。我可以很容易地在《战争与和平》里找一些例子，给你说明这一点，马车上的某个场景……”

“我并不是想打断您，不过我看您这就不往下说陀思妥耶夫斯基了，生怕自己会忘记。亲爱的，有一天您对我说‘这是塞维涅夫人的陀思妥耶夫斯基意趣’，您究竟是想说什么意思呢？我承认我没听懂。我觉得他们两个是完全不同的作家。”

---

1. 蒙卡奇（1844—1900）：匈牙利画家。1872至1896年间都在巴黎生活。
2. 科克（1793—1871）：法国一个并不怎么重要的作家。
3. 在这一句和下一句中，叙述者“我”破例用昵称“你”称呼阿尔贝蒂娜。而阿尔贝蒂娜仍用“您”称呼他。

"过来，宝贝，让我亲亲您，您把我说过的话记得这么牢，真该好好谢谢您，您先过来，待会儿再去弹琴吧。我承认，我那么说有点傻。不过，我那么说也有两个原因。第一个原因很特别。塞维涅夫人有时会像埃尔斯蒂尔，或者像陀思妥耶夫斯基一样，不是按照逻辑顺序进行陈述，也就是说不是先说原因，而是一上来就先交待结果，而那结果往往又是一种让我们感到震撼的错觉。陀思妥耶夫斯基正是这样表现人物的。这些人物的行为，给我们一种很假的感觉，跟埃尔斯蒂尔绘画的效果很相像，在他的画里，大海仿佛悬挂在了天空上。当我们得知一个阴险的家伙原来是个非常好的男人，或者一个好人其实很坏的时候，我们会非常惊讶。"

"对啊，可是塞维涅夫人有这样的例子吗？"

"我承认，"我笑着回答她说，"要从她那儿举例，有些牵强附会，不过例子还是有的。请看这段描写。"[1]

"可是陀思妥耶夫斯基，他有没有杀过人呀？我读过的他那些小说，都可以叫凶杀故事。凶杀这个念头始终萦绕在他脑子里，他老是提到它，这不正常。"

"我不这么认为，我的小阿尔贝蒂娜，我不大了解他的生平，但他肯定像所有的人一样，也有过这样或那样的罪孽，有的可能还是法律所不容的罪孽。从这个意义上说，他和小说中的人物一样，多多少少是个罪人，然而他又不完全是罪人，原因是有可以减轻罪责的案情。甚至也许不必判他有罪。我不是小说家，可能小说的作者在创作中会受到某些生活方式的诱惑，想要表现它们，但自己未必去

---

1. 普鲁斯特的手稿中此处留有空白，准备举例之用。但这个例子后来没有用在这里，而是用在第二卷里了。第二卷《在少女花影下》第二部开头，"我"在塞维涅夫人的书信集中看到下面这段文字，惊喜地发现其中有一种"陀思妥耶夫斯基意趣"："我无法抵御月光的诱惑，穿戴整齐，出门来到屋外的林荫道。其实我没必要穿那么多，街上气温宜人，一如卧室里那么舒适。但眼前却是一派光怪陆离的景象，修道士们身穿白袍黑衫，几个修女或灰或白，东一件西一件短衫，还有那些直挺挺的隐没在树木间的身影，等等等等。"

身体力行。要是我们能按计划去凡尔赛的话，我可以让您看看肖代洛·德·拉克洛的肖像，这位典型的正人君子、模范丈夫，却是那本伤风败俗的小说的作者，而这幅肖像对面，就是德·让莉丝夫人的肖像，她写了好些道德故事，但不仅欺骗了奥尔良公爵夫人，还让她的孩子离开她，使她备受折磨。[1]不过我也注意到，陀思妥耶夫斯基对凶杀的专注包含着一种很不寻常的意味，我因此感到和他之间有一种隔膜。波德莱尔的下面这些诗句，已经把我惊呆了：

> 如果说奸淫、毒药、匕首和火焰……
> 唉！那是我们的灵魂不够大胆。[2]

不过我至少还可以相信，波德莱尔不是真心这么想的。而陀思妥耶夫斯基……所有那一切，都让我觉得离我遥远极了——除非我身上有些东西现在自己还不知道（我们的自我认识都是逐渐完成的）。在陀思妥耶夫斯基的作品中，我发现有些深不可测的井，而那些井都打在人类灵魂的几个孤立的点上。但他是位伟大的创造者。首先，他所描绘的世界确实就像为他而创造的。所有那些小丑般的人物，他们不断地出现在小说中，列别杰夫，卡拉马佐夫，伊沃尔金，谢格列夫，这一系列令人难以置信的人物，比伦勃朗《夜巡》中的那群人更怪异。而他们的怪异，也许是用同一种方式，也就是通过光线和服装表现出来的，其实他们原本只是很普通的人。这些人物形象真实、饱满，同时

---

1. 拉克洛（1741—1803）：法国作家，代表作书信体小说《危险的关系》（1782）一度被视为伤风败俗之作。从他的书信可以看出，他在生活中是一个好丈夫。德·让莉丝夫人（1746—1830）：《道德故事》（1802）作者。她是幼年路易-菲利普的家庭教师，同时也是其父奥尔良公爵的情妇。
2. 引自波德莱尔《恶之花》“致读者”。整个小节为：“如果说奸淫、毒药、匕首和火焰/尚未把它们可笑滑稽的图样/绣在我们的可悲的命运之上，/唉！那是我们的灵魂不够大胆。”（按郭宏安译本）

又深刻、独特，他们是陀思妥耶夫斯基独创的。这些丑角般的人物，几乎就像古代戏剧中某些类型的角色（今天的舞台上已经没有这些类型的角色了），他们把人类灵魂的某些侧面表现得多么淋漓尽致啊！有些人说起陀思妥耶夫斯基，或者评论他的作品时，那种一本正经的样子，真让我受不了。您有没有注意到自尊和骄傲在这些人物身上所起的作用？您不觉得吗，对他来说，爱与狂乱的恨，善良与背叛，羞怯腼腆与傲慢无礼，无非是同一个性格的两种状态而已，阿格拉娅，纳斯塔西娅，被米佳揪住胡子的中校，跟阿廖沙亦敌亦友的克拉索特金，他们本性中的那个“自我”都被自尊和骄傲所遮蔽了。可是毕竟还有许多闪光的地方。我对他的作品了解很少。但老卡拉马佐夫把可怜的疯女人搞大肚子，而做母亲的在自己并不知晓的情况下当了命运之神的工具，令人难以理解地听从母亲的本能，怀着对施暴者的心理怨恨和肉体承认这双重情感，到老卡拉马佐夫家去分娩，老卡拉马佐夫的暴行和疯女人这种神秘的、属于动物本能的、无法解释清楚的举动，难道不是一个堪与古代艺术媲美的质朴的雕塑题材，不是一种中断后重加修饰、展现复仇与赎罪主题的檐壁雕塑吗？这是第一个片段，神秘，崇高，令人敬畏，犹如奥尔维耶托[1]大教堂雕塑群像中新添的一组女人雕像。与之呼应的是第二个片段，那是二十多年以后，老卡拉马佐夫被疯女人的儿子斯麦尔佳科夫杀死，卡拉马佐夫家族名誉扫地，接下来马上又是一个同样无法解释清楚而又堪作雕塑题材的场景，在斯麦尔佳科夫自缢身亡、了结复仇的举动中，有一种如同疯女人在老卡拉马佐夫的花园里分娩一样令人费解却又极为自然的美。我刚才说到托尔斯泰，并没如您所想的那样撇开陀思妥耶夫斯基，托尔斯泰在很多地方是模仿陀思妥耶夫斯基的。陀思妥耶夫斯基作品中那些压抑的、带有紧张感的描写，有许多到了托尔斯泰笔下都舒展了开

1. 奥尔维耶托是意大利的一个以教堂、宫殿雕塑精美著称的城镇。

来。陀思妥耶夫斯基身上那种文艺复兴前的艺术家的阴郁气质，在他的追随者身上消散了。”

“亲爱的，您真不该这么懒啦。瞧您谈文学谈得多有趣，学校老师哪有您说得这么好啊；您还记得吧，布置给我们的那篇写《以斯帖》的作业：‘先生’——[1]，”说到这儿她笑了起来，那不全是嘲笑老师和她自己，更多的是为在回忆中找到的欢乐而笑，那是我俩共同的回忆，是一段已有些遥远的记忆。

就在她跟我说话的当口，我想起了凡特伊，于是另一种假设，即有关虚无的唯物论假设，出现在我脑际。我重又开始怀疑，心想说到底，还是有这样的可能，虽然凡特伊的乐句看似心灵某些状态——类似于我品尝在茶杯里蘸过的玛德莱娜蛋糕时体验到的心灵状态——的表述，但毕竟没有任何东西可以让我确信，这种朦胧的状态已经带有它们的深刻性的印记，只是我们还不知道怎样分析这些深刻的内容而已，所以它们跟别的东西相比，并没有任何更真实的地方。我喝茶时，在香榭丽舍公园闻到木头清凉的霉味时[2]感受到的那种愉悦感，那种实实在在的幸福感，并不是幻觉呀。但怀疑精神提醒我，即使这些状态在生活中确实比别的东西内容更深刻，而且由于这个缘故，让人无从进行分析（因为它们牵涉到我们还不曾意识到的许许多多能力），而凡特伊的某些乐句也因其魅力无从分析，而使我们联想起这些状态，那也并不能证明这种魅力有同样的深刻性。一个乐句的美，很容易表现为形象，或至少表现为一种类似于我们曾有过的非智力印象的东西，但这仅仅是因为这种美本身就是非智力的。既然这样，我

---

1. 参见第二卷《在少女花影下》第二部。阿尔贝蒂娜的女友吉赛尔参加中学毕业证书考试，作文试题是在与《阿达莉》和《以斯帖》有关的两个题目中任选一题。吉赛尔选了第一题，模仿索福克勒斯的口气自冥府致信拉辛，信的开头写“亲爱的朋友”。安德蕾对大家说，给一个十七世纪的人写信，不该写“亲爱的朋友”，而该写“先生”。
2. 第二卷第一部中，香榭丽舍公园中一座“装着绿色栅栏的小亭”散发出的“清凉的霉味”，给“我”带来一种“确定无疑的愉悦感”。

们为什么一定要认为凡特伊的某些四重奏和这部“合奏”中反复出现的神秘乐句，有多么的深刻呢？

不过，阿尔贝蒂娜为我弹奏的并不完全是凡特伊的作品；钢琴有时就像一台很有科学性（历史上、地理上）的幻灯机，在巴黎这间设备比贡布雷更齐全的卧室里，随着阿尔贝蒂娜相继弹奏的拉莫或鲍罗丁的曲子，我会在四周的墙壁上时而看见玫瑰红底色上缀满小天使的十八世纪壁毯，时而看见广阔无垠的东方大草原，乐声仿佛消失在了茫茫的大地和厚厚的积雪之中。这些稍纵即逝的壁画，也是我的卧室唯一的装饰，因为，虽然我在继承莱奥妮姑妈的遗产时，对自己承诺过要像斯万那样拥有藏品，要买油画、雕像，但后来所有的钱都用来给阿尔贝蒂娜买那几匹马、那辆汽车和那些服饰了。可是，我的卧室里不是有一件比所有那些油画雕像更珍贵的艺术品吗？那就是阿尔贝蒂娜呀。我静静地注视着她。想到那就是她，就是在很长一段时间里我一直以为没法结识的她，如今像一头驯养的野兽，像一朵靠我支柱搭架、细心照拂的玫瑰，见天在家里和我在一起，背靠着我的书橱坐在钢琴跟前——想到这儿，我总会有一种奇异的感觉。她的肩膀，当年她给我说高尔夫俱乐部时是低着的，我没能看得很清楚，这会儿它依偎在我的书旁。那双长得很美的小腿，我第一次见到她的那天，曾经设想那是这位少女专门用来蹬自行车的，如今它们却在钢琴的踏板上轮番起落，穿着金色布凉鞋的阿尔贝蒂娜俨然成了优雅的化身，我也更其感到她属于我，因为她是因我而优雅的。那些昔日惯于捏车把的手指，现在有如圣塞西尔[1]的手指那般，停落在琴键上；我从床上看去，她的颈项丰满而强健，在灯光下这么稍远地望去，显得红扑扑的，不过更红扑扑的当然是她侧斜着的脸，我发自内心深处、承载着回忆、燃烧着欲望的目光，为这张脸增添了那么些光彩和活力以后，

---

1. 音乐的主保圣女。

雕塑感似乎消失了，它带着一种近乎神奇的能量转动起来——那天在巴尔贝克酒店，我心心念念想搂住她吻她，激动得视觉模糊的那会儿，领教过这种能量：我把转动中的每张脸延伸到我所能看到的脸之外，放在遮住这张脸——眼睑半合着，头发遮住了脸颊上部——的那些脸下面，这样一来，反而更清晰地感觉到这些叠放着的平面有一种生动的立体感；那双眼睛，仿佛被包裹在乳白石矿石中的两枚亮片，比金属更有光泽，但毕竟比光线坚实一些，在不透光的材质中间，看上去就像压在玻璃板下的蝴蝶标本的淡紫色薄翼；黑色的卷发，当她向我转过头来问我再弹什么的时候，会很协调地呈现各种各样的形状，有时是上尖下宽的三角形，宛如羽毛丰满的美丽的黑色翅膀，有时发卷聚在一起，犹如一脉峻拔的山岭，蜿蜒起伏的山脊、分水岭和峭壁悬崖历历在目，fouetté[1]似的峰回路转，仿佛比大自然平日里丰饶的景色更妖娆，更多姿，这也许正合雕塑家之所想，他们殚精竭虑想要表现的，正是这种柔韧和激情，这种色彩的融合和贯穿其中的生命力，正是在秀发掩映下，仿佛由透着漆木亚光的、光洁嫣红的脸旋转出来的这些生动的曲线。跟她浮雕般的身影形成对比，而又非常协调地出现在她旁边的，是那架有如管风琴台那般遮住她一半身影的钢琴，以及那个书橱，卧室的这一角，俨然成了光灿灿的圣殿，成了这位音乐天使的栖息地，而这位天使本身就是艺术杰作，不一会儿她就会在一种温柔的魔法作用下，走下壁龛，为我的吻注入粉红色的珍贵养分。哦，不，对我来说阿尔贝蒂娜并不是一件艺术品。我知道什么叫用艺术的眼光去欣赏一个女人——我很了解斯万。可是我，无论遇到怎样的女人，我都无法用艺术的眼光去欣赏，我缺乏客观地进行观察的才智，并不明白自己看见的究竟是什么，有时斯万会对我称赞一个我觉得一无可取之处的女人，使她平添一种艺术气质，这真令我惊

1. 芭蕾舞术语，指一腿抬起在空中急速划圈的单腿转。

叹不已——他在我面前，正如当着她的面也会很殷勤地这么做一样，把她比作卢伊尼[1]某幅肖像画中的人物，或者觉得她的穿着跟乔尔乔涅[2]一幅画中的长裙或首饰很像。我没有这样的本领。而且说实话，只要我把阿尔贝蒂娜看作一位古意盎然的音乐天使，暗自庆幸占有了她，我很快就会对她失去兴趣，待在她身旁会让我感到很无聊，不过，这种情形一般持续的时间很短。只有当一个人或一件事物中含有某种我们求而不得的东西，只有当我们还没有占有这个人或这件事物的时候，我们才会爱这个人或这件事物，所以很快我就意识到，其实我还没有占有阿尔贝蒂娜。我看见她眼睛里时而掠过希望，时而掠过回忆——或许是对一些逝去的欢乐的惋惜，这些我无从猜测的欢乐，此刻她是宁可放弃，也决不肯告诉我的，我看到的只是她眼眸中的这些微光，就好比一个不能进入剧场的观众，尽管把额头贴在剧场的门玻璃上往里瞧，可就是没法看清舞台上在演些什么。（我不知道她是不是这样，但反正有一种情形挺奇怪的，正如最不信神的人总会声称自己信仰真善美，凡是欺骗我们的人，总会一错再错，把说谎进行到底。你不用白费劲去劝他们，还是把真话说出来好啦，否则更让人难受啦，你说了也是白说，他们照样要说谎，因为先前他们对我们说过他们是怎样的人，或者我们在他们眼里是怎样的人，这会儿还得继续把谎话编圆了。同样，一个珍惜生命的无神论者，一旦牛皮被戳穿，为了维护自己在众人心目中英勇无畏的形象，他可以不惜一死。）在这种场合，有时她一抬眼，一撅嘴，或莞尔一笑，都会让我依稀想见她内心的活动，沉思的神情使这些夜晚的她变得不一样，因不想让我看见内心的景象而跟我疏远了。“您在想什么呢，亲爱的？”——“没想什么。”有时，我责怪她什么都不跟我说，作为回应，她或者

---

1. 卢伊尼（？—1532）：意大利文艺复兴时期画家，以画神话和宗教题材壁画知名。
2. 乔尔乔涅（约1477—1510）：意大利文艺复兴时期威尼斯画派的重要画家，贝利尼的学生。

对我说些她不知道我其实知道得一清二楚的事情（就如那些政客，连最普通的消息都不会透露一点点，只会对你说些你在头天报纸上可以看到的新闻），或者做出跟我说体己话的样子，语焉不详地讲给我听，她认识我的前一年，怎么在巴尔贝克骑自行车出去游玩。看来还真让我给猜着了，我从她神秘的笑容中推断出，她那时是个自由自在、无拘无束的姑娘，有时整日整夜野在外面，当她回想起那些游玩的场景时，唇间就会漾起这种神秘的笑容，那正是最初在巴尔贝克海堤上惹得我心旌飘摇的笑容。她还告诉我，跟那些女友一起去荷兰乡间游玩，入夜很晚才回到阿姆斯特丹时，街上、运河边都挤满了欢乐的人群，而她几乎认识他们每一个人，我从阿尔贝蒂娜明亮的眼睛里仿佛看见了那些场景，犹如透过一辆疾驰而过的马车的这扇或那扇窗玻璃，瞧见里面不胜其数的、稍纵即逝的灯光。我对阿尔贝蒂娜生活过的地方，对她有可能在某个夜晚待过的地方，对她有过的笑容、眼神，说过的话，接过的吻，都充满令人痛苦的、不依不饶的好奇，所谓的审美好奇，跟这样的好奇相比起来，简直就只配用扯淡一个词来形容了！不，即使是我当初对圣卢有过的那种嫉妒，即使那份嫉妒一直持续至今，它也不会让我感受到如此痛彻肺腑的不安。女人和女人之间的情爱，是一种我完全陌生的东西，它到底能带来怎样的欢愉，它到底是怎么回事，我无法有一个可靠的、确切的想象。有多少人，有多少地方（即使这些地方跟她没有什么直接的关系，只是一些她也许去尝过滋味的身份暧昧的娱乐场所，一些人头攒动、游客摩肩接踵的去处），阿尔贝蒂娜——如同一个人站在剧场门口，让自己手下的一大帮人一一放行，带他们进入剧场——把他们或它们从我想象或回忆的门口（在那儿我并没意识到他们或它们的存在）带到了我的心间！现在，我对这些人、这些地方已经有了内在的、直接的、引起痉挛和痛苦的认识。爱情，就是在心中变得可以感知的空间和时间。

然而，要是我对爱情从来都是忠贞的，也许我根本就不会为我全无概念的不忠感到痛苦。对阿尔贝蒂娜的想象之所以会折磨我，正是因为我自己不断地想要取悦于新结识的姑娘，想要着手写一部新的小说；那天在布洛涅树林大家围桌而坐时，她就在我身旁，可我还是情不自禁地对那几位骑自行车的姑娘多看了几眼。正如一个人只能了解自己一样，我们不妨这么说，一个人其实只能嫉妒自己。观察是没用的。一个人只有从亲身感受的欢愉中，才会得出认知和痛苦。

有时，在阿尔贝蒂娜的眼睛里，在她骤然变红的脸色中，我感到仿佛有一道暑热的闪电悄然划过远处的地平线，那片地域对我来说犹如天空一样无法企及，阿尔贝蒂娜的回忆（那都是我不知晓的）在那儿推演变换。想到这些年来，在巴尔贝克海滩，在巴黎，我跟阿尔贝蒂娜认识已经很久了，可我还是刚发现她身上有一种美，那是因为我这位女友如今在许多方面有了进展，又有许多流逝的时日留存在她身上，对我而言，这是一种令人心碎的美。在这张泛着红晕的脸后面，我觉着有个万丈深渊，阿尔贝蒂娜和我认识以前的那些夜晚，全都藏在那里面。我可以让阿尔贝蒂娜坐在我的膝上，双手捧住她的脸，我可以抚摸她，久久地在她身上摩挲，但是我仿佛是在摸一块石头，其中封存着远古大海的咸味和星光的寒辉，我觉得触摸到的只是一个生命体封闭的表面，而这个生命体的内心是通往无限的。大自然在造人时考虑了男女不同之身，却没想到要让不同的心灵之间有可能沟通，大自然的这一疏忽，使我们处于如今的境地，也使我痛苦不堪！我意识到，阿尔贝蒂娜即使对我来说，也并非（因为虽然她的躯体受我的躯体所左右，她的思想却不是我的思想所能控制的）我当初设想的那个神奇女俘，我曾以为她能够既充实我的住所，又不露丝毫行藏，即便有朋友来看我，也不会想到走廊尽头的隔壁房间里，竟然有这么个谁也不知道的、藏身于瓶子里的中国公主；她急迫地、不留情地、无休无止地要我去寻找过去的踪迹，在我眼里，她俨然就是时间女神。倘若我得为她付出几年时光以及我的财产——唉，但愿我能对自己说，事情未必如此，这些财产未受损失——我也无怨无悔。也许一个人生活，会更好一些，会内容更充实而痛苦更少些。斯万曾经劝我搞些收藏，德·夏尔吕先生有一次因为我没搞收藏而责备我说："您家里可真够丑的！"他的幽默，他的傲慢，还有他的艺术品位，都混合在这句话里了，但是，倘若我搞了收藏，那些寻觅多年才最终占有的雕像、油画，真的就会为我提供一个走出自我的出口——就像一个很快就愈合了的小创口，无意间让阿尔贝蒂娜或那些不相干的人，或者让我自己的思绪碰了一下，马上又会裂开一样——一个经由私人通道通往一条叫作"他人的生活"的大道的出口，而我们从为此感到痛苦之日起所了解的种种往事，无一不在这条大道上经过吗？

有时月色特别好，我就会在阿尔贝蒂娜躺下去大约一小时后，走到她床前，去叫她看窗外。我能肯定，我就是为了这个缘故，而不是为了确证她在里面才去她卧室的。有什么迹象表明她可能出逃或者有这个想法呢？要出逃必须先跟弗朗索瓦兹串通，这未免太不可能了。我在幽暗的卧室里，看不大清东西，只看见雪白的枕头上有一圈薄薄的冠冕状黑发。但我听见了阿尔贝蒂娜的呼吸声。她睡得很沉，我往窗前走去时，有些犹豫；我坐在床沿上；睡眠之溪仍在潺潺流淌。她醒来时有多快活，简直无法言说。我俯身吻她，摇了摇她。她立即停住不睡了，而且几乎连个停顿也没有，就放声笑了起来，搂住我的脖子对我说："我是在纳闷您怎么还不来呢。"说着温柔的笑脸绽得更开了。仿佛她刚才睡着的时候，可爱的脑瓜里装满了欣喜、温情和笑声。我叫醒她，仅仅是像掰开一个水果，让解渴的果汁喷涌出来。

然而冬天过去了；美好的季节来临了，由于阿尔贝蒂娜到我卧室总是来道晚安的，所以整个房间和里面的窗帘，还有窗帘上方的墙壁，都还是黑幽幽的，但我常常听见隔壁修道院花园里，有一只小鸟已经在啁啾鸣啭，在寂静中音调犹如教堂的风琴那般丰满而优雅，仿佛在用吕底亚调式颂歌晨经，把它所见的阳光的丰富而响亮的音符洒进我眼前的这片昏暗之中。

不久，夜就变短了，早晨还没到先前的时分，我就看见白昼的光线从窗帘上方透了进来。如果我依然听任阿尔贝蒂娜照老样子在生活（在这种生活中，尽管她不承认，但我能感到，她是觉得自己形同女囚的），那仅仅是因为我每天都对自己说，下一天一切都会重新开始，我会开始写作，会起床、出门，会为购置我们打算买的某处住宅做准备，有了那个花园住宅，阿尔贝蒂娜就可以不用为我担心，更自由自在地过日子，是在乡间还是海边，是去划船还是打猎，都由她。

可是到了第二天，我又回到了当初对阿尔贝蒂娜时爱时恨的状态（因为，时至今日，我和她出于利害关系的考虑，出于礼貌或怜悯，都在编织一张谎言之网，而且都把谎言当成真话）；有时回过头去看，当初的某个时刻，甚至是我自以为很清楚的一段时日中的某个时刻，她会突然间撇下温情脉脉的面纱，以一种全然不同的面目出现在我眼前。她的某道目光背后，没有了我以前所想的温顺，而只有一种我从未想到过的欲念，此刻这种欲念暴露无遗，使得我一直以为与我同心的阿尔贝蒂娜，显得有异心了。举例来说，安德蕾七月离开巴尔贝克的那会儿，阿尔贝蒂娜从没告诉过我，她很快就会再跟安德蕾见面；而且我现在想来，她俩见面的时候，可能比她预想的更早些，因为九月十四日那个夜晚，她见我那么伤心，决定为我作出牺牲，不再留在巴尔贝克，马上和我一起回巴黎[1]。十五日到巴黎后，我让她去看看安德蕾，事后还问过她："她见到您开心吗？"现在，蓬当夫人给阿尔贝蒂娜带了些东西来[2]，我看了她一会儿，告诉她说阿尔贝蒂娜和安德蕾出去了："她俩到郊外去散步了。"

1．参见本书第四卷《所多玛与蛾摩拉》第二部。

2．据七星文库本校勘记录，另稿此处作："有一天蓬当夫人来看我（？）"，由括号中的问号可以想见，普鲁斯特还在考虑如何设定蓬当夫人来访的原因。显然后来他没来得及补全这一段文字。

"噢，"蓬当夫人回答我说，"说到郊外，阿尔贝蒂娜可真是哪儿都愿意去。这不，三年前她每天都得赶到比特-肖蒙公园去。"阿尔贝蒂娜曾经跟我说过，她从没去过比特-肖蒙公园，所以我一听见比特-肖蒙公园，呼吸顿时停了一下。真情实况，是最机灵的对手。它会朝我们心灵中最想不到会遭受打击的、完全不设防的部位，突然发起攻击。阿尔贝蒂娜当时对她姨妈说，她每天都去比特-肖蒙公园，然后又对我说她从没去过那儿，她到底对谁说了谎呢？"还好啦，"蓬当夫人接着说，"可怜的安德蕾很快就动身去一个真正的乡村了，这对她很有必要，瞧她那脸色有多苍白。这个夏天，她确实也没机会多呼吸一点新鲜空气。您想哪，她七月底离开巴尔贝克那会儿，原以为九月就能回去的，结果没想到她弟弟膝盖脱臼了，她也就回不去了。"

这就是说，阿尔贝蒂娜是在巴尔贝克等她，却把我蒙在鼓里！诚然，这毕竟要比打发我回巴黎来得客气些。除非……

"噢，我记得阿尔贝蒂娜跟我说过这事……。"（其实没说过）"他是什么时候出事的？事儿一多，我脑子里都有点糊涂了。"

"要说啊，这事儿还出得正是时候，要是再晚一天，别墅就得开始付租金，安德蕾的祖母就要多付一个月的冤枉钱了。他的腿是九月十四日脱臼了，她十五日一早发电报给阿尔贝蒂娜，说她不回去了，阿尔贝蒂娜就通知了房产中介所。要是迟一天，房租就得付到十月十五日喽。"

这么看来，当阿尔贝蒂娜改变主意，对我说"咱们今晚回去吧"的时候，她在眼前看到的，想必是巴黎一处我不知道的住房，那是安德蕾祖母的房子，我们一回去，阿尔贝蒂娜就可以上那儿去跟安德蕾见面，在我毫不知情的情况下，跟那位女友在巴黎重逢。她提出和我一起回巴黎的那番善解人意的话，跟稍早些时候她断然拒绝回巴黎的态度相比，形成很鲜明的对比，我当时把这归因于她回心转意，重又为我着想了。其实，从那番话中反映出来的，无非是在我不知晓的情况下发生的一种变化而已，那些不爱我们的女人之所以会有那么些让我们费解的举动，其奥秘就在于此。她们执意不肯和我们在第二天约会，因为她们累了，因为她们的祖父要留她们在家吃饭。“那就吃好饭来。”我们还要坚持。“他会把我留到很晚，说不定还会送我回家呢。”其实，她们是跟男友有个约会。突然间这一位没空了。她们就来对我们说，真抱歉，怠慢了我们，这会儿她们已经把祖父打发出去，可以待在我们身边，别的什么事都不管了。在离开巴尔贝克那天阿尔贝蒂娜向我说的那番话里，我应该能够辨认出诸如此类的语句来。然而，我更应该做的，也许不是辨认这些语句，而是——为了解读那番话——回顾一下阿尔贝蒂娜性格上的两大特点。

阿尔贝蒂娜性格上的两个特点，此时浮现在我脑海中，一个令我欣慰，另一个令我沮丧，这不奇怪，我们的记忆中什么都能找到：记忆就像一个药房或者化学实验室，你随手一拿，这会儿拿到的可能是镇静剂，过会儿拿到的就可能是致命的毒药。第一个特点，令我欣慰的那个，是她每做一件事，总想同时让几个人感到高兴，这种几头讨好的习惯，是阿尔贝蒂娜身上显著的特点。她决定回巴黎，就很符合她的性格特点（安德蕾没回巴尔贝克，也许会使她留在那儿感到不舒服，但这并不等于说，离开安德蕾她就没法生活），这么回一次巴黎，就有机会让两个她挚爱的人受到感动：一个是我，她有机会使我相信，她是为了让我不感到孤独，为了让我别难受，才为我作出这种牺牲的；另一个是安德蕾，她有机会让安德蕾看到，得知安德蕾不回巴尔贝克，她阿尔贝蒂娜就不想在那儿多待哪怕一分钟，她留在那儿，就是为了等安德蕾，安德蕾去不了，她立马就奔安德蕾而去。阿尔贝蒂娜如此当机立断，决定和我一同离开巴尔贝克，现在看来有两个原因，一是见我满面愁容，知道我想回巴黎，二是收到安德蕾的电报，而安德蕾和我，我俩彼此不知道对方的情况，她不知道我的忧伤，我不知道她的电报，所以我俩就很自然地以为，阿尔贝蒂娜离开巴尔贝克（事隔仅仅几小时，走得那么突然），仅仅是出于我俩各自知道的那个原因。而即使在这种情形下，我依然相信，陪我同行是阿尔贝蒂娜的真实目的，只是她也不愿意错过一次赢得安德蕾感激之情的机会罢了。

遗憾的是，我几乎马上想起了阿尔贝蒂娜性格上的另一个特点，那就是一旦受了某种乐趣无法抵御的诱惑，就会浑身是劲地说干就干。我还记得，她决定回巴黎时，是怎么急不可耐地要去赶火车，酒店经理想留我们说会儿话，她又怎么一下子把他顶回去，生怕错过小火车；还有，在小火车上德·康布尔梅先生问我们能否推迟一星期，她朝我心照不宣地耸耸肩膀，我当时的那份感动，至今难忘。却不想，那时浮现在她眼前，让她变得那么急切地想要动身，那么迫不及待地想要见到的，竟然就是那套公寓。我有一次见过的那套没有主人居住的豪华公寓，是安德蕾祖母的房产，平时由一个老仆人照看，满屋阳光，但空荡荡的，静得出奇，仿佛阳光给长沙发和扶手椅都蒙上了一层纱套，阿尔贝蒂娜和安德蕾有时吩咐老仆人回避一下，那家伙不知是木知木觉，还是和她俩串通一气，反正就留下她俩在里面休息了。[1]

现在这套公寓时时浮现在我眼前，空荡荡的，里面有一张床或一个长沙发，有一个上当受骗或串通一气的仆人；每当阿尔贝蒂娜脸上显出急迫而严肃的神情时，她就是要去那儿跟安德蕾相会——安德蕾因为比较自由，大概会比她早到，先等在那儿。在这以前，我一直没想到这套公寓，而现在对我而言，它具有一种可怕的美。人类生活中的未知内容，就如大自然中的未知内容，每个科学发现都只能使它缩小范围，而不能就此消除它。一个嫉妒的男人，会因剥夺他心爱的女人许许多多无足轻重的乐趣，而激怒这位心上人。那些小小的乐趣，

1. 参见本书第四卷《所多玛与蛾摩拉》第二部。

正是她的生活的重心所在，她把它们藏匿的地方，即使有一天他认为自己智力见长，已经变得明察秋毫，而且又有第三者提供翔实信息，他也绝对想不到去那儿找上一找。

然而不管怎么说，安德蕾这就要走了。可我不想让阿尔贝蒂娜看不起，在她眼里显得像个被她和安德蕾耍弄的傻瓜。早晚有一天，我得把这话告诉她。我要让她知道，她瞒着我的那些事情，其实我是一清二楚的，那样，她也许就不得不对我说些实话了。不过这会儿我还不想对她说，首先是因为，她姨妈刚来过，她很容易猜得出我的消息是从哪儿来的，她一旦截断了这个消息渠道，就可以有恃无恐了。其次是因为我还不能完全吃准，是否能想让阿尔贝蒂娜留多久，她就会留多久，所以不想冒险去激怒她，那样做的后果恐怕只会是让她更想离开我。没错，假如我按照她说过的话去进行推理、寻找真相、预测未来，那么，既然她始终都在赞成我的计划，在表达她怎么喜爱这种生活，在说明幽居丝毫也没让她失去什么，我当然就会毫不怀疑地相信她会永远待在我身旁。我甚至对此很厌倦，感到自己从未体验过的那种生活，从未领略过的那片天地，就这样被舍弃了，换来的是一个我无法再在她身上发现任何新意的女人。我甚至也不能去威尼斯了，因为到了那儿，我睡在床上会内心备受煎熬，担心她被贡多拉船夫、酒店伙计或那些威尼斯姑娘挑逗、勾引。可是，假如我换一个思路，按照另一种假设来进行推理，那么我就会相信，这种生活是她无法忍受的，她每时每刻都在被褫夺她的所爱，终有一天她必将离我而去，因为这另一种假设依据的不是阿尔贝蒂娜所说的话，而是那些缄口不语的时分，那些目光，那些脸颊的红晕，那些赌气的模样，甚至那些发火的情景（我完全可以向她指出，她那么发火是毫无道理的，但我宁愿做出视而不见的样子）。如果她那么做，我唯一希望的就是这个时刻可以由我来选择，我会选一个不让自己感到过分难受的时刻，选一个比较合适的季节，在那种季节里，她去不了任何一个让我想象得出她寻欢作乐的地方，既去不了阿姆斯特丹，也去不了安德蕾的家，去不了凡特伊小姐家——尽管几个月以后她和她们还是会见面的，但到那时，我的心情已经平静下来，这些事对我而言已经变得无所谓了。无论如何，既然我在得知阿尔贝蒂娜何以会在短短几个小时内，先是不想离开，而后突然一下子离开巴尔贝克的原因后，旧病又有一阵小小的复发，那我必须先等这阵发作过去，再考虑分手这件事；要是我从此不再听到新的消息，这些病症可能会逐渐减轻，直至完全消失，但这得有一段时间；而我的痛楚还是那么鲜活，以致再动一次手术也未必会使我感到更痛苦、更难以忍受——分手就是这个现在看来无法避免的手术，当然它并非迫在眉睫，不妨等急性发作期过后再施行。选择分手的时刻，这件事必须由我来做；如果她想在我作出决定之前就离开，那么在她向我宣布这种生活她没法再过下去的那一刻，我仍然来得及考虑驳回她的理由，留给她更多的自由，答应尽快给她某种她企盼已久的大乐趣，甚而至于，如果必须求助于她的情感的话，向她诉说我的忧虑。从这个角度来看，我没有什么可担心的，尽管我的想法并不很合乎逻辑。按说，既然我以这样一个假设作为前提，就说明我完全不在乎她怎么对我说，怎么警告我，但我同时却又认为，她决定要离开我时，会预先告诉我这样做的理由，让我可以驳回这些理由，说服她留下。

我感觉到，我和阿尔贝蒂娜一起生活，不嫉妒则无聊，嫉妒则痛苦。即便有幸福，也不能长久。德·康布尔梅夫人来访的那个夜晚，尽管她走后我俩都很高兴，但我凭着在巴尔贝克曾经灵光一现的那份明智，还是想和阿尔贝蒂娜分手，因为我知道再这么拖下去，对我毫无好处[1]。不过直到现在，我仍把我所保留的有关她的回忆，想象成我俩分手时刻的那个颤音的一种持续。所以我一定要选一个温情的时

1. 参见本书第四卷《所多玛与蛾摩拉》第二部。

刻，好让它在我心中继续震颤。不能过于挑剔，不能等待过久，应该适可而止，当机立断。然而，既然已经等了这么久，如果说再多等几天，等一个合适的时刻自然来临就等不及了，宁可眼看她离开时有如我当年——当妈妈没到床边跟我道晚安就撇下我而去，或者当她在火车站跟我道别之时——那样满腹委屈和怨愤，那就真是头脑发昏了。为防万一起见，我尽可能地向她大献殷勤。关于福迪尼的裙子，我们终于选定了一条刚制作完工的蓝金两色面料、玫瑰红衬里的长裙。而且，她因为偏爱这条长裙而忍痛割爱的另外五条裙子，我也全都订购了下来。

可是，眼看春天来了，在她姨妈跟我说那番话过后两个月的一个夜晚，我却大光其火，发了一通脾气。这个晚上阿尔贝蒂娜第一次穿上福迪尼的蓝金色睡裙，裙子的颜色让我想起威尼斯，又想起我为阿尔贝蒂娜作了那么多牺牲，她却连谢也不谢一声，心头不由得感触万端。我虽然没去过威尼斯，但早就对它不胜向往，还在孩提时代，有一次爸爸说定复活节假期带我去那儿，后来没去成，甚至更早些，当斯万在贡布雷送我提香油画的镌刻版图片和乔托壁画的照片那会儿，我就对威尼斯心往神驰了[1]。阿尔贝蒂娜当晚穿的福迪尼睡裙，在我眼里犹如我无法见到的威尼斯的魅人的幽灵。她浑身上下都是阿拉伯装饰，有如威尼斯，有如像蒙着缀满宝石的面纱的苏丹后妃那般神秘的威尼斯宫殿，有如安布瓦斯图书馆[2]里精美的善本古书，有如雕刻着象征生死轮回的东方鸟的石柱，这些鸟儿此刻在睡裙的闪光中交替出现，而睡裙上的深蓝色，随着我目光的移动渐渐变为柔和的金色，宛若从贡多拉船头望出去，大运河的蔚蓝色转换成闪闪发光的金属色泽。袖口衬里的红色，更是威尼斯风味十足，人称蒂埃波洛[3]玫瑰红。

---

1. 参见本书第一卷《去斯万家那边》第三部“地方与地名：地名”及第一部“贡布雷”。
2. 意大利米兰的安布瓦斯图书馆，以馆藏古版图书和手稿数量众多著称。
3. 蒂埃波洛（1696—1770）：威尼斯画家。本书第四卷《所多玛与蛾摩拉》第二部中提到过他。

这天白天，弗朗索瓦兹在我面前说漏了嘴，说阿尔贝蒂娜对什么事都不称心，无论我是让弗朗索瓦兹去告诉她我想，或不想和她一起出去，还是汽车会去，或不会去接她，她总是就那么耸耸肩膀，说话也没个好声气。到了晚上，我感觉得到她心情不佳，初起的暴热又让人很烦躁，所以我克制不住自己的怒气，开口指责她寡情薄义："对，您可以去问问人家，问谁都行，"我完全失去了控制，用足全身的劲儿喊道，"您可以去问弗朗索瓦兹，大家都是这么说的。"但我马上想起，阿尔贝蒂娜有一次对我说过，她觉得我生气时样子非常可怕，她还引用了《以斯帖》中的台词：

> 这气愤的额头冲着我
> 搅得我灵魂骚动不安……
> 唉！您眼中喷出的怒火
> 有哪颗勇敢的心能不为之震颤？[1]

我为自己的粗暴感到羞愧。我想重修旧好，但不愿显得我是战败方，我要让她感到我的讲和不容小觑，是有兵力作后盾的，同时，我觉得只有让她知道我不怕和她分手，才能使她不生此念，于是我说："原谅我，我的小阿尔贝蒂娜，我为自己的粗暴感到羞愧，我非常抱歉，但要是我们没法再相处，一定要分手的话，也不能像这样分手，我们应当有更好的做法。要是非分手不可，我们可以分手，但是我必须先向您衷心地表示歉意，谦卑地请您原谅我。"我心想，为了挽回局面，确保她接下去能再待一段时间，至少待到安德蕾走了以后（那大约还有三个星期），我不妨从明天起就给她找一些她从未体验过，而且在相当长的一段时间里也不会体验到的乐趣；还有，既然我要消除

1. 引自拉辛剧作《以斯帖》第二幕第七场。

自己给她带来的烦恼，也许我不妨趁这机会让她知晓，我对她平日里的一举一动的了解，比她想象的要多得多。她的坏心情，明天等我一献殷勤就会烟消云散，但这番告诫，会留在她的脑子里。“是的，我的小阿尔贝蒂娜，我的粗暴要请您原谅。可我并不像您想的那么罪不可赦。有一帮坏人想要离间我们，我不想让您心里难受，就一直没告诉您，有时候他们说的事情真叫我听了抓狂。”我想趁机向她挑明，她离开巴尔贝克的原因我是心知肚明的，“比如说，那天下午您去特罗卡代罗，是知道凡特伊小姐要去韦尔迪兰夫人家的。”

她脸红了。“是的，我知道她要去。”

“您能向我发誓说，您不是想去和她重新接上关系吗？”

“我当然可以发誓。但凭什么说‘重新接上’呢？我和她从来没有任何关系，我向您发誓。”

看见阿尔贝蒂娜如此当面撒谎，否认刚才脸红不啻已经招认的事实，我感到很痛心。她的谎言让我痛心。然而，由于其中包含着她为自己撇清的辩白，而我又下意识地准备相信她，所以当我听到她对我下面的提问的回答时，她的真话却比谎话更刺痛我的心。我是这么问她的：“起码您该可以向我发誓说，您那天下午想去参加韦尔迪兰家的晚会，并不是想要享受和凡特伊小姐重逢的喜悦吧？”她的回答是：“不，这我不能发誓。和凡特伊小姐重逢，会使我非常开心。”

一分钟以前，我还怪她把自己跟凡特伊小姐的关系藏着掖着，而现在，她承认跟凡特伊小姐见面会很开心，我却大为沮丧。想必当初我从韦尔迪兰夫妇家回来，阿尔贝蒂娜问我“凡特伊小姐没去吗？”的那会儿，她就是要向我表明，她是知道凡特伊小姐要去的，她是存心要使我难受。但我当时大概是这样推理的：“她知道凡特伊小姐要去，并没觉得有什么可高兴的，但过后她了解到，我在巴尔贝克得知她居然认识凡特伊小姐这样名声很坏的人那会儿，几乎万念俱灰，连自杀的念头都有，于是她就不想再提起这件事了。”而现在，她却被我逼得承认了凡特伊小姐去那儿使她很开心。再说，她当初想去韦尔迪兰夫妇家的那副神秘兮兮的模样，应该也能算一个佐证。可是我当时没多想。尽管现在我心想："她为什么还说一半留一半呢？这就不只是可恶可悲，而且是愚不可及了"，但我心灰意冷，鼓不起劲再跟她多理论，因为我知道自己证据不足，多纠缠未必有好处，为了把握先机，我即刻把话题转到安德蕾身上，准备打出安德蕾的电报这张王牌，置阿尔贝蒂娜于死地。"瞧，"我对她说，"那些人搞得我不得安宁，他们缠住我说个不停，现在说的是您和安德蕾有关系。"

"和安德蕾？"她喊道，肝火上升，脸涨得通红。由于惊讶，或是想装出惊讶的样子，双眼睁得大大的。"真，真有意思！！我倒想知道，这些莫名其妙的事情是谁告诉您的？我有话要跟他们当面说。我要问问他们，凭什么这样败坏人家的名声？"

"我的小阿尔贝蒂娜，这我不知道，那都是匿名信。不过您也许并不难查出信是谁写的（我要向她表明，我不怕她去查），那些人应该都是您熟悉的。最近的那封，我可以坦率地告诉您（我之所以对您[1]提起这封信，正是因为这封信写的都是些鸡毛蒜皮的小事，从中引用一些内容完全无伤大雅），让我特别生气。信中说，我们离开巴尔贝克那会儿，您之所以先是想留下，后来又决定离开，是因为在这段时间里您收到安德蕾的一封信，她在信里告诉您她去不了巴尔贝克。"

"没错，安德蕾是写信告诉我她不去巴尔贝克了，她还给我发了电报，我没法把电报拿给您看，因为我没留着。不过，这不是那天的事儿，再说，即便是那天的事，安德蕾去不去巴尔贝克，这跟我有什么相干？"

"这跟我有什么相干"，表明她生气了，表明这跟她还真有点相干；可是这未必表明阿尔贝蒂娜回巴黎单单就为了能见到安德蕾。每

---

1. 原文如此。似应为"她"。

回，阿尔贝蒂娜眼见自己做某件事的某个真实或假借的理由被人家识破，而她又曾对此人给过另外一个理由，她就会很生气——即便这件事她恰恰是为此人做的。阿尔贝蒂娜认定，有关她的这些信息，并不是有人主动写匿名信告诉我，而是我缠着人家去问出来的，她的这个想法，从她接下去对我说的那些话里是听不出的，光听那些话仿佛她完全接受了匿名信的说法，但从她怒气冲冲对着我的模样，还是可以看出来的，这股怒气简直就是先前坏心情的总爆发，这就好比，她长期以来一直怀疑我在监视她的一举一动，所以要是哪天我被牵连进了一桩间谍案，她自然就会认定我在从事间谍活动。她甚至迁怒于安德蕾，心想这样一来，以后她跟安德蕾出去，我一定会不放心了；她对我说："安德蕾也让我生气。她真烦人。她明天回来，我可不想跟她一起出去了。那些对您说我是为她才回巴黎的人，您去告诉他们我这么说啦。我实话告诉您，我认识安德蕾这么多年了，可您要问我她长得啥模样，我还真说不上来，因为我都没怎么正眼看过她！"

可是在巴尔贝克的第一年，她对我说过："安德蕾长得真美。"当然，这不等于说她和安德蕾有相恋的关系，那时我甚至常听她用愤慨的口吻说起这种关系。可是，难道她不会改变，不会在连自己也没意识到的情况下潜移默化，觉得就那么跟一个女友玩玩，和那些不道德的关系（尽管她指责某人某人是这种关系，但其实她脑子里对这种关系并没有什么明确的概念）是两码事吗？既然与此相同的改变，甚至与此相同的对改变的不自知，业已发生在她和我的关系上，既然当初在巴尔贝克曾经非常愤慨地推开我，不让我吻她，后来却是自己来吻我——天天如此，而且（我希望）以后很久都会如此——待会儿就会来吻我，那么这样的改变为什么不可能发生呢？

"亲爱的，您让我怎么告诉他们呀？我又不认识他们。"

回答的语气很坚定，按说应该可以消除凝聚在阿尔贝蒂娜眼眸中的那些异议和疑虑了。但是她让它们纹丝不动；我不作声了，她却依然神情专注地看着我，仿佛我还在不停地往下说似的。我再次请她原谅。她回答说我没什么要请她原谅的。她重又变得很温顺。可是瞧着她忧郁、委顿的脸，我觉得有个秘密在她心间孕育。我知道，她不会撇下我不告而别；再说此刻她既不会想要离开我（再过一个星期她就要试穿福迪尼的新裙子了），也不会真的不顾情理那么做，我母亲和她姨妈周末就要来了。那么，既然她是不可能走的，我干吗要再三问她，我想给她买的那套威尼斯玻璃器皿，我们明天一起去看看好吗，听到她说好的，我为什么又会舒出一口气呢？当她来跟我道晚安，我吻她的时候，她没像平时那样吻我，就转过身去了——而就在刚才，我还在心里想念这份她在巴尔贝克拒绝过我，而如今每天晚上都给我的温存。她似乎是在赌气，不肯对我有温柔的表示，以免过后我会觉得她既然在生我的气，那么做就是假惺惺。她似乎是要使自己的一举一动，跟她和我闹别扭的状态相协调，但又留有余地，或是不想声张，或是因为跟我断绝肉体关系以后，仍想和我保持朋友关系。于是我再一次拥吻她，把大运河和象征死亡与复活的成对的鸟儿，把那闪光的蔚蓝色和金色紧紧地搂在怀里。可是她仍然没有吻我，带着感觉到死亡临近的动物本能的、不祥的执拗，抽出身去。她似乎在表达一种预感，我受了她的感染，心中充满焦虑和不安，阿尔贝蒂娜走到门口时，我再也没有勇气让她离开我了，我叫住了她。

“阿尔贝蒂娜，”我对她说，“我一点也不困。要是您也不想马上睡觉的话，请您再待一会儿好吗？不过我不想勉强你，更不想让您累着。”我觉得，要是能让她脱掉睡裙，就穿那件白色的衬衣，那她就会露出粉色的肌肤，看上去暖暖的，就会更刺激我的感官，我俩的和解也就会更完满。可是我犹豫了一会儿，因为睡裙的蓝边给她的脸平添了一种美，一种光感，一种来自上天的启迪，她在我眼中少了几分冷峻的意味。

她缓缓向我走来，脸上沮丧忧郁的表情依旧，但语气非常温柔地对我说：“只要您愿意，我可以留下来，我不困。”她的回答使我平静了下来，因为，只要她在，我就感到可以考虑未来，这个回答中固然有友情和顺从，更有另一种特殊的东西，我觉着这东西说到底，就是我在她忧郁的目光、异样的举止（那一半是不由自主，一半是为了事先契合某件我不知道的事情）后面感觉到的那个秘密。不过我依然觉得，只有看她在我面前穿着白衬衣，露出颈项，像在巴尔贝克时躺在床上那样，我才会壮足胆子叫她不得不让步。

“既然您愿意再陪我说会儿话，那就请您把裙子脱了吧，穿着又热，又不方便，我都不敢碰您，生怕把裙子给弄皱了，再说，还有这些个会预言的鸟儿夹在我俩中间。把它脱了吧，亲爱的。”

“不，在这儿脱长裙挺不方便的。待会儿到我的卧室去脱吧。”

“那么，在我床上坐一会儿行吗？”

“行啊。”

可是她稍稍离着我，坐在我脚边。我们说着话儿。突然间传来一种很有节奏的哀婉的咕咕声。是鸽子开始叫了。“您看，已经天亮了。”阿尔贝蒂娜说；她眉头微皱，仿佛表明和我一起生活让她坐失了美好季节的欢愉，她说：“春天到了，鸽子又回来了。”鸽子咕咕的叫声和公鸡的啼鸣之间，有一种深刻而令人难懂的相似，在凡特伊的七重奏中，柔板的主旋律由于是建立在第一段和结尾段主旋律的基础上的，所以和它们之间也有这种相似，但调性、节奏等等的不同，使它变得很不一样，不谙此道的听众倘若翻开凡特伊的乐谱，会惊奇地发现这三个旋律由同样的四个音符组成，这四个音符他也能用一个指头在钢琴上弹出来，然而根本听不出那三个乐段的味道。鸽子咕咕演奏的这一忧郁的乐段，就是公鸡的啼鸣转换成了小调的调性，它不朝高处升腾，并不一冲向天，而是平稳有如驴叫，极尽绵柔之意，在同一水平线上由一只鸽子传向另一只鸽子，从不翻高，在引子和最末乐章的快板部分反复奏出的欢快的召唤声中，不变其哀婉的本色。

我知道，那时我说出了“死”这个字，仿佛阿尔贝蒂娜马上要死去一样。事情本身，似乎比它们发生的那些时刻更为宽泛，无法被那些时刻所完全包容。诚然，它们凭借我们保存的记忆蔓延到了未来，但是它们也需要在事情发生前的那些时间中有一个位置。诚然，有人会说我们那时并不能看清它们后来的面貌，但是在我们的记忆中难道它们不也在变化吗？

我见她不来吻我，明白这些时间都是在虚耗，使我宁静的、真真确确的时间只可能从亲吻开始，我对她说：“晚安，已经很晚了，”我心想，她听了这话应该会来吻我，然后一切就可以继续下去。可是，她跟前两次一样，对我说了句“晚安，好好睡觉吧”，只在我脸颊上亲了一下。这一回我没再敢喊住她。我心头怦怦直跳，无法再睡了。就像一只小鸟不停地从笼子一头跳到另一头，我的思绪不停地跳来跳去，一会儿担心阿尔贝蒂娜要离开，一会儿又归于相对而言的平静。这份平静，来自每分钟都会重复好几遍的如下的推理：“不管怎么说，她是不会对我不告而别的，可她还没对我说过她要走呢。”这么一想，就差不多平静下来了。但我马上又对自己说：“可万一明天起来一看，她已经走了呢！我的担心是事出有因的；她为什么不好好吻我呢？”于是我心痛不止。而后重新开始上述推理，痛苦又稍稍减轻一些，可是弄到最后，由于脑子一刻不停、非常单调地如此运动，头疼了起来。有些心理状态，尤其是焦虑不安，只给我们提供两个可能的选择，这些状态中有一种如同单纯的肉体痛苦那样极其受限的东西。我一遍遍重复那番推理，时而找理由肯定自己的不安，时而又找理由否定它，好比一个病人以内心想象的动作，不停地抚摸使他疼痛的器官，暂时减轻一下疼痛（尽管片刻过后它又会加剧），我就在那么一个狭窄的空间里，力图使自己放下那颗悬着的心。蓦然间，夜的寂静中响起一下响声，这个响声也许没什么特别之处，但它让我心头充满惊恐之感——那是阿尔贝蒂娜猛然推开窗户的声响。恢复寂静之后，我心想，这个响声为什么会使我如此害怕呢？它本身并没有异常的地方；但我可能赋予了它两种使我感到惊恐的意义。首先那是我和阿尔贝蒂娜共同生活的一个约定，我怕穿堂风，所以要求夜里谁都不打开窗子。她刚住进来时，给她解释过这事，她虽然觉得这是我的怪癖，而且不利于健康，但还是答应一定不违犯禁令。凡是她知道合我心意的事情，即便她很不喜欢，她也会小心翼翼地唯恐出岔子，所以我知道，她宁可在壁炉烟熏火燎的气味中睡觉，也不会打开卧室的窗子，正如哪怕出了天大的事情，她也不会让人一早就来叫醒我一样。这只是我俩生活中一个小小的约定，可是她在这个时候，不跟我讲一声就违背这一约定，岂不表明她已经豁出去，什么约定都不去管它了？再则，开窗声音这么响，简直可以说是粗暴，让人不难想见她推窗时满脸通红，怒气冲冲，嘴里说道："再这么过下去，我简直要闷死了，管他呢，我得透透气！"我说不准它到底预示什么，但我总觉得阿尔贝蒂娜的这下开窗声，比猫头鹰的叫声更神秘，更不祥。我心情烦躁不安（自从那次在贡布雷，斯万去我们家吃晚饭以后，我也许就再没有这么烦躁不安过），整个晚上在走廊上走来走去，指望弄出的声响会引起阿尔贝蒂娜的注意，指望她也许会可怜我，会来叫我，可是我没听见她的卧室有任何动静。在贡布雷，我曾要求母亲去我的卧室。和母亲在一起，我就怕她生气，我知道只有让她看到我爱她，才能使她保持对我的爱。这就是我迟迟没去唤阿尔贝蒂娜的缘故。我渐渐地感觉到夜深了。她大概早就睡着了。我回进卧室躺在床上。

第二天一醒来，我就按铃叫弗朗索瓦兹（否则无论出了多大的事，也没人会进我的卧室）。我一边按铃一边想："我得告诉阿尔贝蒂娜，我要给她订造一艘游艇。"接过弗朗索瓦兹送来的信件，我目光并不转向她，问道："待会儿我有件事要告诉阿尔贝蒂娜小姐；她起来了吗？"——"对，她早早就起来了。"我顿时感到，仿佛一阵狂风卷起了千层焦虑之浪，先前我竟不知道有偌多的焦虑郁积在胸中呢。这阵喧嚣纷乱，让我觉得透不过气来，犹如置身暴风骤雨之中。“哦？那她此刻在哪儿？”——“大概在她自己屋里。”——“哦！那好，我待会儿去见她。”我松出一口气，她在那儿，我的烦躁消释了，阿尔贝蒂娜在这儿，可我几乎对她在哪儿变得漠然了。刚才还以为她可能不在了，这岂不好笑？我迷迷糊糊地睡了过去，虽已确认她不会离开我，但仍睡得很浅——不过，也只是事关阿尔贝蒂娜时才浅。院子里修缮工程的声响，尽管我在睡梦中还能隐隐约约听见，但我照样没醒，而从阿尔贝蒂娜卧室哪怕传来一点最轻微的声音，或者是她出去，或者是她悄悄回来时轻轻地按铃，尽管我已经睡得很深，我也会立刻惊醒，轻微的声音会传遍我的全身，使我心头乱跳，这情景就像我外婆在临终前那几天一样[1]，当时她已经不能动弹，对任何事情都没有反应，进入了医生所说的昏迷状态，但事后我听说，当她听见我平时唤弗朗索瓦兹的三下铃声时，她像一片树叶那样颤抖了几下——尽管我在那一个星期里，生怕干扰病室的安静，揿铃的动作特别轻，但弗朗索瓦兹肯定地说，虽然我自己不知道，但我揿铃的手势跟别人不一样，所以一听就知道是我在揿铃，绝不会和别人相混。这么说，莫非现在我也到了弥留之际？莫非死亡已经在临近？

这一天和下一天，阿尔贝蒂娜因为不想和安德蕾出去，就跟我一起出去了。我甚至都没跟她提起游艇的事；一起外出，使我的心情完全平静了下来。不过当晚她依然用那种新方式吻我，又使我憋了一肚子的火。我只能把它理解为向我表示她在赌气的一种方式，但感到在我向她献了那么多殷勤之后，她还这么做，简直太可笑了。我从她那儿已经得不到我所需要的肉体满足，觉得她发脾气的样子很丑，于是更强烈地感觉到，久违的明媚阳光在我身上唤醒了对周围女性和外出游玩的想望。那想必是早已忘却的零散记忆勾起的想望，当年，还是

1. 参见本书第三卷《盖尔芒特家那边》第二部。

初中生的我，在已渐浓密的绿荫下和姑娘约会，这片春日的天地啊，我们穿越季节的居所漫游之旅刚在此驻留三天，春光和煦，条条道路仿佛都径直通往乡间的野餐、河上的泛舟和欢乐的聚会，在我心目中那儿不仅是树木葱茏的乐园，而且是令人向往的女儿国，无所不在的欢乐，帮我恢复了元气。惯于疏懒，惯于禁欲，仅尝过与一个我不爱的女人的欢情，惯于待在卧室里，不出去旅游，这一切在我们昨天还身处其中的旧世界，在冬日般空旷的世界中，都是可能的，然而在这片枝繁叶茂的新天地中就不再可能了，我在这片新天地中醒来，有如一个年轻的亚当，第一次面临有关生存、幸福的问题，而身上全无先前种种消极解决办法的负担。阿尔贝蒂娜此刻成了我的负担，我注视着她，温情而又阴郁，我感到我俩没有分手是一种不幸。我向往威尼斯，而这会儿我想去卢浮宫看威尼斯画家的画作，想去卢森堡博物馆看埃尔斯蒂尔的那两幅画，我刚听说盖尔芒特亲王夫人把它们卖给了这个博物馆，当初我在盖尔芒特公爵夫人府上不胜仰慕地欣赏过这两幅画——《舞之魅》和《X家族画像》。但我担心前一幅画中有些猥亵的姿势，会在阿尔贝蒂娜身上引起一种欲望，一种对粗俗愉悦的怀念，会使她心想，一种她当初不曾体验过的生活，一种在露天小咖啡馆看焰火、喝酒跳舞的生活，说不定还真挺棒呢。在这以前，我已经在担心七月十四日[1]她会要我让她去参加街头的舞会，巴不得能出点什么事儿叫她去不成，但又知道其实出不了什么事儿。再说埃尔斯蒂尔的那两幅画，画上郁郁苍苍的南方景色中，还有几个裸体的女人，也许会引起阿尔贝蒂娜某些纵欲的联想，尽管埃尔斯蒂尔——但她难道不会贬低杰作的意义吗？——在她们身上看到的是雕塑美，更确切地说，是坐在绿荫丛中的女性躯体这不朽的艺术珍品之美。

于是我只得放弃这个想法，决定改去凡尔赛。阿尔贝蒂娜不愿

1．法国国庆节。

意跟安德蕾一起出去，正穿着一件福迪尼晨衣待在卧室里看书。我问她是否愿意去凡尔赛。她的性格中有一个可爱的特点，就是答应什么事都很爽快，这或许跟她以前有一半时间寄住在别人家里的生活经历有关，这次她决定跟我们回巴黎，也不过就考虑了两分钟。她对我说："要是我们不下车，我这么穿就行。"她打算在晨衣外面罩一件外套，犹豫片刻过后，在两件福迪尼外套中选了——仿佛是在两个朋友中间选一个带出去——一件暗蓝色的，非常漂亮，然后又在帽子上别了一枚饰针。才一分钟工夫，她就都穿戴好了，等我穿上短大衣，我们出发去凡尔赛。这种快捷本身，这种绝无二话的顺从，都使我更加放心（倒像我真有这个必要似的，其实我并没有任何明确的理由可以不放心的）。"反正我没什么可担心的，尽管那天晚上开窗声音响了些，但我要她做的事她都做了。我刚说要出门，她把这件蓝外套披在晨衣外面，马上就过来了，一个怀有贰心、觉得没法跟我过下去的人，是不会这样做的。"我俩去凡尔赛的途中，我心里这么想着。我们在那儿待了很久；整个天空蓝得发亮，几乎有点发白，就像仰面躺在草地上的游人看见的蓝天，但它又那么辽阔，那么深邃，让人感到这种蓝色纯净得没有一丝杂质，是取之不尽用之不竭的，是任你怎样深入其中，除了这种蓝色以外再也碰不到其他东西的。我想起外婆，她喜欢人类艺术和大自然中崇高的东西，当她看到圣伊莱尔教堂的钟楼在这片蓝色中刺向天空时，她内心会充满喜悦。骤然间我听到一阵起先没认出来、但知道外婆也和我一样喜欢的声音，不由得又怀念起那失去的自由。那是胡蜂飞过的嗡嗡声。"看哪，"阿尔贝蒂娜对我说，"有架飞机，飞得很高很高。"我抬头环视四周，但就像躺在草地上的游人一样，只见蓝得发白的天空一尘不染，不见任何黑点。但翅翼的嗡嗡声确实在耳边响着；蓦然间，那翅翼进入了我的视野。高处，那对细小的、发亮的棕色翅翼弄皱了一碧如洗的蓝天。我终于将嗡嗡声和它的源头，和这只在大约两千米高空来回折腾的小虫子联系了起来；我听见它在嗡嗡作响。或许，由于地面上的距离在很久以前并没像今天这样被速度所缩短，所以两公里外传来的火车鸣笛声，就像现在（今后一段时间还会如此）从两千米高空传来的飞机嗡嗡声一样，使我们激动不已，给我们带来美感，让我们暗自想道，这种竖直方向上的距离，其实是跟地面上的距离一样的，但在这新的方向上，我们会觉得距离拉长了，那是因为我们知道自己到达不了那个高度，一架在两千米高空的飞机，并不比一辆两公里外的火车离我们更远，其实也许还更近些，因为在这种更纯净的介质中实现的相同距离的旅程中，旅人与其出发地点之间不存在任何阻隔，就像船只驶过平静的海面，风儿拂过辽阔的田野，在浩瀚的大海或无垠的麦田中留下一道道划痕。

我想喝个下午茶。我们来到一家门面挺大的点心店，这家店几乎已经位于城外，当时还是小有名气的。一位夫人正要离开，让老板娘给她把衣物取来。这位夫人一走，阿尔贝蒂娜就屡屡去看老板娘，似乎想引起她的主意，但当时已经很晚，老板娘忙于收拾杯子、盆子和剩下的糕点，只在我们点单时过来了一下。于是出现了这样一幕，老板娘身材高大，她站在我们面前等我们点单时，坐在我边上的阿尔贝蒂娜每回把金黄色的目光竖直往上移向老板娘，想要引起她的注意时，都得把头仰得高高的，——老板娘正对着我们，所以阿尔贝蒂娜没法靠侧视来减缓视线的陡度。老板娘的眼睛位置实在太高，阿尔贝蒂娜光把头抬高还不行，就只得使劲抬高视线去够那个位置。出于对我的体贴，她很快就低下了眼睛，而老板娘对她未加注意，又去干她的活儿了。整个过程，就是一个小女人向高高在上、无法企及的崇拜对象一次次投去无助的央求目光的过程。这会儿，老板娘只剩邻近的一张大桌子要收拾了。那个位置，阿尔贝蒂娜只要侧视就行。可是老板娘的目光一次也没停在我的女友身上。这并不叫我感到惊讶，我知道这个我多少也算有点认识的女人有好几个情人，尽管她结了婚，但那些私情居然被她遮掩得严严实实——瞧着她这蠢得出奇的模样，我对这一点不禁感到大为惊讶。我们喝完茶了，我瞧了瞧这个女人。她专心地忙着手里的活儿，对阿尔贝蒂娜的态度近乎粗鲁，阿尔贝蒂娜频频看她，并无失礼之处，她却连看也不看她一眼。收拾好这儿收拾那儿，收拾个没完没了，收拾个心无旁骛。把小匙和水果刀放回原位的工作，倘若不是由这个高个子的美妇人来做，而是节省一些人力，交给机器去做，阿尔贝蒂娜的关注也未必会遭到如此决绝的漠视，然而这个妇人就是不肯低下眼睛，任凭自己目光迥然、体态诱人，唯一关注的只是手里的活儿。说实话，这个老板娘要不是这么个蠢得出奇的女人（这我不仅听说，而且有亲身体验），她的冷漠堪称绝巧的应对。我很清楚，一个人即使愚不可及，平时笨得一无可取之处，一旦事关私欲和切身利益，也会一反常态，适应哪怕最复杂的情况；不过话说回来，把这样一个假设，用在老板娘这么个傻婆娘身上，确实有点小题大做。她的愚蠢居然会用那么无礼的方式表现出来，真有点匪夷所思！她竟然连一眼也没瞧过阿尔贝蒂娜，可她是不可能没看见她的。对我这位女友来说，这自然让她很不受用，不过我在心底里暗自庆幸，阿尔贝蒂娜得到这么个小小的教训，该明白不是每个女人都会注意她了。我们离开了点心店，上车往回驶去，驶出一段路程以后，我突然想到，刚才忘了悄悄关照老板娘，请她千万别把我的名字和住址告诉我们进店时离去的那位夫人，我平时常让人来订糕点，老板娘一定知道我是谁。其实，我是不想让那位夫人由此间接地知道阿尔贝蒂娜的住址。但是车子已经开出很远了，我心想，为这点小事再折回去有些不值，落在那个又蠢又爱骗人的老板娘眼里，倒像我把这事看得忒重要似的。我打定主意，过一星期再去那儿喝茶的时候，一准这么关照她；想到我们免不了好忘事，该干的事情常会落下一半没干，结果一桩再简单不过的事情得干好儿遍才完事，心里不觉生出几分烦恼。

我们很晚才回家，一路上随处可见红色长裤紧挨短裙的场景，那是夜色中的情侣。车子驶过马约门回家。巴黎的建筑失却了厚重的立体感，取而代之的是单线勾勒的巴黎建筑图，犹如一座城市被毁以后，建筑师重画的复原图；但在这幅图画的上缘，有一个极为柔美的淡蓝边框，衬托得整幅图景格外动人，让人禁不住要急切地四下张望，想弄清这极为节制而又无比美妙的色调，到底是怎么回事：那是月光。阿尔贝蒂娜对此情此景赞叹不已。我不敢告诉她，倘若我是单独一人，或者是在追逐一个陌生女子，这景色更会让我心旷神怡。我给她背诵了几段描写月光的诗和散文，给她解释月光怎样从以前的银色，到夏多布里昂笔下和维克多·雨果的《埃维拉尼斯》、《泰蕾兹家的晚会》中成了蓝色，又在波德莱尔和勒贡特·德·利勒的诗中成了带有金属光泽的黄色。然后，为了提醒她回忆起《沉睡的波阿斯》[1]结尾象征新月的意象，我吟诵了整个诗篇。

当我回头去想时，我简直说不清她的生活中充斥着多少反复无常而且往往互相矛盾的欲念。谎言，无疑使情况变得更为复杂，比如说，她因为记不准以前是怎么告诉我的，那天就对我说："哦！瞧这姑娘多漂亮，高尔夫打得真棒！"我问她这个姑娘叫什么名字，她回答我时满脸都是冷淡、随便、居高临下的神情（这种神情她想必是可以随取随用的），像她这样的说谎者，遇到一个问题答不上来，就会换上这副功效屡试不爽的神情："哦！我可不知道（无可奉告，抱歉得很），我一直不知道她的名字，我看见她打高尔夫，可是不知道她叫什么。"但一个月以后我要是问她："阿尔贝蒂娜，你上次跟我说起的高尔夫打得很棒的姑娘，你认识她吧？"——"那当然！"她会想也不想就回答说，"艾米莉·达尔蒂耶呗，可我不知道她现在怎么样了。"说谎好比构筑野战工事，名字这个工事既然被攻占了，那就不失时机地构筑新的工事，守住"怎么找到她"这道防线吧。"哦！

1. 也是雨果的诗作。波阿斯是《圣经》中的人物，见《旧约·路得记》。

我不知道，我没有她的地址。也想不起有谁能告诉您这事儿。哦不！安德蕾不认识她。她不是我们那伙的，再说如今那伙同伴也各自东西喽。”另外有几次，她说的谎话简直像厚脸皮的无赖：“哦！要是我有三十万法郎年金就好了……”她咬着自己的嘴唇。“嗯，你想干什么呢？”——“我要让你，”她吻着我说，“允许我和你一起住下去。哪儿还有比这更幸福的地方呀？”可是，即使把谎话也当真话算进去，她的生活之随意任性、心愿之说变就变，还是到了令人难以置信的地步。她可以爱一个人爱得发疯，可是三个月一过，就不肯接受此人来访。她又说要开始画画，我让人去给她买画布和颜料，她却连一会儿也等不及。整整两天，她心烦意乱，急得掉眼泪（但很快就干），就像被人抢走了奶妈的婴儿。她对人，对事，对平时的消遣，对艺术，对国家，情感全都是这么不稳定，而唯有这种不稳定本身，却堪称始终如一，所以如果她爱金钱的话（对此我不大相信），想必也不会比对别的东西爱得更久。她说“哦！要是我有三十万法郎就好了！”尽管说出的是不怎么好的心思，但它也长不了，她过一阵就会把这个心思抛在脑后，就像她说要去悬崖庄园[1]（她在我外婆的那本塞维涅夫人书信集里见过庄园的图片），要去找打高尔夫的女友，要去乘飞机，要去和姨妈一起过圣诞节，或者要重新开始画画一样，这些话她都是不久以后就要忘记的。

“哎，我和您都不饿，咱们不如去韦尔迪兰夫妇家吧，”她说，“今天是他们的接待日，现在去时间也正好。”

“您不是不喜欢他俩吗？”

“哦！人家说他们的闲话是挺多的，可是他们毕竟没那么坏吧。韦尔迪兰夫人一直对我挺好的。再说，总不能见谁都跟人过不去哪。他们是有些毛病，可谁没一点毛病呢？”

---

1. 塞维涅夫人在布列塔尼的宅邸。

“您穿得太随便了，得先回家去换身衣服，那样一来时间就太晚了。”

“是啊，您说得对，那咱们就干脆回家吧。”阿尔贝蒂娜回答说，这种百依百顺的态度，每次都让我看得直发愣。

这天晚上，就像温度计的温度蹿了上去一样，晴暖的天气又往前跳了一下。春天的早晨催人早醒，我躺在床上，听见电车在馥郁的芬芳中穿行，空气中热量渐渐聚积，直至凝结得像南方地区那般致密浓郁。我的卧室里反倒比较凉快，稠腻的空气渗进以后，将盥洗室的气味、衣橱的气味和长沙发的气味隔离开来，形成三道泾渭分明的竖直的带子，相互并列而又彼此不同，半明半暗的珠光给窗帘和蓝缎扶手椅的折光平添一种清凉的意味，我从中依稀感到（这并非天马行空的想象，而是因为那确实是可能的）自己漫步在近郊某个新建的街区——有点像布洛克在巴尔贝克居住的街区，但在阳光照得人眼花的街道上，看见的不是了无生气的肉铺和白晃晃的方石，而是我兴许一会儿就要去造访的农舍餐厅，扑鼻而来的是高脚盘中的樱桃和杏子，以及苹果酒和格吕耶尔干酪的香味，各种各样的香味悬浮在凝冻般闪着幽光的阴影中，给它添上有如玛瑙那般精致的纹饰，餐桌上的棱柱形玻璃餐刀架，则在幽暗中呈现出彩虹的颜色，往桌布上投下孔雀羽饰那般美丽的斑点。

我满怀欣喜地听着窗外的汽车声，它们犹如风声一阵比一阵来得响。我仿佛闻到了汽油味。在爱挑剔的人眼里，这味儿让人讨厌（这些人看重的是物质的东西，对他们来说，这味儿污染了洁净的空气），在某些爱思考的人（他们也看重物质的东西，只是用的方式有所不同）眼里，同样也是如此，这些人注重事实，一心以为我们要是眼睛能看到更多的色彩，鼻子能闻到更多香味，那么我们就会更加幸福，就会生活得更有诗意，这无非是一种披上了哲学外衣的不切实际的想法，这种想法天真地认为，要是大家都脱下黑色的衣服，换上艳丽的服装，生活就会更美好。而对我来说（有些气味本身也许并不好闻，比如樟脑丸和香根草的气味，但它们会唤起我对到达巴尔贝克当天那片湛蓝的大海的回忆），在当初我上古尔镇圣让拉埃兹教堂去的那些大热天里，这种汽油味，和着机器里冒出的烟气，消散在蓝得发白的天空中，在那些下午，它仿佛陪伴着我散步，而阿尔贝蒂娜在那儿画画，现在虽然我身处幽暗的卧室，但它在我身边催开了朵朵花儿——矢车菊，虞美人，绛车轴草，它很像乡间的一种令我陶醉的香味，这种香味不像山楂树前凝聚的香味那样稠密，那样经久不散地漂浮在树篱跟前，而是一种流动不居的香味，大路随它逸向远方，泥土因它改换容貌，它令城堡趋前，让天空失色，使精力倍增，它是跃动和活力的象征，它重新激发了我在巴尔贝克时对登上玻璃和钢铁的吊舱的想望，但这一次并不是携着一个熟稔之极的女人去拜访旧友，而是去新的地方和一个陌生女子幽会。与这种香味时时相伴的，是路经的汽车的喇叭声，我像为军营起床号那样为它填了词："巴黎人，起来，起来，去乡间用餐，到河上泛舟，在美丽姑娘身旁，享受树荫的凉快，起来，起来。"这些遐想使我心里感到很爽，我暗自庆幸多亏有"严刑峻法"，才能让那些"战战兢兢的子民"，任她是弗朗索瓦兹，还是阿尔贝蒂娜，未经我的召唤，谁也不敢擅入"深宫内院"来打扰我，真所谓

君命威严

不准臣民在此露面。[1]

1．拉辛《以斯帖》第一幕第三场中的台词。上文中的"严刑峻法"、"战战兢兢的子民"和"深宫内院"，也都是剧中台词的用语。

蓦然间布景换了；那不复是昔日印象的回忆，而是早年一个愿望的重现，近日福迪尼的蓝金长裙唤醒了这个愿望，它在我眼前延展成另一个春天，那是一个不复有青葱翠绿的春天，树木、花草骤然间都消失了，从中显现的是我适才念叨的那个名字："威尼斯"，这个渐次清晰起来的春天，浓缩成了精华，春日的绵延、趋暖和花儿般的绽放，转化成了漫长岁月的孕育，孕育的并非污浊的泥土，而是纯洁的蓝色活水，它虽没有花蕾，却同样春意盎然，用碧波荡漾的倒影回应五月的召唤，水光潋滟的暗宝蓝色湖面，犹如横陈的胴体，拥抱着美好的五月。季节嬗变不曾改变运河没有绿荫的面貌，时代变迁也没有给这座哥特式城市带来任何变化；这是我知道，却又无法想象，或者说是竭力要去想象的，这个儿时就有的愿望，在我热切地盼着动身的那会儿，却被病魔给摧毁了。我渴望能置身向往已久的威尼斯，凝神看那被分割的海面怎样蜿蜒曲折，宛如迤逦而行的海河[1]那样，紧拥这精致的城市文明，它精致而高雅，但蔚蓝色的河道让它与世隔绝，它在孤傲中发展，自立绘画和建筑学派——这美妙的彩石水果、禽鸟之苑，大海时时给它带来蓬勃的生机，拍击那些石柱的柱身，向雕刻精美的柱头投去蔚蓝色的忧郁目光，光影斑驳，流动变幻。

是的，到了该动身的时候了。阿尔贝蒂娜看上去对我不再生气了，而从那以后，对她的占有似乎就不再是我心心念念想要得到、甘愿以其他的一切去换取的东西了。或许这是因为，我当初之所以要得到它，是为了摆脱一种忧伤，一种焦虑，而现在忧伤不再，焦虑也缓释了。当初曾以为无法迈过的那道坎儿，现在已经跨过去了。暴风雨平息了，安详的笑容重又回到我们脸上。由一种看似无缘无故，甚至漫无尽头的仇恨所引起的莫名的焦躁，终于消解了。于是，原先被暂

---

1. 原文为fleuve Océan，据英译本注，这是中世纪有些地图上对亚得里亚海伸向威尼斯的蜿蜒水道的称呼。

时撇在一边的那个问题，那个关于我们知道不可能有的幸福的问题，又摆在了我们面前。现在，跟阿尔贝蒂娜继续生活下去有了可能，而我感到，既然她不爱我，我在这种生活中得到的只能是不幸，那还不如趁她能同意的时候早点分手，这样至少我还可以有机会回味这段温情的时光。是的，该是时候了；我应当弄清楚安德蕾离开巴黎的确切日期，通过蓬当夫人采取断然措施，确保到时候阿尔贝蒂娜无法去荷兰或蒙舒凡。要是我们善于分析爱情的话，我们就会发现，我们爱一个女人往往只是因为有一个作为平衡块的男人存在，让我们想去和他比个高下；一旦平衡块撤除，这个女人的魅力就会一落千丈。对此有一个令人痛心而又不无裨益的例子，就是有的男人专爱在认识他以前失过足的女人，尽管这样的女人使他感到充满风险，他爱她一天，就得担一天风险。另一个恰恰相反，而且毫无戏剧性的例子是，一个男子一旦感到自己对所爱的女人的吸引力有所减退，就不容分说地把当初曾帮她解脱的那些约束，统统重新加在她身上，而且为了向自己证实仍爱着她，特地把她放在一个非常危险的环境中，让自己非得天天都去保护她不可。（有的男人正相反，他不许他所爱的女人去剧院，原因仅仅在于他是在舞台上看到她时爱上她的。）

于是，当分手已成定局之时，我就得挑选这样一个春光明媚的日子——这样的日子当然有的是——这天我应当对阿尔贝蒂娜毫无牵挂，心中自有成百上千别的欲求；应当不和她见面，让她先出门，我再起身准备停当，留个字条给她，既然在这段时间里她去不了让我不放心的地方，我即使外出旅游，也不用担心她会做什么出格的事情（何况那会儿我对她做些什么已经不在乎了），那我就该趁这机会，不再跟她相见，直接去威尼斯。

我按铃叫弗朗索瓦兹，想让她去给我买旅游手册和火车时刻表，就像我小时候准备要去威尼斯度假那会儿一样，当时心情之急切，并不输于此时此刻；我忘了其实有过另外一个愿望，去巴尔贝克的愿望，我实现了，却并不感到开心；而威尼斯，既然也是一个出名的旅游胜地，说不定也跟巴尔贝克一样，未必能让一个难以形容的美梦成真——这个在春意盎然的大海上打造的哥特式艺术瑰宝之梦，不时以它那欢快、温柔、不可捉摸、神秘朦胧的景象在轻叩我的心扉。弗朗索瓦兹听到铃声进来，她看上去在担心，不知道我听到她即将说的话、知道她刚才做的事以后，会有怎样的反应。她对我说：“今天先生这么晚才按铃，我真是急死了。我都不知道该怎么办了。早上八点钟那会儿，阿尔贝蒂娜小姐吩咐我把她的箱子都拿出来，我不敢说不拿，我怕来叫醒您，您会骂我。我心想您不一会儿准会按铃的，就叫她再等一个钟头，可我说了没用哪。她不肯等，只说叫我把这封信交给先生，九点钟就走了。”听她说完——一个人对自己心里到底在想什么，还真可能并不知道，我还满心以为我对阿尔贝蒂娜已经根本不在意了呢——我差点儿接不上气来，我双手捂住胸口，一阵燥热袭来，手心里全都是汗，自从阿尔贝蒂娜在小火车上把她和凡特伊小姐的事告诉我以后，我已经很久没有这样大汗淋漓了，我好不容易才勉强说出下面这几句话：“噢！很好，弗朗索瓦兹，谢谢您，您没来叫醒我当然做得很对。请让我一个人待一会儿，过后我会按铃叫您的。”

La Prisonnière 梗概

与阿尔贝蒂娜共同生活：第一天。街上的喧闹声，在音乐声中醒来（3）。阿尔贝蒂娜在巴黎和我住在同一幢房子里（3）。阿尔贝蒂娜反复哼唱的歌（5）。气压计小人儿（6）。妈妈的信，她对我打算娶阿尔贝蒂娜抱有敌意（7）；她得回贡布雷去（8）。有关我的睡眠，阿尔贝蒂娜得受一些规矩的管束（9）。弗朗索瓦兹对传统的尊重（9）。阿尔贝蒂娜智力的长进和外貌的变化（11）。安德蕾陪阿尔贝蒂娜去散步；我劝她们别去比特–肖蒙公园（13）。我对安德蕾的信任（13）。我不再爱阿尔贝蒂娜了；可是爱情刚走，嫉妒接踵而至（15）。无法逃离蛾摩拉，它在这世上无所不在（17）。阿尔贝蒂娜出门后，孤独的乐趣（19）。小树枝在壁炉里燃烧的气味，让我回想起贡布雷和冬西埃尔（21）。从窗口看见的那些陌生女人，使我对跟阿尔贝蒂娜一起幽居在家里感到遗憾（22）。嫉妒，无从控制的间发症（23）。

傍晚时分，我去拜访德·盖尔芒特公爵夫人（25）。她已不再是我童年时代那个神秘的德·盖尔芒特夫人（26）。我向她请教有关阿尔贝蒂娜衣着打扮的问题（27）。公爵夫人身穿的福迪尼长裙（28）。她的谈吐中法国式的典雅（28）。她不记得德·盖尔芒特亲王夫人府邸的那次晚会上，德·肖斯比埃尔夫人也在场，所以也就不记得微不足道的德雷福斯案件了（34）。我赶快把话题从德雷福斯案件扯开，回到公爵夫人的裙子上来（38）。我从她家出来时，在院子里碰到德·夏尔吕先生和莫雷尔，他俩上絮比安的裁缝铺去喝茶（39）。德·夏尔吕先生为“请客喝茶”的说法，冲莫雷尔发脾气（39）。德·夏尔吕先生收到俱乐部听差的一封信（41）。德·夏尔吕先生和德·福古贝先生；作者向读者解释描绘这些奇怪场景的理由（42）。絮比安的侄女说“请客喝茶”，其实是学的莫雷尔；这位姑娘平素谈吐温文尔雅（43）。莫雷尔想跟她结婚的念头，让男爵满心欢喜（44）。他把自己想成这对未来的年轻夫妇的导师和保护神

（46）。莫雷尔恬不知耻的计划（47）；他那病态的神经质（48），在布洛克和尼西姆·贝尔纳先生面前都有所表现（49）。

从德·盖尔芒特公爵夫人家出来，山梅花的小插曲（50）。通常，埃尔斯蒂尔、贝戈特、凡特伊的作品总能抚慰我的心灵，让我在等阿尔贝蒂娜回家的时候不那么焦躁，使我对她产生一种激情；我没告诉任何朋友她住在我家里（52）。阿尔贝蒂娜知道我妒心很重后，不再对我无话不说了（53）。她就在眼前，使我感到快乐（54）。安德蕾的缺点渐渐暴露出来；她的酸劲儿（55）。她中伤巴尔贝克打高尔夫球的那个年轻人（55）。我想从安德蕾那儿了解阿尔贝蒂娜外出的情况；调查一无所得：不信任和欺骗都由嫉妒而来（56）。安德蕾离开后，阿尔贝蒂娜穿着睡袍走进我的屋里（58）。她对精致的衣饰有浓厚的兴趣（59）；她成了风雅的女人，而且变得很聪明（59）。我们在那些少女身上见到的性格是多变的（59）。同样，絮比安的侄女也对莫雷尔和德·夏尔吕先生改变了看法（62）。阿尔贝蒂娜在晚上给我弹琴；这位当初在巴尔贝克自由自在、令人垂涎，如今却在我家中深居简出的姑娘，她在我心间激起的欲念还在那儿荡漾（63）。一年年过去，我眼中不同的阿尔贝蒂娜（64）。睡着的阿尔贝蒂娜（66）。我凝视睡梦中的她（67）；有时我会品味到一种不那么清纯的乐趣（68）。她的醒来（70）；“我亲爱的马塞尔”（71）。她不再是当初我在巴尔贝克寻觅的那个神秘的阿尔贝蒂娜，而是一个尽可能让我感到熟悉的阿尔贝蒂娜（71）。她的吻就如以前妈妈的吻那样温馨（73）。我渐渐变得愈来愈像所有的那些亲人，尤其是莱奥妮姑妈（74）。和阿尔贝蒂娜缱绻的甜蜜时刻，始终蕴含着危险（76）。

第二天。我在不同的时刻醒来，天气也变了；我的懒散依然故我（77）。我记起在巴尔贝克时，埃梅告诉我阿尔贝蒂娜在那儿（80）。他为什么觉得她“风度欠佳”呢（80）？我对阿尔贝蒂娜的每个女友都起了疑心（81）。骤然发作的嫉妒（81），即使我们所爱的人已经死了，妒意仍会纠缠不休（83）。

这天晚上，阿尔贝蒂娜对我露了口风，说她第二天要去拜访韦尔迪兰夫人（83）。我从她的目光中揣测她说这话的意思（84）。我建议阿尔贝蒂娜去一些别的地方，好让她去不成韦尔迪兰家（87）。她是那种逃逸的女人（88）。她对我说的话使我忧虑不安，这种情绪反复出现，无休无止（91）。我们与其说是为了一个女人，不如说是为了维系在她周围由习惯所张成的那张网，在奉献我们的生命（93）。弗朗索瓦兹的嫉恨，她有关阿尔贝蒂娜的女巫语言（94）。趁阿尔贝蒂娜去换衣服的当口，我给安德蕾打电话；电话女神（95）。只有我才能用一种表示占有的口吻说“阿尔贝蒂娜”（96）。我请求安德蕾阻止阿尔贝蒂娜去韦尔迪兰夫妇家，后来又对她说，我要和她俩一起去（97）。阿尔贝蒂娜回我屋里时，我告诉她我刚给安德蕾打了电话；阿尔贝蒂娜说她俩碰到过韦尔迪兰夫人（98）。嫉妒的走马灯（99）。阿尔贝蒂娜想劝阻我陪她去韦尔迪兰夫妇家；她提议明天去一家大商场；对我而言，她无异于一连串无法解答的问题（100）。阿尔贝蒂娜归我所有的时间，从数量上来说，比在巴尔贝克那会儿多了；我陪她去巴黎附近的机场（101）。外出回家，我的心情不像在巴尔贝克时那么平静（102）。我让她第二天去特罗卡代罗宫看募捐演出；我用我小时候父母对我说的话来训斥阿尔贝蒂娜（103）。我对她变得很严厉，不复是以前那个兴奋而敏感的我了（104）。我又想动身去威尼斯（105）。对自己所爱的人狠心、欺骗，是再自然不过的事（106）；她敷衍了事的吻，使我变得焦躁不安（108）。有时候，我使个小花招让她睡在我的卧室里（109）。我重又凝视熟睡的她（109）和醒来的她（110）。

第三天。阿尔贝蒂娜说要去韦尔迪兰夫妇家的第二天，我醒得很早，这天是一个插入冬季的春日（111）。街上的喧闹声，商贩的叫卖声（112）。弗朗索瓦兹给我拿来《费加罗报》，传话说阿尔贝蒂娜决定去特罗卡代罗，而不去韦尔迪兰夫妇家，但我已经觉得无所谓了（116）。阿尔贝蒂娜进来，引用《以斯帖》中的台词；我俩彼此说着谎话（116）。她将死于骑马事故的预感（117）。关于品种繁多的睡眠方式的题外话，与它们相伴的记忆麻木或记忆丧失（118）。安眠药的效用，梦（119）。文艺复兴时期的那些 Pietà（122）。再说巴黎的市声；阿尔贝蒂娜对商贩叫卖的美食情有独钟（123）。她说到冰淇淋时妙语如珠、意象联翩（125）。

阿尔贝蒂娜出门了，我感到她的身影仍在我眼前（129）。安德蕾能陪她去特罗卡代罗，我还是高兴的，因为我对司机的信任度降低了：有一次去凡尔赛兜风，阿尔贝蒂娜把他打发走，单独玩了七个小时（129）。吉尔贝特贴身女仆告诉我的隐情：在我热恋吉尔贝特的那段时间里，她爱着另外一个小伙子（132）。我走到窗前，重又听见街上的喧闹和吆喝声（134）；我瞧见店里雇佣的姑娘在忙乎（136）。我请弗朗索瓦兹去找个这样的姑娘，让她帮我跑趟腿（137）：弗朗索瓦兹找的那个乳品店姑娘，我曾经注意过她（137）。我先看妈妈从贡布雷的来信，她担心阿尔贝蒂娜会一直住在我这儿（138）。弗朗索瓦兹领乳品店的姑娘进来（139）。想象中的姑娘与身旁的姑娘的差距（140）；这个姑娘很快变回了她自己（141）。我一边跟她说话，一边看《费加罗报》，看到我认识的那个名声不佳的莱娅，居然要在特罗卡代罗出演《奈丽娜的诡计》（142）。在巴尔贝克那会儿，阿尔贝蒂娜说到莱娅时往往自相矛盾（142）。不能让阿尔贝蒂娜跟莱娅在特罗卡代罗相见（144）。我打发走乳品店的姑娘，想找出个办法（146）。妒意使我回忆起阿尔贝蒂娜堕落、不忠的形象（147）。我派弗朗索瓦兹到特罗卡代罗去找她（150）。弗朗索瓦兹受女儿的影响，说话方式堕落了（152）。她让女接线员在电话里给我传话，说阿尔贝蒂娜就要回来（153）。我觉得自己像个奴隶，不再急不可耐地要见到阿尔贝蒂娜，在钢琴上弹奏凡特伊的奏鸣曲（155）。凡特伊的音乐有如瓦格纳的作品，帮助我进入自己的内心（157）。十九世纪的伟大作品往往有一种本质的，却又是最后才完成的整体性，文学作品如此（158），音乐作品亦如此（160）。我的音乐遐想转到莫雷尔身上，德·夏尔吕先生觉得莫雷尔的时间安排是个谜（161）。没过多久，我在楼下院子里听到莫雷尔骂絮比安的侄女："我叫你婊"（162）。阿尔贝蒂娜回家前，我心头一片宁静；她的新戒指（163）。我们乘车去布洛涅树林（165）。隔着车窗瞧见路旁的那些少女，我激动异常（165）。和阿尔贝蒂娜谈起特罗卡代罗宫的建筑（166）。我没跟阿尔贝蒂娜说，暗自决定晚上去韦尔迪兰夫妇家（168）。跟阿尔贝蒂娜一起生活，使我没法去威尼斯旅游，也没法结识路旁的那些年轻女工或女店员；阿尔贝蒂娜好像也在看她们（168）。在相识的女人身旁体验到的失望，和对曾去过的城市的失望是相似的（170）。阿尔贝蒂娜的驯顺，把这些少女归还给尘世之美；但被幽禁的阿尔贝蒂娜失却了自身之美（171），只有回忆起在巴尔贝克初次见到她时心旌飘摇的情景，才能重温阿尔贝蒂娜之美（172）。布洛涅树林，我俩平行的影子（173）；回家路上，凯旋门上空的满月（174）。

我俩在她的卧室里一起吃晚饭；"一座监狱无所谓漂亮不漂亮"（174）。她不耐烦的动作跟她的百依百顺形成对比，我暗自思忖，她是不是在打算挣脱这条锁链（176）。偶遇吉赛尔，她的话——虽然说得很谨慎，但可能正因为如此——证实了我的怀疑（176）。这伙女友说的谎话可以嵌套得严丝密缝（178），跟另一个领域里的出版商、报社经理和他们的合伙人的行径如出一辙（178）。阿尔贝蒂娜承认说了谎，我真想知道她还对我说过哪些谎话；每个被爱的人都像个雅努斯（179）。我打算骗她说要和她分手，但暂时对这个计划三缄其口（180）；为了让她过得舒心，我想给她定制一条福迪尼长裙（181）。

我听说那一天贝戈特死了；治疗人为地延长了他的病程（181）。他足不出户已有好些年头，但对少女出手慷慨，因为她们使他饱含创作激情（182）。他在去世前的几个月里常做噩梦（183）。请来的医生意见往往相左（184）。试用各种麻醉剂（185）。参观荷兰画展时，在弗美尔的《德尔夫特小景》前倒地而死；就此永远死了吗？（186）道德责任的法则，艺术家对它无法视而不见，因此，认为贝戈特并没有就此永远死去，也是有道理的（187）。阿尔贝蒂娜对我谎称她去看过贝戈特，其实那时贝戈特已经死了（187）。感官证据无法让我们知道阿尔贝蒂娜是否在说谎（188）；有例子可以证明，感官证据是思维运作的结果：例如那位膳食总管说的“共厕”和餐馆门童说的“老婆子”（188）。阿尔贝蒂娜说谎禀赋出众，但她的一个女友比她更胜一筹（190）。

韦尔迪兰夫妇与德·夏尔吕先生失和。我对阿尔贝蒂娜说要去看朋友，但没告诉她是去韦尔迪兰夫妇家（192）。在街上遇见满脸是泪的莫雷尔，他后悔自己伤害了未婚妻（193）。他的出尔反尔和厚颜无耻（194）。他对为他而痛苦的少女，有一种怨恨（195）。这一天我有两个收获：一是下了决心跟阿尔贝蒂娜分手，二是领悟到艺术与人生的虚妄是相关的；但好景不长，两个收获当晚就丢了（197）。汽车驶近孔蒂河畔，我瞧见布里肖从公共马车上下来；尽管戴着功能强大的新眼镜，他仍差不多是个瞎子（197）。我们说起斯万；斯万之死曾使我非常震惊（198）。我把他作为主要人物写进小说，他会因此活在人们心中（199）。本来我还有些事情要问斯万（200）。布里肖为我回忆当年韦尔迪兰夫妇在蒙塔利韦街的客厅，斯万是在那儿认识奥黛特的（201）。

我在韦尔迪兰府邸跟前遇见德·夏尔吕先生，他身后跟着一个小混混；他成了个大腹便便的怪物（203）。他让布里肖感到不自在（204）。同性恋与精神素养的提升（205）。德·夏尔吕先生讳莫如深的癖习，不仅从脸上可以看出，而且充溢于他的言谈之间（207）。他跟我谈起我表妹——阿尔贝蒂娜的衣着（208）；在这方面他有精细观察的天赋，他可以成为一个大师级的作家（209）。他着装之随便（211）。他和莫雷尔俨然是夫妇、父子关系（212）。他摆脱社交圈的约束，举手投足跟他过去严加抨击的举止非常相似（213）。他对我们说，他是这天早上偶然见到莫雷尔的，由此可以确信他一小时前刚见过莫雷尔（214）。晚会过后不久，男爵无意间打开一封莱娅写给莫雷尔的信——她称他“下流的妞儿”；男爵惊愕万分，陷入痛苦之中（216）。“此道中人”是什么意思？德·夏尔吕先生不是专业作家，所以这些事情对他来说不会有什么用处（217）。他问我布洛克近况如何（218）；莫雷尔在女人身上的成功，使他感到高兴（219）。

德·夏尔吕先生告诉我，晚会是他为韦尔迪兰夫妇张罗的：女主人被剥夺了请柬发放权，请柬都由夏尔吕来发（221），他邀请了会对莫雷尔有所好评的圈内人士（221）。他还想给被保护人在文学报刊上扬名，为此与贝戈特一直保持联系（223）。德·夏尔吕先生告诉我，凡特伊小姐和她的女友会参加晚会（224）。我心头感到一阵剧痛（225）。我的猜疑转到她俩身上（226）。在韦尔迪兰府邸的庭院，萨尼埃特赶上我们（227）。在前厅，夏尔吕对仆人态度亲昵；由于萨尼埃特用了个古色古香的词，韦尔迪兰先生粗鲁地呵责他（229），然后又因为萨尼埃特提到舍巴多夫亲王夫人去世，大声地训斥他（231）。韦尔迪兰夫妇向来有撮合或离间来客的习惯（231）。德·夏尔吕先生没有把韦尔迪兰夫人提议的人选列入邀请名单，她大为光火（232）。男爵前后不同的态度（233）；他对莫莱夫人的猛烈抨击（236）。韦尔迪兰沙龙从德雷福斯案件中得益（238）。俄罗斯芭蕾舞团把韦尔迪兰夫人安排在最靠前的包厢里（240）。她对舍巴多夫亲王夫人的去世表现得无动于衷（242）。

她在听凡特伊的音乐之前，先采取预防措施抹了药（244）。她告诉我，凡特伊小姐和她的女友不来了（245）。莫雷尔大有长进，变得礼貌周全（246）。德·夏尔吕先生跟好几位与他有同好的贵宾的悄悄话（247）。韦尔迪兰夫人拿定主意要挑拨夏尔吕和莫雷尔的关系（248）。男爵邀请的宾客冷落韦尔迪兰夫人（250），唯有那不勒斯王后是例外（250）。

德·夏尔吕先生要求来宾们保持肃静；音乐会即将开始（252）。演奏的是凡特伊一部尚未公开演奏过的作品（253）；它让我想起那首奏鸣曲，但面目焕然一新（254）。韦尔迪兰夫人、乐师们和莫雷尔的表现（255）。音乐把我的思绪引向对阿尔贝蒂娜的爱情（256）。然而在这部作品的开头，有一种更神秘的东西似乎在向我许诺（257）。凡特伊的音乐让人感到他勇气十足（258）。艺术也许并不像生命一样虚幻（259）。凡特伊特有的音调（260）。每个音乐家都来自一个被他忘却的国度（261）。音乐，也许是所谓心灵交流的唯一实例（263）。七重奏中反复出现的乐句（264）；最终凯旋的欢乐动机（265）。这种欢乐，我果真能得到吗？（265）凡特伊小姐的那位女友，解读了作曲家留下的谱纸上的配器记号，使他的作品重见天日（266）。它给我带来一种神奇的召唤（267）。天才与癖习之间，有着深刻的依存关系，这种关系从凡特伊的这部作品中清晰可见（269）。

音乐会结束后，萨尼埃特被韦尔迪兰先生赶出门，在院子里突然发病（271）。宾客排着队向男爵道别；他没让他们去向韦尔迪兰夫人致谢（272）。德·夏尔吕先生的俏皮话（272）。德·莫特马尔夫人向夏尔吕提议举办一场晚会，请莫雷尔去演奏小提琴（275）。夏尔吕安排邀请名单，置当事人意愿于不顾（277）。德·阿让库尔先生与性欲倒错（278）。来宾中没人理睬韦尔迪兰夫人，她非常生气，德·夏尔吕先生的一番话更使她怒火上升（280）。那不勒斯王后把扇子落下了（280）。男爵志满意得（281），庆幸不曾邀请莫莱夫人（282）。女主人韦尔迪兰夫人不能容忍别人抢她风头（284）。德·夏尔吕先生与德都尔将军的对话（286）。韦尔迪兰夫人让布里肖牵制住德·夏尔吕先生，好让她丈夫劝莫雷尔悬崖勒马（287）。布里肖违心地答应下来（288）；他学究气十足地在我面前为韦尔迪兰夫人辩护（288）。布里肖带我走到德·夏尔吕先生跟前（291）。布里肖对我说起当年韦尔迪兰家的客厅，它为如今客厅中的物件平添了一份生机（292）。德·夏尔吕先生评论莫雷尔的演奏：那绺头发！（295）他没告诉我有关凡特伊女儿的信息，但对我很友好（296）。他欣赏布里肖的才智的理由（297）。德·夏尔吕先生激起我深切的同情；我往往缺乏自尊（299）。德·夏尔吕先生去索邦大学听布里肖讲课（300）。我请男爵知道凡特伊小姐要来巴黎的消息后，马上通知我；他说他还欠我一个人情（301）；德·维尔巴里西斯夫人的去世，她在社交界的真正的地位（302）。我知道阿尔贝蒂娜肯定会回家，就又留了下来（303）；待会儿回家，我要装出想跟阿尔贝蒂娜分手的样子（304）。布里肖把夏尔吕引到同性恋的话题上来（305）。德·夏尔吕先生的统计数字（307）。他说到斯万、奥黛特以及奥黛特的众多情人——其中有他（308）；德·克雷西先生（311）。穿越时代的同性恋风尚：路易十四时代（313）；德·夏尔吕先生的推理（314）。让他看不懂的是，如今就连爱女人爱得发狂的男人，也成了男同性恋者（317）。他感到很愤慨，女人居然也谈论起这一话题来了（319）。

趁这当口，韦尔迪兰先生去开导莫雷尔（320）；随后是韦尔迪兰夫人（321）。她轻而易举就说服了莫雷尔（322）。她挑起莫雷尔对男爵的敌意（324）。我们回到客厅，莫雷尔拒绝跟德·夏尔吕先生打招呼（328），夏尔吕满脸惊愕（328）。他不明白这样公然断交的起因是什么（330）。那不勒斯王后回来找扇子，愤慨地看到这一幕（332）。她骄傲地用胳膊夹着德·夏尔吕先生的手，扬长而去（333）。这次晚会以后，德·夏尔吕男爵变化很大；他生病了（334）。他的道德完善，这种完善随着疾病的痊愈而消失（336）。韦尔迪兰夫妇对萨尼埃特的慷慨（337）。某些家庭中常用的特定词汇（338）。我在韦尔迪兰先生的天性中发现意想不到的长处（338）。

渐渐失去的阿尔贝蒂娜。布里肖陪我离开韦尔迪兰府晚会回家（340）。他旁征博引，对德·夏尔吕先生的谈话大加评论（341）。到了家门口，望见阿尔贝蒂娜房间里的灯光（344）。它是我让自己在里面做奴隶的象征（345）。阿尔贝蒂娜有事瞒着我；她知道了我去韦尔迪兰家，非常生气（346）。我的怒火（346）。她承认去巴尔贝克的故事是编出来的（347）。我想用凡特伊小姐的事来给她狠狠一击（348）。阿尔贝蒂娜说自己跟凡特伊小姐很熟是说谎，为的是在我眼里变得有魅力一些（349）。我弄懂"砸缸"的意思后，看到了一个陌生的阿尔贝蒂娜（353）。为了能留住她，我假意提出要跟她分手（354）。布洛克表妹埃丝特那张照片的实情，她说了出来（356）。回想当初，我对吉尔贝特说我俩得分手时，心头充满忧伤（357）。就阿尔贝蒂娜而言，要和我分手的意图是以一种隐晦的方式表现出来的（359）。一个跟理智告诉我的阿尔贝蒂娜的形象截然相反的阿尔贝蒂娜（360）。她对叙述自己的往事觉得难以启齿（361）。阿尔贝蒂娜的表里不一，人家提到那些行为不检的少女时她三缄其口（362）。阿尔贝蒂娜又承认一件事：与莱娅一起出去玩过三个星期（364）。蛾摩拉人彼此看上一眼就能相认（364）。我要演这么一出断交的戏，还有来自遗传的隐秘原因：当年莱奥妮姑妈对付弗朗索瓦兹的办法（366）。我发兴赌下去（368）。我对她千叮咛万嘱咐（369）。阿尔贝蒂娜打算去都兰姨妈家，我听了心里一阵发凉（372）；我表示要和她续约，骤然结束了这出闹剧（373）。这场闹剧的预兆意义；在阿尔贝蒂娜的卧室里，她睡着了：寓意死亡的形体（374）。

在一起的第四天。下一天早晨我分析昨晚的闹剧：那相当于外交上的虚张声势（375）。妈妈的来信：她对我有意和阿尔贝蒂娜一起生活深感忧虑（378）。阿尔贝蒂娜想用老办法来消除我的疑虑，但没能奏效（379）。弗朗索瓦兹一眼就能看透阿尔贝蒂娜，她的含沙射影（379）；她想挑拨我和阿尔贝蒂娜的关系，这一点似乎跟韦尔迪兰夫妇很相像（381）。美丽的女囚的艺术品位（383）。福迪尼长裙（383）。她只是个我想要摆脱的惹人嫌的奴隶（386）；她为我弹钢琴（386）。音乐天使（386）。她给我弹凡特伊的作品（387）。凡特伊音乐作品的真谛；它们再现了我曾经感受过的愉悦情绪：马丁镇的钟楼，巴尔贝克那条小路旁的几棵树，还有浸过小蛋糕的那杯茶（389）。艺术家所展示的那个陌生的、独特的世界的特性，比作品本身更有力地证明了天才之所以为天才，音乐如此，文学亦如此（389）。我给阿尔贝蒂娜列举巴尔贝·德·奥韦伊、托马斯·哈代和陀思妥耶夫斯基作品中的例子（390）。重新审视那种种印象时，我想起那个唯物论的假设：艺术是虚无的（397）。阿尔贝蒂娜在我心目中难道就是一件艺术品——“钢琴前的圣塞西尔”吗？不是这样：我爱她的理由是与艺术无关的，我爱的是她身上我所不了解的东西（398）。对她往昔生活的挥之不去的好奇，一直折磨着我（400）；爱情，就是在心中变得可以感知的空间和时间（401）。她俨然就是时间女神（402）；她宁静的睡眠（403）。

最后的时日。最美的季节来到了（403）；我决心改变自己的生活，却没法做到（404）。我从蓬当夫人那儿知道，阿尔贝蒂娜三年前就去过比特-肖蒙公园，这样就能解释阿尔贝蒂娜上一年跟我从巴尔贝克回来以后，何以会如此听话（405）。脑海中浮现出她性格上的两个特点：一个是做一件事总想几头讨好——眼下是想同时讨好我和安德蕾（406），另一个是，一旦受某种乐趣无法抵御的诱惑，会浑身是劲地说干就干（407）。她终有一天会离开我，但我想选个时刻，等急性发作期过去再说（409）。她穿上福迪尼长裙的那个夜晚，我发了脾气（410）。我向她道歉（411），然后我重提特罗卡代罗演出和韦尔迪兰晚会之事，她又承认一些事（412），我指责她和安德蕾的关系，挑明她离开巴尔贝克的原因（413）。我再次道歉后，她拒绝像前几晚那样抱吻我（415）。预感（415）。她两度拒绝回吻我（417）。夜里的开窗声，再度有死亡预感（417）。

下一天，我醒来时担心阿尔贝蒂娜已经走了，但弗朗索瓦兹告诉我她还在卧室后，我又对她觉得不在乎了。新的死亡预感（419）。我俩一起去凡尔赛（420）。空中一架飞机的嗡嗡声（421）。在点心店里，她直勾勾地望着老板娘（422）。夜晚的回程（423）；巴黎的月光使我想起十九世纪大诗人的诗句，我给阿尔贝蒂娜吟诵这些描写月光的诗句（424）。她想去韦尔迪兰夫妇家，但后来还是听我的话回家了（425）。

我醒来时周围明媚的春光，熟悉的声音和香味（426）。汽车声和汽油味使我想起巴尔贝克，我向往携一个陌生姑娘去乡间幽会（427）。去威尼斯的愿望；不想带阿尔贝蒂娜一起去，我已决意和她分手（428）。按铃叫弗朗索瓦兹，想让她去给我买旅游手册和时刻表，但她告诉我，阿尔贝蒂娜小姐早上九点钟出走了！（429）

La Prisonnière 附录

著译亲和：文学的感召与天赋

继《追寻逝去的时光》第一卷《去斯万家那边》和第二卷《在少女花影下》之后，周克希先生又独立完成了该书第五卷《女囚》的翻译。这是普鲁斯特汉译的一件可喜之事。周先生曾经表示，他立志翻译《追寻逝去的时光》，无非想尝试看看，能否“走上一步，两步，甚至三步”。《女囚》新译的竣工，为这“三步曲”画上了一个完美的休止符。

《女囚》在全书中的地位较为特殊，这煌煌七卷巨著中的第五卷，发表于1923年，即普鲁斯特去世后的第二年，可称第一遗作。这一卷的酝酿，后于《追寻》的原初计划。1913年首卷《去斯万家那边》自费付梓时，小说遵循的是《逝去的时光》和《寻回的时光》这样首尾相应、两极均衡的构架。首卷发表以后，普鲁斯特才想到扩充中间部分，由此充实了大量新的材料。《女囚》因此而诞生。

《女囚》的情节简之又简，主要内容是主人公如何将女友阿尔贝蒂娜囚于家中，直至某一日醒来，发现她已逃之夭夭。故事取材于作者生活中的一大感情波折。1907年始，普鲁斯特每年去诺曼底滨海卡堡消暑，经同学比才引荐，摩纳哥汽车出租公司的阿戈斯蒂耐里（Agostinelli）成为随身司机。两人感情弥笃，1913年夏季至岁末，在巴黎度过一段非常的封闭型恋情生活，此后阿戈斯蒂耐里因无法忍受普鲁斯特的专制，突然不辞而别，远走南方，1914年5月30日在地中海海域驾习飞机失事身亡。悲痛之余，普鲁斯特对亡者身前行迹明察暗访，同时又反躬自省。几经熔铸，阿尔贝蒂娜（Albertine）这一人物脱颖而出。尽管阿尔贝蒂娜在第二卷《在少女花影下》业已出现，但到了此卷，才栩栩如生，卓然特立，成为贯穿第五卷《女囚》与第六卷《失踪的阿尔贝蒂娜》的中心人物，甚而延续到末卷《寻回的时光》。《追寻》为之补叙千页，增幅达三分之一强。学界将此新增的内容称为“阿尔贝蒂娜系列”。

毋庸讳言，普鲁斯特极力倡导“深层自我”。小说的自我与现实的自我是剥离的，与生活原型截然不同。同性交往已变为异性相恋，男友的空难也演化成女友的坠马。情节处理早已使生活经验面目全非。更应指出的是，虚构改写，使《女囚》成为阿尔贝蒂娜系列的核心，作为《追寻》的一个有机部分而融入整部小说，对其主题和形式建构起到了不可或缺的作用。

简化的故事包含着深厚的主题信息。阿尔贝蒂娜从入住到出走，时间压缩在六天之内。空间也呈封闭状态。主人公偶尔出门参加韦尔迪兰夫人沙龙音乐晚会，除此之外，与阿尔贝蒂娜厮守巴黎寓所，寸步不离。这种浓缩的时空，颇具古典悲剧的氛围。正如拉辛的《贝蕾妮丝》（*Bérénice*）和《菲德尔》（*Phèdre*），其时空窒息，让人切身感受到嫉妒的强烈压迫。嫉妒介于爱情与痛苦之间，叔本华哲学的生之痛苦，在此找到了印证。但普鲁斯特似乎更进一层，他对这一现象采用了近乎生理心理学的剖析。爱情和痛苦并蒂莲生，嫉妒为其表征。究其原因，是恋爱者永远无法占有恋爱对象。肉体可以占有，心思却难以测度。阿尔贝蒂娜昔日的行踪，眼下的所思所想，都是解不开的疑团。人近在咫尺，却若隐若现，永远是一个稍纵即逝，难以捉摸，无法企及的“遁避的生灵”（être de fuite）。鉴于阿尔贝蒂娜的蛾摩拉前科，主人公将其软禁家中，断绝其与一切女友的来往。就此而言，这一卷卷名（*La Prisonnière*）似亦可译作“囚女”。意即身系樊笼，却难得其心，及至不告而别，销声匿迹，始终是花非花，雾非雾。恋爱双方互为陌生人，但又渴望了解对方，这就必然嫉火中烧。普鲁斯特在自传体小说《让·桑德伊》中已有定言，“最可怕的是不谙底细”。《女囚》对这一心态作了淋漓尽致的剖析。主人公事事过问，因知情而生痛苦，而越痛苦就越想知情。他对阿尔贝蒂娜，欠缠绵缱绻，多刨根问底。爱情的表白往往代之以“宗教裁判所式的”感情宣泄。如此反复，恶性循环。结果出现了黑格尔所言的反主为仆的戏剧场面，囚人者自囚，主人公最终无法脱身，赴威尼斯的计划一拖再拖，困在为他人设计的牢笼里而无法自拔。

这场嫉妒型爱情翻演的是“斯万的爱情”（《去斯万家那边》第二部）。斯万对奥黛特昔时的不轨充满狐疑，备受煎熬，每每兴师问罪，欲罢不能。其爱，犹如主人公对阿尔贝蒂娜的眷恋，并非出于对姿色才华的倾心，而是为求洞悉其秘密，搞个水落石出的本能冲动。对普鲁斯特而言，嫉妒较爱情更胜一筹，它是穿破谎言，窥探人物奥秘，揭开事物真相的一把钥匙。嫉妒并非意味丧失理智，而是超越事物表象的一种意志呈现。事物的表层符号满是欺伪，细看细读，方能接近真相。从某种意义上来说，嫉火正是寻找真理的激情之火。揭穿谎言，探寻对方的隐秘，有助于深化我们对人类心理的认识。同时，这种嫉妒型的爱情又是一种病状。在普鲁斯特笔下，医学临床词汇比比皆是，这种病态心理时时被喻为“病症”和“恶瘤”。似乎只有时间才是唯一的良药。主人公从斯万和自身的双重经历中领悟到，囚禁强占均徒然无益，从中一时获取的，至多是虚幻的慰藉。唯有青春流逝，年迈心衰，创口许可愈合，激情才会退却，心灵方能获得超度。

《女囚》与《去斯万家那边》在嫉妒上的主题呼应，足以证明《追寻》是一座结构严谨的宏伟建筑，犹如一座巍巍壮观的大教堂，各类构件对称和谐，交相映辉。除了嫉妒之外，另有不少主题的处理，也显现出某种对称的原则，甚或某种镜像关系。有人谓《追寻》是一部典型的“上流社会喜剧”。这一点，通过韦尔迪兰夫人的沙龙，就得到了充分的展示。前几卷中，小说“两边”并进，双管齐下，分别描绘了以“斯万家”和“盖尔芒特家”为代表的两种上流社会，一属资产阶级，一为贵族阶层。这两种社交世界泾渭分明，门槛森严。斯万家境富裕，趣味高雅，艺术鉴赏力超人，遂被巴黎高级贵族沙龙纳为座上客。而其夫人奥黛特，身为半上流社会女子，从未能涉足其间。斯万最终不得不屈尊下就，跟随她出入附庸风雅且俗不可耐的韦尔迪兰夫人的市侩沙龙。《女囚》重写韦尔迪兰夫人沙龙举办的音乐晚会，旨在深化这一主题，表明上述那种井河两分，其实并非截然不变，久而久之，会渐渐出现分裂、移位和重组的现象。按照塔尔德（Gabriel Tarde）的模仿规律说和“社会多棱镜”理论，有些事物看似整齐划一，亘古不变，其实盘根错节，瞬息万千。社会价值更是如此。盖尔芒特沙龙和韦尔迪兰沙龙，初看起来各有洞天，老死不相往来，其实不然。两种社交圈互斥互并，相辅相成。《女囚》中韦尔迪兰夫人举办的音乐晚会，就是两家串门，首次联台的最佳表演。为了给宠儿小提琴手莫雷尔扬名，盖尔芒特公爵之弟夏尔吕先生借韦尔迪兰公馆，亲邀贵族名流赴会。贵宾莅临捧场，却把主妇韦尔迪兰夫人冷落一边。盛怒之下，韦尔迪兰夫人造谣中伤，迫使莫雷尔与夏尔吕一刀两段，以此雪清这奇耻大辱。饶有意味的是，这种“阶级报复”恰恰形成了扭转局面的契机。这次晚会首次促成两边人士的共处，韦尔迪兰夫人的社交生涯由此获得了决定性的升迁。小说末卷，主人公前去盖尔芒特亲王夫人家参加午后聚会，惊奇地发现这显贵不是别人，乃是昔日被盖尔芒特家族嗤之以鼻的韦尔迪兰夫人。原来资产者寡妇与贵族鳏夫早已喜结良缘。另外，为贵族圈不齿的奥黛特，在斯万过世之后，也攀附嫁给福什维尔伯爵。连女儿吉尔贝特也摇身变为圣卢侯爵的夫人，最终跻身盖尔芒特族门。至此，两个互相漠视、互相睥睨的社会阶层，终于降心过从，握手言欢。普鲁斯特描写这些社会变迁，其用意不在感叹贵族的家道中落，日趋衰败，或庆幸资产阶级的中兴扶摇。他想表明的是，社会规律无异于自然规律，既存的事实都有其暂时性与相对性，都处于常变之中。

感情与社会层面的描写，为文学的感召作了铺垫。从某种意义上说，整部《追寻》所叙述的，正是主人公漫长的文学道路，洋洋洒洒，难以尽述他如何克服千重障碍和诱惑，历经考验后看破社交、爱情与友谊，最终获得感悟，提笔从文。有如圆桌骑士寻找圣杯，感悟是一个渐进的过程。从开篇玛德莱娜小蛋糕触发的隐约感觉，到末尾盖尔芒特亲王夫人府邸一系列"无意识回忆"，主人公幡然顿悟，欣然下笔，其实一路草蛇灰线，发挥并不充分。第一卷中马丁镇教堂的钟楼与玛德莱娜小蛋糕这两段描写有异曲同工之处，在主人公心理上确已产生不可言喻的喜悦之情。《盖尔芒特家那边》中主人公与好友圣卢同行，又一次心潮澎湃，似乎也隐隐感到创作时机已经成熟。但只有到了《女囚》，这一含蓄的动机才又重新得到充分的展开。

《女囚》用了大量篇幅来描绘凡特伊的七重奏，这是对首卷中凡特伊奏鸣曲的延伸和升华。七重奏色彩之绚丽，画面之壮阔，既唤起贡布雷的鸟语花香，又展示了埃尔斯蒂尔画笔下的一幅幅海景。整部小说对音乐的礼赞至此达到高潮。除了圣桑和瓦格纳的影响，罗曼·罗兰发表于1904—1912年间的《约翰·克里斯朵夫》也起到了不少启迪和催化作用。音乐的转写蕴含着文学的寓意。凡特伊华丽的乐章，使主人公猛省，缠于爱情，陷于嫉妒，与沉湎于社交并无二致。随着时间的推移，这一切都会成为过眼烟云，唯有文学艺术的创造才赋予生命以不朽。凡特伊虽死犹生，其七重奏就是一部遗作，经其女儿的女友发现并破译，获得新生。作家贝戈特甫走出博物馆，忽然仆地而卒。主人公不禁发问："他死了。就此永远死了？"主人公发出这一质疑，可能不是想说躯体可没，灵魂不死，他所强调的是，真正超越死亡而流芳百世的，不是所谓人的灵魂，而是文学艺术家的创作："他的书三本一叠地摆放着，犹如展翼的天使守护在那儿，对逝者来说，那仿佛就是他复活的象征。"作家贝戈特在博物馆中，为十七世纪荷兰画家弗美尔的那幅《德尔夫特小景》所吸引。他凝视着"一小块黄色的墙面"，将其比作一件"珍贵的中国艺术品"，悟出遣词造句当仿效此画，层层修彩，不断推敲，精益求精。《女囚》结尾，主人公与阿尔贝蒂娜一席长谈，纵论陀斯妥耶夫斯基的语言风格，这段文字更突出了普鲁斯特对文学创作的总体见解。自《驳圣勃夫》起，普鲁斯特就拟写一部理论与叙述并重的著作，更何况时任《新法兰西杂志》编辑的雅克·里维埃又鼓励他于小说之外多写评论。《女囚》收笔处插入这段议论，似乎意味着作者已预感到大限将至，对人对己都需要了却此一夙愿。这一系列的夹叙夹议，明指暗喻，标志着马塞尔这一人物开始发生决定性的转折。他终将负起文学使命，从故事的主人公蜕变成故事的叙述者。

周译本的问世，对普鲁斯特在中国的接受阅读一定会起到推动的作用。不少当代作家对普鲁斯特情有独钟。莫言对其童年回忆深有感触，格非认同其对感性世界的描绘，余华则对其时间的特殊处理抱有共鸣。其实，我国读者接触普鲁斯特快有近百年的历史了。《女囚》问世的当年，即1923年，《小说月报》第14卷第2期上刊登了一则讣告，署名沈雁冰，悼念上年逝世的陆蒂（Pierre Loti）和普洛孚司忒（Marcel Proust）。可惜讣告开始即语焉不详，把普洛孚司忒与以研究“妇人心理”及其小说《半贞女》（*Les demi–vierges*）著称的，仍然健在的Marcel Prévost（其实应该念作普列弗或普列沃）混淆起来。幸好讣告毕竟还是提到了《去斯万家那边》和《在少女花影下》这两部作品，并感叹作家于创作旺盛时期“忽然去世，真是世界文学界重大的损失了”。上世纪30年代以降，作家、学者对普鲁斯特的认识清晰起来。卞之琳1934年以“睡眠与记忆”为题，翻译了《追寻》的开篇，刊于天津《大公报》，后又收入其《西窗集》，开普鲁斯特汉译的先河。40年代叶灵凤指出普鲁斯特开创了现代派之风，盛澄华则对其作品的象征意义备加称颂。时任北京中法大学文学系主任的曾觉之于1942年在其主编的汉法双语杂志《法语研究》（*Etudes françaises*）上发表长文，对普鲁斯特的心理分析进行了深入的探讨，翌年又连续刊载了普鲁斯特的一个中篇《嫉妒心之终尽》（*La Fin de la jalousie*）。值得注意的是，这部中篇堪称《女囚》及《去斯万家那边》嫉妒主题的萌芽和实验。

诸多评论中，邵洵美的阐发颇具意味。诗人有一次离沪半月，仿佛阔别五载，不禁借用“普罗斯脱这一个题目，《寻找那失去了的时光》，列数着每所房子写一部记载”（《感伤的旅行》1934），以抒发自己对申城的无限眷恋。同时，邵洵美还借普鲁斯特的英译，对翻译问题提出不少独到的见解。他将翻译区分成两种态度，一是主观的或为己的，一是客观的或为人的。“前者大半是以一己的眼光为标准，他所选择的材料，他所运用的技巧，都以满足一己的兴趣为目的……后者大半是以人家的眼光为标准，所选择的材料既是满足一般人的需要，运用的技巧当然也得以一般人的理解力为限止。譬如说迦奈脱夫人翻译的俄罗斯名著，蒙克里夫翻译的法兰西名著，西门史翻译的布特雷尔诗集，他们相信他们可以使读者读了译作和读了原作得到同样的效果，他们觉得某一种的杰作不应当只让某一种文字的国家来享受，他们是做着一种散布的工作。这两种翻译都有存在的可能，用浅薄的眼光看似即‘意译’或‘直译’的分别，但是仔细研究起来，当会明白他们是决没有一种顾此失彼的通融办法的。”（《谈翻译》，1934）。邵洵美将蒙克里夫（C.K. Scott Moncrieff）奉若神明，选用题目时，却似乎没有照搬英译，因为蒙克里夫把普鲁斯特小说的题目译为Remembrance of Things Past，是借用了莎士比亚十四行诗的第三十首，也取巧于首词与法语标题的首词恰好吻合。普鲁斯特本人对此题目颇有微词。邵洵美不知是否有闻，取的题目《寻找那失去了的时光》更接近法语原文（A la recherche du temps perdu），和周克希定下的标题《追寻逝去的时光》，似有异曲同工之处。

除了定题的所见略同，征引邵洵美当年关于翻译双重态度的这番话，无非是觉得这番话对理解周克希的译风似乎也不无帮助。周克希的造诣有目共睹，专家学者和普通读者众口皆碑。这可能就是因为大家看到其译文已经超越了技巧问题，从中读出了邵洵美所说的处世态度。谈翻译，周克希说，“只因为热爱”——对文学的倾心，对普鲁斯特的迷恋，不具功利，只为提高个人幸福指数。看似自私，利他的前提尽在其中。非此无所奉献，无与读者分享学养情趣，感悟睿智。唯因对作者读者这双重的爱，其译笔才显得如此贴切，从容，淡雅，清新略带婉约，缜密又兼舒缓。有人将文学风格界定为与日常交际语言的差距。此说不知是否成立。但是周克希与普鲁斯特的亲和不能不说是得益于对意识形态与媒体用语的回避，对诗词曲赋小说散文的偏爱。这里不存在恋旧守旧。周克希的语言是与时俱进的现代汉语，是融入古今中外文学精髓的活生生的语言，时有白先勇那《玉卿嫂》、《游园惊梦》的清丽隽永。翻译自当以原著为主，对此周克希从未有过怀疑。他恪守自己的工作，即翻译，以贴近原文为宗旨的创造处理。句型该长则长，能短便短。遣词造句，讲究通达，虽经推敲，却不留痕迹。尤其可贵的是，周克希对语言的驾驭，完全服从于作品人物的需要，其语域之宽，使其还原各类风格均能游刃有余。华东师范大学出版的《周克希译文集》可以佐证。按翻译理论家贝尔曼（Antoine Berman）的观点，翻译的终极目的是要把读者引向原著。林纾也许不以为然。当年康有为盛赞“译才并世数严林”，结果反而得罪了林琴南，他当然是不满于名在严复之后，但主要原因还是不满康有为“舍本求末”，赞其译笔，对自以为豪的桐城古文却漠然无视。周克希将其才华倾注于翻译事业，另著有《译边草》一集，记录珍贵的译事经验，其文笔优雅淡静，于此可见一斑。不过周克希惜墨如金，除此之外，较难见到其他篇什，要领略其文字魅力，还得求之于其译笔。

译本会给阅读“姿态”带来多少变化，目前尚不得而知。是如杰克·凯鲁亚克的化身迪安，携带上路，浪迹放纵，还是仿西飏《秋季之旅》，以此为引线，于徘徊迷失中峰回路转，甚或像村上春树

《1Q84年》里女主人公青豆那样，迫于避难，身禁寓所，却每日廿页，细细品嚼，把普鲁斯特当作现代孤岛生活唯一的精神资源？这可能不是译者所能顾及和预料的。周克希所能提供的，是他独有的阅读经验，所完成的是一项集解读、翻译和演奏（interpréter）于一身的工作。大师的作品，在我国曾有过集体的交响，今日未来个人的独译独奏会辈有新出。时代的召唤，作品的永生，均需如此。只是周克希版普鲁斯特，实属难得。因为还是人生哲学那句老话，翻译如同创作，既需要天赋，又需要使命感，两者不可缺一，两者又难以兼得，这就是普鲁斯特所说的vocation。周克希始译普鲁斯特即是知命之为，所达的境界难说不是随心所欲。字里行间激活的，若不是神来之笔的想象，至少是对文学、人生的无穷回味和憧憬。

张寅德

2012年7月于巴黎

图书在版编目(CIP)数据

追寻逝去的时光.第5卷，女囚/（法）普鲁斯特著；周克希译.—上海：华东师范大学出版社，2014.12
（周克希译文选）
ISBN 978-7-5675-2908-3

Ⅰ.①追… Ⅱ.①普… ②周… Ⅲ.①长篇小说—法国—现代
Ⅳ.①I565.45

中国版本图书馆CIP数据核字（2015）第003360号

追寻逝去的时光　第5卷　女囚

著　　者　（法）马塞尔·普鲁斯特
译　　者　周克希
策划编辑　王　焰
项目编辑　陈　斌　许　静
审读编辑　陈锦文
装帧设计　吴元瑛

出版发行　华东师范大学出版社
社　　址　上海市中山北路3663号　邮编 200062
网　　址　www.ecnupress.com.cn
电　　话　021－60821666　行政传真 021－62572105
客服电话　021－62865537　门市（邮购）电话 021－62869887
门市地址　上海市中山北路3663号华东师范大学校内先锋路口
网　　店　http://hdsdcbs.tmall.com

印 刷 者　上海中华商务联合印刷有限公司
开　　本　890毫米×1240毫米　1/32
印　　张　14.5
字　　数　380千字
版　　次　2015年6月第1版
印　　次　2023年1月第3次
书　　号　ISBN 978-7-5675-2908-3/I·1309
定　　价　65.00元

出 版 人　王　焰